文学与当代史丛书

丛书主编
洪子诚

涉渡之舟

新时期中国女性写作与女性文化

戴锦华 著

北京大学出版社
PEKING UNIVERSITY PRESS

图书在版编目(CIP)数据

涉渡之舟:新时期中国女性写作与女性文化 / 戴锦华著. -- 北京:北京大学出版社,2024.10. -- ISBN 978-7-301-35464-3

I. I206.7

中国国家版本馆 CIP 数据核字第 20249604XU 号

书　　　名	涉渡之舟:新时期中国女性写作与女性文化 SHEDU ZHI ZHOU: XINSHIQI ZHONGUO NÜXINGXIEZUO YU NÜXINGWENHUA
著作责任者	戴锦华　著
责 任 编 辑	黄敏劼
标 准 书 号	ISBN 978-7-301-35464-3
出 版 发 行	北京大学出版社
地　　　址	北京市海淀区成府路 205 号　100871
网　　　址	http://www.pup.cn　新浪微博:@北京大学出版社 @阅读培文
电 子 邮 箱	编辑部 pkupw@pup.cn　总编室 zpup@pup.cn
电　　　话	邮购部 010-62752015　发行部 010-62750672　编辑部 010-62750112
印 刷 者	天津联城印刷有限公司
经 销 者	新华书店
	880 毫米×1230 毫米　16 开本　31 印张　415 千字 2024 年 10 月第 1 版　2024 年 10 月第 1 次印刷
定　　　价	98.00 元(精装)

未经许可,不得以任何方式复制或抄袭本书之部分或全部内容。
版权所有,侵权必究
举报电话:010-62752024　电子邮箱:fd@pup.cn
图书如有印装质量问题,请与出版部联系,电话:010-62756370

目 录

绪 论　可见与不可见的女性……………………………………… 1
　　天翻地覆之间 1 / 历史话语中的女性 3 / 秦香莲与花木兰 6 / 家国之内 8 / 女人与个人的天空 12 / 家国之间 14 / 书写性别 17 / "女性文学" 19 / 空洞的能指 22 / 没有爱情的 "爱情故事" 24 / 历史的怪圈 27 / 中心与边缘 30 / 无法告别的 "19世纪" 35 / 资源、谱系与记忆清单 40 / 创伤与救赎 42 / "代价论"之后 45 / 主体与主体性 48 / 关于爱的话语 52 / 理想、爱情与现实 57 / 女人的成长故事 60 / 历史、寓言与女人 66

第一章　张洁："世纪"的终结……………………………………… 69
　　同行者与涉渡之筏 69 / 书写、悬置与等待 72 / 爱、记忆与梦之谷 77 / 关于女性的话语 80 / 性别、写作和网罗 90 / "世纪"的终结与时代的坠落 95

第二章　戴厚英：空中的足迹……………………………………… 97
　　僭越者与炼狱之门 97 / 社会寓言与救赎 103 / 寓言中的女性困境 106 / "平民"与"贵族"间的尴尬 111 / 固守中的陷落 117

第三章　宗璞：历劫者的本色与柔情……………………… 123
彻悟中的低回 123 / 放逐与获救 127 / 宗璞的"方舟" 129 / 爱情的铭文 131 / 进退、求舍之间 136 / 回首中的《正气歌》 139

第四章　谌容：温情中的冷面人生……………………… 143
直面社会 143 / 光明与黑暗 148 / 温情与冷面 150 / 困窘人生 152 / 主流话语中的女性种种 155

第五章　张抗抗：一叶"雾帆"……………………… 163
时代的足迹 163 / 固置与雾帆 166 / 爱的权利 170 / 叙事与话语困境 173 / 纷乱的话语迷宫 180 / 女人的雾中风景 186

第六章　张辛欣：在同一地平线上……………………… 192
唯物主义的半神 192 / 童话与"看不见的支撑" 197 / 女性的历史境遇 203 / 婚姻场景：加法与负数 209 / 怪圈中最后的停泊地 217 / 飞升与坠落 220

第七章　王安忆（一）：一册安妮·弗兰克的日记……………………… 225
成长的故事 225 /《安妮·弗兰克的日记》231 / 滞留的少女 237 / 命运交响曲的对位 240 / 世界语境与寻根 247

第八章　王安忆（二）：话语迷宫内外……………………… 257
性与性别之疑 257 / 进退维谷间的女人与性别角色 269 / 性别话语与内省的祭坛 282 / 英雄的乌托邦与边缘化 296

第九章　铁凝：痛楚的玫瑰门……………………… 304
铁凝的世界 304 / 直面着世故的真淳 307 / 文明的质询 310 / 无邪的赤裸 314 / 女性的匮乏 317 / "流浪"的女人 320 / 历史场景中的女人 324 / 性别场景 332

第十章　刘索拉：狂舞中的迷茫与痛楚……………………………… 337

文化个案 337 / 奔突中的个人 340 / 寻找"歌王"342 / 功能圈、尺子及跑道 347 / 女性的匿名与具名 350 / "王宝钏"及其他 354

第十一章　残雪：梦魇萦绕的小屋………………………………………… 359

独步之作 359 / 救赎的缺席 363 / 权力与微观政治 367 / 阐释的游戏 376 / 残雪·中国与"世界文学"382

第十二章　刘西鸿：女人的都市即景……………………………………… 388

寂寂的喧嚣 388 / 自己的天空 391 / 此岸之畔 395 / 尴尬与悬置 398 / 公开的隐秘 402 / 尾　声 406

第十三章　方方：别一样的行云流水……………………………………… 408

反叛与救赎 408 / 历史与人的风景线 412 / 距离与疆界 415 / 一唱三叹 417 / 男人的故事 419 / 女人—TAXI—女人 422

第十四章　池莉：烦恼人生的神圣………………………………………… 427

"新孩子"的此岸 427 / 起点：镜中女 432 / "撕裂"与补白 436 / 逃离爱情的真义 443 / 女性主体的浮现 448 / 池莉的沔水镇 452

尾声或序幕　90年代女性写作一瞥 ………………………………………… 459

幻影与突围 459 / 镜城情境 461 / 奇遇种种 464 / 原画复现 469 / 景片裂隙处 472 / 话语的栅栏与越界 474 / 穿越都市 478 / 都市与姐妹之邦 481

初版后记 …………………………………………………………………… 485

2007年版后记 ……………………………………………………………… 489

绪　论　可见与不可见的女性

天翻地覆之间

以1949年新中国的建立为标志，中国妇女获得了一次空前的历史机遇。毋庸置疑，社会主义制度在中国的确立，作为一代人的艰难选择、作为半个世纪的血与剑的记录，给中国妇女的命运带来了难以估量的变化和影响。

新中国政权建立伊始，颁布并施行的第一部详尽而完备的法律是《中华人民共和国婚姻法》[①]。而且，自新中国建立始，中国共产党

[①] 中央人民政府召开第七次会议，通过了《中华人民共和国婚姻法》，废除强制包办婚姻、男尊女卑、漠视子女利益的婚姻制度，施行男女婚姻自由、保护妇女和子女合法利益的新婚姻制度。1950年4月30日，中央人民政府主席毛泽东颁布《关于施行中华人民共和国婚姻法的命令》，婚姻法于1950年5月1日公布施行。同样是4月30日，中共中央发出《关于保证执行婚姻法给全党的通知》，指出："正确施行婚姻法，不仅将使中国男女群众——尤其是妇女群众，从几千年野蛮落后的旧婚姻制度下解放出来，而且可以建立新的婚姻制度、新的家庭关系、新的社会生活和社会道德，以促进新民主主义中国的政治建设、经济建设、文化建设和国防建设的发展。"参见《中华人民共和国婚姻法》，人民出版社，1950年；《婚姻法及其有关文件》，中央人民政府法制委员会编，人民出版社，1950年；《婚姻法学习资料》，《光明日报》编辑所选辑，《光明日报丛刊》第一辑，《光明日报》总管理处发行，1950年。

推行了一系列解放妇女的社会变革措施：废除包办、买卖婚姻，取缔、关闭妓院，改造妓女，鼓励、组织妇女走出家庭，参与社会事务及就业，废除形形色色的性别歧视与性别禁令，有计划地组织、大规模地宣传妇女进入任何领域、涉足任何职业——尤其是那些成为传统男性特权及特许的领域①。政府制定、颁布一系列的法律，以确保实现社会现实意义上的男女平等。当代中国妇女享有与男人平等的公民权、选举权，全面实行男女同工同酬，妇女享有缔结或解除婚约、生育与抚养孩子、堕胎的权利，及相对于男人的优先权。中华全国妇女联合会（简称全国妇联）作为规模庞大、遍布全国城乡的半官方机构之一，成为妇女问题的代言人及妇女权益的守护神。这确乎是一次天翻地覆的变化，一次对女性的史无前例的赐予。所谓"时代不同了，男女都一样。男同志能做到的事情，女同志一样能做到"②。"妇女能顶半边天"。毋庸置疑，当代中国妇女是解放的妇女。而且迄今为止，中国仍是妇女解放程度最高、女性享有最多的权利与自由的国度之一。

然而，一个颇为有趣的事实是，尽管当代中国女性以"半边天"的称谓和姿态，陡然涌现在新中国的社会现实图景之中，与男人分享着同一方"晴朗的天空"，但至少在1949—1979年之间，女性文化与女性表述，却如同一只悄然失落的绣花针，在高歌猛进、暴风骤雨的年代隐匿了身影。尽管自1949年以来，女作家、艺术家仍不断涌现，并多占有中心及主流的文化地位，但"女人的故事"却在书写与接受的意义上，成了一片渐去渐远的"雾中风景"。从某种意义上说，当代中国妇女所遭遇的现实与文化困境似乎是一种逻辑的谬误，一个颇为

---

① 《城市妇女参加生产的经验》，中华全国民主妇女联合会编辑出版，1950年。中华全国民主妇女联合会宣传教育部编《妇女参加生产建设的先进榜样》，青年出版社，1953年。
② 《毛泽东1964年6月畅游十三陵水库时对青年的谈话》，见《毛泽东思想胜利万岁》，解放军政治学院编印，1969年，第243页。

荒诞的怪圈与悖论。一个在"五四"文化革命之后艰难地浮出历史地表的性别,却在她们终于和男人共同拥有了辽阔的天空和伸延的地平线之后,失落了其确认、表达或质疑自己性别的权利与可能。当她们作为解放的妇女而加入了历史进程的同时,其作为一个性别的群体却再度悄然地失落于历史的视域之外。现实解放的到来,同时使女性之为话语及历史的主体的可能再度成为无妄。

历史话语中的女性

于是,一个颇为怪诞的事实是,当代中国妇女尽管在政治、法律、经济上享有相当多的权利,但与之相适应的女性意识及女性性别群体意识却处于匮乏、混乱,至少是迷惘之中。这是一个极为特殊的历史时段。作为与民主革命、"个性解放"相伴生的妇女解放命题,自"五四"文化运动始,便被视为中国社会变革的重要与必要的命题;然而,在20世纪中国波澜壮阔、剧目常新的宏大历史场景中,成熟而独立的妇女解放运动,却始终未曾出演。它间或作为大革命历史中的一段插曲①,抑或是女作家笔下一段痛切却不期然的表述②。因此,发生在1949年以降的妇女地位的天翻地覆的变化,在相当大的程度上,是为外力所推动并完成的。换言之,这是赐予中国妇女的一次天大的机遇与幸运。社会主义实践与50年代中国的工业革命的需求,造就了这一"姐姐妹妹站起来"的伟大时刻。中国妇女以空前的规模和深度加入了当代中国的历史进程。诸多的历史文献与统计图表可以印证这一基本事实。

---

① 竟陵子:《史海钩玄——武汉裸体大游行》,昆仑出版社,1989年。
② 参见现代文学中的女作家庐隐、白薇、丁玲、张爱玲等人的作品。

但正是由于这是一次以外力为主要甚至唯一动力的妇女解放运动，女性的自我及群体意识的低下及其与现实变革的不相适应，便成为一个不足为奇的事实。问题不在于一个历史阶段论式的"合法"进程是否必需，而在于一次原本应与现实中的妇女解放相伴生的女性文化革命的缺失。如果说，"五四"时代曾给中国妇女带来了一个著名的镜像：娜拉，一个反叛的姿态，一个"我是我自己的"出走的身影；那么，它不仅将易卜生的《玩偶之家》改写为父权至上的封建家族，将娜拉的为人之妻的身份改写为反叛的女儿，而且使女性的反叛成为一个短暂的瞬间，一个一次性的抉择权的获取；同时是两扇大门：父母之家与夫妻之家间的一道罅隙①。女性——不是女儿、妻子、母亲或情人、妓女或天使、女巫，不是女性的社会角色或"功能性"定义——在那一反叛或出走的瞬间显影，尔后便是再度的无言与湮没。在这一特定的时刻之外，新女性的个体与性别生存是一种未知，间或是一份乌有。经历了现代中国女性文化的反抗及女性写作不间断的尝试与努力，40 年代，中国女性文化在揭示、抨击父权、男权社会的女性规范及其自身的文化逻辑与矛盾、在书写新女性的现实生存及其困境的意义上，开始呈现出自身的丰富与成熟的意味。不再充满了"五四"或"大革命"时代的昂扬与憧憬，这一时期的女性写作显现出"新"女性对自身地位及命运的清醒与无力感，它或者是冷嘲式的审视与背负，或者化作苍凉的莞尔一笑。②

如上所述，新中国的建立以天翻地覆的态势改变了中国妇女的传统地位。然而，一旦解放妇女劳动力、改善妇女的政治经济地位，以法律的形式确认并保护这一变革的任务完成，在当代中国的主流话语

---

① 孟悦、戴锦华：《浮出历史地表——现代妇女文学研究》第一章与第二章，河南人民出版社，1989 年。
② 同上书，第十三章与第十四章。

系统中，妇女解放便成为以完成时态写就的篇章。权威的历史话语以特定的政治断代法将女性叙事分置于两个黑白分明、水火不相容的历史时段之中："新旧社会两重天"，"旧社会把人变成鬼，新社会把鬼变成人"。在1949—1979年这一特定历史时期的情节段落中，关于女性的唯一叙事是，只有在暗无天日的旧中国（1949年前）妇女才遭受被奴役、被蹂躏、被侮辱、被损害的悲惨命运，她们才会痛苦、迷茫、无助而绝望。而且，这并不是一种加诸女性的特殊命运，而是被压迫阶级的共同命运。一如那首在五六十年代广为流传的《妇女自由歌》所唱："旧社会好比是黑格洞洞的苦井万丈深，井底下压着咱们老百姓，妇女在最底层。"于是，对于女性命运的描述便成了旧中国劳苦大众共同命运的指称，一个恰当而深刻的象喻。一旦共产党人的光辉照亮了她（他）们的天空，一旦新中国得以建立，这一苦难的命运便永远成了翻过去的历史中的一页。它不仅意味着女性遭奴役的历史命运的终结，似乎同时意味着女性作为父权、男权社会中永远的"第二性"，以及数千年来男尊女卑的历史文化承袭与历史惰性的一朝倾覆。这一历史的断代法，在以分界岭①式的界桩划定了两个确实截然不同的时代的同时，不仅遮蔽了新中国妇女——解放的妇女面临的新的社会、文化、心理问题，也将前现代社会女性文化的涓涓溪流，将"五四"文化革命以来的女性文化传统，隔绝于当代中国妇女的文化视域之外。

---

① 分界岭为电影《红色娘子军》中的一处地名，同时显然是文本中的一个象征符码（影片中曾以特写镜头凸现这一石头界桩）；以分界岭为界，划分了国统区与苏区，也划分开两种截然不同的女性命运：在国统区，是遭奴役、监禁、鞭挞，被变卖，或在包办婚姻中守着一具木头丈夫；在苏区，则翻身解放、男女平等、自由恋爱，与男人并肩战斗。《红色娘子军》，谢晋导演，上海电影制片厂出品，1960年。

秦香莲与花木兰

从某种意义上说，在现当代中国的思想、文化史上，关于女性和妇女解放的话语或多或少是两幅女性镜像间的徘徊：作为秦香莲——被侮辱与被损害的旧女子与弱者，和花木兰——僭越男权社会的女性规范，和男人一样投身大时代，共赴国难，报效国家的女英雄。除了娜拉的形象及其反叛封建家庭而"出走"的瞬间，女性除了作为旧女性——秦香莲遭到伤害与"掩埋"，便是作为花木兰式的新女性，以男人的形象与方式投身社会生活。而新中国权威的历史断代法无疑强化了为这两幅女性镜像所界定的女性规范。或许时至今日，我们仍难于真正估算，"时代不同了，男女都一样"作为彼时的权威指令与话语，对中国妇女解放产生了怎样巨大而深刻的影响；一个不争的事实是，在1949—1979年这一特定的时段之中，它确乎以强有力的国家权力支持并保护了妇女解放的实现。

然而，在回瞻的视域中渐次清晰的另一侧面是，"男女都一样"的话语及其社会实践在颠覆性别歧视的社会体制与文化传统的同时，完成了对女性作为一个独立的性别群体的否认。"男女都一样"的表述，强有力地推动并庇护着男女平等的实现，但它同时意味着对男性、女性间深刻的文化对立与间或存在的、同时被千年男性历史所强化、写就的性别文化差异的抹杀与遮蔽。于是，另一个文化与社会现实的怪圈是，当女性不再辗转、缄默于男权文化的女性规范的时候，男性规范（不是男性对女性的规范，而是男性的规范）成了绝对的规范——"男同志能做到的事情，女同志一样能做到"。于是，这一空前的妇女解放运动，在完成了对女性精神性别的解放和肉体奴役的消除的同时，将"女性"变为一种子虚乌有。女性在挣脱了历史枷锁的同时，失去了自己的精神性别。女性、女性的话语与女性的自我陈述与探究，由于主流意识形态话语中性别差异的消失，而成为非必要的与不可能的。在受苦、遭劫、蒙耻的旧女性和作为准男性的战士这两种主流意识形态镜像之间，新女性、解放的妇女失落在一个乌有的历史缝隙与瞬间之中。妇女在政治、经济、法律意义上的解放，伴生出新的文化压抑形式。解放的中国妇女在她们欢呼解放的同时，背负着一副自由枷锁。应该也必须与妇女解放这一社会变革相伴生的、女性的文化革命被取消或曰无限期地延宕了。一如一切女性的苦难、女性的反抗与挣扎、女性的自觉与内省，都作为过去时态成为旧中国、旧世界的特定存在，任何在承认性别差异的前提下，对女性问题的提出与探讨，都无异于一种政治及文化上的反动。如果说，女性原本没有属于自己的语言，始终挣扎辗转在男权文化及语言的轭下；而当代中国女性甚至渐次丧失了女性的和关于女性的话语。如果说，"花木兰式境遇"是现代女性共同面临的性别、自我的困境①，而对当代中国妇女，"花木兰"，一个化装为男人的、以男性身份成为英雄的女人，则成为主流意识形态中女性的最为重要的（如果不说是唯一的）镜像。所谓"中华儿女多奇志，不爱红妆爱武装"②。

如果说，娜拉及出走的身影曾造就了五四之女徘徊于父权之家与夫权之家间的一道罅隙、一个悬浮于历史的舞台，那么，新中国权威的女性叙事——"从女奴到女战士"，便构造了另一个短暂的历史瞬间：她们作为自由解放的女性身份的获取，仅仅发生在她们由"万丈深的苦井"迈向新中国（解放区或共产党与人民军队）的温暖怀抱里、晴朗的天空下的时刻。一如在新中国的电影《红色娘子军》中，琼花与红莲逃离了国民党与恶霸地主南霸天统治的椰林寨，跨入了红军所

---

① Julia Kristeva, *About Chinese Women*, Anita Barrows trans., Urizen Books, 1977.
② 毛泽东《七绝·为女民兵题照》："飒爽英姿五尺枪，曙光初照演兵场。中华儿女多奇志，不爱红妆爱武装。"

在的红石乡的时刻,不仅黑暗的雨夜瞬间变换为红霞满天的清晨,红莲身着的男子打扮也奇迹般地换为女装。但下一时刻,便是娘子军的灰军装取代了女性的装束①。在这一权威叙事中,一个特定的修辞方式,是将性别的指认联系着阶级、阶级斗争的话语——只有剥削阶级、敌对阶级才会拥有并使用性别化的视点。那是将女人视为贱民的歧视的指认,是邪恶下流的欲望的目光,是施之于女性的权力与暴力的传达。②因此,成为娘子军女战士后的琼花,只有两度身着女装:一次是深入敌占区化装侦察,另一次则是随洪常青打进椰林寨。换言之,只有在敌人面前,她才需要"化装"为女人,表演女人身份与性爱。从某种意义上说,当代中国妇女在她们获准分享社会与话语权力的同时,失去了她们的性别身份与其话语的性别身份;在她们真实地参与历史的同时,女性的主体身份消失在一个非性别化的(确切地说,是男性的)假面背后。新的法律和体制,确乎使中国妇女在相当程度上免遭"秦香莲"的悲剧,但却以另一种方式加剧了"花木兰"式的女性生存困境。

家国之内

如果我们对花木兰传奇稍作考查与追溯,便不难发现,这个僭越了性别秩序的故事,是在中国文化秩序的意义上获得了特许和恩准的,那便是一个女人对家、国的认同与至诚至忠。"木兰从军"故事的

---

① 影片《红色娘子军》中的军装或许是一种艺术加工。在现存的图片资料中,第二次国内革命战争期间,红军多没有正式军装。仅存的海南琼崖纵队中的女战士——娘子军的照片(黑白),是身着宽身旗袍。这是彼时较男性化的女性服装。

② 这是一种政治文化修辞,但从某种意义上说,这确乎是第一次、第二次国内革命战争及抗日战争中的历史事实。参见竟陵子:《史海钩玄》,第235—271页。

全称应该是"木兰代父从军"①。木兰出现在读者视域中的时候,是一个安分于女性位置的形象:"唧唧复唧唧,木兰当户织";而木兰从军的动机是别无选择的无奈:"昨日见军帖,可汗大点兵。军书十二卷,卷卷有爷名。阿爷无大儿,木兰无长兄。"事实上,中国古代民间文化中特有的"刀马旦"②形象,都或多或少地展现着这种万般无奈间代父、代夫从军报国的行为特征。因而,口耳相传、家喻户晓的《杨家将》故事中最著名的剧目是《百岁挂帅》和《穆桂英挂帅》③。那都是在家中男儿均战死疆场,而强敌压境、国家危亡的时刻,女人迫不得已挺身而出的女英雄传奇。令人回肠荡气的"梁红玉擂鼓战金山"的剧目,尽管同样呈现了战争、历史场景中的女人,但这位女英雄,有着更为"端正"的位置:为夫擂鼓助战。而《杨家将》中另一些确乎"雌了男儿"的段落,诸如《穆柯寨招亲》《辕门斩子》,便只能作为喜剧式的余兴节目了。这类余兴又远不如匡正而非僭越性别秩序的喜剧曲目《打金枝》更令人开心惬意。

当然,如果将花木兰的故事对照于法国的女英雄贞德的故事,不难发现,在绝对的、不容僭越的性别秩序的意义上,中国的封建文化(或曰儒家文化)较之欧洲中世纪的基督教文化要宽容、松弛些。在中国的民间故事中,女扮男装的"欺君之罪",屡屡因"忠君报国"而获赦免。从某种意义上说,在历史的改写中渐次被赋予了权力秩序意义的"阴阳"观,固然在中国文化的普遍意义上,对应着男尊女卑的

---

① 参见乐府歌辞《木兰诗》,见清代沈德潜选《古诗源》,中华书局,1963年,第326—327页。美国迪士尼公司在成功地将印第安女英雄的传奇改编为动画片之后,尝试改编花木兰的故事,他们邀请诸多在美国的中国学者前往为理解故事的文化背景提供帮助。问题的难点是,他们无法使今日的美国公众理解花木兰故事的传奇性——女子从军早已不再是令人惊诧的主题;同时他们同样无法成功地避开或向有着极端的个人主义文化传统的美国观众"转译"木兰从军的"代父"性质,以及它何以成为木兰行为的重要动机。
② 刀马旦,京剧角色行当。"旦"行的一支,扮演武艺高强的青壮年女性。多扎靠,武打多为马战,表演兼重唱做舞。
③ 有趣的是,今天为我们所熟知的两个曲目,是60年代的新编版本。

性别秩序；但其间对阶级等级秩序的强调——尊者为阳，卑者为阴，主者为阳，奴者为阴，却又在相当程度上削弱、至少是模糊了泾渭分明、不容跨越的性别界限。于是，在所谓"君臣、父子、夫妻"的权力格局中，同一构型的等级排列，固然将女性置于最底层，但男性同样可能在臣、子的地位上，被置于"阴"/女性的文化位置之上。前现代的中国文人以"香草美人"自比的传统间或肇始于斯。而花木兰、贞德故事两相对照的另一个发现，便是无论是花木兰、梁红玉、穆桂英，还是"奥尔良姑娘"贞德，她们"幸运"地跃出历史地平线的机遇，无论是在历史的记录里，还是在传奇的虚构中，其背景都是烽烟四起、强敌犯境的国力衰微之秋。换言之，除却作为褒姒、妲己一类的亡国妖女，女人以英雄的身份出演于历史的唯一可能，仍是父权、男权衰亡、崩塌之际。因此，或许不难解释现代文学史上的女性写作，继"五四"新文化运动之后的又一浪出现在40年代的沦陷区。

尽管如此，中国民间文化中的"刀马旦"传统，仍透露出一个有趣的信息，那便是前现代的中国妇女，也在某种程度上被组织在对君主之国的有效认同之中。当然，如果说"修身、齐家、治国、平天下"，构成了一个"好男儿"的人生楷模，那么，一个女人偶然地"浮出历史地表"、为国尽忠的前提是为家尽孝。于是，木兰的僭越，因"代父"一说而获赦免；穆桂英"自择其婿"的越轨，则因率落草为寇的穆柯寨人众归顺宋朝，并终以"杨门女将"之名光耀千古而得原宥。似乎是"国家兴亡"，"匹夫""匹妇"均"有责"于此。固然，在最肤浅的"比较文化"的意义上，此"家"非彼"家"——前现代中国之"家"是父子相继的父权制封建家族，而非现代社会的男权的核心家庭。此"国"非彼"国"——封建王朝并非现代意义上的民族国家。《孔雀东南飞》《钗头凤》与《浮生六记》的悲剧绝唱，间或从另一个侧面，揭示了女性对父权家庭而不仅是男性的依附与隶属地位；揭示了男性（为臣、为子者）在对抗父（或代行父职之母）权时的苍白无力。他们除了"自挂东南枝"——以死相争之外,便是得"赠""一妾,重入春梦"——"以遗忘和说谎为先导",继续苟活下去。

因此,作为中国民主革命的重要组成部分,"五四"时代最著名的文化镜像之一的娜拉,其身份由走出"玩偶之家"——现代核心家庭的妻子改写为背叛封建家庭的女儿/儿子,便不足为奇了。但革命时代五四之女的歧路彷徨,"胜利之后"(庐隐)的迷惘茫然,"悲剧十年"(白薇)的苦难心路,类似于"我可怜你,莎菲!"(丁玲《莎菲女士日记》)式的绝望呼喊,到"女人的天空是低矮的"(萧红),这类清醒而痛楚的指认,再到"中西合璧"式的婚姻的艰难碎裂(苏青《结婚十年》);从某种意义上说,此间,中国女性文化的路径是由反封建、反父权的时代主题到对男权的"发现"以及对内在"匮乏"的女性主体的指认。如果说,"五四"时代反叛的"少年中国"之子与五四之女曾构成了强有力的精神同盟,那么,女性文化在大时代缝隙间的悄然成熟,便注定了这一同盟关系的必然破裂。这是女性文化史上一个重要的事实,但它无疑并未构成女性文化史及其女性文学写作的主部。我们必须从中国现代史及现代文化史中寻找答案。

或许可以说,在现代中国文化史上,女性的/妇女解放的主题是一个不断为大时代凸现又为大时代遮蔽的社会文化命题。如果我们姑妄沿用以"启蒙和救亡"为关键词的、对中国现代史的描述[①],那么,同时显现出的是一个有趣的女性境遇的文化悖论。从表面看来,"启蒙"命题通常凸现了妇女解放的历史使命,但它在突出反封建的命题的同时,有意无意地以对父权的控诉反抗,遮蔽了男权文化与父权间的内在延续与承袭。在类似的文学表述中,女性的牺牲者与反叛者常在不期然间,被勾勒为一个象喻,作为一个空洞的能指,用以指称封建社会的黑暗、蒙昧,或下层社会的苦难。与此同时,将旧女性书写

---

① 李泽厚:《中国现代思想史论》,东方出版社,1987年。

为一个死者、一个历史视域中的牺牲与祭品的修辞策略，阻断了对女性遭遇与体验的深入探究，遮没了女性经验、体验及文化传统的连续与伸延。而"救亡"的命题，似乎以民族危亡、血与火的命题遮蔽了女性命题的浮现，并再度将女性整合于强有力的民族国家表述与认同之中；但在另一侧面，经常是这类男权社会秩序在外来暴力的威胁面前变得脆弱的时刻，女性写作才得以用分外清晰的方式凸现女性的体验与困境。尽管如此，经历了民主革命的中国女性，仍然身处家国之内；所不同的是，以爱情、分工、责任及义务的话语建构起来的核心家庭，取代了父权制的封建家庭；而强大的民族国家的呼唤，则更为经常而有力地作用于女性的主体意识。

女人与个人的天空

从某种意义上说，现代中国女性文化的困境之一，联系着个人与个人主义话语的尴尬与匮乏。尽管"五四"文化运动是中国历史上一场伟大的启蒙运动，但现代性话语在中国的传播与扩张，始终不断遭到特定的中国历史进程的改写；不仅是余威犹在的封建文化、所谓传统中国社会的"超稳定结构"或"历史的惰性"[①]，而且是来自外部的帝国主义势力的强大威胁，几代中国知识分子对中国命运与现代中国社会性质的思考，以及他们对未来中国的抉择，决定了是"科学与民主"——对强大的民族国家的憧憬和构想，而不是所谓"自由、平等、博爱"的旗帜成为中国启蒙文化与人文精神的精髓。因此，在现代文化史上，孤独的个人始终未曾成为任何意义上的文化英雄。他们如果

---

① 最先提出这一概念的，是金观涛、刘青峰合著的论文《历史的沉思——中国封建社会结构及其长期延续原因的探讨》，作者后来据此发展出诸多系统论述。见《历史的沉思》，生活·读书·新知三联书店，1980年。

不是徘徊歧路的怯者,便是大时代风云中的丑角。如果说,女性作为一个性别群体的浮现,始终遭到男权与父权话语的联手狙击,那么,女性叙述所不时采取的与个人话语合谋的策略,则由于中国文化内部个人主义文化的暧昧与孱弱,成了某种有效而有限的可能。丁玲的创作轨迹,由《莎菲女士日记》到《韦护》到《水》到《在医院中》,再到《太阳照在桑干河上》,便必然地呈现出它的典型意义:一个不甚流畅的、由个人而为群体、由女性而为社会的"典型"历程。

因此,尽管自叙传式的写作始终是女性写作的重要方式之一,但它甚至无法成为一种获得指认的、哪怕是指认为边缘的声音;它更多地被指认为某种时代症候或社会象征。在现代中国的思想文化史上,"女性"和"个人"一样,是一个响亮的名字,同时是一份暧昧的生存。因此《斯人独憔悴》《沉沦》《日出》与"女人的天空是低矮的"的叹息便成为微弱而相互呼应的声音。如果说,张爱玲的《倾城之恋》在女性的书写中成为别一种关于历史和女人的寓言,那么,在即将分娩的时刻独自挣扎在战乱中的武汉码头、在无言与孤独中悄然死在兵临城下的香港的女作家萧红,其传奇而坎坷的一生,便因此成就了又一份女性的启示录①。如果说,"个人"在酷烈的现代中国史上,显现出不仅是新生的脆弱,而且是在"德先生""赛先生"旗帜下,一份特定的空洞与茫然,那么,女性便是在再度凸现的"女儿"身份之外的一处话语的迷宫。一如文棣(Wendy Larson)教授所指出的那样,一个在病中书写着一份缠绵悱恻的日记的女人,便成为某种时代的身影②。只是在笔者看来,这不仅是女人,同时是"个人"——是"五四"新文化运动之后浮出历史地表,却始终难获成长的一类"新人"。不仅在茅盾笔下,茫然的女性与孱弱的个人呈现在徘徊歧路的荒唐情境之中,在巴金笔下,

---

① 骆宾基:《萧红小传》,北方文艺出版社,1981年,第86、102—104页。
② 王家新、文棣:《差异·视角·话语》,载《读书》1996年第9期。

他们也只在冲出封建家庭的"狭的笼"的一瞬,显现出丰满和决绝,而在《爱情三部曲》中,他们同样只能是苍白痛楚的一群。他们的病弱、自恋与绝望,不仅是对自己在文化上的匮乏、暧昧与迷惘感的外化,也是一份无力的反抗与固守。现代文学中的女性写作,除却由《从军日记》到《太阳照在桑干河上》这一可以纳入主流写作的线索之外,只能是由露莎、莎菲、《悲剧十年》到《倾城之恋》。

一如不堪一击的个人,女人——新女性在完成了一个反叛的姿态的同时,成为社会文化的放逐者,而非自我放逐者。女性写作更多地被解读为一种社会文化的症候,用以指称弱者、畸零人与迷失客。同时,必然地用以指称民族或阶级的命运。女人和个人,似乎是一个寓言,一处低矮的天空。

家国之间

新中国的建立,使女性群体一举登临了久遭拒绝与放逐的社会舞台,一蹴而挣脱了暧昧无名的历史地位。作为几代人历史抉择的实现,社会主义中国以空前强大、统一的民族国家的形象面世。旷日持久的社会、文化思想教育运动,在建立社会主义意识形态的同时,确立起空前强大有力的、爱国主义的文化政治认同。而遭围困、被封锁的国际环境,则加强了这一特定的民族国家的向心力。这无疑是中国近代以来一次空前有力而有效的文化、政治整合。在当代女性文化史上,第一次,来自国家的询唤与整合力先于对家庭的隶属与归属到达女性。此时此刻,解放的到来,并不意味着、至少是不仅意味着她们将作为新生的女性充分享有自由、幸福,而意味着她应无保留地将这自由之心、自由之身贡献给她们的拯救者、解放者——共产党人和社会主义、共产主义事业。她们唯一的、必然的道路是由奴隶而为人

（女人）、而为战士。她们将不是作为女人，而是作为战士与男人享有平等的、无差别的地位。

　　这或许是花木兰作为一个女性境遇之象喻的另一节点。在《木兰诗》中，木兰十二年的军旅生涯，只是这样几句简约而华美的诗句："万里赴戎机，关山度若飞。朔气传金柝，寒光照铁衣。将军百战死，壮士十年归。"诗章的简约，间或由于此处无故事——更为准确地说，是此处的故事太过稔熟，它已在无数的男人的战争中被讲述。然而它所约略了的，或许正是此间一个女性的僭越者所首先面临的现实：陌生的男性世界，其间的秩序规范、游戏规则；一个"冒入"男性世界的女人、一个化装为男人的女人可能遭遇到的种种艰难困窘与尴尬不便。相反，《木兰诗》以盈溢的口吻详述的是木兰的归来，"……开我东阁门，坐我西阁床。脱我战时袍，着我旧时裳。当窗理云鬓，对镜帖花黄。出门看火伴，火伴皆惊忙：同行十二年，不知木兰是女郎"。于是，在木兰那里，男装从军与女装闺阁，便成为清晰分立的两个世界、两种时空。东阁之门，清晰地划开男性的社会生活与女性的家庭内景。然而，对于新中国女性说来，她们甚或没有木兰式的"幸运"。强有力的社会询唤与整合，将女性这一性别群体托举上社会舞台，要求她们和男人一样承担着公民的义务与责任，接受男性社群的全部行为准则，在一个阶级的、无差异的社会中与男人"并肩战斗"；而在另一方面，则是被意识形态化的道德秩序（崇高的无产阶级情操与腐朽没落的资产阶级生活方式）所强化，在将家庭揭示、还原为社会组织的基本单位的同时，对以婚姻为基础的家庭价值的再度强调。在不可僭越的阶级、政治准则之下，婚姻、家庭被赋予了并不神圣的坚韧的实用价值；而女人在家庭中所出演的却仍是极为经典、传统的角色：扶老携幼、生儿育女、相夫教子，甚或是含辛茹苦、忍辱负重。一个耳熟能详的说法："双肩挑"，准确地勾勒出一代新中国妇女的形象与重负。

而一场理应与妇女的社会解放相伴随的女性之文化革命的历史缺席,不仅造成了新女性对自己的社会角色的茫然困顿,而且使得性别双重标准仍占据着匿名而合法的历史地位。在这一简单地否定性别差异、以阶级阵营为划定社会群落的唯一标准的历史时期,女性所面临的问题不仅是女性的阶级身份仍是参照其父、夫来确认的;而更大的问题在于,在这一以男性为唯一规范的社会、话语结构中,新女性再次面临无言与失语。除却一个通常会作为前缀或放入括号的生理性别之外,她们无从去指认自己所出演的社会角色,无从表达自己在新生活中特定的体验、经验与困惑。因此她们必然遭遇着彼此分裂的时空经验,承受着分裂的生活与分裂的自我:一边是作为和男人一样的"人",服务并献身于社会,全力地,在某些时候是力不胜任地支撑着她们的"半边天";另一边则是不言而喻地承担着女性的传统角色。在"铁姑娘"与"贤内助"之间,她们负荷着双重的、同样沉重而虚假的社会角色。而这双重角色同样获得了传统文化的支撑,获得了有力而合法的表述。

在家国之间,尽管和男人一样,对于女人,对国——共产党、无产阶级、共产主义事业的献身与忠诚是首要的与先决的,但和男人不同的,是在不言之中,女人仍对于家负有依然如故的、不容忽视的义务。如果说,在现实生活中,"为国尽忠"事实上已占据了女性的生命的主部,那么,公开的与潜在的性别双重标准,作为话语构造与行为准则,仍造成了女性分裂冲突的内心体验与内疚负罪式的心理重负。这是些"不曾别离家园的女英雄"[①]。从某种意义上说,在革命营垒内部,"阶级的兄弟姐妹"式的和谐平等的社会景观与话语构造,除却遮蔽了双重标准的存在外,同时将潜藏在文化内部的欲望的驱动与语言

---

① 参见陈顺馨:《前言:女性主义批评与中国当代文学研究》,见《中国当代文学的叙事与性别》,北京大学出版社,1995年,第22页。

更为有力地转化为社会的凝聚力与向心力。换言之，一个以民族国家之名出现的父权形象取代了零散化而又无所不在的男权，再度成了女性至高无上的权威。

书写性别

陈顺馨在对"十七年"文学所做的深入而详尽的研究中指出：当我们对这一时期的文学进行"叙事话语的考察时，不难发现主导的叙事话语只是把'女性的'变成'男性的'，貌似'无性别'的社会，文化氛围压抑着的只是'女性'，而不是性别本身，而突出的或剩下的'男性'又受到背后集'党''父'之名于一身的更高权威所支撑，成为唯一认可的性别标签。当男性成为政治的有形标记时，具有权力的男性话语所发挥的就不仅是性别功能，也有意识形态功能。意思是说，传统的男/女的支配/从属关系其实没有消除，而是更深层地和更广泛地与党/人民的绝对权威/服从关系互为影响和更为有效地发挥其在政治、社会、文化、心理层面上的作用。"因此，不仅在小说的叙境中男性英雄形象仍作为先驱者与引路人，而且男性的叙事人亦仍然拥有更为权威而高亢的语调与声音[①]。

不仅如此，在"十七年"的叙事性作品中，"女性"作为注定被弃置、被改写的"品质"与特征，开始成为某种必须而有效的"神话"符码。作为人物的性别身份，它更多地被用作革命的"前史"，用作人民、"个人"历史地与党、共产党人际会之前的漫漫长夜的象喻，用作被压迫阶级历史命运的指称。而在革命的场景中，仍可以"合法"保

[①] 参见陈顺馨：《前言：女性主义批评与中国当代文学研究》，见《中国当代文学的叙事与性别》，第87—88页。

有的女性身份是历尽苦难而无穷奉献的母亲——安泰故事中的大地母亲、子弟兵之母；人民、祖国、土地和深明大义的岳飞之母式的娘亲；是被侮辱与被损害的无助的女人；是女儿——纯白无辜的牺牲与献祭，作为充满了活力与憧憬、充满了可能与未知的形象，对她们父兄般的庇护与淫荡邪恶的欲望、完满与阻挠她们对爱情幸福的追求向往，便构成光明王国与黑暗王国的殊死搏斗，构成了对权威的阶级与历史话语的再印证，而她们对男性、对人生道路的选择，因此可能成为某种象征和社会寓言；是集荡妇、女巫于一身的敌手，至少是旧势力、旧习俗的化身与爪牙。其间最富活力的或许是女儿／少女（确切地说是农家少女）们的形象：从李香香（叙事长诗《王贵与李香香》）、喜儿（歌剧、电影《白毛女》）到小芹（小说《小二黑结婚》）、刘巧儿（评剧《刘巧儿》），从春兰（长篇小说《红旗谱》）、改霞（长篇小说《创业史》）到琼花（电影《红色娘子军》）、高山（长篇小说《踏平东海万顷浪》及电影《战火中的青春》），少女的形象作为象征意义上的"名花无主""待字闺中"——以其未知与悬置的位置负荷着某种社会、历史、时代的叙事。有趣之处在于，当类似的少女形象在叙境中出演女性身份时，她们便仍处于经典的客体位置之上，成为他人行为及意义的对象；她们唯一可能选取的行动是对爱情与幸福婚姻的追求（事实上，这是女性生命中绝无仅有的一次性权限、某种青春的特权。甚至在封建文化中，它亦可能在"才子佳人"故事中成为网开一面的特例：《西厢记》《牡丹亭》或可为证）。而主体地位的获取，则意味着对"女性"的超越与弃置，现代版的花木兰——高山的故事因此而意味深长。

从某种意义上说，文化的压抑行为，不仅是最为有力的建构手段之一，而且放逐行为自身，便同时将被逐者构造为此文化重要的内在元素。在当代中国文化实现其对"女性"的压抑的同时，"女性"成了某种空位，成为某种有效的社会象征。不仅"党—母亲""祖国—母亲"式的意识形态修辞方式，成功地映衬出父之名的神圣；而且"严父慈母"式的人物意义格局，也在革命战争叙事中成为构造革命大家庭表象的重要手段。于是，某种本质主义的女性表述，成就了一种不可或缺的文化功能，一个男人、女人或象征物均可占据的空位。一边是女奴——女人——战士的叙述模式，其间"女性"是一个必须渐次消失、终于隐匿的特征标识；一边则是无所不在的"女性"、母爱的光辉润泽着革命经典叙事的肌理。"她"不仅可以是党、祖国、人民、土地，不仅可以在"没有共产党就没有新中国""人民，只有人民才是创造世界历史的动力"的双重权威话语中，在党、军队／人民——拯救者／被拯救者的动态模式中，发挥丰富而迷人的功能作用，而且可以在革命大家庭表象的任何一位耐心、细致、充满爱心与呵护的政治领导人身上显露其身影。关于"女性本质"的众多的正面与负面的表述便在多重意义上为新中国政治、文化所借重。

"女性文学"

迄今为止，"女性文学"仍是一个众说纷纭、莫衷一是的名称，在何谓女性文学的提问下，主要答案计有：女性所写作的文学、关于女性的文学，尤其是同情或赞美女性的文学、体现女性立场或女性主义立场的文学。在后两种定义中，创作者的性别身份便无关宏旨。在此且不论"女性""女性主义"与"文学"间可能存在的张力关系，且不论女性主义自身众多的分支、流派，关于"女性文学"的任何一种定义仍可能是疑窦、歧义丛生。首先，女性文学最为直观的定义是女性所创作的文学。从某种意义上说，女性写作自身已然构成了对传统禁令的僭越，因此，对女性写作行为的关注，便具有了特定的意义。然而，一如"花木兰式境遇"是新女性或难逃脱的文化困境，女性写作也仍可能成就某种"花木兰"式写作,某种以男性自居或化装为男人的写作。这里所说的当然不是女性所表达出的对社会、历史、人生的关注,不是女性写作对传统男性的特权领域的踏入,而是女性写作中间或可能出现的男性(准男性)视点,及以某种超越姿态完成的对性别偏见的重述。因此,"女性文学"又可能成为除却与写作者的性别身份一致外别无意义的称谓。而关于女性的或书写女性的文学,似可成为一个无所不包的文学概念。从某种意义上说,在父系社会的文明之中,女性作为一个被秩序永恒地吸纳其中又放逐其外的他者,始终是男性的书写对象。正是诸多的、难以计数的女性文学形象,有力地构造或加固了本质主义的女性表述,构造着女性难于突围而出的女性文化的镜城。毋庸置疑,在数千年的文明书写中,不乏男性以深切的悲悯之情写就的女性篇章,中国古代文人特定的历史地位与命运,也使他们可能间或体悟或认同于女性的低下地位与坎坷命运。然而,如果我们不仅关注于"写什么",而且关心"如何写",那么,不难发现,在男性的同情、赞美女性的书写之中,不仅有以女性为假面的、男性社会、历史叙事的"化装舞会",而且有优越者的俯瞰;更等而下之者,是所谓"赞美",事实上是某种龌龊的狎妓心理的优雅表露而已。而如上所述,当代文化中对女性主义的历史放逐,注定了狭义的"女性文学"——表达女性体验、颠覆男权文化的女性主义文学成为缺席者。

因此,笔者更倾向于以"女性写作"这一相对明晰的提法,取代歧义丛生的"女性文学"的概念。它标识着对女性创作的作品及女性写作行为的特殊关注,旨在发现未死方生中的女性文化的浮现与困境,发现女作家作品中时隐时现的女性视点与立场的流露,寻找女性写作者在男权文化及其文本中间或显露或刻蚀出的女性印痕,发掘女性体验在有意无意间撕裂男权文化的华衣美服的时刻或瞬间。

在1949—1979年这一特定的历史时段中,女性写作遭遇着性别缺失与性别凸现的双重困境。此间女作家继续涌现,其创作不仅仅一如既往地受到特殊的关注和嘉许，在文坛占有一席之地，而且事实上部分女作家的创作：诸如因书写了知识分子的必由之路而被视为"不可否定"的杨沫及其《青春之歌》，以及被称为"延安精神钢铁魂"的草明，均在十七年文坛上占有相当主流的位置。然而，尽管女性的创作受到了如许的重视和鼓励，但关于女性的书写却成为一个微妙的禁区与雾障。诸如《青春之歌》作为女性自传的意义，及韦君宜在其创作中间或涉及了新女性面对的旧规范及双重标准（《女人》），全然被遮蔽或无视，而宗璞的《红豆》、茹志鹃的《百合花》、刘真的《英雄的乐章》，则因在某种意义上显露了叙境中的性别意义或涉足爱情，而或多或少遭到批判与质疑。显而易见，类似问题显然并非仅仅关乎女性或女性写作；此间除却阶级的和政治的绝对标准，所有关于差异、冲突及其个人的讨论，都带有某种不洁、可疑及居心叵测的色彩。

然而，一如女作家的创作经常获得特殊的褒扬，女作家的性别身份也必须以不可或缺的前缀予以凸现。于是，一个颇为有趣的情形是，仿佛超越女性视野与女性体验是女作家写作必须到达的目标，而在现实层面上恪守女性"身份"，却无疑仍是女人的本分。在此，施之于女性的双重标准，是通过一个特定的风格要求或曰规范来体现的。一方面，女性写作一如男性，应无保留地服务于无产阶级的革命事业，应依照社会主义现实主义的创作方法，塑造叱咤风云的无产阶级英雄形象；而另一方面，女性写作又应具有鲜明的女性风格。鲁迅先生论萧红的《生死场》用语，由此而成了女性写作的一个特定的，也是唯一的性别标签。此间女性写作的悖论情境是，除却作为生理事实的性别存在，"女性"在由阶级的兄弟姐妹组成的革命大家庭中没有任何特异性的价值与意义；除却社会的命题与阶级的身份，女性不可能有任何别样的生活与生命；但"女性"又必须是特异的，"她"的书写应该是激情盈溢、充满欣悦的，同时又必须是细腻而清新可人的。

女作家茹志鹃因此成了十七年女性写作的范本与标识。作为来自解放区的女作家之一，茹志鹃十七年的创作，体现了时代精神和女性风格的完美组合。从某种意义上说，茹志鹃创作所代表的女性风格，被视为社会主义时代合唱的辅助声部，一种必要的补充与调节。因此"女性风格"成为一种特定的文化角色，实践着一种特殊的文化功能。它仍作为某种规定性的存在，规范着不可见的女性文化身份；同时，它事实上作为修订过的"婉约"歌咏的对应物，成为一种获得特许的风格样式。而另一位重要的女作家刘真则以孩子／小战士的形象序列获得了文坛的认可。此间一个有趣的现象，表明了针对女性、女性写作的双重标准的存在：女作家被视为儿童文学创作的"天然"人选。不仅以书写母爱、童心见长的女作家冰心被纳入了儿童文学的创作队伍，而且来自解放区的女作家也引人注目地在儿童文学的创作中形成了她们的群落。如果说"女性"是一个遭潜抑的社会文化因素，那么对女性与孩子间"天然亲缘性"的规定与认可，则在"永恒的母爱"的意义上，再度确认了某种"女性的本质"。

空洞的能指

毋庸置疑，在十七年的女性创作中，杨沫和她的长篇小说《青春之歌》是最为重要的女作家及其作品之一。《青春之歌》无疑是十七年女性写作的范本。作品有着鲜明的女性叙述风格，设若剥离作品产生的历史语境，人们会立刻将这部长篇指认为女性的自传体小说（事实上，它也有着相当充裕的作者自传的成分在其中）。然而，在作品写作并出版的年代，这一突出特征却始终是一种匿名的存在。尽管从接受的层面上看，其女性自传的因素，无疑是小说在中国城市读者中受到持久而热烈欢迎的因素之一，但在话语层面上，"女性"则作为一个不可见的、遭潜抑的身份，同时是一个重要而灼然的"空洞的能指"。

在此,"女性"是作为"知识分子"这一特定的社会身份的隐喻而获得其指认与表述的。从某种意义上说,这一隐喻方式并非杨沫的发明或女性写作的特例,而是一种有趣的政治历史的修辞方式(尽管这一修辞方式并非始终有效)。

事实上,十七年主流意识形态中关于知识分子的话语与传统意识形态中关于女性的话语间,存在着微妙的对位与等值。如果说,女性的地位与意义是依据她所从属的男人——父、夫、子来确定的,那么,知识分子的地位与意义则是由他所"依附"的阶级来定义的①。如果说,女性是既内在又外在于男权文化的存在,是一种不可或缺、又可疑而危险的力量,那么,这也正是知识分子之于社会现实中的角色②。如果说,在经典意识形态中,女性的负值表述为稚弱、无知、易变而轻狂,那么,这也正是知识分子之为一种"典型"的类型化特征③。于是,以一个女人的故事和命运,来象喻知识分子的道路,便成为一种恰当而得体的选择。《青春之歌》中,女性命运与知识分子道路,在意义层面上作为象征的不断置换,成为小说最为重要的文本策略之一。在作品产生的年代里,《青春之歌》绝非一部关于女性命运或曰妇女解放的作品,不是故事层面上呈现的林道静的青春之旅,其中的女性表象再度成为一个完美而精当的"空洞的能指";在历史的指认视域中,小说真正的被述对象是资产阶级、小资产阶级知识分子道路或曰思想改造历程。《青春之歌》由是而成为十七年艺术作品序列中一部十分重要的寓言式文本,它呈现了一个个人主义、民主主义、自由主义的知识分子改造成长为一个共产主义者的过程,它负荷着特定的

---

① 参见毛泽东:《在中国共产党全国宣传工作会议上的讲话》(1957年3月12日),见《毛泽东选集》第5卷,人民出版社,1977年,第406页。
② 参见毛泽东:《打退资产阶级右派的进攻》(1957年7月9日),见《毛泽东选集》第5卷。
③ 参见毛泽东:《坚定地相信群众的大多数》(1957年10月13日),见《毛泽东选集》第5卷,第492页。

权威话语：资产阶级、小资产阶级知识分子（/女性）只有在共产党的领导下，历经追求、痛苦、改造和考验，投身于党，献身于人民，才有真正的生存与出路（真正的解放）。这并非一种政治潜意识的流露，而是极端自觉的意识形态实践。一如根据小说改编的同名影片的导演崔嵬所言："《青春之歌》通过林道静的典型形象，通过她的经历，指出了知识分子应走的道路，指出了小资产阶级知识分子只有在党的领导下，把个人命运和大众命运联结起来才有出路。"① 事实上，在十七年主流艺术的诸多"历史教科书"中，《青春之歌》充当着一种特殊的读本：一部知识分子的思想改造手册。如果说，杨沫的《青春之歌》作为十七年文学的主流写作范本之一，展示了一种关于知识分子的、文化的与社会实践的规范，那么，这一特定的政治修辞学方式，同时在不期然间揭示了女性与知识分子相类似的文化边缘地位。换言之，《青春之歌》为我们展现了一处被成功地组织于中心之间的边缘叙述；或者说，这是某种边缘处的中心叙事。

没有爱情的"爱情故事"

事实上，在经典的社会主义意识形态之中，阶级差异成了取代、阐释、度量一切差异的唯一社会存在；因此，在工农兵文艺中，阶级的叙事不断否定并构造着特定的性别场景。此间，一种重要的意识形态话语或曰不言自明的规定，将欲望、欲望的目光、身体语言，乃至性别的指认，确定为"阶级敌人"（相对于无产者、革命者、共产党）的特征与标识；而在革命的或人民的营垒之内，同一阶级间的男人和

---

① 参见何晓：《〈青春之歌〉——大跃进的产儿（群英会上访崔嵬）》，载《文汇报》1959年11月11日。

女人，是亲密无间、纯白无染的兄弟姐妹，同是党和人民的儿女。因此，在工农兵文艺中，被指认的欲望与"爱情"的叙事，是地狱的大门、罪恶的渊薮，是骗局与陷阱，至少是网罗、堕落与诱惑。在《青春之歌》中，这便是集封建买卖婚姻、国民党恶势力、男性的淫邪欲望于一身的胡梦安对林道静的无耻企图与迫害；是地主之子、"胡适之的大弟子"（在彼时的历史语境之中，这是不容置疑的"国民党走狗文人"的指称）余永泽在迷人的爱情言辞下卑鄙的占有欲，这种爱情的最好结局是乏味而庸俗（"烙饼摊鸡蛋"式）的家庭主妇的生涯。

从某种意义上说，小说《青春之歌》所呈现的女性叙述的匿名性，颇具症候性地展示了新中国十七年女性文化的微妙境遇。如果说，"时代不同了，男女都一样"，在倡导、实践新的社会平等的同时，成功地遮蔽了女性的社会性别，似乎女性的生命仅仅存在于生理性别的层面上，那么，作为种种有效的意识形态话语的重要组成部分，女性的和关于女性的叙事又不断地在借重关于女性社会性别的话语（诸如"女性"与"弱者"、与"知识分子"的相类）的同时，放逐性别——身体的和欲望的叙述和语言。然而，一如文化的放逐始终是一种有效的命名，尽管在十七年文学中，任何欲望与身体的叙述，如果不是反动、腐朽、没落的资产阶级文化，至少是被禁止的"自然主义"劣迹；但在"纯洁"的、事实上无所不在的性别叙述中，欲望仍潜在地作为叙事的助推。女人—男人的经典关系式仍先在地提供着叙事的与意识形态运作的"经济"模式，以女人在男人间的"交换"、移置，来"真实地再现"时代与历史，仍是工农兵文艺的叙事母题之一。这便是在十七年文学艺术中尴尬而依然迷人的"爱情故事"。在《红豆》或《青春之歌》中，女主人公正是通过对爱情，不如说是情爱——一己私欲的弃置而迈开投向革命的第一步。毋庸置疑，在小说《青春之歌》之中，真正的爱情故事并非被指认为"爱情"的林道静、余永泽的"北戴河之恋"，而当然是林道静、卢嘉川之间的恋情。这是因未曾表明、未曾牵手而极为纯洁的感情；在两人的共处之中，它甚至未获指认为"爱情"（因此余永泽的猜忌、妒意才分外卑下）；因为在小说写作的年代，它与其说是作为一个美丽的爱情故事，不如说作为一个寓言：不是一个女人遭遇到了她倾心的男人，而是一个迷惘的知识分子遭遇到了共产党人、革命的启蒙者与领路人。然而，一如影片《红色娘子军》，此间不仅潜在的性别秩序（男人／女人、尊／卑、高／下、启蒙者／被启蒙者、领路人／追随者）仍当然地提供着叙述与接受的合法性，而且几经遮蔽、深藏不露的欲念仍是女主人公行动的动力之一①。因此，这"没有爱情的爱情故事"一经确立，凭借它而表述的意识形态话语亦获得了再度引证之后，它便必须以历史暴力剥夺的表象，完成对"爱情"、欲念对象的放逐。当林道静对卢嘉川的爱终于发露于言表（狱中诗作），并最终读到了后者的唯一一封情书（也是遗书）时，"我早已葬身雨花台了"。借此，遭放逐的与其说是"爱情"本身，不如说是"身体"。一如在《百合花》中，存在于小战士和新媳妇之间的，无疑是某种朦胧的身体吸引；但当新媳妇毅然地将新婚的百合花被铺入牺牲了的小战士的棺木时，那已是一处欲念升华之后分外圣洁的"婚"床。放逐欲念与"身体"，不仅是为了成就一份克己与禁欲的表述，同时是为了放逐爱情、爱情话语可能具有的颠覆性与个人性。欲念、爱恋对象的牺牲／消失，造成了欲望的悬置，进而成了投身革命事业的驱动；类似爱情故事因之而成了一种重要的文化整合方式：以纯洁的女儿之身献身于伟大的共产主义事业。从某种意义上说，正是类似叙事有效地粉碎了"五四"新文化运动以来，女性与"个人"、女性与"身体"间的文化合谋。尽管在特定的历史时期，接受层面上的情形要复杂得多。

---

① 参见谢晋：《谢晋谈艺录》，上海文艺出版社，1989年，第201—204页。影片《红色娘子军》男女主人公的爱情线索经六次修改之后，完全被删除，但其中两性场景的主动／被动的经典关系模式仍清晰可辨。

作为工农兵文艺特有的历史断代法(以共产党人的出现、人民军队的到来为唯一的、绝对的"创世纪"),"爱情故事"在民主革命的"历史阶段"中仍具有相对的现实合法性(作为工农兵文艺的序曲,《王贵与李香香》《小二黑结婚》正是延安文艺中的名篇),同时它仍为社会主义现实主义文学所要求的复杂情节所必需;但类似作为非主要情节的"爱情故事",同样必须放逐"身体"(事实上,这正是工农兵文艺对其源头民间文化的重要改写之一),或必须约束在婚姻的情景与前景之中。一如在草明的长篇《乘风破浪》中,男二号厂长宋紫峰终止了与汪丽斯的婚外恋情,回到了妻子、党委书记邵云端的身边,固然在特定语境中意味着终止他的个人主义固执、重回党的怀抱,同时也意味着对婚姻/家庭秩序的再度强化。因此"大跃进"名篇《李双双小传》(及其改编影片《李双双》)中的一句戏言:"先结婚后恋爱"才流传甚广、历久不衰。甚至在工农兵文艺的极端形态:"文革""样板戏"中,鳏寡孤独的主要英雄形象中的成年女性,仍必须以门楣上的一纸"光荣人家"表明其婚姻归属。一如陈顺馨的洞见,在十七年及"文革"文学中,我们遭遇到的,确是"不曾离别家园的女英雄"。

历史的怪圈

如果说,当代中国女性之历史遭遇呈现为一个悖论:她们因获得解放而隐没于历史的视域之外,那么,另一个历史的悖论与怪圈则是,她们在一次历史的倒退过程中重新浮出历史的地平线。1976年以后,伴随着震动中国大陆的思想解放运动与一系列社会变革,在一个主要以文学形态(伤痕文学、政治反思文学)出现的、有节制的历史清算与控诉之中,女性悄然地以一个有差异的形象——弱者的身份出现在灾难岁月的视域中,成为历史灾难的承受者与历史耻辱的蒙羞者①。不再是唯一的男性规范中难于定义的"女人",而是男权文化中传统女性规范的复归与重述。似乎当代中国的历史,要再次凭借女性形象的"复位",来完成秩序的重建,来实现其"拨乱反正"的过程。在难于承受的历史记忆与现实重负面前,女性形象将以历史的殉难者、灵魂的失节者、秩序重建的祭品,背负苦难与忏悔而去。甚至关于张志新——"无产阶级文化大革命"十年、十亿人众之中唯一的勇者、唯一的抗议者、女英雄——的叙事话语也是:"只因一只彩蝶翩然扑到泥里,诗人眼中的世界再不是灰褐色的。"② 对女性之自由的枷锁在关于性别差异的话语中碎裂了,但这一关于女性的话语却是建立在微妙的性别歧视与女性之为"第二性"的基础之上的。新的解放伴着"熟悉"的压抑不期然而临。随着同心圆式的主流意识形态的削弱,在社会的现实生活及日常生活的意识形态话语中,在世俗神话及大众传播媒介中,形形色色关于女性的侵犯性、歧视性的行为和话语开始以或公然的或隐晦的形式呈现出来。而颇为可悲的是,这一关于女性的历史性倒退行为,在相当程度上得到女性群体的默许。事实上,在漫长的男性规范作为唯一的行为与性别规范的岁月中,在分裂的自我与双重性别角色的重负下,多数妇女已对空泛而虚假的"妇女解放"的现实与话语感到了极度的疲惫与厌倦。另一方面,由于本应伴随着妇女解放运动而到来的女性的文化革命的"缺席",以及性别差异的抹杀,使大多数妇女对于自己的精神性别充满了困惑、无知与茫然。于是,作为一个历史的诡计与悖论,结束了"男女都一样"的时代,结束了男性规范作为施之于男人和女人的、唯一的规范之后,性别差异的重提,使女性写作、女性作为话语主体的重现成为可能,这一倒退

---

① 其中最为典型的作品是鲁彦周的《天云山传奇》,及由谢晋改编的同名影片。
② 朔望:《只因——关于一个女共产党员的断想》,载《人民日报》1979年7月13日。

与坠落的时刻竟成了女性再次浮出历史地表的契机。

在承认性别差异的前提下，女性自陈间或以反抗者的声音与形象出现："女人，不是月亮，不借别人的光炫耀自己。"① 继而发展成为基于社会进步信念之上的、女性的乌托邦式梦想。相对于此时期其他的社会、文化进程而言，女性的自觉、女性自我的出现是极为艰难、缓慢的，同时充满了误区与歧路。作为一个性别群体的女性终于再度浮现，她们在自我质疑、自我陈述甚或自我否定中困难地开始了对自己精神性别的确认与对自己现实遭遇及文化困境的呈现。她们作为话语主体再度开始了对男权文化的黑海和女性的历史雾障的涉渡与穿越；尽管此间的女性话语仍是混乱杂陈的，女性的文本仍充满了裂隙。一个有趣的现象是，如同"五四"时代的一个偶句，女性的再次觉醒、女性反抗、异己之声音的再次出现，又一次伴随着中国结束封闭、向着世界敞开国门的历史进程。但是和"五四"时代不同，尽管同是"文革"——一个父权、极权时代的牺牲品和反抗者，尽管同是一次"历史性的弑父行为"的参与者，但这一次女性与男性之间并未能如同"少年中国之子"和五四之女那样结为真正的伙伴与同谋。这一次女性的反抗之声是微弱的，它在空旷的女性原野上播散，几乎没有回声。甚至对于女性，女性的反抗与女性主义的声音也显得如此怪诞、陌生而异己。它必须面对的是社会性的无视、冷漠，甚至是敌意与歧视。如果说1976—1979年之间，中国社会经历着一次旧秩序的破坏与新秩序的重建，那么，似乎这一新秩序的内容之一是对男权的再确认。而伴随改革开放及商业化进程的加快，男权与性别歧视也在不断地强化。女性的社会与文化地位经历着或缓慢或急剧的坠落过程。然而，女性的自我与自陈也在这一过程中渐次清晰。

---

① 引自白峰溪所作的话剧《风雨故人来》，1983年在北京上演。见《白峰溪剧作选》，中国戏剧出版社，1988年，第137页。

中心与边缘

从某种意义上说,迅速崛起并不断更新的女作家群,是新时期重要的文化景观之一。事实上,在 70 年代末到 80 年代中期,中国社会所经历的深刻的文化转型之中,女作家群成为这一文化、话语构造相当有力的参与者。如果说,人道主义与启蒙的呼唤与细语,曾是 80 年代所指认的精英知识分子的边缘反抗性话语,那么这一边缘在七八十年代之交不断的中心内爆中,迅速地转移并开始占据了中心位置。

一如中国妇女的命运如此紧密地与中国的历史命运、与中国社会的变迁胶着在一起,新时期的女性话语亦相当繁复地与主流(男性)话语呈现出彼此合谋又深刻冲突的格局。毫无疑问,新时期的女作家们作为与男人经历了同样的历史遭遇的社会主体,其对于新"启蒙"运动的热切有着具体而明确的敌手与对象:"文革"或曰十年浩劫;一个作为深刻社会共识的信念:"现代化""进步"不仅是新时期初年女作家作品中最响亮的声音之一,而且事实上成了那个"高歌猛进的时代"多声部中的高音部。或许这是难以再度重现的历史际遇:新时期的最初十年中,有如此众多的女作家及其作品,不仅不断成为新的文学思潮、代际更迭的标识,而且由于七八十年代之交文学之于中国社会的空前重要的超载功能,而始终位居于 80 年代思想文化史的前沿。如此众多的女作家的作品不间断地以 80 年代特有的"文学的社会轰动效应",引发着文化转型中的微型地震;提请或负载着社会质疑与批判的主题。一如戴厚英的《人啊,人!》以其人道主义反思及忏悔主题,张辛欣以其《在同一地平线上》中的个人主义主题的超前显影,一度置身于社会政治文化变革的风暴中心;谌容的《人到中年》则率先以知识分子待遇的社会问题小说的书写,成为"尊重知识""科技兴国"等主流话语的先声;新时期最重要的女作家之一张洁,不仅以她的"争议性"作品《爱,是不能忘记的》显现了七八十年代之交人道主义话语的多个层面,并引发了关于社会伦理、婚姻家庭问题的论争;她的第一部长篇《沉重的翅膀》,更以相当广阔的社会视野成为中国社会"改革开放"主题的力作,而且几乎可以视为新时期中国重要的政治文化事件之一。在此,姑且不去详述王安忆80年代中后期的作品不断成为新的文学、文化思潮的始作俑者;残雪的作品序列成为当代中国现代主义/先锋文学中的开端与翘楚,方方、池莉的作品成为"新写实"——一个时代隐形文化的先声与代言。

此间,一个不无荒诞而有趣的情形是,当新时期女作家群不断经历有惊无险的政治风浪而后开始占据社会文化的中心之时,女性群体则在这一新的社会构造过程之中遭受着持续的边缘化。因此,新时期初年的女性写作者,似乎出演着愈加合法的文化主体与话语主体,成为"现代性"话语再度扩张过程的得力助推者。如果说80年代初,女作家群的创作以其频频置身于论争乃至风暴中心的遭遇,标明了一个特定的边缘:一个朝向中心并相当迅速地置换为中心的边缘。但毫无疑问,这一边缘/中心的呈现,并非一个性别群体的声音或话语,而是女作家群所深刻认同的另一社群:(精英)知识分子的社群。但在这一社群中,80年代女作家仍呈现出一种更为繁复的,于边缘/中心间滑动、游移的状态。从某种意义上说,新时期初年发自精英知识分子的声音,仍在相当程度上借重着昔日社会中心或曰主流意识形态的支撑;而女作家们的类似表达一度成为其中最响亮的声部。张洁曾因她颇为豪迈的对共产主义信念与社会主义制度的认同表达,而被西方世界称为"红色的响箭"①,而此间多数女作家作品中的男性英雄/主体形象,多为"真正的人""真正的共产党人"。如果说,在七八十年代

---

① 〔美〕罗恩·西尔维:《红色的响箭——与中国最重要的女作家张洁的谈话》,原载1986年8—9月美国《星期六评论》,董之琳译,见何火任编《张洁研究专集》,贵州人民出版社,1991年,第119页。

之交,这更多的是作为精英知识分子群落代言的作家群所采取的文化策略,那么,在女作家的书写中,它却远为深切且由衷。一个多少有些肤浅的解释,是女作家、女艺术家群尽管无保留地认同于(男性)精英知识分子群落,但她们事实上仍相当深切,或许是出自"直觉"地体味着自身的解放及其享有的社会地位与社会主义体制在中国确立间的密切联系;而且这无疑是当代中国女性文化与国家认同间的繁复关系的又一例证。事实上,数量众多、规模庞大的女性文学、艺术家的全面崛起,其自身便是女性群体在毛泽东时代所获得并积蓄的文化资本的一次显现与挥霍。

当然,比这与昔日主流/中心间的认同更为鲜明的,是新时期初年,使女性文化与书写显现出中心/主流色彩的并非独特却分外凸现的文化象征意义。"女性"在父权/男权文化秩序中被赋予的象征意义,可谓源远流长;七八十年代之交,它再度作为历史的蒙难者、牺牲者的形象,以完成"文革"控诉和历史反思的命题,作为以微末的、吁请的姿态出现的人道主义呼唤,作为一个伸展开伤残的生命朝向光明与未来的乌托邦式诗篇,成为此间文化风景线上的核心景观。于是,一个有趣的现象是,在"伤痕文学"所构造并展现的社会历史图景中,"女性的"表达,与其说是一个明确的"第二性"的位置,不如说是一种知识分子群体所共同采取的文化象征姿态:"朦胧诗""伤痕文学"或"第四代"电影的文化与叙事基调正带有某种"女性"的特征。那是一份弱者的祈祷与吁请,一个以弱者姿态所实践的对中心与主流的僭越与冒犯,它"采取的是宣言的形式","要的却是私语的效果";① 那是一段纤细而忧伤的梦的碎片与对梦想的执着:"等着吧,姑娘/等着那只运载风的红帆船"②;"我天性中的野天鹅啊/你即使负着

---

① 王芫:《口红》,载《北京文学》1996年第11期。
② 北岛:《红帆船》,见阎月君、梁芸、高岩、顾芳选编《朦胧诗选》,辽宁大学中文系(内部发行),1982年,第36页。

枪伤/也要横越无遮拦的冬天/不要留恋带栏杆的春色"①。而这种文化的象征姿态与位置，一旦与写作者"真实"的女性性别身份相结合，便立刻成为一种更为"自然""合法"而有力的文化表达与文化构造过程。那是《森林里来的孩子》（张洁）、是《弦上的梦》（宗璞）、是《雨，沙沙沙》（王安忆）；也是《带五线谱的花环》（李陀）、《风筝飘带》（王蒙）、《大墙下的红玉兰》（从维熙）……女作家、女艺术家们的创作，因此而显现出一个独特的边缘/主流样态。

如果我们仍沿用"花木兰"作为对解放的妇女之社会境遇的象喻，那么必须正视的，是至少在新时期初年，是若干经典而"正面"的"女性"假面，成为中国所谓精英知识分子群体所采用的共同的文化修辞策略。但此时的女性形象，无疑同时成为对"女性"（某种本质主义表达）的凸现与对多重女性生命经验与体验的遮蔽。并非在此时女作家的女性书写中真的剔除了自己的性别经验、视点与命题，而是社会、时代的主流文化趋向，在赋予女性书写与文化象征意义的解读的同时，使女性对自身生命与经验的书写和探询成为一份匿名的或曰不可见的存在。类似文化举措，在不期然间赋予了女性书写以空前的中心与主流的位置和意义。

如果说，七八十年代之交，对"文革"时代的同仇敌忾，在相当程度上一度整合起全社会的身份认同，那么继而发生的葛兰西所谓的"文化革命"的过程，则在"拨乱反正"的旗帜下，开始了一种"新的"身份政治，运行着社会的再度分化与重组。性别群体的分化，无疑是其中重要的组成部分。80年代初中期，文学写作中的性别场景，以一种不言而喻的方式联系着政治场景。它间或是一种寓言形态、一种缺席的在场方式、一种有效地提供"想象性解决"的可能。但此间

---

① 舒婷：《会唱歌的鸢尾花》，见《舒婷文集 1：最后的挽歌》，江苏文艺出版社，1997 年，第 61 页。

性别叙述的差异在于：在男性写作的叙事之中，男主人公的政治（公民）权利与性别权力犹如一枚硬币的正反面，浑然一体，不可切分。那些名之为《男人的一半是女人》或《灵与肉》的篇章中，与其说充满了"灵与肉"的搏斗，不如说是男性"灵与肉"的双重陷落与重生。事实上，男性性别主体身份的获得，显然成了伤痕、政治反思与历史文化反思的有机而有效的组成部分。而在女作家的笔下，女性角色的性别自我不仅朦胧暧昧，必须覆之以"人性""灵魂"等超越性的光环，而且对女性自我的追问，或对女性境况的书写还不断被指认为"可悲"的出轨、偏离与误区。换言之，在新时期的历史语境中，女作家可以禀"大写的人"或"人性"或"社会良知"或"人民代言人"之名，占据重要的话语中心位置；一旦此中女性的性别身份与性别体验显露或遭指认，那么随之而来的便是其写作者的位置"滑向"（如果不是"逐往"）边缘。七八十年代之交，对于与创作同样异常活跃并超载的文学批评来说，对作家、作品的女性"身份"的指认，毫无疑问地意味着一种贬斥，而并不彰显作者的性别则不言而喻地意味着一份褒扬。因此，在新时期的女性文化的图景中，女性写作者的文化身份与主体位置围绕着她的性别身份的隐现，在边缘与中心间呈现出滑动与漂移。只需对照《人啊，人！》所唤起的热烈论争、疾风暴雨与戴厚英的处女作《诗人之死》的艰难出世，对照一下遇罗锦的《冬天的童话》所获得的巨大礼遇与《春天的童话》所遭到的非议漠视，便不言自明了。

然而，对这种渐次公开的性别歧视性的表达的出现，女作家群的主部似乎共同采用一种默许式的抗议方式：她们大多选取拒绝指认自己书写的性别特征的姿态。在这对共识与信念的表达之中，女作家所寄予的，除却"夺回"并进而超越自己的性别称谓与身份，尚有一份公开的、间或是主流的梦想：妇女的真正解放，有待于人类社会的进步，有待于健全的社会体制、逐步提高的文明程度①。如果说新时期初

---

① 参见张洁：《方舟》，北京出版社，1983年。

年男权文化的"复权"努力尚未成为一种对女人充满恩主或敌意的姿态,那么,它更多地表现为妇女解放"超前"说:中国社会所面临的问题是如此的繁多而巨大("百废待举"),女性的问题便显得如此的"微末";而"女权"的倡导则是不折不扣的"过分"与奢侈。从某种意义上说,中国知识女性(包括女作家群落)正是在这种意义上,与社会主流话语达成了一个危险的共谋:它使得女性、人文知识分子在相当大的程度上,忽略或曰默许了这一历史性的"倒退"。在整个80年代,所谓"让历史告诉未来"的修辞法之中,"妇女解放"成为一个被悬置的命题;而在这"空白"与"空明"之间,历史以"加速度"的方式重新书写着女性的生存与文化现实。

无法告别的"19世纪"

在一种"后见之明"的回瞻中,我们不难看出,80年代前、中期的文化作为一种知识分子自我定位中的反叛与抗衡的文化,其重要而深厚的思想及文化资源,来自于文艺复兴到19世纪的欧洲文化。其中不仅包含着因与马克思主义的深刻渊源关系而被赋予合法性的德国哲学,而更为普遍的是18世纪、19世纪的欧洲文学。笔者曾将其称为80年代、90年代中国文化中"无法告别的19世纪"。

事实上,正是对"文革"的权威历史结论,对80年代中国"启蒙"时代的历史定位,以及对现代中国历史的遮蔽、对中国滞后于世界历史进程的毫无质疑的结论,赋予了文艺复兴到19世纪欧洲文化之于当代中国的充分的合法性与真理性。如果说,"19世纪"的欧洲文化成为80年代中国抗衡文化的重要资源,其真意正在于有效地"告别革命":以欧洲文化的正宗、主脉取代俄苏文学——社会主义现实主义文学的君临,以启蒙及人道主义话语取代阶级论的旗帜,那么，必然遭到遮蔽的，首先是类似资源与知识谱系的形成与社会主义中国历史的密切关系。关于当代中国"闭关锁国"的叙述，以及"文革"作为中国无尽循环的"大历史"中的无多差异的一幕，遮蔽了一个基本而重要的事实：对欧洲始自文艺复兴时代到19世纪的哲学、文化、艺术的有系统的翻译、介绍，是社会主义中国巨大的文化工程之一——当然包含着"必要的"意识形态筛选；但真正被意识形态壁垒隔绝其外的，是被目为"日薄西山""腐朽没落"的20世纪欧洲文化。一如作家王小波的发现与告白①，50年代初文化艺术界的政治历史遭遇，使得成长、成熟于40年代的大批优秀学人和文学家转向了政治上较为安全的外语教学与翻译行当之中。而社会主义的文化体制尽洗了翻译、出版业可能或必然包含的商业、铜臭气味，使之可能成为一种精雕细琢、反复推敲的语言艺术。作为国家文化工程的空前规模与历史造成的优秀译者阵容，不仅提供给人们系统而数量繁多的欧洲文学译本，而且事实上造就了两代在欧美、俄苏文学译本及其语言的滋养下成长的中国知识分子与文学艺术家。

毫无疑问，这一对文艺复兴以来的欧洲文化艺术的翻译介绍，首先服务于社会主义意识形态的建构：如果说，启蒙思想家的论述继续成为反封建、中国民主革命命题的补课，那么，欧洲特别是德国古典哲学则服务于为马克思主义提供相对清晰的理论脉络与谱系背景。对于笔者说来，或许更为重要的，是借重"19世纪"欧洲文化与文学以支撑社会主义意识形态中的世界想象与全球圈景。这一时期欧洲文学所具有的批判精神与人道主义情怀，使之不断关注社会的不公、下层社会与形形色色小人物的苦难，使之成为对资本主义世界不公、不义与西方世界繁荣表象下的苦难的揭示与控诉；因此它辅助性地浮现在20世纪第三世界苦难与斗争的真实情景之畔，被有效地组织在社会

---

① 王小波：《我的师承》，见《青铜时代》，花城出版社，1997年。

主义中国的意识形态之中，成为支撑"社会主义的幸福生活""世界三分之二的人民生活在水深火热之中"的想象图景的文化因素——一种并不昭彰却绝对必要的因素；同一图景在60年代，便进一步用于支撑中国的中心想象："中国是世界革命策源地""中国人民肩负着解放全人类的历史使命"。但是，一个有趣的事实是，文艺复兴到19世纪的欧洲文化正是不无差异于其间的资本主义意识形态发生、发展并成熟的时期；"19世纪"的欧洲文学毫无疑问建立在人道主义的话语系统和文化逻辑之上。而这显然是与社会主义意识形态彼此冲突的元素。如果说，任何意识形态运作的共同特征，并非简单地制造或贩运"谎言"（即马克思主义所谓的"错误意识"），而是造成有效的文化视觉屏障，用以遮蔽"多余"的、产生歧义的画面与元素，那么，毛泽东时代的主流意识形态，确乎在相当程度上遮蔽了这一作为世界优秀文化遗产、用来支撑"世界苦难图景"的文化材料中的异己元素。然而，与其说意识形态的运作有效地消除了这些元素的存在，不如说它们更像是内在地潜藏在社会主义文化中的潜意识因素。从这样的角度看来，尽管此前的苏联文学艺术，提供了工农兵文艺的基本模式，提供了社会主义文学艺术理论，尤其是特定的"现实主义创作原则"，但其自身事实上仍处在一份特殊的尴尬与艰难之中：它必须提供一种有力的叙述，以建立社会主义现实主义、革命的现实主义、革命的浪漫主义，或"两结合"创作理论的历史渊源与历史脉络；同时必须提供一种有效的阐释，以消除文艺复兴到19世纪欧洲文化作为"社会主义文学艺术"前史的异己性元素。

因此，发生在七八十年代之交的社会巨变，其先行与伴随的文化进程，与其说是一种异己的文化提供了抗衡意识形态的资源，不如说它更多的是一种内在的、不可见的文化因素的显影与颠倒。如果我们借用自"五四"时代以来，用以描述外国文学、文化而引入的一个耳熟能详的说法："普罗米修斯盗火给人间"，那么，这一次，"火种"原本已在"人间"。迄今为止,笔者仍能清晰地记忆1979年曾在城市青年和大学校园内引起巨大震动的说法:"狄更斯已经死了";仍能记得那种说法、那场讨论所带来的震惊体验。彼时彼地,这一说法,振聋发聩而心照不宣地指称着"中国——世界革命的中心""世界三分之二的人民生活在水深火热之中"的全球想象与世界图景的颠覆与碎裂。如果说,它曾携带着由世界中心被抛向未知边缘的切肤痛楚,那么,它同时携带着灾难时代终结、新"世纪"降临的狂喜,一份"噩梦醒来是早晨"的、不无迟疑的欣悦。在笔者看来,正是这痛楚与狂喜的并置,遮没了新时期文化开端处的一个基本事实:狄更斯们(巴尔扎克、雨果、托尔斯泰、陀思妥耶夫斯基、契诃夫,等等)正在他们被宣告死亡的时刻复活。或者说,死去的,是狄更斯们的社会主义中国版,而复活的则是他们在欧洲文化主流中的原版、正宗。换言之,在《孤星血泪》《艰难时世》(以及《高老头》《欧也妮·葛朗台》《悲惨世界》《复活》《被侮辱与被损害的》)的狄更斯们死去的地方,《双城记》《圣诞欢歌》(以及《奥诺丽纳》《无神论者做弥撒》《九三年》《战争与和平》)的狄更斯们复活。① 有如解除了咒语,携带着诸多启蒙幻象与人道主义神话的狄更斯们,于彼时破密闭的魔瓶而出,凝聚成自天幕之上俯瞰我们的巨灵。

在此,雨果的《悲惨世界》前两卷成为十七年"积极浪漫主义"的经典,而后两卷却于新时期方才补译完成,似乎可以获得某种具有象征意味的阐释:为"十七年""文革"话语所借重的,是小说前两卷中的人道主义批判:那个造成冉·阿让式的"为了一片面包"而犯罪的社会;那种逼迫芳汀卖掉了金发、卖掉了牙齿,最后出卖自己的罪恶与绝望;那种使珂赛特生活在"寄托便等于断送"的苦难中的贪婪与丑恶。而新时期的"正名",则借重于后两卷人道主义的救赎:展现

---

① 《圣诞欢歌》《无神论者做弥撒》在1950年代分别译为《圣诞颂歌》《无神论者望弥撒》。

冉·阿让的重生与奇迹，借重于他博大的爱与恕，借重于珂赛特动人的爱情故事，与阶级仇人间的最后和解。如果说，在 1949—1979 年，欧洲启蒙主义文化的社会批判力量曾用于支撑反帝、反封建的民主革命话语，用于映衬平等、公正、消灭了阶级剥削压迫的社会主义体制，以人道主义的梦想润泽共产主义的远景，那么 1979 年以降，如同一枚硬币翻转、露出了一个不同的图案，同一批文化资料，在其"本义"上用于重新铭写隐形的社会民主、自由字样；人道主义的话语用于颠覆阶级论基础上的社会构造与社会意识形态。

于是，一个颇为有趣的情形是，阅读并理解新时期中国文学，不仅必须参照特定的社会文化语境，不仅应该首先知晓当代中国历史与中国文坛的代际变迁，而且应该了解或分享一份特殊的阅读、记忆清单：那固然是俄苏文学（毫无疑问，整个 80 年代是一个苏联文学渐次隐没，而俄国文学长盛不衰的过程）蔚为壮观的序列；而且是渐次清晰的欧洲及 20 世纪初的美国文学序列[①]。当然，在这些序列中占有特殊位置的，是一些特殊的文学文本，诸如在英国文学史上不见经传的女作家伏尼契的小说《牛虻》；以及端居在几代中国知识分子记忆清单上的理想镜像：《钢铁是怎样炼成的》《牛虻》《约翰·克利斯朵夫》的依次递减（十七年）或依次递增（新时期）的排列。

事实上，正是由于经过政治筛选的、大量译成中文的文艺复兴到 19 世纪的欧洲文化/文学，成了毛泽东时代社会主义文化之"外"的无选之选，因此，在 1949—1979 年间尤其是包含个人崇拜与制度拜物教因素于其中的主流信念渐次坍塌的"文革"后期，类似读物成为别一历史时期难以重现的真正的"流行"文化：由高级知识分子到城市青年的不同层次、不同群落，类似读物作为"禁书"广为流传，为

---

① 张抗抗：《大写的"人"字》，见《你对命运说：不！——张抗抗随笔》，知识出版社，1994 年，第 86—87 页。此书第一次印刷时封面主标题误印为："命运对你说：不！"

人们所分享、共赏（此间当然包含着与政治特权结构共生的文化与知识特权于其中）；因此，在特定的（特权的？）城市知识青年群落中，得自于这些著作的一部作品、一位作家、一个人物或场景的名称，便足以表达一份深刻的共识，某种心照不宣的默契。正是在那个文化极度荒芜的时代，类似文化资源的占有，成为阶层、身份、格调乃至现实立场的清晰标识。因此，七八十年代之交，乃至 80 年代初的伤痕、反思文学，有一个鲜为人提及的特征：那便是今天看来颇为粗陋的文学文本（小说、诗歌、戏剧）事实上存在于一个密集的、不言自明的互文网络之中，一个具体文学文本对苏俄文学、对"19 世纪"欧美文学，同时是对工农兵文艺的"援引"式的借重；是存在于作者/读者间一份文化记忆的默契。[①] 在笔者看来，类似颇为简单的文本，有着颇为繁复的文化对话结构于其间——只是这类对话并非发生在文本结构之中，而是存在于社会接受语境之内。

资源、谱系与记忆清单

如果说新时期的中国，在改革开放的历史进程中经历着再一次"遭遇世界"的文化体验，那么，我们所遭遇的，事实是 20 世纪的、准确地说是战后或称后工业时代的欧美世界。从某种意义上说，整个 80 年代，是 20 世纪欧美文化凭借原有的文化机制大量涌入的时期；但 80 年代前半期（在某种程度上，直至笔者写作本书时）中国文化的主部，始终并未与这一新的西来文化引进与介绍同步。如果说战后欧美世界的变化——后工业社会、后现代主义或称晚期资本主义，与

---

① 诸如刘心武小说《班主任》中提及的《牛虻》，张辛欣《我们这个年纪的梦》中提及的《红帆》《水晶洞》，等等。

当代中国所形成的经验上的断裂、隔膜,使得战后欧美文化呈现出鲜明可辨的"他性"特征,那么,20世纪欧洲文化内部最重要的事实:"语言学转型",则成为中国人文社会科学界难于逾越的知识及语词的鸿沟。显而易见,造成这一文化"时间"差的,更重要的是80年代中国的文化解构/建构过程:此间,不仅毛泽东时代的文化仍以某种方式伸延在80年代的文化脉络中,不仅由于"文革"与新时期作为"启蒙时代"的历史定位/错位,而且由于"19世纪"是当代中国和整个知识群体的知识谱系中最基本的内在构成因素。可以说,"无法告别的'19世纪'",在中国文化内部携带着一个世纪的"时间差"——在此,笔者所尝试强调的不是在所谓线性、"进步"的历史观中,中国作为后发现代化国家的必然滞后;而是旨在强调一个尽管经过重述的"19世纪"的文化资源再度占据了社会文化的主流,不仅出自一份现实与历史的无奈,而且有意无意地凸现并实践着一种有效的意识形态意图:遮蔽中国近现代史,遮蔽对当代史的探究,以欧洲中世纪类比于"超稳定结构"的封建中国,以文艺复兴类比于新时期的"启蒙主义时代"。这里再次凸现的话语断裂,使人们必然无视/无知在两次世界大战的重创后世界范围内的对现代化进程及现代性话语反思的重要文化资源,忽略或难于接受欧美"语言学转型"后的文化建构。

而对于女性文化的建构来说,正是类似的资源与谱系,使得女性主义及性别立场成为新时期文化结构的内部匮乏。从西方文化资源的角度上来看,理由十分简单,广泛的女权运动,女性主义理论与实践,由性别立场出发对现代性话语的提出质询与反思,原本是20世纪原发在欧美世界的文化事实。尽管七八十年代之交,女性主义(西蒙娜·波伏瓦《第二性》的卷二,台湾版)是最早进入的西方20世纪"文学理论"之一,此后断续而没有太多内在逻辑可言的、对西方女性主义理论的翻译介绍,并不比其他领域的讨论或介绍更贫弱或混乱。可以说,80年代初期,几乎任何一本西方理论著作的译介,都可以引起（至少是短时间内）革命性的影响与更动；但是，女性主义却直到80年代后期，才开始成为为数不多的女性学者从事女作家研究时的资源与依据。这固然由于整个80年代，经历了一个隐形的男权及其文化匡复自身地位的努力，同时亦是由于女性主义理论与"19世纪文化"间内在的矛盾与断裂。如果说，全球性的女权运动与女性主义理论，确乎包含着对欧洲启蒙主义逻辑延伸的因素，但它亦确实以对诸多启蒙"神话"的颠覆为开端。因此，80年代中国女性主义的传播便必然与精英知识分子参与构造的主流文化存在着结构性的冲突。

创伤与救赎

在笔者看来，对新时期女性写作与女性文化的阅读，间或可以成为80年代中国社会及其文化的症候阅读。新时期女性写作所遭遇到的文化困境，间或可以视为中国社会与文化困境的转移方式之一。

七八十年代之交，社会的急剧转型使人们至为切身的现实迅速变为了"历史"；于是，联系着这极为切近的"历史"以重新定义"今天"，便成为整个新时期的重要课题。对于刚刚经历了一场浩劫的"民族"说来，反思——历史的书写与重写，应不仅意味着某种新的合法性论述的建立与确认，而且应意味着某种"灵魂拷问"式的忏悔。然而，从某种意义上说，整个80年代，中国知识界在不断地以"反思"的名义拒绝反思。在"彻底否定'文化大革命'"与"我于青春无悔"的矛盾命题之下，我们在新时期文学——伤痕、反思、寻根中频频遭遇到"为了忘却的记念"（并不具有鲁迅痛切的反讽意味）和"为了告别的聚会"。在诸多"文革"及历史图景中，"我们"被书写为"压在权力的轮子底下的"血肉模糊的"活人"，似乎从来无缘分享或转动那具巨大的"权力之轮"。毋庸置疑，是极为复杂而深刻的政治、历史原因造成了这一拒绝忏悔、拒绝清算的文化现实;但对每一个个人与整个社会说来,仍有一份难以背负、必须予以移置的创伤记忆。因此,新时期,至少是80年代初、中期,整个中国知识界的使命之一,便是寻找或曰制造某些必须而"过剩的能指",以期凭借它们有效地阐释"文革"的历史,并借以组织起这无名的创伤记忆:诸如"封建(显形的主词)法西斯(隐形的修饰词)专政",诸如"历史的超稳定结构",诸如"文明与愚昧的冲突",诸如"异化""人性的复归""大写的人"与"魂兮归来"。

然而,阐释,即使是有效的阐释,并不等于有效的救赎。新时期文化中猎猎飘扬的"理性"的旗帜,确乎在成功地揭示并阐释某种关于"文革"与中国历史的"事实"的同时,成功地实现了新的意识形态遮蔽;但它却未必成功地治愈了记忆创伤,并有效地提供历史与个人的救赎。在此,文学艺术提供了一份作用于(政治)潜意识的救赎策略。在伤痕,尤其是政治反思文学的名篇(诸如李国文的《月食》,鲁彦周的《天云山传奇》,古华的《爬满青藤的木屋》,张贤亮的《绿化树》《男人的一半是女人》《灵与肉》,白桦的《妈妈呀,妈妈》等等)中,一种(无疑是想象的)救赎的力量便存在于历史之中,那是一个女人,一个"纯粹"的女人——丰饶而坚忍,她以她的母爱、自我牺牲,乃至仅仅以女性的身体从灾难与劫数中托举起落难的男人,修复他的伤残,显影并填充在灾难岁月男人记忆的"黑海"之中。抛开其中等而下之的以女性为镜映照男性自恋形象的书写方式(诸如《绿化树》的午夜窥读),如果说此间的灾难来自无名的或不言自明的历史暴力,那么,男性——多为孱弱、伤残的男性——仍是历史的主体与获救者。创造了救赎的女人始终在历史之外;如果说此间的男性形象更多是文明的造物,那么个中的女人便更像是"自然"的女儿。通过拒绝社会与历史,她们丰饶而富足,她们给男人一个家,一处遮风避雨的天顶;而留在历史之中,便如同一页贫瘠的空白之页,任历史粗暴地涂抹。

在这里，历史之手再度显现：尽管伤痕、政治反思文学与十七年文学有着同样鲜明却大相径庭的意识形态意图，但类似提供了（男性）救赎的纯粹的女人，却显然是十七年文学中的子弟兵母亲、安泰传说中的大地母亲的变奏形式（事实上，在某些篇章中，甚至出现了其原型，如《月食》中的郭大娘和妞妞）；或者说是十七年文学中为数不多的"可见"的女性形象的"合法"延伸。在寻根小说（尤其是其众多的效颦者）那里，这类"纯粹女性"的书写开始定型为一个所谓"丰乳肥臀"的形象。从某种意义上说，新时期初年，那阵沸沸扬扬的"寻找男子汉"声浪颇像是一场滑稽喜剧，那么，书写"真"女人，则是一次持久而悄然的文化构造过程。问题的复杂性在于，如果说，"做男人""恢复男性的权力与尊严"，在政治反抗与男权意识形态的双重意义上得到了社会的充分认可，那么"做女人"在同样意义上受到了社会与男性的嘉许与诱导。但在同一语境中，强调性别差异也是女性为赢得自己的性别身份与话语权力所采取的反抗策略之一。

在这一特定的历史语境中，女性文化呈现出某种斑驳的色彩。一方面，作为历史的伸延，拒绝性别差异说，或尝试超越差异的反抗（"我首先是一个人，然后才是一个女人"），仍遭遇着女性体验及其身份的失语困扰，同时在本质主义的性别差异说面前显得激越而浮泛；它同样无力于直面"同一地平线上"的两样的世界。而另一方面，以性别差异说为前提，试图寻找女性话语与自我表达，则不仅遭遇着更为深刻的"无语"——父权、男权秩序深刻地铭写在语言秩序之中，因此，"我们无法在男权文化的天空下另辟苍穹"，而且面临源远流长、斑驳多端的女性规范及其陷阱。于是，在赢得"做女人"的权利之后，是对女性自我身份茫然的困窘——"究竟，男人是怎么回事，女人又是怎么回事？"[①] 以及深刻的内在匮乏。于是，另一个复杂的文

[①] 王安忆：《男人和女人 女人和城市》，载《当代作家评论》1986年第5期。

化交叉点,便是那种"丰乳肥臀"①式的"原始母亲"同样出现在女作家的笔下,用以指称现代女性的一个心灵误区,一份匮乏与迷惘。有趣之处在于,在男性作家的笔下,类似女性形象指称着自我与历史的"他者",一种历史的,却是来自"历史"之外的拯救力;男性作家通过书写类似"真女人",重新构造了历史与记忆的清单,以个人生命史的记录对抗、取代,同时遮蔽了原有的历史文本与历史记忆。而在女作家的笔下,类似的纯粹女性与其说是女性自我的一部分,不如说是一个稔熟而并非有效的能指,用来指称性别本质论笼罩之下现代女性那份无名的匮乏与巨大的焦虑。如果说"五四"新文化运动中的男性书写,已将前现代的女性铭记为一个死者,那么,在新时期的女性写作中,她们是女性群体生存中的一类人(而且未必是最痛苦的一类),但对于身为现代女性的女主人公说来,前者的生命逻辑却被阻隔在历史的雾障之外;她们是女性文化镜城中硕大的一幅镜像,但它非但不能令照镜者映照出一幅真实的自我形象,相反,它只是某种回声般的诱惑,会在某种更为强烈的异己感中加剧现代女性的迷惘与困惑。于是,它与其说是一条获救之路,不如说更像是一处路障,阻断了现代女性到达并认识其自我形象的路径。

"代价论"之后

如果说新时期的男性书写在不期然间寻找着一个有效的命名与阐释,以期成功地转移并遮蔽当代中国历史中的创伤记忆,那么,其中最为通俗并一度成为深刻共识的,便是所谓的"代价论"(或曰"学费"说)。作为一种主流话语,它将当代中国历史中的创伤、失误指称为到达黄金彼岸必付的"代价"(或有意义的"学费"),于是,"代价"成为

---

① 莫言长篇小说名(作家出版社,1996年)。

"错误"的一个委婉的代称。于是，一种轻松的否定背后，"文革"及当代中国史上的悲剧被简单地肯定为历史进程中必需的句段；历史与现实的双重合法性因此而得以成立，历史与现实间的对立，以及历史与现实所呈现的重要命题因之而遭遮蔽。如上所述，隐身搭乘"思想解放""拨乱反正"之顺风车的男权文化，开始由隐讳而公开地以"代价"为题来讨论当代中国的妇女解放。于是，心照不宣的，妇女解放、妇女平等权利的获得，尤其是城市妇女的普遍就业，成了一个如同"大跃进"或公社化式的"历史错误"，必须，至少是应该予以"纠正"。

事实上，在七八十年代文化、话语转型的过程中，进步和倒退的"叙事"成了重要的"修辞策略"之一：如果说整个80年代是在"现代化"的旗帜辉映下高歌社会进步的时代，那么，诸多历史的倒退行为则在"历史阶段不可超越""补课""代价"等说法中获得了其合法性的论证。但作为新时期主流话语的"进步"论，仍因此而呈现出某种"结构性的自相矛盾"。此间，某些男性精英知识分子的女性观，诸如"妇女解放代价论"，及更有甚者"女人回家去"的论调，不仅成为"启蒙"话语的内在裂隙之一，而且在另一个层面上，则是为了以性别表述遮蔽更为深刻的社会矛盾与社会问题。

从某种意义上说，新时期文学与文化中的女性话语不断地与男性话语相叠加，在共同构成某种社会历史表述的同时，成为其中不无异质性的因素。因此，尽管类似代价论似乎并未遭到来自女性的正面狙击，甚或在某种程度上得到了默许和认可，然而，女性之所谓"代价"，不仅用以描述在"男女平等"的旗帜下，妇女所遭到的新的压抑与困境，而且确乎成了女性对解放、自由与必付代价的痛楚的思考。或许可以说，与其说是女性以屈从或臣服的姿态接受了男权文化的反攻倒算，不如说是女性因对特定历史的反抗和对其话语权力的争取，不自觉地"挪用"了某种男性或男权文化的话语——拒绝"男女都一样"的历史与现实描述，首先赢得自己的性别身份，此后或许能以女性的身份和话语表达女性的视点与经验。然而,于笔者看来,任何一种话语的"挪用",都犹如一次乔装改扮;但"我们都会成为我们所装扮的形象,所以当我们装扮的时候务必十分小心。"① 如果说新时期女性群体对于男权文化的反攻倒算采取了漠然的态度,但毕竟呈现出自己的文化意图,那么,我们仍将因此付出或曰已然付出巨大的代价。

所以,新时期女性写作的重要特征仍必须联系着一种"'代价论'之后"的文化、社会现实。一个有趣而颇具深义的现象是,新时期的女性写作十分自觉地拒斥女性反抗的姿态,几乎每个重要的女作家都发表过"我不是女权主义者"的声明。尽管此间除了某种策略性的选择之外,无疑有着极为深刻复杂的社会、历史、文化的成因,但它作为一种"单纯"的表象已然传达出十分丰富的信息。在新时期的女性写作(尤其是其佼佼者)之中,女性的声音不再是反抗或控诉的声音;如果它仍然表现为一种反抗或控诉,那么它的对象更多的不是朝向男性而是朝向社会权力机器。如果说韦弥投湖自尽,以死拒辱,那么她的丈夫亦在此前悬梁谢世(宗璞《我是谁》);而菩提、方知、慧韵则是在相互间的一份真情与挚爱里获得了直面社会暴力的勇气(宗璞《三生石》)。事实上,在新时期初年,与人们对一次社会新生、一次"创世纪"的狂喜相伴随,女作家(尤其是早期的张洁、戴厚英、张抗抗)笔下的男性形象仍呈现出浓重的乌托邦意味,他们负载着女性获救的可能,同时负载着女性心目中的文化英雄与理想人格。事实上,如果说在《爱,是不能忘记的》之中,"他"构成了"母亲"获救与共建人间乐土的希望,那么在叙境之中,他却只是一个死者,一个可以寄予任何意义的"空洞的能指"。"他"与其说是一个男人,不如说是一份理想:关于合理的社会生存,关于"人性"与"道德",关于爱,关于男人和女人。

---

① 〔美〕库尔特·冯尼格特:《茫茫夜》原序,艾莹译,浙江文艺出版社,1984年,第1页。

主体与主体性

如果说"无法告别的'19世纪'"所提供的文化资源与记忆清单,在80年代继续成为制造并表述着中国知识界几代人"丰富的痛苦"①的精神素材——在此,我们姑且搁置这种后来被表述为"浮士德求索"的心理历程,所包含的个人主义文化尴尬,对知识分子角色及其知识分子伦理的困窘;那么毫无疑问的是这一颇为冗长的理想镜像序列,都有着不言自明的男性身份。因此,在这种关于痛苦——丰富的痛苦、痛苦的乃至绝望的理想主义叙述中,以"人"、彼时所谓"大写的人"之称谓出现的,是天经地义的男性主体。

显而易见,1949年以后的社会变迁,确乎在相当程度上,使中国妇女成为中国社会及历史舞台的主体,使其主体性的发挥获得了空前广阔的社会空间;从某种意义上说,新时期文学艺术舞台上,女作家、女艺术家群体的迅速崛起,本身便是社会主义的历史产物,尽管它是作为对历史的重构、重写过程而登场。或许80年代中国女性书写最显著的特征,是女性以其文学艺术的书写所实现的、对社会政治生活的介入,类似行为并不带有任何自觉的对性别身份的僭越之感,而且丝毫没有关于"题材"(诸如童心与母爱)与书写风格的自我限定。相反,几乎所有登场于80年代的女作家、艺术家,都分享着男性知识分子、艺术家们颇为悲壮、饱含豪情的思考与行为基调。她们几乎没有迟疑地分享着男性精英知识分子与现代社会公民的自我想象与自我定位,充满了巨大的社会使命感与责任感。颇为有趣的是,几乎所有重要的新时期女作家都曾经相当明确地拒绝将自己的性别身份作为其作品与写作行为的前提;但那与其说是对一种"主义"或"立场"的拒绝,不如说是对女性——永远的"第二性"身份的否定。一

---

① 钱理群:《丰富的痛苦——"堂吉诃德"与"哈姆雷特"的东移》,时代文艺出版社,1993年。

如那个不绝于耳的宣告：我首先是一个人，然后才是一个女人；我首先是一个作家，然后才是一个女作家。这个耳熟能详的说法，事实上是一个相当繁复的表述与话语：首先，作为发言者主体性的呈现，它无疑是一种有力的，并且充分内在化的男女平等意识，它申明自己作为平等的社会主体的自我指认；但同时在笔者看来，它又是不曾明言的性别歧视与双重标准的明证：申明或承认自己是一个女人，便意味着对某种弱者或劣势地位的认可，便意味着对广阔的社会视野、"公民"的社会责任、知识分子的神圣使命的放弃——后者显然不言自明地并非"女性"的"分内之事"。最后，在80年代的特定文化语境之中，这又无疑是被人道主义话语所支持的超越性想象，亦可称为"神话"与幻觉：在"生而平等"的"人"的层面上，我们可以成功地超越阶级、性别、种族，而共同面对"人类"的生存处境。

但颇为有趣的是，80年代的女作家群，尽管拒绝女性主义与女性作为"特殊"身份的确认，因而表现了对自己作为社会与文化主体身份空前的自信，但她们对于女性/自我形象的书写方式，却呈现出一种深刻的内在匮乏：尽管女性确定无疑地充当着历史主体的社会角色，但她们却大都无法充分赋予这一角色以充分的现实"合法性"。一个难以思议的文化事实是，似乎作为社会公民/主体的女性，必须并且可能在相当程度上抹去自己的性别身份；一旦进入叙事空间成为书写（即使是女性书写的）对象，除却作为特例、个案，却必须充分凸现"她"的性别身份；然而，一旦女性的性别身份得以凸现出来，她便丧失了相当部分的行为空间与表述可能。其中最为典型的一例，是七八十年代之交引发轰动效果的戴厚英的长篇小说《人啊，人！》。根据作家本人的回忆，小说的基本创作动机产生于她为自己的处女作，也是带有相当大的自传性《诗人之死》争取出版的过程，但在作品中，她却将这一具有鲜明时代色彩的社会行为赋予了男主人公何荆夫；不仅如此，她还将那个时代最响亮的精英知识分子的话语：历史反思、文化英雄的精神，同样慷慨地"赠与"了何荆夫；将她最痛切的生命体验："文革"年代的心灵与经历上的"污点"、屈服或卑怯的时刻、痛苦的忏悔意识转移给另一位男主人公赵振环；将她所明敏地意识到的，一个新时代潜在的"物神"嘴脸的诱惑给予了故事中的"俗"男人许恒忠。于是，间或可以视为作家化身形象的女主人公孙悦，便仅仅是一个女人，一个在灾难时代遭到卑怯男人抛弃，在新时代受到男性精神偶像的感召，同时遭到指称着"庸常生活"的男性纠缠与诱惑。在这组新时期初年知识分子的群像中，女主角孙悦是一个在社会意义上"中空"的形象，她唯一持有的，是"女性"的"特权"：爱情与爱情的选择，而在小说中，这选择又在相当程度上是一次对男性拯救者降临的被动期待。毫无疑问，在小说中，新时期的降临，带给孙悦重生的希望与际遇，但这更多的是在爱情、婚姻场景中重获幸福的可能。同样有趣的例证，是新时期以来最富成就的作家王安忆，尽管她显然未曾在任何意义上怀疑自己作为作家身份的合法性，却在她颇为宏大的作品系列中，将所有故事中的作家形象赋予男性角色；甚至在她明确声称："现在我们对自己的挖掘到了深处，到了要使我们疼痛的地心了"的作品之一《神圣祭坛》中，她同样将她身为作家的深切也富于洞察力的体验给予男主人公项五一，而负载着一份达观但仍然痛楚的女性生命体验的女主角战卡佳，却只能在作品中出演一个"女人"——作家精神的女友，一个如永恒的梅克夫人般的精神伴侣。

于是，以王安忆、张抗抗的早期作品《雨，沙沙沙》和《北极光》为代表，在新时期初年女作家的写作中，徘徊着一个"滞留的少女"形象，那是一些已近而立之年的"少女"；甚至戴厚英年近不惑或年逾不惑的女主人公们，也常常是某种苦情戏的女主人公形象与少女情怀的叠加。毋庸赘言，少女/女儿是一个始终被形形色色的权力机制所宽待的"特权形象"，一个可以相对轻盈地穿越种种话语与权力网罗的形象。"她"，可以裸脸面世，而无须过多的假面与化妆的保护。而张洁作为新时期最重要的女作家之一,她早期作品的忧伤而柔韧的女性形象,或许可以简约为一个"等待"的姿态:一个伤残的生命怀抱着一份少女的纯真与执着的等待。

在此,无须多言,所有叙事作品都是艺术家真实自我的假面舞会;我们可以在似乎最荒诞不经的作品中发现自叙传的因素。而强烈的自传性及其同样鲜明的"假面"特征(在此,这一"假面"更多地用以强调时代话语的遮蔽力量,以及艺术家处理自身"文革"记忆时的规避方式),则是新时期尤其是新时期初年"伤痕文学"写作的重要特征之一,在诸多女作家的写作脉络中尤为明显。所不同的,是除却自我假面或称人格假面之外,女作家的写作还经常借助于性别假面以呈现自己同样沉重、繁复的社会自我、历史记忆经验。在笔者看来,这不仅在于解放的妇女必然面临所谓"花木兰式境遇",亦不仅在于男性形象所携带的性别文化具有"天然"的、广阔的社会空间与机遇;而且在于一个特定的"19世纪"的文学资源及其知识谱系,加之当代中国历史所造成的、为新时期的话语构造所强化的、"当代文学"与"现代文学"间的深刻断裂,使得本来十分单薄的女性书写传统,变得难觅"仙踪";而从"19世纪"欧洲文学所提供的镜像序列中,作家/女作家——80年代具有特定的社会功能的精英知识分子群体,所可能从中窥见的自我形象只能是"男性"形象。

然而,事实并非如此简单。在社会现实中获取了主体地位的女性,不仅在新时期"思想解放运动"中发挥了重大的作用,而且作为其主体性呈现的方式之一,间或匿名的女性经验始终相当内在地呈现在女作家所书写的社会场景中。它们间或是某种"痕迹"或裂隙,但也可能是一种在宏大主题(诸如"社会进步")或超越性的话语(诸如"爱"或"人与兽")的保护下的女性生命体验。如果说在张洁的《方舟》中,女性在"平等"的社会中所遭遇的种种磨难与不公,已成为一种痛楚而明确的抗议,那么,在张辛欣的前期作品序列中,它则成为对"同一地平线上"不同的性别遭遇的细腻呈现。

如果说 80 年代前期，绝大多数女性的文学、艺术书写仍将自己的社会形象与自我想象，赋予文本中的男性文化英雄，将作为性别自我之假面的女性形象，放置在等待男性，亦即社会拯救的位置上，那么，不仅张辛欣的作品事实上成就了对女性的社会主体位置的追问，成为对女性主体构成（"女性气质"与"男性外衣"）的内在矛盾的质询，而且 80 年代后期，以王安忆的"三恋"为主要标志，女性书写大多不再是"寻找男子汉"——作为女主人公的现实、社会归属与作为社会主体经验的男性假面，而相反成为对微妙而仍牢固的性别秩序下的女性主体性的发现与展示。此间，铁凝的作品序列，显现出别样重要的意义：自《麦秸垛》《棉花垛》始，铁凝在她"质询文明"的主题中开始凸现历史、暴力场景中的女人。在一种着魔式的凝视中，铁凝 80 年代后期的作品不断书写着、触摸着一个难以清晰显现其轮廓的主题：历史与现实场景中的女性主体。那仍是些被深刻的内在匮乏所困扰的女人；但她们并不以男性人物作为自己生命的重点与归宿。如果说男性人物在其间的意义不仅是匆匆来去的过客，那么，"他"更像是女性生命中的某种驿站。

关于爱的话语

或许可以说，新时期初年，女性书写的一个重要的关节点是关于"爱"的话语。毫无疑问，七八十年代之交，"爱的话语"绝非女作家或女性书写的专利。以突破禁区的姿态，率先以"爱""爱情"而振聋发聩的，是男性作家刘心武的《爱情的位置》。但继而以"爱"的名义并以关于"爱"的话语展现了新时期中国的话语建构过程，展现了精英知识分子的话语与女性话语的冲突、交错，展现了类似话语的斑驳繁杂的，却是女作家群的特定书写。这间或由于女性书写者的性别身份与"爱""爱情"的话语呈现着"天然"的契合；它在显露了新时期初年话语建构过程特有的"女性"/弱者的吁请姿态的同时，印证着此间女性——作为一个社会性别角色所负载的丰富的文化象征意味。

此间或许最具有症候性的作品是"伤痕文学"中的重要作品《爱的权利》。在一个回瞻的视野中，我们或许可以将其视为一部"揭秘"之作。正是在这部作品中，张抗抗十分明确并敏锐地在新时期的开端处，将爱/爱情与权利/个人的权利（人权？）直接联系在一起。事实上，正是在这部作品中，显现出新时期初年的抗衡/新主流文化的一个重要书写方式："文革"时代被书写为一处爱情/心灵的废墟，一个被政治暴力所禁止、所剥夺的爱人逝去的身影，一个负载着整个灾难的年代。"文革"因此而呈现为一个"人"/彼时所谓"大写的人"的悲剧。而在《爱的权利》中，"文革"时代不仅残暴地夺去了主人公舒贝的父母（十分典型的，那是一位知识分子/艺术家和一位老干部）的生命，而且更为令人惊讶的，是作为一个最为可悲的屈服，父亲留下的遗言竟是："不要爱"。在此，颇有意味的是女主人公的获救，得自一位男性英雄的引导，一位极为典型的七八十年代之交的文化英雄：青年精英知识分子、狱中归来的政治反叛者；得自由弟弟所珍藏的另一份遗嘱，母亲的遗嘱："人们，我爱你们。"或许在不期然之间，这里显影出一个成形之中的新的中心表述：以母爱——柔情、坚忍、广博而富于承担，取代父爱——权威、严厉、至高无上，同样是新时期初年重要的文学/文化修辞之一；而母亲的形象，加之叙境中母亲的身份——一位党的领导干部，加之遗言的"出处"：著名共产党人伏契克面对纳粹法西斯写下的遗书《绞刑架下的报告》，共同构成了一个偏移、改写后的昔日权威的重述。当它与故事中男性的精英知识分子的形象彼此借重并叠加在一起的时候，便成为对新的主流文化的勾勒与建构。而其中的女性形象则同样实践着重述中的文化"复位"：被男性启蒙者所引导,终于"跟着我的爱人上战场"。

如果说在新时期初年的(女性)文化书写中,爱/爱情被用来铭记一个暴力时代的废墟,那么,它同样用于书写一份内在的救赎——自我救赎、终至社会救赎的可能与力量。或许可以说,关于爱情的话语,是新时期启蒙话语的最初样式与最初表露,它不仅是"人"的最基本和最可宝贵的权利/权力,而且是闪烁在黑暗此岸间的星光。获取爱或保有爱,意味着不曾"战败"的人生,而丧失爱、丧失"爱的能力",则意味着生命的残缺与人生价值的丧失。此间,最有代表性与表现力的,是笔者称作"80年代爱情绝唱"的宗璞的《三生石》。此间,爱,不仅是男女情爱,同时是亲情和友情。它是抗拒死亡,直面历史暴力的唯一支撑,是穿越灾难洪峰的方舟;而更重要的是,它是治愈政治异化与心灵"疾患"的绝无仅有的良方。

显而易见,"伤痕文学"中关于爱的话语作为一种弱者的、反叛性的话语,无疑成了新时期启蒙主义、低调的个人主义文化重倡的先声,成为两性作家达成深刻共识与共享的部分,因此此间的爱情名篇,远不只是女作家的作品,应该提到的,尚有靳凡的《公开的情书》、礼平的《晚霞消失的时候》、郑义的《枫》,等等。有趣的是,这些"爱情故事"(当然地具有意义超载的特征),大都成为七八十年代之交具有"轰动效应"的"争议性作品"。但作为彼时女作家写作的一个重要取向,也正是在这些关于爱的话语中,显现出一个性别文化的重构过程,以及这一过程所携带的潜在的性别文化冲突。以张洁的《爱,是不能忘记的》为突出代表,以她的《祖母绿》、宗璞的《心祭》、张抗抗的《北极光》、龚巧明的《思念你,桦林》等作品作为一个匿名的文化趋向,在类似作品中出现了对婚姻与爱情及婚姻伦理的"冒犯"和探讨。在这些作品中,爱情与婚姻成为一组彼此冲突的道德命题。在此,并非只是"婚姻——爱情的坟墓"的旧话重提;在这里,爱情不仅意味着理想主义者的固守、"合理、健全的人生",而且意味着个人的天空、人性的领地。也是在这一故事中出现了张洁对自己和同代人最为著名的命名:"痛苦的理想主义者"。

其中一个极为重要的文化症候在于,这是些婚姻外的爱情故事,换言之,是对婚外恋情充满同情乃至深情的书写;但是,这是些绝对纯洁的、剔除了身体欲望的心灵之爱,用池莉的说法,便是甚至"永远彼此牵不着手"的爱情①。而且颇为有趣的是,她们对于婚姻的质疑,始终秉承着道德的名义。——支撑这一叙述的,是恩格斯的名言(从某种意义上说,恩格斯的这段话,正是在新时期初年成为一句口耳相传的名言):没有爱情的婚姻是不道德的。事实上,正是这些作品,建构并显现了新时期(部分地延伸到90年代)一个重要的精英知识分子的思考与话语形态:反道德的道德主义表述。它们因之而成为女作家书写所负载的精英知识分子话语的又一组成部分,并因此而在一定程度上成为另一类突破禁区的共识表达。笔者认为,这间或出自一种特定的历史与文化心理事实:新中国伊始,伴随着妇女解放与男女平等诸项法令及政策的实施,婚姻制度再次得到强化;而频繁的政治运动与潜在的阶级血统论的渐次清晰,明确凸现了婚姻作为社会、政治行为的含义;因此,在城市和乡村中都曾出现过一定数量的"运动婚姻"或平民间的"政治联姻";同时,婚姻也常常在"疾风暴雨般的群众运动",尤其是"文革"年代,因政治原因而解体。因此,对现行婚姻而非婚姻制度的批判,彼时彼地,便同样成为一种社会批判的象喻,可以在相当程度上获得精英知识分子群体的认同。

正是在这一时期,形成了某种贯串80年代的文化/政治"修辞"方式:"非/反道德"(与性爱相关)的书写被赋予了社会批判的含义,因之具有了一种"民间"反抗与拒绝历史暴力的正义性;道德主义被赋予了与政治保守主义等值或象征着后者的特定意义。然而,也正是

---

① 参见池莉:《绿水长流》,载《中篇小说选刊》1994年第1期,第22页。

在这里，一个重建中的性别秩序渐次显现出其差异性的双重标准。如果说，在针对婚姻的反/非道德书写的同时保持着一种经修订的道德立场，是新时期初年精英知识分子群体共同采取的文化策略，那么，它很快成为一种女作家的特殊策略。借此，女性的书写者，在其性别书写中剔除了性爱、身体、欲望，使爱情成为一种理想主义的乌托邦所在，成为一份纯净的精神盟约；自律的道德操守成为精神、人格操守的显现。但进而，匿名的双重标准渐次显现为男性知识分子对个性解放、个人自我空间及其行为自由的追求，至少在性爱的意义上，不再涵盖女性于其中，不再与女性分享。相反，女作家关于性别场景，尤其是关于性爱的书写，开始受到远不仅是"卫道士"或保守主义者的狙击和非议。因此，对那一反/非道德的道德立场的固守，成为女作家们独有的姿态。毫无疑问，我们可以将其视为一种"安全"策略，一种反叛者自认为必须做出的退让与自保；如果参照着法国女性主义的著名口号："身体的就是政治的"，女性书写的重要特征，便是书写"我—我的身体—我的自我—我的怪物"，那么，我们无疑可以认定新时期初年女作家创作的文化妥协性质。但在笔者看来，除却作为一种规避、一种不得已而为之的策略，它间或成为别一层面上的突围，成为一种特定的平等意识的表达：一如彼时名传遐迩的舒婷的《致橡树》中"我爱你——/绝不做攀援的凌霄花，/借你的高枝炫耀自己"；"我必须是你近旁的一株木棉，/作为树的形象和你站在一起"；"仿佛永远分离，/却又终身相依"。① 放逐了性爱、身体，便剔除了性爱关系中源远流长的权力关系模式，剔除了其中菲勒斯的象征意义，从而在精神伴侣的想象中确认了一份平等的心灵伙伴关系；但毫无疑问，放逐了身体与欲望的书写，无疑同时放逐了女性主体的性别身份，在相当程度上削弱了女性主体自我表达的书写空间。

---

① 舒婷：《致橡树》，见《舒婷文集1：最后的挽歌》，第1—2页。

理想、爱情与现实

我们或许可以始终从双重脉络上，解读新时期女性关于爱/爱情的书写。我们间或可以将女作家笔下的"爱情故事"的演变，读作理想主义乃至精英知识分子的启蒙话语的演进及碎裂过程。我们同样可以将其读作女性书写及其女性生命经验曲折显影的过程。笔者正是在这一层面上，将张洁的作品序列：由《爱，是不能忘记的》始，直到她的最新作品长河小说《无字》的第一部，视为一个充满切肤之痛的理想主义者的精神信念的坍塌之途。笔者亦因此将王安忆告别"雯雯系列"后的第二次"变风"即"三恋"的写作，视为整个80年代社会文化转型的重要标识之一。在"三恋"尤其是《小城之恋》中，身体、性爱取代柏拉图式的精神之恋，出现在女性书写的场景中心。在此姑且不去讨论"三恋"所引发的并非发自卫道士的非议——最为有趣的是，非议者的立论基础，是王安忆小说所传达的"女子中心主义"，而将关注指向"三恋"中最不引人注目的篇章《锦绣谷之恋》，便不难发现，在"三恋"中登场的，不仅是在女性写作中始终缺席的性爱，而且是一种解构理想主义至少是解构爱情神话的姿态。如果说此间王安忆小说所呈现的叙事立场，要比"解构爱情神话"本身繁复、丰满得多，那么，及至80年代后期，池莉与"新写实"共同登场之时，她的《不谈爱情》则明确成为对爱情神话乃至诸多关于爱的话语的拒绝与放逐。由《不谈爱情》到《绿水长流》，池莉成熟期的作品序列，显现了七八十年代之交女性书写中爱情叙事的反转：爱情成为一种心照不宣的游戏，成为一种"剧场"/演出"效果"，一个特定时刻、规定场景的幻觉，一种在两性现实面前一触即溃的精神盟约；而远比爱情来得真实、强大而有力的则是婚姻/现实/社会。这是一次婚姻对爱情的胜利：只是这一次是令人会心的喜剧，而非悲剧。

从某种意义上说，在这个文化的关节点上，女性书写呈现出其在80年代文化的共用空间中所占据的微妙位置，显现了它与主流文化及男性精英知识分子话语的彼此共谋又尖锐冲突的特征。如果说七八十年代之交，爱情叙事一度成为女作家与精英知识分子共享的关于爱的话语，尽管已在此处显露出女性书写的痕迹及其与新主流文化的微小裂隙；那么，我们间或可以将"三恋"的登场视为女性书写对80年代主流文化脉络的偏移。于是，对"三恋"的非道德主义立场的抨击，明确地表达为对类似书写中女性的主体姿态、主体位置的非难。然而，从另一个角度望去，笔者认为，围绕着关于爱的话语，又不仅于此，女作家的写作事实上充当着新主流话语构造过程中的先行者。我们间或可以将80年代——这一"高歌猛进"的时代，描述为一个被理想主义话语所充满的时代，但稍加细查，便可发现，所谓"理想主义"的叙述，在整个80年代或曰新时期，本身便是一个充满异质性因素的断裂话语，而且它并非始终如一地贯穿于80年代的文化历史之中。我们或许可以在"现代性话语"与"启蒙话语"的多元性的层面上获得阐释；我们同样可以将七八十年代之交，理想主义话语的高扬视为一次为更迭旗帜而举行的升旗仪式。伴随着改革开放进程的深化，宏观领域中的经济实用主义的入主，必然携带着颇为张扬的物神与沉重而诱人的物质现实登场；深刻而巨大的社会转型所必然伴随的文化革命，则使得解构理想主义成为一个必须的文化环节。正是在这一意义上，张辛欣的小说序列，一度被指认为僭越者而又迅速地获得了正名与认可。如果说"爱情"曾作为理想主义话语的重要载体之一，那么，消解爱情同样成为新主流构造中的必要步骤。女诗人舒婷于90年代将其80年代前中期的诗作结集出版时，将其名之为《最后的挽歌》，同样显得意味深长。在这一意义上，池莉自《烦恼人生》始的小说序列，或可说显现了相当深刻的意识形态症候意味。在《不谈爱情》中，与其说是婚姻战胜了爱情，不如说是婚姻取代或曰置换了爱情；而在

《太阳出世》里，婚姻作为别无选择的现实，则点染着近乎迷人的神圣色彩。

在此，斑驳多端的理想主义话语与女性书写自身，犹如相互依存又彼此制约、消解的双刃剑：所谓理想主义、人道主义或启蒙话语自身，作为80年代文化内部"无法告别的19世纪"，无疑是建构80年代诸多宏大叙事的基本素材，而类似以"大写的（男）人"命名的大叙事，无疑会压抑女性的书写空间，至少是遮蔽女性书写的"痕迹"。在大叙事所包容的爱情神话内部，是井然有序的性别秩序。因此，"解构爱情神话"，使身体及性爱登场，便可能成为显露女性生命经验，呈现女性的主体性的历史机遇。从某种意义上说，并非正面攻击男权文化的古老城堡，而是以对女性主体性的呈现来显现男权文化的纵横裂隙，正是新时期女性文化所不期然采取的文化策略。或许可以说，在"三恋"中激怒了男性精英知识分子的，正是这种女性的主体姿态。它更多地呈现为女性生存的喜剧式荒诞情境。王安忆的《逐鹿中街》、铁凝的《遭遇礼拜八》，因此而在莞尔一笑之间成就了另类的女性颠覆性书写。

但与此同时，七八十年代的理想主义话语，始终借重并重叠于毛泽东时代的精神遗产，因此它始终或多或少地包容着（性别）的平等意识于其中；它因此为女性作为历史主体进入社会/文化场景提供着合法化的支撑与论证。如果说理想主义话语曾一度成为新时期开端处的文化浮桥，那么，一个新的意识形态合法化的过程，则事实上要求理想主义让位于实用主义的社会原则；如果说"解构爱情神话"，一度成为女性书写对精英话语的偏移，那么它在不期然间，却成为对新主流构造的有力参与与助推。当理想/爱情被显露为一种虚妄甚或谎言，现实/婚姻或性爱便成为不尽如人意却别无选择的唯一存在。在80年代后期，谌容、池莉的类似写作（《懒得离婚》《褪色的信》《不谈爱情》《绿水长流》）中，"解构爱情神话"不仅成功地消解了理想/爱情的圣洁光环，而且成功地放逐了爱情话语自身所携带的非秩序的力量，婚姻——这一秩序的制度性存在，便再度获得强化与加固。

因此，就"告别理想主义"或"解构理想话语"而言，在新时期女性写作中，这远非一个线性的或同质性的过程。如果说池莉的《不谈爱情》尤其是《绿水长流》，事实上成了王安忆的《锦绣谷之恋》的一次放大的回声，那么也正是在这一时期，王安忆投入写作她新的"乌托邦诗篇"，以不无间离的姿态再度探讨理想主义的意义。而在一个重构理想主义的维度上，王安忆对男权文化的颠覆性写作在《神圣祭坛》《叔叔的故事》中，达到了新的层面；也正是在对精神之爱的探究中，她的名篇《弟兄们》触及了男权文化下女性生存的精神困境及其姐妹情谊的幽秘。张洁小说序列所记述的理想及永恒爱情之梦的坍塌，因此展示出别一时代见证的意味。

女人的成长故事

新时期女性写作成熟的标志之一，或许是女性成长故事的出现与深入。

从某种意义上说，女性的成长故事在中国文化乃至世界文化的主流脉络中，在漫长的文明记录里，长时间地处于一种缺席/匮乏的状态之中。作为一个重要的参照，男性的成长故事，是最为古老的"人类"文学母题之一，也是世界文学宝库中最为迷人的组成部分之一。男性的成长故事，不仅在不同文化中，均具有明确具体的生理/心理——标识以相关的文化仪式——的段落，而且男性主人公的成长故事始终负荷着丰富、深刻的文化意义。在欧美文化中，流浪汉小说作为现代文学的先声，事实上是西方文化中旅行/旅程/男性成长故事的原初形态之一，其中"寻父"的主题，不仅是一个获得个人身份、回答"我是谁"、最终认同于主流/父权文化并获得社会命名的过程,而且被基督教文化中关于"大写"的"父亲"/上帝的表述,赋予了获得信仰、实践生命的超越性价值的意义。或许可以说,男性的成长故事,不仅是古老的文学母题,而且事实上是西方文化的原型模式之一。结构主义、叙事学的研究成果表明,古老的神话传说、民间的故事大都在一个失而复得的故事中,潜藏着一个英雄——毫无疑问是男性——的成长历程;因此最为典型和完整的叙事段落是终结于英雄的婚礼与登基/命名式,或英雄的葬礼。而所谓叙事的基本施动元素或曰动素模型中的单元,诸如出发者与接收者,敌手与帮手,施惠者与客体,都是为男性主体/英雄围绕着、服务于男性主体/英雄而设置;而最为古老迷人的客体——英雄所追逐的对象,则无外乎女人和宝物。因此,完满古老的大团圆结局,是英雄救回美人,或英雄夺回宝物并获取了美人的青睐,于是宝物拯救了故事的元社会,美人归属于英雄——有如一件物,一个特殊的锦标。当然,女性形象亦经常成为另外两种动素:敌手与帮手的扮者。文艺复兴以来的西方文化,无疑在人文主义的基础上,不断丰满并完善着这一男性主体的文化表述与叙事空间。当弗洛伊德的理论开始深刻渗透并改写了西方世界的文化,它所提供的"俄狄浦斯情结"——被指认为"人类"叙事的唯一原型,仍毫无疑问地显现为男性成长历程的重要段落与标识。

尽管在父权/男权文化的遮蔽之中,似乎每一个关于男性主体成长的叙述,都有着对应的关于女性的表述,但甚至无须细查便可以发现,类似对应叙述,常常仅仅是语词性的点缀与虚设。诸如似乎与俄狄浦斯情结准确对应的,是俄勒克特拉情结,又称女性俄狄浦斯情结,即恋父弑母情结;但男性主体战胜俄狄浦斯情结的关键之一,是惮于来自父亲的阉割威胁,终于走出对母亲的迷恋,爱上了另外的女人,并最终使自己成为一位父亲。在此,所谓"阉割威胁""阉割焦虑/恐惧",在弗洛伊德的表述中,正在于男性将自己的形象与女性两相参照而获得的体悟。毋庸赘言,阉割威胁于女人,全无意义与对应物。于是,女性的成长,便成为文化、心理意义上的匮乏与绝对的缺席。

尽管有所谓"圆形人物""扁平人物"之分,但男性的文学、艺术形象,是在一个与文明历程伴随的、不断丰富的过程之中;尽管不乏类型化人物,但男性的人物序列,无疑难于详尽历数或开列一张无遗漏的清单。相反,尽管女人是一个"悠远美丽的传说",尽管女性形象标识、镌刻在众多古老文明的源头处,但古往今来,女性形象却始终只是男性成长故事中的配角,只能阶段性或功能性地出没在男性主体舞台的不同场景之中。颇有一些文学理论的著作中列有女性类型形象的一览表;而一如女性主义理论家的概括,这张或长或短的名单,无外乎四种女性基本类型形象的变奏:贞女/少女/纯洁的献祭,地母,巫女/歇斯底里的邪恶女人,荡妇。①

从女性主体的视点望去,关于女性成长的叙述,不仅缺少与男性成长故事相对应的明确段落,而且事实上呈现为一些无法彼此相衔的、破碎的段落。其中最重要的断裂,发生在迷人、美丽的少女故事——在这些故事中,"唯一"的情节是爱情,这是女人唯一的"一次性"特权——与形形色色不甚迷人的(已婚)女人的叙述之间。美丽的少女故事的完满结局是与心上人的婚礼;于是,少女便消失在盛大婚礼后降下的帷幕之中。作为经典的叙事结局之一:英雄的婚礼,这一帷幕通常不再开启;如果它作为别一戏剧的舞台再度开启之时,少女已成为一位成熟的、充满母爱的母亲或形形色色的邪恶、病态的"成熟"女人,无人知晓或曰无人关注,在这落下的帷幕背后,那永恒的美丽少女经历过怎样的变化和成长;这变化与成长无疑联系着一个生理过程,却显然有着更多的社会、文化与心理因素。然而,不仅这

---

① Constance Penley, "Cries and Whispers", in Bill Nichols ed., *Movies and Methods, Volume 1*, University of California Press, 1976, pp. 204—207.

"水做的女儿"和"鱼眼珠子"般的不值一文的女人/"婆子"之间被一分为二,未被任何有机的叙述连接,而且较之丰富的、成长中的男性形象,女性形象大都处在某种静止的、扁平的状态之中,甚至在早期女性写作中亦如此。无论是在已成经典的夏洛蒂·勃朗特的自传体小说《简·爱》中,卷初蜷缩在寄居之处的凸窗帘后的童年简·爱,到故事结尾时的"亲爱的读者,我嫁给了他"的成年女人间,还是作为现代中国女性书写的重要开端的庐隐的《海滨故人》里,最后隐没在文本中的露莎与回忆中童年的不驯女孩之间;"她",在性格类型、感知与行为方式的意义上,几乎没有任何发展、变化;他/她们仿佛早在多舛的幼年,便已"长大成人"。于是,她们在故事空间中的经历更像是一种"挪动"———一种空间中的位移。这或许便是新时期初年女性书写中,始终徘徊着那位"滞留的少女"的内在文化成因之一。

在当代文学的视野中,如上所述,毛泽东时代,在"男女都一样"的社会文化语境之中,女性的成长故事(诸如《青春之歌》),曾经出现在女性写作与社会舞台之上。但毋庸赘言,它不仅经常是男性成长故事的摹本,而且其中女性的成长更多的是作为"空洞的能指",以负载社会、政治的象征意义。而作为新时期女性书写的成熟,不仅是女性的成长故事开始突破少女的面具与婚礼的帷幕,试图勾勒女性的自我线索,而且更为重要的,以王安忆《流水三十章》和铁凝的《玫瑰门》为其突出的代表,优秀的女作家们不仅尝试男性成长故事的模式之外的女性心理成长脉络的书写,而且事实上在其书写之中尝试破解女性成长故事匮乏的文化之谜:那是男权"苍穹"下女性生存与女性文化的困境,但它也势必是将女性放逐其外又内化其中的男性文化自身的结构性裂隙之一。

其中《流水三十章》记述了女主人公张达玲生命的最初三十年,一个成长、渴望成长却无从指认成长的故事。故事中的张达玲在她生命的每一个段落中都以超乎寻常的热诚与执着实践着某种主流文化的镜像式询唤,但这种无保留、无妥协的行为方式,却不断加剧着她作为女人、作为成长中的主体的现实困境;她的结束放逐的努力,不断为社会放逐提供着充分的理据。小说中一个复沓出现的细节十分耐人寻味。《杨乃武与小白菜》中的一个道听途说的片段:施之于小白菜的钉床酷刑,成为张达玲白日梦式生存中的一个不断被放大的精神养分。如果说它无疑触及了一个在关于女性的文化以及历史文化构造中的女性的可怖之谜:女性的被虐(性)心理,那么它同时触及了一个重要而基本的事实:女性成长之途上主体镜像的绝对匮乏。于是一个女性成长的心路,始终必须面对着文化的洪荒,始终处于形影相吊的无名之境。尽管她可以在行为方式上"化装"为男人,但对于男性/主流社会的理想镜像的追随,却会深刻地加剧其女性主体的成长困境。在这个意义上,我们或许可以参照张辛欣小说中更为直白而坦诚的描述。正是在主体镜像的匮乏与女性文化洪荒的层面上,铁凝80年代后期的创作,以直面的方式探寻着这一深刻的女性生存及文化的两难。我们间或可以将《麦秸垛》视为这一女性成长故事难以逾越的路障的书写;或许可以将大芝娘、杨青间的关系视为一种精神的寻母,以及这一寻母之旅的失败过程。从某种意义上说,类似对性别群体、女性命运间的深刻认同的书写,在新时期丰富的女性书写中,也并不多见。然而,如果说杨青作为小说中的叙述主体与成长故事中的人物主体,她深刻体味着的,是一种身为女性的主体匮乏感,那么,杨青的迷惘单薄映衬着大芝娘的单纯丰满,逾越了"五四"文化所划出的旧女人与新女性间不可逾越的鸿沟。大芝娘,一个旧式女人,一位失女的母亲,成为杨青成长之路上唯一的镜像。但更为深刻的,是在铁凝的作品序列中,与这象喻着女性丰富生命的"无邪的赤裸"并存的,是一颗同样流浪的、无所附着的女性的灵魂。大芝娘或竹西(《玫瑰门》)们的丰满是一处遭废弃的碑石样的废墟,那寻母、辨认出自己精神之母的时刻,是一个痛觉女性文化"宿命"的绝望时分。

　　与新时期大部分长篇小说的写作相比,《玫瑰门》是一部结构十分繁复、意义复沓回旋的小说。其中女性的成长故事不再是一个象征的或潜在的主题,而是成了小说最重要的线性叙事线索。尽管有着极为复杂的时间结构,但故事主线的叙事线索,以童年的眉眉于"文革"初年来到外婆司猗纹家中开始,以步入青春期的眉眉领着妹妹逃离北京而终,而那逃离的时刻刚好是眉眉初潮——在身体的意义上长大成人的时刻。对应着男性/男孩子的成长故事,铁凝的书写步入了一个在当代中国文学中始终作为空白和匮乏的段落。然而,这个女主人公苏眉的成长故事,事实上只是小说的副部主题。小说的主部主题则是外婆司猗纹惊涛骇浪或曰杯水风波的一生。如果说我们仍可以从中发现一个"寻母"的女性文化主题的话,那么,主人公苏眉在这里所经历的,是一个充满拒斥、厌恶的绝望认同,一段逃离与投奔之间的复杂心路。小说由此展现,在极为复杂的女性主体的镜像结构之中,以眉眉为圆点:眉眉与司猗纹之间是一份对"我的自我,我的怪物"欲罢不能的窥见;眉眉与竹西间则是两种女性生命模式间的相互激赏、角逐,却无从援之以手;而眉眉与"姑爸"间则如同被迫目击着一处女性的梦魇,一个试图逃离女性宿命,却被钉死在女性最古老与耻辱的死上的无泪的悲闹剧。如果我们以铁凝的小说对照另一部电影版的女性的成长故事——黄蜀芹导演的《人·鬼·情》,那么我们或许可以将前者视为更具现实主义力度的女性人生场景,同时将前者视为一幅更为真切,因之更令人震动的女性命运的放大图景。

　　书写绝望,始终是勇者的行为;书写女性的生命经验,无疑将伴随着巨大深切的痛感。在这些女性的成长故事中,新时期女性书写进入了自己的成熟期,其直面女性命运与女性文化重重路障的书写,标识出一个重要的文化段落。

历史、寓言与女人

在此必须指出的是，于笔者看来，《流水三十章》《麦秸垛》《玫瑰门》，无疑是新时期女性书写中的重要篇章。但从主流文化的角度上望去，它们也无疑是广义的"文革"书写中的有趣篇什，其中"文革"岁月中的文化洪荒，与女性的文化荒原互为载体与象喻。也正是在这一层面上，类似作品又成为女作家历史书写中的重要段落。

在此，已无须赘言，"历史"、历史书写，是新时期最重要的、超载的政治/文化书写方式之一。事实上，自新时期伊始，以历史文化反思运动为其高潮，历史、历史写作及其诸多关于历史的话语，始终具有现实政治建构与杰姆逊所谓"民族语言"重构的双重乃至多重的意义。而此间的女性书写，则在这里再度显现了那种于文化主流与边缘间不断滑动的特殊姿态与位置。从某种意义上说，王安忆的《小鲍庄》是历史文化反思运动的主部：寻根小说的发轫作之一，尽管其中女性视点中的民族生存再定位，无疑为小说赋予异样的角度与深度，但总的说来，它更多地成为新时期文化中女性的主体姿态的又一印证。但作为一个在80年代后期并未为社会充分指认的部分，是女性历史写作中的另类痕迹：那是历史场景中的女人，因女人的出演而显露出别样意味的寓言写作。在此，铁凝的《棉花垛》成了另一部发轫之作。小说中一个间或遭到忽略的细节：乔和小臭子作为一对在春秋大义的参照中正邪不可共存的女性，却同样毁灭于男性性侵犯/身体暴力与历史暴力之手；触及了女性文化中一个深刻而充满矛盾的命题：女人、家国认同、历史暴力与身体暴力。似乎是作为一次伸延与复沓，在《玫瑰门》中，小说之为女性书写的精彩段落是司猗纹的故事：一个亦新亦旧的女人试图以似乎为主流文化所恩准的种种方式进入历史场景，却不断被历史踢出，而只能成为幽冥之所里的一类怪物。不是在个人故事或私人生活的场景中,而是在历史书写的场景中,女性的故事与命运呈现于家国之内,又显影于家国之外,一个无家无国者似乎永无终点的流浪与放逐。

然而,如果说在这里,新时期女性书写显示了自己的成熟与力度,那么同样是在这里,女性书写也显现出一处误区与陷阱。如果说女性对辗转于多重历史暴力之下的女性命运的书写,裂解了民族寓言书写的文化/政治整合企图,那么,女性笔下的贯串了文明史因而超越了特定历史的女性命运的勾勒,却又在不期然间呼应并加入了80年代主流文化的另一建构过程:以拒绝历史暴力的姿态、以本质化的中国历史场景的书写,完成"告别革命"、加入全球化进程的意识形态意图,而中国妇女解放的脉络与革命历史的复杂交织,却因此而再度遭到不同程度的遮蔽。在此,《棉花垛》与其后池莉的《凝眸》正以相似的力度展示相近的表达困境。

此间,王安忆序列中一个始自80年代中期的家族史写作脉络,则在她完成于90年代初期的长篇小说《纪实与虚构——创造世界的方法之一种》中,达到了当代文学和女性历史书写的一个全新的高度。如果说在现、当代中国文学的写作中,个人与社会/历史、女性与民族认同之间,始终存在着一种彼此同一、整合又尖锐、深刻冲突的文化张力,那么,王安忆在《纪实与虚构》中,不仅将这一内在张力表象化并凸现为小说的叙述结构,而且叙事体自身便成为对这一重要而深刻的中国文化命题与女性文化困境的展示与解构。再次,已无须多言,所谓"创作世界的方法之一种"的副题,显现出何等样强大的主体意识与力度;《纪实与虚构》的平行结构线索:女作家的自叙传与家族史——事实是民族史与元历史写作,已不仅是女性命运对大历史的解构,而且是通过书写/文化行为自身,进入了对"历史"这一以真理、意义终端面目出现的文化结构,同时也是现实秩序基础的反思。女性书写的另类视点,在此已成为反省/解构象征秩序的巨大资源。这是一个巨型的寻母故事：不仅在作为母系家族史的意义上——"安忆寻找外婆桥"，而且事实上开启了90年代女性书写中母系家族史的写作脉络。但尽管母系家族故事中的女性脉络迅速失落在历史记录的断篇残简之中，消失在男性历史的文字与逻辑之中，但在这消失、重构的过程中，在王安忆写作者自我暴露的书写方式中，这一"寻母"历程，已进入对"中华民族"、历史文化母体这一巨型神话的追索之中，有如女性书写中母女场景那繁复斑驳的情感纠葛，却远比类似情感更深切、痛楚，加之以清醒的审视与思辨，王安忆在一个神话式的重构过程中，触到类似巨型神话的建构之基。犹如一处世纪之桥，在笔者的视域之中，王安忆以《纪实与虚构》加入了20世纪最重要的中国作家的行列，标识出现当代中国女性写作的一个新的，或许是难于超越的高度。

毋庸置疑，80年代的中国，是百年中国史上一个极端重要的年代，一个重要的历史转折点与历史契机，而女性书写则在两个时代的转折点上，呈现出一次灿烂的辉煌。似乎是对此前历史累积的一次展示，也似乎是对这一历史资源的一次挥霍，从此岸到彼岸，新时期女性书写艰难地托举出一只涉渡之舟。彼岸尚未到达。为历史进步信念与图景所支撑的彼岸图景，或许会海市蜃楼般地消失在前往彼岸的跋涉之中。但这仍将是一份宝贵的见证与记录，历史的见证，也是女性文化的见证。

第一章 张洁:"世纪"的终结

同行者与涉渡之筏

张洁的作品构成了一个完整的历史句段。一个时代的、被无限"丰富的痛苦"[①]所萦绕的精神之旅的笔记。一份不断地寻找神话庇护,又不断地因神话世界坍塌而裸露的绝望。因此,张洁始终在书写着一份丰饶的贫瘠,一次在返归与投奔中固执、张皇、来而复去的疾行,一处在不断的悬浮与坠落中终于被玷污的"净土"。和她的同代人一样,张洁始终是一个自觉的时代同行者。事实上,80年代初,张洁是作为一个"炽热的马克思主义者和爱国主义者"[②],作为红色中国的一枝"红色的响箭"[③]而出现在"开放的中国"的历史文化舞台之上的。她曾豪迈而毫不勉强地宣告:

> 资本主义已经存在了几百年,不论就其物质结构或意识形态而言,它的模式早已固定,只是沿着一个固定的齿轮旋转下去,

---

① 钱理群:《丰富的痛苦——"堂吉诃德"与"哈姆雷特"的东移》,时代文艺出版社,1993年。
② 〔联邦德国〕米歇尔·坎-阿克曼:《访张洁》,原载汉瑟出版社 *Bogen*1985年第15期,孙书柱译,见何火任编《张洁研究专集》,贵州人民出版社,1991年,第95页。
③ 〔美〕罗恩·西尔维:《红色的响箭——与中国最重要的女作家张洁的谈话》,原载美国《星期六评论》1986年8—9月,董之林译,见何火任编《张洁研究专集》,第119页。

再没有什么新鲜的玩艺儿了。而社会主义却是一个崭新的社会形态，它才有几十年的历史，它年轻，它幼稚，它也许会哭泣，然而它正在长大，具有蓬勃的生命力。它也许会跌跤，它在发展中，前进中，它会成功，它会欢笑。……

当一个行将就木的老人，坐在一旁指责并嘲笑一个不满周岁的婴儿不会使汤勺吃饭的时候，那对谁是一种悲剧呢？

有个朋友说过的一句话很妙，当一头大象在莽林中所向披靡地前进的时候，计较几个蚊子或几个苍蝇叮了几口又有什么意义呢？①

信念和一种不能自已的触摸、记录现实的使命感，使她朝向社会，而现实的"肮脏"、繁杂，市声的喧嚣，又一次次地使她背向人群和社会，逃往优雅而脆弱的精神之舍；但她（他）的逃亡之行却常像爱丽丝的镜中奇遇，将她（他）正面抛掷在现实的高墙之上。张洁的作品序列因之成为80年代最重要的文化资料之一：一具为多重话语所击穿，又为多重话语所托举的涉渡之筏。它在将人们载离亡灵出没的猩红色的70年代的同时，穿越并最终沉沦于80年代历史的礁崖之上。

如果说，依据将关于黄金时代的想象置放于旧日或未来，可以将叙事话语区分为悲观与乐观、感伤怀旧与肯定现实，那么，在张洁的作品中，无处不在的是一脉为盈溢的乐观所环绕的绝望，同时是一种为创楚所浸透的昂扬。张洁是一个"未来乐观主义者"②，同时是一个沉湎、书写着记忆的人。美好的年代与希冀存在于旧日，存在于丰饶的记忆与湮没的岁月，存在于一册应按照死者的愿望与之同焚的"写

---

① 张洁：《库特·冯尼格说：NO！》，原载《读书》1983年第5期，见何火任编《张洁研究专集》，第46页；收入研究专集时张洁做过增删和改动，此处引文据改后版本。

② 〔联邦德国〕米歇尔·坎－阿克曼：《访张洁》，见何火任编《张洁研究专集》，第95页。

着《爱，是不能忘记的》的笔记"①，存在于那朵"牵系着他们在灰飞烟灭之前的岁月的玫瑰"之上（《波希米亚花瓶》)②，存在于"青年时代的，一滴仅有的，闪着珠贝一般柔和色彩的泪珠"之中③，存在于"完成了一个妇人一生的"、仅有的"一个夜晚"里④。但是，因它终究不是"老单身汉的睡帽"上的一滴"混浊的泪"，它不是死灭，不是彻底的沉沦，而是一个朝向未来救赎的无穷期盼，一次对理想中彼岸的几近精疲力竭的涉渡。因为旧日的美好岁月留给今人与未来的，是一纸了犹未了的不了录，是一份沉重而殷切的遗嘱："假如有所谓天国……"（《爱，是不能忘记的》），"我原以为我的感情只朝向人类的过去，其实我也和所有人一样，渴望着未来"。"如果……不过，的确，今生今世，已经来不及了。"（《未了录》）一个"丰满"而匮乏的旧日，移交给后人的是重生、补偿的嘱托与许诺。张洁最痛楚的呼唤因之是："让我们耐心地等待着，等着呼唤我们的人……"（《爱，是不能忘记的》）然而，在美好的、埋藏着记忆的旧日与救赎的、黄金彼岸的降临之间，是灰色、琐屑、狭窄而喧嚣的现实，其间硕大无朋的俗媚、市井噪声、恶意与病态敲打着、撞击着、颠覆着张洁及其同代人、同代精英知识分子的涉渡之筏。如果说张洁的"方舟"⑤是涉渡之舟，张洁所凸现的，不是舟筏之上的获救，而是其外的惊涛巨浪的围困。"方舟"之上的同行者不仅相距"遥远"且为数寥寥，而且她们相濡以沫的情感，也只能是痛苦繁衍着痛苦、孤独抚慰着孤独。张洁因此给

---

① 张洁：《爱，是不能忘记的》（短篇小说），见张洁小说散文集《爱，是不能忘记的》，花城出版社，1980年，第102—122页。
② 张洁：《波希米亚花瓶》（短篇小说），载《花城》1981年第4期。
③ 张洁：《未了录》（中篇小说），载《十月》1980年第5期。
④ 张洁：《祖母绿》（中篇小说），见《张洁集》，海峡文艺出版社，1986年，第210页。
⑤ 张洁对中篇小说《方舟》所作的题解是："方舟并骛，俯仰极乐。——《后汉书·班固传》"，但小说所呈现的显然不是一个"极乐的方舟"，倒更接近女性人物间相濡以沫、以期逃离男权社会之苦海的"诺亚方舟"。《方舟》，见《张洁集》，第1—110页。

了她的同行者,也是80年代时代的同行者一个最为著名的名字"痛苦的理想主义者"(《爱,是不能忘记的》)。

书写、悬置与等待

在张洁及其"痛苦的理想主义者"所勾勒的历史景观中,80年代的社会现实被描述为一个中间过程,一个此岸向彼岸的涉渡,一个由湮没到浮现、死亡到再生之间的期待。其间涉渡者同时将是拯救者,他们的痛苦正是时代与社会的痛苦。对于"为什么一切都是那么别扭"的回答是,"因为这是一个既非资本主义,又非共产主义的时代","所谓乍暖还寒,上不上,下不下","一切都在两可之间过渡着,又何必把自己的痛苦看得比整个社会的痛苦还重呢?!这不是某一个人或某几个人的过错,这是蝉蜕时的痛苦。"① 然而,尽管在张洁的作品中,涉渡、蝉蜕、为羽化而作茧自缚,是她的主人公必须也只能去经历的唯一现实,尽管在彼岸降临、破茧而出之前的痛苦、绝望的过程正是张洁无法掉头不顾的,但这一切却无法得到一份坦然的认可与背负。毋庸置疑,张洁是一个不十分典型的现实主义作家,尽管在西方人眼中,她向人们呈现着"巴尔扎克式的人情风貌"②。和她的同代人一样,在她的前期作品中,她异常敏感、细腻的情感的确始终朝向社会与"现实",她书写个人的、女性的故事,但在她的预期中那只是书写并获得一部社会寓言③。她坚持说:"我的主题还不是爱情。""人

---

① 张洁:《沉重的翅膀》,人民文学出版社,1981年,第296页。
② 〔法〕阿兰·佩劳伯:《同张洁的会见》,原载法国《世界报》1986年10月24日,殷世才译,见何火任编《张洁研究专集》,第107页。
③ 对于80年代初的中国文学说来,F.杰姆逊的关于第三世界文学的"寓言式写作"的结论颇有意味。参见〔美〕弗雷德里克·杰姆逊:《处于跨国资本主义时代中的第三世界文学》,张京媛译,载《当代电影》1989年第6期。

们常常谈论我在写爱情，而我真正要写的是爱情后面的东西。"① 在爱情后面——是社会。她曾以不能自已的专注记述变迁中的社会，是作为一个曾遭重创、已不堪一击但仍孤傲不屈的"斗士"，在实践着她（他）的历史、文化使命。和她的同代人一样，张洁是一个社会进步信念的笃信不疑者："我又常感，我周围有那么多好人，生活还是美好的，有希望的。人类总是进步的。这是我的信念，不论我个人遇到什么磨难，我仍然热爱这个世界。"② 因此，她在现实中几近绝望地捕捉的，是理想的闪光和理想的实践，是"进步"的印痕——朝向理想王国攀援的蛛丝马迹，因而，她对现实的直面几乎是一种折磨、一个痛苦繁衍的源头。现实成了生命的"百罹"之网③。作为张洁和一代人的精神传记，她（他）们一如钱理群先生所揭示的，在所谓哈姆雷特的深刻质疑与迷惘中，执行着一场堂吉诃德式的或许注定失败、或许全无意义，但毕竟是极为崇高而悲壮的战斗④。这是承负着现实的、疲惫而随时可能折断的、"沉重的翅膀"所试图完成的起飞。而对于张洁的现实姿态，比"沉重的翅膀"、艰难的起飞更为贴切的是"等待"；一如女作家张辛欣对她的勾勒：

> 我在她的文字里懂得了她的等待。不是那些描写等待的段落，那些段落是那样的多，那样的无处不在，那样的变幻无穷而又单纯，一汪水，一棵树，一条长椅，一个车站，一条街道，一把伞，一阵笑声，一副磨损的眼镜片……每一个普通的景物都是一个漫长而完整的等待。但我，却是在：一份工资，一个人，养

---

① 〔美〕林达·婕雯：《与社会烙印搏斗的人》，原载香港《亚洲周刊》1984年12月9日，宋德亨译，见何火任编《张洁研究专集》，第335页。
② 苏晨：《智慧的海——读张洁的〈祖母绿〉》，载《花城》1984年第5期。
③ 张洁：《沉重的翅膀》，载《十月》1981年第4、5期，结尾款识"草于百罹之中"。
④ 钱理群：《丰富的痛苦》。

> 一个孩子，于是舍不得吃五分钱的冰棍，早已是成年人了，还会长个子似的，裤腿偏要接了又接，好叫人难为情的，这一点短短的句子里，读出等待的信念。……
>
> ……我真的把这种等待看做是一种信念。因为这日复一日的等待和世人嘴里、眼里、想象里的功利的计较，实际付出与收入的权衡，都相去太远了！就是日复一日的等待，仿佛就是为了等待而等待下去。……①

等待的信念、等待的姿态、"等待下去的幻觉"，使张洁得以在心灵的地平线上悬置起难于承受与背负的现实，使她和她的主人公们耐受"混乱，孤寂和没有爱情"②的人生，却无从认可它；使她面对这幅现实的自画像："就顶着胸罩、裤衩、衬衫写东西的，真的，有一回，就钻在一条长裤下边，嘿，正好一个顶似的，两道斜线，下边一个人，这画面还挺美……"③自嘲辛辣地笑；使她的主人公只有在相濡以沫的苦涩中片刻安然。这似乎只是一个古老的女人的信念：熬下去，会熬出头的；又似乎是一个"19世纪"的表达：穿越精神的炼狱到达理想的天国；也是一个关于信念的主流话语：社会主义社会本身便是由资本主义到共产主义的过渡阶段，它是一个有待完善并正在完善的制度；这是一个人类社会由乐园，经历失乐园到达复乐园的过程；而年轻的新中国正在这一过程中，经历着"自立于世界民族之林"的崛起。

> 我的思想老是处在一种期待的激动之中。我热切地巴望着我们这个民族振兴起来，我热切地巴望着共产主义在全世界的胜

---

① 张辛欣：《撕碎，撕碎，撕碎了是拼接》，载《中国作家》1986年第2期。
② 〔联邦德国〕米歇尔·坎-阿克曼：《混乱，孤寂和没有爱情——谈张洁的短篇和长篇小说》，为阿克曼1981年在西柏林"中国当代妇女文学"讨论会上的发言，见何火任编《张洁研究专集》，第316页。
③ 张辛欣：《撕碎，撕碎，撕碎了是拼接》。

利，让全人类生活在一个理想的社会之中。人类所受过的苦难实在太多了。①

以对理想的态度为疆界，张洁将现实世界中的人群分立为同类与异类。同类——固执的理想主义斗士，晨星寥寥的一群，是方舟之上的涉渡者；他们几乎毫无例外的，是精英知识分子或"知识分子型"的思考者；他们或是遭打劫、被叛卖、异样刚强而柔情似水的女人，或是历经坎坷、信念忠贞、不屈搏击的男人。在其早期作品中，后者则更多地被界定为"真正的共产党人"，他们不是"干瘪的木乃伊，没有人性的石头，只会背诵经文的教徒"；他们"具有人类一切美好的素质。他热爱，他向往，他同情，他无私，他献身，为大家，也为他自己心爱的人"②；他们是一些"不是因为看了《共产党宣言》，也不是因为看了《资本论》，而恰恰是因为看了一本意大利作家亚米契斯写的《爱的教育》而向往并投奔革命的人③；革命，意味着对理想的实践和对"真、善、美"的追求。这几乎是一些理想的殉道者。相对于现实，他们的脆弱，成了一种免遭现实诱惑而堕落与沉沦的"自保机制"。后者——男人、真正的共产党人，无疑是前者——柔情似水又身遭百罹的女人的希望与拯救者。而异类，则是诸社会利益集团浑浑噩噩的集合，是围困并试图颠覆方舟的恶浪；是蝇营狗苟的市侩、精明卑鄙的政客、万劫不复的奴才、貌美而恶毒的女人。他们在特定的社会网络中获利，在其中如鱼得水、游刃有余。他们的存在不仅是对理想的亵渎，而且是对现实的侵蚀。在张洁的现实景观中，她的同类、涉渡者，不仅在为了历史、现实的救赎而搏斗，而且自己也经历着不惑乃至知天命之年的痛苦的蜕变：

---

① 张洁：《我为什么写〈沉重的翅膀〉》，载《读书》1982 年第 3 期。
② 张洁：《波希米亚花瓶》。
③ 张洁：《沉重的翅膀》，第 143 页。

美丽的蝴蝶，就是那丑陋的毛毛虫变的，经过痛苦的蜕化。但即使经过痛苦的蜕化，也不一定每一条毛毛虫都会变成蝴蝶，也许在变蛹、作茧的时候，并没有走完自己的路，便死掉了。真正能走完这历程的，有几分之几呢？

他也是一个正在变蛹、作茧的毛虫。[①]

由此岸到彼岸。以直面现实的方式在心灵和行为上拒绝现实，因之而成了一种"悬置"，现实主义者张洁因之而成了"痛苦的理想主义者"。她（他们）必然也只能执着于悲剧，并不断地把个人的、女性的悲剧经历放大、阐释为历史与现实的悲剧历程，一个在未死方生间只能去忍受的悲剧历程。一如英雄正剧、轻松喜剧曾作为五六十年代的主流叙事样式及认同的政治学，悲剧则是70年代末与80年代初、中期的社会及知识分子自我指认的唯一方式与途径——所谓"在俄罗斯谁能快乐而自由"[②]。拒绝悲剧意味着妥协、失败与自我的丧失。一种广漠的社会悲悯与人世俯瞰的精英姿态，遮蔽了张洁及其同代人深刻的、个人的生命阻塞感与自怜，遮蔽了张洁颇为独特的、对女性的性别遭遇与体验的表达。正是在这种意义上，张洁成了80年代文化主流的代表人物之一。

张洁的作品序列，在伤痕文学和启蒙话语所构成的80年代初的人文景观中，成为别具才情的，略为淡化、内化的悲剧一隅。尽管张洁"供认"，"我就是这么被造就出来的：《卓娅和舒拉的故事》《普通一兵》《牛虻》《钢铁是怎样炼成的》……这供给我们那一代人整个发育期所需要的养料、水份和阳光，非常地傻气。但我并不后悔"[③]。但

---

① 张洁：《沉重的翅膀》，第403页。
② 俄国诗人涅克拉索夫长诗名《在俄罗斯谁能快乐而自由》被社会主义现实主义理论家目为批判现实主义代表作。
③ 张洁：《我为什么写〈沉重的翅膀〉》。

它在80年代必须经历一个新的倒置与边缘化的过程,同时发生的是一个边缘话语再置为主流的过程。张洁以她的作品序列参与了这一有效的改写过程:她的艺术世界因此定位于契诃夫和安徒生之间,定位在现实主义者的直面、人道主义者的悲悯、启蒙主义文化的俯瞰和忧伤而盈溢着爱、最后救赎的童话世界之间。一次直面中的规避、进取中的隐遁、暴露中的遮掩。所谓"人已被撕碎,梦却没破,远远没有破碎! 安徒生,还有契诃夫……那套老版本的契诃夫全集,那一本一本薄薄的小册子,给她长久的、单薄的梦作着一个巨大的后盾"。但是,"契诃夫,现今还能撑住多少人?"①

爱、记忆与梦之谷

在新时期初特定的社会语境中,一个以西方为潜在参照框架的文化思潮中,所谓"话语的迷津",首先围绕着历史与现实的救赎;而"救赎"的途径,则是以"补课"的方式完成对中国社会的"启蒙"。这无疑是一个只能由精英知识分子来承担的神圣的使命。在这一行列和潮流中,和彼时众多的女作家一样,并作为其中的佼佼者,张洁选择了爱的话语。在张洁那里,爱是对历史与生命的唯一拯救:爱,甚至无须被爱,便足以使人的心灵"富有"——"我不能清算我财富的一半"(《爱,是不能忘记的》)。一段"镂骨铭心"的爱,便意味着获救,便意味着一次尽管缺残却无憾的人生。爱,是信念,是救赎的手段,是获救的唯一方式,也是获救后的现实。于是,张洁的作品无疑在实践着"爱"的启蒙和爱的教育,一种契诃夫式的、满怀悲悯地俯瞰着灰色的、浑浑噩噩的人群,摇头轻叹:"诸位先生,你们过的

---

① 张辛欣:《撕碎,撕碎,撕碎了是拼接》。

是丑恶的生活!"[①] 张洁以其异乎寻常的明敏和别具一格的才情,在书写"爱""爱情",但在她前期的作品中,与其说她是在书写"爱情故事",不如说她是在铺设"爱情"的圣坛。它或许是一个女人和一个男人之间的恋情,但它无疑是——甚至超越了——"柏拉图式的精神恋爱",一种"可以牺牲自己爱情的爱"(《波希米亚花瓶》),甚至无须"生不同室,死当同穴"的誓言。在这些"爱情故事"中,张洁"洗去"了欲望与性爱的"不洁",洗去了人生无从回避的琐屑,甚至洗去了身体——这一不无腥膻的物质性存在。这"简直不是爱,而是一种疾痛,或是比死亡更强大的一种力量",这是"不朽的爱",而且是它的"极限"。"这如果不是一个大悲剧,就是一个大笑话"。[②] 张洁所谓的"爱",是一种贡奉,是将爱人置于心之圣坛上的膜拜——"无穷思爱"[③];它是无穷的给予而永不索取;它是"只问耕耘,莫问收获"[④]。不仅如此,"爱"、因"爱"而获救的,将不仅是一个女人或一个男人,将不仅是爱者和被爱者,而且是一处精神家园;"爱",意味着对真理、信念的忠诚,意味着对政治迫害灾难的彻底终结,对政治异化的社会人生的最终拯救,对共产主义或曰人类理想的真正回归;意味着一个更合理的社会、更健全的人生、更和谐美好的人际关系网络。

显而易见,关于爱之拯救的话语,并非张洁的独创。其中,张洁的独到,不仅在于她着全力于"爱"的书写,而且在于她将"爱"表述为"不能忘记的"。爱,是唯一有价值的记忆,但仅仅是记忆;那是因"不能忘记"而与生命同在的爱。同时,记忆也仅仅为"爱"而存在,记忆也仅仅用来创造并书写"爱"。除却作为一种心灵的现实,张洁前

---

① 〔苏联〕高尔基:《安东·契诃夫》,见《文学写照》,巴金译,人民文学出版社,1985年,第112页。
② 张洁:《爱,是不能忘记的》,见《爱,是不能忘记的》,第120—121页。
③ 张洁:《祖母绿》,见《张洁集》,第223、255页。
④ 张洁:《我的四季》(散文),载《人民文学》1981年第2期。

期作品中的爱始终只是现实的断念。从某种意义上,与其说张洁是在书写"爱",不如说她是在书写记忆。是爱的记忆,在构造着一个想象中的现实;是爱的记忆,支撑着并间隔开不堪重负的现实生存。因此,在张洁的前期作品中,爱、爱的记忆始终有着一个优雅而极为脆弱的象喻:它是一只"纯净,极少杂质的波希米亚花瓶"(《波希米亚花瓶》),是一只"易碎的""蓝磨花玻璃杯"(《祖母绿》),是爱的记忆本身,在不断修订着记忆,不断地遮蔽着关于现实、历史、灾难的记忆。凭借这修订与遮蔽,张洁得以凭借"爱"这一七八十年代之交边缘、弱者的话语去颠覆、修订历史的话语,去从灾难血污的底景上凸现并救赎出"人"(所谓"大写的人")。一如孟悦别具慧眼的陈述:

> 记忆——不能忘记的主题引导了"生命战胜历史劫掠"的叙事模式,记忆与回忆构成了人物的精神价值,构成了叙事的结构与动机,也构成彼时彼刻张洁作品的特有魅力。那份劫后犹存的日记中(《爱,是不能忘记的》),正是对于爱的记忆与回忆使生命抵御了十年的历史灾难。凭借日记、记忆和回忆,《爱,是不能忘记的》为未来的、活着的、可在历史的严寒中僵硬缩瑟的生命们留住了本可能一去不返的诗意、温暖与理想。凭借记忆与回忆,《爱,是不能忘记的》从劫后的满目荒芜中举出了一份可以交付未来、交付后人的"过去",如同为荒无人迹的大地老人奉献一个美丽的婴儿。《祖母绿》延续了这一记忆与回忆的主题。曾令儿虽不似《爱》的主人公那样,享有一个始终温馨的回忆,但最终通过遗忘战胜记忆而有了更为充实的回忆,通过遗忘有关背叛耻辱及至悲伤痛苦的记忆,遗忘有关所爱之人的记忆而获取了对爱本身的回忆,这回忆支撑着生命的意义,抗拒着命运与死亡,遗弃了行尸走肉,把一切过去痛苦无偿的代价归还给未来,归还给生命本身。对于十年浩劫的幸存者,《爱,是不能忘记的》

那为了不忘的记忆,《祖母绿》那为了纪念的忘却,乃是通向末日审判和最后的救赎的主题。①

在此,且不论在彼时文化表达中一种时间观的混乱——所谓西方式的、线性的、生命不返之河的时间,与东方、中国似轮、似盘、似滚桶的循环的时间之泾渭分明,却又彼此叠加,未来、末日审判、最后救赎是一幅怎样被延宕、被悬置的景观;回忆之于记忆,不仅始终与遗忘、改写伴行,而且无疑始终是一份想象、一段镜中的岁月。于是,在张洁的早期作品中,遭悬置的不只是现实与"未来",而且是"过去"——一份必须向历史、"胜利者的清单"索取的别样的、不仅是心灵的真实。事实上,为了获取这份心灵的真实、生命的意义,必须将历史空间与历史记忆视为劫后的废墟、阒无人迹的荒原;那么,张洁恰恰因此而放逐了安放记忆与回忆的"过去"。关于"爱"——记忆与回忆、救赎与归属的表达由是而呈现为一个经典的乌托邦话语,一个由西方"19世纪话语"所构筑的"梦之谷"。这一朝向未来的"托付",由是而成了一次"发舟梦之谷"的精神漂泊。

关于女性的话语

如果将张洁的重要作品做一共时排列,那么我们不难从中读出一个关于女人的叙事,一个女性的被迫定位自我的过程,一个女性的话语由想象朝向真实的坠落。与她同时代的、更为年轻的女作家相比,张洁最初的作品是梦,此后是将她的梦显现为如此脆弱、不堪一击、

---

① 孟悦:《历史与叙述》,陕西人民教育出版社,1991年,第141—142页。

不值一文的现实，恶浊的、丑恶的现实——女人的地狱①，最后是现实彻底挤碎、榨干了梦的残片之后，女人无路可走的境况。这是一个完整的"时间"序列，这是一个并不通向上帝或撒旦，只是自我放逐至荒原的心路历程。那梦的最优雅、最完美的形态是《爱，是不能忘记的》，那是梦，同时是一种信念。而将信念显露为梦的、显露为虚幻与脆弱的是《波希米亚花瓶》。在梦的残片之间、执着地固守着这梦的信念、信念之梦的是《祖母绿》：一个遭劫掠、遭叛卖、遭践踏的女人，试着用她血肉模糊的双手，给他人，也许是给自己一点暖意和抚慰。绝望地但成功地将梦的残片缝入沉重的、无法背负的现实中的，是《沉重的翅膀》。而在这沉重、仍要飞翔的故事近旁，是龌龊的、没有拯救的人生：《方舟》，其中已没有多少缝隙来映照梦的晖光，这现实如同一个女人的梦魇，一声女人的刻毒而粗狂的诅咒。在张洁——这个"痛苦的理想主义者"，再没有半点可堪执着的理想之后，在她优雅的心中再也"挤不出半点柔情"②之后，张洁试图用她那曾书写梦的双手涂污世界：女人和男人、有梦的和无梦的、中国和西方，那是《只有一个太阳》③。在这唯一的太阳之下，张洁面对着女性的荒原和沉寂，面对一个不曾休止的，因无望而更加肮脏、琐屑的女性的磨难——《红蘑菇》④。在一个新的句段中，在实现了自我放逐的同时，张洁宣告了所谓来自男性之拯救的虚妄。在此后的破灭、绝望与孤寂中她发表了日记式的对母亲的追忆与忏悔《世界上最疼我的那个人去了》⑤。其中她甚至因母亲的亡故而宣告了自己真正生命的终结。

---

① 张辛欣《撕碎，撕碎，撕碎了是拼接》："外人很难理解你所用的'地狱'这个词的含义……不是肌肤所受的酷刑，而是心灵上的煎熬，人只一世，你的'地狱'却是眼睁睁地一遍、一遍经历轮回。"
② 张辛欣：《撕碎，撕碎，撕碎了是拼接》。
③ 张洁：《只有一个太阳》（长篇小说），作家出版社，1989年。
④ 张洁：《红蘑菇》，见《红蘑菇》，华艺出版社，1992年，第213页。
⑤ 张洁：《世界上最疼我的那个人去了》，载《十月》1993年第6期、1994年第1期。

或许可以说，这个关于女人的叙事，是张洁作品中最引人注目的部分。它不仅作为一种风格，一个或许可以连缀起来的人生故事，而且作为一种内涵，标明了张洁作品渐次清晰的女性写作特征。如果说张洁曾以独特的诗意，以音乐和孩子，以大森林、白蘑菇和长笛，以温柔的忧郁，顺利地获得了步入文坛的入门券①——因为别致的诗意、温情，是唯一得到认可的女性写作的"性别特征"；那么，当她的笔触开始书写女性之梦和女性体验对这梦的撕裂时，她必须面对的便是一个"人言可畏"②的现实。因此，在同代女作家中，张洁是最多地（包括西方读者、评论者）被指认或抨击为"女权主义者"的作家，而张洁则一而再、再而三地激烈否定这一称谓："我不认为自己是女权主义作者。我不以为所谓女权主义在中国有任何意义。妇女真正的解放有赖于人类社会的全面进步。"③"西方女权主义向男性挑战，我对此不以为然。我不认为这个世界仅属于男性，也不认为它仅属于女性。世界是属于我们大家的。一个男子，如果他勇敢，正直，品格高尚，热爱正义，尊重女性，那他也会得到我的尊重。"④显而易见，这是某种缘于自保策略的修辞，但它也是某种真实的表达。在80年代的特定社会语境中，"女权主义"无法见容于一个精英艺术家的人文主义、启蒙主义文化立场。在后者看来，女权主义是一种褊狭，又是一种奢

---

① 张洁处女作《森林里来的孩子》，见《爱，是不能忘记的》，第7—25页。

② 80年代初期因张洁所遭受的诸多不公正待遇并为关于她的众多的流言所困，老作家巴金写了题为"人言可畏"的杂文。文中谈道：50年前，鲁迅先生曾因著名电影演员阮玲玉之死写过同名杂文。"人言可畏"是阮玲玉遗书中的一句。参见巴金：《"人言可畏"》，见《随想录·真话集》，生活·读书·新知三联书店，1987年，第481—484页。彼时张洁的境遇可参见张洁所撰写的作家冯骥才的印象记《你是我灵魂上的朋友》，收入张洁小说散文选《方舟》，北京出版社，1983年。

③ 〔美〕林达·婕雯：《与社会烙印搏斗的人》，见何火任编《张洁研究专集》，第334页。

④ 〔联邦德国〕K.莱因哈特、F.麦耶尔：《〈明镜〉周刊编辑部采访张洁记录》，原载1985年8月19日《明镜》第34期，中译文以《让文学和时代同步腾飞》为题载1986年2月13日上海《文学报》，谭锦福译，见何火任编《张洁研究专集》，第103页；文章标题为编者所加。

俦——它会将女性置于"人类"之上,至少是其外;它会因之忽略了众多的、远为急迫的社会问题,它会使艺术家囿于性别的、一己的立场而无法"超越"。同时,张洁对自己作为"中国第一位女权小说家"①这一来自西方评论家的头衔的否认,间或出自一个本土艺术家直觉的文化反抗。

  但不仅如此,作为成长于五六十年代的一代人,作为经历了"男女都一样"的时代,经历了浩劫年代与太多的重负与挣扎的一代,80年代初中期的张洁有着一种深隐的女性的"返璞归真"的热望——不是返归自然,返归"原始",而是返归一种经过人道主义话语及现代文明修订的性别秩序中去。张洁的女主人公如果不是在"无穷思爱"中痛苦地穿越人间炼狱,便是极度疲惫、遍体鳞伤地苦海涉渡;她们渴求着一个归宿,一个"海样的""存在在早年的、少女的相思里"的父兄般的男人,"她借以支撑才可以站住,才可以挺立的那堵墙"。"在没有他以前,她像一只断了线的风筝,任八方的风撕扯着她,在没抓没挠的空间里沉浮,那是一种对自己命运的无能为力的,没着没落的失落感"(《波希米亚花瓶》)。回归,不拒绝男性的权威,因此而获得"做女人""像女人"的权利,获得庇护、归属,获得身后"靠着一米厚的钢墩子"(《方舟》)时的安详与任性任情。但是,这一切的前提,是爱情,一个值得爱的男人,张洁心爱的女主人公的同类,一个"勇敢,正直,品格高尚,热爱正义,尊重女性"的男人——理想人格与理想人性的化身。一如许文郁在她那篇题为《情人·慈父·理想人性——论张洁小说中的性心理》的论文中所指出的,在张洁小说中为数不多的、并不居叙境之前景的理想婚姻都因循着一个"老夫少妻"

---

① 〔美〕盖尔·费尔德曼:《张洁:一位中国小说家的话》,原载美国《出版家周报》1986年8月8日,李宏译,见何火任编《张洁研究专集》,第115页。

的模式①：

> 这是些温和、慈祥，对妻子关怀、疼爱，甚至有些溺爱的丈夫。可是这些丈夫与其说是情人，不如说是慈父更合适。书中描写的他们对爱人的感情，也确是一种长辈对幼小者的疼爱。袁家骝喜欢称尹眉作"那任性的，喜欢胡说八道的孩子妻"，凡事都迁就她，"认为她对事物、对人生的那些看法、解释，不过是小孩子的游戏"(《七巧板》②)。陈咏明也将郁文丽称作"我的小妻子"(《沉重的翅膀》)。在简眼中梧桐"永远是又透明、又糊涂的大孩子"，"他总觉得她不曾长大，他总觉得应该更多地给她"(《波希米亚花瓶》)。

在张洁所描述的理想男性近旁，是她心目中的理想女性的镜像——"她"宁静、姣美、安详，融合了传统女性与现代女性的魅力，富于理解，爱人也被人爱。因为"女人和男人不一样，她总要爱点什么，好像她们生来就是为了爱点什么而活着。或爱丈夫，或爱孩子……否则她们的生命便好像失去了意义。"③然而，这幅镜像总是极为夸张地照向张洁"丑陋"的女主人公们，映出她们毫不"理想"的"雄化"的特征：

> 她这是怎么了，像个歇斯底里的老寡妇。她从前不是这个样子。上哪儿再找回那颗仁爱、宁静的心啊，像初开的花朵一样，把自己的芳香慷慨地赠给每一个人。像银色的月亮一样，温存地照着每一个人的睡梦。她多么愿意做一个女人，做一个被人疼

---

① 许文郁：《情人·慈父·理想人性——论张洁小说中的性心理》，载《江海学刊》1986年第6期。
② 张洁：《七巧板》(中篇小说)，见《张洁集》，第111—187页。
③ 张洁：《方舟》，见《张洁集》，第40页。

爱，也疼爱别人的女人。

不，她不愿意雄化。究竟是什么在强迫她？①

尽管这面女性的魔镜不间断地构成了张洁及其主人公"丰富的痛苦"的又一来源，但事实上，张洁十分清楚（至少她自己认为）这强迫她们"雄化"的原因：

如果一个女人获得成功，她必须付出比男人更多的努力，她必须对付两个世界。我们不但要对付男人也要对付的世界，还必须对付被男人统治的"世界"。②

也许这是一个永远不可能调和的矛盾，你要事业，你就得失去做女人的许多乐趣。你要享受做女人的乐趣，你就别要事业。③

这是一个现代女性必须面对的两难境地，同时也是某种关于女性的经典话语：一个现代女性必然面临着事业、人生不能两全的选择。如果你不甘于传统女人的位置，如果你相信"女人，不是月亮，不借别人的光炫耀自己"④，那么你只能拥有一份有缺憾的人生，或者说必须"雄化"。这是一份沉重的现实的挤压，也是一个女性的未死方生间的文化、话语困境。女性的事业、人生不得两全的话语，一方面正

---

① 张洁：《方舟》，见《张洁集》，第16页。
② 〔美〕布鲁斯·希尼茨：《一位中国作家的艺术——访张洁》，原载美国《新闻周报》1986年5月26日，董之林译，见何火任编《张洁研究专集》，第112页；副标题为译者所加。
③ 张洁：《方舟》，见《张洁集》，第37页。
④ 女剧作家白峰溪的著名话剧《风雨故人来》，描写一对母女作为知识女性的人生经历及她们在事业、爱情的两难处境面前所做出的抉择。话剧于80年代初在北京演出时，于两性观众中引起了相当强烈的反响。其中的对白："女人，不是月亮，不借别人的光炫耀自己"，曾一度在都市女性中传为佳句。从某种意义上说，《风雨故人来》成为新时期较早出现的女性自觉反抗的声音。《风雨故人来》的剧本收入《白峰溪剧作选》，中国戏剧出版社，1988年，第83—160页。

是"男性统治的世界"所造成的女性现实之一,它几乎不取决于女人的选择;而另一方面,这正是深藏在女性内心的历史的惰性:"做女人""享受做女人的乐趣",意味着以丈夫为轴心,"为自己心爱的男人生个孩子",意味着女为悦己者容,意味着温柔、美丽、顺从。于是,它与事业、拼搏、竞争当然不相见容。

如果说张洁的女性魔镜成了另一个繁衍其内心痛苦的来源,那么,张洁对理想男性的渴求则不断地为她的女主人公带来失落、绝望:

> 她现在多么需要一双有力的胳膊。可是,在哪儿呢?也许今生今世那个人也不会出现,荆华将永远不知道被男人疼是一种什么滋味儿。她命中注定要永远漂泊,而不会有一个自己的窝。也许她们全会孤单到死。这是为什么?好像她们和男人之间有一道永远不可互相理喻的鸿沟,如同上一代和下一代之间有一道"代沟"。莫非男人和女人之间也存在着一道性别的沟壑?可以称它做"性沟"么?那么在历史发展的这一进程中,是否女人比男人更进步了,抑或是男人比女人更进步了,以致他们不能在同一基点上进行对话?……于是便会出现这一种局面——比起男人,女人也许是一个更健全、更优秀的人种?①

在对女性际遇的勾勒中,张洁的乌托邦景观出现了一道难于弥合的裂隙。除了在她早期的柏拉图式爱情图景中,张洁的同类也势必被隔绝在这条裂隙、这道"性沟"的两侧;张洁的涉渡之舟成了女人相濡以沫的"方舟"——"一片未受污染的净土"②。这已不可能是庐隐笔

---

① 张洁:《方舟》,见《张洁集》,第56页。
② 同上书,第75页。

下的"姐妹之邦"或"女儿国乌托邦"的净土①,而是女人无尽的苦海之上,并不坚实安全的一叶扁舟,只有女人间的相互扶助、抚慰。张洁甚至宣称:

> 女人和男人在心理上是完全不同的,可能他们之间永远不能相互理解。任何两个不同性别的人都是如此。有时我问自己:在这个世界上有谁能理解你呢?答案是没有。一个人要求被理解实在是太天真了。②

由"痛苦的理想主义者"到"天真的理想主义者",张洁已然在经历着一个历史的坠落。在某种深刻绝望之际,张洁仍选择了疑问句,选择了留有余地与空隙的措辞:"莫非""也许""可能";她显然不自甘于梦的残片也彻底消失在这巨大的裂隙之间。在一再断然否定了女权主义之后,张洁写道:

> 荆华似乎觉得一个"母马驾辕"的时期好像就要到来。男人的雌化,和女人的雄化,将是一个不可避免的世界性的问题。如果宇宙里一切事物的发展,真的都是周而复始地运动。那么,退回到母系社会,未必是不可能的。③

她必须为自己、为女人干杯:"为了女人已经得到的和尚未得到

---

① 参见现代文学著名的女作家庐隐的小说《海滨故人》,见北京大学等主编:《短篇小说选》第一册,上海教育出版社,1979年,第361—412页。关于庐隐小说中的"女儿国乌托邦"的论述,参见笔者与孟悦合著的《浮出历史地表——现代妇女文学研究》中的第二章"庐隐:'人生歧路上的怯者'",河南人民出版社,1989年,第42—47页。
② 〔英〕柯林·热布朗:《快乐不那么重要》,原载英国《观察家》1987年1月25日,简直译,见何火任编《张洁研究专集》,第540页。
③ 张洁:《方舟》,见《张洁集》,第2页。

的权力"、"为了女人所做出的贡献和牺牲"、"为了女人所受过的种种不能言说和可以言说的痛苦"、"为了女人已经实现或尚未实现的追求"①。

事实上,张洁理性的人文主义立场和她直觉的、体验的女性立场,必然使她的叙事话语充满了裂隙。张洁比她的同代人更清醒地意识到那场本应与中国妇女解放运动相伴生的、女性的文化革命的缺失:"我们的法律在文字上是进步的,但人们的思想则不然"②。当梁倩"冒着大雨,骑着摩托在雷电下疾驰",她意识到:"女人,女人,这依旧懦弱的姐妹,要争得妇女的解放,决不仅仅是政治地位和经济地位的平等,它靠妇女的自强不息,靠对自身价值的认识和实现"③。然而,张洁仍以"雄化""雌化"这类性别本质论的语言来界定这一变化中的性别现实。从某种意义上说,荆华、梁倩、柳泉们的遭遇不像是僭越者遭遇"天雷"击劈,而更像是无端遭放逐、被贬斥的绝望。这善"泼污水""倒垃圾"于"不轨"女人的社会,是制造荆华们苦难的罪魁。但显而易见的是,父权或男权作为张洁女主人公深刻的、内在化的存在,同样是繁衍她们的内心磨难、罪恶感与内疚自责的根源。这不仅表现在她强烈的"回归"渴望,对理想男性、慈父的不断书写之中,而且表现在她们对社会施加的"名节"、诽谤的过度敏感,以及强烈的伤害意识之上。事实上,尽管深刻地意识到传统道德在束缚、迫害女性④,张洁及其主人公(同类)的重要标志之一仍是一种深刻的、难于自已的道德感。一如《波希米亚花瓶》中梧桐的内心独白,面对心爱的男人,她甚至必须为自己既往的婚姻经历、为自己不再是

---

① 张洁:《方舟》,见《张洁集》,第109页。
② 〔美〕林达·婕雯:《与社会烙印搏斗的人》,见何火任编《张洁研究专集》,第334页。
③ 张洁:《方舟》,见《张洁集》,第56页。
④ 〔联邦德国〕K.莱因哈特、F.麦耶尔:《〈明镜〉周刊编辑部采访张洁记录》,见何火任编《张洁研究专集》,第104页。

处女之身而痛悔:"如果当初不为这声音所迷惑,她会把该给的,全都留给她的简——那永远不要求什么,只知道给她的人——而不是残破了的肉体和精神。他补缀。用一个男人所能献给一个女人的,最深沉的,最无私的爱。就像对一个值得得到这爱的,真正圣洁的处女。"在张洁小说的叙境中,这种被表达为政治上的、品格上的、爱情与肉体上的忠贞的道德意识,成了张洁的主人公,尤其是女主人公的荆冠和十字架,它们是蒙难的象征,也是荣耀的徽记。在张洁最具女性写作特征的作品《方舟》中,正是一个男性的权威者"甄别"了柳泉的"贞节",并做主为她正名,这是作品中三个单身女人之家唯一的一次"顺风",唯一的一次欣喜和胜利。从某种意义上说,张洁笔下的、作为其同类的女性,有着一种深刻的被虐意识:它呈现为放大了的、遭伤残的心灵,经夸张描写的尽失女性特征的身体与容颜[①],混乱不堪的、孤寂的生活。它不仅如同"女为悦己者容"——"就算保持住自己美丽的容颜又有什么意义?总得为着一个心爱的人。没有。要是有,她宁肯去花一些时间搽'银耳珍珠霜'"[②],女人的全部生活的意义,不可能见诸生活本身,它仍是一种希冀,一种等待,除非"为着一个心爱的人",除非以男人为镜并为男人认可,否则就只是煎熬。同时,极为潜隐地,在这被虐的生活背后,是一种无名的负罪感,一种僭越者的张皇与"歉意";被虐潜在地成为一种自虐、一种自我惩罚。庐隐的"金冠魔鬼"[③]并未彻底消失在历史的地平线下,它仍作为苍白的父亲的幽灵萦回在张洁的世界之中。

---

① 在张洁的许多作品中,她都突出了女主人公丑陋或疲惫而魅力全无的容貌、体态,经常通过某一男性角色恶毒的语言来表述。尤见诸《方舟》《沉重的翅膀》。
② 张洁:《方舟》,见《张洁集》,第20页。
③ 参见庐隐《海滨故人》,女主人公之一云青在婚恋问题上"自愿"屈服于父亲的意志之后,曾写了一篇似小说似日记的短文给女友,短文中与云青有着相似遭遇的女人,在梦中见到一个青面獠牙金冠魔鬼,金冠上写着"礼教胜利"。

性别、写作和网罗

显而易见,张洁的作品也并非自觉的女性写作——不是一个所谓"我、我的身体、我的自我"①的自白式表述。张洁无疑憎恶对其作品及其个人生活做一个"对号入座"式的"索引"②,类似"索引"将构成并助推围困"方舟"的恶浪与喧嚣。事实上,在七八十年代之交,诸多关于"人"("大写的人")、"人性"、自我、异化和潜在的关于性别的讨论,作为不断增殖的话语,繁衍为众多的自我缠绕的怪圈,但真实的个人经历、自叙传,尤其是女性写作所具有的特定的文化"匿名性",却无法被组织到任何一种(尽管是如此众多的)话语系统之中,也无法为任何一种既存的知识谱系所包容。在这一特定的文化语境中,关于"人"、个人的讨论,是以放逐个体体验的集体经验为前提的:个人、超越性别的"个人",被书写为"历史的人质"③。而这一历史的叙事,有着明确的、不容更改的句段:十年浩劫的缘起与浩劫年代的终结。后者意味着一种确定无疑的群体获救的时刻。在这一历史的语境中,"女性"再一次成为关于某种集体经验的象喻,成为一种万能的、"空洞的能指"④;"她"负载着灾难与创伤,她作为历史的蒙难者、圣女或罪人;一只为了使"诗人眼中的世界不再是黑灰色",而"翩然飞落在泥里"的"彩蝶"。但这超越性别的、作为集体性话语的、

---

① 参见〔法〕埃莱娜·西苏:《美杜莎的笑声》,孟悦译,见张京媛主编《当代女性主义文学批评》,北京大学出版社,1992年。
② 在所有对张洁的访谈中,张洁反复表示她最憎恶的,是将她的个人生活与作品中的人物对号入座。而对张洁作品有微辞的人则认为她的作品只是"张洁,张洁,还是张洁"。
③ 意大利导演贝尔特卢奇在1986年10月于北京电影学院所做的讲演,称"个人是历史的人质"。参见笔者对中国"第四代"导演创作所做的论述《斜塔:重读第四代》,见戴锦华:《电影理论与批评手册》,科学技术文献出版社,1993年。
④ 〔美〕劳拉·穆尔维:《视觉快感和叙事性电影》,周传基译,见《影视文化 1》,文化艺术出版社,1988年。

关于"个人"的书写，无疑是潜在地关乎性别：其中，女人再度被书写为弱者（如果不是恶者）。

然而，张洁在她的同代人之间，作为80年代最重要的女作家之一，作为一个别具才情的女人，作为一个"痛苦的理想主义者"与现实主义者，她不可能省略作为一个女人的生命体验，不可能无视人生微末的"细节"："真正使人感到疲惫不堪的，并不一定是前面将要越过的高山和大河，却是始于足下的这些琐事：你的鞋子夹脚。"① 而事实上，"鞋子夹脚"正可以成为对女性体验的象喻：在现代社会中，一个解放了的女性的地位，似乎相当于"占领区的平民"或"解放了的黑奴"，在"同一地平线上"②、在绝对平等的表象之下，女性的体验是一种无所不在的芒刺，一种无名的尴尬，一份不为外人知、似乎亦不足为外人道的痛楚。而自觉或不自觉地，张洁的作品正是以一种既内在于这一社会之中，又被逐或自我放逐于这一社会之外的方式书写时代。一如她所书写的时代是某一过程的中间段落，一次此岸到彼岸的涉渡；她所记述的"同类"中的女性——在其前期作品中几乎无一例外是单身与准单身女人，同样经历着一份生命的"悬置"，遭遇着一个似乎是"永恒"的延宕：社会、自我、命运、人生中的一切，都使她们似乎将要到达而始终不能到达一次最后的救赎。从某种意义上说，正是这些遭"悬置"的、女人的故事，以她们的生命和性别体验填充了张洁作品中被"悬置"了的现实。关于女人的叙事成了张洁作品现实景观中的前景与实景。在张洁的作品中，始终存在着灵与肉、爱情与婚姻的对立与分离；如果说前者是人间的圣殿，后者则是现实的地狱与渊薮；而灵与肉的统一和谐、爱情与婚姻的同生共存却无疑是女人和男人唯一可能获得的拯救与尘世的天国；那么，圣殿同时充

---

① 张洁：《沉重的翅膀》，第269页。
② 张辛欣：《在同一地平线上》（中篇小说），见《张辛欣代表作》，黄河文艺出版社，1988年。

当着人性的、崇高的祭坛,它必须供奉痛苦与残缺的生命;而地狱与天国虽一步之遥,但其间却无桥无舟。从某种意义上说,灵与肉的对立,是张洁作品中同类与异类的分野,也潜在地成为女人和男人间的沟壑。这是"你会在男人怀里撒娇吗?""你知道什么是男人的虚荣?"和"你能说清楚德彪西吗?""你愿意爬上黄山去看始信峰的云吗?"①之间的不可理喻。是"自他们结婚以来,每个夜晚,都像是他花钱买来的。如果不是这样,他便蚀了本"。"柳泉怕黑夜。每个夜晚,对柳泉都是一个可怕的、无法逃脱的灾难。每当黄昏来临,太阳慢慢落山的时候,一阵阵轻微的寒战便慢慢向她袭来,好像染上了什么疾病。她恨不能抱住那个太阳,让它不要下沉,让黑夜永远不要来临。他呢,却粗暴地扭着她问:'你是不是我老婆?'"是"贪婪的、垂着涎水的、无止无休地使人发抖的性机器";是"三面镜子里映出的铺天盖地的人肉战场"。②张洁的道德意识决定婚姻是一对相爱的男女的最终、唯一的归宿,是灵肉相谐的唯一可能。然而,在其作品中,现实婚姻却更像是女人的"地狱"之一种。因此,张洁只能执着于一个乌托邦式的向往:

> 既然人是自然界里最杰出的艺术品,到什么时候男人才不把女人,或是女人才不把男人仅仅是当作求偶的对象,而是作为一件艺术品来欣赏呢?
>
> 也不知道是哪一个猥琐的人想出来的污秽的道理,认准了一个男人对一个女人,或一个女人对一个男人发生兴趣便是想要爱他,占有他。不过人类早晚有一天会摆脱一切虚伪的桎梏,洗掉千百年来积留在自己身上的污秽,恢复生命在开始创造的时候,

---

① 张洁:《方舟》,见《张洁集》,第 23 页。
② 分别见张洁:《方舟》,见《张洁集》,第 70 页;《波希米亚花瓶》;《只有一个太阳》,第 173 页。

那种纯朴的、自然的面貌。但是通往那个境界的路该有多么远，又有多么长啊！①

在张洁类似的作品中，拯救似乎是一个"戈多到来"式的许诺：因为造成灵肉对立、爱情与婚姻分离的，是现存的"不合理"的社会、蒙昧的人群、冒名"常识"的偏见。于是，这一拯救便成了此时此地难于降临"尘世"的天国；固执于灵、爱情，抗拒着婚姻（肉体？）的网罗和诱惑，成了朝向获救与"天国"的唯一通道，同时成了对拯救、"天国"降临的延宕。这是又一次痛苦的"镜中奇遇"：在"她"的心路历程中，固执的跋涉时常使她不断远离她所投奔的，而她所逃离的一切却在不断的奔逃中迫近。这是一个关于女性的话语与女性位置的怪圈。事实上，灵与肉、爱情与婚姻的对立正是所谓"19世纪话语"中经典的二项对立式；而固执于灵、爱情的圣洁，以童贞、自由之身等待着"呼唤着你的人到来"，则同时构成对经典的关于女性的话语与位置的复归。但当张洁在这一二项对立式中加入了特定的女性体验时，一种新的裂隙与歧义便出现了。因为在其叙境中，张洁几乎否定了此时此地"呼唤人的"和"被呼唤的"彼此应答的可能，这一固执的意义因之不仅在于"等待"，它成了一个女人（？）、个人对社会、集团、现实的质疑、反抗或对变革的希望；一种拒绝放逐而自我放逐的姿态，至少是一种温婉的抗议与哀恳。事实上，在张洁最初的作品中，她不断地书写的，是一个"同类"间彼此"错过"的故事，于是，它成了某种"忏悔"②，某种"未了录"。而张洁所拒绝正视的，是一种话语的和女性的进退维谷的困境。痛苦的理想主义者的生存，必须在现实的书写中添加上苦楚的浪漫激情。因此张洁的"天国"景观难免

---

① 张洁：《漫长的路》（短篇小说），载《花城》1980年第6期。
② 张洁：《忏悔》（短篇小说），见《爱，是不能忘记的》，第92页。

暴露出一道愈加深广的裂隙：在灵与肉、婚姻与爱情的两难中，她必须放逐的是肉体和欲望，因为这是女人的"原罪"，是来自魔鬼和地狱的魅惑；荡妇的原型，是社会钉死一个女人的、至为有力而有效的十字架。同时，张洁不断地书写女人也书写男人，力图将其主人公的困境呈现为"人类"的困境，将"天国"的降临呈现为女人和男人的共同获救、相互拯救与人类最后的救赎，但在特定女性体验中，她仍潜在地意识到一个无法真正规避的事实——在婚姻与肉体关系中，男人之于女人既定的权力模式。于是，她必须放逐肉体与欲望，以挽救理念中的婚姻。因此，在她"幸福"的婚姻故事中，尹眉或陈咏明只是在医院的病床旁体味着幸福，而在张洁最优雅、最缥缈的爱情故事《波希米亚花瓶》中，幸福及婚姻是"我只是要把头枕在你的肩窝上"——哪怕是在"她的简"截瘫之后。在这一残损的"天国"故事中，在朝向"贞女"原型的回归中，张洁潜在地通过对肉体的超越与否定，消解着男性的权力与力量。

一个话语的天顶、一面想象的救赎之镜，未必能成功地阻隔现实的喧嚣。当张洁必须直面并书写女人痛楚的生存现实之时，她有的只能是以一种自虐式的执着，一声近于绝望的嘶喊与哀叹："你将格外不幸，因为你是女人。"① 她只能不断地以人道主义的话语去修补一个为女性体验所碎裂的人道主义景观。这便是曾令儿的记忆与遗忘，陷落与超越。然而，张洁所呼唤的"进步"历程，将以无情的历史之手嘲弄并改写一切。似乎作为一次滑稽模仿，在《只有一个太阳》中，一册男人（"表舅舅"）的日记对应着《爱，是不能忘记的》中那册女人的日记。如果说后者将爱的信念托付给未来，前者则将爱的记忆彻底倾覆在"破床下流的呻吟"里，沉没于"他""背着一个其重无比的石磨，从遥远的黑暗"，向"她"慢慢爬来，而最终"坠入了无声

---

① 张洁为小说《方舟》所作的题记。

无息的、永久的黑暗"的时刻。① 终于,"她仍爱他。也许她爱的不过是一个回忆。一个不容选择、不容反悔、无缘无故的回忆。好比一个上了年纪的人,固执地寻找儿时一种吃惯的,其实未必好吃的家乡小吃"②。现实的显影与肉体的闯入轰毁了心灵与记忆的镜城。

"世纪"的终结与时代的坠落

80年代末,现代化进程呈加速度行进,在持续的震动中,密闭的天顶终于在不断的碎裂中坍塌,中国陡然裸露在世界面前,裸露在20世纪末的西方、一个"美丽的新世界"面前。文明飓风的席卷与残酷的震惊体验,似乎瞬息之间抹去了来处与归所,抹去了"发舟梦之谷"的记忆与涉渡者的体验。"悬置"的现实在一次沉重的坠落中,遮蔽了回顾与前瞻的视域。一如古老的"东方"不再是"西方"人眼中神秘的"颓败中的帝国"、"铁幕"背后的"红色世界";西方亦不复是一份"19世纪"的优雅、痛楚与深情。于是,"只有一个太阳",它赤裸而无情地光照环球,光照着文明的流沙正侵吞最后的梦想者的空间。"天龙"已闻而降之,但远非"叶公"们所想象的模样。一个开放的、"个性"的时代已然到来,中国举步"走向世界",但时尚与流行、通俗与畅销并未给"痛苦的理想主义者"留下些许呼吸与伸展的空间。预期中的后现代的风景线,首先将吞噬"人"——"大写的人"。"西方"不再是潜在的参照系,而是一个十分切近的现实;东方与西方、中国与世界"在同一地平线"上。此间,张洁及其同代人所经历的,是一个"世纪"的终结。

张洁的明敏正在于,她已于80年代末且震惊、且激奋、且忧患、

---

① 张洁:《只有一个太阳》,第180、192页。
② 同上书,第193页。

且狂喜的时代氛围中,在中国将跻身于"地球村"的热望中,捕捉着"东方与西方"的秘密。不仅仅是一个权力的俯瞰、逼视("西方")与暴露焦虑中的瑟缩("东方");事实上,在《只有一个太阳》中,东方、中国与西方、欧美成了相向而立的双重舞台:"西方"在向无限震惊、欲望陡起的中国人展示着一个奇妙、富有的世界,而"东方"则在精心的结构与化妆之后向"西方世界"表演并炫耀着古国的奇观、文化及无穷的神秘。以一群中国人的"西土之行"为主线,张洁串联起一出"连演的闹剧"。在《只有一个太阳》的双重舞台之上,相对于"东方",西方人犹如水族馆里的生物,他们自在而漫不经心地游弋,并不在意玻璃墙上贴近的、艳羡的、贪欲的眼睛;而相对于西方,东方人却是苦心经营的表演,以期一次成功的"兜售"。在全篇中,最为精彩的、令人战栗、作呕的段落,是"她"成功的表演与成功的"西嫁"。正是在这个几近可怖的故事中,同时是在张洁的"同类"、小说的贯穿性人物司马南江于裸泳海滩的蹈海之举中,张洁凭借特有的女性体验率先向我们揭示出另一个东方与西方的秘密:在世界的权力游戏中,种族等级的格局正是性别等级的同构体。在西方的文化之镜面前,东方、中国所映照出的正是一个女性的形象;一种无名无语,又不断为他者命名、指认,不断为他者观察、渴求,又无视、轻蔑的形象。

然而,历史的进程已不可逆转。只有一个太阳。"西方"已深刻地内在于"东方"、中国之中,一如自我之像永远只能折射在"他者"的镜中。历史并不会让民族命运重演张洁之女主人公的"悬置"。于是,一种深刻的失落,历史的"进步"在显现其足迹的同时,终结了一个呼唤、渴求着进步之乌托邦的时代。推进现代化进程的人们,首先成了"现代化"的对象,成了现代化进程的祭品。在中国,一个"序号第三"的国度,启蒙时代、膜拜"现代化"的时代,将终结于现代化的进程之中。《只有一个太阳》似乎在预示着一个坠落中的终结。这一次,张洁似乎扮演着一个文化的卡珊德拉。

第二章 戴厚英：空中的足迹

僭越者与炼狱之门

戴厚英以一部长篇小说《人啊，人！》①，一举跃居文坛之上，构成了七八十年代之交众多的具有"轰动效应"的泛文学、政治、文化现象中的一幕。围绕着这部作品所形成的、彼此缠绕的话语的繁衍与增殖，成为戴厚英的不幸与幸运：《人啊，人！》再次被指认为乍暖还寒、乍晴还雨的年代的"晴雨表"，一种政治、文化症候，一种有力的社会象征行为②。如果说七八十年代之交，作为历史的畸变的回声，一

---

① 戴厚英：《人啊，人！》，广东人民出版社，1980年。
② 关于"人道主义""人性"以及此后的"异化"问题的提出和论争，是新时期初年（1979—1984）文学领域中的核心命题。而文学，作为具有特殊"轰动效应"和多元决定的社会能指；作家，作为自觉的社会代言人和意识形态"文化革命"的前沿实践者，其关于"文学创作中的人性和人道主义"的讨论与创作实践，事实上，成了1979年思想解放运动在文化领域的延伸。这一特定命题，凸现于新时期最初的年头，并实际上贯穿了整个80年代。而戴厚英及其《人啊，人！》，由于对人道主义的公开和直接倡导，作为"当代文学创作中的人道主义潮流"[俞建章：《论当代文学创作中的人道主义潮流（对三年文学创作的回顾与思考）》，载《文学评论》1981年第1期]的代表作，作为"一部振聋发聩的作品"[林贤志：《一部震聋发聩的作品（试论长篇小说〈人啊，人！〉的思想和人物）》，载《作品与争鸣》1982年第4期]而成为这一争论中的核心，并充当着一个重要的多元决定的能指。在1983年开始的"清除精神污染"和1986—1987年"反对资产阶级自由化"的运动中，"人道主义"与"人性"及其"异化"问题都成为主要的被批判对象之一，而戴厚英及其《人啊，人！》也两次遭到大规模的批评。

种特定的写作、读解方式，便是在一部情节剧、准情节剧中，以人物命运来指称政治历史，其中昨日的现实，今天已被书写为"历史"，而这刚刚逝去的历史事件成为定义、阐释人物命运的唯一重要依据。于是，一种对个人悲剧命运的呈现，便以"放大"的或曰社会象征的方式实现着政治控诉、历史反思和社会实践的使命；那么，伴随着《人啊，人！》的，则是一种对"放大"的再放大，一种多重的历史回声和现实政治文化话语所构成的旋涡。戴厚英及其作品被指认为某种僭越者之僭越，某种"不合时宜"的越界行为、对权力话语的居心叵测的挑战。① 为这旋涡所裹挟，戴厚英及其作品进入了一种当代文学史上颇为经典的困境之中：在颇长的时段中，她和她的作品被迫处于某种困窘和社会匿名的状态。与此同时，作为新时期一种特定的政治潜意识的呈现，《人啊，人！》"现象"，又成了一次隆重的、不无庄严意味的对戴厚英的命名式。这一命名，使她和《人啊，人！》"超越"了文学，成为新时期思想文化史中重要的一幕。

---

① 几度论争，使戴厚英《人啊，人！》具有了超出作家和文学的意义，而且点染了极为浓重的政治色彩。从某种意义上说，《人啊，人！》成了80年代一个特定的文化"禁忌"，从1980—1984年，大量关于"文学创作中的人性、人道主义讨论"都围绕着这部作品，但它通常只是不被正面提及的潜台词。只是在1984年初，在"清理精神污染"的高潮中，《人啊，人！》才成了正面批判的靶标。代表论文有王善忠《社会主义文学与人道主义问题》(《文学评论》1984年第1期)，张韧、杨志杰《从〈啊，人……〉到〈人啊，人！〉——评近几年文学创作中的人性、人道主义问题》(《文学评论》1984年第2期)，张炯《"从黑暗引向光明"了吗？——评〈人啊，人！〉的〈后记〉》(《文艺报》1984年第1期)。其中，张韧、杨志杰文称："……长篇小说《人啊，人！》则提出了另一种社会理想，即用资产阶级人道主义的'相亲相爱'来改造我们的社会主义社会。这部小说的人物系列形象以及它的〈后记〉，颇似八十年代的资产阶级人道主义'宣言书'。"(第9—10页)《人啊，人！》在今天继续鼓吹"相亲相爱"的人道主义，是与正在各条战线上进行的社会改革，与以实现四化为目标的正确路线和政策相对立的。它错误地把人道主义社会观的原则当作高于一切的原则。"(第10页)"我们回顾近几年创作中出现的资产阶级人性、人道主义问题，目的在于寻求它的问题症结，从思想、理论和文艺观上划清马克思主义与资产阶级人性论、人道主义的界线，将人性、人道主义描写纳入社会主义文学的轨道。"(第12页)

在 80 年代初特定的政治文化语境中,《人啊,人!》不是作为一部小说,而是更多地被书写、指认为一部宣言书、新的时代合唱中的一个声部。一如戴厚英本人对小说的阐释:

> 关于实践是检验真理的唯一标准的讨论,把我从黑暗引向光明。我明白了,不论是人、是鬼,还是神,都被历史的巨手紧紧地抓住,要他们接受实践的检验。都得交出自己的账本,捧出自己的灵魂。都得把双手伸在阳光下,看看那上面沾染的是血迹还是灰尘。我微如芥末。但在历史面前,所有的人一律平等。账本要我自己去结算。灵魂要我自己去审判。双手要我自己去清洗。上帝的交给上帝。魔鬼的还给魔鬼。自己的,就勇敢地把它扛在肩上,甚至刻在脸上!
>
> ……
>
> 一个大写的文字迅速地推移到我眼前:"人"!一支久已被唾弃、被遗忘的歌曲冲出了我的喉咙:人性、人情、人道主义!
>
> ……我写人的血迹和泪痕,写被扭曲了的灵魂的痛苦的呻吟,写在黑暗中爆出的心灵的火花。我大声疾呼"魂兮归来",无限欣喜地记录人性的复苏。①

然而,所谓"人性、人情、人道主义",并不是戴厚英个性化或个人化的话语独创。事实上,这一命题是贯穿了 80 年代的政治文化的核心命题之一,是"启蒙"与现代性话语的重要组成部分;而且在戴厚英的处女作《诗人之死》②和《人啊,人!》写作的年代,"人道主

---

① 戴厚英:《人啊,人!》"后记",第 353 页。
② 戴厚英:《诗人之死》,福建人民出版社,1982 年。戴厚英在其自传《性格—命运—我的故事》(太白文艺出版社,1994 年)中记述了此书的写作出版过程:1978 年春,戴厚英应邀"谈谈我所认识的闻捷",于是她在几本练习本上,"开始回忆我和闻捷(转下页)

义"自始至终是"伤痕"文学的潜文本。但是,对"人道主义"命题的正面书写,则构成了80年代重要的数次政治文化反挫的诱因和焦点。从某种意义上说,关于80年代"人道主义"话语的悖论情境,正在于它作为一个非意识形态化或超意识形态化的话语系统,构成了一个特定而典型的意识形态冲突。于是,戴厚英及其《人啊,人!》的现实际遇,固然是一次不无夸张意味的放大,却并非全然是一个荒诞无稽的历史玩笑。

除却作为七八十年代之交沉郁而不无超前色彩的"人道主义宣言",与同时代的文学作品相比,《诗人之死》和《人啊,人!》更接近80年代初部分昂扬而孱弱的知识分子的精神传记与心路历程。事实上,伤痕文学之社会主义现实主义情节剧的特征,在于将浩劫岁月书写为一场善与恶、人与兽、神与鬼的厮杀搏斗,并在"人"的毁灭、英雄力不胜任的反抗与失败之中展露并遮蔽历史回溯的视域;在于将苦难的个人悲剧命运书写为一种"历史的人质"的绝望而无奈的境况;在控诉历史的同时,赦免历史中的个人。① 同时,一如"伤痕"② 这一称谓,它所书写的,是昔日的创伤和关于创伤的记忆,而不是一个至今仍鲜血淋漓的伤口,因此这一特定的叙事类型,有着一个自然而明确的"历史"句段:它以浩劫岁月的降临为缘起,以浩

(接上页)相识相爱的整个过程"。后经人鼓励,改写为长篇小说。原题为《代价》,后更名为《诗人之死》,1979年6月定稿。但出版多方受阻,"在上海文艺出版社整整压了两年多",1982年由福建人民出版社出版。她的处女作成了她出版的第二本长篇。

① 可参见"伤痕文学"名篇吴强《灵魂的搏斗》、王亚平《神圣的使命》、从维熙《大墙下的红玉兰》、陈世旭《小镇上的将军》、宗福先《于无声处》、苏叔阳《丹心谱》。见河北师范大学中文系编:《神圣的使命》,1978年;刘锡庆主编、吴澧波选评:《生命如同那年夏天·伤痕小说》,北京师范大学出版社,1992年。它们更多的是反抗"四人帮"的英雄的故事,是善良人无端罹难的故事,与其说是对"文革"十年之"真实"的揭示,不如说是对一种必需的文化与记忆的虚构。

② 卢新华小说《伤痕》,原载1978年8月11日《文汇报》副刊"新长征","伤痕文学"因此而得名。

劫时代的逝去为终结。在其特定的叙境中，这是一场不堪回首的飞来横祸，一场来自于"我们"、个人之外恶势力所制造的劫难①。书写兽类，是为映衬人、英雄的"人性"与坚贞；展露地狱，是为了呈现人间（如果不是天堂）的美好。而戴厚英及其作品则僭越了这一潜在的权力话语及规定。如果说《诗人之死》仍具有鲜明的伤痕文学的特征：它书写了善良与邪恶的搏斗，书写了一个被毁灭的爱情，并以一个被剥夺、遭劫掠的女人（向南）由沉迷而觉醒、反抗的过程，以一个不屈、忠贞的爱人（余子期）逝去的身影负载起了一个灾难的时代；那么，《人啊，人！》则以一种知识分子的内省、质询，延伸了伤痕文学的历史控诉。"我看到的是命运。祖国的命运、人民的命运，我的亲人和我自己的命运。充满了血泪的、叫人心碎的命运啊！还有，我看到的是一代知识分子所走过的曲折的历程。漫长的、苦难的历程啊！"②小说在一个内在化的、现实的情境之中，引入了一个忏悔或曰更生的命题：所谓"一面包扎身上滴血的伤口，一面剖析自己的灵魂。一页页地翻阅自己写下的历史，一个个地检点自己踩下的脚印"，并终于"认识到，我一直以喜剧的形式扮演一个悲剧角色：一个已经被剥夺了思想自由却自以为是最自由的人；一个把精神的枷锁当作美丽的项圈去炫耀的人；一个活了大半辈子还没有认识自己，找到自己的人"。于是，"我走出角色，发现了自己"，"我应该有自己的人的价值"。③

作为一种特定的个人际遇，戴厚英不同于她同代的作家们。在漫长的人生岁月中，她始终十分偶然而必然地作为参与者或僭越者近

---

① 这是伤痕文学最鲜明的写作特征：将浩劫表现为一个外来的、从天而降的灾难。最为典型的是陈登科、肖马合著的长篇《破壁记》，人民文学出版社，1980年，其中将这"人妖颠倒"的十年表现为"国民党对共产党人的统治"。
② 戴厚英：《人啊，人！》"后记"，第351页。
③ 同上书，第353页。

距离地触摸权力的机器；①于是，她的个人行为始终为时代的暴风雨所裹挟，却无缘分享风暴眼中的宁静。正是这特殊的个人经历，使她以"历史和现实共有着一个肚皮"的表述，在伤痕文学戛然而止的地方继续她的思索。然而，这只是对一个特定语境的僭越，而非对一个时代的超越。事实上，较之同代人，戴厚英不仅是时代的同行者，而且是一个不甘自弃的参与者。《人啊，人！》对权威"历史断代法"的跨越，同样是为了"未来"：为了这历史与现实"共有的肚皮"不至于"吞没未来"；为了最终"珍藏历史"，"把它交付未来"。于是，《人啊，人！》更像是设在地狱、浩劫岁月和人间、现实及天堂、未来之间的一处心灵的炼狱之门。人们必须跨越这痛苦的门槛，对他人、对自己清算并试图偿还历史债务。这是内省、是忏悔、是偿付、是更生。它并不等同于此后的"与全民族共忏悔"②式的历史追问。如果说戴厚英不愿虚构或改写历史，那么，她所做的则是以一道心灵的炼狱之门来为历史悲剧添加一个尾声，以便彻底地送别并埋葬灾难的历史。于是，在《人啊，人！》中，不再出现鲜明的善与恶、天使与魔鬼的搏斗，而是一次内在的、"公平"地属于每一个人的自我质询，以便把"上帝的交给上帝，魔鬼的还给魔鬼"，以便掏出那颗残损的、蒙尘的心来洗刷干净，让它再度鲜红，以便从魔鬼处"赎回灵魂"。这是一个自我更生中的"启蒙"话语，一种忏悔、自讼、自辩中的历史定位。这是一次"表现自我"、重提"个人"的叙事行为。但在80年代之初，"自我""个人"，一如"人道主义"，都是某种集体性的话语，某种名之为"启蒙"的话语乌托邦，一个知识分子试图进入并入主历史的序幕。它仍暗合着陷落、痴迷、猛醒、奋进的主流话语。于是，小说不是以主人公孙悦或文化英雄何荆夫的自述，而是以曾经

---

① 参见戴厚英自传《性格—命运—我的故事》第5、6、7章"十年沉浮之一、二、三"。
② 参见刘再复：《新时期文学的主潮》，载《文汇报》1986年9月8日、9月10日。

"放浪形骸""把灵魂抵押给魔鬼"的赵振环的自述开头并结尾,便别具一份深意。与其说这是一种叛逆的姿态,不如说这是一个中心再置过程中略显超前的主流文化行为。

社会寓言与救赎

作为七八十年代之交短暂而蔚为壮观的"伤痕文学"的回声,或者说作为"伤痕"写作的转瞬即逝的伸延——"政治反思"小说①,《人啊,人!》参与创造了一种 80 年代初特定的"流行"样式:不同人物的主观型第一人称叙事的交替呈现②。"我让一个个人物自己站出来打开自己心灵的大门,暴露出小小方寸里所包含的无比复杂的世界。"③ 每一个人物,甚至不甚重要的、负面角色,同样作为内聚焦、同叙述的叙事人,占有叙事空间与时间。无所不在、无所不知的全知叙事人的隐匿,显然削弱了叙事及语言的权威性与暴力特征;多个人物、多种视点的自述,则暗示着某种权威的、同一的、具有整合力的集体性镜像的缺失,以及一种名之为"人""个人"的主体镜像的询唤开始生效。

显而易见,尽管《人啊,人!》采用了这一特定的叙述方式,但

---

① "政治反思"小说,又称反思小说,一度成为伤痕文学的推进与深化。一般认为以茹志鹃的《剪辑错了的故事》为开端,其基本特征是将伤痕文学所表现的历史时期由 1966—1976 年扩展至 1957—1976 年,包含了对"文革"产生的历史成因的追问与呈现。代表作有:王蒙《蝴蝶》、古华《芙蓉镇》、李国文《月食》、陈登科与肖马《破壁记》、鲁彦周《天云山传奇》、张一弓《犯人李铜钟的故事》,等等。参见刘锡庆主编、傅琼选评《淡紫色的天空和窗帘布·反思小说》(北京师范大学出版社,1992 年)和其中傅琼所作的《选评者序:风烟散尽话"反思"》。
② 以小说中的主要人物的第一人称自知或旁知叙事,一度成为 80 年代初的"流行"叙事样式,较为著名或一度产生轰动效应的作品有:靳凡《公开的情书》、赵振开《波动》、张辛欣《在同一地平线上》。见人民文学出版社编辑部编:《1979—1980 年中篇小说选》第 2 辑,人民文学出版社,1981 年;中国作家协会创作研究室选编:《晚霞消失的时候》,时代文艺出版社,1986 年;张辛欣:《张辛欣小说集》,北方文艺出版社,1985 年。
③ 戴厚英:《人啊,人!》"后记",第 358 页。

它并非一部"对话"式的复调小说;与其说多人物、多视点的自述构成了时代的"众声喧哗"①,不如说它只是叙事人所选用的多重"假面"。在人物的自述背后,戴厚英得以"表达我对'人'的认识与理想",得以"把全部精力集中在对人物的灵魂的刻画上"。②它并非一个被多重视域洞穿的现实场景,而是一个以新的形式营造起的"理想"的心灵景观:这是一部显影在现实情境中的历史,一部因现实行动与抉择而得到改写与救赎的历史。它是历史的重负,同时是这重负的解脱;它是忏悔,同时是原宥;是自我质询,同时是自我申辩;它是心灵的炼狱,同时是对炼狱之门的跨越。在多个人物的假面背后,隐匿而仍生杀予夺的权威叙事人决定了人物"失去"他"应该失去的","找回了"他"应该找回的",决定了人物或超度或沉沦的命运。

毫无疑问,《人啊,人!》是一部极为自觉的社会寓言式作品。它展现了"一代知识分子所走的道路":"我们都是我们这个时代所诞生的。一母生九子,九子各不同。我们共同反映着我们的时代,它的长处和短处,它的光明和黑暗,它的过去和未来。"而一如经典的社会寓言写作,负载着《人啊,人!》这部知识分子的精神传记,伴随着主人公之一何荆夫写作并出版《马克思主义与人道主义》一书的曲折,是一个中年人的爱情故事。女主人公孙悦再次接受爱情、重新开始生活的选择作为主要被述事件,展现出一个多元决定的、超载的社会图景。一如小说批评者所指出的,《人啊,人!》包含着一个"孙悦跟赵振环、许恒忠、何荆夫的四角恋爱"③。从某种意义上说,这正是颇为

---

① 参见〔苏联〕巴赫金《陀思妥耶夫斯基诗学问题》第1章中关于"复调小说"和"众声喧哗"的论述(白春仁、顾亚铃译,生活·读书·新知三联书店,1988年),此书译者将后者译为"多音齐鸣",笔者选用美国哥伦比亚大学王德威教授的译法。此书为王春元、钱中文主编的《现代外国文艺理论译丛》中的一部。
② 戴厚英:《人啊,人!》"后记",第358页。
③ 张炯:《评〈人啊,人!〉的思想和艺术倾向——兼论"表现自我"与反映时代》,见《张炯文学评论选》,湖南人民出版社,1984年,第142—155页。

经典的"现实主义"或曰社会情节剧的写作方式。在小说的叙境中，孙悦所面对的三个男人，象征三种不同的道路，三种连接着历史与未来的方式，跨越或逃离炼狱之门的三种可能的选择。赵振环，作为孙悦青梅竹马的恋人、结发之夫，是浩劫岁月中卑鄙的叛卖者，是孙悦个人灾难的制造者和负心人，也是叙境中一个最重要的忏悔者形象。他对爱情的背叛之途，同时是灵魂的堕落之旅；肉体和欲望的诱惑，使他"与魔鬼签约"，成了"一个精神上的阉人"。于是，他迷途知返，渴望在忏悔中得到宽恕，并在孙悦的宽恕中再生。而许恒忠则是一个庸常之辈，一个在现实的"颠来倒去"中懂得了实用主义与功利主义的委琐者，他的全部行为目标是选择一个妻子，获得一份"实惠"。而何荆夫，则是戴厚英所精心构造出的文化英雄。他是一个历史的蒙难者——在80年代初的特定语境中，苦难无疑是一具圣洁的荆冠；被迫流浪的生涯，使他不在"三界五行"之中，使他超越了历史中的龌龊和血污，同时使他成了一个安泰①式的大地之子，有着大地一样的宽厚和背负。一如他历尽苦难痴心不改地苦恋着祖国、人民和事业，他也以不变的忠贞苦恋着他初恋的对象：孙悦；尽管他一度"珍藏起历史"——珍藏起他对孙悦的热恋，但那是为了有朝一日把它"交付未来"。这是叙境中唯一一个无须忏悔、无须更生的"真正的人"，一个"有血有肉，有爱有憎"，有独立思考与独立人格的、灾难时代造就的叛逆者，是祖国、土地、人民和孙悦忠贞的恋人。与其说这三个男人构成了孙悦炼狱之门外一个真正的三岔路口，倒不如说他们更像是戴厚英的思考与自我所投射出的三幅分立而统一的镜像。何荆夫，作

---

① 安泰，古希腊神话传说中的巨人，为海神波塞冬和地神盖娅之子。他与敌人格斗时，只要身体不离开地面，便能不断从母亲身上汲取力量。后被赫拉克勒斯举到半空中杀死。在苏联的社会主义现实主义作品和新中国"十七年"的文学作品中，安泰的故事不断被用来比喻共产党人和人民的关系。在新中国"十七年"特定的语境中，安泰成了巨人、大地之子——共产党人的代名词。

为一个理想人格和真正的人,无疑是一个"超我"的形象;而实用主义者许恒忠是一个经修订的"本我"的低微形象;赵振环则是一个在本我的诱惑、超我的惩戒与询唤中陷落、挣扎的"自我"形象。① 于是,孙悦尽管受到朦胧的诱惑,仍无憾地拒绝了许恒忠的追求,并在何荆夫的教诲和感召之下,宽恕了赵振环。赵振环必须得到宽恕——因为腹背受敌的脆弱的"自我"必须得到抚慰与宽恕,一个"人道主义者"必须理解并原宥人性的弱点。这是赦免,也是对自我的救赎。而孙悦在繁复的迟疑、痛苦的思考之后,终于投向了何荆夫,则意味着她对理想主义、"痛苦的理想主义者"②的抉择。

寓言中的女性困境

正是在这一寓言写作方式中,戴厚英于无意间暴露出一个女性文化的困境。如果说《人啊,人!》构成了80年代初一次大胆的社会质询与文化僭越,那么,在此书的叙述方式和女主人公孙悦的形象之中,戴厚英的文化突围却失陷于男权、主流文化规范的女性网罗之中。当戴厚英将她对自我和知识分子的命运与心路的思考外投于三个男性形象之上时,她的女主角孙悦便陷于一种意义的空白与悬置之中。一如戴厚英把她的思考、行动、倔强,将她写作《诗人之死》并为它的出版所做的抗争③,都赋予了她理想的男主人公何荆夫,她把全

---

① "自我"(ego)、"超我"(superego)、"本我"(id),参见〔奥〕弗洛伊德:《精神分析引论》,高觉敷译,商务印书馆,1984年。80年代初,弗洛伊德的理论一度成为中国大陆的理论时尚。
② "痛苦的理想主义者"为张洁在《爱,是不能忘记的》中首先使用的称谓,从某种意义上特指于五六十年代登上社会舞台的知识分子。戴厚英在其长篇小说《空中的足音》(花城出版社,1986年)中认同于这一称谓,参见《空中的足音》,第152页。
③ 参见戴厚英:《性格—命运—我的故事》,第190—193页。

部软弱、苦楚与沉重的记忆留给了女主人公孙悦。除了作为历史劫难的承受者和累累伤痕的背负者,除了作为一个往昔记忆和抽象叙述中命运的抗争者,孙悦更像一个痛楚无助而彷徨歧路的弱者。她更像是一个经典的女性角色:为来自男人的伤害与遗弃而痛苦,为一个有所归属的前景而惴惴:

> 这些年来,我觉得自己好像一片东飘西荡的羽毛,要找一个依附,可又总是找不到。我盼望着有一天有一只强有力的大手突然抓住我,命令我:"你的位置就在这里,不要再飘来荡去了。"……
>
> [在梦里]我莫名其妙地来到一个陌生的地方。田野荒凉,道路泥泞,但又挤满了各种各样的人,等待过关。那关,也是只能感觉而看不见的。我孤零零的一个人,不像人家搭帮结伙的,所以总被推来搡去,茫然不知所措。一阵马蹄声由远而近,一个大汉骑在马上一掠而过。我被淹没在烟尘里。突然有人喊那大汉:"×××,孙悦在这里!"这一声喊,顿时使我的情绪安定下来,产生了一种安全感。这时我才明白:他在这里等我作伴,我也正是来这里投奔他的。①

而在孙悦的女友李宜宁那里,则表达为:

> 事实上,我完全理解。你需要的是精神支柱,是一个强有力的朋友。你希望他能支撑你,拉着你走过一切泥泞。你希望在他那里充分发挥你的长久被扭曲、被压抑的天性。我知道你是懂得爱的,你能够为这种爱牺牲自己。可是,现实中找不到值得你为之牺牲的对象。②

---

① 戴厚英:《人啊,人!》,第19—20页。
② 同上书,第20页。

事实上，有意无意间，戴厚英这种女性文化困境的表达，正是其社会寓言写作的重要组成部分。七八十年代之交，伴随着思想解放运动的发生，是一个女性再度从历史的既定轨迹中被抛出，再度遭遇历史与现实的时刻。如果说在1949—1979年的主流意识形态话语中，解放了的女人是作为男人——"阶级兄弟"的"姐妹"，同为鲜有差异的、党和人民的儿女，新时代、新社会平等的、共产主义事业的战士和战友，而戴厚英则因为她特定的个人际遇而成为其中极为投入的参与者，那么，70年代末，伴随历史的剧变、同心圆式社会结构的碎裂，人们陡然面对着一个偶像坍塌、权威缺失的社会现实。如果说这是全社会必须去面对的巨大的变动，那么，女性则在参与并承受这一变化的同时，再度必须直面她们始终深刻体验却难以名状的性别现实。或者更为直白地说，她们必须面对的，是父权被削弱之后更加清晰的男权现实。历史之手正在重新书写女人：她们必须在文化的意义上，再度完成一次从"父亲"到男人的"移交"。

如果说80年代初，戴厚英以《人啊，人！》成为了僭越者与先行者，那么在此之前，她并不是一个先觉者。她是在巨大的震惊和绝望中经历了这一历史巨变的：

> 随着揭发"四人帮"斗争的深入，我知道了许多原来不知道也不能想象的事情。猛然间，我感到心中的神经在摇晃，精神上的支柱在倒塌。我什么也看不清了。我常常一个人发呆发愣，痛哭，叫喊。……
> 我的灵魂在一段时期内处在黑暗中。[①]
> 如果这一切都是虚伪的谎言，我以后的精神还靠什么支撑？精神失去了支点，我还怎么活？

---

① 戴厚英：《人啊，人！》"后记"，第352页。

今后我还能相信谁？又相信什么？①

此时，戴厚英将自己比作无所"依附"的"羽毛"②；将自己比作"从船上掀翻到波涛汹涌的水里，看不见岸，也看不见桥和船，甚至连一块可以让我喘喘气的石头也摸不着。我只能在水里一上一下地沉没、挣扎，想找到一根救命的稻草"。尽管在现实中，戴厚英"在废墟上思考"，并终于"长歌当哭"，写作了《诗人之死》——一部不甚典型的伤痕文学，一份薄奠，一份自讼与自辩，并终于"十个月"便写作出版了《人啊，人！》③，可是，在她的思考中，在她让她的人物皈依了一个"新"的乌托邦话语——人道主义的同时，也让她的女主人公归依了爱情和一个传统的女人的位置，将女性的权威的空位留给了一个男人。如果说在《人啊，人！》的叙境中，孙悦在梦中没有听清那个剽悍的、纵马的男人的姓名，是暗示着被压抑的、对何荆夫的渴望，那么在意义层面上，这确乎是一个无须也难于填充的空缺：这只是一个"男人"、一个"大汉"、一个男性的权威者与主宰者而已。他可以使女人、孙悦为之奉献、为之"牺牲"，依凭着他"发挥"自己"被扭曲、被压抑的天性"——一个"女人"的"天性"。事实上，孙悦是全书的核心人物，她正是穿越心灵的炼狱之门、治愈创伤而更生的角色。但这一更生是凭借何荆夫并通过何荆夫来完成的；一如在她的另一个梦中，她是吞下了何荆夫"晶莹透亮的心"方始获救的。

似乎是一个不无残忍的玩笑：出走者与放逐者常常以他（她）远离的那扇门为蓝本，寻找并鉴别自己新的归宿。《人啊，人！》作为80

---

① 戴厚英：《性格—命运—我的故事》，第 171 页。
② 事实上，这也正是毛泽东主席对知识分子所作的著名比喻。见毛泽东：《打退资产阶级右派的进攻》《坚定地相信群众的大多数》，见《毛泽东选集》第 5 卷，人民出版社，1977 年。
③ 戴厚英：《性格—命运—我的故事》，第 194 页。

年代初的一部僭越之作,就其爱情段落与女性话语而言,它却像是对《青春之歌》①的一次极为温和的改写。后者使林道静由对一个男性引导者的爱而接近了革命,最终超越这一己之爱而献身革命;而孙悦则是由对崇高理想的献身,而后退到借助一个男性引导者的爱再度开始生活。如果说林道静最终与江华的结合,不仅是一个男人和一个女人的结合,而且象喻着知识分子与工农相结合的道路;那么,何荆夫则同样由于他的流浪生涯而超越了知识分子的身份,而成为一个大地之子②。和他的结合是孙悦——一个女性知识分子由"东飘西荡"朝向大地的降落。而正是在这一切之中,戴厚英失陷于一个关于女性的、主流文化的话语之轭。如果说《诗人之死》是一部自讼、自辩式的自叙传,那么,《人啊,人!》则是一幅想象性的图景;在女性的意义上,它甚至更接近某种白日梦。在其作为"大时代的儿女""党的女儿"的自我价值指认失落之后,她必须在一面男性的权威之镜中再度指认自己;正是在三个男人的爱和追求——赵振环的悔恨、许恒忠的"高攀"、何荆夫的忠贞中,在其他女性角色:冯兰香、陈玉立的嫉妒之中,孙悦才再次获取价值:一个女人的价值。这是一次"逃脱中的落网",一个女性知识分子的文化悖论。确乎,"我的经历要比那些书中的任何一个女主人公、男主人公都要复杂,都要丰富,都要有趣。我灵魂中的善和恶也比那些人强烈、深刻得多,而且有更多的纠缠和牵扯"③。他们(女人和男人)都是她心灵的一面或一隅,她的一次自我投射,但这幕灵魂的真诚袒露与假面舞会却结构在一个"新"的性别秩序与性别指认中。

---

① 女作家杨沫的《青春之歌》(人民文学出版社,1958年),表现一个女性知识分子林道静由追求小资产阶级的个人解放到投身于共产主义事业的道路。
② 参见笔者《〈青春之歌〉:历史视域中的重读》,见《电影理论与批评手册》,科学技术文献出版社,1993年。此文亦收入唐小兵主编《再解读:大众文艺与意识形态》,牛津大学出版社(香港),1993年。
③ 戴厚英:《性格—命运—我的故事》"序",第2页。

"平民"与"贵族"间的尴尬

从某种意义上说，自《诗人之死》《人啊，人！》到《空中的足音》(1986)，戴厚英经历了一个退缩、拒绝退缩、降落、难于降落的过程。《空中的足音》以女主人公云嘉洛还乡之行为始，以她再返河口镇终，中间经历了她回到故乡宁城，"重新开始"的奋斗，却仍不能摆脱"污水""影子"的追逐。这一次，戴厚英将思考、写作、抗争行为"归还"给她的女主角，但这小城"儒林纵横"的场景，仍包含着一个爱情故事，一个女主人公寻找"归属"的情感历程。戴厚英在云嘉洛还乡之行的起始点书写着："事业——失败"，"生活——失败"。1994年，她再次在其自传中，将这"两块无字的路标"插在1979年、自己的"不惑之年"上①。作为一次全方位的降落，何荆夫式的文化英雄、浪漫情感消失了，代之以孟跃如——一个疲惫、困窘、经历过苦难和摧残的男人，和一份女人与男人间相濡以沫的扶助，但这也只是一阵"空谷足音"②。可云嘉洛仍会对男主人公倾诉："我不是猛士，我只是一个普通的女人。我是这个动荡不安的时代所造就的一个焦躁不安的灵魂。我需要信任、友爱、真实的支持和鼓励。我渴望得到一个坚实的归宿，不论是友谊、爱情还是事业。只要让我感到自己的存在是有价值的就行。可是，我好像永远也找不到这样的归宿……"显而易见的是，在《空中的足音》的叙境中，云嘉洛并不缺少友谊和事业；"一个普通女人"的"归宿"、存在的价值，仍然被表述为一个男人、一个

---

① 戴厚英：《性格—命运—我的故事》，第184页。
② 戴厚英：《空中的足音》，第218页："好像在幽凄的山谷里听到一阵急切而沉重的脚步声，他[孟跃如]产生了希望和期待。希望什么？期待什么？……他都没有仔细地想过。他只是盼望她常来和他交谈。他倾听她的说话，像倾听咚咚的泉水，沙沙的松涛。有一种感情的交流，心灵的共鸣。在经历过人生旅途的长途跋涉之后，有什么比这更珍贵的呢？她的足音，是他继续前行的伴奏。也许，他所需要的，就是这些。"

家。一个抗争中的女性的"一幅美好的远景"①。

事实上,在《空中的足音》中渐次清晰的,是一个或许可以被称为"神话"的元素:戴厚英试图以"故乡""乡土"作为某种知识分子的心灵归宿,作为某种"根"和"桥"。"故乡,是她在这茫茫人海中的一个根,是她和祖国、人民联系的一座桥梁,是她精神上的一根支柱"。而在《脑裂》②中,为李大耳客死异国的儿子招魂下葬的几章,则是作品中颇为真淳感人的段落。故乡、亲情、民风古俗、花鼓彩灯,成为戴厚英所营造的又一处想象性的"精神家园":"不要忘了,你是在泥巴地上滚大的。眼睛多朝地上看看吧!这泥巴永远是实在的。"一如何荆夫反复地被表述为大地之子,戴厚英本人则自认为"农民的女儿"③。这正是戴厚英作品序列的意义特征之一。它仍无法摆脱主流话语的遗痕:戴厚英的"乡土情"似乎仍带有阶级论的意味,而且更多地成为安泰寓言的重述。从某种意义上说,80年代"启蒙"话语的文化困境之一,正在于他们试图以经典的现代性话语(诸如人道主义)来清算一场现代社会的灾难。这些浓重的、"必须内在地予以排除的阴影"④,造成了他们的文化悬浮与无根感。浪漫化的"大众"成为其话语建构必需的支点,戴厚英及其同代人的"大地之子"的文化指认与自我指认,由是而成为一种想象的必需。

如果说戴厚英的故乡情的书写,渴望着却并没有完成一次朝向现实人生的降落,那么,在戴厚英的作品序列中,另一种深刻而强烈的

---

① 戴厚英:《空中的足音》,第 347 页。同页还有:"老师",云嘉洛的声音哽咽了,"一想到人与人之间的可怕关系,我就心灰意冷,丧失了生活和进取的勇气。我自信并不软弱,可是我不愿意在自己幻想的世界上罩上一层灰色……没有一幅美好的远景,我一天也活不下去……"
② 戴厚英:《脑裂》,太白文艺出版社,1994 年。
③ 戴厚英:《性格—命运—我的故事》,第 152—154 页。
④ 参见〔法〕《电影手册》编辑部:《约翰·福特的〈少年林肯〉》(1970),见李幼蒸选编《结构主义和符号学:电影理论译文集》,生活·读书·新知三联书店,1987 年。

诱惑、渴望，则同样表明了 80 年代精英文化的困境与一个固守着精英文化立场的女性知识分子的现实尴尬。那是对一份普通人的家居生活乃至"烦恼人生"①的渴慕。它并置于戴厚英的女主人公对爱情、理想男性及男性权威的渴望之侧，两者共同构成了一幅不甚和谐的女性知识分子的心灵风景。如果说后者作为一种多元决定的话语，意味着一个女性的反叛与皈依，意味着继续精神流浪并获救，意味着对精英文化立场与"痛苦的理想主义"的固守，那么，后者则意味着堕落、退缩与归"根"——放弃理想与获得一份平常心。事实上，在戴厚英的四部长篇小说中，她的女主人公都是单身女人，都在不断地渴求爱情、渴望结束单身生活进入家庭，但没有一个人在叙境中"成功"地获得婚姻。戴厚英之"无字路标"上的"生活——失败"，正是她对单身生活的指称与定义。单身意味着被放逐，意味着一份充满了痛楚、折磨、中伤的生活，但同时意味着对理想的固守。所谓"污水，污水，随便走到哪里都会遇到污水。特别是女人，又特别是像我这样的女人。""流不尽的血，受不完的痛，直到死。"②"四十岁的单身女人到哪里都引人注意。除非她是一个丑八怪，或者精神病患者。单身女人的身后总有一大堆吸引人的秘密。谁都喜欢去探求这样的秘密。不担风险，不费力气。既可以得到一种精神上的满足，又有一点官能上的刺激。何乐而不为？"③张洁的主人公也可能受到"诱惑"："当然，他也可以娶一个给自己补袜子的女人。"但立刻："什么话！竟然沦落到了这种地步，我变成了什么！"④在戴厚英则是："只要你能把精神和生活分开，你就会从矛盾中解脱出来。从天上降到地上来吧！讲究实际就能幸福。"立刻到来的反驳是："你说什么？把精神和生活分开？

---

① 池莉：《烦恼人生》，见《太阳出世》，长江文艺出版社，1992 年。
② 戴厚英：《人啊，人！》，第 16 页。
③ 戴厚英：《空中的足音》，第 8 页。
④ 张洁：《漫长的路》，见《张洁小说剧本选》，北京出版社，1980 年。

那人不就成为动物了吗？"① 如果说张洁的主人公大都在一种极度的绝望与寂寞中，被迫过着一种"波希米亚人"的混乱生活②，那么，戴厚英之主人公的生存能力要强得多，他（她）们所恐惧的仅仅是理想的沦丧、人际关系的网罗和历史"影子"的追逐。戴厚英的主人公不是没有"能力"，而是恐惧着诱惑；任何一种对现实的妥协都可能是堕落，是"从人到猿"的倒退；他们甚至会为人与猴的相似而恐怖。③ 于是，戴厚英的女主人公尽管深知"等待是失望的同义语。永远等待就等于绝望"，但仍然是："就让我等待吧！"④ 等待"空谷足音""甘泉涌现"。等待有人再度为她勾勒出一个"光明的"未来，一个"眼前的黑暗"无法遮没的"五彩缤纷"的天空，⑤ 来作为女主人公理想爱情的底景。于是，"空谷足音"只能成为"空中的足音"，戴厚英的主人公只能留下一行行空中的足迹。如果说在张洁那里，社会更像是恶浪翻滚的人海，她和她的同类则经历着方舟上的涉渡，那么，戴厚英的心灵净土上却不时传来太多的"人间消息"⑥。普通人、平常心、一份家居的日子——它们对戴厚英的主人公形成了强烈的、难于自已的诱惑。而巨大而崇高的使命感，一份不能自弃、自甘"退出历史舞台"的热

---

① 戴厚英：《人啊，人！》，第134页。
② 〔联邦德国〕米歇尔·坎-阿克曼：《混乱、孤寂和没有爱情——谈张洁的短篇和长篇小说》，见何火任编《张洁研究专集》，贵州人民出版社，1991年。
③ 参见戴厚英：《人啊，人！》，李宜宁语："我当然懂得，人没有了精神就会成为动物。我多么害怕把人降低到动物的水准。小时候去公园，看见老猴子抱着小猴子亲了又亲，我心里直难受：猴子为什么像人啊！人是最高贵的呀！可是慢慢地我懂得人是无法摆脱动物的命运的。……我不想去伤这份脑筋！可是孙悦却为此而苦恼！"（第134页）并参见戴厚英《空中的足音》："而今，他〔孟跃如〕却不敢回忆那一段可怕的生活。尤其不敢打开自己的内心世界。在与云嘉洛的通信中，他是挑挑拣拣地向她显示自己的，否则还不把她吓坏了？我所尊敬的老师，你怎么会变得这样低级？而他怎么回答呢？从猿到人，又从人到猿。"（第134—135页）
④ 戴厚英：《人啊，人！》，第20页。
⑤ 戴厚英：《性格-命运-我的故事》，第171—172页。
⑥ 女作家海男中篇小说《人间消息》（《钟山》1989年第4期）。

望①，却在戴厚英的作品中掩盖或曰放大了她的女主人公"做女人"的微末平凡的愿望。非此，便难以解释许恒忠间或可以成为孙悦的选择之一。而也正是对许恒忠，戴厚英让她的人物做出了辛辣的评判："飘逸的庸俗。敏感的麻木。洞察一切的愚昧。一往无前的退缩。没有追求的爱情。没有爱情的幸福。……而最高的统一点是两个字：实惠。"②如果"实惠"确有委琐之嫌，那平实则别是一份价值、一番真性情。对许恒忠的否定，更像是戴厚英对另外一个自我，另一种屈服、退缩、诱惑的否定与拒绝。如果许恒忠因不奢望爱情，而自许"可能幸福"，那么，在戴厚英的主人公之侧，始终存在着这样的实例——尽管那与其说是幸福，不如说是平实或满足更确切。事实上，在戴厚英的作品序列中，这是一个渐趋清晰的线索。这是《诗人之死》中卢安弟的第二次婚姻，是《人啊，人！》中李宜宁的家庭，是《空中的足音》里何求一家和"闹市里散淡的人""落伍者"耿守一，是《脑裂》中的李大耳和李嫂。这都是些不奢望爱情，也并不建筑于爱情的家庭，但它别是一番感人的"人间景象"。如果说在《人啊，人！》中，叙事人尚带着某种优越者的悲悯叙述李宜宁的故事，那么，到了《空中的足音》中，类似家庭所给予云嘉洛的，便只有抚慰与渴慕；事实上，如果云嘉洛和孟跃如得以成就他们的爱情，他们所获得的也正是这样一份平实的生活，只是多一点理解、多几分相濡以沫罢了。类似的故事可能进入铁凝创作的中心视野，而完全可能在方方、池莉那里成为有情有趣的故事；但在戴厚英这里，这只能被表述为一种公开的诱惑与隐秘的愿望。它似乎表明80年代初、中期人道主义的倡导者深刻

---

① 戴厚英：《空中的足音》，第137页。云嘉洛说："我分明感到，前进的脚步越来越沉重，每走一步都伴随着精神镣铐的叮当响声和心灵的痛苦。但是我终于没有倒下去。因为我对未来仍有希望，对理想还有追求。我不甘心就这样退出历史舞台，作一个毫无价值的失败者，牺牲品。是的，我不甘心！"

② 戴厚英：《人啊，人！》，第340页。

的内在匮乏:它可以沉湎于"何为人"的玄想,却难以直面平凡的、不无缺憾的人生,一如它必须放大:将个人遭遇放大为历史的、民族的、社会的悲剧,它也耻于表达一份平凡、微末的尘世愿望。所谓"我决不申诉/我个人的遭遇";所谓"我的悲哀是候鸟的悲哀/只有春天理解这份热爱",所谓"我天性中的野天鹅啊/你即使负着枪伤/也要横越无遮拦的冬天/不要留恋带栏杆的春色"。① 而另一个重要的事实是,80年代的"启蒙"话语的到来并未与新的女性的文化革命相伴生。于是,性别差异的重提,使女性——这个再度浮现的性别群体重新面临着苍白而纷繁的血色清晨。

有趣的是,《空中的足音》写作八年之后,在《脑裂》中,女主人公华丽终于因为"害怕"投入了男主角公羊的怀抱:"我一直等着这一天,输,输给一个爱我的男人";因为:"对女人来说,智慧和魅力是不能并存的。魅力会给聪明的女人带来许多无聊的故事。聪明又使有魅力的女人陷入无穷无尽的烦恼。这也是一部分女人走不出来的怪圈。所以,智慧和魅力并存,对男人是如虎添翼,对女人却是鱼和熊掌,不可兼得。做女人还是做智者?我常常为此犹疑不决。现在,我想定了,还是先做个女人再说!"② 如果说90年代精英文化的困境、精英知识分子的自我置疑,使得戴厚英的女主人公有机会和勇气面对欲望、接受诱惑,那么,它同时也明确了戴厚英对女性位置的指认:一个女人的抗争、固守与等待,便是为了有一天去"输"给一个男人;"做女人"便意味着放弃"智慧"。即便如此,她也仍要在此将诗人、知识分子自喻为"黑夜中的灯火",将两人间的彼此吸引与满足比喻为"互相加油,替对方遮风挡雨",以便那灯不熄灭,"帮助人战胜黑

---

① 均为女诗人舒婷的诗句。引自《一代人的呼声》《馈赠》《会唱歌的鸢尾花》。分别见阎月君、梁芸、高岩、顾芳选编《朦胧诗选》,辽宁大学中文系(内部发行),1982年,第83页;舒婷:《双桅船》,上海文艺出版社,1982年,第55页;舒婷:《会唱歌的鸢尾花》,四川文艺出版社,1986年,第91—92页。

② 戴厚英:《脑裂》,第215、227页。

暗"。① 戴厚英毕竟没有摆脱那份文化的重负与尴尬。事实上，只有将女性体验表达为知识分子的内省时，戴厚英才可能获得真诚而深刻的呈现。在《空中的足音》中，她假蒋又和之口，将这份脆弱与尴尬表述为："你是贵族中的平民，平民中的贵族。所以，你总比我们娇嫩。"②

固守中的陷落

作为一个耐人寻味的文化个案，作为80年代文化及其困境的重要的"能指"式人物，戴厚英在1994年获得了一个迟到的、别样的命名式③。也正是在这一年，戴厚英推出了她的一部新作：《脑裂》。一部"荒诞"作品，却因其"荒诞"而实践着社会寓言的功能。小说以状似荒诞、实则现实的叙事结构，书写了又一部辛辣、不甚惬意的白日梦。不再是为寻找精神家园而执着的精神漫游，而是在失落了精神家园之后，一段心不甘、情不愿的随波逐流。如果说80年代文化或者说戴厚英的起点，是面对着具有庇护力的神话的天顶陡然坍塌之后的荒芜，那么，他们所做的一切便是"炼五色石补天"④：重建或修正这神话，至少是营造一座精美的"拱廊街"⑤，权充庇护之天顶，或暂作

---

① 戴厚英：《脑裂》，第227页。
② 戴厚英：《空中的足音》，第420页。
③ 1994年，太白文艺出版社同时推出戴厚英的新作《脑裂》、自传《性格—命运—我的故事》，并同时再版了《诗人之死》和《人啊，人！》。其"卖点"无疑建立在消费80年代意识形态禁忌之上。
④ 女娲补天的故事，见袁珂编著《中国神话传说词典》"女娲"条，上海辞书出版社，1985年，第43—44页。经《红楼梦》贾宝玉"无才可去补苍天"，"补天"成为中国知识分子参与社会政治生活的隐喻。在80年代中后期，"补天派"指温和、渐进论的改革主张。
⑤ "拱廊街"为法国巴黎一条著名的街道，以彩镶玻璃为拱顶。W. 本雅明曾在《发达资本主义时代的抒情诗人》一书中提到这条街道（张旭东、魏文生译，生活·读书·新知三联书店，1989年）。

精神家园。使这"拱廊"一夜间呈现为废墟与虚妄的,并不是 80 年代末的政治与现实,而是 1992 年末砰然而至的商业化大潮。《脑裂》再次成为在直面中规避的现实写作。这部"荒诞"长篇,是又一部 90 年代的"儒林纵横",一对男女主人公公羊和华丽"准爱情"的悲喜剧。开篇伊始便是男主人公之妻"小母羊"的一个噩梦提示着公羊"脑裂"的现实:"我看见你的脑袋裂开了。圆圆的脑袋馒头似地裂成两半……"①事实上,这成了全书的核心象喻。此时,在触目惊心的商业化大潮与拜金主义面前,精英知识分子一时间体味着空前的无力感②。《脑裂》试图触摸类似现实,但她所呈现出的,与其说是某种精神分裂的不如说是人格分裂的现实。在某个"一身正气,两袖清风"的象征性无名氏的追悼会之后,生者——文化人们所面临的不仅是一个自身不断贬值、人欲横流的世界,不仅是一个不再为神话庇护而点染上神圣色彩的、平庸乏味的现实——考核外语、评定职称、饮食男女,而且是内心的张皇混乱、欲念浮动。

和戴厚英的其他作品一样,这是一部社会寓言与时代素描,也是戴厚英本人的自画像或漫画像或白日梦。事实上,在这"裂开的大脑"的一半处,它仍是一部尝试社会批判或曰表达心灵固守之作。尤其对女主人公华丽说来,它仍然是:"我夜间躺卧在床上,寻找我心所爱的。我寻找他,却寻不见。我说,我要起来,游行城中,在街市上,在宽阔处,寻找我心所爱的。我寻找他,却寻不见……"仍然是"我认为人应该有一个终极关怀。只为自己,只为眼前的世界活着实在没

---

① 戴厚英:《脑裂》,第 7 页。
② 参见陈平原:《近百年中国精英文化的失落》,载香港《二十一世纪》第 17 期,1993 年 6 月,第 12 页:"他们"或许从来没像今天这样感觉到金钱的巨大压力,也从来没有像今天这样意识到自身的无足轻重。此前那种先知先觉的导师心态,真理在手的优越感,以及因遭受政治迫害而产生的悲壮情怀,在商品流通中变得一文不值。于是,现代中国的堂吉诃德们,最可悲的结局很可能不只是因其离经叛道而遭受政治权威的处罚,而且因其'道德'、'理想'与'激情'而被市场所遗弃。"

有多大意义。……我正在找我的泉水。遗憾的是我还没找到"。① 仍然是对精神归属的寻找。然而，这些倾诉却是与基督教联系在一起的，前段引文正是《圣经·雅歌》中的句子，于是，它更像是"无神论者做弥撒"②，更像是一种自指中的虚妄。在这"荒诞"小说的现实部分中，戴厚英借公羊之口说出，"如今的中国是一个海，商海和欲海"，但让 A 教授反驳道："是你心里眼里只有这两个海。""地球上有五大洲四大洋啊！人世间也还有别的海，情海、苦海"，"知识的海，文化的海，精神的海"。公羊继而反诘道："那些都是没有浪花的虚幻的海，或过了时的枯海。"③ 一如孙悦与李宜宁的争辩，只是以自我为假想敌的对话，这同样是一个裂开的大脑间的自我对话。因为不自甘、难以认可面前的现实，而无力去背负并穿越一次深刻的精神危机。

从某种意义上说，在《脑裂》中，戴厚英设置了双重镜像式的意义与人物关系。而正是在这双重镜像中，表现出戴厚英也难以超越的"脑裂"、人格或曰价值分裂的精神现实。作为一种现实"映像"，戴厚英略去了商海，而突出了欲海。这或许是由于 80 年代启蒙话语系统间或可以包容"性"——因为它毕竟是"人性"的，尽管是不甚光彩的部分；但却无法包容"商"——物欲与拜金，因为那是"异化"与不容赦免的堕落。于是，作为一个价值混乱、欲念浮动、自我质疑的主人公，欲望与诱惑在公羊的心灵镜像中折射出的，是一"条"（个？位？）"红裙子"。在小说的叙境中，这个颇为重要的角色，没有姓名、没有个性、没有来历、没有清晰的形象，只是一个欲望——性诱惑、现实诱惑的指称，而她昂贵的"红裙子"，使之沾染着铜臭；她与"官人"们的交往，则意味着腐败。这是"一条不祥的红裙子"。她

---

① 戴厚英：《脑裂》，第 70—71、89 页。
② 〔法〕巴尔扎克短篇小说名，参见《巴尔扎克中短篇小说选》，人民文学出版社，1979 年，第 251 页。
③ 戴厚英：《脑裂》，第 142 页。

将公羊引向沉迷、引向歧路和堕落。当她事实上被宣判为一个"停机场"上的妓女,并卖身远嫁异国时,戴厚英想象性地宣判并放逐了诱惑物。有趣或荒谬的是,在女主人公华丽的心灵镜像上,公羊则同样指称着性诱惑,当然也指称着戴厚英式的现实诱惑——终得以"名花有主"。从某种意义上说,这个"小阿弟"、易受诱惑的诗人,在华丽处所唤起的,不是古典爱情,而是欲望;不是心灵的依傍、归属,而是欲望的满足。一如戴厚英以红裙子的价格、官场交际、"停机场"使"红裙子"成为堕落的象征,她同样以孤独者的渴求("亲人死的死,走的走,只给我留下一所空房子。我一个人在这个滩头上跌打滚爬,好苦好累。我想退回来,退到不被人注意的地方,可是那地方又只有我自己。……只有电灯。电灯,像一双双监视的眼睛,要把我逼成魔鬼,逼成圣人。可是我不想当魔鬼,也不愿做圣人,只愿意当一个普通的女人。"①)来原宥、赦免华丽,并最终以公羊经历堕落、决定行动的"成长",以两人互相"遮风避雨"、为不熄灭"黑夜中的灯光"的意义,来使公羊和华丽的性爱结合升华,飞离"欲海"。再一次,一个男人,一个不甚伟岸的男人,成了华丽的"泉水""心之所爱"。

在《脑裂》中,最令人迷惑的形象,是名之为"小母羊"的官宁和她的母亲。一如"红裙子"和"公羊","小母羊"这一称谓,除了荒诞滑稽之外,显然也是文本意义网络的编码方式之一。它应该意指着"纯粹"的女性、母性和经典的"女性品格":温顺、软弱。但在《脑裂》中,这却是一个神秘的女人。她有某种"特异功能",顺从,近乎奴性,却"病态"地恐惧男人、恐惧性。她也是文本中唯一一个"不能忘记"的爱的持有者,但她对李大耳的爱,却最终揭示为一种错觉(如果不说是一种骗局)。而她的"病态"却引出了她的历史和母亲:一个更为怪诞的老女人。在这"怪诞"的老妇身上,戴厚英投射了她

---

① 戴厚英:《脑裂》,第 82 页。

最为复杂而混乱的叙事态度:这个老妇,是个基督徒,于是在颇为经典的"官方"推论中便无疑是个伪善者。是她向华丽宣讲姐妹之爱,宣讲"全世界女人们联合起来""相爱",于是,华丽立刻确认无疑地将她指认为"分明是一个女权主义者,而且以女人党的教母自居"。于是,华丽"真的讨厌起她来了",但好奇于"这样古怪的念头是怎么装到她脑子里来的。她全不像没有教养的老太婆,她年轻的时候一定是很漂亮的"。但当老妇暴露了她的同性恋经历,并对华丽表达了类似愿望时,她立刻"要吐了",并怀疑:"老太婆是受了什么人的指使,来试探我这个单身女人是不是要搞同性恋?"①因此而开始大骂并痛哭。甚至当老妇的不幸经历、孤苦生活昭示而出后,叙事人仍未曾宣布对她的赦免。如果说戴厚英让她的女主人公,一个"女强人"快乐地坠入欲海,多少意味着她对80年代文化中的道德主义的弃置,那么,她让华丽幸福地"输"给公羊,"先做女人再说",则意味着她对精英文化的固守已无法掩盖她对女性自身的保守立场。在小说中,当小母羊决然与公羊分手之后,却极为性感、风骚、顾影自怜,以致她"俨然一个红裙子",终于使公羊受到诱惑使之受孕,成就了一份"女人的完满"。不仅如此,戴厚英显然在表达她对另一种异类的深刻敌意时,重述了一个男权主义、世俗偏见的公式:姐妹情谊=女权主义=病态=没有教养=丑陋=同性恋。这是戴厚英的疆界,从某种意义上说,也是80年代启蒙话语在女性、文化边缘人问题上的疆界。如果说戴厚英曾在自传中将自己的既往指认为一个"政治媚俗者"②,那么,这部"固守"之作,却在某种意义上成就了另一种女性文化意义的"媚俗"。显而易见,她更宜于加入80年代的"伟大的进军"③,而不

---

① 戴厚英:《脑裂》,第109—111页。
② 戴厚英:《性格—命运—我的故事》,第167—169页。"我在文革中到底扮演了什么角色"? 其中戴厚英借用法籍捷克作家米兰·昆德拉的说法,称自己为此间的"政治媚俗者"。
③ 〔法〕米兰·昆德拉语,参见《生命中不能承受之轻》,韩少功译,作家出版社,1989年,第258页。

适于坚持"一个人的战争"①。这是另一种难于治愈的"脑裂"。事实上，公羊的"脑裂"，不仅是一个精英知识分子的自我分裂，更最终成了叙境中的现实：公羊死于脑癌。于是，小说以一个葬礼始，以另一个葬礼终。有意无意间，戴厚英为她想象中的精英文化书写了一曲不无滑稽与混乱的挽歌，而且宣告了华丽样的女人获救的无望。这是一次固守中的陷落。作为一个特定时代的僭越者，戴厚英终于在朝向中心的回归中坠落。只在 80 年代的文化天空中，留下一行"空中的足迹"。

---

① 女作家林白的长篇小说《一个人的战争》题记中写道："一个人的战争意味着一个巴掌自己拍自己，一面墙自己挡住自己，一朵花自己毁灭自己。一个人的战争意味着一个女人自己嫁给自己。"(《花城》1994 年第 2 期)

第三章 宗璞：历劫者的本色与柔情

彻悟中的低回

宗璞的作品序列在新时期女作家中独居一隅，显现出一份他人所不具的本色与雍容。那是一份直面痛楚与惨烈时的从容，一份尽洗铅华后的柔情与优雅；那是一份彻悟中的迷茫，一份历劫者的背负。

事实上，早在1956年，宗璞的发轫作《红豆》中①，已然显露出她独有的意趣。一种迷茫中的执着，一份至诚中的忧伤。这当然"宿命"式地成了她日后劫难的伏笔②。中间历经《不沉的湖》《后门》③的"改造"与"修正"，宗璞似乎"成功"地弃置了她独有的那份优雅从容，而开始纳入了稚拙而单纯的时代话语之中。这并不能使宗璞在劫难到来时被豁免④，但这"成功"的着色⑤与改造，却成了日后宗璞固执地

---

① 宗璞：《红豆》（短篇小说），见《宗璞代表作》，黄河文艺出版社，1987年，第3—34页。
② 1957年，宗璞的《红豆》因"爱情至上"等罪名遭到批判。
③ 宗璞：《不沉的湖》（短篇小说）、《后门》（短篇小说），见《宗璞代表作》，第35—49、50—62页。
④ 宗璞在"文革"中的遭遇参见宗璞散文《一九六六年夏秋之交的某一天》，收入宗璞散文集《铁箫人语》（春风文艺出版社，1994年，第59—65页）。
⑤ 关于"着色"与"本色"的议论，参见宗璞：《吊竹兰和蜡笔盒》，见《风庐童话》，湖南少年儿童出版社，1984年，第27—31页。

反思而不是追悔的经历(《我是谁?》《蜗居》①)。

宗璞不是一个超越者或僭越者。她之为"新时期著名作家"的命名,来自于她对此间主流话语构造的果敢而有力的加入。宗璞的作品序列几乎包含了新时期"启蒙文化"的全部母题。1978年,她的新时期发轫作《弦上的梦》②,便与宗福先的《于无声处》、苏叔阳的《丹心谱》一起,因正面写作"四五"运动,不仅加入了伤痕文学的热浪,而且成了其间干预并介入现实的力作。继而,《我是谁?》(1979)③,则不仅早在戴厚英的《人啊,人!》之前,成为历史控诉与人道主义呼唤的先声,而且极为"超前"地成为中国大陆现代主义写作的开篇④。匍匐在地下的"牛鬼蛇神"与雁行飞过、在天空中书写下"人"字的场景,几乎成了一个经典的、同时极具症候性的场景。⑤事实上,书写"文革"中的校园惨剧,迄今尚没有人超过《我是谁?》之中的惨烈与深度。此后,宗璞同一系列中的《蜗居》(1981)、《泥沼中的头颅》(1985),则将这一知识分子的反思与内省的主题不断推进。其中《蜗居》事实上成了文化英雄主义的一阕称颂的短歌。1980年,宗璞的中篇小说《三生石》⑥,在加入了"爱"这一关于拯救的元话语的构造的同时,实际上成为"伤痕文学"与80年代的爱情绝唱。此间《心祭》(1986)⑦,则成为《爱,是不能忘记的》《思念你,桦林》等婚姻、爱情主题的一次远为哀婉、含蓄的复沓。

---

① 宗璞:《我是谁?》(短篇小说)、蜗居》(短篇小说),见《宗璞代表作》,第92—99、128—137页。
② 宗璞:《弦上的梦》(短篇小说),见《宗璞代表作》,第63—91页。
③ 本书中单篇作品名后的年份为首次发表时间。
④ 参见宗璞《给克强、振刚同志的信》:"我自78年重新提笔以来,有意识地用两种手法写作,一种是现实主义……一种姑名之为超现实主义……"(《钟山》1982年第3期)
⑤ 在此后的诸多文学、电影作品中出现了类似的场景。直到1991年,著名青年导演陈凯歌的作品《边走边唱》中仍有类似场面。
⑥ 宗璞:《三生石》(中篇小说),见《宗璞代表作》,第195—356页。
⑦ 宗璞:《心祭》(短篇小说),见《宗璞代表作》,第100—113页。

然而，如果说启蒙主义的实践与抗议者的胆识和果敢，实际上成就了宗璞的80年代命名式，那么，宗璞的意义与价值并不止于此。如果说《弦上的梦》尚带有时尚写作的造作与粗糙，《我是谁？》尚显露着于撕肝裂胆中挣出的抗议之声的嘶哑，那么，经由《三生石》《鲁鲁》[①]（1980），到《心祭》《米家山水》（1981）、《熊掌》（1981）、《核桃树的悲剧》（1982）[②]，再到《南渡记》（1988）[③]，宗璞已获得或曰恢复了她那份独特的细腻，一份淡泊与从容。从某种意义上说，正是后者，而不是前者，标识着宗璞的徽记与成就。或许可以说，在80年代的特定历史之中，宗璞由于她的家世与她特有的知识背景，其作品序列实际上成为一座浮桥，连接起老中国知识社群的那份淡泊从容与新时期剧变、历劫之后的那段迷惘、执着与背负。与其说宗璞的作品序列构成了"启蒙"话语与文化英雄主义的一次高昂，不如说它成就了一次回归，对"本色人生"的回归，对不曾被种种政治权力话语所玷污的、"纯正的"理想主义信念的回归，对老中国、"五四"新文化所共同构造的社会及文化秩序的回归。或许，较之新时期众多的文学作品，宗璞为数不多的作品比他人更为深情地书写了知识分子的心路——一份无法剥夺去的心灵的傲岸，同时是一段自甘亦不无自嘲的执着与操守。宗璞不是一个"痛苦的理想主义者"，尽管她无疑是一位时代的历劫者。由于她的写作，也由于她的家世，她始终置身于风暴中心，而那里绝没有风暴眼中的宁谧；作为一个当代女性知识分子，她为人女、为人妻、为人母，且深深地体味着现实的困窘、艰辛

[①] 宗璞：《鲁鲁》（短篇小说），见《宗璞代表作》，第114—127页。
[②] 宗璞：《米家山水》《熊掌》《核桃树的悲剧》（皆短篇小说），见《宗璞代表作》，第162—174页。
[③] 宗璞：《南渡记》，见《野葫芦引》第一卷，人民文学出版社，1988年；《东藏记》（部分），载《收获》1995年第3期。

与尴尬①;在她的作品中,历史与现实的劫难有时是一种真正的围困(《三生石》),有时则是一种琐屑但深刻的绝望(《核桃树的悲剧》)。宗璞在历劫中所获得的是一份彻悟、一种认可与背负的力量。那不是在苦难中萌生的对金色彼岸的无穷的希冀与畅想,而是对此岸人生的再度发现与确认。那是一段相濡以沫的爱的扶助(《弦上的梦》《三生石》《心祭》),是三生石上几点温暖的微明,是柳信、萤火、秋韵,是燕园的树、石、桥、碑和墓。②那是对"百无一用是书生"的认可,又是"欲罢不能""知其不能为而为之"(《泥沼中的头颅》)的相许。宗璞本人的确写下了诸多温婉、深情而痛楚的死别的挽歌③;在历史的视域中,宗璞的作品序列亦如一阕文化的挽歌。它是对一个正在逝去、甚或已被遗忘的时代的薄奠,它记载着老一代知识分子以及他们生活方式的优雅的沉沦。宗璞最新的散文集《铁箫人语》的题记,颇像她对自己创作的自谦与自况:

我家有一支铁箫。

那是真正的铁箫。一段顽铁,凿有七孔。拿着十分沉重,吹着却易发声。声音较竹箫厚实,悠远,如同哀怨的呜咽,又如同低沉的歌唱。听的人大概很难想象这声音发自一段顽铁。

铁质硬于石,箫声柔如水;铁不能弯,箫声曲折。顽铁自有了比干七窍之心,便将美好的声音送往晴空和月下,在松阴与竹影中飘荡,透入人的躯壳,然后把躯壳抛开了。

哦,还有个吹箫人呢,那吹箫人,在哪里?

---

① 参见宗璞散文《铁箫人语》第一、第二部分,及《南渡记·后记》。
② 参见宗璞:《柳信》,见《宗璞小说散文选》,北京出版社,1981年;及《铁箫人语》第三部分《萤火》《秋韵》《燕园石寻》等篇。
③ 宗璞新时期的散文多为悼亡之作。参见《宗璞小说散文选》《铁箫人语》。

放逐与获救

宗璞善于书写一个历劫者的心路。不仅是"文革"时代的历劫，而且是对大时代的抉择与灾变的经历与承受。从某种意义上说，这是一个从《红豆》《不沉的湖》便已然进入的主题。然而，除却《我是谁？》《一九六六年夏秋之交的某一天》，宗璞绝少去记述劫难本身，她对暴力——无论是历史的、政治的、自然的，有着"本能"的厌恶与拒斥。在宗璞的笔下，劫难是一种外在的、猝不及防的暴力的降临与袭击，它不仅是对历劫者的重创与剥夺，而且更重要的是一种放逐。将你从正常生活乃至人群、"人类社会"中放逐出去。它宣判你为人的异类（《我是谁？》），宣判你为敌人——阶级的、社会的，间或是一群恶毒的孩子的敌人（《三生石》《核桃树的悲剧》）；它或许是一场"史无前例"的文明浩劫，或许只是人性阴暗的一次发作；或许是一种合法而荒诞的"战争"（《米家山水》），或许它只是莫奈何之的世事变迁沉浮（《鲁鲁》）。宗璞七八十年代之交的作品，至为淋漓地描摹了"文革"初年，描述了彼时命名异类时的任意、放逐异己者的残忍与酷烈。事实上，在整个 80 年代文化语境中，它作为一个太切近的记忆，一个魔影式的威胁，一个不断被反思又不容反思的历史，超过了所谓"震惊"或"创伤"一类的字样，以至于成为无语。宗璞拒斥暴力场景的呈现，除了作为彼时主流话语的政治反思以及一种知识分子的内省，她同样拒绝去追问或质疑"人性"。她书写这一历史的暴力与暴力的放逐，仅仅出自一个劫后余生者自觉的责任："许多许多人去世了，我还活着。记下了一九六六年夏秋之交的这一天。"①

然而，在宗璞的笔下，这暴力的放逐，与其说是一次不可补偿的剥夺，不如说是一次不无幸运可言的获救的契机。宗璞的人物，因被

---
① 宗璞：《一九六六年夏秋之交的某一天》，见《铁箫人语》，第 65 页。

指认为异类,而遭隔绝于社会与主流之外;因遭放逐,而被抛出历史的既定轨迹。他(她)们因之作为敌人、非人与"道具",得以获得了一个外在的、理性的视点;使他(她)们得以窥破这残暴的"狂欢节"的成因与秘密。在《三生石》中,宗璞将其称之为"心硬症""灵魂硬化"的治愈。他(她)们因被宣判为非人——牛鬼蛇神或毒蛇与蛆虫,而必须去思考关于"人"的意义与界定,因而再次发现了"人"、个人的价值。他(她)们因之而逃脱了彼时权威思想与话语的牢笼,用自己的、"人"的眼睛去认知社会、人生与生命。暴力的放逐成就了一种知识分子的或曰文化英雄的自我放逐的抉择。或许,这正是宗璞的作品在80年代的启蒙话语中占有独特而主流位置的真义。也正是对这放逐、自我放逐的书写,成就了宗璞作品序列中绝无仅有的一阕英雄主义的颂歌《蜗居》。这是宗璞作品中一则真正的寓言。其中有着一个真正自我放逐的青年英雄,他坚信:"每一个人,都应该像人一样,活在人的世界上。""总有一天,真理无须用头颅来换取!"① 他因之而坠入地狱,而这地狱竟是由优秀的知识分子、真理的求索者所充满的。但即使在地狱中他们仍高举起自己燃烧的头颅,为他人照亮道路。而在这则寓言中,自我放逐,慷慨赴刑的,是青年英雄,是范滂,是布鲁诺,是李大钊,而不是"我"。"我"尽管目击了"人间"的争斗,被告密者携入"上界",观览了"上界"的权力厮杀,又追随青年英雄进入追索者的地狱,但我终究将一只蜗壳指认为"家",成了又一个"蜗居"者。如果说青年英雄负荷着理想镜像,那么"我"则承担着反思与内省的使命。这是宗璞的现实、历史写作,也是一次历史的遮蔽与改写:她以恶魔与小人的暴虐横行、英雄的慷慨赴死,至少是韦弥(《我是谁?》)式的以死拒辱,淡化了记忆中的"蜗居"者的耻辱与绝望。发生在80年代初期的伤痕文学,是一次抗议、反省,同

---

① 宗璞:《蜗居》,见《宗璞代表作》,第132页。

时是一次对普通人的赦免。在宗璞那里,这赦免有着别一样动人的表述,在她那里,一个普通人并不能做出反抗或自我放逐的抉择;于是,遭到暴力的驱逐,便成了获救的机遇。但那是别一样的获救,别一样的认可。

宗璞的"方舟"

对宗璞说来,灾变与放逐的意义,不仅在于历劫者因此而在苦难中彻悟,在暴力的愚人船上彻悟了权力的游戏规则,或因此而遭遇到真理,而在于放逐使被逐者因此而洞悉并认知了更为真实的人生,遭遇到了人间的真情。在宗璞的世界中,使人们得以获救的不是(或者说不只是)真理,而是一份真情,一段挚爱,一份相濡以沫的寻常日子。事实上,这同样是 80 年代的元话语之一。但宗璞不仅是这一话语的始作俑者之一,而且她以自己独特的个人体验与表述,丰满着这一话语的血肉。

宗璞的世界不是用来展现暴力的摧毁,而是用以呈现一处获救的"方舟"。那是在暴力的滔天黑浪中,真情的救助与抚慰;那是赤裸的血腥之中,被逐者共同构起的爱的天顶。它远不足以去抗拒历史的暴力,它亦无法提供现实的庇护,但那不仅是顽强的对生的执着,而更重要的是心灵的获救与重生。如果说张洁的《爱,是不能忘记的》是尝试以爱的记忆去拯救暴力洗劫后的心的赤贫与荒芜,从而将一部改写过的历史托付给未来,那么,宗璞则是在对真情和爱的书写中,改写了关于彼岸的想象,改写了必须穿越血腥此岸到达彼岸的涉渡梦想。她因爱的发现而重新发现了此岸的真义,她因情的分享而再次定义了"真正的人生"。暴力的放逐使被逐者在社会的边缘与角隅处获得了真情与挚爱,而这正是叙境中为彼时的主流社会弃若敝屣、视若毒蛇的情感。爱，成了被逐者的方舟。那不是苟活，而是真实与生命的获得。在宗璞颇为轻松而幽默的《米家山水》中，女主人公莲予不免要在追忆中为一度遭放逐的命运称幸："莲予可从不遗憾自己最初分配在山村。有时还莫名其妙地后怕。要是不分在那里，岂不是遇不见萌了么？那真不可想象！那可爱的、神圣的小山村，那纯朴的劳苦的人群，那使两个人的生命合而为一的小山村呵。"① 在《弦上的梦》中，梁遐在乐珺那里获得的不仅是一处天顶、一个铺位，她们彼此给予的也不仅是一份相依为命的生活。梁遐在乐珺的爱中获得的是重生的可能，乐珺在这爱中获得的是对人生信念的再度拥抱。而在《心祭》中，黎倩兮和程杭则因灾难对日常生活的颠覆，为他们非法的"爱情"找到了一条短短的"天路历程"。那是浩劫之初的秋风瑟瑟的小巷，那是一段短短的同行之路：

> 他们几乎每天都在这条路上走一段，只要是有他在身边就好了，哪怕一起走上断头台。他们只默默地走，很少说话。有时他忽然说："望之不似人君！"她便说："沐猴而冠。"然后两人相视一笑。那一段路，简直是荆棘丛中的一段水晶路，连心都感到明亮、熨帖和安慰。②

他们在这小巷中找回了泪、找回了笑、找回了人和生的意义。在《三生石》中，菩提、方知、慧韵三人间的真情与扶助，使那为敌意、残忍和潜伏的灭顶之灾所包围的勺院，犹如一只漂浮在血海与泪海之上的小舟。

或许，宗璞最为著名而感人的名篇是《鲁鲁》。这无疑是宗璞童

---

① 宗璞：《米家山水》，见《宗璞代表作》，第 142 页。
② 宗璞：《心祭》，见《宗璞代表作》，第 103 页。

年记忆中的一幕。在孩子、叙事人和白狗鲁鲁交错的视点中，宗璞至为纯净、至为动人地结构了一个关于放逐、家园、爱与剥夺的故事。那同样是一处亲情盈溢的方舟，尽管它呈现于久远的年代。那同样是历史暴力的放逐，乡村生活缘于战火的蔓延。但父亲、母亲、小姐弟与失去了主人的鲁鲁，共同构成了这相濡以沫的依偎。或许，正是在这部小说，而不是在她的爱情名篇中，宗璞将她对爱与情、大时代与小人生的叙事及信念推到了极致。在她洗练而素朴的结局中，深情的依恋几乎达到了惊心动魄的程度。那是鲁鲁的思念："他常常跑出城去，坐在大瀑布前，久久地望着那跌宕跳荡、白帐幔似的落水，发出悲凉的、撞人心弦的哀号。"①

爱情的铭文

放逐，使被逐者在见弃于社会的同时，获得了一个家园。——这是宗璞直面历史与人生时使用的书写方式。当"伤痕文学"在一片泪海中书写爱的剥夺，当一个永远湮没在黑海与污水中的爱人的形象负载起绝望的记忆、无法直面的追悔、历史巨变的张皇时，宗璞所书写的是获得，是灾变之际的心灵获救。在韩霭丽的《湮没》和李惠薪的《老处女》之畔，站立着宗璞的《三生石》。在80年代的文学潮流中，对暴力的呈现和对暴力的思辨（伤痕与政治反思）之后，是寻根热浪中对"生殖神话"的发现②，是对"黄天厚土"之上的蛮荒生存的迷恋。宗璞的《心祭》和《三生石》，因此成了80年代的爱情绝唱。从某种意义上说，这或许是20世纪最后的爱情神话之一。无须赘言，称其为

---

① 宗璞：《鲁鲁》，见《宗璞代表作》，第127页。
② 参见王安忆：《纪实与虚构——创造世界的方法之一种》，人民文学出版社，1993年，第411页。

神话,在于它不仅是一个爱情故事,同时是一种话语建构,是一种信念的表达;或许可以说,是一个时代的铭文。

没有人会将宗璞指认为一个女性(或女权)主义者。或许由于来自家庭血缘的、一种极为内在而深刻的传统文化的熏陶与滋养,使宗璞的性别表述不甚类同于成长于新中国的一代女性。一如宗璞清丽、隽永的散文大都萦绕着风庐(清华)与燕园(燕京、北大),她所记述的大都是精英知识分子,是老一代学贯中西古今的巨匠学子;她新时期的小说人物围绕着知识分子和知识分子的心灵世界展开。宗璞的女性大都独立自尊,刚强而不失柔韧,细腻而不流于造作,那是一些极富于背负的女性。她们或许面临着极为艰辛的现实,有着极为不幸的遭遇,但她们不哀怨、不诅咒、不自怜(《三生石》《核桃树的悲剧》);她们或可安然于一个传统社会中的女性角色(《南渡记》)。尽管宗璞小说的叙事语调毕竟难免精英知识分子写作的自恋,但她的写作较之同时期的女性写作少几分自我缠绕的话语困境,多几分对性别遭遇的漠视与认可。显而易见,宗璞新时期的创作多取材于她的个人经历与她身边的世界。到《野葫芦引·南渡记》,她已然回归了自己的童年记忆,开始书写祖辈、父辈与自己几代人的历程与心路。宗璞的优秀作品别具一份素朴。尽管作为一个古典的理想主义与人道主义者,宗璞同样不可能不执着于意义与价值的超越,她对自己的不幸与幸福的书写仍然是一次社会寓言式的书写,但那不是沉湎于自怜中对个人苦难与匮乏的无尽放大。如女作家张抗抗所言:

> 苦难会造就一个人,也可摧毁一个人,幸福可滋养一个人,也可贻误一个人。宗璞从不挥霍她的幸福,她从优越中提取和过滤艰辛,她咀嚼着一代知识分子共同的悲欢,将精神之高贵还原于大众。她曾说自己不喜欢政治,但她却深深关注着社会,她说文学不为政治却不能不为人生。她录了一段张载的名言给我,说

那便是她做人做文的根本:"为天地立心,为生民立命,为往圣继绝学,为万世开太平。"①

或许正是在这个意义上,宗璞又一次成了桥梁(或许仍是浮桥),她的作品序列连接起被政治断代所中断的现代文学中的文人写作与女性写作传统,她成就了新时期女性写作的另一类文本。

一如宗璞所言,她的作品以"诚"与"雅"为目标;不是作为一种僭越,而是作为一次至诚的拥抱,宗璞为自己的时代所镌刻的是爱情的铭文。尽管是《弦上的梦》《我是谁?》使宗璞获得时代的命名,是《鲁鲁》为宗璞赢得荣耀;但是《三生石》这部单纯而又甚为繁复的文本,更为委婉地记述着一个时代、一代人的信念与梦想。在回瞻的视域中,《三生石》并非一部完美的作品,在勺院之外,它有着太多的情节剧的痕迹,太多的巧合,脸谱式的败类与丑角,相对简单外化的善恶的对立,不无公式化与浪漫化之嫌的人民、大众形象。但在勺院之中,在宗璞的"方舟"之上,感人至深的是一份深情与挚爱,是不已的执着与痛楚的柔情,不仅在彼时彼地,《三生石》成为那样一种无穷的辉耀与萦回。它不仅是菩提与方知那"生命装载不下的爱情",它也是菩提与父亲之间的历劫、相依为命的依恋与离丧的哀痛,它还是菩提与慧韵间那份深深的相知与相濡以沫的扶助。不是一个强壮、智慧的男人拯救并引导着一个不堪一击的弱女子,不是一个地母般博大、丰满的女人救治了一个遭重创的男人;亦无须对姐妹情谊的思辨;这是三个伤残者的精神之盟,是他(她)们以广博而脆弱的真情、挚爱,力不胜任地托举起宗璞的"方舟";他们因彼此的真情而获救。他(她)们并不奢望渡过滔天的洪水,更不可能在彼时彼地去想象彼

---

① 张抗抗:《为谁风露立中宵——宗璞小记》,见《你对命运说:不!——张抗抗随笔》,知识出版社,1994年,第305页。

岸的到达。在劫难面前,他(她)们甚至没有"悲痛、恐惧、愤怒","她们所能想的,只是这一分钟的事"。①但在"这一分钟",他们想的是对方。一如菩提在门外发现尸体,在这一死亡与灾难的阴影已罩上来的时刻,她想到的是关紧院门,不让精神已濒临崩溃的慧韵受惊,而拼命叩门的慧韵想到的是在屈辱与威胁面前与菩提同历;而方知坠楼,与其说是爱情的壮举,不如说只是为了稍减菩提的企盼和牵挂的一份平常之心。宗璞让她的爱情故事发生在 1966 年——"文革"初起的年头,暴力与合"法"的血腥杀戮肆虐的时代,韦弥带着"我是谁"的绝望投湖自尽的日子。在这幅猩红的底景上,宗璞勾勒出这被逐者与伤残者的方舟,让他(她)们在血海黑浪之上、在风雨飘摇与随时倾覆之间,点燃三生石上细微的石烛。其中她所瞩目的不是持续发生在校园里的血腥与绝望,而是会飘入陋室的荷香;不是慧韵的头发被粗野地弃在地上,而是她带着一顶破棉帽、撑着羸弱的身体夜复一夜地守在菩提的病床前的时刻。他(她)们不是强者,不是完人。方知甚至没有可能如谌容的陆文婷那样挺身抗暴(《人到中年》),为菩提完成超根治手术;菩提也不可能像《蜗居》中的青年先知一样,拼死一搏。他(她)们,尤其是菩提,是在放逐与劫难到来之时,方有可能意识到生命的真义(一如当孤傲的菩提焚毁她的手稿之时,她方才反省到她身置主流之际对卡夫卡的粗暴与不公)。这真义不是斗争、不是黄金彼岸、不是至高的真理,而在于平常而具体的爱,平常的生活,活下去的权利:像人一样地活下去,而不是像牲口②。在小说写作的年代和小说所写作的年代,这便是反抗与僭越,便是奢侈与梦想。事实上,这也正是小说参与建构的关于爱、正常生活、人的信念。当他(她)们驾起这方舟时,他(她)们已然得救——这是心灵挣脱牢

---

① 宗璞:《三生石》,见《宗璞代表作》,第 306 页。
② 谢晋导演根据古华的同名小说改编的电影《芙蓉镇》中,秦书田被逮捕时,对爱人胡玉音的嘱托是:"活下去!像牲口一样活下去!"但这显然不是宗璞的人物可能持有的信念。

笼的时刻；他们同时可能因此而罹难。"他们两个都意识到，痛苦的暂时，看不见头，而幸福的时刻，只在瞬间。他们都不知下一分钟会有什么厄运。"① 小说的结尾因之而成了一个激荡人心的时刻：慧韵在红卫兵的驱赶与推搡之中，尽可能地拖延着或许一去不返的分别：她必须知道菩提与方知是否成婚；她厉声喝住了想来相助的方知，因为一对新人该"一起进门"。一个爱情故事，但不仅仅是爱情，因为"两个正常细胞的力量结合在一起，不是加法，而是数字的无数次方"。所谓：

> 他们一同默默地凝视窗外燃烧着的三生石。活泼的火光在秋日的晴空下显得很微弱，但在死亡的阴影里，那微弱的、然而活泼的火光，足够照亮生的道路。②

在她的爱情故事中，宗璞以爱之于个人的拯救取代了变革之于社会的拯救；将爱的奉献与获得，并置于手执头颅照亮他人之路的壮举侧畔。爱的获取不仅是个人的救赎，而且是历史与社会救赎的开始。《三生石》不仅是伤痕文学中的个案，事实上，宗璞通过这个或许融合着她最宝贵的人生经历的爱情故事，重新铭记并书写了那段灾难的历史。作为一个或许不期然的策略，宗璞在《三生石》的意义结构中，同时也是在她的作品序列中，内在地消解了一个政治化的叙事，略去了一个炽热的时段，将一段特定的历史及其关于这历史的权威表述，变为了一个方舟之外的黑海、一个仇恨与死亡的威胁；变为一个莲予与萌之间"你为什么拥护'蒋沈韩'"式的噱头（《米家山水》）。这是一次更为深刻的改写。如果说80年代潜在的文化命题之一是历史与历

---

① 宗璞：《三生石》，见《宗璞代表作》，第352页。
② 同上书，第353页。

史的重写,那么宗璞的作品正以其人物对意识形态及政治历史的退避与逃离,参与了这一特定的意识形态实践。它比宗璞其他作品中显在的人道主义吁请与抗议更为深刻而有力。

进退、求舍之间

如果说在《弦上的梦》中,梁遐在乐珺的爱抚中修复了创伤,终于由一个身心交瘁、玩世不恭的孩子成为一个斗士,踏上了"四五"运动的广场,那么,在《三生石》的爱情故事之中,一个历史性的后退动作则呈现得极为明确。人们因遭放逐而脱离了那酷烈、荒诞的历史舞台,从而为自己、至少是为心灵获得了一方爱的天顶,为双脚寻到了一处"人"的土地。为主流社会放逐,成为自绝于主流社会的契机。在彼时特定的社会语境中,爱的方舟、爱的结盟、寻常人家的日子已然是反抗;尽管一如爱的话语是弱者的话语,这一爱的示威,同样是弱者的抗议。它作为叙境中对边缘位置的固守,成就了作品对其写作年代的主流话语的再构造。

然而,新时期之初,宗璞作品的意义结构已然包含了一个内在的、极为经典的矛盾于其中,那便是入世与出世,便是精英知识分子的社会使命与他的道德品格、操守,便是社会理想与个人的人生理想之间的诸多冲突与不谐。——一个话语困境,同时也是一个精英知识分子的现实困境。宗璞以"政治"和"人"的二项分立,构造了一种话语中的解脱[①]。她毕竟不能舍弃社会,如果她可能弃置此前主流话语中的"人民",那么她绝不可能轻觑精英话语中的"大众",不可能无动于启蒙的使命与良知。于是,她的写作仍是为"人"的,或曰为人生

---

① 参见张抗抗:《为谁风露立中宵——宗璞小记》,见《你对命运说:不!》。

的、朝向社会的。

> 事情总是在前进的,我们的面前有着一重又一重的矛盾,头顶上悬着一道又一道的难题。在人生的道路上,每个人都不断经过一个又一个的十字路口。这本小书,若能为徘徊在十字路口的人增添一点抉择的力量,或仅只减少些许抉择时的痛苦,我便心安。①

因为在宗璞看来,人生原本充满了"负担着解不开的愁怨"的"丁香结"②。总的说来,宗璞新时期的小说序列和她的散文佳作,采取了一种后退的姿态,一种非社会的却不辜负社会、人生的知识分子的个人立场。或许可以说,这是一次陶渊明式的"归去来"。在与《我是谁?》相对应的《谁是我?》(不难认出,这是一部因宗璞的小弟夭折而发的哀婉、悲愤之作③)中,弥留之际的丰感受到的,是一次"称谓"——人的社会身份与社会角色的撕裂,他迷失在这诸多的称谓与角色之中,这后面是社会的磨难与异化。但"我"毕竟在爱心与亲情中弥合起来,那撕裂的人生与称谓的碎片弥合为一朵白莲,尽管无法拂去茎上的一只蟑螂。宗璞执着于爱、爱心与亲情,执着于一份平常心。她实际上试图以此来缝合入世、出世话语间的裂隙。所谓"生活中多的是难解的结,也许有些是永远解不开的,不过总会有人接着去解"。④这也正是《泥沼中的头颅》中"头颅"们的相许、相勉。尽管它未必与张载的座右铭全然相符。或许,这正是宗璞为80年代与精英文化所写下的又一重铭文。

---

① 宗璞:《宗璞小说散文选·后记》,第277页。
② 宗璞:《丁香结》(散文),见《铁箫人语》,第101页。
③ 参见宗璞:《谁是我?》,见《宗璞代表作》;《哭小弟》(散文),见《铁箫人语》。
④ 参见宗璞:《未解的结》(散文),见《铁箫人语》,第290页。

从某种意义上说，正是这一后退动作，这一对平常心的书写，成就了宗璞若干优美的篇章。那是《米家山水》《熊掌》和《核桃树的悲剧》。如果说《米家山水》是宗璞这一序列中最为轻松、优雅的一篇，那么《核桃树的悲剧》就是其中沉重而不无悲慨之作（尽管于笔者看来，尚未到"愤世嫉俗"的程度①）。一点琐屑的却令人绝望的烦恼——窗前一棵硕果累累的核桃树，引来的"闹核桃"的人们，因为"这院子就一个孤寡老太太和一个老姑娘。敢怎么着！不吃白不吃！"②对小说中清漪和阿岫母女——这两代单身知识女性，它是年复一年的、无法摆脱的灾难。清漪信奉"人欠我的不必索取，我欠人的一定偿还"③的弱者的哲学，这可以使她怀抱着一份平和的心境，却不能因此免遭恃强凌弱的骚扰。于是，她选择了"弱者的反抗"——舍弃，她砍倒了招灾的核桃树，尽管除了女儿，这是她"最好的朋友"，尽管这像一场"谋杀"。但一如她对背弃诺言的丈夫的原宥使她心下一片澄明，她悲愤地亲手放倒了"没权没势"的核桃树，因而使得女儿得出"我们自己靠自己"的结论，并以此换来了一个"安静的微笑"和一份内心的坦然。《熊掌》是一幅家居即景，有着当代文学作品中所不多见的细腻与宁谧。一位老人得到一副熊掌，想在合家团聚时共品，经一再拖延，当这一日到来之时，熊掌已为蝼蚁所坏。含一点怅惘，带几分调侃。团聚，是老人一点微末的心愿；求全，却是人的奢望。退一步，未必海阔天空，但那便是平常的人生。

在这一序列中有趣且不无深意的是《米家山水》。这是又一幅知识分子的夫妻家居图；仍然涉及舍弃的主题，但这一次，退一步，莲予不仅仅是放弃了一次于她的健康无益的出国机会，而且在无言之中退出了持续几十年的、微妙的权力争斗，捐弃了几十年的恩恩怨怨。

---

① 参见郎保东：《宗璞代表作·前言》，第 8 页。
② 宗璞：《核桃树的悲剧》，见《宗璞代表作》，第 166 页。
③ 同上书，第 171 页。

一如笔者已然谈到的，小说正是在莲予、萌的情趣盎然、深情缱绻的家居情境中，将一个似乎是大是大非、如火如荼的时代，化为"你为什么拥护'蒋沈韩'"的荒诞不经的旧事；同样在莲予退一步之时，她不仅在现实中、在自己心中，化解了人世间的旧账，而且在她与萌一次会心的微笑之间，第一次获得了她对老敌手刘咸的释然与俯瞰。于是，她终得以在一片"宁静自得"的阳光中，再入"米家山水"。或许正是《米家山水》，代表了宗璞的世界与宗璞的真义。莲予不愿在她的山水上，加一双上天的人形，因为"不必了。她和萌宁愿化作山水中的泥土，静悄悄地为人铺平上天的道路"①。这与其说是一种回归的祈愿，不如说更像是对一种或为遗迹的生活方式与信念的悲悼、追忆与"知其不能为而为之"。宗璞因之以她个人化的边缘姿态，加入了社会的主流话语。

回首中的《正气歌》

一如在《米家山水》的近旁，是宗璞《泥沼里的头颅》；宗璞作为一个古典的理想主义者，不可能真正解脱入世与出世间的二难。这不仅在于她在"政治与人"的二项对立式中，不能自已地执着于对"人"、对"人的真理"的热恋与信念，而且在于她于国家、祖国的二项式中，对于后者同样抱有痴心不改的责任与使命。如果说国家民族主义始终是新时期启蒙文化中的反题，那么一种深刻的 B. 安德森所谓的民族主义②——"想象的社群"或名之为"祖国"，则是 80 年代启蒙话语的核心命题与前提要旨之一。从某种意义上说，祖辈、父辈献身国家、

---

① 宗璞：《米家山水》，见《宗璞代表作》，第 152 页。
② Benedict Anderson, *Imagined Communities*, Verso, 1991.

民族，舍身救亡的记忆，对宗璞说来，或许比某些个人的回忆还要炽热、深刻，无法忘怀。所谓：

> 许多事让人糊涂，但祖国这至高无上的词，是明白贴在人心上的。很难形容它究竟包含什么。它不是政府，不是制度，那都是可以更换的。它包括亲人、故乡，包括你们所依恋的方壶，我倾注了半生心血的学校；包括民族拼搏繁衍的历史，美丽丰饶的土地，古老辉煌的文化和沸腾着的现在。它不可更换，不可替代。它令人哽咽，令人觉得流在自己心中的血是滚烫的。
>
> 我其实是个懦弱的人，从不敢任性，总希望自己有益于家庭、社会、有益于他人。虽然我不一定做到。我永远不能洒脱，所以十分敬佩那坚贞执著的秉性，如那些野葫芦。①

《野葫芦引》是几代中国知识分子的足迹与心路，又是对一度为官方说法所改写、所遮蔽的历史的复现。匡复这历史，复原这记忆，并在这记忆的重写与复原中再度呈现爱国主义的赤子之心，同样被宗璞视为于国、于家、于己都无法推卸的责任。于是，在家累、病体的重负之中，宗璞开始了她的多卷本长河小说《野葫芦引》的写作，并于1987年开始推出第一卷《南渡记》②，于1995年发表了第二部《东藏记》的部分章节。这不是自传或家史，但它无疑是宗璞以自己的家庭为原型的家族故事。小说开始于1937年7月7日——卢沟桥事变的那一天，它描述了一个"诗礼簪缨之家"如何在危急存亡之秋赴国难、遭离散。

---

① 宗璞：《南渡记》，引文为小说第一、二章之间的《野葫芦的心》中的两段。这是作品中极为特殊的一种设置，其中出现了一个直接发言的"我"，但无疑不是叙境中的任一人物，似乎是叙事人的登场，但此后却再未出现。可见这段话对宗璞之重要——她不惜为此破坏了作品结构的工整。

② 小说的第一、二章曾在《人民文学》1987年第5、6期分别以《方壶流萤》《泪洒方壶》的题名发表；小说原拟名为《双城鸿雪记》。

细腻、优雅，一腔浩气，无限依恋。诚如金梅所言：

> ……《南渡记》，以深沉的笔触，赞颂了中华民族的觉醒，围绕着这种觉醒，写出了我们民族的自尊与自重，写出了炎黄子孙不畏强暴、视死如归的斗争意志……和"枪口上挂头颅，刀丛里争性命"、"就死辞生"的一腔浩气。这些，《南渡记》是通过一个特殊题材——知识分子在民族危难期中所经受的考验来表现的。如此，也就不单纯是历史地和具体地探究着，我们这个民族虽饱经忧患，却依然生生不已的内在的和深长的原因，更对长时期以来，被弄得斯文扫地、尊严荡然的中国多数知识分子的真实灵魂，作了确切的与深入的描绘，还他们以历史的真面目。[①]

女作家张抗抗则写道：

> 又读《南渡记》，那样的淡淡与娓娓中，道出人生沧桑、国事家事的变迁，写出几代知识分子的命运与选择，透出对历史、文化的理解与叩问……淡淡与娓娓中，又分明远远地觅见惊心动魄的刀光剑影与斑斑血痕。那是一个已渐渐被人们淡忘的时代，她却试图唤回今人对华夏这只"葫芦"的重新窥探。南渡也罢，无归也罢，今日——明日、漂泊人生的永恒之"渡"，何以把握？
>
> 掩卷之后，不由叹服：书中人物底蕴之深厚与丰博，语言之精美与优雅；且精美而不雕琢、丰博而不炫耀，如行云流水、天然随意，那般风采与神韵，实非我辈所能及……[②]

---

① 金梅、宗璞通信：《一腔浩气吁苍穹》，载《文学自由谈》（天津）1991 年第 1 期，第 84—85 页。
② 张抗抗：《为谁风露立中宵——宗璞小记》，见《你对命运说：不！》，第 302—303 页。

两位评论者不约而同地点到了本书的两个基本主题：爱国主义、民族主义，知识分子的形象、命运及抉择；不约而同地使用了"炎黄"或"华夏"字样。事实上，祖国与对祖国的苦恋，是整个80年代一个特定的话语的"共用空间"。它是一种新的意识形态的整合力，同时（一度）是一种抗议性的话语，是知识分子的自我抚慰、阐释，是"启蒙"话语的最后防线与文化基地，也是终极关注的一个规定性视野。对于宗璞说来，这是她不能自己、萦回于心三十余年①的个人与历史记忆，同时也是托付其入世、出世的二难困境的最佳被叙对象。一个强敌入侵、亡国灭种的威胁将许多"让人糊涂的事"变得单纯而清晰，使知识分子入世的悲喜剧变得壮烈而宏浑。不论这尚未全部问世的《野葫芦引》将把我们引向何处，就《南渡记》说来，这是一阕回首中的《正气歌》。不仅是其中的吕清非老人，是孟樾等赤诚学子，是卫葑等热血青年，而且是战乱、流离中的女人与孩子。事实上，在《南渡记》中，宗璞投入了全部的热情与库藏，成就着一次全方位的回归，或曰对一个"渐渐被人淡忘的时代"的语言、文化、社会及性别秩序的回归。但它无疑成为又一次在对社会现实的直面中的规避，成为又一次追忆与悲悼。它显然不能将宗璞从面对现实与记忆时的一份迷惘之情中解脱出来："且不说葫芦里迷踪，原都是梦里阴晴。"②

宗璞不仅"永远将背影留对文坛"③，而且在她的直面与背负中，将背影留给时代与社会。或许她留给80年代的，正是这个"直面人生者"的背影。

---

① 参见金梅、宗璞：《一腔浩气吁苍穹》，宗璞复信，第93页。
② 宗璞：《南渡记·序曲》终句，第2页。
③ 张抗抗：《为谁风露立中宵——宗璞小记》，见《你对命运说：不！》，第304页。

第四章 谌容：温情中的冷面人生

直面社会

在整个 80 年代，谌容的作品序列始终标示着一个强有力的现实主义的、干预生活的创作脉络。或许可以说，在新时期的重要女作家中，谌容是唯一一个始终以现实主义（准确地说，是具有社会主义现实主义特征的写作方法）旗帜站立文坛的写作者；而且自《人到中年》（1980）到《人到老年》（1991）①，谌容准确保持着与社会生活、时代精神脉搏的同步，保持着与主流的社会及话语变迁的同步。用她自己的说法便是："要不就跟上时代，要不就被时代淘汰。"② 她是 80 年代社会变迁的记述者，同时也是参与者。她无疑是 80 年代重要的主流作家之一③。在七八十年代之交众多的造成"轰动效应"的作品中，《人

---

① 谌容：《人到中年》（中篇小说），原载《收获》1980 年第 1 期，见《谌容中篇小说集》，湖南人民出版社，1983 年；《人到老年》（长篇小说），上海文艺出版社，1991 年。
② 见谌容：《谌容》扉页题记，人民文学出版社，1993 年。
③ 自 1980 年《人到中年》问世之后，谌容的重要作品不断引起社会及文学评论界的关注及争论，但和戴厚英、张辛欣等人不同，她的作品大都能很快获得主流机构的认可；其作品一经在杂志上发表，大都迅速结集，或以单行本的方式出版发行。80 年代中期，谌容已确定无疑地置身于当代著名作家之列。1984 年，《中国当代文学研究资料丛书》中收入了何火任先生主编的《谌容研究专集》。

到中年》是极为突出的一部。① 不是或不仅是历史的反思，不是或不仅是政治的质询与抗议，谌容揭示了一处人们因司空见惯而不闻不问的现实，使作品在彼时具有极大的悲剧震撼力。它不仅一度使陆文婷的几近夭折，傅家杰的辛酸，刘学尧、姜亚芬的出国，使中年知识分子的"超负荷运转"与"断裂"成了社会的热门话题，不仅使"人到中年"成了知识分子问题的代名，而且她在其间创造了一个现实主义的典型人物秦波，这个人物带来了一个新的短语或曰名词"马列主义老太太"。当然并非《人到中年》的发表，或谌容参与改编的同名影片②的上映，造成了中国知识分子、中年知识分子待遇的改善，但却是《人到中年》引起了全社会对这一问题的关注，终至助推了这一已

---

① 《人到中年》出版及1982年谌容参与改编的同名影片上映之后，两度引起论争。支持者盛赞小说、电影的现实主义深度及力度；反对者则认为作品"给生活蒙上了一层阴影"，甚至是"作者把陆文婷的悲剧归结为我们的党我们的国家对知识分子漠不关心、听之任之。作者把刘家夫妇出走的原因归结到我们这个社会头上，归结到我们的社会制度上，作者的矛头倾向很明显，就是我们的党我们的社会对知识分子的冷暖饥饱历来置之不理，对科学始终是抱轻视态度，社会主义只会埋没人才，而不会让人才有用武之地。刘学尧夫妇的希望在资本主义国家里，留下来的陆文婷夫妇，下场就是这样。即使作者无意识表达这种思想，但它已产生了这种社会效果，它和《苦恋》有异曲同工之妙，这一点很清楚"。许春樵：《一部有严重缺陷的影片——评电影〈人到中年〉》，载《文艺报》1983年第6期。对小说、电影的非议，迅速引起了支持者的激烈反驳。参见朱寨：《留给读者的思考——读中篇小说〈人到中年〉》，载《文学评论》1980年第3期；梅朵：《我热爱这颗星——读〈人到中年〉》，载《上海文学》1980年第5期；刘再复：《深切动人的奋斗者之歌——影片〈人到中年〉观后》，载《人民日报》1983年3月8日；晓晨：《不要给生活蒙上一层阴影——评小说〈人到中年〉》，载《文汇报》1980年7月2日；封兆才：《这种"疑虑"是多余的——读〈不要给生活蒙上一层阴影〉》，载《辽宁日报》1980年7月3日；王春元：《陆文婷的悲剧与生活的阴影》，载《文艺报》1980年第9期；阎纲：《为电影〈人到中年〉辩——对〈一部有严重缺陷的影片〉的反批评》，载《文艺报》1983年第7期。
② 由谌容参与改编的影片《人到中年》，导演孙羽，长春电影制片厂1982年出品，获中国电影家协会金鸡奖、《大众电影》百花奖、文化部优秀影片奖，囊括了当时中国国内全部电影奖的最高奖项。

经提出却似不急迫的社会问题的改善过程。① 从某种意义上说,《人到中年》所实践的,正是新时期文学超载的社会功能。此间,文学,不是或不仅是文学自身;它是政治檄文、社会学描述、新闻报道与政府咨文;它是呐喊,是吁请,是社会变革的马前卒。用谌容的话说是:"作者无权无势,只有一颗诚实的心,一颗同人民一起跳动的心。她不能改变生活于万一,只能用笔勾勒自己创造的人物的命运。"② 一如刘再复所言:

> 《人到中年》所以具有很强的悲剧力量,就在于作家并不是把作品的重心放在描绘苦难上,而是把重心放在揭示悲剧主角的价值,即一代知识分子优秀的品质和崇高的心灵上。由于揭示得真实、深邃,因此,观众固然也为陆文婷的倒下而感到悲伤,但同时也产生了一种应该像陆文婷那样去生活,那样去奋斗的积极力量,这就是说,我们获得的不是一种"悲惨"感,而是一种"悲壮"感,不是一种纯粹的眼泪,还有泪中所包含的力的闪光,力的美。③

的确,"人到中年"的悲剧,固然是对彼时积重难返的知识分子待遇的质疑,但同时也是对一个新的悲剧英雄的塑造。从某种意义上说,《人到中年》在不期然之间加入了一个80年代极为重要的、关于知识分子位置的话语的构造过程:这一次,知识分子将以历史和现实

---

① 在小说《人到中年》出版后与同名影片上映之初,1983年北京各大报纸纷纷刊登、转载了中年夭折的优秀知识分子蒋筑英、罗健夫的事迹,中央及各有关部门纷纷提出并强调重视、保护中年知识分子的作用,及改善其待遇的问题。这一事实无言地成了小说、电影《人到中年》的命名式。参见谌容:《从陆文婷到蒋筑英》,载《光明日报》1983年2月3日;谌容:《写在〈人到中年〉放映时》,载《大众电影》1983年第2期。

② 谌容:《从陆文婷到蒋筑英》。

③ 刘再复:《深切动人的奋斗者之歌——影片〈人到中年〉观后》。

视域中的悲剧英雄的身份"重返"社会。《人到中年》因之而引起争议,却未曾遭到厄运;陆文婷的幸存并非出自"官方意图",而是出自谌容的愿望:"我不愿意她死"①;因为这原本是一次"重返"与登程,而不是送别与悲悼。此篇作品的写作与轰动,使谌容名闻遐迩,因之确立了谌容在 80 年代文坛的主流地位。

事实上,谌容于彼时以如此的敏锐与胆识直面社会问题的作品不只是《人到中年》。80 年代初,她的一系列作品,诸如《真真假假》《太子村的秘密》《关于猪仔过冬问题》②,同样极为有力地切中了、应和着思想解放、农村政策、官僚主义等诸多尖锐的社会问题的提出与揭示。而她渐次圆熟而深入的《散淡的人》《懒得离婚》《减去十岁》《献上一束夜来香》③,则不仅针对着某种社会问题、某些社会现象,而且勾勒出某种彼时极为典型的社会心态,调侃着一些流行的、理想的话语模式。

80 年代的批评家们,因谌容对多种风格的探索而赞叹④;事实上,谌容的写作经历了由社会主义现实主义正剧,朝向一种社会的悲喜剧风格的转换。那是些温情融融的或曰深情的悲剧,诸如《赞歌》《白雪》《错,错,错!》⑤;是些尖刻嘲讽的喜剧,诸如《关于猪仔过冬问题》《减去十岁》《懒得离婚》;而谌容优秀的作品是一种温情与尖刻

---

① 参见谌容:《写给〈人到中年〉的读者》,载《工人日报》1980 年 7 月 7 日;《从陆文婷到蒋筑英》。

② 谌容中篇小说《真真假假》有单行本(上海文艺出版社,1983 年);中篇小说《太子村的秘密》、短篇小说《关于猪仔过冬问题》,收入《太子村的秘密》(中短篇小说集,人民文学出版社,1983 年)。

③ 谌容中篇小说《散淡的人》,收入《谌容》;中篇小说《懒得离婚》、短篇小说《减去十岁》、中篇小说《献上一束夜来香》,收入《懒得离婚》(中短篇小说集,华艺出版社,1991 年)。

④ 参见蔡毅、丁振海:《在严峻的生活面前——谌容现实主义艺术特色初探》,载《文学评论丛刊 第十二辑 当代作家评论专号之二》,中国社会科学出版社,1982 年。

⑤ 谌容中篇小说《赞歌》《白雪》,收入《谌容中篇小说集》;中篇小说《错,错,错!》,收入《懒得离婚》。

同在、悲剧与喜剧互换的叙事风格,一如她的一部中篇的标题所昭示的:《杨月月与萨特之研究》①。在谌容最为著名却并不圆熟的《人到中年》里,发生在陆文婷那里的是深情的悲剧,发生在秦波身上的便是不无尖酸之感的喜剧了。如果说在《人到中年》中,"知识分子政策"问题呈现在一个悲剧性的主题中,那么,到了《散淡的人》中,这一命题则因了双刃的反讽之刺,而从容地呈现了一处亦悲亦喜的历史误区。而《献上一束夜来香》以一个十足的、充满调侃的喜剧开始,却终了于一个令人心酸的悲剧结局。尽管一如《人到中年》,陆文婷终于在"寒风与朝阳"中"倚在傅家杰的身上走出了医院";《献上一束夜来香》则由于年轻的姑娘在垂危者床前献上一束晚香玉,而再度浸入了一缕柔情。在谌容颇为出色的作品《懒得离婚》中,叙事视点的选取、叙事进程的推进完成了一个想象中、话语中的悲剧故事的喜剧式呈现。从某一角度上看,谌容的《太子村的秘密》《赞歌》与茹志鹃的《剪辑错了的故事》、刘真的《黑旗》比肩,她的《人到中年》与戴晴的《盼》并置,而她的《错,错,错!》与宗璞的《心祭》、龚巧明的《思念你,桦林》错落相间,而及至她的《献上一束夜来香》《懒得离婚》,那一份独特的洞察与亦庄亦谐的叙事语调,已属于她自己。事实上,谌容的创作之路,呈现了社会主义现实主义写作的余韵及批判现实主义写作在文坛上的再度确立;而谌容本人也在不期然之间成为一架连接十七年及新时期女性写作的桥梁,她的作品序列与风格轨迹标示出现实主义主流写作的演变。

---

① 谌容:《杨月月与萨特之研究》(中篇小说),中国文联出版公司,1984年。

光明与黑暗

尽管出版于 1978 年的长篇小说《光明与黑暗》，无疑囿于特定的社会政治及时代话语的桎梏，而不再为人们所提起，但光明与黑暗，却始终是谌容（至少在 80 年代前期）所钟爱的主题。自《人到中年》始，谌容所关注与写作的已不仅是单纯政治意义上的、光明与黑暗的泾渭分明的对立与斗争；她长于发现与书写的，是暗晦中的光明之火，与窒息这火光的社会问题和痼疾。80 年代初，谌容写作的是"赞歌"，她在《赞歌》一篇中坦言自己是一个"歌德派"[①]，但那是些苦涩的赞歌，在她现实主义的描述之中，不期然地揭示出的，是特定历史中的荒诞与残忍，是悲剧人生的喜剧式／无价值的毁灭（方豫山的故事），与喜剧式的小谐谑中的悲剧怅惘（邋辑王的故事）。较之她的同代人，谌容不是一个 80 年代的、典型的理想主义者，她出自一种更为传统的社会使命感与现实感，专注于社会和人生。事实上，谌容极为个人的、特殊的写作动机[②]，使得文学之于她，不可能仅仅是抒情写意、理想表述的手段，而是唯一的得救——加入、重返主流社会的途径。她曾写道：

> ……我走上了文学创作的道路。这是一条给我以"生"的路。对我来说，这是一个从死到生的转折啊！

[①] 谌容：《赞歌》，见《谌容中篇小说集》，第 213 页。

[②] 50 年代末，谌容因病无法继续承担任何教学与行政工作，于 1962 年被精简，几乎被隔绝于正常生活之外。她开始顽强地尝试以她唯一可能的方式——文学创作来重返社会。她写道："在绝望中，我走上了文学之路。这并不是因为我有什么文学才能，只是因为我不能上班，又不甘心沉沦，总得干些什么事。不能坚持八小时工作，那么四小时，三小时，只要活着，我就得有所作为，就得为社会尽自己的一份义务。"谌容：《并非有趣的自述》，见何火任编《谌容研究专集》，第 2—9 页。参见谌容：《痛苦中的抉择》，载《文艺报》1981 年第 1 期；何火任：《谌容小传》，见何火任编《谌容研究专集》，第 3—9 页。

……………

> 然而，文学创作的道路又是异常的艰难。而在当时，我并不知道，这条路竟是这么坎坷、这么难行、这么劳累，这么需要我一步一滴血地往前迈。但，我并不后悔。这并非因为我今天当上了"作家"，而是因为我深深地爱上这个事业。我视文学为生命。如果把文学比作一座地狱，我也愿在这地狱里受煎熬。①

这一特定的现实，似乎确定了谌容将比他人更为固执于对主流社会的参与，固执于 80 年代文化启蒙使命的执行。

谌容前期的创作，似乎比七八十年代之交的任何一次讨论更为有力地参与了彼时"歌颂"与"暴露"、"歌德"与"缺德"的论争②。谌容之写悲剧，是为了揭示悲剧中的共产党员与"真正的人"的"壮丽而崇高的精神美"；谌容之暴露黑暗，是为了发掘黑暗亦无法遮掩的光明；她以这样的方式，"为人生唱美的赞歌"③。所谓"寓讽刺于写实，寓歌颂于暴露"④，所谓爱之深、痛之切。用谌容本人的话说便是：

> 生活像无边的海洋一样，把一排排绚丽多姿的浪潮推到我的眼底。新的人物、新的思想、新的风尚、新的事物，方兴未艾，层出不穷，召唤着我提笔去描绘生活中的光明。当然，在历史的急流中也会有沉渣泛起。那多年的痼疾，那时兴的旧货，那包藏在巧言中的祸心，那阻碍"四化"行进的弊端，也激起我提笔，去鞭挞生活中的丑恶。

---

① 谌容：《痛苦中的抉择》。
② 谌容于彼时写道："生活中有鲜花，也有眼泪。这是花中的几瓣，泪中的几滴。"谌容：《谌容小说选》题记，北京出版社，1981 年。
③ 参见龙化龙：《为人生唱美的赞歌——漫谈谌容的小说创作》，载《红岩》1981 年第 3 期。
④ 蔡毅：《寓讽刺于写实 寓歌颂于暴露——谌容的小说〈关于仔猪过冬问题〉试析》，载《希望》1982 年第 8 期。

……这一切,对于一个文学工作者来说,难道不是他或她应尽的社会责任吗?①

从某种意义上说,谌容是80年代文坛中始终坚持现实主义创作脉络的重要作家之一;她始终如一地关注着社会的变迁与社会心态的演变,她不断地在激情洋溢的现实剧目或啼笑皆非的众生图中记录着她的时代。谌容的作品可堪为镜,以折射80年代重构中的主流社会及主流话语的流变。

温情与冷面

如果说,《人到中年》开七八十年代社会问题小说的先河,《赞歌》《白雪》《永远是春天》便成为谌容对"伤痕文学"及"政治反思"写作的加入;那么《太子村的秘密》《关于猪仔过冬问题》则是谌容式的社会喜剧,《真真假假》《周末》②却是在别一样的对困窘人生的勾勒中对社会的直面与质疑。此间,谌容的作品大都充满了一种温情与冷面,或曰叙事的暖色与冷色间的递变。事实上,谌容盈溢的温情大都朝向她所认同、所勾勒的人物,她的冷面则投向畸形而无奈的历史"宿命",投向积重难返的社会问题;同时,谌容显然以温情乃至赞美的笔调书写着乡村与"基层"的实干者,他们或是共产党的基层干部(《赞歌》《太子村的秘密》《永远是春天》),或是勤劳、正直而讷言的村民(《关于猪仔过冬问题》《大公鸡悲喜剧》)③,或是"超负荷运转"的知识分子(《人到中年》),或是充满传统美德的劳动妇女(《白雪》

---

① 谌容:《也算展望》(随笔),载《北京文学》1982年第1期。
② 谌容中篇小说《永远是春天》、短篇小说《周末》,收入《谌容小说选》。
③ 谌容短篇小说《大公鸡悲喜剧》,收入《谌容》。

《杨月月与萨特之研究》)。于是，如果谌容作品的叙事过程呈现为冷调终于吞没了温情，那么这便无疑是一次悲剧的显现；如果是暖调最终柔化了叙事者的冷面，这便是谌容的正剧或喜剧在出演。或许其中极为典型的喜剧，是《关于猪仔过冬问题》。其始于市委书记那舒适却呈现为冷漠造作的宅邸，终止于热气腾腾的、劳作者的农家小院。官僚主义与文牍主义的空洞荒唐和实干者、劳动者的素朴真实便构成了这一社会断面中的喜剧情境。再一次，作为谌容对80年代主流话语构造的贡献：即使在她社会主义现实主义的风格特征颇为明显的作品（诸如《白雪》《永远是春天》）中，谌容的英雄仍在一个明确的转型或位移之中，尽管他们仍是些奉献的、共产主义的，至少是利他主义的角色，但他们的行为目的已明确地由为宏大的、超越性理想的奋斗转化为相对平凡的、为他人的健康与温饱所做的努力与奉献。显而易见，谌容的作品在其现实主义创作方法的推动之中，在作者的敏锐与体验之中，自觉或不自觉地成为80年代官方宏观政治经济学策略及经济实用主义现实的先声。

　　谌容80年代初的作品，将她温情与冷面中的社会叙事联系于一个特定的"诚与伪"的意义结构。其中极为典型的是两相参照的《太子村的秘密》和《真真假假》。前者作为一个农村故事，以类社会推理小说的形式，揭示出一个"样板村"的秘密：那是一个至诚者的、无害的政治谎言，如何保全了农家温饱和睦的生活。在这个温情洋溢、有声有色的故事中，政治运动、"大是大非"，成了空洞而遭到现实悬置的无稽之谈，成为一个能以有效而无害的谎言拒之门外的侵害性力量。而《真真假假》则作为一个知识分子故事，以不同的角度将"诚与伪"的命题，提到了庄严的、道德化的高度上来。同样是历史的阴影，但在《太子村的秘密》中，谌容给予它一个皆大欢喜的终结；但在《真真假假》中，谌容则突出了乍暖还寒的时代特征，让故事拖着长长的悲剧的阴影，让人物在一幕更为微小的喜剧遭遇中面临心理上的悲剧性的抉择。于是，它不仅再次呈现了无所事事者对实干者的阻挠与威胁，而且揭示出知识分子中深刻的受迫害意识，以及谎言的惯常轨迹和脱离这一轨迹的艰难。小说因此而不局限于改革小说，还探察了阻碍改革的深刻的社会心理成因。

困窘人生

伴随着谌容写作的深入与成熟，谌容式的温情与冷面渐渐脱离了"光明与黑暗"、至诚与伪善、实干与空谈等等黑白分明、善恶对立的模式，渐次进入了对具体历史、社会情境中的个人的探察，进入了对啼笑皆非的困窘人生的描述。如果说在此前的谌容作品中，不仅有着韩腊梅（《永远是春天》）、西坡奶奶（《白雪》）式的、社会主义现实主义写作中的英雄与典型，有着李万举（《太子村的秘密》）式的、新的、带几分狡黠的实干者形象，而且有着陆文婷（《人到中年》）这样的、因知识分子身份与悲剧命运而被添加了新意的经典英雄角色，谌容甚至给吴天湘（《真真假假》）、杨月月（《杨月月与萨特之研究》）的抉择以某种西西弗式英雄气概，那么，到了80年代中后期，谌容作品中的主要角色已由英雄蜕变为不无滑稽、不无悲惨的小人物。与其说这些小人物被社会或历史挤压或窒息，不如说他们原本是这社会、历史中极为"正常"、忠顺而微末的小角色；他们不能引导或反抗时代、历史，甚至无从谈到意识或思考自己的时代与历史。如果说此前谌容的作品是通过改写、重塑社会主义的英雄以加入80年代初那一有力的意识形态进程，那么，谌容此后的作品则以更为经典的批判现实主义的方式讽喻或曰干预生活。《散淡的人》《懒得离婚》《献上一束夜来香》《减去十岁》《花开花落》不仅是某种社会问题、社会心态的呈现，不仅是某种反讽或类黑色幽默，而且是一幅困窘人生图，更是一段隐而不露的、叙事人的"让人们生活得更美好"的祈愿。

此间谌容的作品已获得了某种渐次圆熟、老辣的嘲讽的双刃：谌容的讽刺不仅朝向社会或众生，而且朝向嘲讽者，朝向被艰辛、困窘的社会、人生所损害的小人物自身。谌容因此而形成了一种辛酸的幽默。那与其说是一种调侃，不如说是一种悲悯；与其说是一种辛辣的讽刺，不如说是一份隐忍着温情的俯察。如果说谌容前期的作品在延续着社会主义现实主义的传统，那么，她此后的作品则具有某种果戈理小说、戏剧式的韵味——那是"笑谁呢？笑你们自己！"[①]式的繁复情感。谌容无疑深刻地同情这些喜剧性小人物的悲剧，悲悯其荒诞，至少是无奈的命运——被历史与社会拨弄；但谌容不再直接流露她的或赞美、或哀怜、或责难，她的主人公亦不再是纯白的羔羊或献祭的牺牲；他们正是制造这悲剧的社会机制中的一员，他们无力也无法反身于社会及历史，他们信托并依赖于他们所立身存命的社会与体制。于是，一个更健全、更美好的社会便成为他们生活得美好些的唯一可能与必要前提。谌容仍是一个社会人生的直面者，当她运用这种辛酸的幽默，她并非含着笑，而是隐忍着泪。谌容之人物的啼笑皆非的命运似为一幕无因而无解的悲剧，而实际上，这仍是种种社会问题与困境的表象与结果，只是杨子丰（《散淡的人》）与刘述怀（《懒得离婚》）们不再是陆文婷式的"英雄"。杨子丰尽管真诚、率直、快人快语，但他毕竟充满了旧式且历经改造的知识分子（准确地说是文化人）的种种弱点与劣根。但使他的一生尽成蹉跎甚至点染了几分荒诞意味的，却并非他的任一弱点或劣迹，而在于谌容以杨子丰的一生来显现的一个历史的误区、一个为主流话语所遮蔽了的盲点：因深刻的不信任感所造成的知识分子的坎坷命运，致使一个普通人一生的信念成为一处误投，成了一个荒唐的笑柄。如果说《散淡的人》尚在某

[①] 〔俄〕果戈理剧作《钦差大臣》中的台词。

种啼笑调侃中隐含着一份苍凉悲慨，那么，在《献上一束夜来香》中，悲剧的无稽已成为苦涩无奈。李寿川甚至不具有杨子丰的人格与经历上的戏剧性，他只是一个果戈理或契诃夫笔下的、微末的小公务员，但偶然的一点"欲望"，一个一闪而过的、死灭多时的童年记忆，便足以造成一次越轨，构成一场名副其实的灾难。如果说杨子丰的悲剧并非不可避免，那么，李寿川的悲剧却荒唐而深刻得多——它仅仅风起于青萍之末，但那微末的风起之处，却不仅是历史的误区，而且是人性或曰传统文化的痼疾。仍是一个"无主名、无意识杀人团"的故事，因之它仍是一个启蒙主义的寓言：关于人、关于尊重人、关于生存空间与心灵空间。

或许《懒得离婚》是谌容讥刺的双刃运用得最为炉火纯青的一部。这里已没有任何古典意义上的悲剧，没有将有价值的、或无价值的人生撕给人们看时的惨烈或滑稽；相反，它倒更像是对主流话语中悲剧意识的调侃，一次对现实中古典悲剧即告缺席的宣告。在《懒得离婚》中，现实以某种黏腻的、富于质感的形态呈现出来。重要的不在于主人公刘述怀的婚姻生活充满了小人物式的悲喜剧感，而在于女记者方芳对婚姻、爱情的想象（事实上那正是某种主流话语的构造）遭到重创时所呈现的喜剧效果。在80年代主流的爱情及婚姻的话语中，"没有爱情的婚姻"无疑是一种悲剧，于是，毅然地挣脱"世俗"、婚姻的网罗便似乎点染上了惨烈的古典悲剧色彩。而在《懒得离婚》中，谌容开篇伊始，便将这幕惨烈的悲剧展现在中国社会关系网罗中，因而获得了浓烈而无奈的喜剧色彩。于是，这一幕的终结便是现实的人生："其实，哪家不是凑合着过？千万个家庭都像瞎子过河——自个儿摸着慢慢过呗！"但有趣的是，在年轻的理想主义者方芳那里，这种"瞎子过河"式的婚姻现实，不仅是一种真正的恐怖，而且是一处话语与文化指认的盲点。她寻找一个"平凡"的"幸福家庭"的努力，不仅终于把她带入了一个寻找甚至是构造悲剧的荒唐之中，而且最终在这一固执的误识中,将她自己的情感与希冀误投于一个无聊的、"懒得离婚"的男人——仅仅由于她发现了一个"没有爱情的婚姻",仅仅由于在主流的话语模式中,这意味着一个遭受着非人的不幸的男人;而且只有在古典悲剧中才有爱情的极致与崇高。但这与其说是暴露了方芳的愚蠢(事实上,她只是叙境中另一个纯情少女的后继者——幸而刘述怀只是一位"侃爷"而非色狼),不如说它揭示了关于婚姻与爱情的理想主义话语的无稽。似乎是在《懒得离婚》中,谌容的现实主义执着地将她带离了主流写作的轨道,作品在对社会现实困境与人的关注之中,在对一种特定的社会语境——80年代末普遍的"心态疲软"[①]的揭示过程中,有意无意间调侃或曰解构了某种关于爱情与婚姻的理想主义话语。作品因之而成为一部批判现实主义同时仍是启蒙主义的力作。显而易见,谌容不仅将她嘲讽的双刃指向了充满稚气梦想与单纯想象的方芳,指向了那位80年代现实主义的典型人物:"侃协主席"刘述怀(这一人物的名字无疑充满了谌容式的喜剧感:一位"述怀"者,"述"而不"作"者);而且更指向了因循荒唐且密集多事的传统中国的社区生活,指向了充满匮乏且艰辛疲惫的现实生存。在一份对无奈的现实与现实的无奈的勾勒之中,更深地隐忍起谌容对社会与他人的温情。

主流话语中的女性种种

作为新时期最重要的主流作家之一,谌容的作品序列无疑深刻地呈现并介入了80年代的社会变革与话语建构。然而,在80年代女

---

① 参见王蒙、王干:《自由与限制——当代作家面面观》,见林建法、王锦涛编《中国当代作家面面观——撕碎,撕碎,撕碎了是拼接》,时代文艺出版社,1991年,第575页。

性写作的文化视域中，作为一个女作家，谌容的意义便显得含混而暧昧。与其说她以同样的执着和果决揭示了女性生存及话语的困境，不如说她的叙事话语与价值意义的建构刚好呈现了新的主流话语的建构过程中女性的误区与女性文化的陷阱。

谌容的作品序列无疑是主流写作的范本。她不回避女性形象与女性命运，而且以女性角色的出演成功地实践着其作品的社会寓言功能。然而，谌容并不对当代女性（新女性）特定的社会遭遇及命运赋予任何额外的关注与思考。显而易见，在谌容的社会视野中，女人的故事及遭遇，远不及其他社会问题来得重大、紧迫且深刻。作为80年代主流话语的信奉者与建构者，谌容更关注"人"，而不是男人和女人，更关注"人"的解放与觉醒，而不是女性文化与女性意识。无须艰难的超越或规避，谌容的作品序列作为社会主义现实主义朝向批判现实主义写作的过渡，对女性命运的思考极为"自然"地被搁置在她的观照视野之外。事实上，作为一个80年代的优秀作家，谌容的作品序列不可能不借重于编码化或曰功能化的女性形象与女性故事，但谌容作品中的主流话语与主流叙事过程，却同时实践着（或曰延续着）将社会寓言与社会象征之下的女性遭遇及命运边缘化的过程。因此，尽管陆文婷的故事（《人到中年》）深刻地呈现了中国大陆新女性——职业妇女的现实重负及困境，但她却被呈现为中年知识分子命运的象征[①]。尽管韩腊梅（《永远是春天》）和杨月月（《杨月月与萨特之研究》）同样是新的历史命运中遭遗弃的女人，但她们作为女人的特定命运、心理及现实困境却成了叙事中的盲点。韩腊梅事实上仍是一个极为经典的、社会主义现实主义写作中的共产党女英雄的形象，她对于前夫及其家庭的态度与方式，仅仅是她崇高的共产主义／利他

---

① 谌容曾说："书中写的陆文婷是实干家，是向'四化'进军的英雄。"见鲍文清：《静悄悄闪光的星——访女作家谌容》，载《海燕》1982年第4期。

主义与献身精神的呈现,而她作为一个女性可能遭遇到的心路,却始终无从得知或窥见。和陆文婷、韩腊梅一样,并且比她们更为突出与鲜明,作为一个女人,在杨月月身上,谌容所凸现的是中国劳动妇女(而不是知识妇女)的传统美德与优秀品格:一种广漠而丰饶的母爱与坚韧,付出而不索取,背负而不抗辩。一如谢湘于1982年所指出的那样,彼时"谌容笔下妇女形象的性格特征"是"民族土壤孕育的花朵":

> 与同时代的妇女形象相比,谌容笔下的妇女形象是独树一帜的。出于对中国妇女的特性和本质的思考,作者十分重视写出人物性格的民族特征。……谌容笔下的妇女形象对于理想的追求中所表现出来的专一执着、坚忍不拔的民族精神;以及在正确地处理个人、家庭与社会的关系中所具有的那种深明大义,富于自我牺牲精神的美好道德情操。不同的民族具有不同的感情表达方式。性格内向,感情含蓄,则是这些妇女形象的又一个性格特点。①

然而,正是此间谢湘对谌容小说叙事所做的概述,表明了一个有趣的、关于女性文化的症候。《杨月月与萨特之研究》因之而成了一部有趣的文本。如果说在《永远是春天》中,关于革命、革命人的叙事,作为拨乱反正时代的主流叙事之一种,压倒了其中潜在的女性叙事,而男主人公李梦雨的人物视点的选取,已然结构性地决定了韩腊梅之为女性的心路的先在缺席,那么,在《杨月月与萨特之研究》中,叙事体已然呈现出一个反向的意识形态进程。尽管一如韩腊梅,杨月月同样不仅为人妻母,而且也是一位南下干部、革命者;但一反《永

---

① 谢湘:《民族土壤孕育的花朵——试谈谌容笔下妇女形象的性格特点》,载《武汉大学学报》1982年第2期。

远是春天》中的高昂基调,一反韩腊梅为革命事业而献身的热烈,在杨月月身上,谌容突出的是不无张力的低回,突出的是她对平凡人生的承受。从韩腊梅到杨月月,谌容的女性形象由革命理想到现实人生,以极大的落差实践着主流话语结构一次微妙而深刻的位移。事实上,叙境中的两位叙事人间的通信,已然不仅在杨月月的命运与萨特研究的交错并置中,开始为叙事赋予一种谌容式的调侃,而且同样以类似调侃的叙事语调实践着这一主流话语的重构与转型。但一如谢湘的研究所表明,无论是韩腊梅还是杨月月,甚或陆文婷,作为其女性行为逻辑(尽管这无疑是这些人物身上并非重要的"自然"属性)支点的,正是"民族土壤"或曰传统文化。从某种意义上说,女性形象的传统文化特征或曰传统美德,有力而有效地支撑了这一特定历史时段中主流话语的演变过程。然而,诚如谢湘所言:"不可否认,民族性格的形成,是一个历史的范畴,甚至是一个矛盾的综合体。透过含蓄,我们也看到了中国妇女性格的另一面。中国妇女长期受到沉重的精神奴役,因而她们很难像西方17、18世纪的妇女那样自觉地起来为争取自己平等、自由的权力而进行斗争,直到革命风暴席卷而来,她们一般都是作为被解放的对象,受党的启发、教育后才有可能走上革命的征途。历史的原因,造成了这些妇女在对待生活的态度上,显得过于忍受,甚至有点委曲求全的味道。"[①]谢湘所未曾提到的是,这与其说是一种妇女的现实,不如说更多的是一个话语的现实,而且是一次话语的重述与重构。对充满传统美德的女性形象的再讲述,不仅是七八十年代之交拨乱反正的主流话语的必需,不仅是对"文革"时期象征特定权力话语的"铁姑娘"形象的反拨,而且在不期然间成了对女性的再规范过程。作为主流话语的一部,它无疑成了对新时期女性的文化位置的历史性倒退的加入,至少是默许。

---

① 谢湘:《民族土壤孕育的花朵——试谈谌容笔下妇女形象的性格特点》。

事实上，谌容的妇女形象序列，显然不尽是韩腊梅、杨月月一类"民族土壤孕育的花朵"。以陆文婷居间，谌容同样写作了一些现代或曰都市女性的形象。从某种意义上说，小说自身的现实主义写作方法，使谌容已然触及陆文婷悲剧的另一侧面：具体到一个女人，陆文婷的"超负荷运转"，不仅在于一个中年知识分子的历史境遇，而且在于一个"新女性"所必然面对的分立的时空与新旧双重标准、双重责任的挤压。诚然，作为同一历史境遇的分担者，作为一对挚爱的夫妻，傅家杰与陆文婷一样，承受着"蜡烛两头烧"的重负与艰辛；但他所无法分担或替代的，是陆文婷只能独自背负的一份深刻的内疚与自责——那是因未能成为一个完美的传统的女性角色、未能克尽为妻为母之责所产生的愧疚。这无疑是一重深刻的心理重负。因此，她在弥留之际的"遗嘱"才可能是"给圆圆买球鞋""给佳佳扎小辫"；因此她深刻的悔憾才可能是：

> 或许，一生的错误就在于结婚。不是人常说吗，结婚是爱情的坟墓。那时候，自己是多么天真，总以为对别人说来，也许如此，对自己来说，那是绝不可能的。如果当时就慎重考虑一下，我们究竟有没有结婚的权力，我们的肩膀能不能承担起组成一个家庭的重担，也许就不会背起这沉重的十字架，在生活的道路上走得这么艰难！①

但显而易见，在陆文婷与傅家杰之间并不缺少爱情，至少不缺少一份夫妻间相濡以沫的扶助。于是，陆文婷的悔憾事实上成了新女性的现实与心理困境的一个症候点，一个所谓女人"命定"地不能"家庭事业两全"的困境与抉择。但遗憾的是，在这个融入了谌容本人

---

① 谌容：《人到中年》，见《谌容中篇小说集》，第347页。

切肤之痛的体验的女性角色身上①,这仅仅是某种边缘化的表述。另一有趣之处在于,谌容在《永远是春天》《杨月月与萨特之研究》中十分宽容而富于理解地赦免了李梦雨和徐明夫,但在《褪色的信》②中,对同样背叛了自己朴素而真挚情感的女主人公章小娟,却远没有同样的体谅与宽厚。如果说在《永远是春天》中我们是通过叙事人李梦雨认同了韩腊梅,那么,在《褪色的信》中,我们却无法通过温思哲或大娘理解并认同章小娟③。从某一角度上看,谌容更偏爱于使用男性的第一人称叙事人;但在设计婚姻、爱情主题的作品中,这已然先在地取消,至少是遮蔽了女性视点与女性体验的呈现。实际上直面了当代婚姻与都市女性的心理病症的小说《错,错,错!》似乎呈现出这一问题的恰当的一例。整个叙事结构在男主人公对亡妻的追忆之中,于是女主人公惠莲甚至无法获得章小娟式的、无力的辩护机会。如果说在《简·爱》中,罗莎作为一个囚禁在阁楼上的疯女人,被剥夺了讲述自己故事的权利与可能,她仍可能用烈火表达自己的仇恨,那么,在《错,错,错!》中,女主人公作为一个死者当然只能永远地沉默。在男主人公涓生④式的"忏悔"中,我们看到了一次完美的爱情,一个模范的丈夫,同时看到了一桩惨不忍睹的婚姻,一个乖戾、近乎不可理喻的妻子,一个尽失传统美德、莫名其妙而歇斯底里的女人。然而,这并非仅仅是某种认同男性视点的歪曲与虚构。小说中的故事,不期然间再度切中了一个深刻而微妙

---

① 参见谌容:《并非有趣的自述》,见何火任编《谌容研究专辑》;谌容:《原谅他们吧》,载《中国青年报·星期刊》1983年2月12日;高进贤:《山路坎坷终需上——访作家谌容》,载《长春》1980年第11期。

② 谌容短篇小说《褪色的信》,收入《谌容》。

③ 仍有读者(批评者)从小说的现实主义写作中获得了另一种特殊的解读。参见安国:《不甘屈辱 割断前情——读谌容的〈褪色的信〉》,载《作品与争鸣》1981年第11期。

④ 鲁迅《伤逝》中的男主人公。乐铄在《迟到的潮流——新时期妇女创作研究》一书中论及了《错,错,错!》与《伤逝》的相像(河南人民出版社,1989年,第66—70页)。

的女性文化的症候：如果说方芳（《懒得离婚》）因其对主流话语的笃信而使自己陷入了一种喜剧情境，那么，惠莲便在同一话语构造中将自己的一生演出为悲剧。她拒绝接受现实，她固执于"蔷薇式的"爱情之梦，她要求婚姻一如初恋；于是她无法指认并珍视丈夫平凡的挚爱。与此同时，不可理喻的惠莲实际上构成了崇高圣洁的陆文婷的负面，她们的重要区别在于，前者是一个在事业上失败了的陆文婷；此外，尽管两者分享着同一关于爱情、婚姻与事业的话语（陆文婷在两个孩子出生后，开始追悔自己的婚姻，而惠莲则一经怀孕便开始后悔），但惠莲显然更少一些传统美德赋予的背负与耐受。一如她无法接受婚姻的现实，她也无法承受事业上的挫败。于是，匮乏的现实感与丰富的失败感构造了一个无法实现自我指认与认可的女人。在女性文化的意义上，惠莲比陆文婷更为典型：一场理应经历的女性文化革命的现实缺席，造成了类似女性尽管享有"新女性"的自由与解放，却全然无力去驾驭自己的社会角色，无力面对社会竞争中的失败与坎坷，无力背负并完美完成双重角色的要求。谌容的缺憾，不在于她书写了一个充满现代心理症的女性，她使自己与丈夫、女儿的生活充满了灾难；而在于她拒绝，至少是不曾尝试去探究类似女性的遭遇与心路。惠莲因此而成为一种怪物，一个病态的、不配享有人生与幸福的女人。于是，甚至在谌容——一位女性作家的写作中，女性仍是一个为主流所遮蔽、所无视的盲点，仍是一种社会生存中的边缘状态，仍是一处无法名状的文化误区。女性的体验与经验仅仅在她的作品序列中留下了些许含糊不清的痕迹。

在新时期众多的女作家中，谌容无疑是其中成功的主流写作的代表。她以自己的作品序列有力地介入并记录了80年代的历史进程。她似乎以自己的创作再一次印证了女性写作超越"女性题材"及视野的可能与潜力。然而，当她因此而超越了女性写作的局限的同时，她亦因此而丧失了女性写作可能的丰满、独到与深刻。从某种意义上说，当谌容相信并坚持某种超越性别的写作方式之时，她已然失陷于某种主流的（如果不说是男权的）话语窠臼之中。但她毕竟因此而参与并标示着一个特定的时代，一段特定的历史，展示、呈现着一种特定的关于女性与女性写作的话语构造。

第五章　张抗抗：一叶"雾帆"①

时代的足迹

张抗抗无疑是新时期文学重要的代表人物之一。或许不仅是"代表",而且是一个"典型人物"。张抗抗与其同时代的禁区突破者一起,加入了七八十年代之交那场伟大的突围与伟大的进军。她的作品序列,构成了新时期反主流、主流话语的蹊径、通衢与山重水复。或许可以说,在新时期女作家的名册中,较之其他人,张抗抗更为直接地介入了七八十年代之交的文化转型与话语构造;更为响亮而单纯地指称着一个为昂扬的激情、劫后余生的狂喜、惊悸与哀痛所充满的时代,指称着为血色黄昏的终结与"天国"的再度降临所鼓舞的时代。张抗抗的作品成了那个特定时代的足迹。

这是一个固执的理想主义者,固执的,却不是"痛苦"的。张抗抗的理想主义显然建筑在某种极为顽强的社会抗议立场之上。用张抗抗自己的话说:"这里并没有此岸对彼岸的输送,只有天空对大地的俯瞰。这种超越并非为了什么实用的目的,而是为了只有在超越的过

---

① "雾帆"一说,借用自梁晓声先生的《雾帆——张抗抗印象》,原载《文汇月刊》1988年第11期,见林建法、王景涛编《中国当代作家面面观——撕碎,撕碎,撕碎了是拼接》,时代文艺出版社,1991年。

程中才能领略到的心理空间的奇特形态,以及作家的精神主体由此到达的充分自由境界。"① 理想主义在她那里,指称着一种对"人"的终极关注,一种庄严且古典的人道主义信念,一种出自对"人性"信任之上的社会疑虑。她以她的敏锐和执着关注着社会的现实与人生,不断地在生活的误区中发现着社会的误区。理想主义在她那里,同时是一种不能自已的使命感;理想,不是一面折射、映照现实之肮脏、丑陋的镜子,而是干预、介入、变革现实,"使生活更美好"的驱动。不言而喻地,张抗抗执着于一种作家作为社会的良知、人民的代言、不畏权势的秉笔直书者的角色,并以其作为自己别无选择的责任。写作之于她,其旨不在于、不仅在于她对文学情有独钟,或以其作为一种生活方式;更不可能被指认为游戏规则与手段;写作于她,更重要的是作为一种诊断并疗救社会、人生的工具与手段。也正是因此,张抗抗的作品于新时期初年,不断地构成轰动效应与论争的焦点②;在80年代初中期,她不仅是一个时代的同行者,而且是一个固执而大胆的先行者。理想主义的信念与"现实主义的创作方法",在张抗抗那里,极为典型而和谐地统一于启蒙使命,统一于拒绝修正也难以修正的人道主义话语构造之中。张抗抗的作品序列勾勒出一个短暂而清晰的时代的轨迹。张抗抗的作品与名字,作为新时期重要的作家/女作家而响亮;同时如果视其为80年代现代性话语再度扩张的文本则更为有趣。一如她的同时代人、作家梁晓声对她的描述:

---

① 张抗抗:《心态小说与人的自审意识》,见《你对命运说:不!——张抗抗随笔》,知识出版社,1994年,第93—94页。
② 张抗抗的《爱的权利》发表于《收获》1979年第2期,引起了全社会的瞩目。继而,1980年,张抗抗的《夏》,载《人民文学》1980年第5期,获得1980年"全国优秀短篇小说奖";《淡淡的晨雾》,载《收获》1980年第3期,获得1977—1980年"全国优秀中篇小说奖"。彼时,同年获此殊荣的作家,只有张抗抗与刘心武。1981年,张抗抗的《北极光》发表,旋即引起争议,一时沸沸扬扬。《北极光》因之收入海内外各种新时期争议小说文集,并正式收入中国作家协会创作研究部选编的《新时期争议作品丛书》,《公开的"内参"》一卷(时代文艺出版社,1986年)。

> 曾有人对我讲——张抗抗是一个女权主义者。
>
> 我一笑。
>
> 如非说她信仰着一种什么"主义",我看她首先是一个人性主义者。认为是人权主义者也未尝不可。……
>
> 对美好的高尚的自然的人性之追求,恐怕要伴随她一生的创作实践吧?①

这无疑是对张抗抗及其作品颇为精当的描述与定位,其中有认同、有赞许、有不甚明晰的惋叹。从某种意义上说,我们确乎"未尝不可"以"人权主义者"的称谓取代"人性主义"或"人道主义"的命名;张抗抗的作品与其说是一部朝向理想天国的狂想,一次对超越性价值的飞升,不如说她所从事的是一次远为具体且现实的意识形态实践。如果说超越性的价值追求与具体的意识形态实践的参与,曾构成了张抗抗作品的张力与社会效应,那么它同样最终构成了其作品意义的怪圈与自我缠绕。张抗抗的作品标示着一个特定的时代及其"鬼打墙"式的足迹,张抗抗的疆界也恰恰印证着那个热烈短暂时代的疆界。如果说从《分界线》(1975)到《爱的权利》②(1979),张抗抗成功地跨越了两个时代,那么,从《夏》《北极光》到《隐形伴侣》《赤彤丹朱》③,张抗抗则呈现出一种文化的徘徊与滞留。《情爱画廊》及其畅销,则以皆大欢喜的喜剧姿态加入了90年代中国文化的市声变奏。如果说《爱

---

① 梁晓声:《雾帆——张抗抗印象》,见林建法、王景涛编《中国当代作家面面观》,第376页。
② 张抗抗:《分界线》(长篇小说),上海人民出版社,1975年。《爱的权利》,收入丁玲等《当代女作家作品选(1)》,广东人民出版社,1980年,第323—353页。
③ 张抗抗:《夏》《北极光》,见《张抗抗代表作》,北方文艺出版社,1991年,第8—26、224—342页。《隐形伴侣》(长篇小说),作家出版社,1986年。《赤彤丹朱》(长篇小说),人民文学出版社,1995年。

的权利》、《夏》(1980)、《淡淡的晨雾》(1980)、《白罂粟》(1980)①、《北极光》(1981),曾构成一个勇者不断突破的身影,那么《隐形伴侣》(1986)、《因陀罗的网》(1987)、《流行病》(1987)、《第四世界》(1988)②,则如同展示了一个迷失者陷入又力图挣脱的话语与叙事的迷宫。张抗抗的作品序列,形成了一个自我映照、自我缠绕、自我围困的镜城,它从一个侧面标示着 80 年代初文化的辉煌、陷落与困境。

固置与雾帆

张抗抗及其作品序列确乎可以用以指称王安忆曾视之为内在匮乏的理想主义与文化英雄主义的价值观与实践,她也同样为我们呈现了 80 年代初中期中国大陆文化语境中那一萦回不去的、"无法告别的 19 世纪"。张抗抗的心路与文学之路,在又一层面上呈现着时代变迁中的精神脉络。一如张抗抗本人的追述,最初"喂养"了这一代人的精神食粮,是俄罗斯文学与苏联文学:"从老托尔斯泰到盖达尔,从普希金到肖洛霍夫。除了一套《安徒生童话》以外,这个外国文学的天地长满了俄罗斯和苏维埃的枞树、浆果和马铃薯。……这一段近于崇拜的痴迷,在我整个一生的文学信念中打下了崇高与美的桩子,并在这个根基上建立起对真诚的笃信。"③尽管她自述带着一本从自己家中"偷出的"《青年近卫军》,"踏上遥远的北去列车之时,车轮碾碎了往日的童话给予我的全部梦想"④,但被"碾碎"的,无疑只是那一特定

---

① 张抗抗:《淡淡的晨雾》《白罂粟》,见《张抗抗代表作》,第 113—223、27—44 页。
② 张抗抗:《因陀罗的网》《流行病》,见《陀罗厦》(中短篇小说集),华艺出版社,1991 年;《第四世界》,载《文汇月刊》1988 年第 11 期。
③ 张抗抗:《大写的"人"字》,见《你对命运说:不!》,第 86 页。
④ 同上书,第 87 页。

时代关于政治信念的狂热与主流话语,而不断为主流话语所倚重、所遮蔽的"19世纪话语"或者说"现代性话语"的"真谛":真、善、美,人道主义信念,将再次凭借"巴尔扎克、狄更斯、梅里美、雨果、大仲马、小仲马、哈代"浮现而出。这与其说是一份个人的心路,不如说是七八十年代文化转型的轨迹。张抗抗自信她不曾进入一个怪圈,她说:"如果第二层是怀疑,那么第三层便是不再回来的叛逆。"① 的确,一次叛逆、一个叛逆者——相对于一个正被葬埋的时代、一个正在失效中的主流意识形态;而这个叛逆者的心灵仍依托于"从屠格涅夫到乔治·桑到杰克·伦敦到艾赫玛托夫"的世界②。于是,它只是想象中的个人对历史的叛逆,是文化英雄主义对集体英雄主义、人道主义对政治整合与政治乐观主义的叛逆。它事实上应和着一次规模宏大的意识形态的合法化实践,以想象性的个人的叛逆壮举加入了时代"伟大的进军"。从某种意义上说,这只是一次同构的话语范型的倒置或反转;这只是现代性话语的不同分支。因此,在一个历史回瞻的视域中,张抗抗无疑已获得了某种稳定的主流地位。在所有关于80年代的回顾性丛书中,必然有着张抗抗的一卷;在《当代中国作家随笔丛书》中,于张承志的《荒芜英雄路》之畔,并立着张抗抗的《你对命运说:不!》。

张抗抗的作品确乎有着极为鲜明的意识形态性。到《情爱画廊》之前,她的作品始终是自觉或不自觉的、杰姆逊所谓的"寓言写作"③;是一种曾极为有力而有效的"社会象征行为"。张抗抗的作品始终倚傍着某种"伟大的叙事",其意义的深层结构,始终是建筑在人道主义、人类进步信念之上的、对特定社会现实的质疑。极为有趣的,张抗抗

---

① 张抗抗:《大写的"人"字》,见《你对命运说:不!》,第91页。
② 同上。
③ 〔美〕弗雷德里克·杰姆逊:《处于跨国资本主义时代中的第三世界文学》,张京媛译,载《当代电影》1989年第6期。

写道:"事实上,这些年在外国文学书海的徜徉中,我捡起的一只只贝壳都已成为书架上的标本,却有两只贝壳依然栩栩游动在我心的海湾里:一只是《一九八四》;另一只是《生活中不能承受的轻》。"① 这与其说标志着七八十年代之交人们且惊且喜地发现"狄更斯已经死了"之后,张抗抗终于由"19世纪"朝向"20世纪"的跨越,不如说它只是向我们明确了张抗抗的身份认同与文化认同:不是反乌托邦写作,而是寓言与人类预警者的角色;不是对"伟大进军"的调侃、消解,而是自由知识分子的政治姿态。80年代初,张抗抗是拒绝彼时主流神话庇护的叛逆者中的一个,她(他)们一度勇敢地直面着昔日神话天顶坍塌之后,裸露而出的猩红的天幕。然而,这一伴随着思想解放运动、拨乱反正而到来的、对虽死未僵的历史的"叛逆",同时是对另一类神话——人道主义、启蒙主义、文化英雄主义的呼唤与拥抱。我们或许可以将其称为"告别一神、迎来诸神"的节日。对这"新的"神话之为真理的信念,曾为张抗抗们提供了勇气、新的视域与视点,并且不断地为她提供一种自信,一种自我定位时的宏大参照与信心。如果说1984年的美国之行,在一种强烈的震惊体验中改写了、推进了王安忆的创作道路,那么张抗抗的《慕尼黑掠影》《埃菲尔铁塔沉思》《鲁尔的山上》《卡尔加里路》②的游历,却只是坚定了她的信念:

> 记得《读书》上有篇文章曾说,中国人首先关心的是做"中国"人,然后才是人,却不知人首先是人,然后才是中国人。我以为极精彩。中国人与外国人,都有地球人无以解脱的共同苦恼;中国文学与外国文学,亦如地球一样,本应是无国界的流通

---

① 张抗抗:《大写的"人"字》,见《你对命运说:不!》,第91页。
② 张抗抗:《慕尼黑掠影》(散文),载《散文世界》1985年第7期;《埃菲尔铁塔沉思》(散文),《人民日报》1985年10月25日;《鲁尔的山上》(散文),载《台声》1985年第6期;《卡尔加里路》(散文),载《人民日报》1988年3月10日。

领域。……更何况，不知人们是否发现，构成外国文学的外语，确切地说，条顿语系中的英、法、德语与汉语之不同，还在于它有一个大写的"人"字，大写的"人"字是否又恰好为中国文学补上了一处缺口呢？至少在那些为我写的书和我为别人写的书中，隐隐地透出这个心迹。①

这几乎是一幅完整的 80 年代共同信念的文化图景：关于共同的、共通的人类的信念——"地球人"；关于西方主流话语——"大写的'人'字"对中国、中国文学的拯救，至少是修订、补缺；关于作家与写作对于"中国走向世界"这一伟大的历史进程的参与。因此，张抗抗可以自豪而自信地说："我只知道世上一定有一本书是真正属于我的。"②

大半个世纪之前，茅盾先生在论及庐隐时，曾指出：庐隐的十年是新文化运动的十年；庐隐的停滞，是新文化运动的停滞③。或许，我们可以说，张抗抗的崛起与突破，参与了新时期的崛起与突破；张抗抗的固置与停滞，则是拒绝反省的现代性话语的停滞与误区。如果说启蒙话语曾成为新时期文化语境中一道新的光照，那么它同样成了某种栅栏与雾障。一如梁晓声的描述：

> 张抗抗——行进在黑雾、白雾、红雾、紫雾中的一面始终鲜亮而韧性的征帆，为我们写出了迷雾一般的世界。④

张抗抗确乎是一面"雾帆"，80 年代初"启蒙"话语的雾帆。

---

① 张抗抗：《大写的"人"字》，见《你对命运说：不！》，第 92 页。
② 同上书，第 91 页。
③ 茅盾：《庐隐论》，载《文学》3 卷 1 号 1934 年 7 月 1 日。
④ 梁晓声：《雾帆——张抗抗印象》，见《中国当代作家面面观》，第 377 页。

爱的权利

极为典型而有力的,张抗抗在"伤痕文学"的泪海、哀痛与控诉中,以《爱的权利》跃然出现在人们的视域之中。和大部分"伤痕文学"一样,而又比它们更为哀婉动人,《爱的权利》不只是控诉与暴露,而且一如刘心武的名篇《班主任》①,它同时是呼喊与吁请。她所展露出的"伤痕",不仅是生离死别与暴力剥夺,而且是心灵的扭曲与灵魂的悲剧。在70年代末,这是振聋发聩、惊心动魄的一幕:舒贝的伤痕,不在于在浩劫岁月中被夺去了双亲,因而心灵备受创伤;而在于这"伤痕"使她的灵魂萎缩,使她成了一个生活中的怯者。恐惧,成了她最基本的情感;苟活,成了她之于人生的全部愿望。她放弃了获得与追求的可能,放弃了任何反抗或梦想的前景。她不仅自愿放弃了"爱"的权利,而且以保护者的身份剥夺弟弟舒莫爱与追求的权利。被剥夺者成了暴力的皈依者,并且继续实践着剥夺者的意愿。作为一个典型的"社会寓言",故事发生在北方城市一个迟来的初夏;有着一个灵魂搏斗并重生的叙述;不长的篇幅,却有着一个"乐园—失乐园—复乐园"式的回旋。

《爱的权利》几乎包含了"伤痕文学"的基本主题:伤痕、畸形的心灵、爱与权利。爱,是其中的真谛与核心。作为新时期特定的"元话语"之一,爱,在此是拯救,是再生的机遇,是基本人权;在小说的叙境中,它是阳光,是音乐,是选择的可能,是理想与奋斗;当然,也是爱情与幸福。它不仅是舒贝、舒莫之争的核心,而且具象为父亲与母亲所留下的不同的遗嘱。父亲的,是"不要爱……";母亲的,是"人们,我爱你们,你们要警惕!"② 爱与权利的论争,不仅发

---

① 原载《人民文学》1977年第11期。
② 《爱的权利》中母亲的遗嘱出自捷克著名反法西斯战士、作家伏契克的狱中手记(转下页)

生在舒贝——一个备受创伤、只求苟活的姑娘,她在叙境中指称着梦魇、伤痕与历史,与舒莫——一个生机勃勃的、指称着希望与未来的年轻人之间,不仅呈现为"爱"与"不要爱"的遗嘱,而且更重要的是在舒贝无爱的苟活与舒莫爱的奋争之间,在同样权威的遗嘱间,存在着一个强有力的仲裁者,一个英雄——李欣。在小说的叙境中,他是七八十年代之交典型的英雄角色:狱中归来的政治抗议者,不屈不挠的社会斗士,智者与勇者,同时是一个有血有肉的恋人。有趣之处在于,李欣之于舒贝,与其说是一个辉煌的榜样,不如说是一个现实的拯救。作为一个典型的症候,在彼时伤痕文学的主流叙事中,女人(包括女作家笔下的女人)正开始蜕变为意义与行为的客体,她们的典型行为是背负苦难、承受爱情,她们重要的、如果不是唯一的叙事功能,是充当崇高的献祭与无谓的牺牲。她们典型的、如果不是唯一的选择,是爱情。尽管在这一叙事范型中,女人对爱情、男人的选择,是叙事人建构其寓言构架的主要方式之一。于是,追随并理解了李欣的行为的,是舒莫;而对于舒贝来说,究竟是选择李欣,还是选择符合"父命"的钳工,则不仅是对未婚夫的选择,而且意味着是否选择爱,是否收复、夺回爱的权利与能力,是否拥有希望与未来。舒莫的胜利、父亲遗嘱的被焚、舒贝的复苏是一幕社会情节剧,同时是彼时一部大胆而有力的社会寓言。

延伸了这一主题与叙事模式的,是《淡淡的晨雾》。一如《爱的权利》中迟来的初夏,"淡淡的晨雾"是另一篇关于激变中的中国社会的寓言。篇首关于"严冬"的结束、"松花江流尽了最后一块冰排"、"难得的春雨"、邻家逾墙而过的"怒放的丁香",都无疑表明了作品对社会主义现实主义,或者说是"工农兵文艺"经典写作方式的

(接上页)《绞刑架下的报告》,是十七年及"文革"时代重要的主流读物之一;张抗抗以先烈遗嘱作为在"文革"中自杀身亡的母亲的遗嘱,不仅吻合关于"文革"十年的权威历史结论,而且使这一拯救性话语具有了"拨乱反正"的意义。

承袭①。这是一部更为繁复的社会情节剧。用张抗抗的说法是:"由于当时我仍习惯于传统小说的戏剧结构,比较注重错综复杂的人物关系,使得小说具有较多的虚构成分。但它所揭示的矛盾是真实而不是虚构的。"②它再度是关于"爱的权利"、无爱的灵魂的萎缩,只是它更为明确地触及权力与真理、真诚者的社会奋争、伪善者的阴暗无耻、伤残麻木者的痛苦苟活。窗下丁香花的悠长的故事,玩具小公鸡所诉说的绝望与恐惧,成为简单而清晰的历史象征。舒贝、舒莫的关系式再一次呈现为梅玫和郭立楠的叔嫂关系:生机勃勃的年轻人、"新一代的大学生",成了真诚、未来的希望与指称。不同的是,梅玫,这一故事中的女主人公(这一次是一个已婚的少妇)愈加成了一个"空洞的能指",一个多重话语与叙事施动穿透的空间。舒贝所负荷的伤残、萎缩、苟活的意义,已由梅玫转移到了婆婆罗阡、大哥郭立桎身上。而一部情节剧所必需的恶者与小人则由梅玫的丈夫郭立枢出演。这是一个伪善的市侩,一个阴险的弄权者,一个政治保守势力的指称。而且他在文本的意义网络中,无疑成了已然缺席的、昔日的压抑者、权威者、继父郭自彬(此时,他是墙上一幅仍有威慑力的照片)的继任者与代言人。在小说的叙境中,郭立枢是一位昔日弄潮儿、昔日主流话语中的英雄,梅玫显然因此而爱上了他。然而,这位无疑曾与郭立枢分享岁月与荣耀的梅玫,却无须承负任何忏悔与反省,她只是一个政治骗局的无辜牺牲品。于是,仿佛一个人类学命题,女人情爱的转移,实践着英雄与反英雄形象的倒置,尽管这仍是在一个英雄与反英雄可以共同分享的叙事话语与模式之中。而郭立枢与郭自彬的关系设置,除了以认贼作父给情节剧中的反英雄予以道德污点外,还在彼时的社会语境中,有

---

① 以"自然景物描写"象喻时代社会,是社会主义现实主义叙事的重要模式之一。
② 张抗抗:《塔·后记》,四川文艺出版社,1985年,第358—359页。

着更为微言大义的讽喻与象征意味。如果说对梅玫说来，郭立枢形成了黑暗王国的压抑，那么作为光明王国的召唤的，是另一个更具"时代特征"的英雄：荆原，一个归来的政治流放者，成熟的思想者与抗议者，一个历经苦难痴心不改的恋人。和彼时的主流叙事、社会情节剧一样，张抗抗为现实中尚无法解决的政治命题与社会困境，给出了一个道德与情感化的想象性解决：她让孩子们——梅玫、郭立楠、郭立柽奔向荆原的怀抱，大声说出"爱"的字样；相对于郭立枢的背叛，郭立楠的反背叛补偿了历史的剥夺。不贞者与苟活者遭到了惩罚，无耻的伪善者遭到了唾弃。不再有"尾声"的结局，留下了一个开放的视野①，对应着一个进行中的、开放的历史进程。

叙事与话语困境

在《淡淡的晨雾》中，经典的修辞法之一，是以道德上的高洁、真诚或卑下、伪善，作为指认、书写英雄、反英雄的方式；这一方式，被张抗抗再度应用于她的名篇《夏》之中。《淡淡的晨雾》为张抗抗赢得了当时极为重要、极具社会效应的1977—1980年全国优秀中篇小说奖，《夏》则为她赢得了1980年全国优秀短篇小说奖。至此，张抗抗已不仅是文坛上的一颗"新星"，而且成为举足轻重的社会角色。《夏》在张抗抗的作品序列中，是较为质朴、单纯的一篇，它更接近于一个青春故事，但它却比张抗抗其他的作品更为得当地负荷了她情有独钟的社会话语。尽管《夏》仍是一个典型的社会寓言，而且具体地指涉着七八十年代之交阴晴无定的社会风云，但它不仅关乎思想解放与僵化保守，不仅关乎真诚与伪善，而且关乎个性的成长、真诚

---

① 原作有一个"尾声"，经《收获》编辑（现任主编）李小林建议删去。见张抗抗：《塔·后记》。

且自由地表达思想的可能。

继而，张抗抗推出了她最重要的作品之一《北极光》。这是张抗抗的名篇，同时是新时期重要的"有争议作品"之一①。一如张抗抗在《淡淡的晨雾》和《夏》中的描写，她的不断突破终于遭到了以道德主义面目出现的阻击②。这部小说无疑延伸了《淡淡的晨雾》的主题，但第一次，张抗抗脱离了具体的"时代背景"的指涉，不再是经典的"工农兵文艺"意义上的"高于生活"，而成了一部"启蒙"的寓言。一如张韧先生的洞见：

> 我看见了抗抗小说世界的深层形态，那就是以一位年轻女性主角为中心，环绕着三个男性所结构的三点框架。这女性的目光在外视的时候，对他们的性格、心地、品格和人生理想做出有时热烈有时冷峻的审视；但她的目光更多是内视，反思自我，拷问自己的灵魂。审他与自审的三点式艺术构架，不能说包揽了张抗抗的全部作品，但在她的代表性小说中都觅见它的形迹。③

的确，《北极光》中有着张抗抗酷爱的"审他与自审的三点式艺术构架"，围绕着女主人公芩芩的视点，勾勒出三个男性：傅云祥、费渊和曾储；三个"典型人物"，三条不同的道路，芩芩的三种选择与可能。从某种意义上说，芩芩同样是80年代初的一个"典型人物"，或

---

① 秋泉：《关于〈北极光〉的讨论综述》，载《作品与争鸣》1982年第4期。
② 曹坚平：《陆芩芩的追求值得赞美吗？》，载《文汇报》1981年第22期；陈文锦：《创作意图与作品实际倾向的矛盾——评〈北极光〉》，载《光明日报》1981年11月26日；曾镇南：《爱的追求为什么虚飘？——也谈〈北极光〉》，载《光明日报》1981年12月4日；曾镇南：《恩格斯与某些小说中的爱情理想主义——再谈〈北极光〉兼答滕福海同志》，载《光明日报》1982年4月22日。批评者认为《北极光》表现了"爱情至上主义"，陆芩芩的行为是不道德的，表现出朝三暮四的杯水主义。
③ 张韧：《张抗抗评传》，见吕晴飞主编《中国当代青年女作家评传》，中国妇女出版社，1990年，第490页。

者更为确切地说,是一种典型的话语构型。事实上,确乎是芩芩,而不是费渊或曾储,因女性形象特定的文化、话语及现实位置,呈现并负荷着理想主义与启蒙主义的话语的困境。尽管《北极光》的叙事与意义建构,显然与戴厚英的《人啊,人!》分享着同一关于社会与女性的观念及话语[①];芩芩也显然与王安忆的雯雯同属新时期之初"滞留的少女"的形象群落[②];较之于张抗抗的舒贝,尤其是此后的肖潇,芩芩要少些"自审",或曰内省,相反多几分女作家笔下的女性形象的自恋意味。但芩芩别具感人之处,独有轰动效应,则在于她在不期然间呈现了彼时彼地刚获确立的主流文化的短暂失语与二难处境。一个执着且迟疑,甚至有几分落寞的,徘徊于理想的缥缈与现实的平淡之间的少女形象,负荷着人们尚不甚了了的困窘,引动着人们的关注与认同。事实上,彼时(1982)正是80年代伟大进军的一个间隙处,是波澜迭起的历史剧目的一次幕间休息。至此,拨乱反正、平反昭雪、思想解放运动已大见成效,惊心动魄的灵魂与现实的搏斗暂告阙如;人们在这风平浪静的间歇中,体味着"胜利之后"的别一样空洞。从某种意义上说,七八十年代之交的理想主义斗士与理想主义话语仍是革命英雄主义、革命理想主义话语的延伸与变体;而此间的社会与文化变革,则使这一话语系统陷入了别一悖论情境之中,即理想主义斗士的献身,实现了理想自身的消解与坍塌。如果说此间精英知识分子所参与的思想解放运动,高扬着命名为理想主义与"启蒙"的旗帜,那么《爱的权利》《淡淡的晨雾》《夏》的内涵便不言自明,彼时所谓的"蒙昧"正是政治保守力量的代名词。于是,当一场政治的变更及伴随的合法化过程暂告一段落,"启蒙"文化自身便面临着一种无名、失语的困境。芩芩应运而生,正好降落在这一心态与视野之中。——

---

① 参见本书第二章《戴厚英:空中的足迹》。
② 参见本书第七章《王安忆:一册安妮·弗兰克的日记》。

尽管《北极光》的支持者，仍将其指认为一次新的突破。一如梅朵先生的盛赞：

> 进攻！是一次有声有色的胜利进攻！她把弥漫在我们生活中，特别是弥漫在我们青年思想中，表现得那么趾高气扬、志得意满的市侩主义、虚无主义、个人主义击了个粉碎。尤其是她在这被击溃的阵地上，高高地插上了我们自己的旗帜，插上了我们自己的闪耀着理想与青春光辉的旗帜。
>
> 她胜利了！她让我们幻想着、向往着的北极光，终于在我们现实生活的上空，带着它的奇异的、无比美丽的光华出现了！①

尽管在笔者回瞻的视域中，《北极光》更像是一次低回，而不是一次进攻，但梅朵先生仍以他的方式与思路切中了《北极光》的真义。如果说芩芩所经历的是一次深刻的徘徊，那么张抗抗所表达的则是一次顽强的固守与进取。从某种意义上说，张抗抗以她的直觉意识到了"理想主义"话语在新的历史巨变面前所遭遇的困顿。七八十年代之交，以理想主义和"启蒙"为旗帜的伟大进军与辉煌胜利，在不期然之间开始终结一个理想主义的时代。"实践是检验真理的唯一标准。"理想主义者对特定现实的宣战，在造成了旧有主流话语系统的内溃的同时，开始显露出此间所谓"理想主义"话语自身的纵横裂隙。事实上，《北极光》写作的年代，精英知识分子所持有的启蒙话语已然出现了分裂与演变。1981年，王安忆发表了《庸常之辈》，1982年写作了中篇小说《流逝》。1982年，是张辛欣写作《我们这个年纪的梦》的年代，以及她因《在同一地平线上》的"个人主义"和对"唯物主义半神"的崇拜而遭到指责的年头②。极为有趣的是，张抗抗将她的小说，将女

---

① 梅朵：《她在振翅飞翔了——读〈北极光〉》，载《上海文学》1981年第11期。
② 参见本书第六章《张辛欣：在同一地平线上》。

主人公芩芩所固执的理想命名为"北极光":它来自于童年时代的记忆,它是一份不能自已的向往,甚至是一份隐痛。它奇美、缥缈;尽管极为罕见,尽管绝少有人目睹,尽管它不具有任何世俗与现实的价值,但它确实存在。

无须"症候阅读",便不难发现傅云祥之于芩芩,指称着现实的诱惑与后者对这一诱惑"本能"的逃离与拒斥。近似于《我们这个年纪的梦》中的丈夫,傅云祥指称着现实,指称着世俗的完满,揭示着现实的琐屑。或许"数馄饨"(在小说中,傅云祥会检数餐馆碗中的馄饨,并发现"少了一个")事实上成为新时期最著名的小说细节之一。张抗抗的芩芩不是一个英雄,她的少女身份先在地确认了她是一个脆弱、易受诱惑,但不自甘、有所憧憬的"普通人"。在小说的叙境中,芩芩事实上已与现实妥协——她已和傅云祥缔结了婚约(这正是彼时作品的争议点)。但在婚礼以倒计时的方式迫近时,她遭遇了费渊和曾储。一如戴厚英的《人啊,人!》,事实上,张抗抗是在费渊而不是芩芩身上放置了她的自审;在曾储身上,寄寓了她的理想。而芩芩更多地指称着一个境遇、一种位置。如果说费渊、曾储共同构成了与傅云祥相对的人生观,那么费渊和曾储则是另一组对称与对立。在小说中,张抗抗为他们设置了一组对称的"道具",费渊的相册和曾储的灰色笔记本。在费渊,经历与记忆是金色的童年,血红的年代,理想主义者的狂热与决裂、幻灭;在曾储,那是血书和遗书,狂热、幻灭与重生。而且,张抗抗让他们分享了一个时代、两代人的共同镜像:《牛虻》①;她让费渊在充满了狼藉酒杯、注有林彪事件日期的照片后面

---

① 英国女作家伏尼契的长篇小说,十七年重要的主流读物之一,主人公牛虻成为一代人的英雄镜像,并与新时期众多的文学作品构成互文关系。在《北极光》中,费渊在得知1971年"九一三"林彪事件之后,在照片上写有:"亚瑟第一次从监狱里回来的日子",意为崇高的理想显影为一场无耻的欺骗的时候。原作中纯洁、热情的亚瑟从狱中归来,被告知他的精神偶像,一向被他视为道德楷模的蒙泰尼里神父事实上是他的生父,而自己是一个私生子,他的世界因此而崩塌,他因此而离家出走。而曾储则描述自己(转下页)

写上"亚瑟第一次从监狱里回来的日子",让曾储解释他如何战胜了幻灭与自杀的念头重生时说:"像亚瑟偷偷坐上小船逃走,小说翻到了第二部……"于是,在芩芩、拟想读者仰视而懵懂的视域中,他们共同呈现了一个时代的光荣与梦想、痛苦与绝望。一代人的心路,或者更为确切地说,是一个特定的、权威的、关于历史的叙事与话语。所不同的是,费渊中止于"《牛虻》的第一部",而曾储则在"向自己的过去告别"中进入了"小说的第二部":由一个梦想者到行动者。于是,尽管在小说的叙境中,费渊选择了政治的虚无主义,人生的个人主义,成了一个对社会麻木不仁的"科学救国论"者,但在小说的意义结构中,他的选择不仅被贬斥、遭鞭挞,而且通过叙事与《牛虻》的互文关系,将费渊的道路呈现为被阻断的人生,他的选择因之成了非选择;费渊的意义因之被潜抑。彼时的批评家准确地在现实的、无价值的费渊身上指认出了一个稔熟的、19世纪的文学及(非)价值形象:屠格涅夫的罗亭,一个"多余人",一个语言的巨人,行动的矮子。① 然而,有趣之处在于,一边是一个"启蒙论者"的立场与姿态,是对个性、人性甚或是人权的吁请;而另一边则是对个人主义者选择的否定,将人的价值确认为以真、善、利他之爱为准绳,以知识分子的方式献身,至少是有力地参与、干预社会为前提。这无疑是一个深刻的自我缠绕的话语的怪圈。

至此,在张抗抗所执着的理想主义的进军中,曾储的形象显露出另一组文化症候与话语困境。曾储无疑是作为一个"第二部"中归来的"牛虻"(不是"亚瑟")而出现的。但彼时众所周知的,是伏尼契笔下归来的牛虻是一个成熟的"革命者"。同时,作为张抗抗"自审"意识的实践,尽管她的个人经历更接近于费渊,但她仍在对费渊

(接上页)重生的心路说:"有点像亚瑟乘小船出逃,小说翻到了第二部……"在小说的第二部中,亚瑟经历了许多苦难,成为一个职业革命者,并以牛虻的笔名归来。

① 梅朵:《她在振翅飞翔了——读〈北极光〉》。

与曾储的设置与评判中,借助了旧日的主流话语或曰社会常识系统:费渊,一个大学生,彼时的天之骄子;曾储,一个水暖工,一个仍生活在社会下层的"大众"。于是,在费渊身上,是上层社会、贵族知识分子的弊端与伪善;在曾储身上,则是来自于底层、来自于劳动阶级的、平民知识分子的真淳与热诚。不同于李欣或荆原,曾储不再是一个政治抗议者或斗士;他同样从狱中归来,但他是因与腐败的当权者的斗争入狱,而且是失败者——并没有获得平反与洗冤。于是,这是他履历中的一处"污点"。一个改写过的英雄:来自平民、置身平民的文化英雄,一个被目为"傻子"的真淳者,一个固执的理想主义者。一个新的,更为"现实"、有效的镜像与询唤——对于芩芩,对于读者。一个新的启蒙者的形象,同时呈现了张抗抗对理想主义与启蒙立场的一次固守与推进。通过曾储,芩芩对北极光的痴迷与梦想得到了认可,她终于避免了"堕入"傅云祥所指称的庸俗的生活(尽管与此同时,张辛欣让她的女主人公有几分疲惫、有几分委屈,但毕竟有几分温馨地依偎在她"庸俗"的丈夫怀中①)。芩芩对曾储的选择,是对理想主义的选择。但她对曾储形象的构造却未能提供充分的可信性。他不再是"北极光",但毕竟过于理想。张抗抗率直地谈到了这一点:"我在京参加授奖大会期间,接到了上海的长途电话,他们(《收获》编辑部)希望我把曾储改得更真实可信些。同每次一样,我完全同意编辑部的意见,却是'心有余而力不足'。"② 从某种意义上说,《北极光》十分典型地显露了80年代初主流叙事的重要特征:理想主义者的现实写作,它仍然难免是某种教化,却已然遭遇并显露出话语的困境。

---

① 张辛欣:《我们这个年纪的梦》,载《收获》1982年第4期。
② 张抗抗:《塔·后记》,第359页。

纷乱的话语迷宫

事实上,自《白罂粟》(1980)起,张抗抗的作品已在"伤痕文学"特有的书写弱者——被历史暴力侮辱与损害的个人的模式中,开始以她独有的明敏触及了一个更深层次的"伤痕"与"灵魂的堕落"。那便是面对历史暴力的弱者向更弱者的施暴,或者可以说,那是政治权力的异化与弱者之恶,是"人性的弱点"与人性的深渊。但彼时,《白罂粟》仍只是一个"伤痕故事",因为此间伤感而矫情的叙事风格,不可能真正承受张抗抗已然触及的主题。但显而易见的是,张抗抗并没有能真正弃置"人性"之谜的困扰。如果说一种深刻的、不能自已的"自审"意识,使张抗抗不断地追问自我与人性,那么,同样情有独钟的人道主义、理想主义与启蒙使命,则使张抗抗周而复始地往来于一个人道主义话语的迷宫之中。此间张抗抗的《因陀罗的网》《流行病》《无序十题》《第四世界》,在顽强地突破她自己的叙事模式,推进哲学化的主题① 的深入。但不仅张抗抗的叙事模式与意义范型,使她始终无法脱离主流叙事的樊篱,她对人性之谜的思考,也始终囿于政治历史、历史目的论与人道主义拯救的话语栅栏之中。

1986年,作为张抗抗近十年来思考与创作的总结,作为张抗抗又一次全方位的突破尝试,历经四年的漫长的思考与写作过程,张抗抗出版了她的又一部长篇小说《隐形伴侣》。这是她对人性之谜的又一次直面与追问:

> 近年来,我越来越多地思索着人究竟是一种怎样的东西;人为什么无法摆脱那种由生俱来、由死而终的痛苦;真善美作为一

---

① 参见张抗抗的《人我两化》:"说到底,任何新的形式,新的文体或方法都构架于某种哲学意识。哲学是文学的底肥……"(见《你对命运说:不!》,第82页。)

种美学理想普照人类然而三者真正达到过内在的和谐么；人追求真实而真实的地平线有人曾经到达过么。在对于人的观念一次次重新思考中，我想为人的灵魂写一部小说。这是一种日益为现代人所困惑、所焦虑的关于人的存在的本质苦恼。我想同我的读者一起来认识自身。《隐形伴侣》决不是一部反映"文革"十年的作品，也无意再现北大荒的知青生活，更不想探讨爱情与婚姻的道德观念。尽管我的小说在取材上涉及以上几个方面，但我更希望它是一个大容量和高密度的载体，在通往广阔的宇宙空间的进程中完成对自身的超越。[①]

这是张抗抗为自己所捕捉的一个重要契机，一个自我突破的契机：她所提出的质疑与反诘，给了她一个机会，使她得以在反省"真善美"这一"普照人类"的"美学理想"之时，突破人道主义话语的樊篱，朝向一个新的思考与写作的高度。但《隐形伴侣》所成就的终究是一次突围中的陷落，甚至在其起点处，张抗抗已然再度呈现了她无法逾越的话语的雾障。尽管在《隐形伴侣》中，张抗抗"对以往奉若神明的真实发出了诘问"[②]，但这一洞察真实——人性深渊的探索，却已预先设定为"通往广阔宇宙空间的""对自身的超越"；于是，一个超越者的超越，只能成就一次新的、话语对现实的悬置；张抗抗只能再一次与她渴求的突破及真实交臂而过。比以往更甚地，张抗抗结构并呈现了一个话语的迷宫，而她则在其间奔突往返，找不到出路。

这是一部基本上结构于女主人公肖潇的叙事视点中的长篇小说，交替呈现着以肖潇为主要视点的、间或是全知视点的叙事与肖潇的白日梦（？）。而肖潇的视点中的叙述（至少在前三十九章中），是围绕

---

① 张抗抗：《心态小说与人的自审意识》，见《你对命运说：不！》，第93页。
② 同上书，第97页。

着男主人公陈旭展开的。或许在作者的本意中，肖潇与陈旭指称着两种彼此对立、冲突的真实观。在陈旭那里，真与恶同在；于是，真实的呈现便与谎言同在，便是"以恶抗恶"的果决与堕落。而在肖潇那里，真必须与善伴行、与美同在；对于真实的苛求，同时是对理想的忠诚。于是，肖潇的真实要求着执着、诚实；同时呈现着北极光式的脆弱与缥缈。张抗抗确乎是在《隐形伴侣》中试图推进她的"审他与自审"意识。在《隐形伴侣》中，张抗抗确乎在尝试超越自身，至少超越道德主义的表述。如果说在《白罂粟》中，张抗抗将男性第一人称的叙事人"我"的经历呈现为一个道德沦丧、灵魂堕落的过程，那么，在《隐形伴侣》中，她拒绝以同样的评判方式书写陈旭。不仅如此，张抗抗将陈旭与肖潇作为对人类状态或曰共同困境的呈现，于是，她必须为陈旭辩护（尽管这已潜在地从反面显露了她的判断：陈旭需要辩护），并且不断地让陈旭为自己抗辩；如果说那仍可以被指认为公然的无耻，那么张抗抗则让叙境中的另一男性角色邹思竹——一个苍白而单薄的人物为陈旭的行为提供辩护及阐释："我总觉得，陈旭那种堂堂皇皇的撒谎，比起一些人的虚伪，还是好得多。他固然有许多恶习，但他在强大的社会面前，实在是太渺小了，他只有这一种反抗方式。""其实，撒谎和欺骗，就像伊索寓言所说的舌头一样……它既善既恶，善恶难分。有时大善大恶，有时不善不恶。……说谎在中国历史上常以用计和智慧的面目出现，所谓兵不厌诈，也在其列。欺骗并不总是演出丑剧……"[①] 而文本中的叙事人则不断以超越肖潇的视点的叙事，为邹思竹式的辩护提供"事实依据"。于是，陈旭并非"人性"或"人类"的状态，而仍是一个历史中的个人——"历史的人质"，是历史、现实的重压把他逼向了谎言。张抗抗写作的价值取向，再一次拖拽了她超越与飞升的翅膀。然而问题在于，如果陈旭为真，那么

---

① 张抗抗：《隐形伴侣》，第313页。

与之对立的肖潇便为伪,至少是虚幻与幼稚。但这显然不是张抗抗的结论。这不仅因为肖潇正是张抗抗所钟爱的女主人公,不仅因为张抗抗在她坦诚的自审中,仍不免投注些许自恋于她的女性角色,而且在于,张抗抗的作品序列始终未能逃离 80 年代文化的反道德的道德主义叙述。这一自我缠绕的怪圈,与其说是张抗抗营造的迷宫,不如说是她所陷落的迷宫。

张抗抗在陈旭、肖潇的叙述中呈现出多重裂隙与意义的自我缠绕,不仅在于她不断地失陷于理想主义者的现实写作、反道德的道德主义陈述,而且在于,事实上,在《隐形伴侣》中,陈旭与肖潇分别指称着延伸至 80 年代的主流话语的核心:英雄主义与理想主义。事实上,陈旭的悲剧,并不是具超越性的"人类"悲剧,而极为具体地呈现为英雄主义的悲剧。从某种意义上说,和《血色黄昏》[①] 中的"我"一样,陈旭正是英雄主义教育的成功例证,他有着一个金色—火红—黑灰色(与 80 年代的权威历史叙述吻合)的既往史:"如果这世上还有未被征服的高峰,他一定是为了那些人们尚未创造的奇迹而出生的。"[②] 但和张抗抗及彼时的批评家所阐释的不同[③],"文革"的到来,不是这"奇迹"的中断,相反正是奇迹的降临。他获得了征服的广阔舞台,他不再需要只凭借"门门功课一百分的成绩单和一套洗换衣服"去赢得世界。他在瞬间得到了"万人大会、社论、吉普车、电话……

---

① 老鬼:《血色黄昏》,作家出版社,1989 年。
② 张抗抗:《隐形伴侣》,第 22 页。
③ 张抗抗:"可惜,到了一九六六年他高中三年级的时候,奇迹却淹没在屋顶、街道、车头、船尾、茶杯盖、笔记本、毛巾、汗背心上的数不清的红旗里。"(《隐形伴侣》,第 22 页)张韧先生则指出:"……他是那个浩劫时代的扭曲者。他原是一个纯白无辜的孩子,从小学到高中,用一系列'第一'的花环铺陈了他少年的道路。他很有才华,换一个时代,他本可以成为非凡的人才。但'文化革命'使他恶性膨胀了……陈旭的形象蕴涵丰富,将人性结构特点与时代腥风血雨溶解一体,他在作者的小说和当代文学人物里占有独特地位。"(《自审意识与人性结构的透视——长篇小说〈隐形伴侣〉赏析》,见吕晴飞主编《中国当代青年女作家评传》,第 501 页。)

甚至连思澄堂的上帝也让位于他"。① 他得到了实践其英雄主义教育的历史机遇，他得到了一个早已得到默许的、不断获得滋养的、极度膨胀的自我。于是，一旦在现实中受挫，他便会毫无背负地全方位走向反面。因为他拒绝成为一个普通人。尽管在叙境中，陈旭已堕落为赤裸的极端利己主义者，一个无耻之徒；但文本中的叙事人仍要顽强地为之辩护，将他不断地对更弱者的欺骗与侵犯阐释为对社会的反抗。这不仅因为张抗抗作为一个既经确认的主流作家，必须将罪责委之于一部被宣判的历史，将个人定位为历史的人质；而且在于，她为陈旭辩护（尽管明显地露出自我勉强的痕迹），便是为英雄主义教育与人性信念辩护，否则，她脚下的"启蒙"立场便将因之而撼动。肖潇亦然。在肖潇身上，张抗抗放置了经修正的理想主义话语。那是一种脆弱、纯白的对至善、至美的追求。在肖潇的白日梦中，一个核心的场景是安徒生的《丑小鸭》，是一个被打碎的天鹅蛋。于是，其间的双重表述便不言自明：肖潇的梦想是终有一日像洁白的天鹅一样，从低矮的鸭群中飞起，从蔚蓝的天空上俯瞰大地和人间。但一如张抗抗对陈旭之堕落的阐释，是历史的暴力使天鹅之梦成了一个被粉碎的希冀。肖潇可以和陈旭获得一个被构造的爱情：一个"脆弱的小花"一样的、纯洁的姑娘追随着一个英雄。那是"监狱"墙外的歌声，蓝色的小伞，是与父母之家的决裂，是荒原之夜的出逃；甚至也可以是"北大荒的小屋"②，因为他们还可以在油灯下"读《野草》、读《青年近卫军》"、"读《共产党宣言》"——因为那很像是"十二月党人的爱情"。但他们无法面对艰难的、琐屑的物质生活，无法面对一个孩子——那意味着

---

① 张抗抗：《隐形伴侣》，第71页。
② 笔者认为，《隐形伴侣》作为一次对主流话语及叙事模式突围中的陷落，事实上成了"知青文学"及其背后的话语模式的某种典型的范本。90年代一本风靡一时的畅销书、周励的《曼哈顿的中国女人》（北京出版社，1992年）中可以找到摹本式的、极为相像的叙述，其中一章的标题是《北大荒的小屋》。

太现实的现实。

另一个极有意味的症候点是,一如张抗抗在某种程度上暴露了陈旭的真实,而后为之辩护;她同样触及了肖潇的一个症结:那便是在她对文化的尊崇、对写作的热爱背后,是她对权力——被指认为天鹅、俯瞰鸭群的未来的觊觎。而肖潇白日梦中的另一个点,是普希金的《渔夫和金鱼》的故事。事实上,这则童话或曰寓言始终指涉某种攫取与贪婪,而它最终是对权力的需求。① 如果借此深入,张抗抗或许可以在真正的"自审"中获得一种对作家角色、"启蒙"者的话语权力的反省自指,但她同样无法或拒绝揭破这层文化的纱幕。

事实上,在《隐形伴侣》中,构成了人物关系及意义三角形的第三个点的,是一个更为"典型"的人物郭春莓(郭爱军)。较之陈旭或肖潇,她更为准确地负荷着那一特定的时代。她比陈旭或肖潇更真诚地实践着那个时代的英雄主义与理想主义话语,她是一个实践了"男女都一样"的"铁姑娘",那个特定时代的英雄。她的"真诚"与"无保留的献身",屡屡对肖潇形成一种不无迷惑与厌恶的感召和吸引,成为了肖潇对陈旭的离心力。然而,这个角色,始终被特定的叙事语调、外在的叙事距离所间隔。小说稍后揭示出的她的爱情和她档案袋里的秘密,并没有为这个人物提供任何新的、有意义的索解。这个"铁姑娘"仍被隔绝在那个已被唾弃的历史之中,成了一个畸胎或怪物。而小说全部意义的裂隙与自我缠绕,都在张抗抗的一个"通往广阔的宇宙空间"的"超越"中"弥合"起来,这便是"隐形伴侣"这一"哲理"化的主题的出现,它借小说中最为苍白的"工具"式人物邹思竹的疯狂揭示并表达出来:"我总觉得有个人跟牢我。"他不是"影子",不是"幽灵",他"就好像是,好像我不是一个我,好像有两个我,两个我叠在一道,你要往东,他就要往西,你往南,他就要往北,专门同你

---

① 在俄国诗人普希金的童话长诗《渔夫和金鱼》中,贪婪的老太婆最终的要求是成为海上的女霸王。

作对"。① 于是，一种关于人格分裂、双重人格式的说法，便成了对所有人物的超越性阐释。② 它在所谓对人性深渊的直面中赦免了人物，在对超越性的建立中，抽象并抽空了被叙的时代与叙事所面对的现实。正是"隐形伴侣"、双重人格的说法，使得张抗抗将她已然触及、揭示出的时代与特定文化的真义，转换为一种"人类"的普遍境况，转换成内在于"人类共性"中的真与伪、善与恶、美与丑的异质性对抗。于是，陈旭的堕落便不再是英雄主义教育的必然；肖潇的谎言写作，也不再昭示着理想主义的负面。80年代"启蒙"话语的危机因此得以缓解。从某种意义上说，在《隐形伴侣》中，张抗抗到达了一个临界点，但她不能或不愿翻越围栏，走向对自我的同时也是对主流话语的否定。直到《赤彤丹朱》，张抗抗依然被困于一处"鬼打墙"式的话语怪圈。

女人的雾中风景

张抗抗显然不是一个女性主义作家。与其说她毕竟以其作品表现某种女性意识，不如说她的作品所呈现的正是关于女性的主流话语对不期然间流露的女性体验的潜抑，是80年代女性文化的困境之一。性别、性别体验、性别视点，在张抗抗那里，并非某种源泉或财富，并非某种起跳的高度，而是某种必须予以超越的局限。一如梁晓声谈张抗抗时的议论，"在中国，人权尚未获得最高的尊重，女权的要求显得'超前'"③。张抗抗本人亦写道：

---

① 张抗抗：《隐形伴侣》，第440—441页。
② 尽管张抗抗在《心态小说与人的自审意识》中指出，她在《隐形伴侣》中借鉴了弗洛伊德的潜意识理论与意识流小说的方法，但在此书中关于"隐形伴侣"的阐释仍停留在"19世纪"：一种类似于英国作家史蒂文森的《化身博士》、俄国作家陀思妥耶夫斯基的《双重人格》所表达的人性疑虑之上。
③ 梁晓声：《雾帆——张抗抗印象》，见林建法、王景涛编《中国当代作家面面观》，第376页。

> 我的作品中写过许多女主人公,如果把她们改换成男性,那么作品所表现的思想感情和矛盾冲突在本质上仍然成立。
>
> 因为我写的是"人"的问题,是这个世界上男人和女人所面临的共同的生存和精神的危机。十年内乱中对人性的摧残,对人的尊严的践踏,对人个性的禁锢、思想的束缚;1978年以来新时期人的精神解放,价值观的重新确立……这对于关系到我们民族、国家兴亡的种种焦虑,几乎吸引了我的全部注意力。它们在我头脑中占据的位置,远远超过了对妇女命运的关心。……当人与人之间都没有起码的平等关系时,还有什么男人与女人的平等?①

显而易见,张抗抗关于女性的立场,正是某种80年代精英话语的翻版。一方面是某种自由主义的渴望诉求,是建筑在国家认同之上的社会使命感的驱使;另一方面仍是一种微妙的等级制的呈现。张抗抗宣称:"我愿意首先作为一个作家,然后才是女作家。"②因为她质疑:"不幸的女人和女人的不幸——难道这就是女性文学、女性作家们永恒的主题?"③因此她得出结论:"站在妇女的立场去看待社会,那个社会只是平面的和畸形的。"④然而,这博大的"超越",不仅有意无意间构成了张抗抗对自己女性体验的、独特表达的潜抑,而且实际上成了张抗抗超越之途的又一次陷落。女性的、关于女性的话语,在张抗抗所失陷的话语迷宫中构成纵横、延伸的裂隙。

从某种意义上说,关于性别的表达,早在张抗抗新时期的发轫作《爱的权利》中便已然有所呈现。两种对立的权威指令"不要爱"和"人们,我爱你们"分别出自父亲和母亲;而主要的被叙对象、姐姐

---

① 张抗抗:《我们需要两个世界》,见《你对命运说:不!》,第261页。
② 张抗抗:《你对命运说:"不!"》,见《你对命运说:不!》,第249页。
③ 同上。
④ 张抗抗:《我们需要两个世界》,见《你对命运说:不!》,第260页。

舒贝充当了父亲遗嘱的实践者与执行人。必须由一个男性的启蒙者李欣，并通过弟弟舒莫，重新化冻开舒贝的生命之源，使之重回母亲所象征的崇高超越之爱。在此，女性形象准确地实践着启蒙主义的双重功能：母亲——作为爱之源的博大而柔韧的指称；女儿舒贝——作为孱弱者，作为历史的牺牲与救赎的对象。继而，在《淡淡的晨雾》《北极光》《隐形伴侣》中，出现了梅玫、芩芩和肖潇。有趣之处在于，三个女性角色都是作品中最重要的叙事视点的发出者，都构成了一个结构叙事的中心；她们在叙境中对男性的选择及自身位置的转移都明确地指称着某种意义与价值观的确认。然而，在叙境与文本的意义结构中，她们（尤其是梅玫与芩芩）都只是意义的承受者，而不是给出者。她们只是通过对男性的选择与认同来选择"真理"。其中一个不甚"超越"的事实是，张抗抗作为一个"作家"而不是一个"女作家"的作品序列，仍在不期然间流露了遭到潜抑的女性表述。事实上，梅玫、芩芩、肖潇共同构成了张抗抗自觉的反"道德"的道德叙事和不自觉的女性表述。她们都是某种意义上的婚姻的背叛者与离异者，她们又都在重新选择中实践着某种意识形态的合法化过程，印证着一种超越性的意义与价值获取。此间，梅玫对丈夫的"背叛"为意识形态表达所遮蔽，同时为一次意识形态合法化的过程所认可[①]，而芩芩的选择便没有这般幸运与合理。围绕着《北极光》的论争之浪，固然仍是在经典的道德主义表述下的意识形态论争，但它同样潜在地成为一种性别与权力的论争。如果说在张抗抗的"超越性别"的写作中，仍有着一种顽强的女性反抗，那便是对"陈世美、秦香莲"叙事的颠覆[②]，她拒

---

① 在《淡淡的晨雾》中，梅玫的丈夫被呈现为政治保守势力的化身，或者可以说是"四人帮"的余党，卑鄙、伪善、阴险。于是，梅玫对他的背叛便具有了政治上弃暗投明的意义。而《北极光》中的芩芩则不同，她的未婚夫的唯一"罪行"是庸俗。
② 张抗抗：《如今谁甩谁——女性话题之二》《你对命运说："不！"》，见《你对命运说：不！》，第228—231、247—259页。

绝承认：选择甚或"遗弃"配偶仅仅是男性的特权；她坚持女人有权在选择、再选择中执着于自己的追求。

但是，至少对于梅玫和芩芩说来，变换了的只是离异场景中的主动者与被动者的角色；而对于张抗抗真正关注的"人"的叙事来说，女性角色与其叙事功能却没有发生任何真正的变化。梅玫和芩芩尽管充当着叙事层面上的视点的提供者，但在文本的意义结构中，她们除却充当着背负时代境遇与意义的"能指"，只能充当男性角色的镜子，一面纤尘无染之镜，"客观"而"直觉"地折射着参照主流话语确立起的不同形象系列。被女性角色选中或抛弃意味着一种特定的评判形式。

关于张抗抗的自我缠绕的女性表述，最为繁复而有趣的一例是《隐形伴侣》中复沓出现的"谎花"这一核心象喻。张抗抗曾一度考虑以"谎花"作为小说的标题①。"谎花"究竟是雌花还是雄花，是叙境中不断萦回困扰着肖潇的无明之疑；事实上，这也是张抗抗所遭遇到的深刻的性别疑虑的呈现。从一开始，关于"谎花"之争，陈旭与肖潇便各执一词。陈旭理所当然地认定"谎花"是雌花，肖潇不假思索地相信"谎花"是雄花。它无疑已潜在地确认为性别的、尽管是本质意义的争议：真理与真实究竟是男人的特权，还是女人的天性。肖潇顽强地试图为雌花——也是女性正名，"谎花"，对于肖潇几乎成了一个梦魇、一种恐怖。此间，一个权威者（苏大姐）认定了"谎花"是雄花，但这仍是一个女人（尽管是女科学家）的指认；而且当这一指认出现时，肖潇新的困惑是："就没有一种既非雌花又非雄花的中性花么？"②"谎花"除了作为意义的表层结构中的灿烂明艳的谎言，无耻地、欺骗性地唤起他人注定失落的希望；它同时有意无意地具有某种

---

① "作者曾对笔者说：'书名用《谎花》好，还是用《隐形伴侣》好呢？'她选定了后者。"（张韧：《自审意识与人性结构的透视——长篇小说〈隐形伴侣〉赏析》，见吕晴飞主编《中国当代青年女作家评传》，第499页。）

② 张抗抗：《隐形伴侣》，第382页。

精神分析的意味：不结果的花，其间无疑有着某种意义上的"阉割"恐惧及被废弃的女性生命的象征意味。于是，"谎花"的恐怖便潜在地传递了肖潇、文本中的叙事人对于自己的女性身份、女性生命遭到废弃的恐惧，以及潜在的对男性权力的恐惧及僭越。

另一个有趣之处在于，在张抗抗的作品序列中，重要的女性形象多属于"少女型"的女人。尽管梅玫、芩芩、肖潇都在不同程度上被作为"已婚"女人，其中梅玫已有数年的婚姻经历，而肖潇不仅为人妻且为人母。但婚姻或准婚姻经历，并未使张抗抗的女主人公获得并超越80年代女性写作中的女性角色的已然获得的成熟与深度。她们都仍然是典型的、规范的少女形象：纯洁、真诚，有几分忧郁，但毕竟充满梦想，执着于美好、尽管颇为缥缈的追求。其中芩芩是最为典型的一例。显而易见，《隐形伴侣》并非张抗抗的自传，但其中毕竟触及张抗抗自己一段特殊的或许不无痛楚的人生经历①。有趣的是，这也并未使肖潇这一形象获得更为丰满与独特的女性表达。事实上，小说最为成功的段落仍是小说的前三分之一的篇章：懵懂而痴情的肖潇不明就里地追随陈旭出逃，草莓谷的初夜，患难之秋的结合，最初的艰难的新婚日子。关于少女、爱情、献身的话语支撑着小说的叙述。然而，一旦婚姻生活变成日复一日的现实，肖潇终于做了母亲，并送别了孩子，叙事便开始变得艰涩而混乱。对肖潇的内心世界与行为逻辑的叙述开始变得空洞、混乱、自相矛盾且自我缠绕。这显然不是由于作者体验的匮乏，而无疑出自话语的雾障。一如经典叙事永远会在少女的婚礼上落下帷幕，如果它一定要再度揭开，那它势必是在女人幸福或不幸地为人之母之后；张抗抗对于真诚与自审的固恋，使她不可能去构置关于婚姻、做母亲与母爱的谎言，但她的超越性立场，她对80年代主流话语的深刻认同，又使她不可能为"别样的"女性体验表

---

① 参见张韧：《张抗抗评传》，见吕晴飞主编《中国当代青年女作家评传》，第483页。

达寻得语言，或确认其合法性。于是，肖潇（或许还有梅玫或芩芩）便始终只是一个固置于童话世界中的少女，一个拒绝"长大"、拒绝真正进入、直面并反抗性别秩序、象征秩序的"孩子"。或许这也正是芩芩从照相馆逃离的真义之一，她必须延宕自己的青春岁月，她必得执着于少女与选择的权利。一如肖潇的固置的想象之一是重回母亲的怀抱，成为母亲的"小花花"，而不是儿子陈离的母亲。因为若非进入一个贤惠幸福的妻子、母亲或不幸的令人悲悯的女人的模式，在主流话语系统之中，女人的真实仍是无名无语的存在。而当张抗抗实际上试图去触动这一被遮蔽的真实之时，她所勾勒的，只能是一幅女人的雾中风景。从某种意义上说，这也是《隐形伴侣》特定的叙事结构所透露的信息之一。小说采用现实主义全知、自知叙事与主要是肖潇的白日梦的交替呈现，然而，后者与其说是弗洛伊德式的梦魇呈现或意识流写作①，不如说它只是选用了白日梦式语言呈现的现实情境。但这些用梦境呈现出的场景，事实上正是诸多或残酷、或尴尬绝望的场景。这一手法的引入，与其说是丰富了（社会主义）现实主义的表现手段，不如说是暴露了作者直面真实时的种种困窘与失语。人道主义、理想主义与"启蒙"话语的雾障，不仅阻断了张抗抗朝向女性真实的通路，而且实际上阻断了她向新的现实主义深度的推进。

一个时代徘徊的身影，一处80年代主流文化的雾障，萦回不去的"19世纪"。一如张抗抗的自我指认："我是类似简·爱那种依靠自己的力量与命运搏斗的女性，为了追求平等与自由，可以忍受最大的痛苦，做出崇高的牺牲。"② 她固执地坚持着女性写作的权利，坚持着女人向命运说不的权利。这毕竟是一个时代、一代人的足迹。③

---

① 张抗抗：《心态小说与人的自审意识》，见《你对命运说：不！》。
② 张抗抗：《从西子湖到北大荒》，载《新苑》1982年第3期。
③ 张抗抗：《你对命运说："不！"》，见《你对命运说：不！》。

第六章　张辛欣：在同一地平线上

唯物主义的半神

或许可以说，张辛欣是新时期女作家群中最有华彩、最富于才情的一个。自《在同一地平线上》①（1981）、《我们这个年纪的梦》②（1982）起，到《疯狂的君子兰》③（1983）、《北京人——一百个普通人的自述》④（1986），几乎她的每一部作品都伴着一阵喧嚣的、讨伐或论争的毁誉并至的声浪；张辛欣本人，因此而成了80年代一个特定的众声喧哗之地。同样，张辛欣及其作品的"劫数"，最终作为荣耀的荆冠，使张辛欣以辉煌的"轰动效应""超越"了文学，而进入80年代思想、文化史的篇章⑤。一如80年代初众多的、不无残酷与荒唐的权

---

① 见《张辛欣小说集》，北方文艺出版社，1985年，第119—245页。
② 同上书，第63—118页。
③ 同上书，第304—326页。
④ 与桑晔合著，上海文艺出版社，1986年。
⑤ 自1981年底《在同一地平线上》发表以后，1982—1983年间，围绕着张辛欣的每一新作，不断进行着激烈的论争。而《在同一地平线上》始终是论争的焦点。激烈或温和的抨击，集中在男主人公"他"的形象之上，认为此人物是卑下的不择手段、个人奋斗的典型，而张辛欣此作品宣扬了资产阶级人生观、人性论、社会达尔文主义。参见王春元：《人性论和创作思想》，载《文艺报》1983年第2期；朱晶：《迷惘的"穿透性的目光"》，载《光明日报》1986年7月15日；唐挚：《是强者还是懦夫——评〈在同一地（转下页）

力、话语游戏，一场声势浩大的放逐"异端"或曰边缘的声浪，事实上，成为某种文化主流位置的命名式①。

从某种意义上说，在 80 年代初，张辛欣以她特有的锐敏、强烈的欲望、过人的才气，成为又一个僭越者，或者说是揭秘者。事实上，在彼时为伤痕文学的泪海所漂浮的浪漫花环之上，在为激情、痛楚、昂扬所萦绕的"沉重的翅膀"之侧，张辛欣以她颇为个人化的视点与体验，率先窥破了或曰体味到了这个正在莅临的时代的秘密，这个梦想的时代即将成为一个欲望的，或者说是愿望的年代——一个凯歌与抒情诗、暴力与放逐的岁月，成就了满眼精神与物质的荒芜、贫瘠之后，陡生出的欲望与愿望的年代。在血色天幕炸裂开处，蓦然呈现出的开放的历史视野，再次提示着关于"个人"的无限可能并许诺一个愿望成真的未来。那将是一个为某种实用主义的原则所特许、为可见的尺度所衡量的理想与现实。而此时，这一切尚属秘而不宣的潜台词。而张辛欣却清晰地感觉到了"铺天盖地而来的、新时代的竞争之风"，那"由于无法实现而始终朦朦胧胧的愿望的纱幕，突然被挑开了"，于是，"我直接面对挑战，哪怕是我这样一个普普通通的人"②。作为"一个生性坦率、急欲把一肚子气闷话倒出来的热肠人"③，她急

（接上页）平线上）》，载《文艺报》1982 年第 9 期，等等。而在 1983 年底的"清理精神污染"的运动中，张辛欣和她的《在同一地平线上》《我们这个年纪的梦》等作品，成为典型的"精神污染"之作，并在重要的报刊上遭到大规模的点名批判。参见敏泽：《谈谈张辛欣的创作》，载《当代文艺思潮》1984 年第 3 期，第 51 页；朱晶：《请从心造的灰色雾中走出来——读张辛欣小说随想》，载《文艺报》1984 年第 2 期，第 19 页；王善忠：《社会主义文学与人道主义问题》，载《文学评论》1984 年第 1 期。张辛欣一度停止创作。

① "清理精神污染"运动不足一年之后，张辛欣以更高的知名度和世界范围内的关注重新开始创作，《北京人——一百个普通人的自述》再次造成轰动。张辛欣的作品被译为英、德、法、日文在世界各国及中国港台地区出版。
② 张辛欣：《在同一地平线上》，见《张辛欣小说集》，第 108 页。
③ 王晓明：《疲惫的心灵——从张辛欣、刘索拉、残雪的小说谈起》，见林建法、王景涛编《中国当代作家面面观——撕碎，撕碎，撕碎了是拼接》，时代文艺出版社，1991 年，第 621 页。

不可待地、不无鲁莽地揭破了这个秘密。不同于铁凝作品中对文明的质询,张辛欣并不是作为一个旁观者与思考者窥破了这一秘密;事实上,这一文化的僭越与揭秘行为的实现,更多来自于她个人的体验与行动(写作正是她所选择的行动方式)。与其说她在书写着欲望,不如说她在实践着某种欲望,或因特定的欲望而书写;与其说她在质疑着角逐、竞争的到来,不如说她抱有一种复杂的情感,在间或到来的茫然、疲惫与痛苦之中,她事实上相当深刻地认同于一条个人的(或者说个人主义的)奋斗之路,一条成功者之路。早在为张辛欣取得了文坛入门券并始终为人们所赞许或赦免的作品《在静静的病房里》[①]《一个平静的夜晚》[②] 中,她已然开始书写这种开始在人们心中萌动的愿望潜流,尽管此时她对欲望、愿望的书写还包裹在特定时代的叙事样式与"典型人物"之中。从某种意义上说,《在静静的病房里》是一部更温婉、细腻的《爱情的位置》,但它潜在书写着被社会新的许诺所撩拨了的、不再"安分"的心,书写着开始萌生、涌动的欲念;而《一个平静的夜晚》则在一个温情的、生动的社会断面上,书写着一个微末的小人物的全新的愿望。直到《在同一地平线上》,张辛欣对于欲望、愿望、征服与个人奋斗之旅的书写才陡然清晰地涌现出来,于是,它成了 80 年代初几近惊世骇俗之作。而此后,张辛欣的"荒诞"之作《疯狂的君子兰》,或类通俗小说《封·片·连》[③],则无疑呈现着一幅物欲涌动的市井百态图。如果说在《在同一地平线上》中,"这次卖画,每尺宣纸从最低价提高了一块钱",标出了迈向成功的一个微小的尺度,那么,在《疯狂的君子兰》和《封·片·连》中,占有与物欲背后,已然是赤裸而灿然的金钱。在现代世界中,成功,不仅是抽象的荣耀,而且是一种可以以金元数来度量的现实。事实上,不是短

---

① 见《张辛欣小说选》,第 1—16 页。
② 同上书,第 17—30 页。
③ 见《张辛欣代表作》,黄河文艺出版社,1988 年,第 203—383 页。

暂而一度铺天盖地的声讨之浪，而是此前《在同一地平线上》的强烈的轰动效应与社会认同，已将张辛欣指认为一个时代的揭秘者。不合时宜的揭秘，无疑可以构成一种深刻的僭越。小说《在同一地平线上》开始于80年代一个典型的竞争、角逐之地：考场，而全篇充满了焦灼、急虑与张力，一种极具现实主义力度的，却又似乎难以理喻的、对欲望与紧迫感的书写，使张辛欣率先展露出一种"新人"①，一种尚未被指认、命名的"新人"。孤独的挣扎、搏斗中的个人，一个奋力挣脱"群体"生存，挣脱"共用的生物钟"，不屑于以"最好的自卫状态"②生活下去的个人，一个"连滚带爬"地奔突在"一个很慢地运转着的大世界"上的个人③。一如她主人公的独白：

> 实际上，不管人们承认不承认，不管每一个人在用什么样的速度、节奏活着，整个社会，跟大自然，跟生物界一样，都被安排在生存竞争的和谐之中。……我坦然地承认：人，有无数的欲望，整个世界就在竞争中推进。不过，很累……
>
> 然而，我所受的一切苦难、我所经历的一切挫折，都在把我推向竞赛场。在为生的挣扎中练就的体魄，不是为了给那些欣赏男人身体与力的女孩子降些安慰，而是为了如犍牛般地去拼命奔波。在磨难、绝望的困境中练出的冷静的判断，都是为了搏斗，哪怕带着伤，也要干到最后。④

世界，因此而划分为对手与帮手；生活，因此而成了一个"没定局限

---

① 参见意大利电影导演米·安东尼奥尼的《关于电影创作问题的谈话》(彬华译，管蠡校，载《世界电影》1980年第4期，第104页)；其所谓"新人"，指在社会变革中处于文化的未死方生中的人物。
② 张辛欣：《在同一地平线上》，见《张辛欣小说集》，第179页。
③ 同上书，第212页。
④ 同上书，第213页。

制的""连正儿八经的比赛规则也没有"的"拳击赛"。这个崇尚孟加拉虎的、孤独的、永不休止的个人,追逐着一个并不构成终点的锦标:成功。显然,这是一个无法以"痛苦的理想主义者"、一代人的使命感,甚至"西西弗""文化英雄"等等80年代的经典话语覆盖、囊括的个人;他(她?)所膜拜的是一尊"唯物主义的半神":成功者,或曰"大神布朗"①。

事实上,作为一个极为聪颖的、极易接受时代暗示的作者,张辛欣成了一个揭秘者:她的作品和人物序列,揭破了或曰补足了80年代启蒙主义文化秘而不宣的一隅:关于个人,关于孤独的、奋斗中的个人的话语;关于痛楚的但在顽强的挣扎中捕捉新时代机遇的个人。他(她)在名曰理想主义、乐观主义、集体主义、英雄主义的昨日与明日的彼岸图景对面,展示了一幅幅惊心动魄的又可悲可笑的此岸景观,一幅幅现实主义的现代风景线。不是"华尔脱先生的隐秘生活"②,而是小人物可见的欲望:一台录音机(《一个静静的夜晚》)、一盆黑君子兰(《疯狂的君子兰》)、一张珍邮(《封·片·连》);不是对精神家园的绝望的求索,不是为注定要失败的事业而推进的战斗,不是为"这一瞬间如此辉煌"而不惜与魔鬼结盟③,而是由对成功、对现实的承认的渴求所逐日支撑着、决不倒下的角斗,因为倒下意味着出局。这是现当代中国文学中始终难以显影的于连或拉斯蒂涅们④。因此,80年代初,对《在同一地平线上》的围剿并不完全是"指鹿为马"的无稽。事实上,张辛欣的名字并非偶然地进入了80年代的思想文化史;围绕着张辛欣作品的论争,正极为准确地构成了80年代深刻

---

① 〔美〕尤金·奥尼尔:《大神布朗》(四幕剧),鹿金译,载《外国文艺》1982年第1期。剧中称人物之一布朗为大神,是所谓唯物主义的半神——成功者。
② 英国短篇小说名篇《华尔脱先生的隐秘生活》,其中塑造了一个沉浸在辉煌的白日梦中的小人物。华尔脱先生在英语中是一个如中国的阿Q一样著名的典型人物。
③ 〔德〕歌德《浮士德》中的情节。
④ 分别为〔法〕司汤达《红与黑》、〔法〕巴尔扎克《高老头》中的人物。

而潜在的"文化革命"①的内容,一个不断为政治的主流话语所遮蔽的内容。如果说《在同一地平线上》中的"他"在1981年还是某种惊世骇俗,至少是让人难于界说的人物,那么,在90年代风靡一时的电视肥皂剧中,"他"已然成了司空见惯的、颇为迷人的"英雄"、主角②。

童话与"看不见的支撑"

确乎,在80年代初的文坛上,张辛欣和张承志同样才情横溢、引人瞩目、充满了力度,但张辛欣无疑远不仅在女性文化、文学的意义上迥异于张承志。作为一个经典的理想主义者,张承志朝向精神家园的疾行,往往成为不断地返归往昔、返归已然失去的纯洁的伊甸园的逆旅,并最终在一个欲念浮动、物欲横流的现实面前,投奔"哲合忍耶"的怀抱。而在张辛欣那里,凸现出的不是湮没了的、理想的黄金时代,也不是尚未到达的"天国"与彼岸,而是坚实、拥挤、丑陋,但充满机遇与激情的现实,一个充满了生存竞争、成功角逐的现实。从某种意义上说,《清晨,三十分钟》③是80年代初最先浮现出的一幅现代都市的街景:拥挤、嘈杂,涌动着无名的人流,不断遭遇着、获取着大都市的震惊体验。如果说张承志作为一个不妥协的理想主义者,只能独行一条"荒芜英雄路"④,那么,张辛欣作为一个现实

---

① 所谓"文化革命",指"发动一场经济、政治的革命必须有一场文化革命来完成这场社会革命。""文化革命是一个重新安置人的过程。使人们适应新的情况、条件和要求;这也是一个必然的过程。"引自〔美〕弗·杰姆逊:《后现代主义与文化理论——杰姆逊教授讲演录》,唐小兵译,陕西师范大学出版社,1986年,第69页。
② 见1993年中国电视剧制作中心《北京人在纽约》中的王启明和1994年北京电视剧制作中心《京都纪事》中的周建国等。
③ 见《张辛欣小说选》,第293—303页。
④ 张承志:《荒芜英雄路——张承志随笔》,知识出版社,1994年。

主义者,则始终踏足于闹市街头,尽管不时地步履踉跄、目光恍惚。如果说80年代张辛欣也不断被指认为理想主义者,一颗因理想的不可寻觅、不可到达而悲观的"疲惫的心灵"①;那么,这不仅是一种时代的误读,而且是一种善意的呵护者的姿态②。张辛欣的作品序列之为"文化革命"的意义,不仅在于她敏锐地书写出一个欲望、愿望的年代,不仅在于她勾勒了某种"新人",推举出一尊"唯物主义的半神";而且在于她有意无意间更为深刻地书写了一个未死的时代与未死方生的过程:一个对"唯物主义的半神"认同而又不断否定、拒斥的过程,一个由缤纷的理想主义图景朝向现实——龌龊而丰满、肮脏而迷人的现实的降落,一次顽强而不甚情愿的降落。在张辛欣笔下,显然没有任何意义上的"古典悲剧";在她看来:"与其替古人掉泪,不如让人们正视自己的世界,自己的内心生活,许许多多普通人内心波动的曲线,绝不比这些典型角色所体验到的跌宕要小!"③作为"新写实",作为刘震云、方方、池莉们的先行者,在张辛欣那里,理想主义、"梦",不是一处温馨的、庇护的天顶,不是一种真切的心灵现实或未来描述,而更像是一种过分的奢侈,一种痛苦与磨难感的来源;更多的时候,是一种必须的虚构,一部迷人但稚弱的童话。对于张辛欣,生机勃勃又丑陋琐屑的人生此岸,是一种强烈的诱惑与别无选择的唯一现实;但在张辛欣所稔熟的信念及话语系统中,在张辛欣直觉窥破的现实与成功之谜中,这种对日常生活的迷恋更像是一种沉沦和堕落。一片天国光环为这现实投下了浓重的阴影,张辛欣的人物,尤其是她第一人称的女主人公,与其说是在固执于一个不能自已的理想,不如说挣扎在这片边缘异常清晰的阴影之中。王晓明曾尖锐地批评了张辛欣式的"独白":

---

① 王晓明:《疲惫的心灵》,见林建法、王景涛编《中国当代作家面面观》。
② 王蒙:《漫话几个作者和他们的作品》,载《文艺研究》1983年第3期。
③ 张辛欣:《最后的停泊地》,见《张辛欣小说集》,第331页。

> 她们全都憋着满肚子委屈和不平，一开口就滔滔不绝。她们都渴望找到称心的异性伴侣，却又异口同声地抱怨对方不了解自己，这爱情的挫伤深深刺伤了她们，她们竟断言人和人根本没有互相沟通的可能。她们都挣扎着要在人生舞台上施展才华，可冲来撞去总是碰壁，于是在跺着脚诅咒命运的同时，她们又公开嘲笑自己的理想，说那不过是一堆老掉了牙的童话。她们痛感到个人在社会面前的无力，却又在内心深处自视甚高，她们都用轻蔑的口吻谈论小市民，甚至还想同样去对待沉闷乏味的全部生活。她们常常像男人那样直言不讳，可话语间又每每显出女性特有的敏感和细心，正是那些对生活琐事的不厌其烦的数落，使她们的怨愤显得沉重而逼人。我不禁产生一种强烈的感觉，这些身份各异的"我"分明都在重复同一种抱怨，简直就是同一个声音在那里连续不断地独白。①

这段尖锐的批评，如果用于指称80年代小说写作（包括女作家之写作）中的某种文化自恋的姿态，用于指称彼时知识界那种特定的"平民"与"贵族"间的尴尬，或许不失其酣畅与锐敏。但和将张辛欣指认为理想主义者的同人们一样，王晓明虽极为明敏地发现了《我在哪儿错过了你？》《在同一地平线上》《我们这个年纪的梦》（或许还应包括《最后的停泊地》）中所包含着的一个关于个人、理想与现实的叙事，但他却同样忽略了此间所包含着的一个重要的文化企图：一个从对理想人生如泣如诉的渴求，到对现实人生的酸楚、无奈的认可的过程。事实上，张辛欣和她的女主人公正在走出"天国光环"所投下的浓重的阴影，以获得不那么灿烂瑰丽却更为真实的人间光照。从某种意义上说，这正是80年代精英文化的盲区之一。当人们满怀激情地呼唤

---

① 王晓明：《疲惫的心灵》，见林建法、王景涛编《中国当代作家面面观》。

并拥抱"现代化"的时候,人们却宁愿无视或无暇分辨正在急速扩张中的现代性话语自身。

《我们这个年纪的梦》确乎是一个女人的内心独白,但它并非仅仅是喋喋不休的"数落"。实际上,这个中篇有着颇为别致的关于"童话"的"套层结构"①。一如《最后的停泊地》将《茶花女》的舞台演出与女主人公回忆中的爱情场景交替呈现,在《我们这个年纪的梦》中交替出现的,是优美、温情的童话故事与琐屑困窘的日常生活场景。然而,与其说优美的童话构成了女主人公规避现实的天顶,不如说童话正是琐屑人生的一部分:因为它不是"我"的独白和对童话记忆的重温,而是对纠缠不休的小儿子不无勉强的满足。与其说是童话世界无情地参照出庸常人生的惨不忍睹,不如说是平凡岁月参照出童话的脆弱与虚幻。而正是在琐屑的、绵长的岁月中,女主人公曾念念不忘于一段青梅竹马的恋情。但这并非一份"不能忘记的"爱,倒更像是一阕对"不能忘记的"爱的反讽。如果说在张洁那里,一个爱情记忆的宝藏成了涉渡精神荒漠的依凭与心灵的城堡,那么,在张辛欣这里,则是在极度荒芜的岁月中、在不断的暗示下所完成的一次不无荒唐的钩玄,一个在极度的赤裸的生存中所进行的一次必须虚构出的、不堪一击的心灵的幻象与屏障。它不像是一次记忆的原画复现,而更像一个时代造就的心灵乞丐的财富,更像另一种想象中的"精神会餐"。而在小说的叙境中,它并未成为女主人公一重聊以自慰的隐秘生活,更不能构成一个心灵的羽巢,而成了无穷烦恼与不足为外人道的苦楚的来源。正是这个从不曾长大的理想恋人,每每"参照"出丈夫的无能、粗俗,现实的琐屑、乏味,直到这份记忆颇为滑稽而辛酸地被揭示为一幅脆弱的景片。与其说它是一阕虚构的童话,倒不如说它只是儿童

---

① 所谓"套层结构",语出自法国电影符号学家麦茨。参见〔法〕克·麦茨:《费里尼〈八部半〉中的"套层结构"》,李胥森、崔君衍译,载《世界电影》1983年第2期。

文学《水晶洞》①的副产品和衍生物。张辛欣无疑不是一个经典的理想主义者，《我们这个年纪的梦》更像是对理想主义、80年代具有特定内涵所指的爱情神话或成人童话的滑稽模仿者与解构者。何谓青梅竹马？简直是个童话。

那句话也像是一个童话：

  天上有一颗你的星，必定还有另一颗星在向你闪烁、召唤。不论世界有多么大，总有那样一个人，哪怕永远不知道是谁，不知道这辈子能否寻找到，能否相遇，你，应该属于这个人。
  ——除了煽动盲目的激情和盲目的努力之外，这样玄妙、美丽的哲言一点儿意思也没有。②

但为大部分张辛欣的读解者和批评者所忽略的是，当这个使"我"不甘于烦恼人生的爱情童话破碎之后，出现的是"她突然觉着软弱极了，站起来，扑到大为[丈夫]怀里，什么也说不出来，只是靠着他"。如果说她尚未完全地认可不甚美好但毕竟实在的现实，那么，她至少已与现实和解，她终于不乏温情也不乏负疚地接受了这个庸常但善良的丈夫。小说的结尾："于是，她去淘米、洗菜、点上煤气，做一天三顿饭里最郑重其事的晚饭。"③ 这里，是一种平和，一种不无辛酸的平和。她终于——尽管颇不情愿而无奈地走出了理想光环投下的阴影，进入了真实的人间生涯。

一个有趣的点是，作为一部关于童话的小说，它以苏联作家A.格林的"童话"《红帆》④为开端，以改写过了的"夸父逐日"为结

---

① 鄂华：《水晶洞》，吉林人民出版社，1963年。
② 张辛欣：《我们这个年纪的梦》，见《张辛欣小说集》，第74页。
③ 本段两处引文出自张辛欣：《我们这个年纪的梦》，见《张辛欣小说集》，第118页。
④ 〔苏联〕格林：《红帆》，张佩文译，重庆出版社，1985年。曾在"文革"中广泛流传。

尾。在某种意义上说，A. 格林的《红帆》在特定的时代、特定的社会语境中，成为张辛欣这特定的一代人的别具深意的文化能指和信念依托①。事实上，《红帆》只能算作苏联社会主义现实主义时代一部相对边缘的浪漫主义作品，而不是童话，因为其中没有善良而滑稽的仙姑、点石成金的魔杖。如果说它是一个奇迹，那么，这是善良与信念所顽强创造出的奇迹，是一个在极度的赤贫中执着于无稽梦想与信念的小姑娘，终于由一个善良人顽强的努力而美梦成真的故事。《我们这个年纪的梦》，以这个故事为开端，似乎是一阕来自特定时代的回声，同时与"她"对"青梅竹马"的爱情记忆彼此对位。可是，开篇伊始，这优美的故事已被对孩子的呵斥："好好走，别掏兜儿"所中断。与在"沙沙沙"的雨声中走在橙红、天蓝的街灯中的雯雯不同，这已不是信念或信念的残片，而只是在集市中"牵着儿子"的"一根有用的小绳"。而到小说结尾时，尽管改写过的"夸父逐日"更像是一个丹柯的故事，但女主人公只是为了在"很累、很累"的时刻，握着孩子的小手，在黄昏暮色中体味一份辛酸的温馨。而另一个有趣之处在于，在这个童话的套层结构小说中，一个现实主义细节：周末放映的日本电视连续剧《姿三四郎》，事实上，在现实生活中成了一个童话的等价物，甚至比童话或《红帆》更有趣而有力。于是，童话已不再是信念，而只是一种廉价的虚构，一种普通人所必需而又无谓的肥皂剧式的抚慰。正是这部作品，而不是其他，表明张辛欣正出于直觉、极为艰难地试图"告别19世纪"，进入被构造、认可中的现实。

当人们指责张辛欣将自己的理想展露为"一堆老掉牙的童话"时，人们忽略了这篇小说结构套层中另一个重要的层面：那位仓库工人、业余的童话作家。一如《我在哪儿错过了你？》中的导演、《疯狂的君

---

① 新时期张辛欣众多的同代人的作品中出现过格林的"红帆"，作为屡遭挫败的、几乎被现实印证为无妄的信念和理想。最有代表性的是北岛的《红帆船》（见《北岛诗选》，新世纪出版社，1986年）；另见王安忆的《雨，沙沙沙》。

子兰》中的卢大夫，张辛欣总有意无意地为她的作品保留一个出演理想人格的男主人公。在这个故事中，这位业余童话作家无疑是"她"的"同类"；他也有着一个缥缈的、失落了的"青梅竹马"的恋情，一个不尽如人意的婚姻，和女人一样繁杂琐屑的家务劳动；但这并不妨碍他认可这份现实人生，将日子过得有情有趣、其乐融融；而且，尽管他也可以将一段鳗鱼"三做"，可他仍顽强地写作并出版童话。因为"也许，生活离你心里的梦总是非常地远，那些梦不一定会有一个结果，而有结果的，又可能是偏差极大的。但，你还是要做梦。只要能做梦呵！谁又知道呢，在那些无形的梦和实在的生活之间，是不是有着一座桥呢？是不是梦变形地延伸到生活里，而生活又向前延伸？……"[①] 这位业余作家似乎便是这样一个梦与现实的交叉处，一个被否决了的《红帆》再次飞扬。这是另一种必需，一种张辛欣和她未死方生中的"新人"的必需。他（她）们必须有一架桥、一段路、一柄伞，以完成这一落差极大的降落：从理想主义的涉渡之虹降落于平凡现实、烦恼人生。张辛欣本人称它为"看不见的支撑"[②]。一如《剧场效果》[③] 中的男主人公，从理想的高塔跌向现实与成功（这一次，唯物主义半神的名字是"剧场效果"）的诱惑，但仍不免在理想的见证人的面前绝望、汗颜。

女性的历史境遇

在某种意义上，张辛欣的"超前"还在于她早在 80 年代初，便直觉而细腻地以她的写作——一种不甚自觉但极为鲜明的女性写作，成

[①] 张辛欣：《我们这个年纪的梦》，见《张辛欣小说集》，第 117 页。
[②] 张辛欣：《看不见的支撑》（创作谈），见林建法、王景涛编《中国当代作家面面观》，第 92 页。
[③] 张辛欣：《剧场效果》，见《张辛欣小说选》，第 260—279 页。

为一个现代女性之历史境遇的揭秘者。事实上,作为一个刚强的"弱者",作为一个极富才情、极为敏感的女人,张辛欣不仅窥破了现代女性的历史命运,而且几乎以每个毛孔、每一根神经体味着现代女性的历史境遇,体味着其中无穷繁复的悖论情境,以及这情境中无限自我缠绕的痛苦。一份现代女性的生命体验,一种无名无语的、彼此分裂的女性生存境况,或许更为准确地成为张辛欣女主人公无穷烦恼与抱怨的真正谜底。

不同于宗璞、戴厚英,张辛欣更为准确、细腻而直接地书写了七八十年代之交,现代中国女性与历史的再次遭际。作为更年轻的一代,作为一个出生于新中国的女人,张辛欣以一个勇者的姿态与女性的勇者告白,在这女性再度浮现,同时再度被遮没的时代,揭开了现代女性生存悖论的纱幕。作为曾彻底地、不无残酷地被剥夺了其性别称谓与性别体验表达的一代,张辛欣的女性告白,并不隐没在"人"(不论是否"大写")的面具背后,她书写一个女人的经历与内心;不是自传,但却绝不耻于做真诚的袒露;而且她也并不以"浩劫"为托词或终极阐释;女性的痛苦,并不仅来自灾难岁月无情的"湮没",或"爱的权利"遭到剥夺;女性的幸福与归属,也不会只来自于一个男子汉的怀抱,一份温暖的相濡以沫的情爱;新女性的命运已然在历史中开始,依然在历史中延续。张辛欣的写作,因之成了 80 年代初一个女性潜在的大胆反叛的个例。或许,这正是张辛欣与遇罗锦创作之运多舛的内在原因之一。

正是在女性写作的意义上,《我在哪儿错过了你?》是比《我们这个年纪的梦》更为重要而有趣的作品。一个女人的独白,一份不为外人知、亦不为外人道的隐秘,一缕追忆中的怅惘。她懊悔:因为她错过爱情神话中那可遇不可求的"他";她又无从懊悔:因为在这"神奇"的命运之轨的交叉处,她别无选择地与他擦肩而过。事实上,《我在哪儿错过了你?》展现了一个现代女性生存境遇中一个无穷的、自我缠绕的怪圈,一个现实与文化的怪圈。如果"我"不是一个倔强、顽强、不屈不挠的抗争者,那么"我"便永远无缘与他相遇:"你啊,看重我的奋斗,又以女性的标准来要求我,可要不是我像男子汉一样自强的精神,怎么会认识你,和你走了同一段路呢?"但是,正因为"我"靠了不屈的奋斗,成了他的同行者与同类,便永远无法赢得他的爱,便永远地错过了他:"我知道,尽管男人们对世界的看法各有差异,但一般来说,对标准女性的评价和要求却差不多。你也是一样。而我,一个让你说是有些男子汉气的女子,是不会讨人喜欢的!"在此,张辛欣使用"标准女性"的字样。一个"标准女性",应该是"贤惠、温柔、忍让、文静、含蓄……"至少是外柔内刚,"她很文静,但也很要强"。[①]但在《我在哪儿错过了你?》的叙境之中,历史、现实,从没有给出过这样的空间与可能,让"我"去"做女人":

> 现在社会对女性的要求更高些,家庭义务、社会工作,我们和男性承担的一样,甚至更多些,迫使我们不得不像男人一样强壮。
> …………
> 就这样,在感情上,不敢再全心全意地依靠,一旦抽空了,实在太惨!在职业上,在电车上,要和男人用一样的力气;在事业上,更没有可依赖、指望的余地,只有自己面对失败,重新干起!在政治上,在生活道路上,在危急关头,在一切选择上只有凭自己决断!这能全怪我吗!假如有上帝的话,上帝把我造成女人,而社会生活,要求我像男人一样。我常常宁愿有意隐去女性的特点,为了生存,为了往前闯!不知不觉,我变成了这样。[②]

[①] 本段此前的四处引文见张辛欣:《我在哪儿错过了你?》,见《张辛欣小说集》,第42、53、40、50页。
[②] 同上书,第40、53—54页。

这是自讼、是自辩,同时也是不期然之间所揭示出的现代女性境遇的谜底:来自于父权、男权社会的、关于女性的双重标准。不论在一个崇尚"男女都一样"和"铁姑娘"的社会,还是在一个膜拜"唯物主义半神"的社会里,女人在其社会性的生存中都不可能因为她们的性别而获得特赦,如果她们想在社会的"熔炉"或角逐中保持均势,不遭放逐,那么,她们不仅必须和男人一样,而且必须比男人付出更多。但是,在一个永恒的或隐秘的角落中,男人、男性仍拥有永恒的评判权与选择权,有着他们恒定的关于"标准女性"想象。于是,一个女人必须"像女人",具有充裕的"女性气质",她才可能赢得一个男人的赞美、青睐和爱;唯有获得男性的爱、青睐与选择,女人才能实现她女性生命的价值。只有男人赞美的目光,才是唯一的、绝对的女性之镜。于是,这女性生存怪圈的另一副面目便是,如果你不想在历史、现实场景中被逐出局,那么,你便可能成为性别场景中的被逐者,甚至是一个丧失了入局资格的、暧昧的性别角色。反之亦然。在张辛欣成长的特定年代,她甚至没有选择这一"反之"的可能。从某种意义上说,这一现实,正是产生新中国女性文化与话语中特定的事业、家庭的二项对立式的社会原因之一。

　　双重标准,却都是以男性为准绳的标准。前者,有着一个标准的男性形象,或者是"男同志能办到的事情,女同志一样能办到";或者是一位男性的"成功者"——大神布朗(在尤金·奥尼尔的现代人——成功者与失败者背后,是带着幸福主妇面具的身心交瘁的妻子和带着淫荡妓女面具的大地母亲);或者以男性的想象、男性的利益为前提:一个"标准女性",一个"好女人",她应是一个无名者、一个贤内助、一个奉献者与牺牲者。于是,有意无意之间,张辛欣在《我在哪儿错过了你?》中将"我"的"情敌"书写为一帧照片、一个死者。事实上,这正是七八十年代之交一种经典的"修辞"方式:一个"文革"岁月中的无辜纯白的死者,可以提示着正在隐入背景中的浩劫年代，可以成为一个关于剥夺和创伤的指称；"她"显然作为一个衬底映现出男主人公更为理想和完满的形象。但不期然间，"她"成了另一种象征。一个男性会奉献爱、奉献永恒的怀恋的"理想女性"，事实上，只是一种男性的想象与男性所必需的镜像；而"她"，却是一个历史中的死者。死亡，阻断了历史朝向现实的伸延，为想象留下无限丰富的空间与素材。然而有趣之处在于，男主人公正是试图参照"死者"来改写生者："你像她，又不像。我希望你改改你的性格，凭着女性本来的气质，完全可以有力量……"①

但在80年代初，张辛欣小说之为女性写作的意义，不仅在于她作为一个窥破了"镜中女"之谜的先觉者，而且在于她在以她的敏感、才具、她对女性境遇的深深的体味无意间揭破谜底的同时，深深地陷落于这一女性生存与文化的怪圈之中，不断地在重重自我缠绕之间辗转、痛楚。在《我在哪儿错过了你？》之中，"我"真挚地渴望接受这改写，真挚地渴望："为了你，我愿意尽量地改，做一个真正的女子。"她坚信："我们彼此相隔的，不是重重山水，不是大海大洋，只是我自己！"② 但是，这种渴望尽管如此强烈，它已不能使"我"——女主人公如一个"真正的女子"般的驯顺、被动而沉默；她只能将自己的现实视为特定时代的异化，视为历史之手残忍的改写。于是，"我"只能陷入无尽的自责与追悔之中：

> 如果抛开为了对付社会生活的压力，防御窥视私人秘密的好奇心和嫉妒心，我不得不常常戴起的中性，甚至男性的面具，我会不会变得可爱一点儿呢？会的！我并非生来如此……
>
> ……………
>
> 老天爷，和你争吵，并不是我的本意！……我以为那只是

---

① 张辛欣：《我在哪儿错过了你？》，见《张辛欣小说集》，第51页。
② 同上书，第51、62页。

> 一件男式外衣,哪想到已经深深渗入我的气质中,想脱也脱不下来,我真对自己失望！①

再一次,直觉而精当地,张辛欣选择了"面具"和"外衣"字样,因之使"我"的自责和追悔,成了一个特定时代女性文化的症候与节点。事实上,80年代初乃至今日,当中国女性"不再关注平等要求,而强调差异和独特性"②时,女性文化及话语的匮乏,却使她们难以逃脱地再度失陷于女性的镜城——关于女性的本质主义的话语窠臼之中。于是,女人,成为一种定式;女性气质,成了一种本真;余者,便是"过多的男性气质",便是中性"面具"或"男式外衣"。它不仅表现为新女性深刻的迷惘、自谴,以及她们再度接受历史之手(不如说是男性之手)的改写、对"返璞归真"的渴望,而且表现在80年代初盛极一时的"寻找男子汉"③的呼声,和在"男子汉喜剧"④之下掩藏的深深的女性的失望与失落之情。事实上,正是在这一性别本质论的陷阱之中,《我在哪儿错过了你?》之中的"我"申明她无法爱恋一个平庸的男人;也无法爱恋一个"完美的好人",因为"在他面前有一种无可奈何的强壮感";而在这个终究因为"我"是"我"而错过了的男人身上,张辛欣赋予了他一种理想主义的完美,使之拥有一个80年代初一个文化英雄所必需的全部"能指":一个知识分子——一位应用科学家(80年代,对"科学"与"民主"的再度崇尚,使得自然科学相对于人文科学有着更为崇高的意义和价值);同时有着丰富的人文修养与艺

---

① 张辛欣:《我在哪儿错过了你?》,见《张辛欣小说集》,第53、58页。
② 〔法〕朱莉亚·克里斯多娃:《妇女的时间》,见张京媛主编《当代女性主义文学批评》,北京大学出版社,1992年,第355页。
③ 80年代初中期,大量女作家的作品中充满了"男子汉难寻"的慨叹。男性剧作家沙叶新于1986年创作了现代喜剧《寻找男子汉》,载《十月》1986年第3期。
④ 乐铄曾指出,新时期女作家的作品中的男性形象大都呈现在喜剧情境之中。参见乐铄:《迟到的潮流——新时期妇女创作研究》,河南人民出版社,1989年,第264—277页。

术修养，偏爱贝多芬和艾瓦佐夫斯基的《九级浪》；作为一个政治抗议者经历过铁窗生涯；有着一段不能忘记的、忠贞的爱；终于投奔大海的召唤——"大海，自由的元素"①；漂泊，男子汉的典型经历；强壮，略呈粗粝与沧桑。（当然，不久，《在同一地平线上》，张辛欣将亲手解构这一男子汉、爱情和女性归属的神话。）于是，这次"错过"成为"我"一个无可估量的损失。

然而，又一次在不期然之中，张辛欣所使用的关于"面具""外衣"的比喻，切中现代女性历史境遇的核心。在现代社会中，一个解放了的妇女，所遭遇到的，正是所谓"花木兰式境遇"②；为了实现一个女性的社会价值，她必须进入传统的男性社会，接受男人的社会准则，以男人的方式与男人角逐。换言之，便是"化装成男人"。然而，一个现代女性远没有花木兰的幸运：拥有一个清晰分立的时间与空间。木兰可以在"将军百战死，壮士十年归"之后，"开我东阁门，坐我西阁床。脱我战时袍，着我旧时裳。当窗理云鬓，对镜贴花黄"；由社会场景重归家庭场景，由外景返回内景，重做一个"纯粹"的女人。而对一个现代女性说来，扮演是无所不在的，而性别指认的要求同样无时不在。她必须经历的，是双重标准之下的破碎的时空与体验。这正是张辛欣所呈现的"同一地平线"。

婚姻场景：加法与负数

张辛欣的《在同一地平线上》作为《我在哪儿错过了你？》的姊妹篇，同时和《我们这个年纪的梦》补足了 80 年代初女性写作中婚姻场景的缺席（当然，其中性爱场景仍是一个几乎未被注意到的缺席者）。

---

① 〔俄〕普希金：《致大海》，见卢永选编《普希金诗选》，人民文学出版社，1996 年。
② Julia Kristeva, *About Chinese Women*, Anita Barrows trans., Urizen Books, 1977.

不同于《我们这个年纪的梦》,《在同一地平线上》与其说是一个婚姻场景,不如说是一个别无选择的竞争或婚姻破裂的场景。这一次,"她"没有错过"他",他们不仅相爱而且结合;他们之间,显然不缺少爱情、怜惜,甚至有着一种愈加深刻的理解与默契;但这仍不可能使他们建立起一份同甘共苦的和谐,甚至不可能获得一份相濡以沫的依存。他们必须分手,怀着一份别无选择的决绝,怀着一缕苦涩温馨的柔情。

毋庸置疑,《在同一地平线上》是张辛欣最为成功、最富才情的作品。如果说《我在哪儿错过了你?》是一个年轻女人的内心独白,一份痛楚的追悔,它以无声而苦楚的一语"原谅我"作结,但是,篇章间处处闪烁的短句后的惊叹号,却裂解着追悔者"此情可待成追忆,只是当时已惘然"的叙事语调。与其说这是"我"对已不在场的男主人公的内心忏悔,不如说它更像是两人争论时,"我"所选有的那种"声调很高、语速很快"的自辩词。事实上,正是这种叙事语调使小说的叙事人穿透了她的人物,以她困惑而浮躁的施动方式,磨损了文本的自足与润泽。而《在同一地平线上》,张辛欣找到了她恰当而完美的表达方式。不再仅仅是历史的创痛,不再仅仅是灾难的历史的改写与疤痕,而是现代世界男人和女人"在同一地平线上"的现实,而这一现实的揭示,准确而精当地对位于男、女主人公交替出现的第一人称自知叙事。那是对话,至少是对话的愿望;是彼此朝向对方而永远无法到达对方的倾诉;它因之而成为交替出现的独白。而整部小说,如同电影中的一个平行蒙太奇段落:从每个人交替独占一个章节的独白方式,男、女主人公在不同的空间场景中,为各自不同的"事业"而奔走、奋斗,这对夫妻如同路人般地只能在街头的人流中相遇,并在人流与呵斥声中短暂地讨论、做出离婚的决定,到他们的独白交错出现在同一章节,他们在中秋夜寂静的街头相互依偎,为彼此间的关注——至少是"她"对"他"的难以自已的关注而再次冲突,直到他们终于回到了被他们放弃的小屋——他们的家;再到男女主人公的独白的篇幅一再缩短，终于不再是完整的段落，而成为片断，成为"对话"式的衔接。然而不同于彼时评论者有选择的抨击①，亦不同于他们对女主人公（似乎也是对女作者）多少有些怜惜的态度②；渐次缩短的篇幅，渐次交错起来的、事实上成为潜在交流的独白，确乎对应着一对重新接近的心，对应着彼此间一种深刻的理解，和比理解更为内在而重要的认同："我突然觉得，我和他有什么相像的地方。"但这不是一个新的开始，而是一个真正的终结："也许，正是这个相像的地方，使我们相识了，结合了，又将分手。"他们无疑是同类，但"咱们俩总像是两只虎住在一起，雄虎和雌虎！"他们无疑有着深深的情爱，相互的需求。在"他"，是"我在外边要对付的东西实在够多了，回到家里，我就是需要她温顺、体贴、别吱声、默默做事，哪怕什么也不懂"；"可她就不这样！她要做她的事。我到现在也不明白，她为什么就那么难以'驯化'"。在"她"，则是"真想靠着他呆一会儿。他的身体，像一个厚实、温暖的墙。就那么一点也不用力地、完完全全、没有缝隙地贴着他。什么也不说，什么也不想。一动也不动。没有任何要求，只是静静地靠着……"但"他不肯把更多的时间和精力放在我身上，他不会肯那么久久地站着，由着我靠着他。他没有这种需要，没有这个耐心。他要干他的事……"于是，"我们的结合，像是拼凑了一个两头怪蛇，身子捆在一处的两副头脑。每一个都拼命地要爬向自己想去的地方，谁也不肯为对方牺牲自己的意志"。③《在同一地平线上》正是在这种独白段落的缩短、现实距离的显现之中，正是在主要被叙事件——离婚过程的推进和这对即将离异的夫妻心灵距离的缩短之中，正是在这种贴近而又远离、无情而温情的叙述之中，呈现出一种叙述张力。这也正是男人和女人在同一地平线上所深刻体味到的张力。

---

① 曾镇南：《评〈在同一地平线上〉》，载《光明日报》1982 年 7 月 29 日。
② 唐挚：《是强者还是懦夫——评〈在同一地平线上〉的思想倾向》。
③ 本段引文出自张辛欣：《在同一地平线上》，见《张辛欣小说集》，第 234、155、222、138 页。

尽管80年代初，关于《在同一地平线上》论争的声浪，集中在对男主人公"他"的讨伐之中，人们似乎更愿意赦免女主角。但事实上，与"他"相比，"她"更接近于一个"新人"，一个女性的文化革命意义上的"新人"。"他"实际上只是一个曾为主流话语和道德主义禁区所遮蔽的"典型形象"，一个曾为批判现实主义的巨匠们情有独钟的角色：强烈的成功欲望、赤手空拳、一无所有的社会起点，顽强地、不择手段地向上爬的"外省青年"。从某种意义上说，"他"之所以成了彼时人们抨击的"靶标"，正在于张辛欣并未更多地为"他"的生存逻辑的合法性辩护。她让"他"赤裸地宣告并奉行其个人主义的、实用主义的奋斗准则。因为在彼时的日常生活的意识形态中，这类角色和准则，作为男人、"男子汉"的逻辑，已然具有了它的现实及历史的合法性。张辛欣所忽视的，是这类人物如果失落了诸如"改革者"之类的"包装"，仅仅作为赤裸的个人、作为唯物主义半神的膜拜者，在80年代初所具有的、对主流意识形态的僭越性。而小说的女主人公"她"，如果仅仅表现为一个孤独的个人奋斗者、一个在人类社会丛林中潜行的"孟加拉虎"的同类，却无疑会成为一个惊世骇俗的形象。"她"超过了露莎或莎菲①，事实上，"她"成了男性行为逻辑与方式的奉行者与分享者。而即使在奉行"男女都一样"的时代，无所不在的双重标准，仍然在成功地潜抑着女人的僭越。在十七年乃至"文革"的写作之中，女主人公尽管为了理想和阶级的利益，可以不断地"别离家园"②，但这些红色娜拉③的出走，如果不是为了追随一个男性的指引者的身影，便是为了再以纯洁的女儿身重回理想之父的怀抱。

---

① 分别为中国现代女作家庐隐小说《海滨故人》和丁玲小说《莎菲女士的日记》中的女主人公。
② 参见陈顺馨《当代"十七年"小说叙事话语与性别》中关于十七年小说中"不曾别离家园的女英雄"的论述，见《中国当代文学中的叙事与性别（增订版）》，北京大学出版社，1995年，第107页。
③ 娜拉，一译诺拉，挪威剧作家易卜生《玩偶之家》的女主人公。

一如林道静从余永泽身边出走，是为了追随卢嘉川的足迹，成为一个真正的革命者、党的女儿①。而《在同一地平线上》，"她"放弃了成为母亲的可能，毅然放弃了婚姻，只是为了将自己作为一个独立的、赤裸的个人，投入社会的角逐与竞争。于是，尽管《在同一地平线上》男、女主人公占有同等的话语权力（当然，话语权力的分享已然是一种女性的僭越）与叙事空间，尽管作品"公正"地呈现着"女人有女人的苦恼，男人有男人的不幸"②，但张辛欣于有意无意间更为着力地使之成为女性、新女性的自辩录，成为对新女性行为逻辑之合法性的申辩。因此，"她"成为张辛欣小说人物序列中行为动机呈现为繁复、多元的一个。彼时，此作品的呵护者因之而采用了"圆形、扁形"人物③说便不足为奇了。对张辛欣来说，这与其说是一种有意为之的叙事策略，不如说只是一种本能的选择；与其说这是一个女性的僭越者印证自己行为合法性的声明，不如说它更多的是一种充满焦虑的女性的独白。对于张辛欣来说，"不安分"的欲念、对成功的渴求、对唯物主义半神的膜拜，已然成为不能自已的动力；同样强烈的"做女人""做真正的女人"的愿望，倒更像是一种虚假的向往，一种历史惰性的牵系。但她首先必须说服自己，必须向自己印证：这不是一种病态，不是一种异化。她宁愿它是一种别无选择的无奈，一种现代社会的挤压、驱使，而不是一次僭越，一次主动的抉择与出击。

于是，《在同一地平线上》"她"不断地、一次再次申明她的行为动机，它们庞杂并置，彼此重叠而矛盾，但它因此而成就了作品的完满、生动，同时成了一个真切的、未死方生之女性的心路历程和女性文化的素材。她首先将"她"走出家庭的动机呈现为一种内心深处的、深刻的不满足；和《我们这个年纪的梦》中的女主人公一样，尽

---

① 参见女作家杨沫长篇小说《青春之歌》。
② 张辛欣：《在同一地平线上》，见《张辛欣小说集》，第193页。
③ 何志云：《"圆的"形象和"扁的"评价》，载《光明日报》1982年8月12日。

管"她"嫁给自己所爱的男人。和另一位庸常的丈夫不同,"他"有着太大的抱负、太强的成功欲。"她"因之而在新婚重逢时得不到丈夫的一个吻、一声问候;在夜晚久久的期待之后,得不到一点温存;在生活、现实的苦斗中,得不到丈夫的抚慰与扶助;因为他永无休止地在奔走,在爬,在滚,在搏斗——为他自己的成功。这耗尽了他的全部精力、情感和"笑脸"。同时,显然不同于《我在哪儿错过了你?》中的那位理想而完美的导演,"他"不再是一个可以为彼时的主流话语所接受并认可的文化英雄(尽管在张辛欣那里,他无疑是英雄,一个现代世界、竞争时代的英雄):"艺术气质全被商人气淹没。自私、冷酷,看准时机,不顾一切地干。他只顾自己,而对我,却根本不关心!我不得不走到这一步,原因全在他自己身上,但是一切罪,为什么偏偏要我来承受呢?!"① 于是,感情的失落和破裂,价值观上的分歧,成为作品给出的"她"离开家庭、全部身心地重新进入社会的角逐与竞争的第一动因。这也正是彼时的社会所能够并愿意接受和认同的理由。事实上,这也是"她"获得大部分评论者理解与赦免的切入点。但这显然不是"她"不满足感的全部,一如她的袒露:

> 我的确愿意服从你。为了你一个小小的满足,我何尝没有一个女人全部的细腻。但是,有一种烦躁又在暗暗地潜着。我从来也不敢告诉你,即使在得到了温存和爱抚的满足之后,紧接着,会有股无着落的惶恐感袭来……②

她把它归之为历史的改写和一代人的"宿命":

> 也许,这是从小灌输的理想教育,青春时期的奋斗本能,与

---

① 张辛欣:《在同一地平线上》,见《张辛欣小说集》,第 204 页。
② 同上书,第 179 页。

> 硬要人半死不活地呆着的整个状况，长期形成的一种变态心理。实实在在、琐碎忙乱地生活着，心里总残留着一点没有实现、也许永远再没有机会实现的东西，在最隐秘的角落里，与现在的自我徒然抗争，搅得人在充实、填满的生活中有时感到若有所失。①

她把它归之为现实的压力：

> ……我又怎么可能仅仅靠着你的力量、意志？我就是不考这个学院，我也同样面临生活的各种竞争：加工资、提级、分房子，人与人，想干一个合适点儿的工作，也要靠文凭。你无法代替我去争，即使我和你是一个小小整体的各自一半。我们每个人面临的，也各是一个整个的世界。②

在这不断的自辩中，"她"拒绝承认"出走"仍是一个极为主动的姿态与选择。从《我在哪儿错过了你？》起，在张辛欣的女主人公看来，"自信""要强""强者"等评语就成了对女人至为不公的责难。每每的，"她"与"他"即将和解的交谈，都因为"他"一句"你就是太要强"而戛然中断。她每每辩解道："不是要强，是不得已……"

也正是在这不断的自辩中，张辛欣实际上消解着少女梦幻的男子汉神话，揭破着婚姻的秘密与婚姻中权力关系的秘密，同时再次重复着现代女性所必须面对的双重标准的怪圈：

> 每个姑娘的追求不一样，但悄悄在心里勾勒出的、理想的男子汉的形象却几乎是同一个模样。有些人还羡慕过我的选择呢！然而，我现在却知道了，一个男子汉并不一定能做好丈夫……在

---

① 张辛欣：《在同一地平线上》，见《张辛欣小说集》，第179页。
② 同上书，第179—180页。

一起生活，他却什么也不能给我！他只打算让我爱他，却没有想到爱我、关心我。我觉得，他只要得到家庭的快乐和幸福，而我却要为此付出一切！也许到现在，他从没有想过，在生活的竞争中，是从来不存在绅士口号：女性第一的。我们彼此一样。我还能再退到哪儿去呢？难道把我的一点点追求也放弃？生个孩子，从此被圈住，他就会满意我了？不，等到我自己什么也没有了，无法和他在事业上、精神上对话，我仍然会失去他！①

一个男子汉，意味着一个生活中的强者，意味着对"庸常之辈"的超越；而做他的妻子，则意味着"绑在他的战车上"。一如"他"对"她"说的抚慰和许诺："你一个人，能走多远呢？我知道你为我牺牲得很多，我会对得起你，你还是好好跟着我。"②而在张辛欣以此篇小说改编的才华横溢的电影剧本《为你干杯》的说明中③，她更为精辟地指出：在婚姻中，一加一等于一，这便意味着有人必须背负其中的负数。这负数在无言之中，应该也必须由女人来承当。所谓"在每一个成功的男人背后，都有一个伟大的女人"；所谓"摇摇篮的手，摇动世界"；所谓"男人们支撑着世界，他们的妻子和母亲支撑着他们"。这便是传统女人的位置，隐没自己，抹去自己，背负负数。而"她"不仅不满足于这一位置，而且"她"还向他索取通常由男人来索取的支撑、抚慰。她揭示出一个公开的秘密："也许，这个世界对于男人来说，没有多大变化，对于女人来说，却极大地改变了……"④这是在同一地平线上。

---

① 张辛欣：《在同一地平线上》，见《张辛欣小说集》，第128页。
② 同上书，第157页。
③ 在剧本开始部分，严达有一句台词："有了家，两个1加在一起，两个人的精力并不是起码相加，甚至也不是相除，而是相减……"张辛欣：《为你干杯（电影文学剧本）》，载《电影剧作》1982年第4期。
④ 张辛欣：《在同一地平线上》，见《张辛欣小说集》，第180页。

怪圈中最后的停泊地

在女性文化以及更为广阔的意义上，张辛欣确乎是一个勇者；但她因之而更为深刻地经历着一个未死方生的"新人"的全部的困窘、徘徊、矛盾，承受着历史与现实的羁绊和磨难。而张辛欣魅力的一部分，正来自于她对这一复杂的女性的内心世界的袒露。所谓"一个作家，作品同时是他或者她那印满了反叛、归附、认同和失迷的心路"①。的确，她首先必须逾越的，是她内在化为"自我"的主流文化、男性文化的规范力。她尝试以种种方式逃脱，却不断地在逃脱之中落网。于是，《在同一地平线上》她所采取的一个有趣的叙事策略，是将现代女性辗转于社会、男性双重标准之下的困境，投射于男主人公的内心活动之中："真是难办！想找个温顺的，很难有见解，有见解的几乎一定不温顺。一个男人只有自己面对一个整个的世界，你需要她的对话、帮助，可她那副清晰的头脑，也是在同一块生活的石头上磨出来的。""真找个大平爱人那样的老婆吗？不要那么泼辣，要有那么能干……与其说是退一步，不如说更要有勇气。尽管她把你收拾到无可挑剔的地步，还得独自承担精神上的一切……"②一如80年代初特定的"转喻型""放大式"的文化策略，这一投射，将女性特殊的历史境遇转换为现代人"普遍"的境遇：理想与现实间的巨大沟壑，孤独的个人的心灵漂泊与渴求。与此同时，这一投射方式，模糊了此间男权文化的内在矛盾；避开了这"共同"境遇可能正是强悍的男性文化暴露出其孱弱的地方。张辛欣的真诚与执着，她在文化的未死方生中所经历的困惑、痛楚与迷惘，使她尚不可能以一种喜剧感与幽默感去发现男性文化的脆弱与其面对现代世界时真正的窘境。她只能俯

---

① 转引自乐铄：《迟到的潮流——新时期妇女创作研究》，第231页。
② 张辛欣：《在同一地平线上》，见《张辛欣小说集》，第172、154页。

仰奔突于一个女性的怪圈之中,像是一个荒唐的悖论:自强,才有平等;平等才能遭遇真正的爱情,但爱情婚姻却意味着一个平等地位的结束。为了保有他的爱,才必须离开他;离开他,却意味着对爱的弃置。从某种意义上,张辛欣所勾勒的性别场景,仍像一种继续仰视着男性群体的女性所创造的神话:只有女人,才会无保留地坚信婚姻应是精神同类、心灵对话者之间的加盟;只有女人,才会将异性、婚姻视为心灵"最后的停泊地",并固执于这最后停泊地的寻找。尽管写作于同一时代甚至更早,尽管引为至交,张辛欣的女性作品序列远离了 80 年代张洁作品的同一序列。如果说在《方舟》中,张洁的女主人公尚在离婚的无穷恶果中挣扎,而张辛欣的女主人公尽管深知"一个戴着离婚帽子的女人,可以成为一千种矛盾的祸根",但她在行动时仍义无反顾。如果说张洁的信念是"爱,是不能忘记的",是"无穷思爱",那么,张辛欣已然清晰地意识到:"在爱情的冲动后面,生活还是生活……"① 但张辛欣仍与 80 年代初中期的张洁共同分享着这种仰视的目光和这一关于性别场景的神话。

于是,一边使用着女人的"本能""天性"这类本质主义的描述,甚至痛惜着失去了"软弱和羞涩"这一"女子完美天性中不能失掉的弱点",一边直觉地否定着关于女人的神话:"写出最精彩的女人的,都是男人。这是谁说的来着? 你? 我? 还是一个名人? ……不过,女人只是一个抽象的总体概念。人和人不同,各有各的要求。虚荣心,情欲的满足,精神上的对话,依靠,非跟个谁绑在一块儿,省得跟别人不一样。或者,被盲目的母爱的本性驱赶着,去为一个根本不值得爱的家伙献身……"② 而经历了《我在哪儿错过了你?》《在同一地平线上》和《我们这个年纪的梦》的写作之后,《最后的停泊地》便成了再

---

① 张辛欣:《在同一地平线上》,见《张辛欣小说集》,第 196、146 页。
② 同上书,第 194 页。

一次对这一性别神话的消解与重建、逃离与重返。

其中，与著名古典悲剧《茶花女》交替出现的，是女主人公的爱情记忆。她经历了想象式的、"给自己画梦"的浪漫爱情；经历了"被盲目的母爱的本性驱赶"的、古老的错误：爱上过孱弱、伪善而才华横溢的编剧；经历了婚姻、"美妙的邂逅"和一次绝望的对已婚男人的恋情。如果说《茶花女》是古老的爱情神话，其中一个女人为了她所爱的男人牺牲了一切，直到自己的爱情和生命，是一个"童话"式的"虚假"与梦想，是一个在"四五个小时内"演出完成的完满而"幸运"的悲剧，那么，女主人公的爱情，就是在无尽的孤独的日子里不断出演的、女人的、同样古老但微不足道的悲剧。因为对后者说来，爱情的终结不会是生命的终结。其中一个有趣的点，是张辛欣在此作品中选择了第二人称的叙事方式。"你"作为一个悬置而飘忽的称谓，与"我"的内心独白交替呈现，它不仅成就了张辛欣形式实验的一部分，而且事实上呈现了女性主体自我指认时所体味的悬置感：一份自我指认中的恍惚，一个分裂的自我间想象的对话与绝望的连缀，一种主体自我定位时的陌生感与无名感。她仍把男人作为对人生"最后的停泊地"的寻觅：

> 你真要我真真实实地回答你吗？那就是，不管一个妇女怎样清醒地认识和承担着自身在社会、家庭关系中的全部义务，不管我们怎样竭尽全力地争取着那一点点独立的权力，要求和男人一样掌握自己生活的命运。然而，说到底我们在感情生活里，从本质上永远不可能"独立"；永远渴望和要求着一个归宿。①

最终，作为一个女演员，她选择了舞台生涯为"最后的停泊地"。所

---

① 张辛欣：《最后的停泊地》，见《张辛欣小说集》，第352页。

谓"你的心里一片透明。你知道,你的小船,将永远停泊在这个哭哭笑笑、生离死别、虚幻而又真实的港湾中间"①。在此,事业成了爱情的补白。但是,这与其说她最终在绝望与无奈中选择了"事业",不如说她选择了扮演,因为:"人生和演戏,悲剧和喜剧,也许本就是这么环环相套?"② 做女人,便意味着扮演,不仅仅是"花木兰"——扮演一个男人,而且是更为永恒地去扮演一个"女人"。因为"女人"是一个文化所派定的角色。一如作品中的"你",可以在古典悲剧中扮演玛格丽特,在现代喜剧中演泼妇,在正剧中演孩子;她也同样是在不同爱情"情境"中真诚而不自觉地出演"女人":一个"画梦"的纯情少女,一个被盲目的爱所驱使的"仆役",一个笨拙可爱的邂逅情境中的女人,一个无望的神秘的"第三者"。与其说是永远的"不独立"、永远的对"归宿"的渴求,不如说是"犹在镜中"。

飞升与坠落

1984 年初短暂的风浪,似乎将张辛欣的创作戛然一分为二③。1984 年中起,张辛欣以更为旺盛的创作力与生命力活跃在 80 年代的文坛之上。最引人瞩目的是,大型口述纪实之作《北京人——一百个普通人的自述》(1986),其次是长篇纪实文学《在路上》④,游记《香港

---

① 张辛欣:《最后的停泊地》,见《张辛欣小说集》,第 364 页。
② 同上书,第 340 页。
③ 用张辛欣本人的话说是:"话说,那一向传闻颇多的青年女作家张辛欣,一下子时来运转,飞去欧洲,看名画,听歌剧,逛古堡","她为着以前叫她招灾惹祸的作品一股脑儿地变成些英文、法文、德文,冲着电视摄像机,笑盈盈地对付浅眼珠、高鼻子的作者们的各种提问。"[《也算故事,也是回答(代创作谈)》,载《钟山》1987 年第 1 期。]
④ 香港三联书店,1986 年。

十日游》①，类通俗小说《封·片·连》《玩一回做贼的游戏》②，长篇散文《回老家》③，新闻报告小说《灾变》④。种类之多，数量之巨，再度令人瞠目；同时，张辛欣在一次再次的轰动效应中，在其社会性知名度的暴长与飞升中，于文学界和文学评论界普遍地遭遇到的，则是深刻的失望、叹息和责难⑤。此前张辛欣创作中那奔涌的才气、细腻，追问者的执着，对女性及现代人内心风景线的勾勒与揭秘，此时只成了片断的流露和凌乱的闪光。抛开众多张辛欣自创的或延用的名目，如"口述纪实"（以彼时刚刚出版的美国同类读物《美国梦寻》⑥为蓝本）、"纪实小说""报告小说"、游记、散文不论，1984年以后张辛欣的创作，以纪实性、新闻性、时效性取胜。而在《在路上》《回老家》《香港十日游》等作品中，最为引人注目的形象，正是名曰"张辛欣"的张辛欣本人。《封·片·连》则明显地表现出为80年代精英艺术所不耻的通俗、畅销读物的特征。明显的浮躁、凌乱、冗长和通俗，成了批评家们难以恭维的主要原因。而1984—1986年对张辛欣"现象"做出的阐释，却使她再次成了一个中国大陆当代文化、现实矛盾的节点。一方面，在电视屏幕上、在书报杂志上、在各类媒体中、在书店货架上，张辛欣的神采飞扬、频频出现，似乎印证着一个作家遭受政治批判的梦魇虽尚不遥远，但毕竟已然逝去；而另一方面，人们则更乐于或曰习惯于将张辛欣这一飞升中的坠落理解为短暂的文化、政治"围

---

① 载《十月》1986年第2期。
② 载《钟山》1987年第1期。
③ 见《张辛欣小说集》，第365—428页。
④ 与桑晔合著，载《十月》1986年第3期。
⑤ 最为著名而激烈的是评论家吴亮的数百字短文《少一点杂碎汤》。原载《文汇周报》，转载于《钟山》1987年第1期，同期刊载了张辛欣调侃式的回答《也算故事，也是回答（代创作谈）》。
⑥ 〔美〕斯特兹·特克尔：《美国梦寻》，朔望等译，中国对外翻译出版公司，1984年。此书一度风靡中国大陆。

剿"所造成的后遗症①。

然而,从某种意义上说,1984—1986年间的张辛欣之取胜与遭谴,其部分原因再次来自于其创作及现实行为的超前性。事实上,此间张辛欣的作品出现了一次倒置与反转:不再是对现代人、唯物主义半神的膜拜者的书写与呈现,而是对这一行为逻辑的奉行与实践。如果说1984年初的风雨为张辛欣留下了印痕,那么,它正以某种"历史诡计"的方式刺激着张辛欣对社会性成功的更加强烈的渴望,以及她对竞争和强者逻辑的笃信。一如王蒙、王干在他们的对谈中所指出的②,这一时期张辛欣的创作绝非全无价值;相反,《北京人》事实上成了此后"报告文学"、纪实文学的开先河之作。然而他们不曾指出的是,1984—1986年,作为新时期、80年代重要的转折点,作为一个政治、经济、文化稳定发展的时期,已然蕴涵着将在1987—1988年奔涌而出的商业化大潮的一浪;而且此间蓬勃兴起的报告文学创作潮,实际上接替了此前由小说所执行的意识形态实践功能,并潜藏着某种中国式的、特定的通俗读物类型的消费功能。与其说张辛欣再次窥破了这一时代的秘密,不如说她再次直觉地率先呼应并开创了这一未来的时代风尚。与《封·片·连》等作品一样,张辛欣的纪实之作,也潜在地呈现出显而易见的商业性与消费性。一如她无须"布老虎"的召唤,已超前地跨越彼时看来无法逾越的严肃文学与通俗文学间的鸿沟;她也同样无须文化公司的包装,而在自我包装中,成为中国文化界第一个社会新闻热点人物和电视上的文化明星。不同于电视专题片《小木屋》中的黄宗英③,张辛欣在电视片《运河行》(1986)(《在路

---

① 参见萧乾《一叶知春——读〈张辛欣小说集〉有感》(原载《读书》1986年第3期)和王晓明《疲惫的心灵——从张辛欣、刘索拉和残雪的小说谈起》(见林建法、王景涛编《中国当代作家面面观》)。

② 王蒙、王干:《自由与限制——当代作家面面观》,见林建法、王景涛《中国当代作家面面观》,第519页。

③ 1985年,中央电视台制作的多集专题报道《小木屋》,女作家黄宗英在其中充当一个主持人、人物、解说者之间的角色。

上》正是此行的"副产品")中以个人名义沿京杭大运河骑自行车旅行,而成为第一个为电视台(北京电视台)跟踪报道的"文化名人"。或许从另一个角度上看,张辛欣的《封·片·连》同样是一部才华横溢的作品,她信手拈来,随意道去,但环环相连、丝丝入扣,在强烈而巧妙的悬念中展现了一部欲念浮动的众生相。而《玩一回做贼的把戏》《也算故事,也是回答(代创作谈)》中,张辛欣开始了一种类王朔式的语言;前者涉及王朔醉心的人物、事件,后者则在一种类武侠的调侃中,以一种亦自嘲、亦自恋的方式与同时刊出的《年方二八》①一起再次显露了张辛欣式的豪爽与坦诚。她坦陈西土之行在她心里唤起的多彩的企慕与欲望;她仍"琐碎"地写出了一个已过而立的单身女人的种种苦楚、孤寂与辛酸。《也算故事,也是回答(代创作谈)》与其说是对批评家吴亮的答辩,不如说是对他的答谢:

> 还是一动也不动,心里头却是在高声叫板:吴亮呀!吴亮!你的话好狠!好重!你说,文学,对于张辛欣来说不是一两年的事。你可知,这就只有将夜复一夜的寂寞,再接寂寞的一夜复一夜。
>
> 也罢。也好。

但张辛欣的这类才气与行为方式、调侃与坦诚,事实上要到 90 年代之后方可能获得命名与认可。

此间,张辛欣唯一获得普遍认可与赞誉的作品,是她的《回老家》。它"流动直白",是"高贵的现代文明眼光与土俗的自然纯朴的结合"。② 其中一份娓娓道来的琐屑、一片盈溢而醇厚的亲情与张辛欣特有的率直、不安分和真诚,构成了一部感人至深的故乡纪行。所谓"完全可以看出她在那种处境里的那种心情,纯朴、随和、可爱的

---

① 载《钟山》1987 年第 1 期。
② 乐铄:《迟到的潮流——新时期妇女创作研究》,第 234 页。

一面"、"善的一面"。①但人们所忽视了的是，彼时在历史文化反思的热潮中，在寻根小说涌现之际，"故乡"、乡土实际上成了一个硕大无朋的文化能指；此间绝少能见到张辛欣《回老家》中那样一份平易、亲切和深情。因为故乡、亲情事实上成了张辛欣人生之路、创作之路的反题。只有自觉地奔突在现代社会的竞争与角逐场的个人，只有已然自觉置身于文化市场中的文人，才可能于彼时如张辛欣般地领悟到"老家"的魅力与温暖。不仅有为人们屡屡引证的张辛欣夜晚隔着秫秸墙和婶子的、关于自己婚姻的对话，而且有散文的结尾：那黄昏夕照中的村落，那全家人从门口到巷口直到村口的"默默地跟着我走"送别，"我""管不住"往下淌、又不愿叫人看见的泪水："怎么了？究竟为什么？出了什么事？难道，从这里上路，真是去流浪？难道前边那么远，不知有什么在等你？"②

但张辛欣毕竟继续着她不能自已的"流浪"。她过人的、不断自我更生的成功欲望，托举着她飞升，牵扯着她坠落，并最终把她带往大洋彼岸。

---

① 王蒙、王干：《自由与限制——当代作家面面观》，见林建法、王景涛编《中国当代作家面面观》。
② 张辛欣：《回老家》，见《张辛欣小说集》，第428页。

第七章 王安忆（一）：
一册安妮·弗兰克的日记

成长的故事

王安忆确乎书写了许多"成长"的故事。不仅有成长中的女人，而且也有男人。一如王安忆心爱的称呼："女孩""男孩"。王安忆曾为自己做了这样一条"名词解释"：

> 我的作品中有两个名词是需要解释的，因为这两个名词于我是有着特殊的含意。一个是"孩子"这个词。我所说的"孩子"并非真正的儿童，也不是相对于父母兄姐的长者而年幼或年轻的稚者，还不是故作稚儿状态。我这"孩子"是用作于我们每一个人的，无论是一个婴儿，还是老人，在上帝面前全都是孩子。"上帝"这个字我是借用了别人家宗教的概念，我只是一时找不到一个合适的名字，以此来称呼这个生育养育教育我们所有人的最长者，这是一个苍茫的永恒意志，在这之下，我们全是年幼、软弱、企求帮助的孩子。生命的一百年在这时间长河里连个婴儿都算不上；一百年的创造力在这空间混沌里连一只蚂蚁搬一粒米都算不上。而像我们这些没有宗教因而无法用"上帝"为这最高意

> 志命名的人，真实是凄苦的，就像孤儿一样，没有保护，自己称自己作孩子，也是一个自我呵护和自我安慰。①

然而，在王安忆初中期的作品中，她事实上试图发现并描写"女孩"和"男孩"长成为一个"女人"和"男人"的瞬间时刻。但即使在这些早期作品中，"成长"的故事，不仅仅意味着"健康"地长大，跨越"青春的阴影线"②走向成熟，而更多地意味着"阴影线"上的滞留，意味着难于告别甚至无法告别的"青春"，意味着痛楚、骚动、绝望、挣扎、互虐与自虐；更多地意味着一个被一再延宕的"成长"——成功地加入社会的机遇和面临"成长"时的无限退缩和迷惘。王安忆始终在书写一份在认可的愿望与无法认可的人生面前、一个"庸常之辈"③平凡琐屑而骚动不宁的人生。王安忆善于描摹"一个人的战争"：纯洁或狡黠的人，无论怎样在社会的网罗与命运的无常中穿梭、营造、挣扎，他（她）所搏斗或试图战胜的，只是他（她）自己，他（她）只是不断地陷落在他（她）自己为别人设置的陷阱，或他（她）自己不曾想象到的网罗之中。在朝向微末理想的期待之中，在现实生存的种种困窘之中，在为无法驾驭的本能所托举上的天堂和拖坠下的地狱之间，人们在不自知间，绝望而孤独地失陷于"内心的战火"④。

在王安忆笔下，没有人能逃脱社会的或曰"人类"的"宿命"；事实上，王安忆的人物绝少自觉地反抗社会和现实；他们不可避免地被社会涂抹、改写、扭曲。但王安忆所书写的，并不是或者说不仅仅是

---

① 王安忆：《名词解释》，见《乘火车旅行》，中国华侨出版社，1995年，第52页。
② 〔英〕约瑟夫·康拉德：《阴影线》，赵启光译，见《康拉德小说选》，袁家骅等译，赵启光编选，上海译文出版社，1985年。
③ 王安忆：《庸常之辈》，见《王安忆中短篇小说集》，中国青年出版社，1983年，第89—102页。
④ 吴亮：《爱的结局与出路——〈荒山之恋〉、〈小城之恋〉、〈锦绣谷之恋〉的基本线索》，载《上海文学》1987年第4期。

为社会命运所拨弄的玩偶,或抵押为历史"人质"的个人,他们更像是在中国的生存现实与王安忆的、不断被修正又拒绝被修正的"世界模式"间,度过自己一份平常日子的小人物与普通人。他们只是始终在社会、际遇、有限的理性和强大的本能的合力间辗转、挣扎。历史与他们有关,但他们却与历史无涉。或许这正是王安忆的意义之所在:她远在"新写实"小说出现之前,显露了这一永恒的,同时是特定的、80年代历史的盲点①。但毕竟和"新写实"不同,这与其说是津津乐道于"一地鸡毛"②的、对庸常人生的认可,不如说是在对"庸常之辈"的曝光之中,发现了只能认可却难于认可的岁月"流逝"③中的戏剧性。如果说张洁始终在一叶方舟之中痛苦而绝望地推进着她朝向理想彼岸的涉渡,张辛欣则以"童话"作为"看不见的支撑"与难于逾越的障碍,在完成她由理想主义朝向现实的降落,那么,王安忆则为我们展露了一处人生的此岸,一群"单纯"而"不洁"的人们,一份琐屑而欲念浮动的日子。王安忆质询,却不呐喊,不否定,不抱怨;她只是描摹、记录、发掘并揭示。然而,深刻而潜在地,王安忆痛苦地自觉着、体味着那一精神彼岸的缺席。事实上,在其同代人之中,王安忆是少数以写作而不是对写作的超越性目的的热恋,成为新时期的最重要的作家/女作家之一的人。从某种意义上说,或许她与其人物

---

① 例如,王安忆的中篇《流逝》尽管在当时便获得极高的评价,获1981—1982年度"全国优秀中篇小说奖",并不久便被改编为电影(导演叶明,《张家少奶奶》,1985年,上海电影制片厂),但除却作为一部"意识流小说",在80年代此篇作品始终未获得明确的定位,直到90年代,它才被选入"反思小说"的选本中,与王蒙的《蝴蝶》、鲁彦周的《天云山传奇》、张承志的《绿夜》、李国文的《月食》等重要的主流作品并列,并被选评者指出:"当新时期文学超越了呼天抢地,终于痛定思痛,由揭露'伤痕'迈上了'反思'的台阶之后,它的思想艺术也有了一个相应的提高。其中王安忆的《流逝》由于对人物心灵历程的开拓性描写,尤其高于同阶段单纯停留在政治批判意义上的小说。"刘锡庆主编《淡紫色的天空和窗帘布·反思小说》,傅琼选评,北京师范大学出版社,1992年,第321页。
② 新写实小说的代表作家之一刘震云《一地鸡毛》,见刘震云《官场》,华艺出版社,1992年。
③ 王安忆:《流逝》,见《流逝》(中短篇小说集),四川人民出版社,1983年。

的共同点之一,是她们并不纠缠、执迷于崇高而罩着绚丽光环的终极图景;和她的人物显然不同的,是王安忆始终清楚,她无法真正超越写作行为本身,成为一个伟大的思想者或启蒙者。和她的同代人不同,尽管她显然同样试图营造一处"约克纳帕塔法"或结构一部"人间喜剧"①,但她更为经常地为"庸常之辈"、为人生的个例所吸引。较之铁凝,王安忆显得更为投入、急切而大胆。似乎她在匆忙间检视着一个故事与个例,渴望却不急于托举出一道涉渡之虹。但真切而强烈的书写时代的愿望,使王安忆成了80年代的"伟大的进军"——思想解放运动,或曰新启蒙运动的重要参与者之一,一个80年代"伟大叙事"②的补白者,一个并不作为"痛苦的理想主义者"之一而写作"乌托邦诗篇"③的作家。

一如铁凝自认为"五七女儿"④,王安忆也曾将她的写作特征归诸一种"69届初中生"⑤的历史与文化宿命。她对69这个数字作了一种S/Z或WM式⑥的阐释与玩笑。她认为这是一个颠颠倒倒的形象,一种在不断的颠倒中被拨弄、在"奇奇怪怪的生活观念"中成长起来的、"很难有浪漫气"的现实主义者。用陈思和与王安忆的对话,这便是:

> 陈:……69届初中生,就是颠三倒四的一代人。在刚刚渴望求知的时候,文化知识被践踏了;在刚刚踏上社会需要理想的

---

① "约克纳帕塔法"为美国著名作家威廉·福克纳以他的作品序列虚构的一个美国南部的小县;"人间喜剧"则是法国现实主义大师巴尔扎克为其作品序列所取的总称。
② 捷克籍法国籍作家米兰·昆德拉的作品《生命中不能承受之轻》中的一节,中译者之一为作家韩少功(与韩刚合译,作家出版社,1989年)。
③ 王安忆:《乌托邦诗篇》,见《乌托邦诗篇》,华艺出版社,1993年,第232—291页。
④ 铁凝:《自由与限制同步》,见《女人的白夜》(散文选),上海文艺出版社,1992年。
⑤ 王安忆:《69届初中生》(长篇小说),中国青年出版社,1986年。
⑥ 《S/Z》,法国结构主义、后结构主义理论家罗兰·巴特的重要著作之一,此名取其字母形象相对,彼此契合。《WM》,又名《我们》,80年代重要探索话剧之一,取"我们"一词汉语拼音的声母,其意亦在其形彼此颠倒。

时代，一切崇高的东西都变得荒谬可笑了。人生的开端正处于人性丑恶大展览的时期——要知识没知识，要理想没理想，要真善美，给你的恰恰是假恶丑。灾星笼罩我们的10年，正好是13岁到23岁，真正的青春年华。

王：……而在我们这一代的朦朦胧胧之中，整个社会就改变了。我们这一代是没有信仰的一代，但有许多奇奇怪怪的生活观念，所以也是很不幸的。理想的最大敌人根本不是理想的实现所遇到的挫折、障碍，而是非常平庸、琐碎、卑微的日常事务。在那些日常事务中间，理想往往会变得非常可笑，有理想的人反而变得不正常了，甚至是病态的，而庸常之辈才是正常的。

陈：这一代实际上是相当平庸地过来了，作为一个作家能够表现这种平庸本身并加以深入发掘，实在比虚构出一段光辉的历史更有意义。①

这是极为典型的80年代式的对话。是王安忆或者说是"两个69届初中生"在特定的文化语境中所表达的某种难于确信的自我定位，一份难于认可的、对庸常之辈的认可。他们一边慨叹"69届初中生"——这些"要知识没知识，要理想没理想"，在"假恶丑""人性丑恶大展览"中步入人生的一代人的"不幸"，甚至仰慕着"老三届"式的理想、激情，乃至幻灭；一边自认"表现这种平庸并加以发掘，实在比虚构出一段光辉的历史更有意义"。但多少带有一点无奈，仿佛是一种别无选择的自叹。然而，除却80年代人们极为敏感的、过于琐细的"断代"意识外，这一作为"69届初中生"的历史与文化的尴尬地位，正是王安忆的财富。一种历史的边缘体验，使她由80年代伟大叙事的

---

① 王安忆、陈思和：《两个69届初中生的即兴对话》，见林建法、王锦涛编《中国当代作家面面观——撕碎，撕碎，撕碎了是拼接》，时代文艺出版社，1991年，第587页。

补白者成了这一叙事的增订者与改写者;时代理想主义的即告阙如,使她有机会超越了同代人怪圈式的忏悔、内省、怀旧与迷惘;超越了"痛苦的理想主义者"绝望的涉渡,超越了道德主义的启蒙论的尴尬。如果说写《雨,沙沙沙》①时,王安忆尚在一种稚弱者的自指中,等待着一份充满"古典主义浪漫"②的补课式的拯救,那么,当她的同代人在一种深刻却难于自弃的失落中重回"南方的岸",或沉迷于"绿夜"③之时,王安忆已率先到达"本次列车终点"④。当80年代人们再度呼唤英雄的时刻,王安忆悄然地指认了"庸常之辈",并在不无痛楚的温馨之中,拥抱了远非完美的现实。但是,理想、理想主义、"古典浪漫主义",仍一如上述对话所表达的,在很长一段时间内成为被王安忆视作一种重要而基本的必需与匮乏,成为其洞烛现实的唯一的却不甚明确的光源,成为王安忆始终在寻觅、渴求的精神家园(或许不如说是一种关于"终极关注"的必需的能指)。于是,王安忆的作品序列成了这一不无痛楚、不无绝望的顽强心路的外呈。作为新时期最重要的作家/女作家之一,一种"69届初中生"——理想与"真善美"内在匮乏的放大与自指,使王安忆的叙事语调更像是一种探问、一种摸索;间或是质疑,但绝少宣言、力辩、断言评判。王安忆并非对80年代的时代网罗完成了一次优美的逃逸,因她面对自己无限崇尚与向往的启蒙主义与人道主义有太多神圣的敬畏,却缺少充分的自信。她更像是一个启蒙的渴望者,而并不自命为启蒙使命的别无选择的执行人与时代的代言者。她将自己和自己的同"代"人(另一个名字是"69届初中生")视为没有神话庇护而渴望获得庇护的一"代",一种做"好

---

① 王安忆:《雨,沙沙沙》,见《雨,沙沙沙》,百花文艺出版社,1981年,第20—33页。
② 王安忆、陈思和:《两个69届初中生的即兴对话》,见林建法、王景涛编《中国当代作家面面观》,第587页。
③ 孔捷生小说《南方的岸》,张承志《绿夜》,均书写"老知青"对插队时的故地和故人的留恋之情,或可称之为一种"回归意识"。
④ 王安忆:《本次列车终点》,见《王安忆中短篇小说集》,第1—32页。

孩子""聪明孩子"的强烈的、近于自虐的愿望，成了王安忆探寻、追问人生与自我、不断地高产写作的无穷动力①。于是，以"乌托邦诗篇"为她"人生的整个命题"②，王安忆在80年代朝向中心的无穷推进中，一次次地滑向边缘；又一次次地在对"启蒙"之必需的呈现与论证中，由边缘而为中心，成为80年代主流文化重要的参与者③。

《安妮·弗兰克的日记》

从某种意义上说，正是王安忆蔚为壮观的作品序列构成了一个动人的成长的故事。读王安忆的作品序列，如同阅读一册多卷本的《安妮·弗兰克的日记》④。这不是因为王安忆在众多的"世界文学名著"中对安妮·弗兰克情有独钟⑤，也不在于王安忆白描式的写作与那消失在历史劫难中的少女日记具有风格上的相像，而在于它展示了一个不无惊心动魄意味的成长历程。一如在安妮日记的最初篇章中，我们看到了一个纯白的少女，她圆睁着天真的眼睛注视着怪诞的时代与历劫

---

① 王安忆：《神圣祭坛》，见《神圣祭坛》，人民文学出版社，1991年，第88—163页。
② 王安忆：《乌托邦诗篇·作者的话》。
③ 从某种意义上说，整个新时期，王安忆的作品间歇性地引发社会性的关注；或许可以将其视为王安忆不断地在边缘与中心之间滑动的结果。其中最为突出的，是"三恋"的发表所引发的轰动效应和巨大争议。事实上，王安忆这一时期的作品，参与并构成了新时期文化的一次演进。
④ 《安妮·弗兰克的日记》又名《一个少女的日记》，为一个少女安妮·弗兰克于1942年6月至1944年8月，在德国占领下的荷兰所写的日记。作为一家犹太人，为了逃过纳粹的屠杀，安妮与父母等八人躲在一个荷兰友人的家中，过着一种失去任何自由的生活，直到被纳粹发现。安妮死于集中营。战后，她幸存的亲人发表了这些日记，被誉为当代名作。乔治·斯梯芬在英译本前言中指出："这是人类精神获得胜利的象征。"（刘舒：《译者前言》，见安妮·弗兰克《一个少女的日记》，刘舒译，湖南人民出版社，1983年。)
⑤ "我曾应她要求，找了十数本外国作品让她学习学习，她看完后最欣赏的是安妮·弗兰克的《一个少女的日记》，这多少使我有点意外。"陈村：《有一个王安忆》，见林建法、王景涛编《中国当代作家面面观》，第369—370页。

的遭遇；我们在"雯雯系列"①中初遇了王安忆，一个纯情而执拗的少女，她将受惊吓的目光投向喧嚣而狰狞的世界（《幻影》），她第一次目击了人间的丑恶（《广阔天地的一角》），她充满希望地穿过沙沙的细雨，期待着独行在撒落橙红、天蓝色光雾的深夜的街道上（《雨，沙沙沙》）。如果说安妮在幽暗、静寂、不断遭到威胁的地下室写下的日记，比控诉纳粹暴行的巨著更为有力地揭示出一场西方文明的浩劫，更为深刻地复活了一个湮没在历史中的普通少女，那么，雯雯则比同时代的"伤痕文学""反思文学"中惊心动魄的故事更为真切地展示了"文革"时代被遮没的角隅。一如安妮，她似乎在纸页之间，在字句之间，迅速地长大，胀裂了、超越了那幅嵌有纯情少女肖像的镜框。王安忆不仅在"本此列车终点处"，在迷蒙、痛楚的泪水中，震惊般地意识到了而且开始书写小人物的"命运"与人生的"流逝"，而且在以《小鲍庄》②精美的叙事结构、别具慧眼的切入视点令人折服之后，以"三恋"③，尤其是《小城之恋》令道德世界惊骇，进而以《岗上的世纪》《逐鹿中街》《弟兄们》《叔叔的故事》④展示了一个充分成熟的、令人难于界说的王安忆。继而，王安忆再度于《乌托邦诗篇》《纪实与虚构》⑤中出场，这一次，她不再隐身于雯雯或桑桑的背后，而是以"王安忆"的身份自如地出入于纪实与虚构、内省与质询、语言的现实与叙事的游戏规则之间。

确乎可以将王安忆的作品视为一册"安妮·弗兰克的日记"，这

---

① "雯雯系列"，当时的评论家用语，指王安忆最初的作品系列，其中多以少女雯雯、桑桑或小方为主角，多清纯、优美，包括《雨，沙沙沙》集中的大部分作品。
② 王安忆：《小鲍庄》，见《小鲍庄》（中篇小说集），上海文艺出版社，1986年，第243—339页。
③ "三恋"，指王安忆的三部中篇《荒山之恋》《小城之恋》《锦绣谷之恋》。见王安忆：《荒山之恋》，长江文艺出版社，1993年。
④ 均见王安忆《神圣祭坛》。
⑤ 王安忆：《纪实与虚构——创造世界方法之一种》，人民文学出版社，1993年。

是一条潜藏在虚构故事之下的真实的心路，一次在心之羁旅间不能自已的苦苦的寻找。并非叙事学所谓的作为基本叙事动机的寻找，王安忆展示的心路与羁旅起始于一种深刻的匮乏感，一种对于生命价值与终极意义的懵懂。这一切使王安忆固置于一个稚弱而迷茫的自我形象，她必须不断地"离家"出发，必须不断地去发现、去寻找，她必须在来而复去的疾行与跋涉中指认并确信自己与生命的意义。因此王安忆小说中不仅充满了旅途中的人生，充满了车站、码头①，充满了旅途的邂逅、失之交臂的错过，充满了不明就里的"逃亡"与回归，而且王安忆所酷爱的平凡中的奇遇、悲剧中的琐屑，同样饱含着人生逆旅的形象。在王安忆那里，生命如同一次平淡无奇而惊心动魄的流逝，人生则如同行色匆匆的旅程。

和王安忆一样，她的人物大多无法遏制内心深处一股危险而无名的潜流，一种巨大而盲目的激情，一种难以却步的驱动；那是一种他们自己也无法名状的不满与匮乏感。正是这股潜流将他们从差强人意的平凡人生中抛掷或放逐出来，使他们踏上了间或不归的漂泊路。但是，如果说王安忆的人物一次再次地、间或永远地与他们的"宿命"——他们所渴求的一切擦肩而过，那么，王安忆则比她的人物远为明敏而顽强地一次再次地重新开始，去追寻、呈现她的理想与希望之星。于是在80年代众多的作家中，王安忆更像是一个探宝者、一个冒险家，她顽强地从不同的角度去尝试建立她心灵的坐标系，去试图书写、创造一个完满、和谐、宁谧的世界图景。正是在这种意义上，王安忆成了一个自觉不自觉的僭越者——她把自己视为一个真正的"创世者"，一位"上帝"②；如果她不能成功地阐释一切，那么她至

---

① 王安忆关于车站、码头、航渡的意象，在她的作品序列中，十分密集地出现，并渐渐由具体到象征。可见诸《雨，沙沙沙》《小院琐记》《当长笛 Solo 的时候》《停车四分钟的地方》《本次列车终点》《小城之恋》《米尼》《锦绣谷之恋》，等等。在《纪实与虚构》中我们将得知，这确乎是王安忆个人经历中一个重要的场景与印痕。

② 王安忆《纪实与虚构》，其副标题为"创造世界方法之一种"。

少可以重写并再造一切。在80年代理想主义狂潮的最后一浪中，在铺天盖地的伟大叙事的席卷下，一种对于"终极关注"的渴求与匮乏，使王安忆在与主流文化顽强的汇合之中不时地发生偏离。然而，在纪实——不断的、几近绝望的内省，对自身经验、体验自虐式的发掘，与虚构——对素材、他人的生活、叙事形式、结构的狂热的实验与饥渴中，王安忆不断地获得轰动效应，一次次地跻身于主流与精英文化的行列中，但又令人难于界说。

和她的人物不同，王安忆从不曾被滞留或阻隔在青春的"阴影线"或理想、规范、成功光环所投下的浓重阴影之中。作为一个"不安分"的作家①，王安忆似乎始终处于不间断的"突围"之中，从文化的青春"阴影线"中突围，从自己的既定模式中突围，从个人的体验与经验中突围，从社会文化的禁忌中突围，从而在新时期的众多的作家、女作家中，成为为数不多的、不断自我突破的高产作家，其作品呈现为明显的阶梯式排列。事实上，王安忆是新时期唯一一个不断地置身于人们的赞美与忧虑之中、不断地在盛赞中为批评家发现其局限并断言或担心她已难于逾越的作家②；一次再次地，王安忆似乎在一个不可逾越的疆界前复沓，几乎以作茧自缚的方式将自己缠绕起来；但一次再次地，她以惊人的自我更生的能力破茧羽化，一次次地实现着一个作家、一个女性写作者的重生。确乎，王安忆的作品序列构成了一个作家、一个女性成长的故事；她不仅在写作中"找到了另一半自

---

① 几乎所有作家、友人谈王安忆的文章，都会说到她的这种"不安分"。参见陈村：《有一个王安忆》，见林建法、王景涛编《中国当代作家面面观》。
② 参见南帆：《王安忆小说的观察点：一个人物，一种冲突》，载《当代作家评论》1984年第2期；王蒙：《王安忆的"这一站"和"下一站"》，载《文汇报》1982年5月18日；陈思和：《雯雯的今天和明天——读王安忆的新作〈69届初中生〉》，载《女作家》1985年第3期；王安忆、陈思和：《两个69届初中生的即兴对话》，见林建法、王景涛编《中国当代作家面面观》。

己"①，渐深渐远地洞悉、窥破了平凡、丰饶而隐秘的人生，而且在对个人的、性别的体验和社会经验的不断发掘与重述中，获得了一种丰富／间或含混的女性写作（尽管不是女性主义写作）的方式和洞微烛幽的性别叙述视点。

然而，尽管从王安忆创作的起始点，她的人物便呈现了"自我分析"的"理智型"特征②，但事实上，王安忆并非一个极为理智的或内省型的艺术家。从某种意义上说，王安忆的作品序列之为"成长的故事"，正在于她的作品尽管从不滞留于"阴影线"之下，却始终具有一种"青春突围"的特征，一种王安忆特有的"年轻"的特征。这无疑不是其同代人的理想主义的固恋，与受阻断、遭失落的青春激情的固置，而是一份稚气，几许童心，一种永不满足的发问欲与好奇心。事实上，这正源自并囿于关于理想匮乏的自指。因此必然的，王安忆是一个极易接受时代、社会、他人暗示的作家，她对精神家园的无限渴求，她的稚气与童心使她不断地接受诱惑；在诱惑之下大胆地经历一次次文学性的历险。然而有趣之处在于，她一次次地超越了诱惑，在诱惑、接受诱惑、历险中回返到她自己的道路之上，并在此间踏上了一个又一个阶梯。用王安忆坦诚的告白，这便是：

> 在这开初阶段，我广泛地接纳各种印象：有浅的，如蜻蜓点水；也有深的，成为一个身心的烙印。这个阶段，我的身心都处在一个建设的时期里，我要进行物质和精神的两种基本建设。我的名和利的思想都很严重，渴望出人头地。……那时候，外面的世界千变万化，对世界的观念日新月异，令人目眩，甚至已经将来自我们自身经验的观念淹没。虽然我及早地了解到，要想出人

---

① 陈村：《有一个王安忆》，见林建法、王景涛编《中国当代作家面面观》，第371页。
② 王安忆、陈思和：《两个69届初中生的即兴对话》，见林建法、王景涛编《中国当代作家面面观》，第586页。

头地，非得坚持来自个人经验的观念不成，因为只有这样的观念才可能有别于他人……尽管这样，我也不免为各种观念冲击得摇摇欲坠。幸而我的天真挽救了我，我的天真的另一个同义词是幼稚。我很天真或很幼稚地将我的一些经验写下，没有运用技巧，也不会锻炼文字，甚至不会运用我的观念以作透视，岂知这反倒诚实地表达了我的观念。可是我在思想上却总是奔赴最前列的思潮，这些思潮以其新奇与危险强烈地吸引了我。幸亏我追随这些思潮只是快乐的旅行，而我自己的朴素的观念则是我真正的家园。①

于是，王安忆不断地使用关于"返回"的表达："我写'三恋'又回到了写雯雯"②，"《叔叔的故事》……使我发现，我重新又回到了我的个人的经验世界里，这个经验世界是比以前更深层的，所以，其中有一些疼痛"③，"不知道我如今是走到第几层了，我只感悟到光的存在……去热情追求精神的无感无形的光芒的时期。再次接近这时期，我心潮澎湃。我有种回了家的亲切的心情，我想我其实是又找寻回来了我的初衷，这初衷是一个精神的果实，那就是文学。"④这是对精神家园的返回，同时是对一个女性自身体验——"朴素的观念"的返回。但有趣之处在于，王安忆体验性的作品时常构成对理想主义话语的解构与反讽，而朝向理想主义、人、人类的超越性努力，又时时形成了王安忆作品及其女性写作的含混与迷惘。

---

① 王安忆：《乌托邦诗篇》，第237—238页。
② 王安忆、陈思和：《两个69届初中生的即兴对话》，见林建法、王景涛编《中国当代作家面面观》，第592页。
③ 王安忆：《神圣祭坛·自序》，人民文学出版社，1991年，第2页。
④ 王安忆：《乌托邦诗篇·作者的话》。

滞留的少女

　　王安忆最初的故事正是从一个车站开始的——一个雨夜中的车站。那是一次马路奇遇，一次路人间的邂逅，一次短暂的同行（《雨，沙沙沙》）。一个清纯的少女，在细雨中，走过橙红、天蓝色街灯撒落的街道。正是这个向我们迎面走来的少女，以其单纯、温情，以其叙事人与人物间的合一和认同，以其同样清纯、稚气的叙事语调，使王安忆立刻赢得了一片赞誉与呵护之情①。于是王安忆的第一乐章，便在"雯雯系列"间展开。无论名之为雯雯或桑桑，这是一个纯真无邪、情窦初开的少女，"她"有着一双憧憬、迷惘与渴望的眼睛。然而，时常为人们所忽略的是，在同一个"少女"雯雯身上，从《幻影》《广阔天地的一角》到《雨，沙沙沙》，中间经历了一个女性从17岁到27岁整整十年的岁月，而这正是"文革"那非比寻常的十年。然而，在"雯雯系列"中，这十年的岁月，只是变换了一个场景与衬底，未变的是雯雯（桑桑）。她依然纯真、依然懵懂，也许多了几分辛酸，但洁白如故、温情如故。事实上，这是一个滞留的少女，一个被延宕了的青春期；或许可以称之为一次弗洛伊德所谓的青春情感的"固置"。

　　从某种意义上说，不仅是雯雯，或者说不仅是王安忆，这个滞留的少女，事实上是80年代初出没于众多的文学作品中的重要形象之一，成了80年代女性文化与话语的、一个重要而有趣的症候。乐铄敏锐地发现了这一特征，她将类似的"少女"称为相对"平静而优美的"女主人公。她认为，"王安忆、张抗抗、铁凝最初所写的青年女性……都是还处于青春期的女性，女孩子进入青春期，便变成女人，在历史上，是变成'物'，服从传统与父母的安排，出嫁、生育，伺候

---

① 参见梅平：《王安忆评传》，见吕晴飞主编《中国当代青年女作家评传》，中国妇女出版社，1990年，第75—93页。

公婆、丈夫、儿女；而现在，这些女主人公迟迟未进入婚姻，青春期便拉长了，仍处于怡然自得的自我欣赏中，散漫地审视着大千世界，温和优雅地等待是她们的主要心态。"① 然而，王安忆的雯雯，或许有些接近张抗抗的苓苓（《北极光》），但无疑不是铁凝的香雪（《哦，香雪》）；作为一个经历过"文革"岁月、下乡并返城以及在冷酷的现实中破灭了恋情的雯雯，显然不可能等同于一个 16 岁的山村少女。雯雯的少女情怀，与其说是一种心态，不如说更像是一种幻觉与假面。一个有趣的对比是，同为 27 岁的未婚女人，当张辛欣的业余剧作者在拥挤、喧闹的公共汽车上追悔着一个女人青春流逝的不归路时（《我在哪儿错过了你？》），雯雯正在细雨中的公共汽车站上憧憬着一次温馨的奇遇；当张辛欣的排字女工正在婚姻的琐屑中将《红帆》重写为一个无甚价值的"童话"（《我们这个年纪的梦》），雯雯则在午夜街灯的光照中重构着《红帆》的信念。从某种意义上说，这些滞留、徘徊或曰"温和优雅地等待"着的少女形象，刚好降落在七八十年代之交主流话语的期待视野之中，成为一种新的社会心态或曰集体幻觉的象喻。相对于"新时期"以及"拨乱反正"的社会话语，这是一次必需的延宕与滞留。它应和着所谓"夺回青春"及"减去十年"等等再度高昂的乐观主义话语。如果说在"伤痕文学"中，一个湮没在灾难波涛之中的少女／恋人的身影，背负着创伤、忏悔、被劫掠、遭伤害的记忆，那么，一个"重归"的少女，则意味着救赎。一如在《广阔天地的一角》中，现实撕碎了雯雯纯洁想象的幻景；而在《雨，沙沙沙》中，一次新的、微末的奇遇，则再度弥合并浮现了雯雯的理想幻象。一次是剥夺，一次是复归。与此同时，这一"重归"的少女，构成了一个必需的镜像：尽管遭到创伤，但依然纯白；尽管遭遇延宕，但毕竟保留了重新选择的权利，她（他）因此而仍能"温和优雅地等待"，

---

① 乐铄：《迟到的潮流——新时期妇女创作研究》，河南人民出版社，1989 年，第 142—143 页。

继续着所谓"让历史告诉未来"、从此岸向彼岸涉渡的过程——一如我们的生活与社会。王安忆的早期作品《平原上》①,正是通过一个"奔着跑着去迎"心爱的人的少女,实现了新时期初的叙事与《百合花》②式温馨、昂扬的革命经典叙事的对接。在80年代初众多的爱情故事中,凸现出的不仅是历史中的个人,而且是在新的历史情境中彷徨无着的个人。女人作为先在而重写的弱者、被动者的形象,成了这一"个人"的恰当象喻。而在另一个角度上,少女与母亲,始终是特定文化语境中易于获得认可的女性角色。她们可以超越性别角色,一如乐铄所指出的,少女的形象规避、逃离了婚姻中无可逃离的性别现实与权力关系。换言之,对女性角色的固执,对婚姻的规避,正是对女性的社会性"宿命"的规避,至少是一种延宕。事实上,除却母亲,"等待着,等待着呼唤你的人到来的""少女"("待字闺中"),是女性得以确认的主体形象之一,尽管这无疑是一个因不确定("名花无主")而悬置的主体位置,一个主动的被动者。作为一个少女／单身女人,她可以在想象中拥有主动的选择权,至少是被择的可能。在"雯雯系列"中,《一个少女的烦恼》《雨,沙沙沙》《命运》《广阔天地的一角》《小院琐记》《当长笛 Solo 的时候》③都运用经典的女性、关于女性的主题:择偶,作为小说的主要被叙对象。

对于王安忆说来,雯雯是某种理想人格的呈现:"可以是一个人,也可以是几个人。她是我心爱的姑娘;在她身上,我寄托了我最好的心愿,祝她幸福。"④因此,这与其说是纯洁,不如说是对纯洁的渴望;与其说是一种心理或生理的时段,不如说是一种作为匮乏与代偿的心象。她是一种祈愿,一种祝福。似乎作为张辛欣之朝向现实降落的反

---

① 王安忆:《平原上》,见《雨,沙沙沙》,第1—8页。
② 《百合花》,著名女作家、王安忆之母茹志鹃"十七年"时期写作的名篇。
③ 王安忆:《当长笛 Solo 的时候》,见《雨,沙沙沙》,第128—139页。
④ 王安忆:《雨,沙沙沙·后记》,第237页。

面,雯雯/王安忆执着于一个少女的形象。保持着、执着于择偶的权利,便是保有着、执着于理想的权利、继续梦想的权利。这一少女形象,再次成为一个多元决定的社会文化能指。当王安忆通过雯雯书写并重写某种理想自我时,同时在不期然之中,再度实现了女性的、社会的重新定位:不论是在《广阔天地的一角》,还是在《雨,沙沙沙》中,雯雯都因邂逅了一个男人而成长,而再次确认了自己的理想。一如吴琼花或林道静,男性角色仍充当着引导者与先觉者,只是他们不再象喻着一个确信的理想;仍具有权威意义,但这一权威仅仅来自于他们的性别,因为他们自己同样是痛楚彷徨的个人,他们或许仍需要在女人/少女的温情与纯洁中获救。在少女形象重返经典叙事角色的同时,女人,这一以少女形象从"男女都一样"的时代浮现出来的性别角色,再度皈依于经典的性别秩序。

命运交响曲的对位

在"雯雯系列"中作为延宕了的青春期而被搁置的岁月,终于在《本次列车终点》与《流逝》①系列中显影。它显影在陈信在"大上海"街头茫然、近于盲目的回顾之间,显影在欧阳端丽于富足优雅的生活里突然袭来的怅惘之中。如果说雯雯在细雨中的都市街头,再次修复、托举起她的理想与《红帆》式的梦想,那么,陈信则在重返都市街头时,最终破灭了他的梦——尽管这是一个平庸、世俗的梦想:回城、归家。正是这个梦想使他将十年的岁月视为一个生命遭阻隔的瞬间,视为对真实生活的一次无情而无理的延宕。只有当被历史暴力剥

---

① 王安忆:《本次列车终点》,见《王安忆中短篇小说集》,中国青年出版社,1983年,第1—32页;《流逝》,见《流逝》(小说集),第88—194页。

夺的梦想的一切成为现实，其间的落差才将曾视而不见、弃若敝屣的岁月清晰地显影出来。在此，显影而出的，不仅是流逝的岁月，而且是为理想主义所不齿的寻常日子、庸常之辈。事实上，一种有泪、有笑，亦苦涩、亦艰辛的凡人琐事，在"雯雯系列"中已朦胧地显现出来。如果说在雯雯身上，王安忆寄予了一种因理想主义匮乏而产生的自恋而自弃的心态，那么，《本次列车终点》与《尾声》①，似乎成了又一个象喻，不仅是一个灾难时代的终结，人生旅途的一个句段，而且在不期然之间，喻示着一个时代：一个英雄主义与理想主义时代的终结。所谓"时代列车"已在其抵达终点时向人们展示了某种始料不及的现实。王安忆开始以她特有的方式加入这一新的社会现实，加入这次理想主义朝向现实的降落过程，开始在其高产的写作生涯中以另一方式实现其现实与自我的印证。

这是一个缓慢的降落过程。或者用彼时批评家的说法，王安忆缓慢地"失去"、不如说是弃置了她那份曾为人们倍加赞誉的少女的"优雅"②。由庸常之辈的登场、琐屑温情的觑见、爱心与理解，到"人人之间"的隔膜、尴尬与困窘，再到此后始终萦绕着王安忆的平凡的畸零人与无解的、心灵的不归路。显而易见的是，在这一新的话语构造与书写过程中，王安忆的"降落"并非义无反顾。她始终怀抱着她对于理想、理想主义、终极意义的热恋与饥渴，这使她在不断地朝向现实的降落中，不断地试图超越现实。如果说这最初是缘于某种"69届初中生"的自卑与心灵匮乏，而后则成为在自觉而朦胧的世界文化语境中的个人及民族的自我定位的需求。一如在《乌托邦诗篇》中，台湾作家陈映真不仅被王安忆书写为她写作、成长道路上的一个伟岸、孤傲而亲切的父亲的形象，不仅指称着一种王安忆深感缺席的古典人

---

① 王安忆：《尾声》，见《尾声》（小说集），四川人民出版社，1983年，第133—214页。
② 梅平：《王安忆评传》，见《中国当代青年女作家评传》，第86页。

道主义者的超越,一种为注定要失败的事业而战斗的文化英雄主义者的执着,而且成了王安忆定位自我与世界、中国与西方的一个中介、一道桥梁。然而,正是在《乌托邦诗篇》中,王安忆显露了她本人以及一个时代的文化悖论与困境:一边是王安忆叙事中不多见的、热切的仰慕与激情,一种无调侃的、非间离的叙事口吻,而另一边则是《乌托邦诗篇》的命名方式,将这激情、仰慕指认为"诗篇",而且是《乌托邦诗篇》。——在王安忆那里,"诗篇"正作为"小说"/现实的对应、对立物而存在,那是一种崇高、一种可望而不可即的境界,因而成了一种虚幻的代名词。

王安忆在这一新的作品序列中,首先书写的仍是"雯雯",或曰为时代改写过的《百合花》式的故事:一缕微末而痛楚的爱心,一个平凡而别样的情境,一份琐屑而苦涩的温情。如果说此间王安忆的写作具有某种主题的话,那便是和解:与命运和解、与现实和解、与他人和解;忍着泪和隐痛的一抹微笑。那是《本次列车终点》陈信与大嫂执手相看泪眼的时刻,是《运河边上》师生间一份窘迫而纯净的温馨,是《墙基》两侧孩子们的和解,是《一千零一弄》① 电话间里的嘈杂、困窘与平和。此间,王安忆的代表作无疑是《庸常之辈》。一个微末的街道生产组的姑娘,一次全无浪漫气息的爱情,一份本分平实的生活,一点庸常而在情理中的愿望。在何芬、阿年与真真夫妻的喜剧式情境之间,在类似于所谓真真婚礼的"简单"与何芬渴望的婚礼的"铺张"的思忖之间,王安忆以盈溢的爱心在为庸常之辈"正名",为他们覆上了圣洁与意义的光环。然而,这光环在王安忆的作品序列中渐趋暗淡乃至消失。到了《流逝》中,欧阳端丽所背负的已仅仅是一份为活着而必须的挣扎,一份力不胜任而别无选择的无奈生计。没

---

① 王安忆:《人人之间》,见《小鲍庄》(中短篇小说集),上海文艺出版社,1986年,第22—41页;《运河边上》,见《王安忆中短篇小说集》,第118—211页;《一千零一弄》,见《小鲍庄》,第42—67页。

有任何可以谓之为崇高的意义可寻，有的只是一份琐屑、一份不寻常的年代的寻常人生罢了。如果说在《本次列车终点》处，陈信在现实的失落中又一次将曾视为乌有与无意义煎熬的岁月还原为一处失落的梦想："林阴道，小树林，甜水井，天真无邪的学生，月牙儿般的眼睛……"而且，"又一次列车即将出站，目的地在哪里？他只知道，那一定要是更远，更大的，也许跋涉的时间不止是一个十年，要两个、三个、甚至整整一辈子。也许永远得不到安定感。然而，他相信，只要到达，就不会惶惑，不会苦恼，不会惘然若失，而是真正找到了归宿"。那么，在《流逝》中，欧阳端丽则没有什么可以用来编织依恋的"素材"，只有一份无名的空落、"新生"的陈旧感与惆怅；而那种对心灵归宿、对"更远、更大"目的的追寻，却不无嘲讽意味地归之于志大才疏、一事无成的文光，甚至文光也不无反讽意味地意识到："人生的真谛实质是十分简单，就是自食其力。"在依恋、追忆与朝向辉煌彼岸的涉渡之间，王安忆率先将意义归还给此岸，归还给今天与现实，归还给平凡而琐屑的人生。

与这一"和解"的主题并置并渐次占据了王安忆作品序列主部的，是一种主题变奏式的拒绝和解的"个案"。它或许不是出于一种执着，而常常更像是一种不能自已的偏执，一种在命运的扭曲和改写面前的无奈，一种小人物的悲哀喜剧。王安忆不仅将她的笔触和目光降落并驻足于人生的此岸，而且开始向现实的深处进掘。王安忆开始拒绝并否定80年代初关于爱与拯救的话语，揭开温情的人生纱幕，揭示出所谓"爱之拯救"的虚幻与轻飘。从某种意义上说，这一"主题与题材的开掘"不仅在一个作家的写作史上具有"成长"的意义，而且王安忆在揭破温情、爱、拯救话语的同时，不期然之间，消解着支撑类似话语的社会理想与意识形态的询唤与允诺。如果说在《墙基》中，灾难和"人性"曾使孩子们最终超越了阶层（如果不说是"阶级"）的界线达到了爱与和解,那么,在《好婆和李同志》①中,楼上、楼下,新、旧两个时代的人们却始终无法真正越过咫尺间隔。好婆不仅始终是李同志命运的旁观者,她们之间的温情与和解的结局更多地来自于好婆的微妙的权力与优越感的需求与满足。如果说在《分母》②中,卢时扬尚能为社会的"分母"做出一份自我牺牲的壮举(尽管不无暗悔),那么在《人人之间》里,张老师的"善行"却只是把他牵入了一份令人啼笑皆非的难堪乃至凄惶之中。如果说《大哉赵子谦》中隐忍、谦和的传统美德,终于使赵子谦获得了人们的敬重,并使得谦让理解蔚然成风,那么,在《话说老秉》③中,另一种传统美德:勤俭节约,却成了"钞票的灵魂"的一种压抑、一出梦魇。事实上,在其和解的主题中,王安忆呈现了盈溢的爱心;而在其拒绝或无法和解的个案中,王安忆则投入了一瞥充满张力的凝视,一份隐忍的同情。但是,在王安忆的这一作品序列中,无论是认可人生与现实的和解,还是拒绝直面现实的狷傲、偏执,都无法修订或改写人物的命运。在无从逃脱的社会宿命面前,人们所能选取的只是某种承受方式而已。于是,尽管韦乃川的令人怜悯又使人厌恶的故事,是在80年代初的某一处考场上,由一个窥破了前者悲剧的、朴实无华而奋发拼搏的年轻人来陈述的(《命运交响曲》),他作为韦乃川故事的叙事人无疑是这阕"命运交响曲"中的主部主题,但我们很容易从《命运》《小院琐记》《当长笛Solo的时候》《这个鬼团!》④中认出这个年轻人热情、执拗,但不无荒唐、不无沉重绝望的身影。尽管《运河边上》善良、平和、幸福的乐老师,堪与韦乃川形成"命运交响曲"中的另一种对位,但乐老

---

① 王安忆:《好婆和李同志》,见《神圣祭坛》,第222—249页。
② 王安忆:《分母》,见《王安忆中短篇小说集》,第212—243页。
③ 王安忆:《大哉赵子谦》,见《流逝》,第417—448页;《话说老秉》,见《小鲍庄》,第68—79页。
④ 王安忆:《命运》《小院琐记》《这个鬼团!》,见《雨,沙沙沙》,第53—76,104—127,220—234页。

师所付出的代价则是认可现实，丢下画笔，犹如韦乃川在自己是旷世音乐天才的自恋与幻觉中，一天天地使技艺荒疏下去。乐老师的不同仅在于，他现实地听任自己的绘画才能渐渐荒废。从某种意义上说，王安忆所有作品中的人物不仅都是小人物，而且是社会意义上的失败者。他们都在一部极端戏剧化的历史中，经历着某种命运的"错位"，或者说是某种准悲剧式的社会宿命。不论是认可这一错位，与现实和解，还是在想象中执着于自己"应有的""正确的"位置，拒绝和解，都无法改变其作为失败者的现实。乐老师接受了他的社会宿命或曰命运改写，因而获得了人生的平和与幸福；而刘以萍接受了命运的改写与社会的位移，却只成就了一出辛酸的喜剧（《冷土》）。如果说王安忆为深刻的理想主义的内在匮乏所驱使，不断地试图在其作品中超越现实、一己之自我，追寻理想或英雄的痕迹，而她的作品序列却一次再次地以失败者的故事消解着理想主义与英雄主义的话语，印证着其在现实人生中的缺席与无效。

当王安忆的笔触由温馨低回的社会即景转移到苦涩但不无悲悯亦不无讥讽的社会"个案"时，她事实上已由爱、拯救话语所支撑的、整体性的社会场景转移到隐秘而无奈的个人场景之中。"社会"渐渐消隐为人物命运一个不甚重要的背景，一幅渐次单薄的景片。如果说在《命运交响曲》《冷土》中，王安忆已开始书写社会宿命中微末的畸零者；那么，《流水三十章》《米尼》[①] 则成为典型的畸零者的个案描写。此时的王安忆的作品序列已经历了许多极端戏剧性或极端平淡的、彼此无法相谐的灵与肉的故事，经历了对诸多性别场景的呈现与探究，经历了一次又一次的否定、超越与降落。这两部长篇似乎成了另一组王安忆之主题的变奏与对位，成了王安忆诸多女人的故事与畸零者故事中的两个"个案"。前者是"不足为外人道"的一部隐秘的心灵悲剧

---

① 王安忆：《流水三十章》，上海文艺出版社，1990 年；《米尼》，江苏文艺出版社，1990 年。

历程的显现,后者则是对一个几乎无法窥见其心路的外部行为过程的记述。同样是人生逆旅与岁月流逝,同样是没有盟友的"一个人的战争",《流水三十章》中的张达玲经历的是被近于疯狂的自虐所充满的、一次又一次绝望的超越,在一次又一次残忍、圣洁而实则没有敌手、没有任何可为他人认知的意义的搏斗中,实践着她朝向无稽天国的攀援;而米尼则被命运的偶然与生命的本能所牵引,以她特有的极端现实的人生态度,一步步地泥足深陷。张达玲的超越之旅,似乎是一次次灵魂施虐于肉体的"奇迹",充满了理性的荒谬与辉煌;而事实上,她不仅始终生活在心造的幻象之中,而且她的全部行为都更像是狂热情欲的倒错与误投。而米尼尽管似乎因肉体与情欲而失陷,她却始终保持着某种清醒旷达的理性态度;她对现实与生存原则的自如而坚韧的运用,正来自于某种超越性情感:无以名状而欲罢不能的"爱情"。或许可以说,在王安忆所长于书写的、内在或外在的命运交响曲中,张达玲将拒绝和解的主题推到了峰值;但她终因与亲人和解,而在一个具体而微末的情境中实现了她奉献自己于他人的愿望;她在一次降落中实现了她梦寐以求的超越。而米尼则是一个善于与现实和解的角色,甚至在她故事结束的百茅岭劳教农场,她仍是一个幽默干练、现实自嘲的"吃得来官司"的女人。如果将张达玲视为一位英雄,那么米尼则无疑是一个庸人,如果不直呼为罪人或娼妓。但又一次,无论是几近绝望自虐的超越,还是不时妥协的和解,都不能使王安忆的人物摆脱失败者的命运,甚至无法享有一份差强人意的生活。

对于王安忆来说,书写失败者的故事,并非为了呈现一幅悲观主义的社会与人生图景;琐屑庸常的日常生活场景也并非为了到达某种自然主义或照相写实主义的再现。一如在其开端处,王安忆总是选取为爱心浸染的、温情的庸常之辈的故事,她对失败者与畸零者的描摹,仍是为了"穿过黑暗的隧道,前面是光明的颂歌"[①];仍是为了思

[①] 王安忆:《流水三十章》作者照片题记。

索:"长江轮上的邂逅……像是一次从此岸向彼岸的航渡。""我想知道米尼为什么那么执着地要走向彼岸……我还想知道:当一个人决定走向彼岸的时候,他是否有选择的可能……"① 王安忆的"下降"动作,或曰对社会人生的深入,仍是为了超越;在超越"雯雯"显露出的脆弱的自恋的同时,真正地实现对具体的、现实的超越;不仅要到达终极关注的高塔,而且要获得一份真知、一份信念,以填充或修正、替代理想的匮乏。从某种意义上说,张达玲比雯雯更接近王安忆写作行为中的自我:一个在艰辛的笔耕中"孤独与反自然"的文化英雄主义者,一个拒绝和解与妥协的完美主义者;尽管王安忆以一个"充满善良愿望却不近实际的结尾",使张达玲"终于汇入人流,结束了她的英雄生涯,普通人的生涯开始了",而对于王安忆来说,这一质询自我的历程还远未终结。②

世界语境与寻根

在这一和解与拒绝和解的主题彼此冲突的"第二乐章"中,一段重要的经历改写了王安忆的创作轨迹。这便是1983年她与母亲同赴美国爱荷华大学"写作计划"的西土之行。几乎此后所有关于王安忆的文字,都记述了归国后她所经历的那段"苦闷的停笔时期"③。对王安忆的写作生涯与人生之旅来说,这都是一处极为重要的界标。彼时,美国/西方世界对整个中国大陆文化界说来,仍只是置身于某种

---

① 王安忆:《米尼》,第220、254页。
② "作品的意旨在于写一个英雄,为英雄的定义是:孤独与反自然。"王安忆:《王安忆小传》,见《米尼》,第258页。
③ 王安忆:《王安忆小传》,见《米尼》;《小鲍庄·后记》,第451页。梅平:《王安忆评传》,见吕晴飞主编《中国当代青年女作家评传》,第87页。

想象之中，甚至是想象之外。于是这一经历之于王安忆，便成为一次真正的震惊体验：

> 面对着与自己三十年生活绝然两样的一切，一时间除去眼花缭乱，来不及有别的了。心里似乎什么都没有，连旧有的思想也没了，成了空白……然而，却常常被一股莫名的情绪所搏动，或兴奋，或焦躁，或喜悦，或悲哀，唯独没了平静。总是心神不定，六神不安，最终成了苦恼。①

与此同时，世界、世界语境之于王安忆成了一种真切的现实，成了一种质询，一种参照，间或是一种挤压。所谓"对她来说，另一个世界是真实的，不再仅仅是地理上的一个概念"②。这使得王安忆在其同代人之前获得了所谓世界文化语境中的民族文化的自觉，开始了对民族文化自我及民族文化中的自我的反省，其间不无绝望、不无困惑：

> 回到自己熟惯的世界中……我忽感到，要改变自己的种族是如何的不可能，我深觉着自己是中国人。百感交集，千思万绪涌上心头。……
>
> 总之，从蜗居中走出，看到了世界的阔大，人的众多，对自身的位置和方位有了略为准确的估价，再不至为了一小点悲欢搅和得天昏地暗，死去活来，似乎博大了许多，再不把小小的自己看在眼里，而看进了普天下的众生。然而却又对自己生出无穷细微的好奇和悬想，每一点滴都有了考究的兴味：我究竟从何而来？我为什么是这样而非那样？细究得太过便容易钻牛角尖，一

---

① 王安忆：《小鲍庄·后记》，第451—452页。
② 陈村：《有一个王安忆》，见林建法、王景涛编《中国当代作家面面观》，第364页。

钻进去就不容易出来，只好顺其下去，考究得辛苦而无用，不觉又狭隘起来。弄到最后，自己也弄不清，那灵魂是渺小了，还是伟大了，只知它逐渐扩张，充满了一整个我，渗进了我的小说。①

如果说赴美前，王安忆对"上海味小说"的兴味②来自于本土文化中的地域文化的自我定位，那么，此时一个更大的参照系则使王安忆转向了面对"世界"意义上的民族文化的自我定位。一如她反复提到的那个时刻：她回答台湾作家陈映真"今后写美国、写中国"的提问时，回答了"写中国"③，彼时她尚未意识到这不是一个简单而自然的回答；这是一次定位，一个抉择。这一次，是相对于美国的中国，是面对着世界的中国。

1983年的西土之行，作为一段个人经历，并未使王安忆遗世独立于当代中国文坛，相反，它以一种极为个人化的方式与80年代的社会文化变迁汇合，使王安忆成为此后文学风潮中的弄潮儿、先行者。王安忆不仅在历史文化反思运动及寻根文学达全盛之前，在个人的体验和感悟中，以"我的人生参加进我的小说，我的小说又参加进我的人生"④的方式，加入了民族文化的与个人、自我的寻根；同时以她自己的方式开始了超越性的对"人"的关注和书写。此后，王安忆的命运交响曲不再是或者说不仅是对社会中的人、社会性的人的关注，而（且）是对命运及人自身的关注。对于80年代始终作为主流/反主流话语中心的"人道主义"来说，王安忆是一个迟到者，美国之行成了王安忆加入这一话语构造与实践的文化及个人的契机。然而，当王安忆开始了她对"人"的书写与探究之时，她所关注的，不是作

---

① 王安忆：《小鲍庄·后记》，第452页。
② 陈村：《有一个王安忆》，见林建法、王景涛编《中国当代作家面面观》，第364页。
③ 王安忆：《小鲍庄·后记》，第453页；《乌托邦诗篇》，第250页。
④ 转引自冰心：《小鲍庄·序》，第4页。

为七八十年代之交意识形态实践的"大写的人"——尝试取代"神"的人的神话;换言之,王安忆所关注的不是政治化的或社会性的拯救,而是民族的主体位置及个人身份的再确认。当王安忆以个人的方式实现了她久已渴求的超越时,她于不期然之间,与主流话语遭遇,并且在开始有意识地规避作品的社会性或曰意识形态性的同时,远为有力地加入了一个深刻的文化革命的进程。当人们慨叹王安忆失落了她的"优美"的同时,王安忆开始以更大的真诚、袒露、胆识与执着推进着她的探究①。从某种意义上说,这是"安妮·弗兰克"骤然成长的时刻。

事实上,兴起于彼时、全盛于 80 年代中期的历史文化反思运动及寻根文学,是一场极为自觉的、于世界(文化)语境之中的民族再定位。作为一场为现代化进程开道的文化革命,同时作为现代化进程改写一切之前的一次追思,其中充满了文化与情感的悖论情境。而王安忆的美国之行,使她的选择更倾向于后者,倾向于一种不无悲慨的民族自我的认可,一种看似沉静实则深情的民族文化的内省与回瞻。不是寻根文学中特有的爱恨交织、耻痛相加的繁复叙事立场及语调,而是一种描述,一种呈现,一种探询考察中的再构造。如果说 80 年代的历史文化反思运动,是一场自觉的世界语境中的民族再定位,那么,在大部分作品中,这一世界语境或曰世界形象却更多的是一种"蔚蓝色文明"式的想象与虚构。而王安忆本人因了这特定的个人经历而获得了一个相对真切的"世界"/西方形象,所谓"初步为自己的生存与写作建设了一个国际背景"②。因此,在"深觉着自己是中国人"的同时,她获得了一个并非全然美好的现代西方的参照:"她说她愿意中国人民在富裕之后,'仍保留着一切传统民俗中美好的东西,不像

---

① 王安忆写道:"我不能去故作优美","真诚是比一切都重要的,失落了真诚,无论是做一个作家,做一个妻子,做一个人都是不成的。"《理解·感受·表达》,载《上海文学》1982 年第 8 期。

② 王安忆:《王安忆小传》,见《米尼》,第 257 页。

当今西方社会那样人与人之间互相隔膜'。"① 仍作为一个"69届初中生",王安忆的寻根并不如《父亲》《黄土地》或《棋王》②等等那样自信、投入,并负荷着启蒙及道义的权力感,而更像是继续朝向琐屑而广袤的、中国式生存描摹的降落。如果说寻根小说是80年代民族寓言写作的最高峰,那么王安忆的作品中的"终极关注"则更多地朝向"人"的"本真",个人化地连接着"我的来历"③。此阶段王安忆的作品与其说是"客观主义""无我"的叙事④,不如说这是又一次写作个人化的过程。此间远非最为成功却极为重要的作品是《大刘庄》⑤。小说的叙事无疑采取双向并进的方式。如果说大刘庄的故事在一个相对封闭而传统的背景下,在一群年轻人对传统生存的顺从与不甘中,透露出80年代文化寻根的消息,那么,上海一群在茫然的等待中躁动的初中生们,则无疑是王安忆未经雯雯般美化与诗化的、"自己的故事"中的一章⑥。二者以十分对称而绝对平行的方式并进,事实上在意义网络中彼此趋近;而后者则在被述事件中走向大刘庄,走向他们一无所知但源远流长的"根";从某种意义上说,正是对王安忆此时此刻文化角色的象喻。毋庸置疑,《小鲍庄》不仅是王安忆这一阶段的佳作,而且事实上成了寻根文学的重要代表作之一。

在美国之行的震惊体验和创作阻滞之后,在《麻刀厂春秋》《阿

---

① 王安忆:《妇女作家一夕谈》,载《中国妇女报》1985年7月10日。梅平在《王安忆评传》中写道:"那喧闹繁华的世界,在她的心底唤起一种本能的民族自重感。"见《中国当代青年女作家评传》,第87页。
② 《父亲》,80年代著名青年画家罗中立的油画名作。《黄土地》,第五代著名导演陈凯歌1984年之处女作。《棋王》,著名作家阿城的代表作,寻根文学的代表作之一。
③ 王安忆:《我的来历》,见《小鲍庄》,第100—130页。
④ 吴亮:《〈小鲍庄〉的形式与涵义——答友人问》,载《文艺研究》1985年第6期。
⑤ 王安忆:《大刘庄》,见《小鲍庄》,第131—242页。
⑥ 参见《历险黄龙洞》(收入《小鲍庄》)、《纪实与虚构》。

跷传略》《话说老秉》《好姆妈、谢伯伯、小妹阿姨和妮妮》[1]等等"尽失优美"的作品之间,《小鲍庄》蓦然显现出一种宁谧,一份淡泊,一篇"像是经过无数遍酸碱漂洗,到了极白极土的文字"[2],一个匀称、精美的结构所显露出的诗情,一脉深藏不露的忧伤。与其说王安忆以她自己的方式率先"发现"、返归并到达了民族文化与民族生存的"根"或曰"本真",不如说她事实上成了寻根小说某种范型的始作俑者[3],成了关于"根"、关于民族生存之话语的重构者之一。《小鲍庄》确乎在某种意义上标明了王安忆的成熟。她不仅自此开始在多重意义上确立了某种文学的自觉,而且不再是对主流话语的借重与附着,不再是因理想主义匮乏所生的、对崇高的社会理想力不胜任的攀援,而是强有力地加入了新的主流话语的构造与更生。已有众多的评论者论及小说颇为繁复而精致的叙事及意义结构。这部有着两个引子、两个尾声、四十个小节的中篇,涉及了五个家庭、十数个人物。然而,尽管作品有着明确的民族文化寻根的写作动机,但与其说《小鲍庄》是一部民族寓言,不如说它更像是一阕谣曲,悠远、平实、娓娓动听。彼时的批评家更多地在历史文化反思运动的总体语境中将《小鲍庄》《大刘庄》阐释为"文明与愚昧的冲突",将小鲍庄、大刘庄的故事解释为传统/愚昧如何窒息,至少是潜抑了人性[4]。但即使作为一种必然的误读,人们也无法据此来阐释鲍五爷与小捞渣之间"神秘"的"缘

---

[1] 王安忆:《麻刀厂春秋》《阿跷传略》,见《小鲍庄》,第1—21页,第80—99页;《好姆妈、谢伯伯、小妹阿姨和妮妮》,见《海上繁华梦》,花城出版社,1989年,第71—196页。

[2] 乐铄:《迟到的潮流》,第223页。

[3] 此后大量出现的寻根派小说,多有着古老传说的"引子",民谣的复沓出现,多线索并进的叙事方式。

[4] 乐铄:《迟到的潮流》;吴亮:《〈小鲍庄〉的形式与涵义》;何志云:《生活经验与审美意识的蝉蜕——〈小鲍庄〉读后致王安忆》,载《光明日报》1985年8月15日。在关于《小鲍庄》的蔚为壮观的评论文章中,颇为深入而独到的,是陈思和的《双重迭影·深层象征——谈〈小鲍庄〉里的神话模式》,载《当代作家评论》1986年第1期。但有趣之处在于,他是以《圣经》的原罪原型来分析这一中国民族生存的故事。

分"，大姑、拾来、二婶之间的欲望关系。事实上，正是在这里，王安忆的个人经历与文化立场使之逃脱了彼时彼地特定的文化悖论，因而作为与《爸爸爸》或《河殇》①之类作品意义的对立一维，呈现着"寻根"的本义。如果说《大刘庄》双线并置的叙事结构，将上海"待分配"的初中生们，呈现为在懵懂无聊之间不期然地即将到达其文化与生命之根，如果说，这些初中毕业生在象征与自传意义上喻示着王安忆自己，那么，《小鲍庄》则正是王安忆文化、象征的寻根、归根之行的到达。她因之写道："《小鲍庄》写作的开始，似乎不应只从秋末那个在书桌前坐定的早晨开始，应该从《大刘庄》算起，或者更早。"②《小鲍庄》正是以自觉的结构意识、平实直白的语言，构成了一部以现代文明或曰西方世界为参照的、民族生存的谣曲。小说中最为深情而动人的篇章是捞渣和鲍五爷之间的"缘分"，捞渣的葬礼则是全篇的情节与情绪高潮：

> 全庄的人都去送他了，连别的庄上，都有人跑来送他。都听说小鲍庄有个小孩为了个孤老头子，死了。都听说小鲍庄出了个仁义孩子。送葬的队伍，足有二百多人，二百多个大人，送一个孩子上路了。小鲍庄是个重仁重义的庄子，祖祖辈辈，不敬富，不畏势，就是敬重个仁义。鲍庄的大人，送一个孩子上路了。
> ……………
> 女人们互相拉扯着，喔喔地哭，风把哭声带了很远很远。男人们沉着脸，村长领着头，全是彦字辈的抬棺，抬一个仁字辈的娃娃。
> 刚退水的地，沉默着，默不作声地舔着送葬人的脚，送葬队

---

① 《爸爸爸》是80年代著名作家韩少功的小说，寻根文学的代表作之一。《河殇》，中央电视台大型专题节目，苏晓康为总撰稿。
② 王安忆：《我写〈小鲍庄〉——复何志云》，载《光明日报》1985年8月15日。

伍歪下了一长串脚印。

送葬的队伍一直走到大沟边。坑,挖好了,棺材,落下了,村长捧了头一捧土。九十岁的老人都来捧土了:"好孩子哪!"他哭着,"为了个老绝户死了,死得不值啊!"他跺着脚哭。

……土,越捧越高,堆成了一座新坟……

这一天,小鲍庄没有揭锅,家家的烟囱都没有冒烟。人们不忍听他娘的哭声,远远地躲到牛棚里,默默地坐了一墙根,吸着烟袋。唱古的颤悠悠地拉起了坠子……

这不仅是谣曲中最感人的一段,而且是一个传统文化的命名式,它衔接起小鲍庄(也许是中国?)"仁义之乡"的悠长历史,成了这历史、这传统一个最新的例证。同时,也正是王安忆明确与相对"真实"的西方参照,使《小鲍庄》尽管不曾出现《棋王》式的强烈的汉文化自恋,但仍自觉不自觉地构造、重写着东方的"神秘"。

《小鲍庄》不仅作为"新时期文学的重大实绩之一"[①],成了寻根小说中的"力作"[②],甚至是某种类型的创造者;它不仅"隐含了新时期妇女创作最富特色的两个主题:对男性中心历史的反思,对性本体的认识"[③],而且在王安忆创作轨迹中,它不只是在叙事的结构意义上获得了文学的自觉,更重要的是,在《小鲍庄》中已自觉不自觉地呈现出王安忆此后创作的一个极为重要的主题:对写作行为自身的反思,对写作者、或许可以说是对知识分子身份及角色的反省。且不论《小鲍庄》便是"纪实与虚构"的实例之一,在小说的被述事件中,鲍仁文喜剧式的写作行为,由他所执行的"纪实与虚构",在不断介入着、影

---

① 乐铄:《迟到的潮流》,第223页。
② 何志云:《生活经验与审美意识的蝉蜕》;王安忆:《我写〈小鲍庄〉》。乐铄:《迟到的潮流》,第223页。
③ 乐铄:《迟到的潮流》,第231页。

响着小鲍庄的艰辛而古朴的生活。因了"文疯子"的写作,有了对捞渣——此时成了鲍仁平行为意义的改写,有了其作为"小英雄"(不再作为"仁义孩子")的第二次命名式。这第二次来自现代社会的命名式,平淡,间或有几分荒唐无稽的色彩:"文化子把这文章念给他大他娘听,不料他大他娘脸上却淡淡的,好像在听一个别人家的故事似的。那些激动人心的话,对他大他娘作用不大似的。文章里的捞渣,离他们像是远了,生分了。"而那座树有"永垂不朽"石碑的高坟,也远不及鲍姓人捧土培起的坟墓深情而"真实"。但这一命名式却有力或曰实用得多:它作为一个叙事的、叙境中的契机,使故事中所有人物的命运获得了喜剧性的转折:家里盖起了新房,建设子得以招工,因而使捞渣一家终于挣脱了贫困;而建设子完婚,则使得文化子、小翠有情人终成眷属;而拾来因从水中摸到"小英雄"而终于在小鲍庄获得"正名",并在二婶面前匡复了"一家之主"的地位。鲍仁文则当然地因"自己"的写作"变成了铅字",而由任人嗤笑的"文疯子"成了一个"人物"。和《大刘庄》中的百岁子一样,鲍仁文构成了古朴村庄与"文明"的外部世界的连接,所谓"这位想当作家的小伙子也许是唯一的渴望城市、名声和出人头地的人";但和前者不同的是,百岁子尽管无法守着一份本分的生活,但当他灰头土脸地回到大刘庄的转折点时,他仍然是其亘古依然的乡村生活中的一分子;鲍仁文却由于他选择了写作,彻底远离了依土而生的农家生涯。不仅如此,他的写作行为本身也在不断改写或曰破坏着传统生存的和谐、完满。并不如彼时批评家所认为的那样,"遗憾的是那块洼地圈住了他[鲍仁文],以致他的一些行动和心理就显得卑微和可笑"[①]。从某种意义上说,正是鲍仁文充当着王安忆,或者夸张些说,是现代知识分子的漫画像。同样地以写作——这一在日常生活中并无价值与意义的行为为自己的终身

---

① 吴亮:《〈小鲍庄〉的形式与涵义》。

目的,同样渴望着"名声和出人头地";所不同的是鲍仁文渴望跨越的疆界是鲍庄,而对于王安忆们则是中国大陆;或许更大的不同在于,王安忆已然,至少是正在获得某种反省与自觉:她已然开始在鲍仁文式的漫画像里辨认自己,一如她已然开始在一个事实上以启蒙、精英主义为核心的文化思潮中,以某种痛切而自嘲的果敢反身于自己,并在80年代硕大无朋的使命感的浪潮中书写着《我的来历》和《历险黄龙洞》之类的"我的故事"。至此,王安忆多卷本的"成长的故事"已添加了新的一章。她将再度远行或曰再度归来。不期然之间,王安忆正在书写"人"的超越与宿命般的局限的同时,接近了"性"的"禁区",并不断地与她试图超越与规避的女性的性别遭遇与体验迎面相遇。

第八章 王安忆（二）：话语迷宫内外

性与性别之疑

"三恋"①的问世，使王安忆瞬间由一个风格温婉的"女性写作"的范本人物成了一位惊世骇俗者；王安忆第一次"正式"列入了"有争议作家"的行列②。然而，彼时彼地，由争议而引发的轰动效果，已不复为唤起"政治迫害情结"（或曰"政治被虐妄想"）的由头；相反，它满足了人们对"突破"、"进步"、论争及文学轰动效应的无餍足的需求与饥渴，构成了对"思想解放""创作自由"的节日狂欢与不断印证。

在王安忆的作品序列中，这无疑是又一次重要的突破，一次解符码／再符码的过程。当《小城之恋》《荒山之恋》《岗上的世纪》③等作

---

① "三恋"指王安忆的三部中篇《荒山之恋》《小城之恋》《锦绣谷之恋》，先后发表于 1986—1987 年。《荒山之恋》，载《十月》1986 年第 4 期；《小城之恋》，载《上海文学》1986 年第 8 期；《锦绣谷之恋》，载《钟山》1987 年第 1 期。后都收入《荒山之恋》（中篇小说集），长江文艺出版社，1993 年。

② "三恋"中《荒山之恋》《小城之恋》引起了激烈论争，以《小城之恋》为最。参见张散、马明仁选编《有争议的性爱描写》，延边大学出版社，1988 年。"三恋"是王安忆作品中唯一没有立刻结集出版的作品，相反《小城之恋》频频被选入"新时期有争议作品"的各类选集之中。1988 年"三恋"结集由中国香港南粤出版社出版，而包含这三篇小说的中篇小说集直到 1993 年才在内地正式出版。

③ 王安忆：《岗上的世纪》，见《乌托邦诗篇》，华艺出版社，1993 年，第 1—93 页。

品开始以本能、欲望、生命的原始冲动消解80年代初（或曰"19世纪"）关于爱情/拯救/理想主义话语的同时，它无疑被指认（误认）为对中国式的（或曰"20世纪"）启蒙主义话语的补白与填充。如果说美国之行使得王安忆通过她个人的心路，终于加入了80年代对"人"的神话的书写，那么，王安忆这一作品序列也无疑构成了"人"的反神话的写作。仍然是"灵与肉"，却不再是"人与兽"；仍然是个人难于逃脱的"宿命"，却不再关乎社会和历史。相对于王安忆的故事与人物，其中历史和社会更像一个场景甚至一张景片；它们不再是人物唯一的"宿命"，甚至不再扮演一个拨乱其间的小人。但王安忆之"性爱小说"①的写作，与其说是一次对理想主义的僭越与冲击，不如说王安忆再次以她独有的方式，实践着她的超越与飞升。如果说《小鲍庄》是在"世界"文化语境中反观中国文化的地位与价值，那么，这一次，她则试图在"人类"的高度上，俯瞰"人"自身。不是"神圣的""大写的"人，而是生命的渊薮，文明脆弱的表象下赤裸的人生。

然而，这一"三级跳"式的超越，再一次地成了降落，成了王安忆对并非浑然一体、无分高下的"人""人类"的性别现实的直面；王安忆对启蒙主义话语的成功补白，同时构成了对始终为理想主义、启蒙主义所遮蔽的性别现实的显影与揭示。在王安忆以她浩繁的篇章呈现出的心之羁旅中，由"三恋"所开始的，是一次不亚于《小鲍庄》的远行；但这也是自雯雯之后，一次远为深刻的回归。她说："我写'三恋'又回到了写雯雯"，"我写'三恋'可以追溯到我最早的创作初衷上去。我的经历、个性、素质，决定了写外部社会不可能是我的第一主题，我的第一主题肯定是表现自我"。②但这一次，王安忆所谓的"自我"是一个性别化的自我；换言之，是一个女人。第一次，女性不再

---

① "三恋"作为"性爱小说"，是彼时论争中的命名。
② 王安忆、陈思和：《两个69届初中生的即兴对话》，见林建法、王锦涛编《中国当代作家面面观——撕碎，撕碎，撕碎了是拼接》，时代文艺出版社，1991年，第592、594页。

仅仅标明作者的性别，不再仅仅是某种风格，某种或细腻、或清丽、或委婉的风格、笔致的指称，而是前提、视点、语调与结构。从某种意义上说，"三恋"、《岗上的世纪》（或许应加上更早的《流逝》与《蜀道难》①）之惊世骇俗，不仅在于它涉及了性，而且极为潜在地缘于它如此触目地显现出其女性写作的特征。事实上，彼时重要的男性批评家已极为敏锐乃至尖刻地指出了这一特质。吴亮将"三恋"概括为：

> 一个女人携带着她的男人在和环境作了无望的抵抗之后遁入了死亡之门；
> 一个女人和她的男人在一番沉溺于肉欲泥淖的苦苦挣扎后终于超然而出成为人母；
> 一个女人在期待、邂逅、保持一个男人幻影的过程中经受了心灵的分裂、再生与回归最后重为人妻。

它们无疑都是悲剧。它告诉我们"自由性爱注定没有完美结局"，"就人在两性问题中所遇到的种种困扰和痛苦以及相应的抗拒行为而言，都不配有完美的结果"。然而，这并不仅是古老的爱情悲剧，或对于人类命运的悲观主义结论。因为：

> 若将这三部小说里出现的三个男人放在一处，大概还能觉察到某种内在的相似性。这首先体现在他们的被动性上。诚然，还没有足够的理由说那是有意无意地贬抑男人或轻贱男人，可是我的确注意到这三位不幸地卷入各自性爱纠葛的男人，不是倒霉、畏缩、不走运，就是软弱无用、孤立无援的；不是阴柔的、女性化的，就是自暴自弃、不可依靠和不可信任。难以猜度这里是否

---

① 王安忆：《蜀道难》，见《小鲍庄》，上海文艺出版社，1986年，第401—450页。

隐藏着关于男人形象的最早记忆和一种不能遗忘的"原型",更难以进一步想象这个男人原型究竟是不是从多年的经验里无意识地得以形成,或者相反,它纯粹是某种人为制作的、观念的产物——看来,前者的可能性更大。……

指出这么一个现象绝不是多余的,因为它从反面提醒我应该联想到这种男人的弱化处理和我称之为"女人中心立场"有着不可祛除的关系。女人中心立场在这三部小说里愈演愈盛,它表现为大量的冗长的繁复的心理分析和同情,详尽无遗的解释达到了不厌其烦的程度……显然,为当事人的行为进行系统的辩护是这三部小说的共同特色,它的视角始终是女人的,得失衡量也是女人的;它的语气是女人的,态度立场同样是女人的。由此,如下的断言就能够获得成立:男人是不可依靠的,女人只有自己担负起自己的命运。女人的一切动机、冲动、需求乃至斤斤计较的小心眼,都是拥有十足的理由的。因为女人承受了过重的压力,所以男人们便显得分量轻了,他们根本没有主意,甚至没有头脑,一有什么事变就束手无策,笨手笨脚。我不知道这到底是关于男人的真实肖像,还是因为骨子底恰恰是对女人缺乏信心,而在想象中将她们塑造成能够勇于承担一切的圣女。①

而另一位不约而同地直呼王安忆为"女性中心主义"的男性批评家程德培则写道:

"她"是某种女性的细胞,"她"包含了女性所独有的敏锐、自私、偏见与局限的生命经验,对神圣母爱的崇拜,对女性一切

---

① 以上吴亮的引文见《爱的结局与出路——〈荒山之恋〉、〈小城之恋〉、〈锦绣谷之恋〉的基本线索》,见张散、马明仁选编《有争议的性爱描写》,延边大学出版社,1988年,第225、231—232页。

力量、长处、智慧的自信,以及由此而来的对柔弱男性、差劲男子、不堪崇拜的男子陋习的印象与厌弃。实质上,作品中所表露出的对男女间的那些不满,归根结底都是由男人来承担的。天哪!在这个世界里,男人不得不改变自己的名字,而写上"弱者"两个字,他们不是窝囊地、糊里糊涂、没有主见地跟着别人去死,就是永远进了那个该死的赌台;他们不是被抛弃,就是做一个靠着女性的宽宏大度过日子的丑陋角色;而那唯一的一个侥幸地成为值得女人爱的男人,至多也只能生活在女人心里……

这是个很有趣的现象,它充分说明这场面对自己的角逐有着很大程度上的自我欺骗,所谓面对自己,就是一种自我的分裂,它一方面是对自己的反省,另一方面也是对自身的偏爱;它一方面是自我的解剖,另一方面又是一种自我辩护。

……于是,这位女性在不平中呜呜不已,于是,便给了那位男人下"地狱"的出路,因为他被新生命的到来吓昏了头,所以理所当然地被剥夺了他的继承权,剥夺了他的光荣与辉煌;给了那位纤弱而又缺乏忍耐力,并不十分爱情至上而又有许多牵挂的男人以荒山的丢弃;叙述者在所有这些对男人的贬斥中,唯独给了那寻找自我局限于迷惘的女性以很高的境界。……如同女性的诸多特性只有男性才能觉察一样,这位"女性中心论"者在保卫女性尊严时,也主动地揭穿了男人们惯于掩盖自身的隐私。也像我们刚才谈到的那样,这种成功的主动出击及时地满足了女性的窥私欲。①

有趣之处在于,作为80年代精英文化的体现者的男性批评家们

---

① 程德培:《面对"自己"的角逐——评王安忆的"三恋"》,见《有争议的性爱描写》,第221—223页。

无一例外地接受了"三恋"系列中的"性描写",并代为回击道学家们的抨击与非议,又"公允"地肯定了王安忆的胆识与思考;但又不约而同地使用极端刻薄、几乎是恼怒的口吻,将作品中并非绝对的女性视点指斥为"女性中心主义"的褊狭甚或是偏狂。这一次,甚至"公允"的男性文学批评家们也无暇顾及《荒山之恋》一如《小鲍庄》的精美的重唱、叠句式的叙事结构,《小城之恋》里的细腻、复沓回旋的谣曲式呈现;无暇顾及浸淫在这两篇小说中的深刻而广漠的绝望与悲悯。这两位颇为敏锐、聪颖的批评家都极为"公正"地惋惜,王安忆之果敢地"面对自己"终于成了"自我分裂"中的"自欺",她的自讼成了自辩;所谓"她的思考是很有意思,至少她那种女性中心状态的思考与特有的敏感,确实纠偏了世界上许多男性中心状态的偏见。……但是,很有可能的是,这种颇具锋芒的思考也会同时带来另一种偏见"。所谓"我现在终于相信,没有一个人能够如实客观地观察、描写人的自然,没有人能在此保持绝对的中立与公正。这几乎是一条铁律,只在执行时贯彻的程度有所不同而已"。① 确乎如此,这几乎是常识。但据此推论,王安忆无疑有些"过分"。而这些批评家却有意无意地忽略了《锦绣谷之恋》中对女主人公的剖析,忽略了王安忆对其不无同情、同时不无调侃的描述与揭示:与其说她在渴求着爱情,不如说她在索取一次新鲜的奇遇;与其说她爱上了一个男人,不如说她终于在新获的一面镜中玩味着爱情中的自己。一次以"他恋"形态实现的"自恋"。但有趣的是,彼时彼地,张贤亮的另一系列同样造成了轰动效果、涉及了"性爱描写"的作品②,尽管也遭到了某些尖锐的批评(在此,姑且不提道学家们的非议),但几乎无人论及其作品中赤裸的男权意识,亦绝少有人深入剖析这类反思追忆型作品无处不在的

---

① 程德培:《面对"自己"的角逐》,第222页;吴亮:《爱的结局与出路》,第232页。
② 指张贤亮的《绿化树》《男人的一半是女人》。

男性中心的自恋、自辩。尽管较之"三恋",这是远为鲜明、几乎是昭然若揭的事实。别一有趣之处在于,刚好是"三恋",而不是此前张洁的《方舟》、此后铁凝的《玫瑰门》遭到了"女性中心主义"的指斥。显而易见,"三恋"之罪,不在于彻底的女性或曰"女性中心"视点(在"三恋"这也无疑是一个太过明确的事实:确乎是性别、性爱场景的出席,但它同演于一个名之为人类、命运的剧目之中①),而在于,80年代作为智者与勇者的精英文化,也无法承受王安忆所呈现出的那份赤裸或曰真实——并非关乎性爱的真实,而是关于性别的真实:因为这一次"人性的弱点",并不呈现在"人"的名下,而是呈现于男人和女人。他们所无法或曰拒绝承受的正是关于男人的部分。这种冒犯是如此的直接而突然,以致人们不再有胸襟与目力去发现王安忆同样毫不容情的对女性之丑陋的揭示,以致他们如此瞩目于作品给出的结局,而不再细查叙事人、叙事语调与叙事过程。从某种意义上说,"三恋"的意义结构被指认为性别而非性爱,并非偶然。事实上,这正缘自一个不断困扰着王安忆本人的关于性别及女性的思考:

> 很长的一段时间,我一直在想那么一个问题:究竟,男人是怎么回事,女人又是怎么回事?
>
> 上帝待女人似乎十分不公,给了女人比男人漫长的生命,却只给予更短促的青春;给了女人比男人长久的忍饥耐渴力,却只

---

① "我想人类关系其实充满了装饰性的对称感,这种对称感最为自然的具体体现,大约就是男人与女人的关系,其实这就是我写作男人与女人的故事的初衷。人们说我是写性爱的作家是大错特错了,说我是女权主义更是错上加错。女权主义的说法破坏了我力求实现的平衡状态。这是一条腿走路的方法,和我的方法完全不是一码事。男人与女人的对位图在我眼里,具有具体关系和抽象关系合二而一的效果。他们既是男人与女人这一或者说性爱、或者说情爱、或者说生殖繁衍的具体关系,他们又是阴阳两气的象征,他们是人类最基本的组成单位,最低元素。这关系于我有着极大的概括意义,当我寻找到这种关系之际,我简直欣喜若狂。"王安忆:《纪实与虚构》,人民文学出版社,1993年,第395页。

给更软弱的臂力;生命的发生本是由男女合成,却必由女人担负艰苦的孕育与分娩;生命分明是吸吮女人的乳汁与鲜血长成,继承的却是男人的血缘和家族,在分派所有这一切之前,却只给女人一个卑微的出身——男人身上的一根肋骨。

男人则被上天宠坏了,需比女人更多的母爱才能成熟;在女人早已停止发育的年龄还在尽情地生长;在女人早已憔悴的年龄却越发容光焕发,连皱纹都是魅力的象征。于是,女人必比男人年轻,在性爱与心理上才能保持同步,可是女人却又注定享有更多的天年。因此,男人在女人的眼泪和爱抚之下安息,女人则将男人送走,然后寂寂地度完孤独的余生。

女人生下来就注定是受苦,孤寂的,忍耐的,又是卑贱的。光荣的事业总是属于男人,辉煌的个性也总是属于男人。岂不知,女人在孤寂而艰苦的忍耐中,在人性上或许早早地超过了男人。[①]

或许可以说,在王安忆个人的、写作的旅程中,这是第一次,王安忆在陈述一种现实的同时,充满困惑地质疑这一现实,而这正是性别的现实。然而,这无疑是一次逃逸中的陷落。王安忆是在潜在的性别差异与性别秩序的基点上开始了她的设问:"究竟,男人是怎么回事,女人又是怎么回事?"她显然发现了并试图揭示这一性别秩序的不公。但继而,她却将对性别等级和性别秩序之下的现实描述当作其质询的结论。仿佛早熟、生育、早衰、无名无语、孤度余生,是在同一层面上来自"上帝""上天"——自然的不公,而不是文化的界说,权力与秩序的构造。于是,这是一个只能承受、只能认可,却无从挑战或变更的事实。王安忆因之而陷落于一个性别本质主义的窠臼与桎

---

① 王安忆:《男人和女人 女人和城市》,原载《当代作家评论》1986年第5期,见林建法、王景涛编《中国当代作家面面观》,第111页。

桔。然而这并非王安忆个人的或"三恋"中的怪圈与困境，而是80年代大陆中国女性与女性文化普遍的困境。事实上，王安忆正是在直面、质疑一个女性的困窘与现实的同时，陷落于这一现实之中。是王安忆首先在特定的历史前提下，面对"男女都一样"的主流话语，重提性别差异。在她与台湾著名的女性主义作家李昂的对话①中，她令人震惊、疑虑地在认可性别差异的前提下（"事实上我觉得男女是有区别的"），提出了对"男女平等"的"怀疑"，提出了所谓"回到厨房里去"的愿望②。于是，"三恋"、男性批评家对"三恋"之"女性中心主义"的尖刻批评与这篇"对话录"有趣地并置在一起，不期然间揭示出当代中国女性进退维谷的现实与女性文化的症候与悖论。一方面，王安忆性别本质主义的描述与重返家庭与"厨房"的论述，无疑有意无意地呼应了始自70年代末的女性文化地位的历史性后退，王安忆对女性历史与现实命运的思考，显然暴露出当代中国女性文化的苍白与孱弱；而在另一方面，王安忆却是率先正视并揭示出为"男女平等"的话语所遮蔽的女性/新女性的窘境与生存现实。是她，第一个坦言当代都市女性以其身心体验着的深刻的疲惫与倦怠，一种事实上面临着分裂的时空、背负着艰难的生存现实的疲惫。王安忆难于逾越的话语雾障在于，这种深刻而痛楚的疲惫不仅来自特定的历史现实，而且来自女性文化的匮乏与未死方生间的困窘，尽管出路不在于后退，而刚好在于前行。因为王安忆也正以她自己的方式窥破了女人与城市间的共谋，窥破了新女性的现实与可能③。王安忆质疑"平等"、返回家庭时的"低调"，同时伴随一种终极关怀式的慨叹：

---

① 李昂、王安忆：《妇女问题与妇女文学》，载《上海文学》1989年第3期。
② 据说王安忆本人也曾极为认真地考虑回到家庭里去做主妇。参见《有一个王安忆》，第369页。
③ 王安忆：《男人和女人 女人和城市》，见林建法、王景涛编《中国当代作家面面观》，第114—116页。

> 无论如何，在一种极端个人的，孤立无援的自我体验中，女人比男人更趋于成熟。寻找男子汉，或许是女人永恒的困惑与失望。但是究竟什么是理想的男人，似也很不确定，倘若男人是弱小的依附了女人，女人吃力不过，要渴求依傍；倘若男人强大了，包揽了女人的一切，"娜拉"又要出走。说到究竟，女人对自己的寻找，也还陷于迷茫。因而，这种寻找便成为人类的问题了。
>
> …………
>
> 一方面，是身心渴望得到发展与肯定，另一方面，则渴望男人强有力的庇护与支援。寻找男子汉，也许注定不会有结果。……自然的安排总是那样差强人意，没有一件是周周到到，十全十美的，人注定生活在缺憾中，人与自然永远在作较量，以求获得完美的平衡而永远也获不到。①

当历史的樊篱成了"自然的安排"，性别差异与压抑的现实成了"天谴"式的宿命，女人在历史与文化的雾霭中"对自己的寻找"，成了"人类的问题"以及"人与自然的较量"，王安忆便不可能不再度返回其关于和解的主题；只是这一次，与其说是和解，不如说是认可与背负。从另一个角度上，吴亮等君对"三恋"的不满，正在于他们于王安忆的"性爱悲剧"中读到了一种深刻的绝望，以及由这绝望而生出的某种对现实与秩序的"妥协"。所谓：

> 它是三个女人的一个性爱故事，或是一个女人的三个性爱故事。男人在里面是无足轻重的，并不要紧；自由在里面是受到限制的，它不能舒展；性爱在里面低于生存的至尊地位，它可以放弃。总之，它宣示了这么一种观念：女人是重要的，限制是重要

---

① 王安忆：《男人和女人 女人和城市》，见林建法、王景涛编《中国当代作家面面观》，第113—114、116—117页。

的，生存是重要中最重要的。用一句话来说，一切存在着的生活形态都是"只能如此"的，根本想不出还会有更美满的生活形态。①

事实上，男性批评家们的"合理"之处在于，王安忆确乎在一次超越与突破处偏移，女性的性别体验与对女性的不能自已的关注，使她对"人类境况"的呈现"降格"为女性写作的实证；而"终极关注"的"辉映"，又使得王安忆在探究的同时疑虑于"平等"和"在同一地平线上"的可能。于是，这便成了一次女性自陈中对男权话语的失陷：女人的前景只能是为人妻、为人母，甚或是死亡。于是，王安忆便在质疑"男女都一样"的主流话语的同时，失陷于一种"新"的、关于性别秩序的主流话语的网罗之中。

然而，一如新时期的女性文化始自性别差异的重提，王安忆则在认可女性的性别"宿命"的前提下开始了新的对女性境况的陈述。一如40年代女作家的写作，使得阻隔在历史暮霭之外的老中国之女的生存终于由新文化话语之十字架上的祭品转而为灼然可见的现实，王安忆及其同代女作家的写作，则再度深入了新中国新女性一跃而与男人比肩于历史地平线的宏浑的历史剧目之外及其之后的生存现实。如果说此前的经典叙事，大都终止于女人成功地"化装为一个男人"的、以与男人别无二致的方式登上历史舞台的时刻，终止于少女的归属／婚礼或母爱之博大的表象面前，那么王安忆的作品揭开了庄严降下的帷幕，展示了别一样的现实。一如80年代大部分女作家，王安忆同样断然否定自己与女性主义的联系：

> 现在我的处境很尴尬，有人说我写性，这一点我不否认；还有人说我是女权主义者，我在这里要解释我写"三恋"根本不是

---

① 吴亮：《爱的结局和出路》，见《有争议的性爱描写》，第232页。

> 以女性为中心,也根本不是对男人有什么失望。其实西方女权主义者对男人的期望过高了,中国为什么没有女强人(有也只在知识分子中存在),就是因为中国女人对男人本来没有过高的奢望,这很奇怪。所以,我写"三恋",根本不是我对男人的失望——①

这不是某种托词或修辞技巧:王安忆不是一个女权主义或女性主义者,是一个显而易见的事实;但这与其说是某种缺憾,不如说是某种网罗中的逃脱(尽管这无疑以她对女性主义的误读为前提)。同样显而易见的是,王安忆正是在后退处起跳:在认可女性宿命的同时,她不仅解构着关于爱情的话语,而且消解着所谓"寻找男子汉"的呼唤。自《流逝》起,王安忆已然在一个女人的视点中书写着对男性的"失望",而到了《蜀道难》中,女人的失望,女人对男人母亲般的呵护、抚慰与引领而终于被叛卖,已融成一片无言的心碎;"他"不能与"她"共同背负艰辛、沉重的生,"他"甚至也不能与"她"投奔共同的死。直到《荒山之恋》,才终于生就了这份在死亡中寻得的宁谧与"永恒"。但那与其说是得以战胜死亡、超越死亡的"不朽的爱情",不如说是一个颇具侵犯性与占有欲的女人,面对一个因孱弱而无法真正占有的男人,只能母亲般地引领着他共入死亡之门;后者甚至无力去承受他那母亲般的妻子所赋予的温存、实在的爱与生活。对王安忆来说,这份深广、几近绝望的"失望",更多的是作为某种被述对象,而不是叙事观点。与其说她在书写对男人的失望,不如说她只是在陈述着一个"客观"的事实。尽管她不甚清晰地认定,女人只能因男人并通过男人而获救,但在她的作品中,男人更像是女人释放其盲目母爱的对象与借口,更像她们的重负与劫数;他们甚至背负不起生命,更

---

① 王安忆、陈思和:《两个 69 届初中生的即兴对话》,见林建法、王景涛编《中国当代作家面面观》,第 595 页。

何谈背负起他们的女人。正是这份对王安忆来说痛楚无奈的真实,刺痛并激怒了男性读者与批评家的眼睛。一份因不曾希望、"奢望"而不复成立的"失望",一份破裂了男权话语的完满而确立的认可与和解,一次退守中的进犯,一次落网处的逃逸。它无法名之为"失望",因为它无疑是一份更为广漠的创楚;它也不可能仅仅是一次个人的创伤记忆的印痕,它是一处女性性别体验中的前记忆,并非新鲜,也不曾老旧;只是悠远而无言地蛰伏在性别的烙印之中,作为一个心照不宣的"秘密"。

进退维谷间的女人与性别角色

如果说,王安忆的"性爱故事"始终是一场"永不停息的""内心的战火",王安忆关于性别的叙事更多是女人的"一个人的战争";如果说,王安忆并不十分自觉的女性写作,事实上是探寻"人"之谜的超越与飞升间的降落;那么,在她的第三部长篇《流水三十章》中,她将自己写作与心灵的历险推向了极致。继而,作为再一次对自己的突破与超越,作为对自己的完善与质询,王安忆的被叙对象由混沌而为纯净;由"内心战火"的蔓延、灵肉对抗的撕扯,而为对一种生命极致状态的追求与呈现。再一次于不期然之间,王安忆在对女性写作的超越之中,更为深刻而独到地揭示出别一样性别分立的现实,以及更为微妙而深入的女性的困窘。

分置于灵与肉的"纯净"状态之两极的,是《弟兄们》[①]与《岗上的世纪》。前者"探讨的"是"一种纯粹的精神关系,如没有婚姻、家庭、

---

① 王安忆:《弟兄们》(中篇小说),见《神圣祭坛》,人民文学出版社,1991年,第164—221页。

性爱来作帮助和支援，可否维持"①；后者则探究本能与欲望的力量能怎样冲溃社会、理性与利害的樊篱。前者像是一阕"乌托邦诗篇"，一种常态化的异样，一个为世俗与社会力量击毁的心灵渴望与盟约；后者则更像是另一支古老的谣曲，一种在压抑与社会契约之下本能的喷发，一个男人与女人间比利益、心计、道德更有力量的对手与盟友的关系。前者因追求一种超越而纯净的精神联盟而陷入了繁复混乱的创伤情境之中；后者则在一个昭然若揭的陷阱与诡计间，在一场肉体的交易中，不期然到达了生命的质朴与纯净。如果我们将《弟兄们》《岗上的世纪》《逐鹿中街》②视为王安忆对"三恋"所造成的"尴尬"境况的挣脱与修正，如果我们将这一新的作品序列视作王安忆对"狭隘"的女性视点的超越，那么，王安忆恰是在这一序列中更为深刻而巧妙地切入了性别现实与性别秩序的深处，以叙事人的而不仅是人物的、内在的女性视点揭示出一份平常的然而赤裸灼然的真实，一份不曾为自怜、自恋所朦胧、柔化的性别乃至性战图景。

当王安忆试图在《弟兄们》里探讨一个超越性的精神结盟在社会现实与日常生活中的力度与韧度的时候，其被述事件的选取：三个（实为两个）女人间的精神之爱，已然将这一为终极关注所辉映的主题降落或曰具体而为一个极为特殊、极为困惑的女性命题——男权社会中的姐妹情谊，以及并非那么超越与纯净的同性之爱。因为显而易见的是，"一种纯粹的精神关系"，或者更为直白地说，友谊——同性间的超越性的情感，如果见诸男人，那么它不仅是一种莫大的"自然"而且无疑是一种高尚的情操。男性间的友谊，如果尚不是"人类""永恒的主题"之一，那么，至少在传统中国文化之中，它是"高山流水"之"知音"者的千古绝唱，它是"桃园三结义"的万世佳话。男人间的

---

① 王安忆：《神圣祭坛·自序》，第2页。
② 王安忆：《逐鹿中街》（中篇小说），见《神圣祭坛》，第1—49页。

友谊,确乎(至少在话语层面上)无须"婚姻、家庭、性爱来作帮助和后援"。然而,一如"女子无真相",女子间亦无友谊。女人"永恒"的归宿与唯一的主人是,也只能是男人:"你必恋慕的丈夫"[①]——这是对女人的天谴与宿命。于是,作为一种深刻的文化构造和"常识"性的话语,在女人间有的只是"与生俱来"的敌意、嫉妒、互虐与猜忌;女人间的情谊只能是一个特定的年龄段或特定情境中的短暂的利益结盟,舍此便只有廉价的甜腻、貌合神离、口是心非或虚与委蛇。尽管这一切未必是王安忆自觉反思或质疑的对象,但它却无疑成了《弟兄们》写作的前提。当王安忆的女主人公试图结成并表达她们之间深刻而牢固的友谊之时,她们的选择只能是"化装成男人"——借用男性化的称呼("老大、老二、老三","老王、老李")、模仿男人的行为方式(恃才傲物、混乱无序、不拘小节、任性狂放)、搬用男性的关系结构(自称"弟兄们",称自己的丈夫为"家的");而且对她们说来,这是一种豪放、一份自信者的特权,而不是嘲弄或滑稽模仿。然而,随着时间的流逝、情节的发展,王安忆迫使她的女主人公面对的真相是,这种化装与搬用只能是一场有趣的游戏,而不可能是一份真实;它确乎是一种特权,但不是女性的佼佼者的特权,而是青春与狂想的特权;在小说中,它具体的是大学(美专)时代的特权。一旦她们必须脱离青春、大学这只化平凡而为神奇的"圣诞老人的口袋"时,她们必须也只能回归一个"女人"的"本来面目"。极为准确而有趣的,王安忆写出了那一"真实"——女性必须背负的社会性真实显影的时刻。"老三"在她们面临抉择、即将分别的时刻,在她们纵横放谈的豪迈之中,突然"呜呜咽咽"地"流露出一个平凡女人的人生理想":"我不要什么手势,我只要夫妻和睦快乐!"这是一个极为失落的时刻,一个绝大的真实曝光的时刻。即使在王安忆公允的叙事视点

---

① 《圣经》语,王安忆引入《男人和女人 女人和城市》中。

与平和、不无调侃的叙事语调中，仍显而易见的是，老三"一个平凡女人的人生理想"固然弥足珍贵，但它却必须以弃置她曾经珍视的理想、女人的"真实自我"、更好的现实机遇与选择为前提，这一切则是为了尊重男人的选择、保全男人的尊严（"他觉得跟了女人走路，说话再也说不响了"），因为这正是"夫妻和睦快乐"的充分必要的条件。在一夜间"成了老大"——显现出她的成熟的老三那里，这是一个非此即彼的抉择，一个她必须面对、必须埋葬的绝望（"如有一辆车撞了她才好"）。①

如果说至此王安忆所书写的尚可被阐释为一个时代（男人和女人共同面对的）的困境：理想主义教化与现实、"平凡的人生理想"间的鸿沟与冲突，被阐释为一幕女人模仿男人而失败的喜剧，那么接下来，当老大、老二（此时成了老李、老王）再度重逢之时，她们重续或曰重新缔结的是一种只属于女人的情感、一种女性情谊，而不再是男性友谊的赝品。于是，它揭开了又一幕女人的喜剧式的悲剧。不期然之间，王安忆在《弟兄们》的写作之中构成的另一种颠覆性的话语，刚好与男性批评家们的结论相反（从某种意义上说，它更接近于女性的"真实"）：不是女人，而是男人充当现实秩序、现实生活的护卫者，而女人——男权秩序必须包容而后内在地予以遮蔽、辖制的附属者，则被揭示为一股必须予以诱导的潜流，一种必须防范的威胁。

> 他知她比她知自己还清楚，他知道这一个女人[老二]身体里多了一股力量，是没有地方发挥的。而这一个女人又少了一份理智去管辖这股力量，所以这力量就像堤坝里的洪水一般，东冲西撞，忽消忽长，很不安稳。可他并不担心这洪水有朝一日会冲垮堤坝，这并不是因为他对她的理智抱有任何幻想，而是因为他

---

① 本段《弟兄们》的引文出自王安忆：《弟兄们》，见《神圣祭坛》，第173、172、174页。

> 深知这一堤坝不仅由她的理智合成，而是由其他许多人的理智组成，其中也包括他的。当然这也并不是说他因此就放松了警戒，相反，他密切注意着动向，一有情况他就采取相应的措施。……
> ………………
>
> 有时候，当他工作比较顺利，比较有心情想一些事情的时候，他会发现这个女人 [老大] 实际并不是像她表面所流露出来的那样。他觉得在她非常和平的外表下，很深的地方，有一股不安的潜流。他觉得，这一股潜流具有极大的破坏性。他想到这里，不由得就有些胆寒，并且还有一点自卑。①

而老大、老二正是在她们彼此重逢之时，为这奔突无路或深潜流淌的能量找到了汇合处与出口。这一次，她们尽管仍使用"老李""老王"这种没有性别特征的称呼，但不再仿效弟兄们的情感与形式。这一次，她们充分意识到自己的性别，她们的重逢似乎正是为了让她们充分地享有甚至是实践自己的性别。这无疑是一种奢侈，因为她们已经不甚清晰地知道她们是在重享青春的特权：

> 和女朋友的通信竟使她们产生了一种错觉，觉得她们好似回到了做女孩子的时代。那样的年纪里，每个女孩都有一个要好的女朋友，她们无所不谈，你知我心，我知你心，朝夕相伴。后来，慢慢地被各自的爱情离间了。她们开始了背叛，学会了说谎，偷偷地在精神上与一个男朋友约会，将此秘密牢牢保守在独自个儿的心里。然后，割据的时代就开始了。她们现在又好像重新领会了十多年前做女孩子的心情，没有欲念打扰的、纯洁的友情。②

---

① 王安忆：《弟兄们》，见《神圣祭坛》，第 181、197 页。
② 同上书，第 199 页。

事实上，是老大与老二的重逢，使她们重新获得了语言，所谓获得了"同性间精神对话"这一"唯一的可能"，获得思想与想象的空间。重要的是，她们通过对方获得了自己的能指与所指，获得了命名的可能。十分默契地，她们将这份友谊视作她们共同的秘密。于是，对于男性社会说来，这一女性间的结盟，成了一种真正的异常，一种莫名的威胁，一种怪诞："[老王的男人]在心里说道：这两个女人真是好啊！好在哪里呢？"① 于是，这种具有潜在颠覆性的女性情谊，势必遭到排斥与颠覆。不是男人的干涉与介入，事实上也无须男人的干涉与介入。在王安忆笔下，女性必然地、也只能是男权秩序与话语的背负者，她们必然地将其深刻地内在化，"我们无法在男性的天空下另辟苍穹"。潜在地，她们比男人更深知，她们间的姐妹情谊不仅是一种奢侈，事实上，是一种"非法"。于是，她们间的交往始终带有某种"狂欢"或"偷欢"的性质。当她们讲到她们如果共爱一个男人不能割舍，便只能"杀了他"的时候，她们显然达到了狂想的峰极——一种充满了僭越与"罪恶"感的狂想，同时又一次成为仿效弟兄情的、对友谊的至高表达；但现实远比狂想有力：一次偶然，一个小事故——老李的孩子受伤，足以成就这一离间的现实。

一如张京媛在她名为《解构神话——评王安忆的〈弟兄们〉》②的文章中的洞见：不仅姐妹情谊的故事，始终是一种被男权文化所中断、压抑的女性记忆，它正像弗吉尼亚·伍尔夫所说的，是一处"无人去过的大房间"；而且王安忆在《弟兄们》中所解构的正是一种关于女人之"女性"、女人之"自我"的神话。在王安忆笔下，"弟兄们"的姐妹情谊正在于，这是她们试图共同去寻找"女性自我"的一次"精神历险"；而她们友情的最终破灭，正在于"女性"始终是被男性文化所

---

① 王安忆：《弟兄们》，见《神圣祭坛》，第212页。
② 张京媛：《解构神话——评王安忆的〈弟兄们〉》，载《当代作家评论》1992年第2期，第31—34页。

定义并构造的客体,她们的意义与命名始终只能在相对于男人的前提下进行。于是,老三因"妻性"而退出,老大因"母性"而告离;老二因始终拒绝"妻性"与"母性"的定义,而失落于无名的茫然、焦虑与心灵的混乱之中:"这几年里,她一直在调动工作,调动来,调动去,始终不能满意,调到后来,自己都不知道自己是要什么了。"于是,女性"真实的自我"只能是一种想象、一种虚构,它无疑为男权文化所压抑、所裂解,成为女人必须体味、背负而无从表达的一份无名无语的隐痛与"疾患"。故事结束时,老二"独自个儿走了趟三峡",峡谷间的"一条蓝天",喻示着女性狭小而局促的天空与文化空间。①

作为王安忆"灵肉"主题的另一极,是《岗上的世纪》。从某种意义上说,这是一个比"三恋"更为"纯粹"的"性爱故事"。即使在《小城之恋》中,性爱的极端与赤裸,仍建筑于历史施之于个人的"误会":错误的职业、绝望而无效的练功、极度的愚昧与无知。而《岗上的世纪》尽管仍涉及具体的历史情境,涉及个人施之于历史的诡计,涉及社会,但故事的核心,却在于它讲述了本能与欲望如何战胜并压倒了一切,成为如果不是唯一的,至少是孤注一掷的现实。如果说"弟兄们"追求一种纯净的精神联盟而终告失败,那么,在《岗上的世纪》中,一笔不无阴谋与龌龊色彩的肉体交易,却最终成就了一种纯净的性爱与和谐。然而,尽管已有论者指出《岗上的世纪》与《查泰莱夫人的情人》间的互文关系②,但它作为另一部"解构神话"的意义,并不在于它是又一部多少带有惊世骇俗效果的性爱呈现,并不在于它对道德主义的挑战与消解,而在于它作为一部有趣的女性文本所形成的关于众多女性"被侮辱与被损害的"故事,构成对"伤痕文学"中的女性形象与命运的解构;构成了对男权之下的性别秩序的及

---

① 本段《弟兄们》的引文出自王安忆:《弟兄们》,见《神圣祭坛》,第 221 页。
② 刘小荣:《没有作者的小说——评王安忆〈岗上的世纪〉》,载《文学自由谈》1989 年第 4 期,第 18 页。

女性地位的揭示与调侃。不同于芳汀或苔丝的故事与命运,不同于《荨麻崖》①一类的作品,《岗上的世纪》在某种意义上成了知青文学中的一个个例,而且多少带有几分滑稽模仿的特征。尽管这仍是一个发生在特定时代、不无悲剧色彩的故事,换一种视点与叙事语调,这无疑仍是一个悲惨的至少是辛酸的故事。然而,《岗上的世纪》的别致与独到之处在于,王安忆揭破了性别秩序与两性"角色"的另一重秘密:处于弱势地位的女人,如何可以利用这一地位,如何充分地出演一个为男权秩序所规定的女性"角色",从而成为一个主动的被动者,一个坚强而柔韧的"无助"者,从而使男人、男权社会因作茧自缚或自相矛盾的尴尬而妥协。②一个深谙、"遵从"(不如说表演"遵从")两性间游戏规则的女人可以因此而获得某种弱者的侵犯性,从而以合谋于历史的方式,分享男性权力与历史阉割力,实现并达到自己的功利目的,在男权社会中获得一份较为安全与舒适的生存。如果说《弟兄们》在探讨某种女性的反叛与逃离男权秩序与定义的可能,那么《岗上的世纪》则描述了女性妥协并利用这一性别秩序而游刃有余的另一种"现实"。

除了作为"性爱故事",这是一个相对"单纯"的知青小说,主人公唯一的行为动机是离开"插队落户"的农村,抽调返城。显而易见,小说中的李小琴不是任何意义上的反叛者与抗争者,她并不为理想主义所推动,亦不为道德主义所束缚。这是一个极为现实、健康、聪明甚至狡黠的少女,一切缘自她为了返城所出演的一幕趣剧,策划的一笔交易。作为一个毫无社会权势背景的少女说来,她极为直觉而聪颖地意识到她的全部"资本"是她的女性身份和她自己。事实上她窥破了性别秩序的漏洞,男性或曰人性的弱点与两性间的游戏规则。她的

---

① 乔雪竹的中篇小说。
② 刘小荣:《没有作者的小说》。

竞争对手"姓杨的学生"所采取的是"认祖归宗",将自己续入大杨庄的杨氏家族,以此获得传统宗族力量的庇护与助益。如果说姓杨的学生利用的是父权的荫庇,那么李小琴试图利用的便是男权的弱点。她的狡黠与过人之处在于,她并非简单地出演了一个诱惑者,而是出演了一个女性的挑战者,不是向男权挑战,而是以充分"女性化"的"女性角色"在一部典型而微妙的剧目中迫使男人进入男性角色;或曰利用男权话语及秩序,迫使男人就范。显然不同于上面提及的那位论者的观点,《岗上的世纪》不是另一部《男人的一半是女人》。因为对于后者,是一个为历史阉割力所摧残的男人如何在一个地母般的女人的怀抱中获得重生;性能力的丧失与复得,成了一个主流的、男性的、性/政治神话的核心象喻。而在《岗上的世纪》中,小队长杨绪国的失败,极为潜在地呈现并印证了李小琴行为的侵犯性和她以充分的"女性"所携带的历史阉割力。而为恢复自己的性能力所做的挣扎,不仅是面对李小琴的挑战,一种男性"复权"的努力,而且它仍是李小琴直接导演的结果:杨绪国必须成功地"做男人",必须以性爱中的成功与征服为自己雪耻,他才会"成功"地"败"在李小琴手下——他才会在道德上蒙耻,在道义上负债,他才必须为一个为他所侵犯的"弱女子"负责。李小琴成功了,同时失手了。她所借重的男权没有能够战胜她的对手所倚仗的父权。在王安忆笔下,这不仅由于小队长拗不过老队长——在中国乡村,更有力的仍是父权而不是男权的统治;而且它潜在地出自杨绪国的侥幸心理,他所寄予希望的是一个弱女子的孤苦无告,是一个女人的廉耻之心。于是,他再一次成了男权社会、关于女性的话语虚构的牺牲品。确乎试图以自己的身体换得回城的李小琴,并不满足于迫使父权在她面前低头,迫使男人暴露出孱弱;她再度出演一个经典的剧目:无耻的、倚仗权势的色狼与弱小无助的少女;一个始乱终弃的悲惨故事。她再次扮演一个典型的女性角色:被侮辱与被损害的弱者,被玷污而不自弃、挺身抗暴的姑娘。她再次获得了成功,她告下了杨绪国。当游戏按照男权社会的游戏规则进行的时候,一个女性/弱者的角色确可以指望社会援之以手。秦香莲的故事是一个如此稔熟而巨大的、关于女性话语的能指。从某种意义上说,这正是铁凝《遭遇礼拜八》中的喜剧主题。只是铁凝书写社会对一个不遵从女性角色规定的女人进行耐心"修正",王安忆记述一个女性角色又一次成功的扮演。小说的第三章,脱离了性别角色的辨析,成就了一阕王安忆式的性恋之歌。李小琴尽管聪颖过人,她也终于落入自己挖设的陷阱:她和杨绪国一样,为她所唤的情欲所裹挟,与杨绪国共同度过了法外的"岗上的世纪"。王安忆在调侃了男权话语与男权秩序的同时,使李小琴在多重意义上遭到了嘲弄:她成功地导演了一部趣剧,但她并未因此而获益,她付出了自己(身体与名誉)仍两手空空;父权/男权社会并不像人们传说(《铡美案》)中的那么执法如山,他们宽容了杨绪国;她自己则终于无法把握这个游戏而坠入了欲海。一个诱惑的故事,但不是荡妇、巫女或海妖的歌声,只是一个男人和一个女人;李小琴无疑窥破了性别秩序与游戏规则,但她显然仍过分信赖这一规则的有效与真实。如果说她在某种意义上击败了老队长与杨绪国,但这胜利是以她的失败为代价的;她在一场现实的赌博中押上了自己的肉体与名誉(传统社会结构中,一个女人的全部财富),结果满盘皆输。从故事开头的大杨庄到结尾处的小岗,李小琴的现实生活没有得到任何改变。一个古老的、在女性的叙事视点中翻新的故事。或许这正是王安忆之性与性别之疑的核心:在两性的搏斗与角逐中,只有两败俱伤,而永远没有胜者①。这也无疑是王安忆悲观的由来与失败主义的陷落之地,其前提是性别秩序的永恒与两性本质的与生俱来及不可撼动。尽管王安忆本人正在对别一样真实的揭示

---

① 王安忆:《男人和女人 女人和城市》,见林建法、王景涛编《中国当代作家面面观》,第113页。

中，嘲弄着类似话语的荒唐无稽。

如果说《弟兄们》和《岗上的世纪》构成了"灵与肉"——灵魂的历险和以自己的身体为赌注的赌博，构成了对女性的无名无语状态与女性角色的表演和表达，那么，《逐鹿中街》作为意义两极的居间者，则成为一个更有趣的个例。或许可以说，《逐鹿中街》是王安忆最为机智而出色的作品之一。用她自己的话说，她是"要表达市民的人生理想和为之付出的奋勇战斗，以及在此战斗中的变态"①，而实际上，这无疑是又一个平凡而有趣、不无荒诞亦不无凄惶的性别场景。从某种意义上说，它构成了《岗上的世纪》的一次复沓、一个叠句。《逐鹿中街》中陈传青是性别秩序与性别角色的另一个恪守者。不同于李小琴的是，她不是一个因对性别的游戏规则了然于心而铤而走险、以身试"法"者；她尊崇性别秩序，她依据性别秩序勾画了自己的、关于一个"幸福女人"的人生理想，她循规蹈矩却绝不苟且。她不惜付出代价以实践其理想。因为她深知，这恪守、这"牺牲"，将使她——一个女性角色获益，她要的不是家庭城堡中主宰一切的"女王"身份，而是一个恪守妇道却主宰着丈夫的"皇后"。她成功了，在苦度青春、苦苦等待、挑拣之后，她实现了一个市民阶层的女性的人生理想，成就了一个绝对完满、幸福的家庭。她为自己创造了一个理想的丈夫，她使自己成了一个幸福的女人、幸福的妻子。

> 他们走在一起，就像一幅美丽的图画：她的黑发映着他的白发，她的白绸衬衫映着他的黑衬衫，她的藏青西装裙，映着他的米色长裤，她与他携手的姿态正好介于搀扶和依偎之间。②

---

① 王安忆：《神圣祭坛·自序》，第2页。
② 王安忆：《逐鹿中街》，见《神圣祭坛》，第9页。

然而，陈传青一如李小琴，她对性别秩序与性别角色的了然，远未达到一种彻悟。当自诩为自己生活的创造者时，她已然僭越了对女性角色的规定：

> 三十八岁的陈传青直到今天，才表现出她的才干。她培养和积蓄多年的创造力全注入在这个家里。她感觉到了自己的创造力是那么丰富，每当早上太阳从窗幔后面的那个街角后面冉冉地升起，灵感便从她心里喷薄而出。她此时才体会到生命与生活的真正意义，在这之前的三十八年全像是准备，而生活从现在开始。当她从早晨睁开眼睛的第一分钟起，她便开始创作了。她起床，梳洗，做早餐，送他上班走，收拾房间，买菜，再做午饭，每一件琐细的事务于她都是在描绘一幅生命的图画。看见古子铭日益变得斯文潇洒，就好像看到自己的作品日益完整成熟，陈传青内心是非常骄傲的。她很难免地带了一点炫耀的心情，挽了他的手臂在街上姗姗地走过，暗中留心人们投来的目光，这很像是一种测验。陈传青需要人们注意到她三十八岁与他五十岁年纪的距离是很协调的，能够表达出一种幸福与美丽的意味。①

为陈传青所不自知的是，她事实上扮演着一个女性的皮格马利翁②：创造，至少是改写一个异性，以为自己所用，这是男性、主宰者的特权。于是，当她的"作品日益完整成熟"，他便不再仅仅成为她那幅理想的"美丽图画"上的一个饰物，而更像是一个她不再能驾驭，甚至可以将她毁灭的弗兰肯斯坦③。

---

① 王安忆：《逐鹿中街》，见《神圣祭坛》，第8—9页。
② 古希腊神话传说中的天才雕塑家，爱上了自己雕出的美女，感动天神使其获得生命。
③ 英国女作家玛丽·雪莱（诗人雪莱之妻）的幻想小说《弗兰肯斯坦》，讲一个科学家造出一个毁灭性的怪物弗兰肯斯坦，为现代科幻小说的开端。

一如王安忆心爱的、关于"成长"的主题，以及王安忆所深谙的性别间的不公，陈传青始料不及的是，可堪教化、可堪塑造的古子铭，作为一个男人，仍可以在50岁上骤然"成长"；仍可以作为他自己，而不是陈传青的造物而青春勃发。于是，陈传青依据性别秩序与逻辑创造的年龄优势，便成了极为相对的，最终完全丧失。同时，当陈传青过分努力地表演一个完美的女性/妻子的时候，她已无疑成了一个僭越者：她太主动、太刻意、太苛求，她对"贤妻""妇德"过犹不及的显露或者炫耀，已将其试图"以柔克刚"的侵犯性暴露无遗。于是，她必然遭到男人"本能"的乃至蓄谋的反攻，终致从她的"美丽图画"中被放逐出去，开始了一幕"逐鹿中街"的趣剧。从某种意义上说，"逐鹿中街"——理智而坚忍的妻子跟踪拈花惹草的丈夫，是一个稔熟的却非中国传统的喜剧或悲剧故事；然而，在王安忆的笔下，这一跟踪盯梢，很快失去了它的本意，而成了一幕双方心照不宣、彼此颇为默契的游戏。这是一场意志的较量。一如小说的题目："逐鹿中街"，它显然是对"逐鹿中原"，看"鹿死谁手"——经典的权力角逐的滑稽模仿，但它同时构成了对叙境中人物行为性质的揭示：这是一个男人和一个女人间所展开的权力的角逐。它不仅暴露了陈传青以扮演一个完美女性角色、一个贤妻以试图攫取权力，从而僭越了男权秩序的现实，而且以极为机敏的方式消解着"秦香莲"/弃妇故事中的道德及遮蔽着的男权话语。事实上，正是在王安忆妙趣横生、起伏有致的叙事过程中，陈传青所设计的、"最为合理"的性别角色终于发生了倒置：古子铭扮演了一个顽冥刁钻的顽童，而陈传青则出演了一个含辛茹苦、有苦难言的母亲。不同于王安忆对两性较量只能两败俱伤的结论，在这场棋逢对手、不分胜负的角逐中，仍是女人成了潜在的、绝对的失败者。

对于王安忆说来，这是一次真正的超越与降落，自此，王安忆开始治愈，至少是开始正视她对理想主义无尽的饥渴，以及因理想主义匮乏而产生的深刻的焦虑与自卑;开始以更为清醒而机敏的现实目光揭示现实的秘密与性别的秘密;她饱含温馨与梦想的乐观主义开始为某种隐含着幽默的悲观所取代。当"寻根"的热望将她再度领回自己的个人体验,将她的写作引导向某种性别写作的过程时,她开始以女性写作的实践,超越传统的对于女性写作的界定,超越经典的、自怜自恋的女性角色,超越单一的、机械的女性视点,于有意无意间开始在她日渐成熟与精彩的作品中,揭示并解构着性别秩序与性别角色。或许可以说,王安忆的性别本质主义,使她成了女性主义意义上的悲观主义者;但王安忆的意义,不在于揭示并控诉不公,而在于她别具慧眼地将女性的境遇呈现为男权秩序的内在困境与男权话语结构的裂隙与盲点。在另一个角度上,或许可以说,王安忆的叙事已然成功地揭示并消解着男权秩序与性别本质主义的话语;如果说在王安忆的故事中,女人毕竟成了性别角逐、"逐鹿中街"中的失败者,那么,男人也并非真正的胜利者。以喜剧式的风格与语调来叙述经典的悲剧故事,正是王安忆独特的写作方式;从某种意义上说,它也成了王安忆解构包括女性主义在内的权威话语的利器。

性别话语与内省的祭坛

80年代末,在王安忆依然高产的作品系列中,女性写作再次构成了她的又一轮回归与远行,她在一次对女性性别体验的回归中,进入了对他人、对社会性的性别经验与人类境况的书写与探究。于是,在八九十年代之交,当中国大陆再度面临历史的转折与临界点时,王安忆则开始了她又一轮的返归与远征,又一次从对他人的故事、他人的经验的描摹、质询,转而为反身内省,转而为个人经验世界的、隐忍着切肤之痛的开掘。此间的王安忆作品,构成了她最为饱满、成熟的作品序列之一。这是对写作行为的元写作过程，是对作家——一个为特定的社会语境派定的、特殊而特权的角色的自反与自我质询，是对这一角色以及广义的社会代言人之话语权力的揭示、消解与重建。与此同时，在不期然之间，王安忆第一次反身直面使她久久陷于匮乏、追求与自卑之中的理想主义与启蒙主义话语机制，不无痛切与调侃地开始在其叙事中进入并解构这一话语构造与类型。或许并非王安忆之本意，当她开始以一种极为个人化的方式，开始了这一获得、治愈并弃置的过程时，事实上，她所面对的，是整个80年代、主流话语系统的一部；王安忆再一次从侧幕登场，直奔舞台中央。

此间，王安忆的作品系列构成了另一次独奏与交响，另一次意义的对位与冲突。如果说《叔叔的故事》构成了对《神圣祭坛》主题的一次拓展与深入，那么，它同时构成了对后者的一次调侃与消解；但如果说《叔叔的故事》是对作家角色、写作的神圣、文化英雄主义、光辉的父亲形象的亵渎与解构，那么，《乌托邦诗篇》则成了对类似一切的、激情澎湃的重建与礼赞；如果说《叔叔的故事》构成了对纪实与虚构的两相参照，那么对个人、历史的寻根与自审，对自己写作行为的自传性呈现，则成就了王安忆迄今为止最为成功的长篇《纪实与虚构》①。从另一个角度，《神圣祭坛》与《弟兄们》共有对精神联盟与友谊的超越性的主题，而且与《乌托邦诗篇》《纪实与虚构》共同构成对"雯雯系列"——女性的自传性写作的回归与超越。这一系列无疑再次飞升于狭义的女性写作之上，同时却更为深刻而内在地成了对女性的文化与话语困境的呈现。

从某种意义上说，这一写作者反身内省的主题，在王安忆的早期

---

① 至1999年，王安忆的长篇小说计有《黄河故道人》，四川文艺出版社，1986年；《69届初中生》，中国青年出版社，1986年；《流水三十章》，上海文艺出版社，1990年；《米尼》，江苏文艺出版社，1990年；《纪实与虚构》。

作品《停车四分钟的地方》及此后的《作家的故事》[①]中已然出现。它已然包含了《神圣祭坛》《叔叔的故事》等作品的基本命题。它潜在地涉及了一个诗人/作家的自恋与自怜，一个推动他朝向文化的"19世纪"、现实的80年代的文化辉煌与崇高的个人的隐痛，以及远非崇高的、隐秘的创伤性记忆的动力，一个现实的弱者与失败者的文化企图：借助作家——社会良知、民众代言人的角色与话语权力，而一跃成为权力结构中的强者，从而改写并转移记忆的重负，或通过写作，将个人的隐秘记忆放大、转换为一种普遍真理（至少是朝向"普遍真理"的攀援）的表达。一种直面记忆与现实的勇敢，一份遮蔽与偷换记忆的孱弱；一种至为真诚的告白——纪实，一种公开的、心照不宣的谎言——虚构。如果说《停车四分钟的地方》《作家的故事》还是在王安忆探究畸零者、个案、和解与拒绝和解主题的开端处，那么，到了《神圣祭坛》《叔叔的故事》，它已成了一份深刻的自疑、内省，同时是对整个80年代精英主义、理想主义、文化英雄主义的反省与质询。所谓：

> 这些话总起来是这样一个声音：将你心中最深刻的最私有的东西公开化，是一种牺牲。在这声音底下还有一个逼迫的提问：如果不将你心中最深刻的最私有的东西公开化，独自一人承担，你有这样的力量和勇气吗？
>
> 新时期文学是以诚实著称的文学，我们自由而勇敢地面对自己，真挚地将我们的新发现告诉给许多倾听的人们，我们多么感谢人们的倾听，他们和我们不再感到孤独。现在我们对自己的挖掘到了深处，到了要使我们疼痛的地心了，我们怎么办？[②]

[①] 王安忆：《停车四分钟的地方》，见《王安忆中短篇小说集》，中国青年出版社，1983年，第33—49页；《作家的故事》，见《海上繁华梦》，花城出版社，1989年，第246—268页。

[②] 王安忆：《神圣祭坛·自序》，第1页。

或许我们可以将这一关于书写行为的书写，视为王安忆迄今为止最为重要的一次超越。至此，王安忆将新时期文学所倡导的现实主义精神推到了极致，将呈现为加速度的对禁区的突破、对主题的深化、对坦诚真实的渴求推到了极致。在《神圣祭坛》和《乌托邦诗篇》中，它被呈现为一个痛苦的、几近绝望的心路，一个几乎不能自已的过程。一次新的、对于真实呈现的突破。因为在整个新时期的特定历史中，作家被派定的角色正是历史记忆与真实的背负者，是谎言的揭露者，是社会的良知，是大胆无畏的真理的追求者。于是，写作是一处"神圣祭坛"，写作者以莫大的勇敢、赤诚及痛楚，将自己所遭遇、所体味、所背负的真实的记忆呈现于人。然而，对王安忆说来，这又是一次重要的僭越与解构行为，她对作家神圣的写作、圣洁的牺牲发问："如果不将你心中最深刻的最私有的东西公开化，独自一人承担，你有这样的力量和勇气吗？"从某种意义上说，这正是王安忆此系列的真义：揭示写作的个人动机与个人意义。即写作这一崇高的社会行为本身，无疑是一种个人的行为方式，它以极为深刻而隐秘的个人的创作动机为前提；写作者不能自已的写作过程，不是，至少不仅是对真理的追求，而更多是一段个人的、不曾言说、无法言说或不敢言说的隐秘记忆的驱使。在写作行为中，"纪实与虚构"、真实与谎言，从某种意义上说正是对这一个人的隐秘记忆的不断改写、遮蔽与遗忘。于是，写作行为自身，便始终是一种真实的假面舞会，是为社会话语所放大了的个人的影之舞。这一遮蔽与"谎言"始终有着社会话语的默许，它是写作者与社会间一份不言自明的契约。而此时，王安忆开始逼近这一被遮蔽着的真实。在一种深刻的自我质疑中，王安忆开始质疑这一社会契约、写作行为自身以及作家这一80年代非同寻常的社会角色。然而，或许极不自觉的是，当王安忆在这一内省序列中，反思自身，同时揭示并解构着关于作家、写作行为的主流话语之时，她事实上是在倡导着某种新的写作原则，新的关于写作与真实的定义，她曝光了别一样的现实，使之成为可写的。这些看似普遍的、新的写作原则的界定，实际上是一种女性写作的界说与合法化的过程。不是对某种女性主义理论的接受与实践，而是在王安忆的写作与心路中不期然的发现与总结。至此，王安忆确乎成了一个不自觉的、女性写作原则的倡导者，并在不期然间重新定义了写作行为中的个人、社会与真实。在王安忆对新时期现实主义原则的不断推进中，王安忆以新的、女性写作的真实观消解着关于典型、关于本质真实、关于英雄的创作原则。

正是在这一意义上，王安忆这一作品序列，呈现出八九十年代之交，中国大陆女性写作与女性文化的突破、困境与症候。尽管王安忆在她与友人的玩笑中，将写作调侃为"没出息"的事情，本该由女人来做。但有趣之处在于，除了《乌托邦诗篇》与《纪实与虚构》这样具有明确的自传性的作品之外，在王安忆的作品中，"作家"都有着一个男性的形象，包括《停车四分钟的地方》《作家的故事》[①]，包括《小鲍庄》《锦绣谷之恋》。从某种意义上说，这是某种妥协或落网：在传统的、主流的话语中，写作仍是经典的男性的事业与特权，仍然是男人才可以成为真理与话语的执掌者。然而，这也是某种必须的叙事策略：因为男人始终"自然"而合法地占据着写作与言说的特权，那么，对于某种建立在特定语境与互文关系之上的"元写作"类型说来，以男人角色来实践对写作行为的反省，便不仅是一个恰当的而且是某种便利的选择。然而，一如任何一种人物形象的性别表象都必然联系着关于性别秩序的话语，于是，当王安忆不是在解构或幽默地亵渎经典的创作原则、作家角色，而是试图阐释或建立她的新的、实际上是女性写作的观念时，男性的作家角色便构成了一个有趣的文化景观，成

[①] 一个有趣之处在于，王安忆的两则《作家的故事》中，一个男人无害的谎言可以被视为一个作家的诞生（第一个故事），而一个女人寂寞时的书写，却会在幸福时刻被付之一炬（第二个故事）。

就了另一类叙事与意义的假面舞会。换言之，王安忆在涉及她"最哀痛最要害的经验"时，选用了一个男性的假面；男性的表象与假面成了王安忆为女性写作正名——建立合法性的工具。然而，这也无疑会造成某些意义的裂隙与歧义。

作为这一序列的起点，《神圣祭坛》是极为有趣的一例。在此间王安忆极为机敏、技艺纯熟的作品系列中，《神圣祭坛》无疑是一个特殊的例证。它更像是一则关于写作、自我的寓言，更像是一篇自我对话，或者说是一段独白。对王安忆来说，这是"作为小说而论可说是缺点最多的一篇，可是却包含了我最迫切要说的话。这些话于我来说是那样重要，是那样宝贵的一种经验，使我失去了耐心，忘记了小说创作的要求，来不及去组织结构，就这样匆忙地，冲动地让我的人物大段大段地发言"①。从某种意义上说，在《神圣祭坛》中，项五一——叙境中的男性诗人，指称一个行动的自我，而战卡佳——前者特殊的女友，则是指称着一个旁观审视的自我。前者在不断的、不能自已的写作冲动中，遭受着深刻的自我疑虑的折磨，遭受着记忆的追逐；在无穷的自我放大与膨胀的社会角色的辉映之中，记忆与在记忆中显现的真实的自我，有如疾患般的、无法驱散的阴影与黑斑。写作是他的生命，也是他的磨难。他受困于一个特定的历史与话语情境中："诗[或许可以转译为英雄主义、理想主义]的时代已经过去了。诗记录人类历史的壮阔的时代已经过去，记录一个人卑微的心史的时代不会来临。"②而战卡佳则在一份平凡微末的生活中，享有着一段人生的真诚与真实，于是，她更多一份平实的洞察与良知，更多几分现实的勇气与背负。显而易见，项五一与战卡佳之间的交流、对话，实际上是王安忆所选取的双重假面，他们共同披露着王安忆必须

---

① 王安忆：《神圣祭坛·自序》，第1页。
② 王安忆：《神圣祭坛》，见《神圣祭坛》，第124页。

面对又惮于直视的真实。但如上所言，当王安忆给她的人物赋予了性别身份之时，其作品便无可回避地、自觉和不自觉地成了关于性别的叙事。于笔者看来，《神圣祭坛》中的战卡佳是一个颇为有趣的角色。事实上，她正是王安忆浩繁的作品序列中不多的一个单身知识女性的形象。是她，窥破了项五一的绝望、孤独、自怜、自恋与孱弱；但也是她，在等待、倾听、陪伴之中，在深切的悲悯与发现、精神上拥有"天才"的欣喜之中，映照、印证并满足着"诗人"的自恋之像。于是，仍是男人——主动的行动者、呼唤者，女人——被动的观望者、期待者；仍是男人——固执而自恋、任性而孱弱、自我中心而孤独无助，女人——平实而无为、真切而柔顺、爱心博大却无从投注。在《神圣祭坛》中，战卡佳的中学教员的身份，使她更为"自然"地充当了一个精神上的"母亲"、一个救助者与疗治者，使她"自然"地窥破了项五一成熟而成功的男人的表象下，是一个备受折磨的男孩子；而后者，确乎在无法遗忘的创伤记忆中固置于一个"男孩蜕变为一个侏儒"的绝望，固置于关于背叛、出卖、言而无信的卑琐记忆之中。他必须写作，尽管他将其名之为一个"与火与水——血有关的事业"，实际上，他必须通过写作转移他难于背负的记忆，必须在写作中以想象替代记忆。一如战卡佳所窥破的，他所讲述出的记忆/想象总发生在冬日一个幽暗的黄昏，那些独特、怪异的故事永远是一种现实的代偿。于是，一个作家的写作、袒露与奉献，与其说是勇者的牺牲，不如说是弱者的规避。写作的社会意义与价值装饰并掩藏了它极端个人化的动机。在战卡佳与项五一之间，王安忆给出了一个极为有趣的关系式。这是极为经典与传统的：男人吸引了女人的，是伟大、痛苦与孱弱；女人吸引了男人的，是平和、朴素与博大。但它又是极为特殊的：存在于他们之间的，是某种精神上的共谋与平等；对女人，这是一个对不平凡的憧憬，对心灵（感情）奇遇的期待；对男人，这是一种不能明言的对窥破、理解与无尽的原宥的渴求，对精神的、母亲怀抱的想象性重返（一如在项五一的万行长诗中，久久延宕而终于出现的女人，是母亲）。然而，不期然间，王安忆极为准确地揭示出一个现代女性的困境：尽管在许多优美的爱情的话语中，相爱者都不仅是肉体的伙伴，而且（更重要？）是心灵的伴侣；但事实上，一个女人如若真的成了男人精神的对话者与伴侣，她便僭越了性别秩序，她便会因此而丧失她的"女性"身份，从而陷入一种无名或曰中性的尴尬。王安忆通过项五一妻子的视点揭示了这一微妙的现实：

> ……她知道这[战卡佳]是极少数的被项五一欢迎的客人中的一个。而且，以着她做女人的本能，她很奇怪地断定：项五一和战卡佳之间，是不会发生男女间通常会发生的那种事情。她有一种强烈而新鲜的感觉：当项五一与战卡佳坐在一起的时候，他们似乎不是以各自的男人或者女人的身份相处。而当他们与自己相处时，才又恢复了各自的性别。她曾经企图去解释这个问题，却解不开，她只是觉得这样很好，很安全。而最重要的一点，她有时候会觉得，战卡佳很像一座桥梁，通向丈夫，又通向她。①

在王安忆的笔下，这是一种"安全"的精神之盟，不是无须"家庭、婚姻、性爱的支持"，而是在典型的男权社会中，它根本不会获得家庭、婚姻、性爱的前景。因为当战卡佳成了项五一平等的对话一方时，不是对话的双方都在超越性的价值与意义上丧失了各自的性别，而是战卡佳单方面失去了性别。事实上，她是作为一个女人理解、吸引了项五一，而她也是作为一个女人渴慕着项五一。于是，她最终引起了妻子的"嫉妒"。自认洒脱的她最终在心底里认定，项五一选择了现在的妻子"真是一个错误"。然而，这是战卡佳的而不

---

① 王安忆：《神圣祭坛》，见《神圣祭坛》，第125页。

是项五一和他妻子的错误。项五一和妻子间的距离,妻子试图了解丈夫时的无望,是他们结合的前提。妻子的"无知"与"低能",是显现她性别的前提,是使项五一的男性权力与话语权力不受威胁的前提。因此只有"她"才会被指认为"女性",才会被"遴选"为妻子。在此后的《弟兄们》中,王安忆将明确这一潜在的症结:于"老大"丈夫的眼中,"一个女人拥有这样深的理解力是一桩危险的事情。他心里隐隐不安着,常常会有一种不祥的预感,猝不及防地袭击了他……"[1] 而在战卡佳与项五一之间,存在着的不是一个温馨而默契的同盟,而是一个充满张力的、间或达到平衡的动态。因为一个具有深刻的理解力的女人、一个在智力上与男性的"精英分子"平等的女人,对于男权秩序无疑意味着一种颠覆性的力量,一种相对于男人的阉割(?)威胁。于是,一个相对的男性策略,便是反"阉割"——抹杀、否定至少是无视她的性别。项五一选择了战卡佳作为他的倾听者与潜在的疗救者,正在于她是一位女性:他可以在求助于她的理解的同时,求助于她的母性;她先在的文化弱势地位,削弱了她可能的侵犯性与利用他创伤的威胁。于是,战卡佳走近了项五一,她终于在项五一小心伪装、顽强固守的孤岛"上岸",她道破了项五一的"秘密",诗人与痛苦的秘密,人生简单而质朴的道理。她帮助项五一度过了最为艰难的时刻。他们间的亲密却因此而终结。甚至在项五一的"岸上",他们之间也不曾有过性爱的"威胁"或可能,尽管窗外是落雪的冬夜,尽管他们在乡村共度了一个因停电而在黑暗中对坐的夜晚。(王安忆也将它称之为"一个做爱的环境",但他们之间"契入最深的"是灵魂;[2] 但极为有趣的是,这一"契入"是战卡佳对项五一灵魂的契入。)没有什么超离了战卡佳的理解。"其

---

[1] 王安忆:《弟兄们》,见《神圣祭坛》,第197页。
[2] 王安忆:《纪实与虚构》,第388页。

实她料到他会离开。他是再不能与她见面,她不应将他了解得太透。人格中有一些秘密,犹如隐私一般不能为第二人了解,一旦被人了解,亲家就会变成仇家。她不慎走入了他的禁地,窥破了他的隐私,从此他再不能与她在一个世界里共存。战卡佳嘴角浮起一丝轻蔑的微笑,她想到,天才的隐私尤其不能道破。"① 或许更为准确的说法是,天才男性的隐私尤其不能被女人道破。尽管这正是他向她索求的,但显然不是战卡佳曾经预期的全部,她同样有着不曾为项五一窥破的,或者说他无暇也不屑于去窥破的隐私;她的全部希冀无疑不仅仅是了解项五一——一个天才,不仅是类似的智性目的。因此,她才会与其妻再次相逢并分手后,"不由想道:项五一,你使你周围的女人都那么的寂寞"②。类似知识女性的困境,男性对她们的求助与惧怕,她们的智慧与理解所携带的潜在威胁与阉割力,她们所承受的命运和最终遭到的放逐,将在《叔叔的故事》中"大姐"的、只有寥寥轮廓的记述中再现。

事实上,在《神圣祭坛》中,存在着两个彼此叠加又彼此消解的文本,一个是关于"诗人"的天才与平凡;写作的社会与个人动机,关于痛苦与权力;另一个则是关于男人与女人,关于精神盟约与性别秩序。对于前者,战卡佳和项五一指称着王安忆痛苦反省中的双重自我,她借助战卡佳——直面现实、直面记忆的勇敢,向项五一自我防护的铠甲温存但固执地逼近。她使项五一正视自己只是"人群中的一个","软弱人类中的一个",不是超人或完人;创作,从某种意义上说,只是与现实妥协的结果,只是痛苦的转移;而这痛苦正根源于"自私与个人主义"。然而,性别化的叙事、性别本质论的前提,是这一文本意义网络得以建立的前提。依据先在的性别秩序,

---

① 王安忆:《神圣祭坛》,见《神圣祭坛》,第160页。
② 王安忆:《神圣祭坛》,见《神圣祭坛》,第161页。

战卡佳被设定为项五一的镜子,一个映照出其真实的自我的镜子。是她迫使项五一直面自己的真实,自己并不崇高的创作动机,自己颇为渺小而自私自怜的自我;是她推动项五一终于由书写史诗以遮掩个人卑琐记忆的孱弱,艰难地走向袒露自己"丑陋心史"的真诚。于是,她不期然间成了一种解构性的力量。她以她的真实、理解与平凡,消解着精英主义与文化英雄主义的神话。但正是凭借她,凭借着这一诗作中的妈妈的现实替代者,项五一最终极度痛苦地以"做一个健康的好侏儒"——背负记忆、与现实和解的结论,终结了他的万行长诗,袒露了他无穷的自怜自怨与不堪重负的心路。女性再一次成了现实力量与现实原则的指称,成了广博的母爱、奉献与理解的代名词。而性别秩序话语的重述,却同时为这段没有爱情的爱情故事、为关于战卡佳的"性别"及命运的潜在叙述所洞穿、所裂解。一如王安忆以战卡佳为镜,映照出项五一的真实;战卡佳同样因其性别——天才身边的平凡女人,而成了诗人的自恋之镜:"她好像是怀了一个追求圣迹的使命,才来到这布满凡人庸碌脚印的世上。而现在,她接近了——"一个圣迹,项五一。于是,王安忆才让她在一个轻蔑的、窥破的微笑之后,因"天才"两个字"激动起来,心里充满了欢喜。她热烈地想道:我们有了一个天才。在我们度过了长久的没有天才的日子之后,我们终于有了一个天才"。[①] 天才,如果不再是社会的良知,民众的代言,仍是某种"圣迹",仍拥有特权。因此,尽管项五一终于鼓起勇气写出了自己的丑陋心史,但那仍是献奉于一个"神圣祭坛"。

事实上,《神圣祭坛》中的解构与建构的话语迷宫与意义裂隙,正是王安忆此时的自我突破与抵抗的呈现。

---

① 王安忆:《神圣祭坛》,见《神圣祭坛》,第 140、160—161 页。

> 接触到深处我们遇到了坚硬的保护的外壳，掘进遇到了困难。我们的困难是双重的：一是智慧上的，我们往往会迷失了方向，不明白什么是纵深的发展，什么则只是横向的徘徊；二是勇敢上的，我们不知道将我们深处最哀痛最要害的经验开发出来，会遭到什么样的消费的命运，我们忐忑不安。①

王安忆作为一个作家所面临的困境，使她更为深刻地认同了项五一，尽管她同样内在地认同战卡佳。她使得战卡佳迫使项五一面对他的真实，同时她必须使战卡佳来抚慰项五一因此而遭到的创痛。于是，她一边解构着某种特定的话语权力与权力话语，一边在一个性别的叙事与话语中，补缀着其间的破碎与裂隙。王安忆面临着一个临界点。一如《神圣祭坛》中项五一语焉不详的创伤和象喻性的长诗，王安忆此时仍在"保护的外壳"边徘徊。作为一种迟疑与规避，她更远地逃离她个人的经验，这以后是《弟兄们》《逐鹿中街》等一系列圆熟而机智的作品问世。"然后，我有整整一年没有写小说，一年之后，我写了《叔叔的故事》。"② 在《叔叔的故事》中，王安忆重返《神圣祭坛》。

> 《叔叔的故事》重新地包含了我的经验，它容纳了我许久以来最最饱满的感情与思想，它使我发现，我重新又回到了我的个人的经验世界里，这个经验世界是比以前更深层的，所以，其中有一些疼痛。疼痛源于何处？它和我们最要害的地方有关联。我剖到了身心深处的一点不忍卒睹的东西，我所以将它奉献出来，是为了让人们与我共同承担，从而减轻我的孤独与寂

---

① 王安忆：《神圣祭坛·自序》，第1—2页。
② 同上书，第2页。

窦。因此我想，也许是软弱，不堪重负，期待支持，使世界上有一部分人去写小说，他们找到了艺术作依傍，而写小说的命运却要求他们有另一种勇敢与献身好将他们的心灵作牺牲，那便是"祭坛"的由来。①

如果说《神圣祭坛》是这一思考的过程，那么《叔叔的故事》便是这一思考的结果之一。后者无疑是王安忆最重要的作品之一。这是一个作家的故事，一个关于写作与真实的故事，一个"叔叔"——父辈的故事。如果说《神圣祭坛》中的叙事人仍陷于自审与自恋、自我质疑与自我抚慰的怪圈之中，那么《叔叔的故事》则是一次真正的超越。此时，王安忆已在《弟兄们》等作品序列的写作中获得了一种新的且间离、且投入、且幽默、且调侃的叙事语调，在《米尼》等作品中获得了一种暴露的叙事人出入于文本的方式，从而造成了一种"变焦"式的、不断变换叙事视点、调节叙事距离的方式，造成了"纪实与虚构"间的张力。

作为王安忆最重要的作品之一，《叔叔的故事》不仅是一次极为成功的元叙事，一次对于写作、作家角色的内省反思，而且更为重要的，是它事实上成了一部成功地告别"19世纪"之作，一部在对80年代的反思、对80年代主流叙事的反思与解构中，在丰富的、潜在的互文关系中完成的一次对理想主义匮乏"症"的治愈，完成了一次对文化精英主义、文化英雄主义的消解与放逐。从某种意义上说，是《叔叔的故事》，而不是"三恋"，是王安忆的划时代之作。事实上，在《叔叔的故事》中王安忆涉及了80年代主流话语中的诸多神话，囊括了几乎所有80年代叙事中的神话和关于叙事与作家的神话。关于历史劫难，关于苦难，关于穿越现实与心灵的炼狱朝向心灵与理想的

---

① 王安忆：《神圣祭坛·自序》，第2页。

天堂，关于历经苦难的文化英雄，关于大地母亲、女性之爱的拯救，关于抗议性的死亡，关于人类与全球性视野，关于东方与西方的交流与理解，关于写作游戏，关于崇高的欢乐与平凡的快乐，关于使命感的驱使。一种游戏式的写作，一种亵渎与调侃，如同"穿帮"的镜头，如同撕碎的景片；但同时是切肤之痛的反省，因窥破了苦难而不再有崇高的欢愉，揭穿了虚构而不复有单纯且投入的快乐。如果说在《神圣祭坛》中，性别化的叙事成就并裂解了一个内省的故事，那么，在《叔叔的故事》中，"叔叔"的性别身份则更为成功而内在地提供了一个性别、写作间权力关系的揭示。① 在叔叔与妻子的家庭生活中，在叔叔与大姐、小米的泾渭分明的、不同"质"（灵与肉）的关系式的自觉设置以及殊途同归的结局中，在"叔叔来抢我们的女孩了"的行为方式中，王安忆再一次于自觉与不自觉之间，使作品成了对男权秩序、逻辑及深刻的内在困境的揭示。当然，《叔叔的故事》仍是一个"故事"、一个"别人的故事"；当王安忆痛楚而果决地穿透"保护的外壳"时，她仍有效地躲藏在一具假面背后。"叔叔"——一位"父兄"的故事，使王安忆成功地以叙事人"赤膊上阵"、充分自我暴露与介入的方式，与人物、被述事件拉开了距离，"我"得以成功地隐藏在代沟所划定的安全距离之外；王安忆对写作、对80年代主流话语、对终极意义的反思、内省中的切肤之痛，便在嬉笑与调侃中移置于他人。而正是在《叔叔的故事》中，王安忆深刻揭示了主流话语、叙事规范对经验世界的遮蔽、改写；不仅一个作家，一个人生的孱弱者，常借助写作躲藏在自欺式的白日梦中，而且一个时代关于可写、可读的潜在规定，同样会将现实、经验、体验的一部分投入无名无语的幽冥之中。

---

① 参见陈顺馨关于《叔叔的故事》的精彩论述，见《中国当代文学中的叙述与性别》，北京大学出版社，1994年。

英雄的乌托邦与边缘化

如上所述，如果说《叔叔的故事》实际上构成了对一个父亲形象、一个关于苦难与文化英雄的叙事的消解，至少是亵渎，那么，《乌托邦诗篇》则成了对父亲形象、文化英雄的重写。不仅如此，对于王安忆来说，《乌托邦诗篇》同时成了她朝向自己经验深处的又一次掘进。这一次，她不再躲藏于他人的假面之后，不再隐身于性别含混的叙事人背后，她开始以"王安忆"的名字出现，她开始直接地在书写他人（这一次是一个"岛上"作家，我们已知道他的原型是台湾作家陈映真）的故事时，袒露自己的心路。事实上，她在此开始了项五一艰难而痛楚的写作、内省、自审之旅，开始书写自己也许并不丑陋却始终"不为外人知，亦不足为外人道"的心史（当然这"心史"的写作要到《纪实与虚构》方才告一段落）。她也写了一首"诗"，一首激情的长诗。

在《乌托邦诗篇》中，王安忆以甚至在她的早期也并不多见的激情勾勒着一个英雄的形象，一个文化英雄，一个有信仰、不媚俗、"知其不能为而为之"的斗士；一个平实坚强、爱心盈溢，为注定要失败的事业战斗的理想主义者。从某种意义上说，王安忆以这位"岛上的作家"指称着全部她曾经求之若渴的超越性价值，指称着所有经改写、于整个80年代成为大陆精英文化支撑的理想主义价值。那是信仰，是信仰所支撑的人类之爱，是朴素的古典的人道主义信念与激情（"首先，你是上帝的儿子"）；是世界语境中的民族身份的自指、超越及认同，是民族文化本体的立场（"其次，你是中国的孩子"）；是平凡的爱心、亲情、平常心，或曰人间情怀（"然后，啊，你是我的孩子"）。①那是人生准则与行为方式，那是一种西西弗式英雄主义实践；不同于"叔叔"的故事，它不仅体现在写作行为之中，体现在虚构世界的原则

---

① 王安忆：《乌托邦诗篇》，第239、298页。

之中，它同时是一种不惮其微末的介入、参与、以期改变现实的行动。王安忆又一次使用了叙事的"套层"或曰平行结构，在这一文化英雄的侧畔，与其平行的是王安忆对自己心路的、勇敢而无饰的袒露。其中王安忆再次勾勒了一幅80年代的文化轨迹，第一次坦言理想主义对她所具有的巨大的感召，以及她始终因理想主义匮乏所遭受到的饥渴、自疑与惶惑。换言之，在《乌托邦诗篇》中，王安忆将自己的心路呈现为一次次地对其愿望、理想主义信念的投奔，而又一次次地在现实的诱惑、躁动中与之远离；呈现为她一次次背离英雄（"他"）的期待、嘱托，而又一次次地于不期然间与他"重逢"。王安忆似乎在这一叙述中，勾勒出一幅理想主义与非理想主义殊途同归的图景：

> 决定这书题名为"乌托邦诗篇"，这几乎是给我这一阶段的人生观念的命名。"诗篇"这词就已经相当虚枉了，又何况加上"乌托邦"这三个字。当我在领略了许多可喜与不可喜的现实，抵达中年之际，却以这样的题目来作生存与思想的引渡，是不是有些虚伪？我不知道。我知道的只是，当我们在地上行走的时候，能够援引我们，在黑夜来临时照耀我们的，只有精神的光芒。……我不知道我如今是走到第几层了，我只感悟到光的存在，这是一种可喜的信任。现在，我好像又回到了我最初的时期，那是人生的古典主义时期。那是可以超脱真实可感的存在，去热情追求精神的无感无形的光芒的时期。再次接近这时期，我心潮澎湃。我有种回了家的亲切的心情，我想我其实是又找寻回来了我的初衷，这初衷是一个精神的果实，那就是文学。因此，从这点上说，"乌托邦诗篇"这书名又可是我整个人生的命题了。①

---

① 王安忆：《乌托邦诗篇·作者的话》。

似乎她对于理想主义的重述与移置,将她再次引导至理想主义的怀抱之中。而事实上,如果说《乌托邦诗篇》是对理想主义话语的重写,是对已遭解构的文化英雄的再次建构,那么,叙事的套层结构则再次成了彼此映衬又相互消解的意义构成。一如影坛第五代的发轫作《一个和八个》[①],经典英雄神话的重述,并不是为了再度成就一个具有询唤价值的理想镜像,而是为了在一次饱含激情与崇敬的再叙述中,将父辈的英雄故事归还于父亲的历史。这一次,王安忆对自己近乎疾患的、内在的理想主义匮乏的曝光,与其说是在理想主义者的万丈光焰面前,对一部"丑陋心史"的坦言,不如说它实际上成了对一个非理想主义者的合法性的再论证。从某种意义上说,这是一个更为成熟的姿态。《乌托邦诗篇》的套层结构,与其说展示了一位辉煌的榜样及其"不肖"的追随者的故事,不如说只是成功地呈现了一种差异,一种文化的、语境的、历史与时代的差异。尽管前者使后者为之心仪并肃然起敬,当"王安忆"努力成为"他"所期待的"聪敏孩子"的时候,当"王安忆"奔走于黄河故道,寻找民族之谜底的时候,当她写作,"他"行动,一个记述某个孩子的死,一个为了某个孩子的生的时候,当她在异国的教堂(在此,我们辨认出了《叔叔的故事》的某些原始情境)试图寻找并结识"他的上帝"的时候,他们并不曾汇聚。她只是一次次地印证着差异。或许在另一种意义上说,这是一个与《神圣祭坛》彼此对位的故事,它再次包含了一个显而易见的性别叙事于其中。一对精神上的父女,一个权威的男人与一个稚弱的、经不起诱惑的女人,一个男性的引导者与一个女性的追随者。然而,作为王安忆真实心路的一程,它成就了比其他作品更为朴素而有力的女性陈述。正是在小说套层结构的平行叙述之中,正是在意义与价值的差异而不是优劣的呈现之中,王安忆写出了一个真正的精神之盟的故事,一次动人

---

① 《一个和八个》,导演张军钊,广西电影制片厂,1983年。

的、没有爱情的爱情叙述。换言之，王安忆正是在这饱含激情的对一个古典理想主义者的怀念中，将理想主义信念揭示为一处可歌可泣的乌托邦，书写为一部诗篇——一种精神的而非物质的现实。

似乎正是以《乌托邦诗篇》为前导，王安忆到达了《纪实与虚构——创造世界方法之一种》，一部关于她自己的又远远超过了她自己的、不无宏浑的长篇。于笔者看来，这是王安忆迄今为止最为成功的长篇，或许也正是世纪之交的中国最重要的长篇之一。在"寻根文学"偃旗息鼓近十年之后，王安忆独有的寻根之旅达到了又一次辉煌①。不仅如此，它是对历史与文化的反身自指，是对世界语境中的民族话语的揭秘；是一次语言的"创造世界"，又是对"创造世界方法之一种"的曝光。王安忆将她迷恋的叙事的套层结构发展为一种成熟的复调形式：这是在寻根的本义——家族史的意义上虚构出的民族迁徙史，雄浑壮观，气势磅礴；同时是王安忆——一个大都市里的孩子的、"微末"的经历与心史，琐屑，平凡。他们如同并行的长河与小溪，一个波澜壮阔，一个无言流淌，终于奇妙地、天衣无缝地彼此接近，并完满地契合于小说家王安忆的寻根愿望②，她对寻根运动的解构，她对写作行为的反思，以及一种元写作的尝试。

极为有趣的是，王安忆又一次在断然否定女性主义的同时，提供

---

① 王安忆比其他作家更为深刻地反省了寻根文学的真义，并在辨析、消解之后继续她的追寻。"在寻找初衷的行为下，还暗暗藏着做一个现代人的念头。寻根行为本身其实就表明了对现代人立场的坚持。'寻找'这一桩行为是在'失去'之后才发生，我们特别要强调寻找，也就是特别在强调失去。"见《乌托邦诗篇》，第277页。"我想，这场寻根运动是由前后两个部分来组成，一是文化传统上的，一是家族史上的。前者是抽象的，意图不明显的；后者则是具体的，意向较为明确的。当我们像个流浪汉一样背着简单的行囊，走到荒山野岭，寻找我们文化的根源，关于生殖的神话攫住了我们的魂魄。……我以为家族小说其实就是在此形势的深化发展中产生的，它是一种寻求根源的具体化、个人化的表现，它是'寻根'从外走向内的表现。它还带有一种逆向寻找的形式。他们从今天的自己出发，溯源而上去追寻历史。他们从自身这一个具体的人的发展过程，推而广之去考查人类的历史……"见《纪实与虚构》，第411—412页。
② 参见王安忆：《纪实与虚构》的《序》和《跋》，第1—5、463—467页。

了另一部极为独特而出色的女性写作的范本。在王安忆特有的套层或曰平行的叙事结构中,王安忆将典型的女性写作——充满了微末琐屑的女性自传与中国文化传统中至为崇高的写作形态——历史地并置在一起。一个是凡人琐事、日常情境,是一个都市女孩子所独自咀嚼的一份孤独、困窘,是她"丑陋"至少是并非崇高不凡的心史;一个是人类文明史中的一部,关于征服、战争、逃亡、归顺,关于英雄与背叛,关于民族的兴衰、迁徙,关于权力的运作与逻辑。在《纪实与虚构》中,它们不再具有等级上的高下与优劣,同样连接于王安忆的寻根愿望,同样服务于"纪实与虚构"——一个小说家"创造世界的方法"。而另一个有趣之处在于,《纪实与虚构》特有的结构与写作方式,于不期然间揭示出女性文化的又一特征。这是一部家族史意义上的寻根之作。然而,王安忆的追寻并不始自对父系(王氏)家族的溯源①,相反,它是对母系(茹氏)家族的追寻。而呈现在这一家族情境中心的,也并非祖父、父亲的威严形象,而是曾祖母这一顽强的、不无喜剧色彩的老妇人。于是,它其实是一次寻找"外婆桥"的旅程,它最初想名为"上海故事"或"茹家溇"便不足为奇了②。然而,王安忆对母系家族以及家族中的女性的寻根,一旦超离了生者的记忆,超离了口头的流传,而必须进入文字的历史,它便只能演化成经典的男性与权力的历史,它便不再是关于普通人的与日常生活的场景,而必须登临大波大澜的历史舞台。而在这文字的历史中,不论是正史还是稗史,其中心舞台上,都不再有女人的身影。或许是极为偶然地,在生者记忆与口头的家族史中,男人都如同匆匆来去或不甚成器的过客;而在文字的历史中,女人则成了无名的群体或模糊的身影。当王安忆的家族溯源,由记忆、传说、遗迹而进入文字之时,它便由对"外婆桥"

---

① 在《纪实与虚构》的雏形《我的来历》中,母亲的家世(茹氏)与父亲的家世(王氏)并置。
② 王安忆:《纪实与虚构·跋》,第 466 页。

的寻找,成为对英雄伟业的记述。女人无疑在历史之中,但"她"又始终在历史之外。

《纪实与虚构》作为90年代长篇小说创作热潮中颇为特殊且重要的一部,同时作为一部独特的女性文本,其意义不仅在于它以女性自传与男性英雄的历史的并置打破了经典的等级制,不仅在于她于这一并置中呈现了女性在文明中的地位,而且在于她在这一特定的寻根写作中,不期然地揭示了整个80年代寻根及历史反思运动中不言而喻的汉文化中心主义倾向。而在这一长篇中,王安忆从历史的断章残简:"蠕蠕入中原为茹氏,蠕蠕即柔然"入手,将柔然——这一已湮没在历史中的北方少数游牧民族认作了自己家族、血脉的缘起,而且极有意识地拒绝进入汉民族悠长的文明史的中心舞台。这是一次对时光长河的上溯,作者固执地在烟波浩淼的历史的边角处寻找英雄与先人足迹的旅程。如果说王安忆对"外婆桥"的寻找始终缠绕在扑朔迷离、自相矛盾的转述与传说中,那么,几乎没有任何确凿的线索与依据的寻根,则事实上给王安忆以绝大的虚构的自由。但王安忆拒绝了正史,拒绝灭绝了的柔然族与汉民族融合、通化或归顺的可能,而宁肯"牵强"地将"她"的种族置身于历史的边缘与角隅之中。尽管它终于归顺于一个大族,获得或曰分享了一度辉煌,但这是蒙古族,是成吉思汗的王朝。她让成吉思汗——一个异族的征服者,将"她"的种族带入中原,并且宁肯作为不屈的反叛者而为罪臣、"堕民",迁入江南。在中国大陆90年代的小说写作中,这无疑是一个极为有趣的文化症候:它昭示了由80年代文化自身所萌生出的自我解构的力量,一种极为内在而有力的边缘化倾向,一种新的话语建构与话语空间。或许可以说,又一次于不期然之间,王安忆实践了一次女性、女性文化的选择,显现了一种新的异己者的声音:当王安忆治愈了理想主义匮乏的"痼疾",当整个社会的文化语境开始发生巨大的变迁,她不再选择无尽地朝向主流的跃动,而大胆地选择了边缘——一个可能的女性的文化认同与文化位置。

从某种意义上说,《纪实与虚构》的"纵向坐标"/历史叙事的建立,仍是王安忆后期作品中寻找与书写英雄的继续延伸。事实上,自《小鲍庄》始,王安忆已由对"庸常之辈"的记述,进入了寻找、质疑、改写英雄的过程。这显然是王安忆朝向理想主义与终极关注疾走中的一次逾越。但和王安忆任何一次超越一样,它事实上成了一个顽强的、对英雄神话的修订过程。王安忆先是从容地曝光了捞渣的故事——它如何由古老民族生存中感人的一幕,喜剧性地被改写为一个滥套中的少年英雄的故事。继而在《阁楼》①序列中,王安忆试图描摹普通人日常生活中的英雄行为,它近乎一种难于索解的偏执、一种"常识"意义上的滑稽、一部辛酸的喜剧。类似书写在《流水三十章》中达到了极致。而正是在这里,在故事的结尾处,王安忆自觉地让她的女英雄与日常生活妥协,让她汇入了普通人的人流。此后,王安忆开始了对精英主义文化英雄的探索。在《神圣祭坛》中,她让项五一终于战胜了自己的绝望与懦弱,以"墓碑般"的诗稿将自己的"丑陋心史"奉献于"神圣祭坛";但她对这位文化英雄的书写,同时伴随着将他曝光为一个孱弱的、必须耽于、躲藏于自己的白日梦/写作中的"软弱的人类中的一个"。一如王安忆的作品序列常常是在这一篇中让我们看到一幅美丽堂皇的图画,而在另一篇中则翻转她的图画,展现那潦草钉起的画框和粗糙的画布。《叔叔的故事》由是成了这一文化英雄神话的反面。从某种意义上说,王安忆这一书写、寻找、呼唤英雄的过程,自觉不自觉地伴随着一个将英雄神话边缘化的过程。事实上,在大陆特定的社会文化语境中,《乌托邦诗篇》中"他"的基督教信仰,和《纪实与虚构》中的少数民族历史及"茹氏"血脉的流传一样,构成了一种关于英雄的边缘陈述。而与"虚构"并列的"纪实"部

---

① 王安忆:《阁楼》,见《海上繁华梦》,第 1—70 页。

分，则在王安忆的"我的故事"中，将献身于"神圣祭坛"的文化英雄传奇，还原为日常生活的一部或日常生活方式的一种。在王安忆的自述与她宏大的作品序列的两相参照之间，王安忆更为清晰地为我们展示了主流话语与叙事程式的力量，展示了一个时代潜在的关于可写、可读的规定如何遮蔽着、改写着"真实"和人生。

　　作为新时期最重要的贯穿性作家，王安忆为我们提供了一部丰富、浩繁得多的《安妮·弗兰克的日记》，它不仅是一个女孩、一个作家成长的故事，而且是一个社会、一个时代的故事。王安忆的特定经历与位置，使她不断地进入、迷失，并成功地识破主流话语的迷宫，于是她的作品又成为一个时代的文化脉络及文化知识分子的心路历程。而在另一个层面上，王安忆为我们提供了八九十年代女性文化与女性困境的最为丰满的呈现。她无疑不是一个经典意义上的女性主义者；她清醒的现实主义立场，她对和谐、完满的乌托邦的隐忍的执着，都否认着她成为一个女性主义者的可能。但她对自身的经验与体验的忠实，她对真实、人生真相的无穷的掘进，却使她不能不以十分清晰而深刻的女性视点，揭示出内在于男权文化的女性的真实困境，以及她们给男权文化造成的深刻的话语与现实困境。或许她将再度远行，或许在她由不惑而至知天命之年的旅途中，将为我们展示又一处现实与心灵的风景线。

第九章 铁凝:痛楚的玫瑰门

铁凝的世界

尽管同样起步于那个被泪水和希望托举起的 80 年代初,甚或更早,但铁凝不是一个社会寓言的书写者。她似乎不曾试图僭越与颠覆。不同于痛楚的、为超载的思想与使命所累的同代人,她所倾心的,是捕捉"思想的表情",而不是思想本身①。她不是文坛上的贞德式的社会斗士,也不是卡珊德拉式的女祭司或预言者,因为——"我胆子小,一辈子也当不了英雄。不过我相信自己也决不会当叛徒。"②不会是英雄,但也"决不会当叛徒",似乎是铁凝所选取的位置。这不仅在于她不试图僭越"文学",她矢志不移地苦恋着"文学",所谓"锲而不舍,决不旁骛"③,她反复表达的某种深刻的恐惧是"不,也许我们还都是票友。要在艺术上真正有点造诣,人生是太短暂了"④,而且在于,铁凝并不是某种教旨的信徒,尽管她自有她心灵的执着与城

---

① 铁凝:《优待的虐待及其他》,见《女人的白夜》,上海文艺出版社,1992 年,第 142 页。
② 陈冲:《铁凝》,见林建法、王锦涛编《中国当代作家面面观——撕碎,撕碎,撕碎了是拼接》,时代文艺出版社,1991 年,第 380 页。
③ 同上书,第 382 页。
④ 为卓别林导演的影片《舞台生涯》中主人公卡菲洛的一句对白。铁凝《欲望在想象中满足(自序)》,见《麦秸垛》,作家出版社,1992 年,第 1 页。

堡。与其说她固执于某种信念,不如说她固执于某些价值,某些不是用心智,而是用心灵、用生命去衡定的价值。她直面着远非完满的社会与人生,不规避、不逃遁。也许正是在这里,铁凝展露了她的"英雄气概"①,她始终正视着现实的悲剧与心灵的深渊,不转开头去,不诅咒,也不晕眩。同时,她以一种隐忍的悲悯、一种温婉的原宥去环绕、去触摸、去记述:某一时刻、某一情境,某个荒唐而痛苦、不断浮现在追索与希望之中,又不断沉沦于挫败与绝望之下的心之旅。铁凝是一个"五七女儿"②,一个在浩劫岁月中度过了她的全部少年时光的女孩子。如果说,对于所谓"第三代""第四代"人③,几年的年龄差,便意味着对那一时代完全不同的体验与视点,那么对铁凝说来,1966年所开始的,不是一个酣畅的狂欢节,不是一首最终陷落的英雄诗,不是一段青春无悔的追述;也不仅是一个暴力、残忍、毁灭的"奥斯威辛",不仅仅是心灵与现实的炼狱与荒漠,不仅仅是劫掠与丧失,而且是一段段被荒诞与惊吓所连缀起的记忆,一座硕大无比的、诱惑着人们粉墨登场的舞台,一处猩红的但毕竟在冷酷与漠视中涩重地绽开的、少女的玫瑰门,一个被"要诉说"的愿望所左右的"真挚的做作岁月"④。从某种意义上说,80年代初中期中国大陆艺术家的创作,始终以记忆/修订记忆/反叛记忆的书写,挣扎于历史、权力、个人与社会的话语迷宫之中。他们不断地遭遇到"梦醒之后无路可走"的绝望⑤。事实上,梦醒时分的绝望,总是交织着对巨大梦境的、无限

---

① 陈冲:《铁凝》,第384页。
② 铁凝生于1957年,作家古华称她"五七女儿"。见铁凝:《自由与限制同步》,见《女人的白夜》,第86、91页。
③ 参见赵园《地之子:乡村小说与农民文化》第四章第一节"知青一代·知青文学",十月文艺出版社,1993年,第237页。
④ 铁凝:《真挚的做作岁月》,见《河之女》,春风文艺出版社,1994年,第57页。
⑤ 参见许子东《张承志和张辛欣的梦》中关于"梦"与理想主义的论述。见林建法、王景涛编《中国当代作家面面观》,第601页。

爱恨恋怨的繁复情感，而且类似的绝望更缘于某种对现实的厌弃、恐惧。换言之，在 80 年代特定的文化语境中，这个现实主义旗帜再度高扬的时代，仍是书写"共同梦"的时代，至少是试图连缀起梦的残片。作为一个不无荒诞的文化游戏，在此间大部分作家的作品中，人们只是以倒置的方式承袭了他们倾全力去控诉、诅咒与反叛的游戏规则，这些作品仍是理想主义的（尽管是痛苦的理想主义）、英雄主义的（尽管这一次它可能名之为"西西弗"，或直称为"为注定要失败的事实而战斗的英雄"），而铁凝似乎以她独有的方式逃逸于这一时代的网罗。铁凝似乎在固执地推进着她"没有梦的旅行"[①]。也许在她成长、艰难地穿越青春与灾难的玫瑰门的岁月，一次次在惊吓与噩梦中醒来，铁凝已别无选择地厌恶并弃置了对共同梦的痴迷。她拒绝以"遗忘与谎言为前导"，她"本能地"拒绝勾勒、编织新的梦境，完成新的乌托邦书写。但显而易见，"没有梦的旅行"并非无情冷酷的旅行。或许正是由于对"共同梦"的弃置，铁凝对现实有着更为执着、更为坚忍的背负，她在直面现实中不断地发现欣喜的或哀婉的、优美的或丑陋的。铁凝的目光从不穿过她面前的对象投向无穷的极点，除却她/女性的自我，她不俯瞰、不逼视。尽管她无疑有着深切而丰满的人文情怀，但她却并不热衷于划定自己的终极视野，炫耀她的"终极关注"。铁凝因此获得了一种从容，她从容地经历并记述着我们这个并不从容的时代，当然有疲惫，有孤寂，但她充满欣悦地经历着不断的、痛苦的更生。一如她优美的自白：

> 我和世界纠缠在一起。这种纠缠使我不可逃脱地成为世界的一部分，如同每个人都是世界的一部分那样。……
> 一个人的不能逃脱世界正如同他不能逃脱自己。

[①] 铁凝：《没有梦的旅行》，见《女人的白夜》，第 157 页。

我喜悦这纠缠,并不在意世界怎样待我。

....

我对我说:你必须扩展你的胸怀,敢于直面世界并且爱她。

爱遥远的是容易的,理解近在咫尺的是艰难的。可文学实在就是对人生、世界的一种理解和把握;就是对人类命脉的一种摸索。是近的,不是遥远的。①

或许正是在铁凝的作品中,我们得以窥见一次时代的、文化的优美的降落:由对彼岸痴迷、苦恋到对人生此岸的从容和认可。由"伟大叙事""遵命文学"的俯瞰到一份"平常心",一份个人的、女性的写作;由对文明、社会进步的无穷的饥渴、战叫到对自然、素朴的个人及女性经验的再指认。

直面着世故的真淳

尽管铁凝已向我们推出了两部长篇小说,但与她同时代的作家相比,她始终是一位"短篇小说"作者。一如她心爱的句子:"人生并不是一部长篇,而是一连串的短篇。"② 她善于以她细腻的心灵和别具的慧眼,去发现、捕捉一个富于包孕力与洞穿力的剖面与时刻;那一剖面裸露出历史与岁月重叠的沉积,那一时刻洞穿了人生与时代。与其说她同样在书写记忆(而即使对于铁凝,这仍是共同历史记忆的一部),不如说她在书写记忆的褶皱与印痕显影于现实的瞬间。这是铁凝的幸运,也是铁凝的不利。铁凝善于写作"短歌",在她的发轫期,那是些优美的、宁谧的、令人一唱三叹的精品。这使她顺利地获取了

---

① 铁凝:《就这样走着,劳作着》,见《女人的白夜》,第115—116页。
② 铁凝:《优待的虐待及其他》,见《女人的白夜》,第135页。

一个新人、一个年轻的女作家步入文坛的"入门券"。她似乎在成就着某种女性文学的范本:"清丽、越轨的笔致"、温婉的情怀、清澈纯净的诗情。早在她18岁的年华,在那一特定的、窒息的年代,她已以《会飞的镰刀》①"开始"了她的写作;而年仅20,她已进入了文学的星座。但铁凝却难于获得清晰的指认,或"轰动效果"的命名。在"沉重的翅膀"之侧,铁凝呈现出某种"可疑"的轻盈;在"空中的足音"之中,铁凝又显露着现实的滞重。她的"短歌"拒绝以权威的"历史"的编年断代法作为终极阐释;她的人物尽管必然遭受着历史的命运,却不因叙事中的历史而获得赦免。在铁凝的作品中,历史的灾难与浩劫,并不是一个无可逃脱的网罗或社会性宿命,而更像是个人命运所遭遇的一些偶然,某种契机。

　　从某种意义上说,铁凝的成功与对铁凝的命名,正是缘于时代特定的误读。80年代,为铁凝赢得了殊荣,并确立了她在文坛上的地位的作品,是《哦,香雪》《没有钮扣的红衬衫》《六月的话题》②。一种寓言读解的渴望与定式,使人们在对铁凝作品的屡屡失落之后,终于由《哦,香雪》中发现了现代化进程伸向荒僻乡村的触角,在《没有钮扣的红衬衫》中指认了青少年成长的社会学命题,在《六月的话题》中窥见了现代化进程一隅中的众生相。一如铁凝和她的人物并非历史命运的逃遁者,她、他们也不是时代的局外人。但事实上,比时代的、社会的命题更为深刻而稳固地成为铁凝作品中不断被变奏的主旋律的,是直面着世故的真淳。那是一份无华的素朴,一脉坚忍的背负,一段无遮拦的、自由而自然的生命,一片不矫情、不偏执、亦不

---

① 铁凝处女作,收入《盖红印章的考卷(儿童文学)》(北京人民出版社,1975年)。
② 此三个短篇分别获全国优秀短篇小说奖、短篇小说优秀奖。《哦,香雪》《没有钮扣的红衬衫》,见《没有钮扣的红衬衫》,中国青年出版社,1984年,第1—16、169—196页。(90年代后,《没有钮扣的红衬衫》题名中的"钮扣"改为"纽扣"。)《六月的话题》,见《遭遇礼拜八》,华艺出版社,1991年,第56—63页。

妥协的赤诚。这便是在《哦，香雪》中那纯净的夜色、那"小的叫人心疼"的车站、香雪微末而热烈的愿望；是《没有钮扣的红衬衫》里安然无遮拦的欢乐、放肆，以及遮掩其下的挫败及磨难；是《六月的话题》中达师傅对"接头人"的等待、激动与他最终的失望和豪爽；是《四季歌》①中姑娘对哥哥的记忆与她温婉的决绝。

在铁凝的作品序列中，直面着世故的真淳，显然不是一种天真、稚弱，亦不是一种道德操守（渐次清晰、强烈地，铁凝拒绝对她的人物进行道德评判），它甚至不是一种力量或可能的选择。它是一种生命与真情的自然流露，一种别无选择的生存方式，它间或是人生一个真切、饱满、袒露的辉煌瞬间。然而，除却《哦，香雪》，在铁凝的作品中，这份直面着世故的真淳，几乎并非一片纯洁的净土，甚至不是一个被喧嚣与恶浪所围困的城堡或孤岛。它更多的是人生的一个时刻（《河之女》《一件小事》《你在大雾里得意忘形》《老丑爷》②）或心灵的一个角隅（《四季歌》），一点平凡而自觉奢侈的愿望（《短歌》《请你相信》③），一份微末而平实的生活（《燕姑》《在路旁呵在路旁》《错落有致》《草戒指》《惦念》④）；甚至是一种难堪的尴尬（《没有钮扣的红衬衫》《哀悼在大年初二》《遭遇礼拜八》⑤），或无害的谎言（《信之谜》⑥）。

---

① 铁凝：《四季歌》，见《麦秸垛》，第 13—19 页。
② 铁凝：《河之女》《一件小事》《你在大雾里得意忘形》，见《河之女》，第 11—16、85—87、88—91 页；《老丑爷》(《长河落日篇》之四)，见《麦秸垛》，第 108—116 页。
③ 铁凝：《短歌》，见《没有钮扣的红衬衫》，第 50—61 页；《请你相信》，见《麦秸垛》，第 20—27 页。
④ 铁凝：《燕姑》《在路旁呵在路旁》，见《没有钮扣的红衬衫》，第 95—108、137—143 页；《错落有致》，见《麦秸垛》，第 48—58 页；《草戒指》《惦念》，见《河之女》，第 1—4、92—96 页。
⑤ 铁凝：《哀悼在大年初二》《遭遇礼拜八》，见《遭遇礼拜八》，第 31—47、1—18 页。
⑥ 铁凝：《信之谜》，见《麦秸垛》，第 28—36 页。

文明的质询

整个 80 年代,当人们热情地讴歌着"撞击世纪之门"的历史契机,痛切地书写在贫穷与愚昧中沉沦的老中国,当寻根文学于拯救与归属、控诉与复归的文化两难间进退维谷,甚至当新潮小说在年轻的决绝中宣告老中国的历史之舟已沉没于世纪之交的地平线之时,铁凝却以她细腻、幽默而冷峻的笔触,在她对普通人、对平凡人生的悲喜剧的记述与书写中,显露出别一样的声音。婉拒了铁肩担道义式的使命与社会代言人的光环,铁凝从不采取优越、俯瞰的视点。尽管"直面着世故的真淳"成为铁凝作品中复沓出现的主题,但铁凝仍以一种特殊的宽厚原宥了庸俗与怯懦,并将她幽默的微笑投向那些小小的精明、狡黠与无邪的欲望。但为铁凝所不容的,是世故——伪善与残忍,工于心计的权力游戏,苍白、孱弱与单调的仪式般的人生。在铁凝的笔下,这一切在不期然之间显露为文明社会的必然。

作为一个"五七女儿",权力与暴行,无疑是她被惊吓、被驱使的童年记忆中猩红的断篇残简。然而,铁凝所书写的,不只是某种历史的、集体的暴行;暴行的实施者,并不是残忍的刽子手、恶者与狂人,而是分享或渴望分享过剩权力的普通人。同样骇人听闻,但那是人施之于猫——一个远为弱小的生命以及全无反抗力的女人的暴行,但它却无疑毫不逊色于任何人类暴行。由《银庙》到《玫瑰门》①,这一故事由狸崽发展为大黄和"姑爸"被虐杀。铁凝以别样的冷峻记述了这令人齿寒的事件。在铁凝为数不多的、直接书写暴行的篇章中,并没有迫害者与被迫害者黑白分明的对立,没有善与恶截然相向的划分,也并非是施虐与被虐者之间病态的和谐。令人触目惊心的,倒是权力如何书写、创造了它的对象。那是被迫害者对迫害者

---

① 铁凝:《银庙》,见《麦秸垛》,第 1—12 页;《玫瑰门》,作家出版社,1989 年。

的认可，是前者对后者逻辑的承袭：不是对权力的憎恶，而是对权力、对加入权力游戏的更为急切的渴望，哪怕作为迫害者以成就权力游戏的完满。在《木樨地》①与《玫瑰门》中，对于老万和婆婆司猗纹，它甚至可能成为对灾难降临的一种极度的欣喜，因为灾难提供了权力秩序变更的可能，提供了新的表演的舞台。这与其说是特定的历史时期的荒诞与暴行，不如说是文明必然的悲喜剧。用铁凝的话说，这是"日子的世故"：

> 我仿佛认识老万很久了，十年或者一百年。
> …………
> 假若一百年后，这位高个子男人依然在平易街上走，依然因憋了一泡他自己也不甚清楚的尿而充满激情、目力集中地向前向前，我也不会奇怪——假如那时的我还活着。
> 老万被一个世界纠缠得太紧，纠缠迫他开始了终生的心灵流浪。他导演着这流浪，也被流浪所导演，欲罢不能。谁知道那是他心灵的自愿呢，还是他精神的自愿。……
> …………
> 人真聪明，却也敌不过日子的世故。原子弹爆炸也好，雪崩地震也好，日子是令人可恼地不老。②

事实上，与其说铁凝在正面表现历史的与文明的暴力，不如说她别具慧眼地洞察着一种权力/暴行的"后遗效应"，一种暴行的回声和它所制造的印痕与心灵异化。这是《死刑》③中的林先生。在林太太寂寞、诡秘地、"令活人都尴尬着"地死去之后，林先生从监狱里归来，"走

---

① 铁凝：《木樨地》，见《麦秸垛》，第146—220页。
② 铁凝：《一个人和半个世纪》，见《女人的白夜》，第132—133页。
③ 铁凝：《死刑》（《长河落日篇》之六），见《遭遇礼拜八》，第127—137页。

出"了那个荒诞的时代。但接着是"秋高气爽,夜色晴朗"的夜晚,林先生"爆发"出的粗野的叫骂;再以后,是他对侄子的慷慨、对女人的炫耀;再以后,是穿上白西装、带上法国盔的林先生对邻里们"恐怖的施舍";这一病态、绝望地获得尊严、亲情、位置及自己的权力实施对象的举动,终于以一次暴行而终结:为了"我一无所有,我就要获得一切了",他邪恶地杀死了一个孩子。铁凝以"人们被世界放逐了出来"结束了这个故事。文明与权力的暴力游戏,将人们放逐出了世界;而人们竟必须以疯狂和新的暴行重返人生。这是一个荒诞时代的回声,一个暴行制造出的疯子、狂人的故事。但铁凝没有突出疯狂,而是突出了权力在不同层次上的"变奏":社会施之于林先生的,林先生施之于妻子林太太的,林先生试图从侄子、女人、邻里身上重获的;而这一"变奏"以一次新的、具体的暴行暂告终结。

从某种意义上说,《色变》[①]是一个比《死刑》更为残忍与"恐怖"的故事。这一次,没有疯狂、没有暴力,只是一个遥远的权力游戏的印痕——一个"恐怖的"笑容。它以一个幸福、无忧的女孩子的眼睛为镜再度折射出来:"那脸毫无疑问地在笑着,那一种能挖掘出人的久远记忆的笑,一种让人类能够面对自身卑劣的笑。那笑里潜藏着求生的哀鸣,流露着轻贱的讨好。"这是特定的时代,一个真正的游戏的印痕:人们一而再地对一个"专政对象"重复着"假枪毙"的玩法,只因为"他们要的就是他临死前的那种表情,那莫可言状的表情使他们产生莫可言状的快感"。

比这些暴力故事远为温和的,是《胭脂湖》[②]。那里没有暴行。曾发生于历史中的事件,是如此恢宏的一次"改天换地",以致无法称之为一次游戏。它所留下的印痕,也不仅是一个可怖的笑容,而是一个

[①] 铁凝:《色变》,见《遭遇礼拜八》,第117—128页。
[②] 铁凝:《胭脂湖》,见《麦秸垛》,第59—69页。

名曰"大西洋"却没有使用价值的水库;今日它成了一个名曰胭脂湖的"旅游胜地"。而在其下,是曾为人居的胭脂村。那里也有过死亡,却没有血污;那只是一场"伟大的进军"中一处微不足道的疏漏而已:一个不愿舍家的孤独老人,被遗忘在水库的碧波下。如果说在铁凝的作品序列中,对文明的质询是一个渐次清晰的主题,那么,唯一正面表达了这一主题的,是《近的太阳》[①]。这也是为数不多的篇章:其中铁凝的第一人称叙事人采取了男性身份。那是一个"坦荡草原的隐私",一个人类、文明亵渎了自然与生命的瞬间。然而,在这一瞬间,"每个人脸上都绽开了笑容。那是动物界里人类特有的笑,那笑里包含着智慧和聪明,也包含着对那智慧的沾沾自喜"。这是与《色变》相对的另一种笑,但同为文明的造物。

  事实上,铁凝的质询,并不多见于对历史与历史中的暴行的记述,而更为深刻、细腻地表现为她对日常生活中的权力场景的发现。这是些纤毫毕现的、饶有情趣的场景,没有暴力、没有强制。不仅是高位、荒诞的时代、崇高的名义可以赋予人控制、迫害他人/弱者的权力,这权力也可以来自"每月有三十几块退休金,有定量分配的国库粮"或一顿饱饭(《来了,走了》《闰七月》[②]),来自身为长辈、老师的位置(《没有钮扣的红衬衫》《玫瑰门》),可以来自乏味的、婚姻的名分(《遭遇凤凰台》),甚至可能仅仅是一个有利的空间位置(《豁口》)。[③] 在铁凝的笔下,可怕的不是权力的高压与迫害,而是普通人的权力异化:人们在日常生活中微缩了权力模式,复制着权力模式的褊狭与伪善。在铁凝那里,与其说文明是一种暴行,不如说它更多地呈现为苍白、孱弱与贫血,铁凝称之为一种"可怕的单调"[④]。它呈现

[①] 铁凝:《近的太阳》,见《麦秸垛》,第70—82页。
[②] 铁凝:《来了,走了》《闰七月》,见《麦秸垛》,第83—97、325—371页。
[③] 铁凝:《遭遇凤凰台》《豁口》,见《遭遇礼拜八》,第19—30、64—78页。
[④] 铁凝:《我爱,我想》,见《女人的白夜》,第84页。

为困扰着、挤压着孩子的成年人的世故与教育的伪善,呈现为苍白的婚姻与种种荒诞或常态的"礼仪"。在此间或有来自真淳的抗议。在《来了,走了》中,为每天一顿细粮,三舅可以"不管二舅叫哥",可以"垄断着二舅的光头",可以"以教训二舅作为吃饭的陪衬",为在那"振振有辞的演讲中获得满足",可以让二舅"服从三舅的一切论点"。然而,在槐树下的马石上,当二舅从三舅脸上看到"自己的心思",从而窥破了一种伪善的时候,这卑微的老实人便掉头而去。但是,一个孩子的抗议便远不及"二舅"们来得有力。而一个工于心计的成人面对着孩子有着比"国库粮"更为丰富、有力的武器。在《玫瑰门》中,那是关于"能"与"不能"的规矩,是关于"复杂"的议论,是另桌吃饭、限制饭量,甚至可以展览你的大便,让你"像关在笼子里等待表演的动物"。

与其说铁凝在 80 年代便在她个人的写作中开始了对现代性的反思,不如说这只是体验中的对文明的人类社会的质询;一种深刻的困惑、茫然与隐忍的痛楚:"'不知道不知道不知道!'一个强硬的我对他说。一个温柔的、声音低低的我又告诉他:'不知道不知道真的不知道。'"[①] 独特的女性视点与体验使铁凝攫取了这样的时刻与人生。这对文明的质询,同时成为一个女性发出的社会质询。

无邪的赤裸

作为一个女性对文明的质询,铁凝面对世故的真淳,渐渐地凝聚为一个意象,一份独特的、同样不无困惑的女性体验:那是一个丰腴的、盈溢着生命活力的女裸体。但它并不呈现在欲望的视域中,也决

---

① 铁凝:《色变》,见《色变》,作家出版社,1997 年,第 15 页。

不为迎接他人的目光而呈现。这是一份无邪的赤裸——如同自然，如同生命的原初；这是一个辉煌的真淳的瞬间（"'河里没规矩'……因为她们在河里'疯'过，也值了"[1]）；这是一个苍白的文明全然无奈的世界；这是生命的沃土。这种深刻的文明的质询与女性的豪迈与骄傲，在《河之女》中重合在一起：

> 这当是一个全新的天地。它不似滩，不似岸，不似原，是一河的女人，千姿百态，裸着自己……
> 当你认定这是一河巨石时，你的灵魂就要脱壳而出，你觉得你正在萌生一种信奉感，不然你为什么会对一河巨石肃然起敬。
> 当你认定这是一河女人时，你会六神无主，因为你再也逃脱不了自己的龌龊。一切都是因了女人的丰腴，女人的浑圆，女人的力。
> 这一河的石头，一河的女人，你们是同年同月和着一个天时一起降生，你们还是有着无言的默契，你等她，她等你，从盘古开天地直等到今天。[2]

显然，铁凝在此以自然和女人无邪的赤裸作为文明的对立项。尽管拒绝教化的铁凝温婉地拒绝使用 80 年代主流的二项对立式：都市—乡村作为叙事的语义范式，拒绝将世故与真淳对应于都市与乡村；但在这里，她明确地将"一河巨石头—河女人"及"河里没规矩"的旧俗对立于太阳伞、耐克鞋、流行歌，以"一河的雄浑"、纯白对立于"红的衣绿的伞"，对立于"五颜六色的斑斑点点"。于是，自然、无邪的裸女便成为对文明的无言的拒斥与抗议。事实上，在《玫瑰门》中，正

---

[1] 铁凝：《河之女》，第 16 页。
[2] 同上书，第 18 页。

是"美妙单纯"的、"活生生的女裸体从容地出现在教室的模特台上时",苏眉终于开始并永远地挣脱了此前她画笔的既定轨迹;她终于从对领袖像——一个至高权力的能指、一个菲勒斯形象的无穷复制中逃脱,第一次"有了属于自己的艺术表现"。而苏眉从"最单纯也最复杂的"裸体中看到真实、自然,又从"崇山峻岭大海湖泊深谷浅滩黄昏或白夜"中看到了人体和生命。正是"纯净美妙"的女裸体终于使苏眉得以与眉眉——那在历史劫难的岁月中穿越青春的玫瑰门的少女、苏眉的另一自我相逢,使她逃离了意识形态的控制权,再度拥抱生命①。

从《麦秸垛》②开始,铁凝有意无意地书写一个素朴、丰满的女人,用这女人呈现一种别样的真淳,那是故事中的大芝娘——一位母亲。她是某种朴素的、传统的女性生存的呈现,但不是"相夫教子"、为媳为妻,而是一种原初的母性、一颗单纯的心灵。在这个"知青小说"的叙境中,大芝娘不仅对沈小凤——一个有几分狡黠、几点庸俗的少女构成了一种呼唤,而且成了杨青朦胧的渴求。这是一种对回归的呼唤,也是对归属的困惑与渴求——不是女人,而是"被从世界放逐出来的"现代人。在此之前,铁凝已推出了《村路带我回家》③,这是一个有着真正回归结局的小说。一如批评家赵园的洞见:

> 像是有意提供"反题",铁凝以其对人物[知青]回归的别致诠释令人一新耳目。乔叶叶(《村路带我回家》)的返回插队乡村……的理由简单到了不成其为理由:"……我愿守着我的棉花地,守着金召,他就要教会我种棉花了。让我不种棉花,再学别的,我学不会。"作者以极其"个人"的人物逻辑,使人物的回归、

---

① 参见铁凝:《玫瑰门》,第249—258页。
② 铁凝:《麦秸垛》,见《麦秸垛》,第146—220页。
③ 铁凝:《村路带我回家》,载《小说月报》1984年第8期。

扎根"非道德化",与任何意识形态神话、政治豪语、当年誓言等等无干,也以此表达了关于知青历史的一种理解:那一度的知青生活,不是炼狱不是施洗的圣坛不是净土不是"意义"、"主题"的仓库不是……作者没有指明它"是"什么,或许"是"即在不言之中:那是平常人生。①

无邪的赤裸正是平常人生,是单纯、"自然"的生存方式的回归呼唤。

女性的匮乏

然而,无邪的赤裸、素朴、丰满的女人/母亲,不仅是一种别样的真淳,是对文明异化的婉拒与抗议,而且是对女性体验、女性现代境遇的一份表达、一种质疑。从某种意义上说,铁凝对文明的质询,不仅仅源于对文明暴行、权力异化的恐怖与厌憎,而且在于独特的女性体验,使铁凝深刻地体味到,在现代文明社会中,一个现代女性境遇的尴尬、可疑与无所适从。这正是铁凝的作品中女性困窘的由来。

不同于张洁、戴厚英们,在铁凝的作品中,没有可堪放入心灵圣坛的完美的男性,没有一个男人能作为令女人"不能忘记"的爱情记忆而使之获救;不同于她的同代人,铁凝作品中找不见对男子汉的渴求、对孱弱的现代男性的失望与怨憎,甚至没有"在同一地平线"上的性别间的角逐。在铁凝的作品序列中,不乏男性的、真淳的小人物,但他们显然不能奉献"坚实的肩膀",使人"能靠上疲倦的头",不能奉献"一双手",以"支持最沉重的时刻"。② 在《无雨之城》③ 前,

---

① 赵园:《地之子:乡村小说与农民文化》,第 275 页。
② 舒婷:《中秋夜》,见《朦胧诗选》,辽宁大学中文系编,1979 年,第 32 页。
③ 铁凝:《无雨之城》,春风文艺出版社,1994 年。

性爱或性战场景,是铁凝作品序列中较少涉足的领域。并非铁凝耻于正视类似场景,而是于她特定的视域中,婚姻乃至性爱场景均已成了文明场景中的一片褪色得全无血痕以至难于辨认的苍白。铁凝的苏眉(《玫瑰门》)和朱小芬(《遭遇礼拜八》)们,不会像叶知秋(张洁《沉重的翅膀》)那样在邻里夫妻的打骂声中瑟缩,以致无法下咽"美味的红菜汤";而是会感到一种常态中的振奋。铁凝的苏眉羡慕"一对说打就打的夫妻",因为那至少是一种血性、一种联系,而不是"绝了种种兴趣"之后的淡漠与无奈。

铁凝对于女性体验的书写,更多的是一种内省,是对女性的历史与现实境遇的深刻的、近于冷峻的质询,一种对文明社会中女性位置的设问。铁凝冷静而困惑地书写着那份属于女性的尴尬,细腻而不无幽默与自嘲地记述现实情境中的女人,一个解放了的女人之社会地位的可疑:她必须扮演或表演;除了扮演她自己,还必须扮演一个女性(《女性之一种》①《遭遇礼拜八》)。事实上,除却隽永的短歌,铁凝善于勾勒那种只属于女人的——一个或数个不同的女人的,尽管有男人间或穿行其间的——女性场景;在种种女人的故事中,铁凝书写着特定情境中女人改变命定的历史境遇的可能、出路与结局。类似的书写有意无意构成了对女性本质的探询与质疑,而这探询与质疑则伴随着一种对女性性别的、深刻的内在匮乏的感悟。于是,无邪的赤裸如同丰饶的土地一般丰满、沉默而素朴的女人——一位母亲,成了对现代女性(也许是一个知识女性)那一深刻的内在匮乏感的指称。从某种意义上说,这个丰满、沉默的女人/母亲,构成了铁凝的女性情境、女性世界的唯一一幅镜像,一个无法逾越亦无法到达的"他者"。如果说在《麦秸垛》中,大芝娘对沈小凤构成了一个"榜样",一种生活方式,一种解脱现实与感情绝境的出路,那么,她对杨青则构成了一种

---

① 铁凝:《女性之一种》,见《河之女》,第21—25页。

性别的自指,与这自我指认中的困惑与迷惘:

> 世界是太小了,小得令人生畏。世上的人原本都出自乡村,有人死守着,有人挪动了,太阳却是一个。
>
> 杨青常常在街上看女人:城市女人们那薄得不能再薄的衬衫里,包裹的分明是大芝娘那双肥奶。她还常把那些穿牛仔裤的年轻女孩,假定成年轻时的大芝娘。从后看,也有白皙的脖梗、亚麻色的发辫,那便是沈小凤——她生出几分恐惧,胸脯也忽然沉重起来。
>
> 一个太阳下,三个女人都有。连她。她分明地挪动了,也许不过是从一个麦场挪到另一个麦场吧。
>
> ⋯⋯⋯⋯
>
> 每天每天,杨青手下都要飘过许多纸。她动作着,有时胸脯无端地沉重起来,看看自己,身上并不是斜大襟褂子。她竭力使活计利索。
>
> 一个白得发黑的太阳啊。
>
> 一个无霜的新坑。①

然而,铁凝所表达的并不是类似陈述:"在每个现代女性洁白的衣领下,都藏着一个原始的女人——一个母亲。"② 如果说"胸脯无端地沉重"是一个跌入女性性别指认的镜式迷惑的时刻,那么,"看看自己,身上并不是斜大襟褂子",则是一种间离、觉醒与否认。"原始的女人"/母亲,在铁凝的女主人公身上,与其说是一种在场的缺席:藏在"现代女性洁白的衣领下"或"薄得不能再薄的衬衫里"的真实;倒

---

① 铁凝:《麦秸垛》,见《麦秸垛》,第218—220页。
② 〔美〕马德·舒勒贝尔格:《人群中的一个》,冯由礼译,见《外国电影剧本丛刊10·欲望号街车 人群中的一个》,中国电影出版社,1982年。

不如说是一种缺席的在场：城里街上的女人，尽管有着和大芝娘同样丰满的乳房，但因为觉醒和自由的获取，却不再有大芝娘式的背负、真淳与博大的母爱、柔韧的生命力。对于大芝娘式的丰盈，铁凝所表达的，与其说是一种真实的渴望，不如说是对无以名状的、现代女性的内在匮乏的一种命名、一个填补空白与盲区的"想象的能指"。

"流浪"的女人

的确，铁凝在其作品序列中，尤其是在其80年代末至今的作品中屡屡表达了对"原始母亲状态"的迷恋。除了大芝娘，在《玫瑰门》中是姨婆和舅妈竹西。她满怀爱意地书写着叙境中的姨婆，作为嘴唇鲜红、有着一张"被欲望造就的"、鲜活的、几乎永不衰老面庞的婆婆司猗纹的对照，姨婆是一个"满头银发、皮肤白净、胸脯宽厚的老人"。① 童年的眉眉"依偎在姨婆宽厚的怀里，那温暖的肉的芳香使她受着莫名的陶冶。那柔软的、手背带着肉的旋涡的抚摸使她很想撒娇"。而舅妈竹西则是这样进入眉眉视野的："她仰望第一次与她见面的舅妈，先看见了舅妈那一对蓬勃的大奶。那奶被压迫在一件淡蓝色衬衫里，衬衫前襟有两小块湿，像两朵云，又像两块深色的小补丁。"此后，铁凝几乎以迷恋的口吻，一再写到竹西"金色汗毛覆盖的"、"逼人的"、丰腴的身体，从衣襟里"跳跃出来"的"无拘无束的"乳房。然而，铁凝并未在逃脱处落网，铁凝书写这种对"原始母亲状态"的迷恋与崇拜，是对无名的女性内在匮乏的填充与命名；同时，这些以"原始母亲状态"呈现的女人的故事，却再次成为对女性命运的书写。

---

① 铁凝：《玫瑰门》，第16页。本章中出自同一篇小说的短引文不再一一注明页码。

事实上，尽管大芝娘式的、宽臀大乳的女人使铁凝迷恋、困惑，但在铁凝作品的叙境中，这并非一种理想女性的状态，并非一种关于女性的乌托邦话语。在铁凝小说的叙境中，几乎没有一位完满、幸福的母亲。如果说无邪的赤裸意味着一种丰饶，那么，这是一种荒芜、痛楚的丰饶。大芝娘在久久的期盼和等待之后，等到的是回来离婚的丈夫，她顽强地从这个已不再是丈夫的男人那里"讨"得一个孩子，这孩子却在成年前夭折。于是，她只能抱着"一只又长又满当的布枕头"，伴着"吱吱叫的纺车"，度过一个个"无穷无尽"的"茫茫黑夜"。尽管她"觉得"，"她原本应该生养更多的孩子，任他们吸吮她，抛给她不断的悲和喜，苦和乐"，可"命运没有给她那种机会"，她只能"去焐热一个枕头"。而曾以她母亲的身体给眉眉以"莫名的陶冶"的姨婆，则无法逃离残忍的暴行，而这暴行的执行者，竟是她自己的儿子。这被她的奶水哺育大的儿子，在盗空母亲苦守着的八只箱笼之后，为证实自己的"清白"，将一碗热油泼在母亲的胸膛上，留给她一个焦糊的乳房。

如果说杨青"胸脯无端的沉重"、将城市的街景指认为"另一个麦场"，是某种镜式误认，那么，对这些如此相异的女人命运的书写，则建立了一种更为准确、精当的性别认同。文明社会的到来，意味着一种女性的解放、一种"挪动"，同时意味着一种放逐。或许大芝娘式的女人将成为"最后的女人"，沈小凤已没有"幸运"来重复她的命运。大芝娘并非未曾遭遇到这一文明的放逐，只是她在这放逐到来之际，固执于她的"死守"罢了。而在承受了这解放或曰放逐的两代女性那里，无论是同样"宽臀大乳"的宋竹西，还是在无穷的痛楚与困惑中成长的苏眉，或是远为"现代"、敢于"潇洒走一回"的陶又佳和丘晔（《无雨之城》）那里，都一如竹西，只能体味着、遭遇着一种"流浪"。这流浪与荒芜，显然并不如司猗纹所认为的那样，只是因为男人的缺席："她［司猗纹］觉得她［竹西］像一块肥沃的无人耕耘的土地，这土地的主人就是儿子庄坦"；这是一种心灵的流浪。她（们）并非仅仅在为自己寻找一个传统女人的归属——男人、男性的主人。她（们）在寻找属于自己的位置、对于自己——一个女人的确认。因此，她（们）更像是猎手，而不是猎物。一如竹西将大旗"追逐"在夹道里，竹西与叶龙北"拼搏（剥）"；一如陶又佳与普运哲的恋情、丘晔对杜之的激情。然而，这一切感情和性爱经历并没有结束女人的流浪。

似乎是对"五四"时代关于女性的话语的淡淡的反讽，旧世界的女人／大芝娘们，并非高悬镜中的"死者"，她（们）是生者，是拒绝文明的放逐，而仍遭遇着这放逐的、寂寞的生者。而对于"新女性"，她们经历了解放，因而深刻地承受着放逐：社会、法律意义上的妇女解放，在铁凝那里，更像是一种"挪动"——一个单纯的空间位移；她们头上仍是"只有一个"的太阳，仍是"男性的天空"①。而流浪则是一种追寻中的心路历程，但它似乎仍是这空间位移的延续。新女性并不等于知识女性或职业妇女，她（们）应该是一种新人。解放之为放逐的内在成因之一，在于妇女解放不应只是一种文明的奇迹，一种社会革命或社会运动；它必须也必然伴之以一场深刻而持久的"文化革命"②。然而，这场"文化革命"却始终难于推进，或干脆成为历史中的缺失。于是，在文明社会的知识与话语谱系中，"新"女性仍是一个可疑的遗漏或盲点。当她们摒弃了男权文化中关于女性的话语之后，不可能不感到深深的迷惑、茫然与内在匮乏。似乎除了"化装成男人"（"时代不同了，男女都一样"）和继续"扮演（传统）女人"外，她们

---

① 英国女性主义电影理论家劳拉·穆尔维语："我们无法在男性的天空下另觅苍穹。"见劳拉·穆尔维：《视觉快感和叙事性电影》，周传基译，载《影视文化1》，文化艺术出版社，1988年。
② 葛兰西语。转引自弗·杰姆逊：《后现代主义与文化理论》，唐小兵译，陕西师范大学出版社，1986年。

别无选择。对于后者，铁凝有一个幽默风趣又令人啼笑皆非的故事《遭遇礼拜八》。除了扮演弱者、扮演"秦香莲"——一个被无耻的男人抛弃的女人，朱小芬无法逃脱人们对一个离婚女人怜悯的罗网。她对离婚的欣喜、欢快是不被任何人所认可的，也无法见容于任何一种关于女性的话语系统。仿佛自"五四"始，一位时代之女冲出了封建家庭的大门之后，并没有一扇全新的大门对她们洞开；她们只能进入与她们逃离的大门极为相似的门，唯此方能再度进入历史与人生。"你终于走到里面去也可以说你终于走到外边来。面对一扇紧闭的门你可以任意说，世上所有的门都是一种冰冷的拒绝亦是一种妖冶的诱惑。""很多人都在宣称他找到了自己他拨开荆棘破门而入走进了那妙不可及的殿堂其实那不过是一种租赁甚至不如租赁。"这可以是关于人的，也可以是关于女人，关于现代女人的现实境遇。于是，在铁凝关于女性的表达中，充满了痛楚、矛盾的表述。如果说无邪的赤裸是人生至高的真淳，而在《玫瑰门》中，裸露或曰暴露的情境，却是使眉眉遭受惊吓的经历，它构成了一个女孩子童年记忆中的创伤情境。那是"胡同特产"，是工厂女浴室门前的难堪，是姑爸裸露的、血肉模糊的下体，是"鱼在水中游"——竹西和大旗做爱的场面，是火车站众人哄笑声中疯狂的裸女。如果说"原始母亲状态"构成了铁凝的迷恋甚至崇拜，而在《玫瑰门》中，铁凝却潜在而深刻地表达了一种生育恐惧或厌恶。这是对一种女性特定的潜意识的流露，这是对女性"宿命"的深刻的怀疑，是对女性间命运的"轮回"的恐怖。那是"姑爸"在"伺候"母猫老黄的"月子"之后，对"男猫"大黄的选择。因为生育"简直是不干净的难堪，是一种对人类的极大的刺激"，而且"世上沾女字边的东西都是一种不清洁和不高雅"。她选择了大黄，如同她选择了自己的称谓"姑爸"，选择了分头、抠胸和烟斗。那是对女性宿命的规避、逃离。而每当竹西陷入了没有目标的流浪，她便开始了和老鼠的"战争"，她甚至极为冷漠地解剖了一只怀孕的母鼠并展览了胎儿(这直接、间接地造成了她的丈夫——孱弱而缺少"根底"的庄坦的死亡)。《玫瑰门》事实上以司猗纹的死而结束,但小说有着一个含义暧昧而又意味深长的尾声。它是几个似不相干的事件的并置。其一,是仍在与老鼠作战的竹西,在专药男鼠的"鼠得乐"和专药女鼠的"乐得鼠"之间,她"为了使鼠们丧失繁殖能力",在一番踌躇之后,先找了"乐得鼠";其二,是妹妹苏玮来信说,她得到了一只价值八百美元的纯种德国母狗,"她为她取名叫狗狗。狗狗一进门,她便找狗大夫为狗狗做了绝育手术"。其三,是苏眉的产期在屡屡拖延之后,终于靠产钳生下了一个女儿;而女儿"把她撞开一个放射般的大洞"。苏眉想给女儿取名狗狗,一如妹妹的宠犬。小说的最后一句话是:"她爱她吗?"这是对母性的呼唤,也是对母性的质疑。而连接起几个似不相干事件的,是一个共同的行动:生育与绝育,或曰生育与女性的"阉割"。或许正是在《玫瑰门》中,铁凝的叙事方式、被叙对象具有了极为鲜明的女性写作特征,因而具有了她的作品前所未有的先锋性与颠覆性,它极为深刻地表达了对女性的历史、现实境遇的质疑,表达了对女性"本质"——关于女性本质的话语的质疑。

历史场景中的女人

从某种意义上说,《玫瑰门》是铁凝最个人化也是结构最为复杂的作品。它以眉眉的成长——在荒芜而喧嚣的浩劫岁月中,生涩迷茫地穿越人生的玫瑰门为线索,从角隅处呈现出那段荒诞而热烈的时代;在全知叙事人的视点中连贯起婆婆司猗纹——一个"永不定格"的女人的一生。间或穿插成年的苏眉与童年的自我/眉眉的对话,那是一种急切的、几近谵妄的独白,是一种追问、一份疑惑、一次深刻而持久的、女性的自我质询:

> 我守着你已经很久很久了眉眉。好像有一百年了。我一直想和你说些什么，告诉你你不知道的一切或者让你把我不知道的一切说出来。你沉默着就使我永远生发着追随你的欲望，我无法说清我是否曾经追上过你。
>
> ……我和你的关系不是奉承也不是相互忏悔苏眉。①
>
> 你就是我的深处苏眉。
>
> 我曾经这样以为，眉眉。我还以为我的深处是你但是错了，我对你的寻找其实是对我们共同的深处的寻找。②

《玫瑰门》展现了一个女性情境，眉眉对青春玫瑰门的穿越发生在一个特定的年代，发生在一个女人的"世界"之中。婆婆司猗纹、舅妈竹西、姑婆"姑爸"（还应有玩伴马小思、妹妹苏玮）成为环绕着眉眉的女性的镜像序列，构成了铁凝对女性的历史境遇、历史与现实可能性的探查。眉眉正是在这些镜像的迷恋、恐惧、认同、逃离与憎恶中开始了她作为一个女人的生命历程。其中，竹西作为一个令眉眉迷恋、进而迷惑的女人，在叙境中被铁凝渐次呈现为一个"女茨冈"式的流浪者，一个可以依凭她的简捷、干练俯视着司猗纹和丈夫庄坦的女人，一个可以为"戏水者"/大旗的"清新健康"而流泪，可以为叶龙北的"新粮食新粪"而不能自持的女人；她是母亲，但这并不能使她结束心灵的流浪。而在"姑爸"和司猗纹身上，铁凝再度表现了令人震惊的洞察、冷峻和她对女性命运深刻的内省与质询。从某种意义上说，司猗纹和"姑爸"构成了小说中女性的"复调叙事"中的一部。前者是一个顽强得令人作呕又使人心酸的要在时代的剧变中把握自己的命运的女人，一个绝望地试图作为一个"纯粹的

---

① 铁凝：《玫瑰门》，第39、41页。
② 同上书，第352—353页。

女人"进入（挤进）历史的女人。后者则是在女性生命的起点便撞碎在女性的命运上，于是她试图逃离这一宿命，她以"姑爸"为自己命名，以烟斗、抠胸、分头"消灭"了自己的性别；然而她并没有能成功地将自己造就成一个男人，而只成就了一个不男不女的怪物、一个被弃于社会之外的寄居者，另一个女人司猗纹的负担和磨难。她甚至"创造"了一种男性权力的模仿物：银的或铜的耳挖勺（"没有胆敢面对一根小小的耳挖勺挣扎的人吧"），但这仍不能豁免她逃离历史中一个女人的命运。

事实上，从《麦秸垛》和《棉花垛》①开始，铁凝已在一个特定的主题变奏中呈现历史情境中的女人，呈现试图进入或逃离历史的女人。从某种意义上说，《棉花垛》中的乔和小臭子正是姑爸和司猗纹之复调的另一重变奏；或者说她们是司猗纹的两面。在民族危亡的变动不居的时代，乔试图改变自己的命运并进入历史，她系上了皮带，"系得很英气"；她得到了一支钢笔——这曾是一种男性的特权和专利。但一如姑爸可以装扮男人，历史中的暴力仍将以插入她身体的一根通条再次"确认"她的性别；而乔则被日本人扯下皮带，成为他们残忍的"游戏"的对象。小臭子是一个"纯粹"的女人，她关注时髦的衣着、男人的宠爱，但时代将她裹入了历史旋涡，而她却只能在与国做爱之后，被后者枪决。无论她（们）在历史的语境中如何试图逃离或尝试改变自己作为一个女人的命运，历史、历史中的暴力都将把她还原为一个"女人"，并钉死在一个女人的宿命之上。

在《玫瑰门》这部复调小说中，无疑有着双重主人公：那是童年、成年的苏眉和她的婆婆司猗纹。而后者是这部长篇小说中真正的主人公，她也是铁凝作品序列中最为繁复而丰满的人物，一幅"女人"的纤毫毕现的肖像。一个不无悲剧意味的女性心路，成就的却是

---

① 铁凝中篇小说《棉花垛》，见《麦秸垛》，第372—440页。

令人啼笑皆非的喜闹剧。一个为了获得、为了确认，不断在剥夺、侵害他人的女人，但仍然无所获得、无从确认。如果说在小说中，成年的苏眉始终在与童年的眉眉对话，那么，整部作品则是苏眉和婆婆司猗纹极不情愿却不能自已的对话。因为苏眉／铁凝对司猗纹式的女人有着极为深切而繁复的爱恨交织的情感。她必须直视着她，尽管这令她晕眩、绝望、作呕。司猗纹无疑是一个极为世故的女人，但这世故来自于她顽强的登台表演／加入历史进程、改变女人被动的历史命运的愿望。她有着惊人的自我更生能力，她是一颗"永不'定格'的灵魂"。这是一个与生俱来的"叛徒"，她永远不安于命运，她与"革命"有着本能的联系。事实上，她一次再次地呼应着革命：她有着一个完满的童年和少年，有着一段大革命时代的青春。完满、开明的家庭使她从家塾走向了圣心女中，由四书五经、廿四史走向了"文明世界"；革命使她从圣心女中走向了社会风潮，走向了"国家的存亡""平等"和"自由世界"，走向了"追随着"一个男人，一份"不能忘记的爱"。然而，这一切使她跌回父亲的家，"从一个自由世界一下子落入了专制主义的王国"；于是，她发现了自己的"热恋"，这一发现使她"英勇果敢"地获得了她十八岁的一个雨夜，一份女人的"完满"，一个奉献、施舍出自己的、只属于女人的"崇高"与"堕落"。这份记忆使她灵魂的一个角隅"纯净如洗"。然而，在铁凝的笔下，这份确乎"不能忘记的爱"和那"纯净如洗"的角隅，并不是一处城堡，一个天顶，不是一个女人可终身依凭、享用的精神宝藏。生活在继续。如果一个女人不愿或不能将自己钉死在这崇高与堕落的十字架上——在很多时候，这种悲剧的完美是一种如此过分的奢侈，那么，它只是一段记忆而已，一段只能加剧而不是抵御现实磨难的女人的污点。于是，她成了一个妻子，一个"专制王国"中的、封建包办婚姻中的儿媳与妻子，一个使她的丈夫庄绍俭永远失去了与心爱的人结合的可能的多余而不洁的女人。如果说司猗纹和华致远拥有一份不能忘记、无从偿还的爱，那么，在司猗纹眼中，现实中卑鄙、恶毒、孱弱、无耻的庄绍俭，同样与齐小姐享有"不能忘记"却难于完满的爱。但一如十八岁的雨夜不能使司猗纹在现实中飞升为一个圣洁的女人，庄绍俭也并非守着刻诗的烟具独度长夜的男人。男性的特权使他在作践、仇恨、蔑视司猗纹的同时，又依仗、盘剥、利用她；在思念、膜拜齐小姐和爱情的同时，在"小红鞋"之类妓女那里得到欢愉与满足。如果说庄绍俭死得其时，齐小姐得以庄严地把他的一半骨灰送还其妻，那么，生命力极度顽强的司猗纹，却只能在只会喊"定格"的昏聩的华致远和全身溃烂、已抬不起头颈的自己间，以遥远的一瞥，写下这浪漫故事的、难于称之为崇高的悲剧结局。有意无意地在司猗纹的故事中，铁凝对作为80年代初主流话语之一的、"不能忘记"的爱情记忆的膜拜与神话，表达了淡淡的讽喻。对于必须承受命运又从不甘于命运的司猗纹，她似乎必须等待革命、等待革命的时代。解放了，新婚姻法的颁布，再度唤起了她反抗、逃离的"本能"，她"天真而果断"地"以近五十岁的年纪告别公公、小姑，告别女儿、儿子，告别多年的用人丁妈，不顾这所有人对她的鄙视，她走出庄家和朱吉开结了婚，她不管不顾地往前走了一步"。她"迫不及待地舍家弃小去寻求头上一块晴朗的天了"。但她走得太快了。于是，她必须回到原地，"她仍然是公公的儿媳，儿女的母亲，小姑的嫂子，丁妈的主人"，同时坦然地、"嚣张"地等待着新的机会。但朱吉开却不得其时地死去了。她只能疲惫地留在了庄家这座"空山"里。而朱家的小院，朱吉开的母亲，成了司猗纹的另一块净土。在一年一度的"朝拜"中，司猗纹和朱老太太相对落下"少见的真切"的、"非流不可"的泪，"这是对司猗纹和朱吉开那次勇敢面世的一个最好的回忆，这是司猗纹放松了自己的一个天大的自然"。然而，有趣之处在于，铁凝并未将两处记忆呈现为司猗纹命运中两次"伟大的"契机，两次命运至为不公的剥夺。并非司猗纹享有了这契机，得到了与华致远或朱吉开的结合，她便会成为一个幸福的女人,一个完满的女人。从某种意义上说,正是断念——永无实现可能的爱,使这两个男人、两段情成为"纯净"。不仅如此,对华致远的爱,之所以始终"纯净如洗",还在于它是司猗纹一生中唯一一个可以为关于女人的主流话语(尽管不是社会现实)所肯定的行为。这是男权文化"破例"赋予少女的特权:一种慷慨的自我馈赠、自我牺牲;它以崔莺莺、杜丽娘、倩女为先例,以朱丽叶等等西方女性、现代文明为佐证。它是司猗纹记忆中唯一一处无须自我格斗、自我质疑的点,它是司猗纹唯一可确认的骄傲。而朱吉开,事实上并不高于此后的达先生;他更多的只是一个偶然为司猗纹所选中的道具,为她成就一次妇女解放、自主命运的壮举;但同样这是一个为官方说法所认可的"出走",一个特定时代所嘉许的、与旧世界彻底决裂的行动。社会的肯定,成就了司猗纹的自我肯定。

男人,是成就女人故事,女人的悲剧、壮剧、喜剧或丑剧所必需的角色或道具。事实上,在铁凝的《玫瑰门》中,只有当男人出演并配合演出的时候,一个女人的剧目才可能完满、有声有色,才可能具有意义和价值。而司猗纹更多的反抗和演出则由于男人的"破坏"和拒绝,由于她试图摆脱与她相关的男人对她的规定,而遭到"覆灭"与惨败。新中国的诞生,不仅以妇女解放和新婚姻法给予过司猗纹以新生的希望,她曾在更为深刻的意义上,与历史"不谋而合":"像她,一个旧社会被人称作庄家大奶奶的、在别人看来也灯红酒绿过的庄家大儿媳照理说应该是被新社会彻底抛弃和遗忘的人物。然而她憎恨她那个家庭,憎恨维护她那个家庭利益的社会,她无时无刻不企盼光明,为了争得一份光明一份自身的解放,她甚至诅咒一切都应该毁灭——大水、大火、地震……毁灭得越彻底越好。"在新中国,她为自己创造了一个口号,选择了一个姿态:"站出来",成为自食其力的劳动者。司猗纹从来不是一个弱者,不论是在精神上,还是在肉体上。于是,糊纸盒、锁扣眼儿、砸鞋帮;于是她成了女佣,成了一个

"光荣的人民教师"。至为有趣的是,她曾为自己更名为"吴妈"——无姓无名,不仅没有自己,也没有历史,不再是某某人的妻子、情人、儿媳或母亲。她一次再次地决裂:"文革"的到来使她再次兴奋,她再次"站出来",并且更加充分地表演。然而,历史一次再次地将她逐出舞台,她永远地顺应着革命,或者说顺应着时尚,但永远地不合时宜。她永远只是一个"女人"——父亲的女儿,她所憎恨的也憎恨她的公公、丈夫的儿媳、妻子,而永远没有机会成为"吴(无)妈",成为自己、自己的主人。每一次,"她从前是什么现在还是什么。从前是一个家庭妇女,现在仍然是一个妇女在家庭中;从前是一个单个儿,现在还是单个儿一个"。她永远在抓住每一个机会,永远在营造自己的、可能属于自己的剧目。她出演过"千里寻夫",出演过"无耻"的、对男人的纠缠,出演过丑闻——"强奸"了她憎恶的公公,出演了慷慨——变卖家产拯救丈夫的名誉,力挽狂澜挽救庄家于毁灭,出演了献家具、献房,出演读报、"样板戏"。她图谋僭越女人的角色,因此而尝试了历史所允许、所提供的一切机会与可能。她利用自己手边的一切作为道具,包括男人、女人、孩子。她恐惧着被遗忘、恐惧着"搁"与"撂",她顽强地试图挤进历史,但她最大的"错误"在于,这历史中没有女人——至少没有她这样女人的位置。女人,只能等待、背负,只能是一个被动者;她(们)或许因此而偶然地被历史垂青而入选。而且,从某种意义上,历史正与庄绍俭合谋:"寻求了半生自身解放的他本人,最惧怕的莫过于自己的女人也要宣布做这种寻求。"司猗纹过分强壮有力、过分主动了,于是她只能不断被历史踢出去,回到她"应在"的位置。因此,司猗纹过盛的精力、沸腾的欲望,便被迫用在一个狭小的女人的社群中,微缩在一个可鄙的权力模型里,制造故事并推动它运行。这便是她与姑爸的常新的"节目",是她和罗大妈的周旋,是异母妹妹的出卖,是她对眉眉、小玮的折磨,是她对竹西隐情的"侦破",是她对竹西和苏眉无休止的骚扰与跟踪。

一如她不能把握自己的命运，她试图干预别人，使别人改变命运的努力同样虚妄。她只能"无所依附无所归属"地、带着一丝"说不清的寂寥"，去不断地制造一些小磨难、小龌龊、小剧目。

然而，铁凝并未将司猗纹的一生简单地归结为历史、社会、命运的不公，或司猗纹本人的悲喜剧性格。不错，司猗纹最为强大的敌人正是她自己，这是一个永无终止的、自己与自己的厮杀格斗：只要她活着，她就"和她自己自相残杀，直到她和她自己双双战死"。她确乎是一个特殊时代的特殊的女人。但在某种意义上，她正是现代社会中一个"典型"的女人，一个在未死方生间的"女人"。司猗纹的自我格斗，正在于她的命运与欲望不曾为任何一种关于女性的话语所表达；她试图僭越社会的、女性的规范，但她不断出演的、遭遇的却正是不同的女性规范。于是，司猗纹的一生成了一场镜城中的突围。她仍然呈现着铁凝所关注的女性的内在匮乏。毋庸置疑，这并非拉康所谓的菲勒斯崇拜或嫉妒所造成的匮乏①，而是一种女性自我确认、身份认同依据的匮乏，一种重重镜像包围之下的"中空"。于是，铁凝和叙境中的苏眉在不断地质疑她、厌弃她、憎恶她的同时，极为深刻地认同／拒绝认同于她。仿佛一个不断划定差异的过程，却是一个显现出"相像"的过程。司猗纹如同苏眉极力想从自己身上洗去或剔除的污垢，但却时常发现她正是自己某种内在的肌质。在《玫瑰门》中罕有的一个宁谧的时刻：如果说司猗纹为眉眉化妆，是为了使眉眉成为一面她的自恋之镜，那么，对于眉眉／苏眉则是恐怖地发现了司猗纹正是她的一面镜。这不仅由于母系的血缘与相貌、体态，司猗纹也是苏眉的"深处"。对司猗纹的塑造与书写，是铁凝对女性"我的怪物／我的自

---

① Jacques Lacan, *Feminine Sexuality: Jacques Lacan and the École Freudienn,* edited by Juliet Mitchell and Jacqueline Rose, W. W. Norton., 1983.

我"①的一次探险与远征。耐人寻味的是,小说的结尾处,是苏眉亲手结束了婆婆苟延残喘却仍充满欲望的生命——"因为爱她",才以自己的手"给她微笑"。这在某种意义上,是一场想象性的自杀,一个充满女性悲悯/自我悲悯的善行。而苏眉新生的女儿额上竟有一弯酷似婆婆司猗纹伤疤的"新月"。女性的历史命运是一个永恒的循环吗?

性别场景

《玫瑰门》确乎呈现出一个女性的"世界",而男性角色的必不可少,使它成为一个别致的性别场景。这无疑不是作为统治者的男性以君临或征服的姿态得以穿行的空间,而倒像是不甚光彩的男配角过客般的往来。在司猗纹的故事中,除了遥远的华致远和面目不甚清晰的朱吉开外,便是那个"不断地向她抛掷脏脏"——包括侮辱、折磨、梅毒和债务的丈夫。而在"现实"情境中,庄家唯一的男人——宋竹西的丈夫庄坦,却直到全书的第九章才正式"显影"出来,显影为一个被司猗纹、庄绍俭"造就得有点匆忙"的男人,一个"从精神到肉体"都缺乏"哪怕是人最起码的那点根底"的男人,一个还需要发育却永远停止发育的男人,一个不间断地打着嗝儿,因而不得不忍受着妻子"愤懑的脊背""坚定的拳头"和"温文尔雅的俯视"的男人。然而他的"显影"却是为了永远地、荒唐地从叙境中消失。在此之前,于司猗纹所导演的那些有声有色的剧目中,除了作为不得力的帮手、几声私语式的抱怨,这唯一的男人,只是一个没多大必要的陈设。在以眉眉/苏眉为主角的故事中,有趣的是始终纠缠在竹西和眉眉/苏眉之间的,或者说,是为竹西和苏眉所纠缠的男性,是大旗和叶龙北。

---

① 参见〔美〕芭芭拉·约翰逊:《我的怪物/我的自我》,张京媛主编《当代女性主义文学批评》,北京大学出版社,1992年,第87页。

这是最初进入眉眉视域中的男人,也是庄家院落中可以称之为"男人"的两个角色。有意无意间,铁凝使这两个男人成为女性视域中异性之维的两极:大旗——"一身清新,一身健康",一个极为自然的肉体的诱惑;叶龙北——一个"安徒生式"的男人,一幅可爱复可笑的漫画像,几分古怪、几分超越、几分精神世界的魅力。在小院神圣的"早请示"的行列中,两人分别作为在场与缺席者,扰乱着宋竹西,影响着眉眉。这两个不同的男人,以及与他们复杂的感情及肉体纠葛,使竹西和苏眉不再仅仅是两种不同的女人,竹西也不再仅仅是眉眉眼中的一个理想女性、"原始母亲"、一份真淳的镜像,而成为另一组共同的、对女性境况的表达。是这两个男人,使"流浪者"的"女茨冈"竹西成了一个女性的狙击手:她"把大旗追逐在夹道里",她把自己"吸"在叶龙北身上;她使这两个男人成了她流浪之途上不尽如人意的驿站。而对于眉眉,大旗是她"玫瑰门"侧畔、正常而自然的少女情愫的萌动;叶龙北则成了她成长中始终缺席的父兄的替代。在眉眉迷惘而痛楚的青春视域中,叶龙北无意间充当了一个男性的庇护者和拯救者。是叶北龙们向眉眉展示了精神洪荒岁月的[①]另一个天地和国度;是叶龙北伸出他的长胳膊端起小玮的便盆走出院子的"壮举",挫败了司猗纹"亮屎"的闹剧。正是他对司猗纹的挫败,使他显现为一个别样的男人,一种超越司猗纹式人生的可能。而铁凝也正是让他出现在"出逃"的眉眉和小玮面前,"上帝"般将小姐妹从绝望的困境中救出;也正是他使眉眉终于失声痛哭,并在泪水落下的时刻,经历了少女初潮的时刻:

> 她站不起来,捂住脸抽噎着。在这抽噎之中她忽然觉得自己变成了一条春日薄冰消融的小溪,小溪正在奔流。她的心紧缩起

[①] 赵园:《地之子:乡村小说与农民文化》,第61页,注释2。

来，脸更加潮红。于是身体下面一种不期而至的感觉浸润了她。

她就是小溪，她浸润了她自己。

她想起她和马小思在一起的那期待，她"来了"。一定是"来了"。她无法挪动自己，她夹紧两腿，她变成了一条鱼。

鱼在水中游。①

于是，不仅是一个孩子"自然地"成长为一个女人，而且是男人使她成为一个女人。不是用性爱、权力或暴力，而是一份温情、尊重与庇护。而铁凝继而让叶龙北悟到"这或许才是他生命中的一个永恒"，悟到"生命之所以不可抗拒之所以能够成熟灿烂"的原因。这不仅是眉眉和叶龙北之间的联系，它或许还是一种"宿命"：一种男人与女人间的宿命，一种无奈，一种理想的寄寓。尽管成年苏眉与他再度相逢时，留下的只是一个温馨但毕竟不甚灿烂的关注和吸引。

事实上，在铁凝的世界中，性别场景的真正出演，是在她的又一长篇《无雨之城》中。尽管《布老虎丛书》的先在预设②，使铁凝将整个故事嵌在一个爱伦·坡《一封失窃的信》的框架中，对可读性的营造压倒了对女性写作的追求；但一种成熟的、不无幽默、不无超然的女性视点使它成了铁凝序列中的另一次"开放"和"袒露"。一个性爱故事，或者说是一个"性战"故事。在一个商品化的镶边中，铁凝以别致的方式重述一个"古老"的"第三者"的故事、一段美丽或丑恶的婚外情。如果说大旗／叶龙北构成了《玫瑰门》中男性的两极，宋竹西／苏眉则构成了两相对照的女性：竹西——肉体的、现实的生命，一个永远在行动着的女人；苏眉——更多是精神的、内向的、寻觅的"少女"，一个不断被女性的自卑和洞悉了女性命运的恐怖所压倒的女人；

---

① 铁凝：《玫瑰门》，第420页。
② 1993年《布老虎丛书》为春风文艺出版社第一套注册商标和名称的丛书，并利用传媒系统进行了商业"包装"。

那么,《无雨之城》的女主人公陶又佳是这女性两极的结合部,一个更为真切、更为复杂的女人。她不如竹西那样单纯、明晰和决绝,事实上,她比竹西要多些梦;但她不像苏眉那般细腻、繁复、进退维谷。她是猎手,也是猎物——因为她渴望成为猎物:那才是一个女人"应有的位置"。她经历了一场两性间的、"幸福"的追逐;是她作为一个性爱的启蒙者为自己造就了一段灵肉相谐的爱。可毫无伤感与女性自怜地,铁凝将这段情了结为一次"奇遇"。陶又佳成了普运哲将无暇去回忆的一次"艳遇",一次无所谓充实也无所谓抽空的情感游戏;令人兴奋亦令人厌倦。如果说,陶又佳一度完满了成功的男人普运哲深切的匮乏与自恋,那么,当她阻碍了更为辉煌的升迁与满足自恋的未来的时候,她将毫无新意地为一个"善改过"①的男人弃掷一旁。

  尽管这是发生在一个副市长/代市长/市长和一个女记者之间的"风流韵事",但铁凝并未突出权力追逐和权力异化;这只是一个普通的男人和女人的故事,一类司空见惯的男人生活的插曲,一份司空见惯的单身女人的挫败。市长的身份,只是为小说增加了几分反讽或曰中国式的黑色幽默的味道。这是一幕赤裸、不无残酷的性别场景。如果说在普运哲那里,男人的、社会的逻辑,终于压倒了他对一个女人的灵肉需要和对一个美满家庭的向往,那么,在陶又佳这里,"潇洒走一回"的爱情经历使她最终跌入了一个"女人"的逻辑和窠臼之中。当普运哲开始冷淡她的时候,她毫不怀疑地断定这是另一个女人(大半是另一单身女人)的作为;当她开始跟踪、刺探市长可能的隐私时,她的手段与由懵懂而世故的市长夫人葛佩云别无二致,而且远不如前者的"朴素本能"来得高明。如果说普运哲将手臂骨折、半昏迷的陶又佳弃置在深夜无人的山路上,是一种迹近卑劣的行径,那么,此前陶又佳的绝望挣扎却又是别无选择的自取其辱。在任何意义上,

---

① 元稹:《莺莺传》,见《唐传奇选》,人民文学出版社,1964年。

《无雨之城》都不是一纸女性的"血泪控诉书",不是一个"动物性"的男人和一个"精神型"的女人的悲剧冲撞,不是一幕所谓"始乱终弃"的老剧目。这只是现代文明社会中,一个男人的常态/病态,一个女人的无奈和宿命。

有趣之处在于,由于铁凝的温婉、从容与成熟,她是当代文坛女性中绝少被人"赞誉"或"指斥"为"女权(性)主义"的作家;但她的作品序列,尤其是80年代末至今的作品,却比其他女作家更具鲜明的女性写作特征,更为深刻、内在地成为对女性命运的质询、探索。一如她坦诚的告白:

> 我想起十九世纪的一些批评家曾经嘲讽乔治·桑的小说不是产生在头脑里,而是产生在子宫里。我倒觉得假如女人的篇章真正地产生在子宫里也并非易事。那正是安谧而又热烈的孕育生命之地,你必得有献出生命的勇气才可能将你的"胎儿"产出。的确那已不仅仅是脑细胞的兴奋所能使然。在这里重要的不是辩论作品的产地是头脑还是子宫,重要的是我们不必否认自己是女人。只有正视自己才能开拓自己,每一次的开拓自己即是对世界的又一次发现。①

这或许在于,铁凝所关注的,不是或不仅是社会的性别歧视与不公正;因为她不曾仰视并期待着男性的崇高与拯救,所以她也不必表达对男人的失望与苛求;她所关注的,是女性的内省,是对女性自我的质询。或许在不期然之间,铁凝完成了将女性写作由控诉社会到解构自我的深化。

---

① 铁凝:《女人的白夜·后记》,第268页。

第十章 刘索拉：狂舞中的迷茫与痛楚

文化个案

刘索拉是 80 年代中国文坛的诸多奇迹之一：她因一篇作品《你别无选择》①一夜成名；她同时又是彼时的文化个案之一：尽管迄今为止《你别无选择》仍是刘索拉为多数人所知晓的唯一作品，尽管 1985 年，《你别无选择》被视为一个特殊的彩虹闪烁的肥皂泡，但事实上正是刘索拉"飞地"式的作品准确地吸附着 80 年代初的文化语境，成为其间文化的与女性写作的重要文本。

刘索拉之为 80 年代文化个案，不仅由于《你别无选择》巨大的轰动效应，不仅由于她是迄今为止唯一一个出色的文学、音乐两栖的艺术家，也不仅由于她在蜚声国内文坛、乐坛之后，离乡去国"去找找看"②，而且并未一离故土便偃旗息鼓、"武功全废"，更重要的在于，她的成名作《你别无选择》问世伊始，便携带着盈溢的"陌生感"降落在人们殷殷期盼的视域之中，而类似的富于才情且涌动着"纯正的"都市感与现代感的表述，在中国文坛上相当长的时间无人为继。

---

① 刘索拉：《你别无选择》（中篇小说），见《你别无选择》，作家出版社，1986 年，第 4—84 页。
② 《你别无选择》中的一个人物"小个子"说，出国是为了"去找找看"。见刘索拉：《你别无选择》，第 59—60 页。

在为"伤痕""反思""寻根"所充满的80年代初中期的文坛上,刘索拉的森森、孟野们犹如一群天外来客——没有历史的拖尾,没有"时代"的印痕,没有任何乡土或乡村的记忆。作为一群"吃得太饱"的艺术青年①,他们的痛苦和追求显得太过奢侈而虚幻,以致人们必须参照"无法告别的19世纪",将他们命名为"多余人"②。然而,与《你别无选择》所遭到的质疑及狙击同样,甚至更为热烈的,是对《你别无选择》的欢呼与拥抱。在回瞻的视域中,我们不难发现,刘索拉于彼时彼地遭拒斥或得拥抱的重要原因并非是"有吃有喝写痛苦"与"没吃没穿唱欢乐"③——不同的阶级立场与政治立场间的冲突,而在于小说形态之"洋",即小说的写作方式、叙述风格及人物的生存方式和内容的陌生感与稔熟感——它似乎不像是现实中的中国生活,倒更像是人们从文学或电影中初识的二战后的欧美社会与现代青年。无怪评论者极易由此而联想起约瑟夫·海勒的《第二十二条军规》和塞林格的《麦田的守望者》④。从某种意义上说,刘索拉和《你别无选择》确乎是新时期小说写作中的"现代主义"实践的先驱者之一。小说在双重意义上书写着"现代主义"与80年代的中国:一是故事中音乐学院作曲系的学生对现代音乐的"热恋"与尝试——森森对音响"力度"疯狂的追求以期逃离贝多芬硕大的光焰与阴影,孟野试图以"无调性"音乐去表现"原始的悲哀",以及戴齐最终以他"无调而有情"的作品获得的对肖邦的超越;二是小说自身的离经叛道——刘索拉以叙境中的情境与人物遭遇的荒诞感、以嬉笑怒骂间深刻的孤寂与痛楚、以犹如一块"飞地"般的音乐小世界,构造了一处"现代主义"的文学景观。正是这双

---

① 参见王蒙:《你别无选择·序》,见刘索拉《你别无选择》,第2页。
② 参见何新:《当代文学中的荒谬感与多余者》,载《读书》1985年第11期。
③ 陈凯歌曾谈道,和陕北农民相比,"他们是没吃没穿唱欢乐,我们是有吃有穿写痛苦"。参见陈凯歌:《〈黄土地〉创作谈》,载《电影艺术参考资料》1984年第4期。
④ 参见也斯:《浑沌加哩略嘢·序》,见刘索拉《浑沌加哩略嘢》,中国华侨出版社,1994年,"序"第1页。

重的"现代主义"特征,使《你别无选择》获得了某种"套层"或"回声"式的轰动:一如森森的音乐在遭受怀疑、指责与猜忌之后,毕竟顺利地入选并在国际比赛中获奖,刘索拉则在诸多义正词严而杯水风波式的指摘、谴责之间,轰动全国,一举成名。对《你别无选择》热情洋溢的命名式,固然由于小说纵横恣肆、挥洒自如的叙事风格,着墨不多而颇为传神的人物勾勒与素描,炉火纯青、极富个性的文字及尽管颇为陌生却富于感染力的艺术情境,但更为重要的是,刘索拉与《你别无选择》的出现事实上以一幅"超前"的文化图景,满足了 80 年代初中国知识界对现代主义文学、现代主义景观的强烈饥渴,成就并完满了 80 年代的文化想象与文化景观。因为"伤痕"也罢、"寻根"也罢,与其说是为了反思与回归,不如说是为了葬埋与送别——清除历史的垃圾和坟场,是为迎接现代化进程的涌来。于是,这幅"吃饱了撑出病来"的、"洋"气十足的小世界画卷①,便成了"未来"图景的现在时呈现。它印证着"进步"的步伐与步速,成就着世纪之梦:同步(至少在文化上)于世界的中国。

　　于是,登场于 80 年代中期的两位女作家刘索拉和残雪,便成了引人瞩目的文化个案乃至奇观。如果说,残雪极端怪诞的作品尚以若隐若现、似有似无的路径引发着人们将其读作"中国的寓言",那么尽管人们试图将《你别无选择》中的"功能圈"作为寓言式阅读的入口,但除却其作为规范、传统、权威等显而易见的象征意义之外,人们仍难以以它为核心获取一个有效读解方式。那贯穿始终、无所不在的"功能圈",倒更像是为诸多荒诞所冲刷、所托举的一具稻草人。刘索拉作为一个异峰突起的 80 年代文学的辉煌个案由是成了一个不争的事实。

---

① 王蒙:《你别无选择·序》,见刘索拉《你别无选择》,第 1 页。

奔突中的个人

有趣之处在于,80年代中期,无论是刘索拉小说的抨击者、辩护者或赞美者,事实上共同分享着对《你别无选择》的同一理解与定位。于是,小说中的某些内容便始终处于无名与遮蔽之中。一个重要而简单的却绝少为人们所提及的事实,是刘索拉的作品,尤其是《你别无选择》《蓝天绿海》《浑沌加哩咯嘚》①,尽管在人们看来荒诞不经、独特离奇,但它们却大都是"真实的故事",大都以她身边的音乐人的亲为、亲历为原型②。刘索拉之为个案的重要原因,正因为这是彼时所见不多的匿名式的"个人化写作"。如果说80年代初中期,在盛极一时的女作家张洁、遇罗锦等人的创作中,女性写作、"个人化"与"真实"间的合谋已初露端倪,那么,类似写作之所以构成社会热点与接受热点,并不在于它作为个人经历和女性自传,而在于其写作者与接受者均着眼于其个人经历的历史"典型性"特征——那不是某个人的一段身历或心路,而是一个时代、一代人的遭遇或历劫。所谓"我绝不申诉个人的悲哀","个人"原本是微不足道的存在。与此相关的一个文化事实是,尽管80年代现代性话语在启蒙、现代化进程的名义下再度涌现,但"个人"作为与现代性话语中的"自由"互为表里的核心命题却始终呈现为缺席,至少呈现为一种暧昧的区域。七八十年代之交,对美丽的黄金彼岸——现代化未来的勾勒,仍潜在地以民族主义——中国自立于世界民族之林、集体主义(或曰社会主义)——在现代化的过程中实现共同富裕为前提。因此,在80年代初中期的文学与文化之中,"我"仍是"我们"的代称;自传或自传式写作仍必

---

① 刘索拉:《蓝天绿海》,见《你别无选择》,第85—129页;《浑沌加哩咯嘚》,见《浑沌加哩咯嘚》,第1—118页。

② 参见刘索拉:《"音乐是个活儿。"刘索拉》,载《文汇月刊》1986年第5期。

然被读作一代人至少是一类人的心路。从某种意义上说，这正是遇罗锦的《冬天的童话》得到了社会无保留的拥抱，而《春天的童话》却遭到普遍唾弃的原因之一——前者可以视作以个人名义书写的集体"伤痕"，而后者便仅仅是"病态"暴露出的隐私而已。如果说此间"个人"仍是一个陌生的概念，那么"个人主义"便仍是一个臭名昭著的称谓。张辛欣颇为热切而率真的书写因被目为张扬"个人主义"，便几乎被抛入万劫不复的忘怀洞之中。因此，彼时彼地的人们尽管充分地意识到了刘索拉及其作品是一个个案，但尚难于辨认或宁愿无视其写作的个人化（除了在风格的意义上）特征；其作品序列中个人的与关于个人的书写因之而成为接受中的盲点。

从某种意义上说，刘索拉确乎构成了一个具有"超前"性的个案。这不仅在于她率先将"黑色幽默"式的现代主义写作带入新时期的文坛，亦不仅在于当人们仍在"文革"书写的泪海中沉浮时，她已将其记述为"背着个'家庭大黑锅'乘机玩儿了十一年"的闹剧[①]（这场亦悲亦喜、亦庄亦谐的闹剧将在《浑沌加哩咯嘤》中正式出演），而且在于一个奔突挣扎、不得其门而出、亦不得其门而入的个人，已在刘索拉的早期三部曲《你别无选择》《蓝天绿海》《寻找歌王》[②]中登场，并在《最后一只蜘蛛》《跑道》[③]中徘徊；此后尽管"去找找看"的步履将它带往伦敦、纽约，带往西方世界，但这奔突的身影仍出没在《浑沌加哩咯嘤》《人堆人》[④]之中。尽管在《你别无选择》中出现了森森、孟野、戴齐、董客、马鸣等诸多音乐人形象，但这与其说是一组"群像"，不如说是一群"个人"，一些被抛出既定轨道或先期意识到旧有

---

① 参见刘索拉：《你别无选择·小传》。
② 刘索拉：《寻找歌王》，见《你别无选择》，第130—186页。
③ 刘索拉：《最后一只蜘蛛》，载《北京文学》1986年第10期；《跑道》，见《浑沌加哩咯嘤》，第129—150页。
④ 刘索拉：《人堆人》，见《浑沌加哩咯嘤》，第173—188页。

轨迹已然老朽、颓败因而另觅蹊径的个人。在森森与孟野间固然有着同声相求者的呼应,但却不可能有任何真正意义上的扶助,因为每个人都在"目的地不明"间摸爬挣扎。直到《浑沌加哩咯嘚》,刘索拉的作品仍绝非所谓"捣乱性叙事作品"①,因为其间有太多的切肤之痛,并且因"别无选择"而无从放弃或割舍。从某种意义上说,刘索拉始终在书写绝望的个人或个人的绝望;对他们说来,昔日的世界、秩序与和谐尽管余威犹在、美妙可睹或荒诞不经,但毕竟已然沉沦、泯灭,不可复得;可因此而获释的"个人"并不因此而得到了自由的酣畅与安详。深刻地记忆着"拥有神圣与敬畏的时代",鄙夷着旧时代死而不僵的尸身,同时辗转挣扎于一个无所依凭、无"家"可归的"美丽的新世界"。刘索拉的荒诞因而始终是未死方生间的荒诞,一边是送别,一边是悲悼;刘索拉的幽默因而始终沾染着浓重的"黑色",黑色幽默式的鼻孔里冒出两道浓烟,双眼里淌下两行热泪。正是在这一层面上,刘索拉成了时代的"超前"者:当她的同代人尚在为现代化的莅临而猛进高歌,当寻根浪初起人们尚热衷于书写"文明与愚昧的冲突"时,刘索拉已在书写"文明自身的冲突",已在她的故事和荒诞情境中书写辗转于现代性焦虑中的个人。

寻找"歌王"

《你别无选择》中的"功能圈"因此而充当着特殊的象征。作为昔日不可撼动、不容置疑的秩序与规范,高悬在教室上方的"功能圈"与其说指称着一种威慑、压抑的力量,不如说更像一个空位;与其说它象征着秩序与传统的神圣,不如说它凸现了权威与规范的缺席。如

---

① 参见王绯:《睁着眼睛的梦——中国女性文学书写召唤之景》,作家出版社,1995年,第188页。

果说在《你别无选择》的叙境中，贾教授是与之对位的人物形象，那么他更像是一个过时的丑角与笑柄。而潇洒迷人的金教授则像是一个才华横溢的艺术家，而不是别的一个权威或楷模。唯一关注着"功能圈"的人物是不无神秘的小个子，是他"告诉大家，牢记功能圈，你就能创作出世界上最伟大的作品，世界上最伟大的作品就离不开这个功能圈"，也是他不断地擦亮装有"功能圈"的镜框。但他擦亮功能圈的举动，和他无休止地擦拭宿舍的地板，一次次、一天天地铺开、叠起已死去的马力的铺盖一样，更近似于一种对无谓的秩序的偏执、一种怪诞。于是他决定"出国""去找找看"，因为他"在这里什么也找不到"。从某种意义上说，在《你别无选择》中，诸多人物的痛苦与其说来自"功能圈"的压抑，不如说来自"功能圈"的失效。一如他们生活在一个已无法依凭功能圈创造出伟大作品的年头，他们同样生活在一个无成规、惯例可循，无轻车熟路可走的时代。他们因此而张皇，因此而痛楚，因此而必须摸索、探寻着前行。其中孟野的悲剧，与其说是传统势力的迫害与合谋，不如说是一个在现代性焦虑中无所适从以致歇斯底里的个人——孟野的未婚妻，为完满她无从完满的"经典幸福"或"古典爱情"想象，而病态地制造的一出闹剧。

然而，刘索拉的表达远非如此单纯明晰。她的人物——即使是她所钟爱的森森、孟野或《寻找歌王》中的 B 之所以会如此不能自已地渴求与痛楚，正在于他们事实上是将类功能圈式的存在——秩序、神圣、意义、理想，深刻内在化的一群；他们对权威、传统、规范的颠覆与僭越，同时是一种几近绝望的乌托邦冲动。"内在地需要一点魔鬼"的常常是渴求发现个人、自我通往天国之路的"浮士德"。这些为作者所钟爱的人物比他人更明敏地体味昔日权威的光焰——不仅是压抑的樊篱，而且是后人难于逾越的光焰，体味着为了超越，至少是接近那一高度的绝望——他们必须在反叛中突围，必须在无援无助间另辟蹊径。彼时《你别无选择》的抨击者曾认定类似作品"是由神圣回归于平庸，由英雄主义回归于虚无"①，仿佛刘索拉正是王朔和中国大众文化的前驱者；这无疑与刘索拉作品中的表达大相径庭。事实上，至少刘索拉的森森、孟野和 B 不仅并非"多余者"，或曰边缘人，相反更接近于新一代的文化英雄（反英雄）。他们的行动与思考以及刘索拉对他们的书写方式，无疑准确地将他们定位在作为 80 年代文化精英的位置之上。不同于张辛欣的男性角色，森森们的个人奋斗，有着超越于功利目的的、对新的神圣表述的"纯正"追求。孟野与未婚妻的冲突，同时是文化英雄主义的信奉者与无法索解这一超越性追求的庸人间的必然冲突。对刘索拉所钟爱的男性角色、文化英雄说来，反叛并非无归之路，而仅仅是别无选择的突围之举；反叛与突围都是为了终以成功者、胜利者的形象重返神圣的艺术殿堂。《你别无选择》在森森的作品于国际上获奖之后，以颇为动情的一次精神上的皈依结束了全文：

> ……森森戴着耳机，好像已经被自己的音响包围了半个世纪了。他越听思路越混乱，越听心情越沉重。一股凉气从他脚下慢慢向上蔓延。……所有的人在他眼前掠过，像他的重奏那种粗犷的音响一样在扰乱他。……他把整个抽屉都抽出来，发现最里面有一盘五年都不曾听过的磁带，封面上写着：《莫扎特朱庇特 C 大调交响乐》。他下意识地关上了自己的音乐，把这盘磁带放进录音机。顿时，一种清新而健全、充满了阳光的音响深深地笼罩了他。他感到从未有过的解脱。仿佛置身于一个纯净的圣地，空气中所有混浊不堪的杂物都荡然无存。他欣喜若狂，打开窗户看看清净如玉的天空，伸手去感受大自然的气流。突然，他哭了。②

而刘索拉的才具、敏锐（或曰"超前"）之处，更在于她本人及人物的

---

① 何新：《当代文学中的荒谬感与多余者》。
② 刘索拉：《你别无选择》，见《你别无选择》，第 83—84 页。

"现代主义"实践,尽管仍分享着"共同人类"的幻觉与想象,但她在《你别无选择》中已然触及了现代主义与民族文化间的张力关系——事实上,这也正是构成其人物焦虑的内在因素之一。刘索拉曾这样描写森森的苦恼:

> ……他需要的是比这更遥远更神秘更超越世俗但更粗野更自然的音响。他在探索这种音响。他挖掘了所有现代流派现代作品,但写出来的只是那些流派的翻版。
>
> 这种探索不断折磨他,有没有一种真正属于他自己的音响?他自己的追求在哪儿?他自己的力度在哪儿?从谐和到不谐和,从不谐和又返回谐和,几百年来,音乐家们都在忙什么?音乐的上帝在哪儿?巴托克找到了匈牙利人的灵魂,但在贾教授的课上巴托克永远超不过贝多芬。匈牙利人的灵魂是巴托克找到的,但也许匈牙利人更懂得贝多芬。这是最让森森悲哀的事。森森要找自己民族的灵魂,但自己民族的人也会说森森不如贝多芬,贝多芬、贝多芬,他的力度征服了世界,在地球上竖起了一座可怕的大峰,靠着顽固与年岁,罩住了所有后来者的光彩。①

于是在刘索拉的表述中,寻找"属于自己的音乐"、摸索翻越贝多芬高峰的小路、"找自己民族的灵魂",共同构成了森森绝望而顽强的奔突。而在自觉与不自觉间,刘索拉写出了一个更深刻的困境:森森们必须翻越的不仅是贝多芬的高峰,而且是如何才能不仅仅成为那些现代流派的"翻版";如果说"功能圈"指称着一个难于逾越的高度,那么种种超越它、颠覆它的尝试,则构成了高峰之外一道又一道围栏。翻越这高峰、跨过这围栏的唯一机会与可能,在于"找自己民族的灵

---

① 刘索拉:《你别无选择》,见《你别无选择》,第57—58页。

魂"。到了《寻找歌王》中，B以殉道者的狂热去追寻的"歌王"，尽管在小说的叙述中犹如一种绝对人类精神的体现或曰音乐的精髓与灵魂，但我们不难将其指认为一个神话般的、具象化的"民族音乐的灵魂"。此间一个潜在而明白的表述是：走向世界，意味着接受一个文化"自我"处于时间滞后的位置与"事实"，意味着"赶超"的唯一路径与选择是具有"特异性"的民族形式与经过"现代化"的传统文化内容。显而易见，彼时彼地，刘索拉对这一"事实"的书写是充满认同与赞美的，但她毕竟发现了这一事实的存在。

笔者看来，一个既经指认的个案，便不会是遗世独立的偶然与例外，而是必然地以某种特殊的甚或更有力的方式呈现着、分享着那一时代的文化想象。在寻根文学的热浪间书写并获得命名的刘索拉，仍以她自己的方式参与了文化的寻根。《寻找歌王》中，刘索拉以不无神圣与仰慕的语调记述的B的行为方式，与十年之后王安忆在《纪实与虚构》中以调侃的口吻书写的"寻根者"有着惊人的相似。不仅如此，刘索拉的才情与别具慧眼之处，在于她以自己的写作揭破了80年代文化热及寻根文学的一个不为人所知的谜底：发掘民族文化之根、寻找"自己民族的灵魂"，绝非一次简单的回归，亦非《河殇》式作为与现代文明彼此对立的一极；它同时是一种策略，一种别无选择处的可能与选择。这选择不是为了将我们载归民族文化的母体，相反，这仍是"走向世界"的一条蹊径（如果说尚不是一道通衢）。森森们以现代派音乐的形态去发掘、表现"自己民族的灵魂"，由是而成了一个极具症候性的表达：无论是以决绝的姿态宣判中国历史、文化的"超稳定结构"的死亡，还是深情无限地返视、抚摸中国文化母体，都仅仅是在以不同的方式加入那一现代化进程，印证现代性话语扩张的一个新的历史时段。因此，在80年代的文化语境中，刘索拉成就了一个个案，而绝非一处边缘。

如果说，80年代中期，历史文化反思运动中文学艺术的重要的特征之一，是"文明与愚昧"、都市与乡村的二项对立，那么刘索拉的独特之处，在于她将自己的寻根者凸现在都市生活的底景之上。如果说《你别无选择》仍是在十足"现代"与荒诞的景观中书写森森们对"自己民族灵魂"的追寻，那么在《寻找歌王》中，B 则彻底放弃了现代都市生活，以朝圣者的方式踏上了寻找歌王的不归路。愈加物质化的、多少有点纸醉金迷的都市景观，映衬着 B 热忱、固执的殉道者的身影。从某种意义上说，我们无疑可以将 B 视为森森、孟野们的精神伸延，他们所追求的不是、不仅是反叛与颠覆，而更多的是超越及在超越中对绝对理想的到达。他们对"功能圈"的蔑视与亵渎，缘于它已不再能将新的追寻者载往至高的精神家园。在此，刘索拉表达的丰富已更为清晰地呈现出来：尽管作为新时期现代主义文学的先驱者之一，尽管以自己的作品参与着、推进着文化现代化的进程，但刘索拉对现代社会的态度远非单纯的热恋与拥抱。她让 B 作为一个孤独的现代人、作为一个现代社会的文化英雄，以自我放逐的方式，拒绝了现代社会、现代都市与现代生活，深入原始森林与不毛之地去朝拜歌王。和现实中的"寻根者"们不同，此行带给他的不是更大的辉煌与荣耀，而是被世人目为疯狂或荒唐，并最终遭到彻底的遗忘的结局。这无疑是现代精神的至高呈现，这无疑是东方的音乐浮士德的精神历险。它同时成了书写 80 年代中国精英文化的两难的方式之一。

功能圈、尺子及跑道

然而，在刘索拉的作品中最能体现其作品的现代性或曰现代性焦虑的，并非她的 80 年代文化英雄们。始终为人们所忽略的，是《你别无选择》的故事尽管以森森的成功与精神皈依而结束，却以一个毫不引人注目的人物李鸣而开始；也是以李鸣作为贯穿始终的人物及某种意义上的目击者。如果说是森森、B 这类的人物负载着 80 年代精英文化的主旋律，那么李鸣、戴齐、"我"（《蓝天绿海》《寻找歌王》《跑道》《伊甸园之梦》）、黄哈哈（《浑沌加哩格唥》）一类的人物则不仅更接近刘索拉真实的自我，而且比森森们更深刻而切近地呈现了 80 年代"个人"、自我的两难处境。如果说，"功能圈"对于森森们说来，有如被窥破的稻草人，那么对于李鸣、黄哈哈们，它不仅死而不僵、余威犹在，而或许更痛苦的是，他们——这些被抛出既定轨道、骤然变得自由且孤独的个人，无法承受并驾驭"功能圈"失效后的失序世界。如果说 B 所经历的，是文化英雄的自我放逐，那么李鸣们所经历的，便是对放逐的绝望逃离。《你别无选择》通篇的第一句是："李鸣已经不止一次想过退学这件事了。"而《蓝天绿海》中，"我"绝望地想逃离录音棚；《寻找歌王》中，"我"离开了 B、逃离了原始丛林和原始生活，在沉溺于都市生活的同时，再次试图逃开一切，在心灵上贴近 B；在《跑道》中，"我"为了在舞台上逃离规范和程式，因之成了一个成功的小丑，而此后"我"的全部努力却是逃开这个小丑的定型角色与命运。"我"逃上了飞机，但飞机降落的地方，等待"我"的是另一处舞台、另一个丑角；在《浑沌加哩格唥》与《人堆人》中，黄哈哈或"我"——"仇恨心理变态狂"，由北京"逃往"伦敦，但在伦敦却只能藏身在对故国昔日的回忆之中。他们不断地逃离，但他们的遁逃，只能是对逃离困境的向往或对无处可逃的印证。换言之，他们的行为更像是一种规避，一种对逃离的想象而非行动，甚至对于这一逃离的想象自身，他们仍渴望获取某个权威者的认可。李鸣一次次前往王教授处，希望从他那里得到对自己退学愿望的"批准"；在一次次被否决之后便只能躲入宿舍、逃入被子里，尽可能不再起身（这一逃离方式将再次出现在黄哈哈的童年记忆之中，她在一个毛巾被搭成的洞中想象它是一个掩体或一具棺材）；戴齐终日面对着似乎"有一天得活过来"的功能圈，面对一个永远得不到发展的"优美的乐句",试图躲入钢琴系;终于只能回到作曲系"每天进出琴房时,两眼都闪着一种病态的光芒"。而《蓝天绿海》中的"我"渴望逃离录音棚时,只能一次次给丁先生打电话,而后者甚至没给她任何机会让她说出自己否定性的愿望。

因此刘索拉的人物不断经历着一种进退维谷的处境,经历着一种遭阻塞的人生。就像那无法解决和弦连接的钢琴手的弹奏(《你别无选择》),或那张卡住了的旧唱片及唱片主人的命运(《人堆人》)。一如也斯先生所指出的,类似功能圈式的象征在刘索拉的作品中不断复沓出现,以不同的方式构造着同一荒诞情境。在《多余的故事》里,它是奶奶所谓的"尺":"奶奶摇着大蒲扇说:'做人要有把尺子。'""尺子是有的,但多宽多长是塑料还是有机玻璃还是钢是铁是铜是铝制成的,奶奶没说。"在《跑道》中它是"跑道"与"非跑道奖"(不如叫"离轨奖"更恰当)。在《浑沌加哩咯嘤》中,它是黄哈哈涂了满纸仍不知如何度量的"对与错";它间或是一种古老的女性范本:王宝钏。类似规范、训诫、人物固然早已古旧不堪,但在刘索拉笔下,深谙其无效的人们,却无法将其置之不顾。一种深刻的内在化过程的完成,使他们在鄙弃拒斥陈词滥调的同时,仍在寻找一个与之相像但纯洁有效的替代物。寻找而不可得的遭遇便成了人物不间断的荒诞逃离。从某种意义上说,刘索拉80年代中期的作品中仍充溢着一种顽皮的热情,一种有所保留的乐观。在《你别无选择》中,森森作品的获奖犹如一个逃离、获救的特例:它不仅使森森在终于直面痛楚的时刻再次朝觐了莫扎特的圣土,让戴齐终于将他那唯一的优美乐句发展为"像诗不像歌"的钢琴协奏曲,并终于让李鸣"从被窝里钻出来",并"再不打算进去了"。这间或由于刘索拉本人毕竟分享着作为整个80年代共同想象的乐观,分享着那份浸透着狂喜的忧患;在一个似无限量的开阔的社会视野中,人物的现代性焦虑似乎也成了社会进步的印证,因而它尚不可能演化为一份绝望或幻灭。

然而，伴随着时间的推延，刘索拉荒诞喜剧中的戏谑调侃因素在减少，一如作品中尖锐的痛楚感也逐渐钝化。她的人物仍在逃离之中、仍在追索之中，但这逃离愈加清晰地成为对无处可逃的确认；这追索渐次成为一种虚幻、一个尝试逃离的借口，甚至是一种疲惫与无奈。如果说森森、孟野的追求尽管宏大但毕竟可以呈现为五重奏或协奏曲的音乐形态，B寻找歌王的不归之路，毕竟可以在朝圣、殉道与精神家园的意义上得到认可与价值，那么到了《伊甸园之梦》，"我"所要寻找的"天下最大的情种"索性被称作"指"——能指之"指"，指称之"指"，于是这一精神的追索对象便确定无疑地呈现为一种称谓、一个空位或借口、一份虚幻或想象。

女性的匿名与具名

一个颇为有趣的事实是，当刘索拉因《你别无选择》而一举成名之时，她的写作方式与写作风格似乎意味着对正在被重新规范的女性角色的僭越。彼时人们更多地在她的作品中读到一种纵横恣肆的嬉笑怒骂，一份才华横溢的别具一格；彼时人们尚不可能瞩目于其中刘索拉式的痛楚、深情与困窘，更难以识别其中女性写作的性别印痕。如上所述，在刘索拉的大部分作品中，她始终在书写相当个人化的经历与体验。但彼时的人们宁愿参照"惯例"将它放大为一种对社会、对现代社会景观的写照。作为一个僭越了"女性风格"规定并越轨于女性文化角色的女作家，人们在不断提及她的性别的同时，全然无视其小说中女性写作的种种复杂症候。于是，在众多的讨论者之中，刘索拉小说作为80年代极为重要的女性写作便成了一种具名间的匿名。

的确，在刘索拉最著名的成名作《你别无选择》中，女性角色确乎处于一种匿名状态之中。作曲系的绝无仅有的三个女生在作品中都没有姓名，出现的只是她们的绰号：猫、懵懂、时间。较之占据叙事中心位置的男性：森森、孟野、戴齐、李鸣，这三个女孩子的性格尽管写意传神、寥寥几笔便跃然纸上，但她们却几乎不曾介入其中那场卓绝而绝望的为注定要失败的事业而推进的战斗。她们更像是这阕协奏曲中的装饰音，尽管刘索拉涉及了孟野与懵懂间的朦胧联系，涉及了森森对猫欲爱不能、欲罢不能的情感，但这三个女性角色甚至不曾构成事实上存在于这部小说中的深情；传达了这种隐忍的深情的是森森、孟野间无言而厚重的兄弟情谊。所谓："他 [森森] 明显地感到他与孟野有一种共同但又不同的追求。他比孟野更重视力度，而孟野比他更深陷于一种原始的悲哀中。孟野就像一个魔影一样老是和大地纠缠不清。尽管他让心灵高高地趴在天上，可还是老和大地无限悲哀地纠缠不清。而森森想表现的是人。"当孟野的作品开始演奏："弦乐队像一群昏天黑地扑过来的幽灵一样语无伦次地呻吟着。大提琴突然悲哀地反复唱起一句古老的歌谣。这句歌谣质朴得无与伦比，哀伤得如泣如诉。把刚才人们听森森作品引起的激动全扭成了一种歪七扭八的痛苦。好像大提琴这个魔鬼正紧抱着泥土翻来滚去，把听众搅得神志不安。"这时候，"森森走到孟野坐的地方，掐住孟野的脖子，孟野看了他一眼，死命握住森森的手腕"。① 还有小说结尾处森森解脱的泪水。而作品中另外两个女人，一个是同样没有姓名的孟野的女朋友—妻子，那是一个构成男人的厄运与磨难的女人，一个矫揉造作又歇斯底里的现代女性。事实上，是刘索拉，而不是八九十年代之交的男性作家们率先在现代化中国的文化景观中放置了一个不可理喻、疯狂可怖的女人。那个用剪子剪碎一切令她不如意的东西，由狂怒间的泄愤到得意洋洋的专心致志的过程，是一个如此精彩的细节——以致王朔的《过把瘾就死》或苏童的《离婚指南》都不曾超越。另一个女性

---

① 本段中的几处引文见刘索拉：《你别无选择》，见《你别无选择》，第 58—59、68 页。

角色——小提琴手莉莉,则是一个古老的"现代女人",她尽管无所顾忌、胆大妄为,但至少在小说中,她仅仅充当着对男人的诱惑、男人的伴侣与男性的镜子。于是,这部以女性写作的大胆僭越而著称的作品,女性角色与视点却处于微妙的匿名状态之中。

尽管《你别无选择》是为刘索拉赢得盛名的作品,但事实上也是她小说中绝无仅有的一部以全知视点叙述,以男性角色占据中心景观的作品。进而,由《蓝天绿海》到《浑沌加哩啦唦》,都有着女性的第一人称的叙事人,都有着相当"女性化"的叙述主题。有趣的是,当女性角色与现代女性困境在刘索拉的作品中具名出现的时候,批评家们却对此保持着颇有风度的缄默,于是,类似作品和类似作品中的女性话题便处于一种社会性的匿名状态之中。

事实上,在80年代众多的女性作品中,只有刘索拉的《蓝天绿海》、刘西鸿的《你不可改变我》和王安忆的《弟兄们》正面涉及了姐妹情谊;而《蓝天绿海》(1985)是其中的始作俑者。但又一个有趣的性别文化症候在于,尽管有类似《音乐是个活儿》的随笔,刘索拉小说的评论仍宁愿无视《你别无选择》的"写实"特征,而对《蓝天绿海》,人们却多愿提及它的这一"写实性",常以"悼亡友之作"而一笔带过。事实上,在刘索拉为数不多的作品序列中,《蓝天绿海》是她最为痛楚、忧伤而迷惘的一篇。另一个与此相关的事实是,尽管刘索拉的文名远在刘西鸿之上,但倒是《你不可改变我》比《蓝天绿海》更多地被选入各种女性或非女性的文集之中。理由似乎十分简单:那便是《你不可改变我》中姐妹情谊或曰同性情感的叙述包含着另一个读解可能——"代沟"的出现,我行我素的年青一代已进入我们的视野,于是它成了又一个进步的明证。而《蓝天绿海》却没有提供类似可供放大其意义的可能。它仅仅是一对姐妹间的情感,一种超越性的、同时又是无法超越现实的情感。小说同时涉及了彼时尚无人涉及的女性困境:与人们的想象及主流话语不同,女性的解放未必与社会进化同步——社会无疑在某种尺度上进步,但蛮子并未因此而豁免一幕古老的悲剧——她尽管洒脱任情、我行我素,却仍被浅薄的负心郎所害,并死于野蛮的堕胎。在小说中,蛮子曾是"我"唯一的挚友,即使在她死去之后,她仍是"我"唯一的心理支撑,所谓:

> 我对友谊的执著,近乎于死板,除了蛮子,我从不对别人说友谊之类的话。也许爱情这个词可以滥用,但友谊可比爱情神圣多了。①

因为"我们从小培养出来的信任荒谬可笑",因为"我们"彼此欣赏,因为"我们"默契而且彼此珍视。"蛮子活着的时候,就是幻想有一天能有一笔钱让我们俩天南海北到处走,只我们俩。她有这些幻想的时候,从来不考虑她的男朋友。可两天没见他,她就六神无主。我想,从她死那天起,她才又归我'军管'了。""我们"共同经历女性的成长,在这个"失序"的世界,自主而独特的蛮子是"我"的尺度。但她仍然会"自从怀孕后,变得很胆小。老是什么都害怕"。"她老爱唱'帮助我,帮助我!'要不就是'别让我沉沦。'那个男人和另一个女人走了。我那时真恨世上的男人和女人,因为我们是女孩儿。我甚至想一辈子只当女孩儿,而不当女人。"②——不愿做"女人",不仅因为有一个男人和一个女人伤害并剥夺了蛮子,还在于只有女孩间才会有"纯净"的、不为男人和"爱情"所离间的友谊、爱。显而易见,"我"与蛮子间的"友谊"、爱,是超乎对异性的爱情之上的,超乎那个"宽容我像上帝一样"的陆升;否则,"对蛮子的思念"便不会使"我们"——"我"和陆升——"无法触及婚姻的事情"。如果说,到了《浑沌加哩啰嘡》中,刘索拉关于女人、女人的命运事实上表达了某些相

---

① 刘索拉:《蓝天绿海》,见《你别无选择》,第89页。
② 本段中的几处引文见刘索拉:《蓝天绿海》,见《你别无选择》,第93、113、109页。

当深入的思考，那么在《蓝天绿海》中，深情和体验，使她同样获得了充满切肤之痛的观察：

> 我原来以为正统音乐全是天上的事，流行音乐全是地上的事，现在才发觉，流行音乐也全是天上的事。它只讲爱情、忧伤、孤独，它怎么不讲讲受侮辱、打胎和死亡呢？看来忧伤、孤独和爱情一样其实是一种享受，只有受侮辱，打胎和死亡才是真实的活生生的事。没人去唱，因为那才真正是地狱里的事呢。①

问题不在于天上、地下、人间、地狱，问题在于正统音乐、流行音乐或小说、诗歌、戏剧、电影，并不曾关注或尝试表现女人真实的经历和痛苦，甚至女人也不屑于此，或者说难以抵达类似目的。在刘索拉的表达中，蛮子痛苦而荒唐地死于华年，固然是绝大的悲剧；但如果蛮子找到了一个女人可能的和似乎是"唯一"的幸福：嫁给了自己所爱的人，为人之妻、为人之母，放弃少女时代的才能与梦想，劳碌一生，又何尝不是悲剧呢？我们固然可以将这段话读作一个渴望独自拥有蛮子的姑娘的潜意识流露，但它同时确是一份关于女人的残酷的真实。在反叛的冒险、渊薮与归顺的牢笼之间，女人又何曾有过并不低矮的天空？

"王宝钏"及其他

从某种意义上说，性别的自觉在刘索拉的作品序列中是一个渐次清晰的层面。尽管刘索拉并非一个女性主义者，或许在她看来形形色

---

① 刘索拉：《蓝天绿海》，见《你别无选择》，第114页。

色的"主义",都只是似是而非或已然失效的功能圈而已。刘索拉并不去凸现或渲染自己及人物的女性身份,但它却是渐趋清晰、不容忽视的叙事与意义的因素。一个极为有趣的事实是,刘索拉本人无疑是新时期女作家中最富才气而且最为狂放不羁的一个;但似乎是一种默契与特许,刘索拉浪迹萍踪的艺术生涯并未更多地为"可畏"之"人言"所缠绕。似乎她行为与作品中太多的冒犯,已使人们放弃了规范她的努力。正是她,在80年代对精英文化的神圣尊崇间,洒脱妄为地成了一个通俗歌手;是她在作品中为通俗艺术的"市民气"而狂喜:"因为我准知道我的听众能跟着我疯"[①];是她,率先写出了会被西方文学研究者毫不迟疑地指认为同性恋情的故事《蓝天绿海》;也是她在国内的多重成功后,出国"去找找看",并继续她的中文写作。在笔者看来,刘索拉80年代中期的中篇三部曲的最后一部《寻找歌王》,其意义不在于擅长书写现代城市的刘索拉终于以她的方式参与了寻根写作,而在于其间刘索拉再一次表现了她的敏锐与僭越。在"文化热"再度构造新的民族国家的话语之时,《寻找歌王》在自觉与不自觉之间,率先将"寻根"的使命归还给了男性角色,将世俗的、物质的、大众文化的现实留给了女性人物。其中"我"尽管不无自责与自卑,却没有太多的追悔与遗憾。因为我之追随于B的,原本仅仅是爱情,而从不曾分享他至高而奇妙的、对歌王的崇敬。作为一个不自觉间的翻转,在这部作品中,男性角色成了一种象征,一个符号,一种匿名的存在,而女性、女性生存开始占据了都市与叙事舞台的前景和中心。一如张辛欣而迥异于张辛欣,刘索拉的《寻找歌王》与人们彼时的指认——加入文化寻根而背道而驰,成了另一种时代的揭秘之作:它剥去了80年代关于现代化未来的乌托邦式勾勒,突出了其中物质、欲望与都市的现实。

---

① 刘索拉:《蓝天绿海》,见《你别无选择》,第96页。

然而，正是在这个笑骂由人、我行我素的刘索拉的作品序列中，女性的体验与困境渐次成了一个明确而重要的表达。人们间或认为《浑沌加哩咯嘚》和《人堆人》一样，同属"海外中国文学"，或者瞩目于作品对刘索拉从未言及的童年或曰历史的记述。确如也斯先生所言："回忆那些部分的孩子语气，适当地捕捉了那种投入与隔离，一时令人嘻哈绝倒，一时令人惊愕。刘索拉的嘻哈，删削了伤感，抛开了自义，现代而天真地面对了世情。"① 然而，在笔者看来，正是《浑沌加哩咯嘚》与《蓝天绿海》共同构成了刘索拉作品中独特且重要的女性叙述。不错，在《浑沌加哩咯嘚》中，刘索拉的遗世而独立的主人公第一次获得了昨天和历史。这间或是众多的"文革"叙述的又一次补白。如果说，王朔的《动物凶猛》以少年人青春期的骚动、绝望的初恋勾勒出一幅个人化的"文革"景观，那么，作为客居伦敦的黄哈哈记忆中的"文革"，则是一幕以时代的荒诞喜剧为底景的少女和女人的困窘。刘索拉的明敏，在于她所瞩目的，并非作为"第二性"的女人所遭遇的种种苦楚或压抑，而在于新女性所必然面临的诸多尴尬而暧昧不明的境遇。在本质与非本质之间，在反叛与顺从之间，在古老的悲剧与现代的喜剧之间，在体验与话语之间，刘索拉"有哭有笑有歌敢爱敢叫敢骂"的女主人公事实上处于一种进退维谷的窘境之中，"新女性"犹如存在主义作品的主人公，处于一种除却拒绝或自我放逐便无路可走的绝大"自由"之中；"新女性"除却作为一个反叛的时段，作为一个"出走"的姿态与背影，便"你别无选择"。为众多话语所缠绕的新女性，其生存事实上是一个话语的空白或裂隙。一如蛮子的悲剧，在《浑沌加哩咯嘚》中，那段似乎是嬉笑怒骂、肆意调侃的"王宝钏新编委员会"及"狗头奖"，在嬉笑间，以并非正剧或"忆苦大会"的方式展现了"现代"女性的困境与苦楚。尽管王宝钏苦待寒窑

---

① 也斯：《浑沌加哩咯嘚·序》，见刘索拉《浑沌加哩咯嘚》，"序"第5页。

18年、等到丈夫还朝、夫贵妻荣的前现代故事，在现代人的视野中是古旧不堪且荒诞不经的教化，但在刘索拉那里，它事实上仍是今日人们衡量并书写"好女人"的标准。更为有趣的是，如果说"现代王宝钏"明娟并没有因人们的公认和赞美而获得"合法"的幸福（她女儿透露的秘密："我爸爸有个情人"），那么反其道而行之、任情任性的小汀同样未必因她的反叛而获救。她的"离了婚地变宽天也变高"，"女人自有女人天地"，"地狱天堂皆客满"，"各有不同命一条"，所成就的也只是酗酒加"哩嗒啷"而已。女性的悲剧仍然是古老的悲剧，现代社会在给予女性某些"选择"或"自由"的同时，给予的是更多、更大的浑沌。在《寻找歌王》中，"我"尽管离开了B，放弃了神圣的追寻之旅，但"我"仍不能摆脱一个"准未亡人"的角色，尤其是仍无法终止对B的无望的等待与思念。在《伊甸园之梦》中，一个女性最好的"工作"仍是给亚当做"小老婆"，而她反叛的梦想、"理想"的追求仍是寻找一个子虚乌有的"指"——"天下最大的情种"。如果说，刘索拉的女主角不再为女性的规范所累，但她们仍不能不为"情"所累。如果说，在一个所谓"失序"的社会中，功能圈们仍荒唐滑稽而无可替代地俯瞰着众生，那么，"王宝钏"在女性规范的意义上，则不仅是功能圈式的旧范本，而且仍是横亘在新女性生存及话语空白间的硕大存在。所谓：

> 伦敦——北京——古代雕塑——歌剧——家族——周口店——猿人——安娜·卡列尼娜——王宝钏。小时候从老师那儿学来的准则使她衡量所有的东西都费劲儿。因为那准则老有个"胜负""对错"问题，不是输就是赢，不是东方为王就是西方为贼……
>
> 其实她有什么想不开的？"哈哈"这名字是爸爸给起的，有

> 超脱之意。……她一边"哈哈"着，一边在纸上写"对错"。①

或者是：

> 女人哪。男人呢？"一声巨雷震天响，孟姜女哭倒铁城墙"，"回想起十八春秋度寒窑，老爹爹逼我改嫁也徒劳，平郎他飞黄腾达多荣耀，宝钏我砂明水净也清高"。除此之外似乎没有别的活法儿，老公终于"飞黄腾达"，老婆必得"砂明水净"。包公加陈世美、武松加潘金莲。……
> 什么是对？什么是错？②

从"黛玉葬花"、杨贵妃、王宝钏到安娜·卡列尼娜、蝴蝶夫人，再到似全无禁忌、天马行空的小汀、黄哈哈，历史似乎走过了漫长的路程，但女人的命运、规范及表述却似乎从不曾有半点移动。仍然是："女人等于母性；爱情等于付出；人性等于繁衍；无私等于……"这无疑是些"哩咯嗡"，但面对一份新女性的空白与神话，"我的世界在哪儿啊"？故事的结尾处，大表姑的评书《李慧娘》和妈妈的电视连续剧《安娜·卡列尼娜》，与其说是一种冲突，不如说是一种认同——一种女人的众多的却同样无效的镜像与认同。

在新时期的女作家中，刘索拉确乎是一个个案，间或是一部传奇：一个精神漂泊者的传奇；一个流浪艺术家的传奇。从《你别无选择》到音乐剧《梦游》，从《文化不可交流》到《蓝调》。③ 流浪并没有结束。女性的写作间或继续延伸。

---

① 刘索拉：《浑沌加哩咯嗡》，见《浑沌加哩咯嗡》，第 11 页。
② 同上书，第 27 页。
③ 《梦游》为刘索拉在伦敦创作并演出的音乐剧。《文化不可交流》为刘索拉在 1993 年 1 月于香港召开的"文化研究国际研讨会"上的发言。《蓝调》为刘索拉 1995 年于纽约出版的个人演唱的音乐 CD，英文名 *Blues of the East*。

第十一章　残雪:梦魇萦绕的小屋

独步之作

在80年代,乃至当代中国文学史的版图上,残雪堪称独步。不仅是作为文化的个案,而且是作为文学的特例。残雪独步于当代中国的文学惯例与80年代的文化时尚之外,独步于中国当代文学"无法告别的19世纪"之外。她展示了一个怪诞而奇诡的世界,一处阴冷诡异的废墟,犹如一个被毒咒、被蛊符所诅咒的空间,突兀、魅人而狰狞可怖。

围绕着残雪和她的作品,是一份鼎沸般的众声喧哗和更为持久的寂然冷漠。尽管整个80年代,中国文坛充满了对"现代派""先锋文学"的呼唤与饥渴,残雪的小说因此在引起了短暂的骚动之后,获得了"宽容"的接受乃至拥抱[①],但面对残雪,人们的拥抱——因其印证

---

① 残雪最先被接受发表的作品是短篇小说《公牛》(《芙蓉》1985年第4期),但最先面世的是《污水上的肥皂泡》(《新创作》1985年第1期),同年发表的尚有《山上的小屋》(《人民文学》1985年第8期)。1986年残雪以旺盛的创作力在全国文学杂志上发表了大量作品。残雪的作品一经问世,立刻引发了抨击和论争。但继而残雪的小说得到了国内一批青年批评家的认可,并迅速产生了广泛的国际影响。残雪与刘索拉、徐星、马原的作品一道被作为中国文学产生了自己的现代派作品的证明。未几,先锋评论界又在所谓"伪现代派"的讨论中否定了这些小说的意义。对残雪作品的讨论尚未深入,文学界的关注便被1987年前后出现的一批青年作家所吸引,这些后来被称为"先锋小说"的(转下页)

了进步之旅，满足了我们对现代主义的中国文学的渴望——多少显得迟疑、暧昧。因为残雪的文学世界在我们所熟悉的文学惯例与批评惯例中显得如此的怪诞、陌生，甚至全然不可解，因此她令人无语。90年代以来，除了少数残雪作品始终如一的拥戴者和女性评论家之外，残雪的作品已较少为人所提及。这份缄默与谨慎，不是或不仅是面对奇迹的震惊、折服与无语，而或多或少带有几分无力、无奈和恼怒。残雪的小说世界似乎在不断提示着某种进入其文字迷宫的路径，她作品中的某段文字，人物的某种姿态或行为似乎在提示着某种我们似乎极为稔熟的生活；最为经常而直接的，残雪小说所呈现的世界，令人联想起批判视野中"中国的岁月"，尤其是"文革"时代的梦魇。那是一处被窥视，被窃窃私语、讪笑所充塞的空荡的空间，一片被污物、被垃圾、被腐坏的过程所充塞着的荒芜，一个被死亡、被恶毒和敌意所追逐着的世界；那永远喋喋不休的抱怨和"对话"——发出的语词永远如同触到了玻璃的利物，除却制造尖锐刺耳的噪声，永远不会抵达对方；彼此充满了刻骨仇恨的人们却时时刻刻地厮守并面面相觑。

但是继而人们便会发现，被那些昭然若揭的路径所指引，甚至在这似乎被精巧的玄机所结构的迷宫入口处，我们已然碰上了死路或绝壁。她笔下的"黄泥街"或"五香街"①似乎无疑是某类、某处现实的镜中像或微缩本；但作为读者或阐释者，我们不仅无法复原其原型，相反很快便迷失在残雪以意象、幻象，醒来时刻的梦魇，或死亡之后的苟活所集合起的文字魔幻中。如果说，深刻影响当代中国文学

（接上页）作家作品，似乎作为更纯正的中国"现代派"文学在相当程度上取代并遮蔽了对残雪的重视。残雪的作品于1998年由萧元先生辑录为《残雪文集》（四卷，湖南文艺出版社）出版。

① 中篇小说《黄泥街》事实上是残雪的处女作。但小说在发表上受到一定阻力，部分发表于《中国》1986年第11期，1987年由台湾圆神出版社出版了单行本。全文收于《残雪文集》第一卷《苍老的浮云》。《五香街》（载《小说界》1988年第1期）为残雪唯一的长篇《突围表演》中的故事场景（《突围表演》单行本，上海文艺出版社，1990年）。

的那一"无法告别的 19 世纪",留给我们的是对完整的情节链条——被叙事件的内在逻辑、因果链条的完整,空间在连续的、线性的时间线索中变换推移,有性格,至少是有特征、有理据的人物,意义与终极关怀(诸如真善美)——的需求,那么我们在残雪的世界中,不无惶恐地发现这一切均告阙如。1985 年,当残雪的作品以喷发般的方式,涌入了中国读者的视野,几乎像是在制造某种灼伤。她的作品中充满了被突兀诡异的意象连缀起来的跳跃的句子,而那意象充满丑陋的、几乎可以感觉到那腐坏/死亡过程的身体,在酷热或潮湿阴冷中滋生的爬虫,如同苔藓一般无所不在地附着的敌意和诅咒,恶毒的梦呓和迫害妄想式的谵妄,在雨水和潮湿中流淌的垃圾、恶臭和流言、私语。所谓:

> 一个噩梦在黯淡的星光下转悠,黑的,虚空的大氅。
> 空中传来咀嚼骨头的响声。
> 猫头鹰蓦地一叫,惊心动魄。
> 焚尸炉里的烟灰像雨一样落下来。
> 死鼠和死蝙蝠正在地面上腐烂。
> 苍白的、影子似的小圆又将升起——在烂雨伞般的小屋顶的上空。①

如果说,80 年代中期波特莱尔及其"恶之花"的复现,使"审丑"说的盛行,以别一方式渴求着现代主义文化莅临中国,但面对残雪,人们却无疑难于承受其中那盈溢着邪恶而争相绽放的意象之花;《你别无选择》中的混乱与无行,似乎已达到人们所能承受的上限。因此,残雪的支持者便以鲁迅所谓"真的恶声"来为之申辩②。或许同样令人

---

① 残雪:《黄泥街》,见《残雪文集·第一卷·苍老的浮云》,第 374 页。
② 参见唐俟:《真的恶声》,载《中国》1986 年第 8 期。〔美〕王德威:《真的恶声》,载《中国论坛》总第 303 期。

们难于直面的,是在这片邪恶的风景中,残雪确乎使其渗透着一份从容的诗意:

> 我穿透玻璃世界的白光,匆匆地向前走去。
> "你,想伪装么?"灰衣人在林子尽头截住我。那人没有头,声音在胸腔里嗡嗡作响。
> 我听见背后丁当作响,那个世界正在破碎。
> "不、不,我只是想换一套内衣,换一双鞋,然后把头发梳理整齐,很简单的事情。如果有可能,我还要制作蝴蝶的标本,那种红蝴蝶。在冬夜里,我将细细地倾听那些脚步声,把梧桐树的故事想个明白。外面很黑,屋里也很黑,我用冰冷的指头摸索到火柴,划了四五下,点出一朵颤抖的火苗。许多人从窗前飘然而去,许多人。我一伸手就能触到他们的肉体,我咬啮他们的脸颊,私下里觉得很快意。我要在暗夜里坐到最后一刻,冷冷地微笑,温情地微笑,辛酸地微笑。那时油灯熄灭,钟声长鸣。"我终于对自己的声音着了迷,那是一种柔和优美的低音,永恒不息地在我耳边倾诉。①

那无疑是一份诗意,地狱间的诗情,只是它并不朝向天堂。诚如夏洛特·英尼斯所言:她是"出自中国的最好的现代作家之一"。"残雪在中国文学中是一个异常。……毫无疑问,就中国文学水平来看,残雪是一种革命……"② 不错,如果就震动、断裂与异样的陌生感而言,残雪确实是一场革命,但这场"革命"并未产生某种必然与革命相伴随的结果:中国文学的主流书写方式并未因此而有所改变,甚或

---

① 残雪:《天窗》,见《残雪文集·第一卷·苍老的浮云》,第47—48页。
② 〔美〕夏洛特·英尼斯:《〈苍老的浮云〉英文版中篇集前言》,残雪译,收入萧元主编《圣殿的倾圮——残雪之谜》,贵州人民出版社,1993年,第369页。

没有足够响亮的回声。尽管残雪的出现与存在,的确多少改写了人们关于"文学"或"中国文学"的想象,拓宽了中国文学的疆域。但事实上,尽管在残雪之后,"先锋文学"一度成了中国文学的主潮,但在八九十年代中国文学的脉络中,残雪仍是不可重复、不可复制——她的异军突起,让人们一度忆起在 20 世纪已渐被遗忘的关于天才与奇迹的神话;而 1985 年的残雪确乎如同一个神话,一个于未知处降落的不明飞行物,携带着梦魇、语言所构造的恐怖与绝望的地狱而盈盈飞动。

救赎的缺席

残雪的世界使人们感到的陌生之处,显然不仅于此。附着在社会主义现实主义之主流背后,批判现实主义的"伟大传统",事实上成了新时期初年"伤痕文学"的合法性依据,于是人们似乎可以并且应该接受对社会地狱景观的描摹;但作为一份深刻共识:不言自明的,无论是"真的恶声"还是地狱图景,它不仅应该明确地作为社会寓言以实践其社会批判的使命,而且它应该甚或必须提供"希望的亮色"或救赎之路。但在残雪的作品中,读者不仅丧失了分辨"是非善恶"的坐标和尺度,而且作品中的"高光点",如果不是一片子虚乌有的镜中风景——神奇的"紫光"(《公牛》),一个可遇不可求的脆弱的瞬间——来自旧日的、胸前永远别着一只金蝴蝶的男孩(《布谷鸟叫的那一瞬间》①),便是一个许诺到来却或许不曾存在的变素——诸如那位(?)"将改变黄泥街生存"的"王子光"(《黄泥街》)。那与其说是救赎,不如说是明确告知的救赎的不在与无妄。有如在《公牛》中,甚至那面显现幻象的镜子也在最后的瞬间,被"丈夫"手中的大锤所

---

① 残雪:《布谷鸟叫的那一瞬间》,载《青年文学》1986 年第 4 期。

砸碎；而来自旧日的纯情少年，甚至在叙事情境中已显现为一个衰老的"侏儒"，"头发成了老鼠色"，似乎他正在向那田鼠／老头的形象靠近；而在《山上的小屋》中，当"我"穿越"白光"走上山去的时候，在"我"面前，"满眼都是白石子的火焰，没有山葡萄，也没有小屋"。于是，人们难以承受这并不为映衬美与善的世界的狰狞与丑陋。

围绕着难于阐释的残雪，另一种有趣的辩护，是努力地在残雪作品中发掘经典的美、希冀与追寻①。于是《天堂里的对话》②成了人们频频引证的对象。不错，在残雪的作品，尤其是她80年代中期的作品中，出现在《天堂里的对话》中的对话，确乎是一份莫大的奢侈——在她其他的作品里，规定场景中的父母、子女、夫妻、邻里间的对话与其说是绝望而喋喋不休的独白，不如说是投向对方却无法到达的刀斧，因此仅仅由于对话的存在，便足以认定那确是残雪的"天堂"；况且，残雪在这组作品中使用了她空前绝后的抒情的笔调。那是真正的对话，那是等待后的获得，那是确定无疑的指认（"你就是他，我就是那个女人"③），是恋歌，是在残雪作品中间或闪现的、不可寻的前史，有如那胸前别着金蝴蝶的少年在布谷鸟声中出现的瞬间。征引《天堂里的对话》论证残雪对美的追求的论说者间或忽略了这是残雪标明"天堂"字样的作品——也可以说，那是残雪作品中的异数，而这样的天堂显然永远不会降落在"黄泥街"或"苍老的浮云"④之下。而且，即使是残雪的天堂景观，仍然是黑夜中的奇遇，而且仍不断遭遇他人的威胁与对衰老、离散的超乎寻常的恐惧与焦虑。但对笔者来说，更重要的是，欲确认残雪的价值，关于美的书写并非充分必要的

---

① 王蒙：《读〈天堂里的对话〉》，载《文艺报》1988年10月1日。萧元《对残雪的诗意解读》，载《湖南文学》1993年第5期。
② 残雪《天堂里的对话》共五则，之一载《海鸥》1987年第1期，之二载《青海湖》1987年第2期，之三载《天津文学》1988年第6期，之四、之五载《小说界》1989年第5期。
③ 残雪：《天堂里的对话》之四。
④ 残雪：《苍老的浮云》，载《中国》1986年第11期。

条件；或许可以说，残雪的地狱景观并不提供通过炼狱、净界到达天堂之路，而这正是残雪之为文化的勇者与独步者的意义。姑且搁置残雪作品所表现的文学价值，她正是以自己的作品序列，以这序列中表现出的在腐烂、尸体间永恒存在的地狱／人间，显现了一种当代文化、当代女性文化与当代文学中匮乏的品格：直面深渊而不晕眩，绝望但坦荡地承受着人间的丑陋、生命的短暂速朽与天堂的永不莅临。以美善的书写为残雪正名，间或表达了正名者自身而非残雪的匮乏与需求；它间或是阐释者面对中国现实所选取的一种文化修辞与辩护策略。为《残雪文集》作跋的沙水称"作者是怀着巨大的诗情从一个无限的高度在俯视人间这些不甘寂寞的生灵"，并为此引证了一段卡夫卡的话，以"准确表达残雪的这种悲悯的温情"："没有人能唱得像那些处于地狱最深处的人那样纯洁。凡是我们以为是天使的歌唱，那正是他们的歌唱。"继而写道：

> 残雪和《黄泥街》也正是一首地狱里的温柔的歌，她既高居于她的每个人物之上，她同时又是她的每个人物，她如此敏感地体味到地狱的可怖和难熬……她同时又为这些鬼魂的西绪福斯式的旺盛经历而感叹、而歌唱。"黄泥街"既是她周围烈火熊熊的可怖世界，又是她自己那个随时可能爆炸的内心世界。①

这无疑是深有体认的论述，而且是一份极为有力的辩词：面对八九十年代中国面目各异的主流文化针对残雪的谴责与不满。但是，如果我们说残雪的作品亦在表达"悲悯的温情"，那么，这并非人们所熟悉并崇仰的"索福克勒斯式的悲悯"：因为残雪作品所呈现的，不是古希腊悲剧的宿命；而且在笔者看来，与其说残雪采取了某种救赎者高度上的俯瞰，不如说是间离与指认间的洞悉与描摹。有趣的是，残雪作品

---

① 引自沙水：《跋 自我在何方》，见《残雪文集·第四卷·突围表演》，第439—440页。

中的"非理性"画面，显现了比其同代人远为丰满而沉静的"理性"因素。将残雪作品的表达主旨归之于"自我"与"内心"，似乎是残雪的评论者与辩护人所不约而同地采取的阐释策略。毫无疑问，残雪的代表作以惊人的才具展现心灵的地层风景；或许我们可以仿照沙水，将其称之为"心灵的《地下室手记》"。但是，在残雪的笔下，自我并非他人或异己的对立物，一如地狱并非天堂的参照。残雪作品中救赎的缺席，亦即终结的不在。《黄泥街》篇首、篇尾处的歌吟式的段落，如果不是因彼时彼地而采取的一份特定的文化策略，便是一种残雪所特有的惊人反讽：这地狱景观的黄泥街，被残雪书写为一个曾被"我"苦苦追寻的梦境，一个没有人肯承认或记忆的、"死去很久"了的梦。但那向"我"断然否定了黄泥街存在的孩子，分明是一个黄泥街的造物。一个"不曾存在"的、"梦中的"街道/世界，便超离了历史，而且永无救赎。

可以说，残雪迸发期的作品，更接近《狂人日记》式的书写——一个迫害妄想者眼中的世界图景；在一份邪恶的狡黠与脆弱的惊惧间，她放大着死亡有形的迫近与突发戏剧式的无血的暴力。在她的发轫（对中国大陆说来，却是迟迟问世）之作《黄泥街》中，我们确乎可以从那梦魇般熟悉的语词中，辨认"文革"岁月的巨大的震惊与创伤体验——那原本难以获得某种"理性"的或经验的表述。而在80年代后期至今的作品中，残雪开始"从心理分析走向象征，从无意识的梦呓走向哲学隐喻"①。此时残雪的作品更接近于寓言，不是杰姆逊的而是本雅明意义上的寓言：关于现代世界、关于个人、关于没有救赎

---

① 吴亮：《一个臆想世界的诞生——评残雪的小说》，原载《当代作家评论》1988年第4期，引自《残雪文集》第四卷《突围表演》附录，第356页。原文为："当我们发现了残雪的小说从个人化走向类化，从心理分析走向象征，从无意识的梦呓走向哲学隐喻，从环境论走向恶的人本主义时，残雪的精神轨迹就此显露并完成了它的上升过程。"但笔者不同意他接下来的结论："事实上，残雪的想象危机已经来临了。"

并安详地接受了永无救赎的生命:"只要不去想天亮之类的,就会与这所房子和谐起来。天是不会亮的,你抱定了这个宗旨,心里就踏实了。"(《归途》①)于是,在黑暗中——永恒的黑暗,没有黎明,也不允许出现任何光亮;在怪屋中——被屋外的海岸的峭壁所隔绝,或曰囚禁,因为不再有希望和等待,屋内的人们便认可了寂静、和谐中的苟活。这安详的、延伸向永恒的黑暗里,不再有闯入者的侵犯、噩梦的降临,亦不会飘入黄菊花的幽香或遭遇那纯洁而充盈着生命的少年。如果说残雪发轫期的作品充满了迫害、施虐与受虐,那么残雪此后的作品,则持续地触摸着"囚禁"的主题。但不是或不仅是为他人或世界所囚禁,而更多是囚禁于自我和日常生活中未知、荒诞的力量(《归途》《从未描述过的梦境》《索债者》②)。如果说铁凝用日常生活中的片段记述着"世界"对人们的"放逐",那么,残雪则以她渐趋平白而圆熟的笔调书写着人们所遭遇的囚禁;如果说在铁凝那里,放逐意味着"芸芸众生"再度获取了对秩序的不甚情愿的享有与认可,那么,在残雪这里,则正是无所不在的"囚禁"构造着"现实"世界,构造着被妒恨、侵犯与控制所充盈的生存的怪圈。拯救,因之成了绝对的虚妄。

权力与微观政治

残雪的世界里充满了杀机、死亡、侵犯与伤害的"事件",尽管这或许是在一盆洗澡水中化为污浊的泡沫(《污水上的肥皂泡》),是充满粪便的厨房里漂出的腐尸(《黄泥街》),或是午夜的破门而入与喋喋不休(《绣花鞋及袁四老娘的烦恼》③),或是一个夜晚访客带给老

---

① 残雪:《归途》,载《上海文学》1993年第11期。
② 残雪:《从未描述过的梦境》,载《珠海》1993年第5期;《索债者》,载《广州文艺》1993年第10期。
③ 残雪:《绣花鞋及袁四老娘的烦恼》,载《海鸥》1986年第11期。

单身汉的无妄境遇（《历程》[①]）。但是，在这幅图景之中，只有相对情势之下的弱者，却没有纯白的无辜者。

或许此间唯一的例外，是《突围表演》中的X女士，她似乎呈现着一种令五香街的人们难以置信的率直和天真，她似乎完全不去感知她周围的世界，她似乎因此而不被五香街上围绕着她的流言、窥视、妒恨所侵扰或伤害。但一如她的名字：X——一个未知数的代称，事实上，可以说X女士并不曾真正登场于五香街这处活色生香的舞台；对于读者，"她"只是在五香街各色人士们的流言蜚语与街谈巷议中显现，"她"仅仅被种种诽谤、谣言、窥视"记录"所勾勒；"她"完全可能只是残雪所创造的五香街上的一种"语言效果"——近似于《黄泥街》上的"王子光"。如果说X女士毕竟不是王子光，她至少曾（也许我们应该加上"据说"二字）在五香街的"群众集会"上登台，表演了"翻跟头"；同时我们或许可以从五香街的流言之中辨识X女士的某种"真实"，那么，她是残雪作品中的例外，但她也同样是某种残雪式的囚徒：她的不可伤害，是因为她早已将自己成功地囚禁在对眼睛、镜像、奇妙幻象的迷狂之中。而且事实上她是在对日常生活的权力结构的窥破和蔑视的戏仿中，以无主名"敌手"的方式多少挫败了敌手。

除却这位我们间或不可确知的X女士，在残雪的世界中，无所谓迫害者和被迫害者、压迫者和反抗者、迫害狂和被侮辱与被损害的无助者，甚至没有施虐狂和受虐狂之间的默契与和谐。残雪世界中的人们，在出演着施虐者的同时，承受着被虐者的屈辱和绝望；人们享受着施暴于他人的快乐的同时，却是在表达其真切体验着的无穷的悲哀和委屈；被害者的申诉，不时成为对无辜者的指控和陷害。尤其是在残雪的家庭场景或邻里故事中，弱者的哀恳与抱怨，常常正是向他人施暴的手段和工具；被迫害者的绝望挣扎，常常成为暴力行为的前

[①] 残雪：《历程》，载《钟山》1995年第1期。

奏。在更多的时候，无所谓主动、被动，对极端微末但确乎伤痛（诸如坏损中的牙齿）的无穷抱怨，足以成为使他人发疯的武器；而仅仅是痴迷地凝视着为他人一无所见的镜子，也足以迫使对方施暴（《公牛》）。这是残雪世界中的另一种或许更为残酷的囚禁，一种极为典型的萨特式的地狱——只要让这些在种种心灵或身体的病痛间辗转的人们彼此厮守、面面相觑，便已远超将他们罚入中国的阎罗殿或基督教文化中的重叠地狱。在残雪的世界中，也间或有人试图从这微型地狱中逃走，但他/她如果不是永远绝望地寻找着在 N 年前曾有过的旅行袋，因而永远不曾成行，便是即使成功地"谋杀"了他/她的施暴者，仍瑟缩在他/她的淫威下；或者成了污水中的肥皂泡、浓雾中一只空洞的衣袖，仍纠缠于那曾遭囚禁的空间，甚至逃离了此空间、此囚禁，便是进入了另一控制与囚禁之中（《污水上的肥皂泡》《山上的小屋》《苍老的浮云》）。在残雪的世界中，不无死亡、虐杀的场景，但那始终无血且无声，因为人们是以窥视、讪笑、窃窃私语、无视或拒绝对话作为他们谋杀的工具。

在残雪迸发期的作品中，被这窥视、讪笑、窃窃私语所击中的对象，或许还是某种 X 女士式的、沉湎在冥想、等待着夜来香或布谷鸟的叫声的孤独者；但到了诸如《思想汇报》①一类的作品中，那条多少可以分辨的疆界已荡然无存。作为残雪作品序列中引人注目的一例，这部中篇通篇由主人公/"我"/发明家的倾诉/独白/喋喋不休的抱怨所构成，间或有片刻被"我"出示的"证据"所打断。作为一个被监视、"善意的忠告"、荒诞而粗暴的干预、种种诽谤与荒诞所折磨的弱者，这是一篇绝望的申诉；但通读全篇，它更像是对倾听者——在此，是一位权威者"首长同志"的一种狡黠的、恶意的侵犯和折磨，一种不无自得与快感的语词施虐。如果依照 80 年代的精英文化逻辑，一个被"病态的中国社会"、被麻木而刻毒的"沉默的国民灵魂"所戕

---

① 残雪：《思想汇报》，载《珠海》1991 年第 6 期。

害、掠夺的天才/"发明家",该是一幕极端典型的"中国悲剧",但在残雪笔下,我们却很难对这位"受害者"投注一份同情之心或悲悯之情:这不仅由于他喋喋不休的申诉事实上显现为一种语言的暴力,而且充满了自恋与张狂,更重要的是,我们无疑从他的申诉中,发现他与其"迫害者"们如此"亲密无间"地分享着同样的社会逻辑与思维方式。于是,他,只能是他们中的一个,只是不幸而偶然地成为某种施虐行为的承受者。

从某种意义上说,残雪一度给中国文坛带来的困扰和此后矜持的沉默,在一定程度上联系着残雪作品的"非政治""非社会化"倾向。如上所述,作为一种对寓言式书写的接受惯性,在"看得懂""看不懂"这一当代中国似是而非的批评标准背后,一种失望,间或是一种隐约的、受到愚弄的心理,来自于残雪的作品似乎颇为清晰却事实上极难拓清的社会指向;如果它不是社会政治寓言(诸如《黄泥街》于"文革"尤其是"文革"初年残暴岁月的记忆),那么它至少应该是"民族寓言":描摹麻木的国民灵魂。但人们的期待,在残雪的成熟之作《突围表演》之后,愈感失落。有趣的是,这种失落却一度表现为盛赞,一如海外批评家的发现,或者说是疑惑:"有趣的是,或令人吃惊的是,她的文本的社会性方面经常被中国的批评家们所忽视,他们主要是根据一个被折磨的灵魂的潜意识的深处所产生的意象来读她。"① 在笔者看来,这不仅由于80年代的文学批评作为极为强有力的

---

① 参见〔丹麦〕魏安娜:《模棱两可的主观性——读残雪小说》,留滞译,魏安娜校,此文节选曾载《小说界》1996年第3期,修改后的完整版本收入《残雪文集》第四卷《突围表演》。此处引用的是修改后的完整版本。论文开篇写道:"将焦点放在个人方面以及对个性的研究,是中国文学风景在80年代最值得注意的现象之一,并且不单单是西方观察者——他们常常注意着个人——这样看,因为中华人民共和国的文学批评和理论是第一次突出了主观概念,个性概念,和自我问题。无论这些观念可能显得多么的时髦和含糊,它们在80年代所有那些多种解释中,确实表明了一种不可否认的关注的方向的改变,这无疑不仅仅意味着对西方言论的模仿。"

文化构造者，努力地在借助对文学作品的阐释以建构关于个人、个性的话语合法性；"自我"、心灵的炼狱，正是 80 年代初中期的社会性神话之一，它联系着以人道主义话语为旗帜的"现代性话语"的再度扩张；而且在于彼时彼地，"自我"正是社会的对立项，人们对于文本"社会性"的理解，事实上在相当程度上重叠于对寓言式文本的渴求与指认。

　　换一个角度，或许可以说，残雪以同代人罕有的角度与深度在书写"政治"，不过那并非经典意义上的宏大社会政治，而是日常生活的微观政治中的权力倾轧。在回瞻的视野中，更令人震惊的，是残雪对类似微观政治学的书写，超离了压迫／反抗的二项对立模式；或许可以说，你几乎难以在残雪作品中发现任何二项对立式的思路与表述。在残雪这里，甚至死亡也并非绝对的疆界与终结。于是，似乎最为真切、最为基本的生与死的对立和对抗亦不复存在。在残雪的发轫作，尤其是在《黄泥街》中，每个自得其乐的受虐者，同时又是不无疯狂的施虐者；黄泥街上的居民们，大都是最微末的小人物，但人人都在寻找着、运用着侵害或制约他人的权力，哪怕是拥有权力的瞬间。如果我们一定要把《黄泥街》读作"文革"至少是"文革"初年的社会寓言——因为那里有太多稔熟的、属于那个特定时代的语词，和太多似曾相识却难以确指的场景，那么我们或许可以说，迄今为止，尚未有一篇别样的作品超过了《黄泥街》。笔者做如是说，并非由于《黄泥街》传递了一种空前的阴郁与悲惨的场景，而是由于在这幅无法久久凝视的恐怖画卷中，残雪间或以那种迫害妄想式的画面触及了"伤痕文学"乃至 90 年代主流意识形态的运作及知识分子的实践都拒绝正视的"法西斯群众心理学"。在这种意义上，我们间或可以将《黄泥街》诗意的篇头篇尾，解读为一种或许不期然而显现的洞察：人们宁愿将黄泥街（也许是"文革"岁月）称作子虚乌有，或久远而怪诞的旧梦，因为那片镜中风景将搅动记忆中的"真实"。

在《黄泥街》的书写中，对于原本就生活在"灰暗无光的小街"上的人们，"王子光"——尽管"谁也不能确定王子光是不是一个人，毋宁说他是一道光，或一团磷火"，一个外来的因素，成为"黄泥街"上"改变生活态度的大事情"。然而，在残雪笔下，"改变"了黄泥街的，并非王子光——这个据称一度踏上过黄泥街的人物，转瞬即逝，或从不存在；而是黄泥街上的人们。人们热情地虚构着这位重要的王子光，疯狂地诋毁着这位子虚乌有的王子光，人们甚至已在"他"是否存在尚是问题的时候，便已"立案"——将他确认为一个敌人。但与其说这个异己形象的出现成功地整合起黄泥街上的人们，不如说"他"因引动了黄泥街上深藏不露的欲望，而使其展露为彻头彻尾的地狱景观。期盼／寻找／宣判"王子光"，与其说是一种变更的愿望，不如说是在强大的也许是虚构的外力面前分享过剩权力的残屑，因而得以施暴于他人的可能；或许可以说，那是一种深藏的妒恨得以凭借"王子光"这个子虚乌有的称谓得以"合法"发泄的"大好时光"。人们可以将垃圾、酷热、肮脏、毒疮、恶习，通通归咎于这个"王子光"，同时把获救、解决的希望全部寄予这位"王子光"；正因为他是一个外来者，甚至根本是一个子虚乌有，所以人们便可以将自己所需求或匮乏的一切赋予"他"，并且通过"他"来想象或折射自己的一切。但那进而成了一种相互的猜度、恐惧：如果说有权力／施暴的可能，那么必然有暴力实施的对象；如果说，人人都想成为哪怕是微末权力的拥有者，那么人人亦恐惧着成为这些突然膨胀的权力与恐惧的试刀者。于是，指认异己者便成了一个无休止的过程。"人人脸上晃着鬼魅的影子，阴阴沉沉、躲躲闪闪，口里假装讲些不相干的事，心里怀着鬼胎。""他们"最好是外"人"或异类：是剃头的、是蜥蜴、是落水鬼、卖搽牙灰的、疯狗、蝙蝠、老鼠、失踪的王四麻，甚至是"鬼剪鸡毛"或毒笔菌；但无限推诿或曰追查的过程，毕竟成了人们"无辜"而"无邪"地相戕害并自我戕害的过程——你不下地狱，难道是我下地狱？

人们相继不明不白地死去。"王子光"/王四麻在无尽的猜疑中，甚至可能是区长本人、张灭资或黄泥街上的任何一个。如果我们确乎将其读作"文革"寓言，那么我们会发现，残雪笔下的施虐、互虐，及其形形色色的微观政治图景，确乎展示了"文革"时代的特定情境：那是一场没有明确的敌我营垒、没有固定的阵容防线的战争；但这场"战争"中的一切，又以鲜明、不容片刻含混的敌我是非，或者用《黄泥街》中频频出现的昔日的"流行"字眼：大是大非，为其前提中的前提。在此，我们姑且将对"文革"的历史追问暂时搁置，从微观政治或曰社会运动中群众心理学的角度去看待：如果说这是一场酷烈的阶级斗争，那么它又确乎仅仅在人民营垒内部展开——因为社会主义的历史已在政治、经济体制的层面上，完成了对剥夺者的剥夺，并通过一系列的政治运动和社教运动，基本建立了牢固的社会主义的意识形态；于是，这便成了一个不断指认和命名敌人的过程；对于其中不幸的入选者说来，这则是一个不断申辩和谋求正名的过程；两者循环往复，足以维系一场永不休止的战争。被放大并合法化的日常生活中的微观政治实践，凸现了权力，使通常隐形的权力逻辑成为最公开的行为依据。

但是，如果说《黄泥街》确乎提示着"文革"岁月——它显然同时颠覆着"伤痕文学"那忧伤多情、善恶分明的画卷，颠覆着主流的社会政治寓言的书写方式，那么，在微观政治学的权力层面上，这一或许提示、携带着"文革"记忆的作品，其意义显然不仅是对某一个特定时代的变形记录。对此，夏洛特·英尼斯有一段有趣的陈述：

> 在残雪的小说中读者必须扮演一个解释的角色。如果说读完《黄泥街》和《苍老的浮云》，一个人脑子里会产生对中国当前事件的直接描述，那将是错误的。读残雪更像是伏在一本历史书上入睡，梦见你刚刚读过的东西的恐怖而歪曲的描述。然而，虽然

> 她的世界可能看起来是噩梦般的、遥远的、印象主义的，读者应该记得，人们在故事中的举止完全像他们在任何地方的举止。①

从另一层面上看，《黄泥街》或可视为残雪作品序列中的一个特例，唯一一个阐释者可以自以为获得了其现实所指的作品。而在她迸发期及创作中期的大部分作品中，在她的家庭场景和邻里故事中，可以获知或捕捉的，不是还原为现实寓言的可能，而是无所不在的微观政治及权力、迫害的多重形态与不断反转。

残雪的一部短篇《艺术家们和读过浪漫主义的县长老头》②，则是残雪所偏爱的"表演"及微观权力场景的另一个令人啼笑皆非的例子。蒙县长召见的艺术家们原本只是些前来揩油的"蹭饭者"，但一经邀请发言，便立刻踊跃演讲，并开始争夺话筒：话语权力的最直接的形态；而不论是谦卑的自虐，还是张狂的"叫板"，都显现着"艺术家们"无穷自恋的陶醉，一幕自我扩张的恶性表演，一场没有听众的演讲，演讲者试图以自己的发言实现对他人的侵犯乃至语词施虐。于是，最先逃离的不是中国"常识"系统中正义、充满才情而深受迫害的艺术家，而是习惯于以语言及其他手段施虐于他人的官员们和县长"本人"，他们不堪污言秽语与旁若无人的滔滔独白而只能溜之大吉并听之任之。残雪式的结局则是当传达室老头儿失声惊叫，认定一位艺术家在谋杀县长之时，竟是这位艺术家与县长在"神交"中结为腻友的时刻。参照着《思想汇报》，我们不难发现，在残雪对弱者"哲学"的渗透与不无调侃的书写中，残雪显现了她并不刻意张扬的女性文学书写的见地和胆识：超越了中国男性文人难于自已的悲情和自恋，残雪深入了日常生活中微观政治的深处，深入并解构了那种无辜而正义

---

① 〔美〕夏洛特·英尼斯《〈苍老的浮云〉英文版中篇集前言》，收入萧元主编《圣殿的倾圮——残雪之谜》，第 374 页。

② 残雪：《艺术家和读过浪漫主义的县长老头》，载《上海文学》1988 年第 10 期。

的被迫害者的故事内部，展现似乎强健无比、铁板一块的权力自身的不确定、混乱与滑动。而似乎被囚禁在权力的中心监视塔内部，被剥夺了自由的知识分子/艺术家们，未必不以自己的方式觊觎、获取并运用着权力。

或许正是由于残雪对微观政治与权力的彻悟，笔者难于在狭义的女性书写的层面上去阐释残雪。可以说，残雪并非狭义的女性/女权主义者。尽管她在迸发期的惊世骇俗的作品间或是女性的生命体验与独特视角使然。由于拒绝二项对立式清晰而令人安慰的景观，所以残雪作品的性别场景（尽管偶然出现《天堂里的对话》里那样的男性引导者，出现了 X 女士那样拒绝改写的遗世独立的女人），不会是男人/女人、暴君/女奴、压迫/反抗、迫害/痛苦式清晰分立；事实上，残雪对权力的书写，同时是一种倾覆权力的暴露；一如在福柯那里，反抗常常是对压迫者/至少是压迫机制的别一种认可与印证，残雪作品中事实上日渐成熟和深入的对主流/男性社会的亵渎、暴露，并不仅仅意味着对女权的呼喊与固执。尽管残雪是新时期以来中国女作家中为数甚少的坦承自己是女权主义者的一个，她以自己特有的那种看似鲁莽实则颇为反讽的口吻写道：中国男性原本是孱弱的一群[①]。在残雪的作品中，她间或对故事中的女性角色赋予更多的认同与空间，前期出现在残雪作品前景中的众多女性多少呈现出沉湎于冥想，同时瑟缩于惊吓，渴望着毁灭、击碎，却更深地隐藏于幽闭之中的特征。一如"我"和公牛与紫光（《公牛》），"我"的恐怖之夜与山上的小屋（《山上的小屋》），阿梅在麻木旁观中的"冬日沉思"（《阿梅在一个太阳天里的沉思》[②]），虚汝华在无休止的倾听中日复一日地将自己封闭在一处棺材样的居室中（《苍老的浮云》），我们间或可以在《天堂里的对

[①] 参见残雪、万彬彬：《文学创作与女性主义意识——残雪女士访谈录》，载《书屋》1995年创刊号。

[②] 残雪：《阿梅在一个太阳天里的沉思》，载《天津文学》1986年第 6 期。

话》中,找到这冥想最为美丽而完整的形式。但在残雪多数作品的叙境中,冥想似乎是她的女性角色想象中的逃离方式,因为不仅没有拯救的降临,而且她的女性角色更像是那个缓慢、极为缓慢的碎裂、衰朽中的世界的被弃者;在残雪作品中不时出现的种种棺材式的幽闭空间中,她们在冥想、惊恐、绝望中经历着似无尽头的枯萎与褪色,甚至没有死亡来终了这无尽痛苦的过程。在残雪的一篇相对明丽得多的作品《断垣残壁里的风景》中,女人在无穷尽的甚至比"等待戈多"更为虚妄的消磨中,想象自己渐渐变成了一尊石膏像。仿佛这些女人将在惊恐、幽闭的折磨中,在身体的腐坏与衰竭中,伴随着漫长的世界末日景象直到地老天荒。尽管投注了更多的体认,但残雪并未因此而削减对性别场景中的微观权力的展现。女性,作为一个尽人皆知的、人类社会最大的弱势群体,她们不仅必然地谙熟了一套与权力相周旋的游戏,而且一如其他相对的弱势者,她们同样会凭借其弱者位置介入微观政治中的权力争夺与行使,同时仍可能朝向更弱者施暴。诸如那位在污水的肥皂泡中仍声色俱厉的母亲(《污水上的肥皂泡》)、《突围表演》中的女性众生相;甚至一锅日复一日地出现在饭桌上的砂锅炖排骨,满嘴流油的格格作响的咀嚼,也可以成为有效施虐的手段和微观权力的行使(《苍老的浮云》)。

阐释的游戏

作为另一种阐释的可能,我们或许可以将残雪的作品视作一种极为机智敏锐的智力游戏;如此说来,残雪世界特有的荒诞、互虐的场景,或许便如同一场令人啼笑皆非的刻薄游戏:其中的对话者,似乎成功地恪守着论战的规则——全然不理睬对方的叙述和逻辑,而固执地推进着自己的叙述,因为在此,争夺话语的空间和权力,并最终压倒对方而获胜，才是唯一的目的。而对于其中的问答者，另一个颇为精妙的游戏，则是将逻辑的谬误运用推到极致：偷换前提，变更命题，偷梁换柱，似是而非。如果是面对强势者，那是巧妙地纠缠和躲闪，使对方的权势在近于阿谀谄媚的狡猾和挑衅面前无从行使（诸如黄泥街上的人们与区长）；而面对劣势者，则是有效而彻底地取消了他的前提及其合法性，使他完全置身于自己的掌控之中（《历程》）。

从这种角度，我们间或可以将《黄泥街》上的故事视为能指寻找所指的荒诞旅行。"王子光"这个虚构的人物无疑是一个空洞的能指，于是整部文本，便是人们试图确认这个能指的意义，为其填充上确定所指的过程。黄泥街上的每个人都尝试为"王子光"这个渐趋膨胀、硕大的能指提供所指，似乎对"王子光"之意义的确认，关涉着我们／黄泥街／元社会将获救或毁灭。而对于残雪作品的读者／阐释者来说，如果"王子光"的意义是可以确知的，那么这便意味着我们确实获取了进入残雪世界的通道与谜底；如果说"王子光"确如文本中所言，意味着变革的开始，至少是黄泥街上的人们变革的欲望，那么我们可以将《黄泥街》再度读作一部"民族寓言"：一个渴望变革却难于变革、失陷于无尽循环中的中国历史的寓言。如果"王子光"指称着正义的力量与良知，那么我们可以得出结论：艰难时世与政治暴力，如何泯灭了普通人的善良愿望。如果我们将"王子光"指认为种种邪恶之源，那么《黄泥街》便是一朵狰狞的"恶之花"，一个人性恶的象征场景。如果"王子光"确实是王四麻，那么整个《黄泥街》的故事便是一场恶作剧、一部荒诞喜剧。……因为确如"区长"所言："几乎黄泥街上每一个人都是一个王四麻"（王子光？）。但设若将残雪的作品读作一次精妙的智力游戏，那么，那故事的巧妙之处，便在于为"王子光"这一能指寻找所指的历程，事实上始终不曾推进，那是一个谜：人们称它为中国社会之谜、"文革"之谜或人性之谜；但它却始终是一个没有谜底的谜面。如果说在这一层面上，《黄泥街》不过是一个古老的母题和叙事动机——寻找的现代变奏形式,那么残雪走得比这更远——在这一为能指寻找所指的过程中,甚至能指自身亦已失落:"王子光"变成了王四麻,寻找"王子光"变成了王四麻是否存在,是不是一个"真人"。也正是在这一层面上,残雪成为中国先锋文学的第一人,残雪的小说成为一种现代主义的元叙事形式:对于她,或许重要的不是讲述故事,而是讲述对故事的讲述。

也是在这一层面上,残雪的《突围表演》无疑是其创作的高峰之作。残雪本人也称它为"写作的顶峰","它记录了我的整个世界观和关于爱情的看法","描述的技巧是独一无二的,非常抽象,非常朦胧,充满了排斥读者的力量"①。尽管残雪对《突围表演》的这番自我定位,确乎带有 X 女士的神韵,但通观《突围表演》,这却并非作家本人的过分自许之说。事实上,《突围表演》也是最为经常地被持有女性主义立场的批判家所引证的对象。如上所述,突围表演中的主角:X 女士,几乎可以说是残雪世界中唯一一个"胜利者",尽管或许是一个遍体鳞伤的胜利者。她也曾经在最为直接和公开的群众暴力面前崩溃,一度犹如一个"透明的影子""一个张皇的幽灵";而且五香街上的人们毕竟极为成功地"夺去"了她的丈夫和"情人";但是在叙境中,X 女士从那一崩溃中复生并再度焕发了生命的活力之后,她便不再是可以伤害或改变的。她有着那样率直而开放的爱情表达,开放而且不无苛求;社会习俗或道德禁令似乎对她全然无效。在此,她更像是一个在启蒙主义时代频频出现在欧洲小说中的"天真汉(女)",似乎她全然不在意她身边男性的去留。她的特立独行,使她超然于蝇营狗苟、龌龊委琐的微观政治之外,这也正是她触怒了五香街/元社会之公众的原因。于是,她入选为这类微观政治的中心和对象,成为嗜血

---

① 残雪致罗兰·詹森的信。转引自〔美〕罗兰·詹森:《残雪的疯狂冲击》,残雪、太初译,见萧元编《圣殿的倾圮——残雪之谜》,第 366 页。

或无血的"无主名无意识杀人团"的猎物。毫无疑问，如果仅仅将《突围表演》读作一个女性命运的故事，那么，这其中包含了如此众多的女性的血泪故事或制造滥套的原型因素。我们可以将其读作一个具有控诉力量的社会悲剧：试想，一个美丽而宁静的少妇，有着完满幸福的家庭——人称"美男子"的丈夫，健康活泼的儿子，被身边的人们所宠爱，却因无端的妒恨而招致飞来横祸，遭到暴民的袭击，终致丈夫出走，孤苦无依，在人们公开窥视和幸灾乐祸的目光下，独自栖居在半间危房之中。这是多么悲惨而不公的命运。除却作为社会控诉的正剧，它无疑也可以成为一幕"红颜薄命"的凄婉故事。或者，我们可以将其书写为一幕情节剧：X女士的悲惨命运源自X的闺中密友的嫉妒；或出自其丈夫的好友的阴险，他觊觎X的美貌；因而她/他离间了夫妻间的深情，败坏了X的声誉。我们可以将其改写为一则道德训诫：家庭美满的X，竟被情欲所驱使，移情别恋于Q，终致家庭破碎、身败名裂，并遭到了Q的无情抛弃。如果说这是一个五香街的人们乐意接受的故事，而并非残雪的版本，那么一个最为女性主义的解读方式，便是X作为一个独立而自尊的女性，并不把自己视作丈夫的私产；她与异性朋友间平等的交往，触怒了五香街上伪善而排外的社会，几乎被他们所毁灭。但她浴火重生，自由而傲岸地鄙夷着芸芸众生所构成的男权社会。或许，这正是《突围表演》作为另一部出色的元叙事小说所展现的魅力。但仅就其意义表达而言，《突围表演》包含着双重游戏或反讽结构：X在最初的震惊之后，开始与五香街的微观政治逻辑相游戏，她不断地以戏仿或反讽的方式挪用元社会的行为或思维逻辑：那看似一次绝望的突围，实则一次滑稽而自娱的表演；看似对强势的屈服或妥协，实则是一场主动的戏弄。或许没有其他作品能够像《突围表演》这样深刻地展现强势/权力结构内部的残暴与孱弱、自相矛盾与千疮百孔。他们善于折磨异己者、惩戒反抗者，但在一场虚虚实实、嬉笑怒骂的"突围表演"面前却束手无策。与此同时，则是书写层面上残雪纵横恣肆、进退自如的戏仿或反讽式书写。《突围表演》不仅构成了对诸多叙事原型的戏仿,而且它的诸多人物:诸如受人宠爱的寡妇、头戴黑色小绒帽的孤寡老妪、金老婆子、煤厂小伙、"美男子"——X 的丈夫、X 青梅竹马的男友、X 丈夫的朋友、同行女士、算命先生、Q——X 的"奸夫"、P——五香街的人们虚构出来的 X 的情人……这是一部有着众多人物的长篇小说,但小说中的人们并没有真正的姓名。如果说这一特征的修辞效果,是凸现其作为元社会和"无主名无意识杀人团"的意义,那么,这些拗口的称谓,令人联想起欧洲文学中的那些著名的"扁平人物"或类型化想象。这正是构成《突围表演》之戏仿的又一层次。一方面,残雪确乎以戏仿的方式凸现着五香街众生们喜剧丑角的特征;同时,故事中的人物却几乎不曾真正复现类似定型化形象的行为方式与内容。于是,它事实上构造着读者的另一重期待与失落。而直接构成残雪反讽对象的,仍是她对微观政治及法西斯的群众心理学的纤毫毕现的呈现和颠覆性的书写。

在笔者看来,《突围表演》作为一部奇书,或许在于书中充满了形形色色的"引语"。在《突围表演》中,尤其是在"故事"部分的开端,主人公 X 不仅从未正面"开口",她甚至始终呈现在不同的窥视者的视野中,那只是无法占据前台的"远景"。构成关于 X 的叙述,只是围绕着她的铺天盖地的流言。有趣的是,这些流言的传布者,大都只是在引证、转述着他人——声称目击者的叙述;而故事中的所谓目击者,却因事实上无缘在场而丧失了目击的前提与可能;于是,我们只能称之为谎言。即使是少数真切的目击者,也因被他人揭穿了其行为"不可告人"的欲念动机而被宣告其目击无效。然而,一个昭然若揭的事实,却是五香街上的人参与 X 叙事的,没有一个不怀有不可告人的欲念动机。而更为有趣的是,当五香街上的人们谈起 X 的秘密,他们所拥有的众多的旁知(?)叙事人,拥有的作为"间接引语"的凿凿证言,与其说构成了矛盾百出、破绽无穷的 X 疑团,不如说其自身便成为一场争斗中的争斗,施虐群体中的互虐。在五香街上——又一处元社会之所在,X女士,一个异类,所谓"天外来客",或者一个不幸被命名为异类的背运者,其真相似乎是无可到达的。当那个代表五香街的"正义"与"公理"的"客观"的叙事者终于脱掉了他"中立"的身份,而显身为一位"笔者"——人物化的叙事人的时候,也是X开始以戏仿的方式介入五香街的微观政治的时候;尽管这位同样怀有私欲的"笔者"似乎为了显示并印证自己的"无私与公正",因此更善于利用谎言效果而非制造弥天大谎;但不仅此时X的所作所为仍仅仅出自"笔者"的观察——如果不说是窥视与阐释,而且这时的X尽管并未如五香街的人们所愿,"打开窗子、摆上花瓶,自己坐在窗前",供众人"观赏";不如直白地说,是把自己变为一个暴露癖患者,以满足五香街众多的窥视狂的欲望;但X让众人成功地窥见的,只是货真价实的表演:突围表演,同时是对元社会逻辑反讽式的冒犯。因此所谓"笔者"的叙述,仍然是一种"引语",不过他所引证的是X精心结构的"演出"效果。

　　依照传统的文学批评惯例,当我们对一位作家的作品感到困惑或难于把握的时候,一个有效的方式,是去寻找、发现作家本人对自己的写作初衷的描述和自我阐释,并以此作为评论者最为师出有名的依据。即使在"作者已死"的20世纪文化语境中,作者的创作谈、自述传也仍具有参正文本的价值。但阐释残雪的困难,不仅在于残雪的书写方式自身对每个读者构成了挑战,而且在于,迄今为止,除却少数海外学者所做的访谈,残雪被列入创作谈一类的书写,与其说为人们提供了相对轻松地进入残雪世界的迷宫线路,不如说它们只是另外一些"突围表演"或"思想汇报",诸如《阳刚之气与文学评论的好时光》,诸如《我们怎样争当百年内可能出现的大文学家》。那是一种游戏,一种不无冒险的游戏。因此,以游戏的阐释或阐释的游戏进入残雪的世界,或许是唯一恰当的途径与方式。

残雪·中国与"世界文学"

似乎没有人怀疑中国的土地和岁月造就了残雪,没有人怀疑残雪与丰饶、陌生而事实上在中华正统文明中被逐至边角的楚文化的、或许是不无幽冥的连接①;但人们却无从在中国的文学脉络间为残雪找到其出身和出处。于是,人们不得不赞叹在另一种情况下常显得语焉不详的"想象力"。毋庸置疑,残雪的作品充满了飞扬灵动的艺术想象力;尽管同样没有疑问,那想象力所建构的世界经常令人毛骨悚然,或濒于作呕。一如残雪小说的一位美国评介者所言:"没有任何读者能够从她那强有力的幻想梦境中挣脱出来而不受伤害,她的作品既是美丽的又是危险的。"②作为残雪创作生命喷发的年代,她从那条肮脏、腐烂、绝望而躁动的"黄泥街"上向我们走来,仿佛掀开一本子虚乌有的日历(或历史?),在每一页被肮脏的污物变得黏腻的纸页上渐次显现出梦魇般的画面;如果你被某种稔熟的因素所吸引,试图去辨识这图画,那么你或许会被噩梦重现的惊悸与不可抑制的厌恶攫住。但间或不能自已,你会瞩目于残雪作品中若隐若现的智性的游戏,一种发现其游戏规则的好奇与乐趣会使你再度冒进。或许残雪小说最为有力的评述者之一近藤直子的话是进入残雪世界的标识之一:"残雪的故事不是世界内部的故事,而是关于世界本身的故事,不是时间内部的故事,而是关于时间本身的故事……"③当残雪伴随她的 X 女士"脚步轻快,在五香街的宽阔大道上走向明天"的时候,梦魇的重重魅影在骤然的涌现之后,似乎多少变得轻薄、透明;残雪作品已更为清晰地显现出其机敏、智慧的文学/叙事游戏的特征。

---

① 参见《创作中的虚实——残雪与日野启三的对话》,廖金球译,见《残雪文集·第四卷·突围表演》,第 424—425 页。
② 〔美〕布莱德·马罗:《谈谈残雪小说》,载《鸭绿江》1996 年第 3 期。
③ 转引自《残雪文集·第四卷·突围表演》封三。

至少在笔者眼中，残雪作品并非"中国故事"或"民族寓言"；尽管她的笔法与基调间或令人想起先师鲁迅。但残雪那被梦魇萦绕的小屋，那被苍老的浮云所重压着的村镇，并非鲁迅的"铁屋子"的幻化；而残雪作品中那份极为平静以致无法辨识的绝望，并非面对着永远循环的中国历史、鲁迅所表达的绝望的愤怒的回声①。残雪的小说所书写的微观政治图景酷烈、恐怖；但十分遗憾的是，那是人类历史的秘密之一，却并非中国社会与历史的"特权"。

从某种意义上说，残雪是当代中国文学中唯一一个几乎无保留地被欧美世界所至诚接受的中国作家。笔者毫不怀疑有诸多中国作家比残雪拥有更高的国际知名度，但残雪或许是唯一一个似乎不必参照着中国、亦不必以阅读中国为目的而获得西方世界的接受与理解的中国作家。但具体的情形并非如此简单。

或许残雪的作品，确实作为一个"异数"告诉人们：并非所有的来自第三世界的作家们都在"以舍伍德·安德森的方式写作"。如果我们姑且搁置话语权力或后殖民讨论的理论观点，要阐释类似结论何以产生，一个相对贴近的答案是，人们——中国的甚或西方的阅读者对"第三世界文学""中国文学"的、舍伍德·安德森式的预期视野与接受定式，先在地规定着人们对作品的解读与阐释。面对一部"第三世界"的文学文本，人们索求着寓言，索求着关于民族寓言和社会命运的故事。而残雪的故事确实关乎中国的现实：关于贫穷，关于家庭中的权力与暴力，关于肮脏，关于身体的溃烂与环境的溃烂，关于窥视与流言，关于委琐卑微者对变动的希望与恐惧，关于梦中之梦，关于喋喋不休中的语言之墙——但这却是一处似乎可以指认却无从指认的深渊——由于笔者拒绝使用诸如"人性"类字样，因此姑且称之为灵魂的深渊。然而，另一个有趣而相关的事实是，关于残雪，人们所

---

① 季红真：《被囚禁的灵魂——读〈山上的小屋〉》，载《当代作家评论》1994年第1期。

可能提供的，是其作品所引发的"联想"：关于弗洛伊德和创伤，关于迫害妄想和施虐、受虐，关于达利和超现实主义，关于卡夫卡和变形与审判，关于贝克特和等待戈多，关于拉美文学和魔幻现实主义……似乎残雪本人一如她笔下的 X 女士，是无从直接到达或触摸的，我们只有在无数熟悉的参照与坐标的不断衡定中，才能迂回地接近她那匪夷所思的世界。毫无疑问，残雪并非外星异物或天外来客；她是中国文学对七八十年代之交 20 世纪的欧美文学破堤而入的最初反馈①。但与其说是西方现代派文学造就了残雪，不如说是现代主义的写作方式应和了残雪的生命经验与文学想象；被现代主义文学所陡然拓宽的文学视野，对残雪说来，便是生命与想象的幽闭空间"剪开了一扇天窗"。然而，尽管残雪异军突起的书写方式，使西方知识文化界更为轻松地接受了残雪，并可以在自己的文学脉络中不加迟疑地认可残雪小说的文学价值，但真正有趣的是，尽管他们是由于"文学"而接受了残雪，但他们的反馈方式表明，他们仍试图通过残雪窥见并指认"中国"②。于是，在众多的西方、海外学者对残雪的介绍和评介之中，我们看到了两种潜在的对话或对抗：一是西方对于中国文学的接受定式，尝试将残雪阐释为社会寓言或政治寓言，从残雪的意象灵动、扭曲变形的梦魇世界中去指认中国"文革"时代甚或社会主义的历史；另一种则是拒绝这种潜在的优越与俯瞰，直截了当地认可残雪小说的

---

① 残雪告知日野先生："我从小时候起就喜欢看书，看了很多的古典小说。……关于现代派文学，因为在中国很少翻译，所以没有机会接触。到 70 年代末，中国也终于翻译现代派文学了。但那时我二十七八岁，看了也不太懂。然而，即使不懂也坚持看，大约在三十岁左右，有一天突然有了一种非常亲近的感觉，突然理解了。那是一种冲击性的变故，突然感到倘若那样，自己也能写。并且能够用一种与他们完全不同的方法表现出自我。"在笔者的视野中，这是残雪第一次正面谈到七八十年代之交现代派文学的翻译介绍对她所具有的意义。参见《创作中的虚实——残雪与日野启三的对话》，廖金球译，见《残雪文集·第四卷·突围表演》，第 422 页。
② 其中最为典型的一例，是著名的法国女理论家朱丽娅·克利丝蒂娃为残雪小说的法文本《残雪小说集》（法国伽利玛出版社，1991 年）所作的长序。

世界意义，认可残雪的小说不必比照"中国"，便是大师级的作品，是世界文学视野中的新作，甚至是"新的世界文学的强有力的、先驱的作品"①。

显而易见，"世界文学"，这个德国诗人、作家歌德在19世纪提出的文学乌托邦式的概念，在20世纪临近终结的今日看来，是一个已然遭到诸多质疑甚或批判的概念，因为这个美丽的梦想，无疑会掩盖资本主义全球化进程中无所不在的不平等与权力关系；尽管类似权力关系直接呈现为全球的资源分配与经济利益，但也会同样鲜明尽管微妙地显影于文化领域，尤其是所谓"文化交流"之中。因此，围绕着对残雪的定位与阐释，事实上出演着另一幕关乎"中国"的学术"小世界"中的微观政治，而且是有着一个怪圈式的结构方式：尽管有着西方学者所熟悉的语言与叙事形态，但他们仍会在这并非"舍伍德·安德森式"的作品中寻找所谓的"民族寓言"的理解，这间或是西方中心主义或冷战式思维的不自觉的显影；而强调残雪之为"文学天才"的意义，强调她贡献于世界文学的新的活力的价值，却以似乎停留在"前语言学转型"的审美判断与"世界文学"的乌托邦想象之中的方式，成就了一种对全球化过程中的文化霸权和冷战思维的反抗。

而在80年代的中国文化视野中，围绕着残雪的阐释，则显现了另一个重要的文化症候：从1985年残雪登上中国当代文学的舞台起，她的支持者与辩护者便尝试以"自我""个人""个性"的书写来阐释残雪的世界。人们刻意地拒绝和避免讨论残雪小说的社会意义。这似乎是一个反例，质疑着中国社会对民族寓言与社会批判性的文本的需求与解读定式。但是，人们间或忽略了在80年代，尤其是在1985年——新时期初年的阴晴不定的政治文化局面已成为昨日，于是，尽

---

① 日本《读卖新闻》的评论，转引自《残雪文集》第三卷《开凿》（湖南文艺出版社，1998年）的封三。

管政治迫害的记忆与忌惮仍影响着精英知识分子群体的文化建构过程，但思想解放运动的显著成果正预示着一个文学、文化乃至整个中国社会的黄金时代的降临；于是，"自我""个人""个性"而非社会、政治，不仅是一个绕开政治迫害情结的策略，而且是一种文化反抗方式，其自身便是一个建构中的文化乌托邦与新的社会神话。或许可以说，对于80年代新锐的文学批评家们来说，以"自我"或"个人"书写来指认残雪，出自一种特定时代的反抗与建构的文化需求，作为一种为作品、作家命名并为其合法性申辩的方式，也是在彼时所谓"庸俗社会学的批评方法"的重压下拓宽文化、批评空间的努力：通过非意识形态化、变政治化、社会学化的批评而为艺术批评。但是有趣的是，这种文学批评——也是80年代特有的文化建构过程，不期然间成了某种突围表演。80年代后期，伴随着改革进程的深入，残雪所归属的80年代精英知识分子群体开始意识到：当"个人""自我"不再是一个集体性的语词，不再是一种乌托邦或神话，那么它事实上将成为对"启蒙时代""知识分子的启蒙立场及使命"的解构性力量[①]。或许可以说，这正是残雪作品原本潜在携带着的间或来自女性生命体验的文化僭越力量。在笔者看来，这事实上已然显现了80年代中国的启蒙主义与文学现代主义话语之间的结构性的自相矛盾。如果说这便是"现代性话语的两重性"的话，那么，围绕着残雪和对残雪的阐释，事实上同样包含着80年代中国文学的世界想象与本土定位间的分裂与冲突，包含着知识分子自身角色及意义的分歧与自相矛盾：这一深刻的矛盾，在80年代终结处的社会动荡中一度被整合，不如说是被遮蔽，它将在90年代初重要的文化论争——人文精神讨论中再度浮现出来。

---

① 参见王晓明：《疲惫的心灵——从张辛欣、刘索拉和残雪的小说谈起》，见林建法、王景涛编《中国当代作家面面观——撕碎，撕碎，撕碎了是拼接》，时代文艺出版社，1991年，第621页。其中表达了对残雪式的"个性"书写的社会性忧虑。

如果我们沿用线性历史观的表述,那么,残雪始终超前于我们的时代:不仅在1985年,而且在整个80年代的文化过程中。如果说她的书写方式曾再度为"人性""自我""艺术个性"等等"19世纪"的语词注入了生命,那么,残雪的书写本身,已然在解构这些概念及其文化根基:一幅涉及日常生活权力结构、微观政治的画面,一幅生存荒诞的变形梦魇,原难以支持"自我"或"人性"(即使是人性恶)的神话。尽管间或以X女士的方式讨论过"艰难的启蒙",尽管事实上作为80年代精英文化的重要人物,但残雪在其90年代的作品中,以她的别一样的彻悟回应了"人文精神讨论"中的知识分子角色及其话语困境:

> 有这样一种守护,也可以说根本不是什么守护,只不过是坐在光秃秃的山下,一月又一月,一年又一年,最后连自己也忘记了自己的所在。……我将这称之为守护,为什么呢?或者因为要找个借口,来填补内心的空虚,或者是一种辩解。①

如果说文学的批评与文化研究或意识形态批评始终是关于中国和中国文学的研究所面临的另一个双重标准的困境,那么残雪无疑提供给我们一份双重意义上的丰盈。

---

① 残雪:《一段没有根据的记录》,载《湖南文学》1993年第5期。

第十二章 刘西鸿:女人的都市即景

寂寂的喧嚣

在20世纪80年代中后期的社会语境中,刘西鸿意味着一处已然被书写的空白,一处因未获命名而多遭疏漏的话语边缘。她书写城市,书写城市中的女人;在一次新的社会、文化变迁中书写女人的从容与尴尬,表达与无语。

刘西鸿的都市,已不再是都市/乡村二项对立式中的一极,不再纠缠或撕裂于救赎与归属的两难处境之中。在刘西鸿笔下,都市仅仅是一处现代空间,一种既定的文化生态,一些亦通脱亦寂寞的女人寄身其间的场所。刘西鸿书写爱情与婚姻,但与其说这是些爱情故事,不如说它只是些断念,只是些情境,只是些都市中的寻常奇遇、偶聚偶散。刘西鸿写女人,或者准确地说,是以女人的身份、视点、语调写女人;她的第一人称叙事人多是些自尊、优雅,但不无隐痛、不无匮乏的女人(不多的两次例外是《我十四岁》《爱人啊,在路上到处都有》[①])。她们无疑已开始隔膜于传统与传统社会,但又与之剪不断、理还乱,有着诸多的割舍不下,因之难以无保留地投身于"现代"

---

① 刘西鸿:《我十四岁》,载《作品》1987年第10期,第8—17页;《爱人啊,在路上到处都有》,载《上海文学》1988年第4期,第4—18页。

生活。在刘西鸿的女主人公近旁，是一些在现代都市中如鱼得水的女性：那是似乎置身于别一世界的美丽且成功的孔令凯（《你不可改变我》）[①]；那是同样成功且潇洒坦荡的阿嫒（《黑森林》）[②]。刘西鸿的女主人公对她们投去爱慕且迷惘的一瞥。她从容地袒露着其女主人公的内心，同时又以一种自尊且自恋的狡黠遮蔽起其中的隐秘。如同一个漫游者、一个没有目标的寻觅者，刘西鸿的女主角执着于一份不复关乎道德的操守，执着于某种不仅作为社会共识的价值。于是，在都市的喧嚣与喧嚣的都市中，她独守着一份从容、一份洒脱，同时是一份寂寞。如果说刘索拉呈现了一份现代世界的喧嚣、一段喧嚣之中的寻找之旅，那么刘西鸿在似也喧闹的都市中勾勒出的则是一脉寂寞，一份匮乏中的安详，茫然之际的从容。

80年代中后期，刘西鸿多少成了一处文化视域中的空白。其原因之一，在于她为数不多的作品脱离了或至少是试图脱离"伟大叙事"的参照与缠绕。一如曾镇南的评论：

> 刘西鸿的小说，粗粗读来，如听家人语，如观街头景，如望远天闲云，如啜暑天凉茶，原是极本色、极朴素、极质直的，似乎不难读懂。但待你想明晰地说出点什么的时候，却觉得很难一下子说到点子上，不能不端容凝思，细细体味了。这就像一泓清泉，似乎透明纯净；可那水下却有涧石交迭而成的隐穴，参差摆动的藻影；倏尔往来的游鱼，构成一个幽邃明灭的小世界哩。……当你悠然神会时，还会使你的情绪舒徐起伏，清凉澄明，感得一种说不出的熨帖、愉快——虽然也会在心头浸出如饮凉茶的微苦，如别故友的微怅。[③]

[①] 刘西鸿：《你不可改变我》，见《你不可改变我》，作家出版社，1987年，第9—35页。
[②] 刘西鸿：《黑森林》，见《你不可改变我》，第158—190页。
[③] 曾镇南：《你不可改变我·序》，见刘西鸿《你不可改变我》，第1—2页。

确乎，刘西鸿的作品中，弥散着的似乎仅仅是一些情绪与感觉，你难以在其间寻到80年代主流叙事中的意义模式。在她那里，都市仅仅是都市，一种寻常的现代空间及场所，不再负载着希望的曙色或绝望的沉沦；女人仅仅是女人，不再象喻着文化及历史的命运；历史（政治的历史）已然远远地消失在生活的地平线之下，不再横亘在现实的视域之间。刘西鸿的女人和男人不无怡然地游荡在都市——这一吞吐着人流的空间中，"自然"地脱离了传统的社群/集体的牵系；其文本中的叙事话语不再见诸国家认同之上的主流意义建构。刘西鸿的人物是些或安详、或张皇的个人，他们所经历并背负的，只是个人的、今生此世的愿望、烦恼与隐秘。一如刘西鸿简短的自况：

> 刘西鸿，女，1961年11月生，广东人。1978年高中毕业，待业两年。1980年进入文锦渡海关工作。1984年发表第一个中篇。
> 喜欢张爱玲的小说。
> 喜欢白先勇、张系国的小说。
> 喜欢汪曾祺的小说。
> 喜欢钱钟书的学问。
> 不喜欢太强的日光和太鲜的颜色。
> 快乐的时候是喝着柠檬茶和亲密朋友谈家常；快乐的时候是收到问候咭的生日国庆日圣诞日元旦日情人日每一日；快乐的时候是爱着人和被人爱。①

没有戏剧化的人生，没有与大时代、重大历史事件彼此叠加的经历——一个"后革命"时代的女人，一个极单纯且个人化的陈述。但它所勾勒出的是一个淡泊的、优雅的，并非那么现世的形象。事实

---

① 刘西鸿：《小传》，见《你不可改变我》，"小传"。

上,在苦海涉渡者与此岸的展露者之间,刘西鸿呈现了一个已然开始却不曾完成的降落。

自己的天空

在80年代优秀的女作家中,刘西鸿无疑以其特定的个人化的女性写作特征而面世。但一如她的作品不再借重或缠绕于某种"伟大的叙事",她也并非在经典的女性主义的意义上勾勒着女人的都市即景。所谓"女性写作"之于刘西鸿,在于她将其作品建筑于自己真切而非理念的女性体验之上。当王安忆写作《男人和女人 女人和城市》的时候,成长于大都市上海的王安忆,并未十分真切地意识到都市在成就了女人的机会与成功的同时,也可能成为对未死方生的女人的放逐。当她们终于摆脱了古老社区、传统文化与旧式人际关系的羁绊之时,她们首先获取的是一无所有的自由;当她们可以像男人一样去获取"成功"的时候,她们必须面对的是商品社会的自由枷锁与性别角色,她们必然更为深刻而内在地遭受、经历"无家可归"的命运①——因为无论在都市或乡村,未变的仍是男性中心的社会,是男性的文化与行为逻辑。或许正是因此,刘西鸿先于男性作家,以洗练而传神的笔法勾勒出一幅幅现代都市即景,以及在这都市情境中的个人场景。在这都市情境中,她书写着一份女人的潇洒与执着,袒露着又遮蔽着这份潇洒背后女人的一份具体而难言的无奈与困窘。

---

① 第五代导演张泽鸣根据刘西鸿的《你不可改变我》《我与你同行》改编的影片《太阳雨》(珠江电影制片厂,1987年),影片的结尾处是女主人公亚曦独自走在深夜都市的街头,在她的正前方,画面的左上方,是被画框切去了大半的酒店的霓虹灯,在画面上只可以看到一个"家"字,作为一个忠实原作之处,导演无疑以此暗示着现代人"无家可归"的精神处境。

或许在刘西鸿的作品序列中，最有力而复沓的主题是："你不可改变我。"这是某种宣告，也是某种慨叹。它标示着某种孤独而神圣的个人（至少在彼时的南国）已悄然地为自己拓出了一方生活空间。如果说张辛欣曾作为一个僭越者，试图拓出一个个人的空间并实践其个人主义的原则，那么到了刘西鸿这里，在她的南方都市即景中，这已是一个单纯的事实，一个并不那么神圣却无从撼动的事实。然而，刘西鸿的独到与迷人，在于她于这一事实的描述中透露了一个现代都市女性深深的孤傲与隐痛。或许是一种"进步"，都市确乎为女人提供了新的舞台，使她可以拒绝妥协，拒绝为他人所改变，拒绝改变自己以承受或出演一个经典女性的角色。迄今为止，尚没有其他人以如此平实、洗练的笔调书写一个独立、细腻而坦坦荡荡的女性，书写她在日常生活中的微妙的情感与困窘。她深谙现代社会中的性别秩序与现实，但仍珍爱着、固守着自己的一方天空。在刘西鸿最初的作品《月亮，摇晃着前进》《自己的天空》①中，这已然呈现为一个明确的主旋律：

> 她几乎是跑着回到爸爸的两室一厅。夜风在她耳边响成一团。她恼恨为什么只允许男人去追求？男女终不能平等？最低能的女人，是最低能的男人的附属物，最强的女人，也只能是最强的男人的附属物。女人总不能摆脱附属物的命运。"男女平等"是一朵彩色的云霞，看着耀眼，逗人喜爱，但不可企及，永远也休想把它采撷。
>
> 她是女人。她可以做妻子，可以生养孩子，可以烹饪，可以编结，可以裁剪。但在她能前进的时候，她理应先前进，她首先要前进。②

---

① 刘西鸿：《月亮，摇晃着前进》《自己的天空》，见《你不可改变我》，第71—157、216—258页。
② 刘西鸿：《月亮，摇晃着前进》，见《你不可改变我》，第127—128页。

她清楚即使在今日之中国，即使在现代都市，在两性关系的意义上，真正的、绝对的"男女平等"也只能是"一朵彩色的云霞"，或者说是一种话语的构造；但尽管不无隐痛与创楚，她仍尝试着"前进""摇晃着也要前进"。在刘西鸿的起始处，她关于女性的自觉及其表述，已在稚拙的文字中透露了一种新的成熟。

事实上，作为女性写作的一例，刘西鸿作品的感人至深处，不在于她勾勒了一个独立、优雅、洒脱的女人。从某种意义上说，在新时期的女性及男性写作中，我们并不缺少类似的女性形象。所不同的是，她不仅呈现了这个从容面世的女性细腻、繁复但却颇为坦荡的内心世界，而且在于她在这个洒脱而执着的女人身上呈现了一份新的、富于理解与原宥的平常心——不是在经典的牺牲与奉献中实现一份人生的背负，而是在一份淡泊与自甘中包容不同的人生选择。她述说，但不指责；她陈述，但不评判——对男人，同时（或许更重要的是）对女人。男人，不是她世界唯一的重心与中心，尽管她对他们（她的刘亦东们①）怀抱着无言的依恋、潜隐的渴求与无奈的深情。更多的时候，与其说她表达了对男性的失望，不如说她表达了一种深刻的悲悯——对男人，也是对没有"自己的天空"的个人。所谓"我看见惟人安静地听我说话，那双羔羊般的眼睛使我感到他突然变成了一个未成年的小孩子"（《今天情人节》②）。其中有轻蔑、有落寞，但少有因过高期待失落而生的愤懑、谴责；相反，那是"一种安然的胜者的笑"，因为"只是体会到一种摆脱的安然感"（《黑森林》）。或许可以说，刘西鸿的另一独特之处在于，彼时尚没有一个女作家在她的作

---

① 刘亦东是频繁出现在刘西鸿作品中的男主角的名字。在《你不可改变我》中，他是"我"的"固定的男朋友"；在《我与你同行》中，他是经另一个阿媛介绍而结识的、令"我"心动的男人；在《黑森林》中，他是阿媛的男朋友；在《今天情人节》中，男主角的名字是亦南，而在《我十四岁》中，姐姐方方的男友的名字是易北。

② 刘西鸿：《今天情人节》，载《花城》1987年第6期。

品序列中对并非传统的女性角色投注了如此多且深的理解。当然，刘西鸿笔下的女性多是她的"同类"——独立、自重而丰富的女人。在她的处女作《月亮，摇晃着前进》中，她写一对性格迥异的姐妹间的深情；在《自己的天空》中，她让14岁的宝珞对自己陷于婚姻危机并终于离家的母亲充满了理解与依恋——尽管她因此失去了母爱、完整的家庭，尽管她在其间经历了异常的情感折磨。在刘西鸿的女主人公和她的女友之间，后者所给予"她"的间或是情谊与诱惑（《你不可改变我》），间或是索取与纠缠（《我与你同行》）①，间或是痛苦与折磨（《黑森林》），但"她"所付出的永远是一份背负、一份爱心与原宥。对"人家"会认定"抛夫弃子""薄情""祸水"的阿嫒，她写道："有些女人要很多很多爱，有些女人要很多很多钱，有些女人要健康。但我始终要思想。我不怀疑阿嫒也是个有思想的女人。张爱玲说思想复杂一点的人是不会完全堕落的，就像在浴缸里放了半池热水，人泡下去得到昏蒙蒙的愉悦。有思想的人再荒唐也不会完全沉溺。……就这一点我不管怎样还是会喜欢阿嫒。"②对与她"争夺"一个男人的小小，她写道："……我不计较。我不计较小小和阿嫒和亦东。我要的是有思想，有心灵，有品格，有风尚的朋友，不要光是男人和女人！亦东走了，我一定拉小小到我的朋友中去。你自己看看啊，我那圈子比你原来的有意思多了，你看看啊，是么？我想，小小你说啊，快乐和烦恼，青春和生命，我与你同行。"③对明眸皓齿、潇洒来去的孔令凯，她的《你不可改变我》，几乎是一首灿烂而不无忧伤的诗。不期然之间，刘西鸿不仅使这女人的、一方"自己的天空"成为可见的，而且将它呈现在女性的视点之中。

---

① 刘西鸿：《我与你同行》，见《你不可改变我》，第191—215页。
② 刘西鸿：《黑森林》，见《你不可改变我》，第190页。
③ 刘西鸿：《我与你同行》，见《你不可改变我》，第215页。

此岸之畔

然而,从某种意义上说,刘西鸿所钟爱的第一人称叙事人"我",几乎无一例外的是叙事情境中的"失败者";无论是一段爱情的或曰类爱情的经历(《我与你同行》),一份异乎寻常的情感(《你不可改变我》),还是一次违心的、也是力不从心的婚姻调解(《黑森林》),甚至是一个小小的心愿与奢望(《今天情人节》)。她们从不曾获得她们所渴求的,成就她们所珍视的。所谓"有一点点美丽的东西让我托在手心看,只是觉得非常珍贵,如果我想拥有它,简直不可能"。(《我与你同行》)

事实上,刘西鸿的主人公之所以注定地成为失败者,正在于她们置身于大工业与商品文化所造就的大都市之中,而拒绝真正认同于其中强大的文化与行为逻辑。她们有太多难于自弃的操守、不复时尚的价值观。于是,"她"在孔令凯那里,只能是"太拘谨于形式"的"老派人物";"她"在阿媛那里唤起了一种几近回护的愿望;在刘亦东那里,则是"你患得患失,我吃你不消"。一如在80年代后期的社会语境中,刘西鸿成了一个悄然的超前者;在她叙事的情境中,她却只能是一个美丽的落伍者。她拒绝交换,拒绝出售,拒绝游戏,拒绝"永不回头"地潇洒前行。古老的社群、传统的人际关系网络之于"我",显然已不再是羁绊;但是"我"宁愿与之保持着,甚至力不胜任地去营造,类似的丝丝缕缕的牵系。不言自明的是,"我"无疑对这已然逝去的世界,已然沉沦的旧式生活,对其间绵长的亲情怀抱着深深的、难于自弃的追思与依恋。她无疑仍怀抱着某种古典的、更富于超越性的价值观,尽管失落了理想主义的光环与终极目的的明晰之后,它更像某种虚无缥缈的共同梦。

刘西鸿勾勒着熙熙攘攘的现代都市即景,但她凸现了一份深刻的孤独与寂寞。显然,她渴望同时又拒绝汇入都市无名的人流,拒绝无条件地接受拜金主义与现世原则。或许仅仅是偶然,刘西鸿作品中仅有的两个成功女性孔令凯和阿媛(《黑森林》),都是商品社会行为及文化逻辑的奉行者。阿媛成功的标志是繁忙:一会儿在"码头看样板",一会儿在"机场送客户";她的成功的度量是"三百月薪""满皮袋经济合同"。令凯则是放弃了升学读书的机会,放弃成为居里夫人的未来,成了"大牌级模特",在"天上人间,金碧辉煌,美轮美奂"的舞台出演时装;在正午的海滨"非常风光"地拍摄广告。尽管她明白"我们只有青春,什么都没有";尽管"我"赞美她,"我说过孔令凯那张脸内容太丰富,叫你读不尽,傻瓜才只会被她身上的衣服吸引,她气压群芳,确有倾国倾城之势";但青春与丰富的美仅仅让她不致彻底沦为商品的包装,她依旧只能是被包装的高档商品。而"我"可以赞美,间或认同于这种成功,但"我"无法仿效、奉行这种逻辑。"我"不能阿媛式地只要此刻与今朝并且"习惯不回头。一直走。永不后悔";我亦不能如孔令凯式地以青春和生命为赌注。"我"的理想仍是一种"高尚的生活",一种诚实、古老的生活方式:"我早打算一生一世靠自己,靠自己这双手。我是个有为的药剂师,现在我热衷于药架,我这辈子可以在药书里奋发图强。如果突然拿掉我这份工作,换给一台奔驰甚至劳斯莱斯,我只会慢慢地干掉,然后死去。这一点毫无疑问。"(《你不可改变我》)事实上,"我"仍渴望某种"永恒",并明了其中的代价;但在刘西鸿小说的语境中,这种对"理想"与"永恒"的向往已然像是某种脆弱的、耻于明言的痴梦①。

在刘西鸿的作品序列中,她的女性视点与她对理想的自守纠结在一起,构成了一道真切的、变迁中的现代女性心灵的风景线。其

---

① 到了八九十年代之交,已定居国外的刘西鸿的理想表述更为近似于共同梦的表达,而且更接近于调侃中的自恋。可参见刘西鸿《悛在天涯——〈说三道四〉之一》的最后段落(《花城》1992年第6期)。

间古老的地平线已沉没,家庭在裂解,果决的女人在毅然前行,但未必朝向开阔的前景与温暖幸福的未来。在她早期的《自己的天空》中,已出现了那个艰难而最终迈出了家庭的母亲;她为了一方"自己的天空",为了一份心灵的休憩而终于出走。而再一次,在一幅不无忧伤、凄婉的都市即景中,"我"无奈而绝望地试图挽救哥嫂的婚姻。尽管"我"欣赏阿媛潇洒而成熟的美,但仍不能不体味着深深的迷惘与惆怅。在《黑森林》中,一个有趣的细节是"我"面对着做最后"谈判"的哥嫂,记起了一幅旧日的照片:"我保留过一张黑白照片:惟人阿媛在郊外的稻田上微笑。惟人那时身材颀长年轻,脸色是晴空一样明朗而深邃,阿媛是一件粗布白花布拉吉,裙子沾满的稻草屑清晰可见。两人脸上的笑如阳光如空气,明净而和煦宁静。那是他们的过去。"这是"一张黑白照片",这是"郊外的稻田",这是"粗布白花"的衣裙,这是似已极为久远的、宁谧的"过去"。"爱情。他们断不是没有过爱情,可是现在他们都羞于提起他们的爱情。"面对这且真实且虚幻的流逝,面对这条无尽的不归路,刘西鸿表达了深切痛楚的怅惘。在这对昔日夫妻、情侣的最后谈判中,不断加入"我"点播的《商籁七十一》的词句,它使得这一场景颇像一场暧昧不明的悲悼。尽管"我"如此内在而深刻地认同于阿媛,但"我"无法忽略这潇洒前行中的残酷,"我"无法不为亲人痛心,无法不在小侄儿那份"甜甜的""湿淋淋的黑森林"中看到孤寂与恐惧。"我"理解、赞美、原宥,但"我"无法亦不愿仿效。于是,刘西鸿和她的角色徘徊、滞留在这幅都市即景的边缘处,滞留在现实此岸之畔。已无须涉渡,但尚未(或曰拒绝)到达。

尴尬与悬置

  刘西鸿的女主人公（常常是她的第一人称叙事人"我"），多是些年近三十或年逾三十的单身女人；她们固守着"自己的天空"，固守着自己的人生理想，同时却因之而背负着一份孤独，一份脆弱与忧伤。她不得不自奉一份自嘲，一缕多少有些自恋的自慰："呵，你以为我是什么人呢，我是那种一条黑裙子可以从十五岁穿到五十岁的人。"（《今天情人节》）"我抱着线装书走，他就和涂着龟裂红唇、斑驳剥落的蔻丹，津津乐道明星影后的小女人来"（《黑森林》）；只能怀抱着一份对张爱玲的迷恋①——那是在沧桑与超然间获得的释然，一片在创楚中弥散开去的爱的情怀。但刘西鸿不是张爱玲，她也可以辨认出充满了人生的、"几经翻译"的老故事，但她无法承受认可这样的人生。不错，在 80 年代诸多的女作家中，刘西鸿独有一份从容面世的情怀。她直视着都市间的种种；直视，却未必认可。她固守，作为一种自我放逐的姿态；但这间或成就一种遭到放逐的现实。在现代都市中，女性的"自己的天空"可以与孤独同在，却未见得见容于男性的苍穹。刘西鸿的固守者必须却无法承受其间的那一份落寞与孤独。作为一个独立不群的女性，她间或为男人借重，却不可能为男人所珍爱。在"老故事"与新角色之间，她再一次经历着未死方生的痛苦。

  在刘西鸿的叙境中，"你不可改变我"，更多的时候不是一个豪爽的宣言，而是一种拒绝、遭拒绝的姿态。事实上，在叙境中，"我"经常扮演着一个失败的、试图改变至少是修正他人的角色，一个绝望的教化者；但在更多的时候，他人的"你不可改变我"，意味着拒绝付

---

① 不仅在刘西鸿的《小传》中，而且在《你不可改变我》《黑森林》《我与你同行》中，都出现了"我"对张爱玲的迷恋；对张爱玲的"引证"经常交织在刘西鸿小说的叙事之中。事实上，刘西鸿的优秀作品都有着清晰的张爱玲小说的痕迹；但更为重要的是，张爱玲之于刘西鸿，还意味着某种理想的人生态度与准则。

出、拒绝接受、拒绝分享。于是,一个"你不可改变我"的事实,成了现代人咫尺天涯的沟壑,成为"我"的一份深深的忧伤与隐痛。有时甚至是一种真正的恐怖:

> 被老虎追,给大笨象踩的那种梦,我十五年前就不怕了。我在梦中可以喝令:让开!我马上就起飞。一点不怕。
> 最恶是那一个:亦东半夜从外面进来,撩开我的蚊帐,对我说:你不可以改变我。阿媛,你能力有限,你不可以改变我。然后温和地笑笑,一眨眼便不见了踪影。
> 我呆住。阿媛不是我的名字!他叫着别的女人的名字对我说我不可改变他!
> 我蓦然惊醒,阳台卫生间找遍也没有亦东。
> 我打亮所有大灯。
> 我泪流满面。
> 以后见到亦东,我不敢提关于那梦的一个字。①

或许可以说,尽管刘西鸿拒绝营造"伟大的叙事",但她的作品序列仍呈现了一个特定进程中的女性和女性生存的新的困境。刘西鸿从容面世的女主人公,事实上遭遇着一次深刻而微妙的文化悬置,某种女性位置及女性文化的悬置,经历着一个极为特殊的历史时段。

在刘西鸿的都市即景中,孤独的个人与个人的孤独或许同时意味着一次自由的获取;但对于女人来说,对这自由的执拗,则意味着对性别秩序的僭越。事实上,刘西鸿和她的主人公置身于一种特定的

---

① 刘西鸿:《你不可改变我》,见《你不可改变我》,第25页。在刘西鸿小说中不仅这一段落如此。在同一作品中,孔令凯对"我"的劝告回答说:"我已经决定了,你不能再改变我。告诉你是尊重你。你不能改变我的。"而在《黑森林》中,阿媛对我劝告的回答是:"你不必劝我。……我不要。如果你真是明白我,你不必规劝我什么。你省心。"

两难之中，那是对女性角色的拒绝和对女性角色的固执。她拒绝女性角色，她拒绝放弃"自己的天空"，以消失、荫庇在他人——一个男人的天空之下；她同时固执于女性角色，她拒绝僭越、拒绝成为主动者。在刘西鸿不断袒露又不断遮掩的女性的内心世界中，潜隐着的仍是对某种修订过的、理想的性别秩序的渴望，一种舒婷《致橡树》式的爱情理想①。这使她的角色呈现出一种为坚强所包装着的脆弱，一种因惧怕伤害而以完满的表象拒绝他人及情感的"伪装"。所谓"我的外交原则是不结盟，愿意和一切友好的人建立友好的关系"；因为"谁不想呢？可是良辰美景，不是你说要永远就能永远的。我太不相信'天长地久'这类不科学的东西了。"（《我与你同行》）这是刘西鸿式的洒脱，但在这背后却闪烁着一种恐惧，一种对难以变更的性别现实的恐惧。她必须躲闪，必须绕过；但她同时躲闪和绕过了人生。然而，她的洒脱、独立、脆弱与自相矛盾，在刘亦东（男人）看来，却已然是一种僭越："你是第一号的任性，第一号的统治者。所以我说你放纵，说你不放弃驾驭别人的机会，你发疯地追逐一条野狼。""感情放纵就像在野地上追逐一条狼，结局注定是可悲的。"（《我与你同行》）有趣之处在于，"我"非但不敢放纵自己的情感，甚至她对情感的渴望会表达为对情感的拒绝，因为情感的流露会让她"翻旧书，做旧故事的主角"——让她接受既存的性别秩序，"做女人"。她必须不接受礼物、不接受男士为她付款，只"为了感觉一下自己的存在"（《今天情人节》）。尽管一点点柔情，便会使"我的心好像一下变成了横街窄巷，全是拐弯抹角"（《我与你同行》）。尽管某种关于"女人"的"自觉"，

---

① 事实上，刘西鸿在她的爱情故事中绝少谈到爱情。一方面，她已然耻于舒婷式的明言，她关于爱情的议论多少带一点自嘲或调侃："爱情像肥皂泡，吹出来时五光十色满天飞。真实地存在着，满天飞，泡灭时才什么都没有了。你就不信。"（《你不可改变我》，第12页）另一方面，一种相对成熟的女性自觉使她不能信赖，尽管仍不能绝望于平等爱情的梦想。

会在特定的现实情境下,伴随着孤独与无力感袭击她:"我扇着手帕望着又大又沉的箱子冒干火,差点儿没跑到前面一对健硕的中年夫妇面前说:夫人,是不是可以借你的先生用一下?"(《你不可改变我》)"'送我回家?'我自己起立开步走:'丈夫未有,家于何在?'""很多人以为我宋惟美是曾经沧海难为水,只有我自己知道,哪个是我的沧海?没有。"(《黑森林》)

  在刘西鸿小说的叙境中,"我"会悲悯,同时轻蔑那些名之为"家琪"或"惟人"①的,或纯良、懦弱的,或华而不实的男人,因为他们不足以倚重,也不容"我"去倚重。所谓:"有过一张脸,阔额,修得很整齐的头发,喋喋不休地说关于他自己。你不是旧家具,不是荒野上的岩山。你是个有血有肉的人,是个解事的好孩子——妈妈教的。于是我自始至终听完他说关于他自己。""然后他走了。狗抖毛似地一下就不知哪里去了。那张令我感动的脸,那张嘴。他闷的时候,苦的时候,绝对地会想起我——这个耐心的善解人意的好孩子。他快乐的时候,开心的时候,天涯海角找不到他。"(《我与你同行》)他们没有自己的天空,却以"娶妻娶德"为名要求女人的依附;于是他们面对一个成熟而独立的女人,只能无力地"希望她不要那么善变",只能绝望地回忆:"那个时候她爱穿全身白,在我身边是只小鸟依人"(《黑森林》);在《今天情人节》中,刘西鸿让"我"称遭到女友抛弃的"惟人"之一为"懦夫",这一次,她的"劝慰"较之《黑森林》,更像是不无悲愤的谴责:"你以为男人是什么?……时至今日,男人已不单纯是性别的符号,男人这个名字已经成为一种象征,象征着对女性价值

---

① 家琪和惟人同样是频频出现在刘西鸿作品中的男性角色的名字。如果说刘亦东代表着某种让"我"怦然心动的男人,那么前两者则是让我同情、怜悯、轻蔑的男性。在《自己的天空》中,家琪是使母亲终于出走的父亲,在《黑森林》中,他是"我"已然分手的男友;惟人在《黑森林》中是阿媛绝然与之分手的丈夫,在《今天情人节》中,是遭女友抛弃的一个男人。

的认同。你的女朋友找你,是找她值得信赖的生命之侣。像你这样外表风流倜傥,内里却贫乏不堪,朽木一样的男人,她当然不屑一顾。我现在开始相信,是你伤透她的心,她无法再信任你。是她从你身上饱尝了爱情的失望!""我"会无言而有节制地渴求名之为"亦东"(或亦南、易北)的男人,他可以窥破我的"坚强"的面具和铠甲,但他或许也固执于自己的天空,或许他不允许自己为别人(尤其是一个女人)所"驾驭",因此"我"永远无法缩短与"他"的距离。他更像是我的同行者,而不是"生命之侣"。"他说我患得患失,他在说风凉话,兄弟,如果我现在什么都有了,如果我是阿里巴巴的山洞,再得,再失,我也可以不在乎。但是我现在两手空空。""两手空空",与其说是一种现实,不如说是一种价值与话语的空白,它是一个不妥协的现代女性必然体味到的内在的挤压,同时是一种内在的秩序的呼唤。

公开的隐秘

刘西鸿的作品序列,作为80年代女性写作的独到之处,在于她自觉不自觉地涉及了一种女性的边缘情境与抗衡话语:一种同性间深刻的相互吸引。不仅是姐妹情谊,或者说大大地超过了姐妹情谊。几乎与刘索拉的《蓝天绿海》同时,刘西鸿推出了她的重要作品之一《你不可改变我》。一个年长的女人"我"和一个青春盈溢、明眸皓齿的少女孔令凯的故事。其中的赞美与忧伤、渴慕与绝望使得这部不长的中篇颇像一首浓烈且迷离的女性都市之谣。

一如乐铄的洞察:

《你不可改变我》写了一个"年龄上可作妈妈"的富于智慧的长者对一个坚持"选择的自由"的聪敏可爱的少年启蒙的失败,

同时写了一位在某种意义上感情处于孤独状态的三十岁的女青年对一个情窦尚未真正开启的少女的情恋的失落。①

然而，在小说中固然包含着两种价值观的冲突，包含着"我"试图将自己相对传统的价值观及生存方式施之于孔令凯的无效努力，但在叙境中，这种"启蒙"更像是一种绝望的挽留，"我"所尝试的，是通过这种方式将孔令凯留在她所熟悉的世界之中。事实上，在《你不可改变我》的叙境中，孔令凯一经闯入我的视野，立刻成了"我"生活的重心，成为一种强烈而无名的魅惑。小说中或许并不自觉地充满了类似身体语言式的描述，这使得孔令凯的魅惑更近似于一种身体的或情欲的诱惑。类似的段落比比皆是：她"嘴生得特别雅致，鼓励别人对她动情。""她的皮肤令人想起雷诺阿画中的妇女儿童。""她怎么知道我已返来？简直是我的灵魂。我身上又热又冷，人有点迷糊，神情恍惚。令凯穿的是大红布拉吉，裙子下摆是三层的褶。她脸色酡红，长发飘飘。我招招手让她过来，打醉拳一样。我们相拥一团，好亲热好亲热。""换了一支曲，令凯又出来，这次是一套大幅前襟的袍子。她的头发笔直卷上，耳背垂下丝丝缕缕。我定睛看着她。我醉眼朦胧，恍如隔世。这么美，这么健康，这么青春。""我的手顺着她光洁的颈、肩、胳膊滑下。她的妆上得很浓。这种天气，无论谁脸上化妆只会焐得一塌糊涂，可是令凯肌肤光爽，冰清玉洁。我真服了她。我说：'我感觉好凉快好凉快。'她凑到我脸前，弯着腰笑了，目明齿皓，非常灿烂。"

在小说的叙境中，是令凯，而不是亦东打破了"我"的从容潇洒，几乎将"我"置于迷乱之中。她"一直没有来。……我开始急躁，整天想着她。我没有她家的地址，也不想去学校找她。她干什么了？这小

---

① 乐铄：《迟到的潮流：新时期妇女创作研究》，河南人民出版社，1988年，第183页。

妮子。闲时,我在纸上横七竖八写着的就是这两个汉字组合:令凯、令凯、令凯"。"令凯是我托在掌心的串珠,我小心爱护着的,现在她要散开来,我沮丧。"在《你不可改变我》的叙境中,"我"对令凯的投注,并不像是寻找一种替代或移置一种情感;事实上,不论在《你不可改变我》或是刘西鸿的整个作品序列中,较之"我"与"亦东"们的情感,孔令凯和"我"对令凯的投注,都是唯一的、绝对的。似乎除却拖着沉重的箱子徘徊在归来的车站之时,我可以"不在乎"亦东("我固定的男友")的疏离,可以满足于"该送生日礼的时候,他一定依时来敲我的门",可以相信,"倘若有一天他提出要离开我,我保证微笑着放手";但"对着令凯我是另一番心境,我是对着清清的小河、汨汨的流水。小河流水,流向大海"。面对亦东,我无法、似乎也不曾去尝试缩短那种若即若离的距离,我不曾,或者说是拒绝尝试一种亲昵关系中必然要求的妥协与迁就,但"我"却对令凯提出了这样的愿望:"是朋友,总不能像两匹不羁的马。如果有一种迁就是你欢我悦的,我看可以迁就;如果有一种影响是不可避免的,我看就不要怕承认。其实相互影响是内在的、必然的。为什么不承认?如果我个人真能给别人快乐,使别人常惦念我,对我来说真是一种幸福,一种不是期待着的幸福。"——"我"和令凯,这是一种不是期待着的幸福,或者说,这是一种"轨道"外的幸福。尽管在"我"与亦东的关系中,"我"坚持"一生一世靠自己",但在和令凯的关系中,"我"却梦想着"拥有一辆奔驰","披着貂皮大褛驾车接送你往返"。显而易见,刘西鸿并非自觉地在书写一种同性间的恋情;同时并非自觉地于同性情恋中发现了某种现代都市女性困境的解脱。事实上,对女性角色的拒绝与固执,不仅仅是新旧更迭、未死方生之际女性的两难情境,而且是新女性始终必须面对的社会困境之一。结束孤独与漂泊,建立一种相对稳定的、亲昵的关系,在两性关系之间,始终意味着在不同程度上接受、默许其间潜在的权力关系,并出演其间权力化、定型化的性别角色；刘西鸿的女主角显然在试图逃离这一文化的"规定情境"。但这便意味着难于承受的对秩序的自我放逐与孤独。刘西鸿的亚曦们便辗转于自我放逐的洒脱，与身历放逐的不甘之间。而一份同性间的情恋则似乎成了这现实狭隙间的一线光明。其间"我"第一次获得了一份表达情感而不是表达拒绝的磊落，"我"第一次无须僭越和修订自己的性别角色而成为主动者，"我"第一次可能成为一个新故事中的新角色。《你不可改变我》显而易见地书写同性间的吸引与恋情，但一种强烈的秩序感已在叙述中潜抑了这种特定的情感指向。它无疑为"过去"所拒绝，并为"将来"所否定。它只能是一次"胡思乱想"，它只能面对一次没有结局的终结，而且让刘亦东来出演一份秩序中的抚慰："明天醒来，阳光依然照亮你。"它再次成了一次揭示中的遮蔽。因此这部中篇始终盈溢着一份瞬间灿烂中的忧伤："不知谁能，谁能夺得过去。不知谁能，谁能躲得将来。"女性的困境再次被表达为无从逃脱的社会宿命。

事实上，同样的情愫不仅存在于《你不可改变我》之中。在刘西鸿的没有爱情的爱情故事中，"我"与亦东们若即若离的关系之间，始终横亘着，或者说在"我"的想象中横亘着另一个或许名之为阿媛的女人，这或许是那一噩梦的真义。但"我"始终不曾嫉妒。除却对"老故事"、旧式女性角色的拒绝与厌恶，它未始不是一种矛盾的双重认同的结果："我"不仅在行为方式与价值观念上内在地认同了"永不回头"的阿媛（《黑森林》），而且在想象的层面上，认同着刘亦东的选择。同在《黑森林》中，有一个极为有趣的片断，那是"我"接受"至好朋友"之子为干儿子的"上契大餐"。不论在这一场景中，还是在相关的叙述里，孩子的父亲都始终是一个缺席者。依照"他妈妈的主意"，"我穿全桔黄色，小娃娃也穿全桔黄色"。这可以说是一次游戏，但它在叙境中更像是一次神圣的契约，一种想象性的血缘关系（与一个女人/女友共同拥有一个孩子）的建立："小娃娃就着他妈妈的手托给我一只青玉石锁","我"回赠小娃娃一笔他未来的教育经费。"我"强调"他身上有友情的基因",她表示"我要看着他身心健康地长大,我要看着我的愿望达成"。这确乎是一个典仪:两个女人与一个孩子间的典仪。"我感到一种深秋的浓烈气氛";"我感到幸福快乐和安全感哗哗从天上掉下来,砸在我身上,叫我接也接不住"。但继而"我"在酒醉中失态与忧伤,"丈夫未有,家于何在"的自嘲,却将前一场景中"金黄色"的"深秋的浓烈气氛"呈现为一种赝品,使她的关于"快乐幸福"和"安全感"的表述更像是对某种匮乏与恐惧的印证。自觉不自觉地,刘西鸿成功地在自己与这一潜在的欲念之间建立起秩序的栅栏。但它毕竟作为都市即景中的一幕,在80年代女性写作中留下了它的痕迹。

尾 声

如果我们将刘西鸿的作品做一个顺时的排列,那么不难发现,在这一对女性角色的拒绝与固执的两难处境中,刘西鸿的洒脱在褪色,而落寞的神情在凸现。在新的坦诚与矫饰之间,刘西鸿式的从容与魅力在流逝,她悄然地选取了一个后退的姿态。在《我十四岁》中,刘西鸿以十四岁的男孩的视点,勾勒出又一个"我"(但这一次是"她":姐姐方方):"伊不是玫瑰/伊也不是小草/伊是潮湿壁角的绿苔"。她让男孩子方圆终于意识到寂寞的姐姐方方并不幼稚,而是"一直在独自寻找",但"依然认为她没有成熟"。因为"成熟的人是不会让寂寞挂在自己脸上的,不管它是快乐还是不快乐。因为寂寞挂在脸上会使人显得不美"。婚姻作为女人唯一的、绝对的归宿的表达,在刘西鸿的作品中渐趋清晰。80年代末,刘西鸿出国之前,她的女性角色已然失去了孔令凯或阿媛式的魅力,变得苍白、萧索或乏味、怪诞(《我十四岁》《我告诉你,你要不要听?》《花儿为什么这样红?为什么这样红?》①)。在《今天情人节》中,她让"我"终日怀抱着一束红玫瑰,独自游荡、徘徊在细雨中的都市街头,太过明白的寓意让我们明了"我"所萦系于心的是一份无处投放的爱情。终于,在夜晚的街头,"我"孤独的脚步在一家婚纱摄影公司前"钉住了"。"呵,是谁的意旨引领我来到这里!""我毫不犹豫地移步走近",我在"甜蜜"的新娘像前献上了红玫瑰,并"合掌祝福"(不如说是祈愿)"愿天下有情人终成眷属"。作为一个有趣的症候,刘西鸿于1988年发表了《爱人啊,在路上到处都有》。这是她唯一一部以成年男性为第一人称叙事人的作品。其中她让"我"以"眼冷如灰""心热依然似火"自况,并终于以一个在路上遇到的潇洒少女取代了"我"心中那理想恋人萦回不去的"兰影子",让"我"自愿放弃了孤独的都市漫游者的角色,准备与秩序和解、接受婚姻,但却突然发现自己置身在姑娘与他人订婚的"派对"上。于是,以刘西鸿的女性角色所规避的坦诚,"我"倾诉道:"我没有强求生活一定要供给我奢华享受,但是如果生命中最亲切的东西也可望不可及,那我真不知道生活还有什么正面价值的真谛可寻。"这无疑是一次投射,一次女性的化装舞会。凭借一个男性角色的面具,刘西鸿明确地将获取生命中的一份"亲切的东西"确认为"生活中正面价值的真谛",而获取这份"亲切"的可能在于婚姻。当刘西鸿终于开始直视此岸的人生之时,80年代已然临近终结,而刘西鸿对女性困境的呈现与书写似已临近枯竭。至此,在刘西鸿的作品中,女人的困境的解脱指向了婚姻,指向了一个传统的秩序化归宿。似乎经历了一个不大的回旋,刘西鸿的女性的精神历险回到了她的起始处。尽管都市、文明似乎给女人带来了更多的可能与选择,但女人的天空依然是低矮的。

---

① 刘西鸿:《我告诉你,你要不要听?》《花儿为什么这样红?为什么这样红?》,同载于《人民文学》1988年第6期。

第十三章　方方：别一样的行云流水

反叛与救赎

　　作为一个自 80 年代初便开始创作并始终笔耕不辍的女作家，方方直到 1987 年才因中篇小说《风景》①而获得一次迟到的命名。于彼时的读者与批评界看来，正是其间赤裸得近于狰狞、真实得颇为酷烈的底层社会"风景"，使方方获得了"新写实主义"作家的头衔与称谓。在此且不论"新写实主义"小说作为新时期文化思潮与小说流派的庞杂与暧昧；如果说刘震云的《一地鸡毛》②系列与王朔的《顽主》③系列标示了这一写实之维的两极，那么，于笔者看来，方方跻身于这一群体实际上缘自某种偶然与误读。

　　方方无疑是新时期重要的作家/女作家之一。如果说新写实主义的意义，在于充当了历史潜意识所构造的、八九十年代断裂带上的一座文化浮桥，那么，方方的写作更像是 80 年代文学与文化思潮的一

---

① 方方中篇小说《风景》，原载《当代作家》1987 年第 5 期，收入方方小说集《行云流水》（长江文艺出版社，1992 年，第 80—150 页）。
② 刘震云的《一地鸡毛》被目为新写实主义的代表作，收入刘震云小说集《官场》（华艺出版社，1992 年，第 270—336 页）。
③ 王朔的《顽主》被目为新写实主义的代表作，收入《王朔文集 4·谐谑卷》（华艺出版社，1992 年，第 1—65 页）。

次回眸与谢幕。如果说于1987年发表的《烦恼人生》,意味着池莉的一次"脱胎换骨",那么,方方发表于1987年的《风景》却仅仅指称着方方的一次成功的蜕变。如果说,新写实主义的命名本身便是某种时代的误识与有意为之的策略,其目的在于重举现实主义的旗帜,并使之有别于曾为主流的社会主义现实主义规范,而新写实主义获得命名的时代,新写实之"新"尚潜伏在历史的隐秘动机与意图之中。彼时彼地,人们尚无法认识到新写实主义的出现并不是人们呼唤、期待已久的"现实主义骑马归来",而是一次新的、别有意识形态意味的"文化革命"的发生。它确乎再度凸现人与"真实",但这一次,不再是为启蒙话语或人文精神所崇尚的"大写的人",而是一位新神:消费社会中的主体的莅临。方方的作品显然难归此类。

所谓现实主义的"本义":稔熟的日常生活的不间断的陌生化过程,"反叛即救赎"①,似乎同样适用于方方和大部分新写实主义的小说家的作品②,但稍加细察便可发现,方方作品所指向的正是现实主义文学所渴望指向的社会的与现实的救赎,而新写实主义主潮的写作则在于一种文学的与文化的救赎。或者说,新写实主义的真义在于以现实的合理性宣告救赎的无稽与荒唐。如果说,新写实主义同样以陌生化的手段使作为文化盲点的琐屑生活再度浮现,其间庸常之辈、凡人琐事以非英雄的、如果还不是反英雄的方式登堂入室——这一登场如果尚不能说是气宇轩昂,至少是理直气壮的。从某种意义上说,"新写实主义"的出现,意味着庸常之辈/小市民在久已销声匿迹于文化视域之后,以消费社会的名义悄然再度入主历史舞台,开始索取文化空间与表述。新写实主义小说叙述的重要特征是经典文化价值的颠覆与

---

① 参见〔美〕伊恩·P. 瓦特:《小说的兴起:笛福、理查逊、菲尔丁研究》第一章及第十章,高原、董红钧译,生活·读书·新知三联书店,1992年。
② 参见董之琳:《向故事蜕变的"历史"——刘震云的〈故乡天下黄花〉及其他》,载《当代作家评论》1995年第1期。

改写。因此新写实主义的写作者对其被叙对象是充分认同的,他们的叙事语调是调侃的,间或是赞美的。与其说他们无条件地拒绝价值判断,不如说他们只是拒绝依据某种价值观来拔高或贬低"小市民"、小人物的生存。如果说,它尚不能真正构成一次真正的市民文化的狂欢节,但它毕竟尝试逃离批判现实主义那份"哀其不幸,怒其不争"①的悲悯。方方则不然。无须细读,便可发现盈溢于方方故事之间的、潜隐却无所不在的无奈与哀伤。它呈现于人物与叙境之中,更多地呈现为叙事人的视点与语调。除却少数作品,方方成熟期的作品大多选取了俯瞰式的全知视点,俯瞰,却并非优越、自恋,其间充盈着一份为幽默与自嘲遮掩着的悲悯之情。方方80年代后期的作品显现了一种成熟的文学姿态,那不再是刻意为之的民族寓言式的宏大写作,她只是直视着平常而充满戏剧感的人生,激赏着普通人一份西西弗式的背负,却不能不悲哀、不慨叹②。方方悲悯,但不矫情;她只是顽强而从容地在一份绵长而平实的书卷气中书写着现实人生的荒诞及其间苦涩的诗情。事实上,在后来者的视域中,"照生活本来的样子写生活"并不比"照生活应该有的样子写生活"③缺少理想主义与人文主义的热诚与力度;前者忠实地书写"现实",并不意味着对现实的认可;而刚好相反,它意味着朝向救赎的批判与弃绝。同样是小人物生活的记录,而方方的不同在于那不是一纸"活着就好"宣告的④,而是一声"有谁

---

① 鲁迅语,笔者目为中国"五四"以来现实主义文学写作的叙事基调。
② 参见方方:《桃花灿烂》,见《行云流水》,第7页。"栖的母亲冷冷一笑说:'把什么都看透了的人何止千千万万,但千千万万的人并不作看透之举,一个有妻室有儿女有责任感的人即使看透了一切,也要看不透地生活。这种忍辱负重才是一种真正的看透。'"
③ 语出自法国现实主义作家巴尔扎克与浪漫主义作家乔治·桑的通信,于"十七年"(1949—1966)及新时期初年,被文艺理论界目为现实主义与浪漫主义的基本分野与权威定义。
④ 池莉短篇小说名《冷也好,热也好,活着就好》,新写实主义的名篇。

幸福而快乐"①的低问。的确,方方的作品不是咄咄逼人的质疑,它只是以一份迷惘与失落追寻着真相与真义。方方不忌惮生活的恶,但她并不让它凸现在前景中。更令方方动容的,与其说是恶,不如说是人性的弱点。用韩少功的说法便是:

> 她就近取材,不避庸常,特别能体会小人物的物质性困窘,也不轻率许诺精神的拯救,其作品散发着俗世的体温,能使读者们联想到自己的邻居、同事、亲友及自己,苏醒人生的绝望和希望。……她杜绝任何理性的价值判断,取消任何超理性的隐喻象征,面对沾泥带土原汁原汤的生活原态,面对亦善亦恶亦荣亦耻亦喜亦悲的混沌太极,她与读者一道,没法借助既有的观念来读解这些再熟悉不过的经验,也就把理解力逼到了死角。"这有什么意义呢?"《桃花灿烂》中星子的一句话可以问倒古今哲人。好的小说总是像生活一样,具有不可究诘的丰富、完整、强大,从而迫使人的理解力一次次死里求生。②

的确,方方的小说不再是文学的僭越——它不再是呐喊或药方,它只是一种描摹、一份记录,但在这人间景象背后,是她的一颗无法自已的拳拳之心与秘而不宣却跃然纸上的追问。事实上,不是星子在问,而是方方在低叹;它不是决绝的、对意义的搁置,而是苦苦纠缠的一份迷惘。在她笔下,呈现的不是亘古悠然的寻常生存的合理,而是历史、现实对小人物万般无奈的围困。于是,它必然地指向社会的救赎,至少是社会的进步。如果说,将新写实主义指认为"现实主义骑马归来"是彼时彼地的一种有意为之的或惯性使之的误读,而新时期的社

---

① 俄国诗人涅克拉索夫长诗名《在俄罗斯谁能快乐而自由》被社会主义现实主义理论家目为批判现实主义代表作。

② 韩少功:《方方·序》,见方方《方方》,人民文学出版社,1993年,第1—2页。

会情节剧或曰问题小说之为现实主义写作的"说法",也只是社会主义现实主义传统批评的一次伸延,那么正是方方八九十年代之交的作品,使批判现实主义写作的力度再度浮现于当代中国文学的景观之中。似乎是一次"滞后",但方方作品的意义正意味着当代中国文学、文化中一个久经延宕的、"在场的缺席者"终于登台。如果说新写实主义以它独有的方式搭乘着80年代中后期乐观主义的氢气球,那么方方则以她"轻松的执拗"揭示着历史的绵延和人辗转反侧其间的悲喜剧。

历史与人的风景线

事实上,方方80年代后期的成熟之作始终着眼于历史与人,在一脉洒脱的深情之中构造着某种方方式的如歌的行板。如果说在铁凝那里,"人与这世界纠缠着",那么在方方这儿,便是人与历史纠缠着。如果说"新写实主义"是某种"状态"[①]写作的先声,那么方方则刚好相反,她写作着一种绵延:历史的绵延与生命的绵延,而她自己的作品则显现着现实主义传统的绵延。以方方之言便是:

> 我的生活和创作领域在城市。我写的人物多是那滚滚的人流中最普通最平凡最多量的一群人。他们很难站在人群的前面去主导一个什么潮流,他们总是被动地被生活推着走,跟跟跄跄地随历史前行之时又推动着历史。城市的文明质量、城市的风情格调、城市的文化素质都是从他们身上得到体现。我若想将城市写深写透,脱离了他们,我简直无从落笔。[②]

[①] 参见《文艺争鸣》1994年第3期与《钟山》1994年第4期开始的"新状态"文学专集,及两个杂志社联合发表的编者按《文学:迎接新状态——新状态文学缘起》。

[②] 方方:《我喜欢写小人物》,见《闲聊》,四川人民出版社,1995年,第245页。

在方方的一唱三叹中，呈现出一道人与历史的风景线。其间，人并非为历史洗劫一空的无助玩偶，他们囿于历史（《祖父在父亲心中》①），同时囿于文化、性格与选择（《桃花灿烂》《一唱三叹》《行云流水》②）。如果说方方的风景线上充满了宿命式的劫数，那么它不仅是历史的宿命，同时是文化的宿命与现实荒诞的悲喜剧（《白驹》《风景》《埋伏》《何处是我家园》③）。从某种意义上说，方方与"新写实主义"作家群最大的不同在于她始终不曾绝对认同于她的被叙对象，不曾真正认同于他们的生存方式与价值判断；无论是"河南棚子"中的"风景"，还是《行云流水》中的"儒林"辛酸，甚或是《白梦》《白雾》④《白驹》中洋洋洒洒的文化顽主。这便是方方的"滞后"：尽管方方在一份独具的幽默、自嘲与从容间隐藏起叙事人的评判，但她显然执着于某种难于自弃的价值，因此方方笔下多是一幕幕以喜剧形态出演的悲剧，一幅幅情趣盎然但远非完满的人生图景。在为方方赢得盛名并使她获得了新写实主义小说家指认的《风景》中，一个别致的叙事人——葬于东窗下的死婴小八子的选取，便别具意味地成为方方写作的症候点。那是一份盈溢的关怀、亲情与爱心投注，同时是一种绝对的超越与间离。

在方方那里，历史不会悄然湮没在"一地鸡毛"的琐屑之中，也不会骤然断裂在潇洒的"行为艺术家""白色的飘云"⑤之上。一如"祖父在父亲心中"，历史是构造着现实的、无从逃离的记忆，是"宿命"式的背负，是人们在背离的道路上不断遭遇或从未远离的现实。如果

---

① 方方：《祖父在父亲心中》，见《行云流水》，第 176—214 页。
② 方方：《一唱三叹》《行云流水》，见《行云流水》，第 151—175，269—326 页。
③ 方方：《白驹》，见《行云流水》，第 215—268 页；《埋伏》《何处是我家园》，见《何处是我家园》，河北教育出版社，1995 年，第 83—132，193—364 页。
④ 方方：《白梦》，原载《中国》1986 年第 8 期，见《方方》，第 15—70 页；《白雾》，原载《人民文学》1987 年第 8 期，见《何处是我家园》，第 138—192 页。
⑤ 方方中篇小说《行为艺术》中的一段情节，小说收入《何处是我家园》（第 1—82 页）。

说一部特定的历史属于过去和父辈，那么，它与其说是一笔无法拒绝的遗产，不如说更像是某种必须承袭的债务，人们必然以这样或那样的方式去偿还它。如果说，在《行为艺术》中，历史以直接的"父仇子报"的方式决定了杨高的命运，那么，后者必须付出的，还有道义上的迷惘和父亲形象的玷污与改写。而更为隐晦的，是陆粞（《桃花灿烂》）孤傲的怯弱自卑、清高的急功近利，因之必然写下的爱情悲剧，显然直接、间接地牵系着造成父亲出走的历史与为这历史所改写的父亲本人；为了逃离父亲的参照与父亲的悲剧，他必然出演新的、完全不同的悲剧；但那如此相近的，是没有背负的、"谁也不爱，他爱的只是他自己"的男人的剧目。在这一偿还历史债务的方式上，陆粞与七哥（《风景》）没有任何本质的不同，只是在方方笔下，他们分别出演的是悲剧与喜剧而已。事实上，在方方的作品序列中，父（母）一辈是历史环境的直接受害者（《祖父在父亲心中》《三人行》①《一唱三叹》），但他们同时是那一历史的参与者与制造者。在方方特定的叙境中，人们无从摆脱历史的遗产与债务，他们必须背负历史而面对现实，无论他怎样逃离或无视这遗产与债务，它都会以绵延不绝或猝不及防的方式纠缠你、击中你。如果说，在祖父们那里，历史尚是鲜血与劫难，那么，在父亲们那里，它便是琐屑而迹近荒唐的围困与销蚀，甚至历史也不复尊严。它间或是关于"火腿癣"的"反思"（《三人行·金中》），而现实始终是历史的合谋者；间或貌似逃离的人，同样会在现实的樊篱间碎裂、头破血流、遭到废弃（《行云流水》《无处遁逃》②《三人行》）。

---

① 方方：《三人行》，见《无处遁逃——方方中篇小说新作集》，北京师范大学出版社，1993年，第237—273页。

② 方方：《无处遁逃》，见《无处遁逃》，第158—207页。此篇为《行云流水》的姊妹篇。

距离与疆界

方方的文学生涯以《"大篷车"上》①发轫,而这类激情盈溢但毕竟稚弱的主流写作方式以充满调侃的激愤或曰游戏之作《白梦》为终结②。《白梦》及其后的《风景》《白雾》等成为方方创作之途的转折。自此,方方前期创作中那种青春主旋律变奏式的稚弱、矫情陡然消失,而以一种圆熟、潇洒的姿态出现在人们的视野之中。事实上,正是"三白"中的对新文人的调侃及怪现象、群丑图式的当代景观的勾勒和《风景》中的对下层社会图景的曝光,使方方确定无疑地获得了"新写实主义"小说家的称谓。但不难发现,"三白"式的戏谑与王朔的调侃大相径庭。且不论方方的新儒林众生与王朔的街头顽主并不相类,个中人的自嘲、讥讽亦与"外来者"的亵渎、放肆大不相同;如果说在王朔作品中洋溢着恣肆放纵的淋漓快意,那么在方方那里却是掩不住的憎恶、苦笑与怅惘。方方显然没有王朔式的"好胃口",她的主人公尽管混迹群丑之中,似乎也不无自得,但他们却免不了腹泻与作呕③。他们可以表演潇洒,但他们显然难以"消化"其间的诸多恶俗与丑陋。较之于观、马青④,豆儿、夏春秋冬甚或金麦子便显得太精致、太脆弱了。一如夏春秋冬所言:"因为你知道黑格尔马克思萨特,知道孔子老子庄子,还有李白李清照鲁迅巴金郭小川及步鑫生张海迪鲁冠球诸人士,你就只能成为你自己。韦小宝只是你的一个梦或是你的一点自我安慰。"⑤如果说王朔的顽主意味着消费社会中的主体登堂

---

① 方方:《"大篷车"上》,原载《长江文艺》1982年第2期,见《方方》,第1—14页。
② 参见方方的《白梦》及创作谈《怎么舒服怎么写》,后者为小说集《方方》的《代跋》(第427—430页)。
③ 参见方方的中篇小说《白梦》《白驹》。
④ 于观、马青为王朔小说《顽主》《一点正经也没有》中的人物。
⑤ 方方:《白驹》,见《行云流水》,第255—256页。

入室时的喧嚣,那么,方方的"三白"或曰新都市小说则是用以宣泄激愤与创痛感的成人漫画。

尽管此间方方声称"怎么舒服怎么写"①,她也确乎借此嬉笑怒骂彻底挣脱了主流写作的窠臼,但并非如彼时的批评家所言②,方方并未真正拒绝对作品中的一切进行价值评判,只是她的评判绝非道学家的评判;方方的评判不是主流写作式的义正词严的痛斥,而是作呕或淡然一笑,从《白梦》到《风景》,渐趋清晰的正是方方的一份拳拳之心与深刻的人文情怀。《白驹》中夏春秋冬的"探案"与王小男"自杀"之谜,正以其间叙事视点的选取暴露出方方与新写实主义主潮间的距离。夏春秋冬们不是王小男,他们拒绝认同或无法认同于类似的"小市民"或"流氓"。间隔着一个阶级与文化的鸿沟,王小男们只能是一种夏春秋冬们伴随着作呕的消遣、一种余兴节目。与其说方方是以所谓"抵抗投降"的热度执着于某种神圣的律条,不如说她只是"本能"地、不能自已地固守着一份朴素的、古老的人道主义信念。面对不公的历史与现实、商品社会、儒林群丑和贫穷愚昧,方方不能不痛楚,不能不作呕。一如《风景》中那赤裸而详尽的底层生活只能是一幅波德莱尔的"风景"③,只能显现在小八子那骨肉深情却生死相间的视域之中。

和以理想斗士自居的男性作家不同,方方执着于批判现实主义的人文立场,但同时充满了内省与自觉。是方方,而不是她的同代或前代人,表现出了一种博大的胸襟,一种朝向历史、人、人生的包容、

---

① 除却方方的创作谈《怎么舒服怎么写》,方方还在多处申明她对写作之"随意"的见解。其散文集《闲聊》的代序《随意表白》,开篇写道:"我非常喜欢'随意'这两个字。我觉得无论是作文还是做人,这都是一种境界。我做文章素来主张随意……"
② 参见周柯《跋:在凡俗人生的背后——方方小说》(从《风暴》到《一唱一叹》阅读笔记),见方方《行云流水》,第 327—336 页。
③ 方方中篇小说《风景》题记为波德莱尔的诗句:"……在浩漫的生存布景后面,在深渊最黑暗的所在,我清楚地看见那些奇异世界……"

背负与悲悯，一份原宥与挚爱。尽管"三白"中仍时有某种自怜或自恋流露①，但方方的作品始终呈现着传统知识分子的自我评判与反思。如果说方方的疆界在于她尚未达到某种解构与自反的"高度"，那么，方方则以她的特有的幽默与自嘲——对自己与同代人多一点尖刻与犀利（"三白"、《行为艺术》）、对前辈多几分理解与认同——复现着一个批判现实主义者的力度，展露着摒弃了自恋之后的文人小说或曰书卷气的细腻与魅力。

一唱三叹

在新时期众多的作家／女作家中，方方是为数不多的叙事高手。至少在她的中篇名作里，方方十分善于结构并叙述故事。和作为新写实主义主潮的作家不同，方方并不刻意追求所谓生活的"原生态"。确乎，方方善于构造并传达富于质感的生活，但这不仅仅是"生活的流程"，而且是日常生活中丰富的戏剧性。方方正是在对这种戏剧性的揭示与表达中获取着作品精巧而跌宕有致的叙事结构。方方无疑有着极为丰富细腻的情感，事实上，这种情感与感受的丰厚正是方方小说的语言肌理与精细结构的由来，但方方却不轻易赤裸或袒露这份情感。"三白"之后，方方的作品绝少出现叙事人的"赤膊上阵"。如果说，面对着远不尽如人意的人生，她仍不免作呕，乃至心痛，那么，她的情感，一如她的评判，成功地隐身于故事之中，隐身于人物与众生百态之后。"三白"之后，方方渐次成功地逃离了女性与文人自恋之镜的诱惑，她那绵长的书卷气不再作为一种"掉书袋"式的炫耀，而沉淀为一种叙事中的气韵。她的作品因之获得了那份一唱三叹的韵律

---

① 诸如不断引用古诗文或艾略特的诗等场景。

与感人至深的隽永。

方方书写人生的戏剧与戏剧式的人生，但除却少数篇章（诸如《桃花灿烂》的结局，但那与其说是古典戏剧，不如说是历史继续绵延的方式），方方所勾勒的却是摒除了戏剧感的日常场景，是戏剧幕落之后或幕启之前或两幕之间略去的寻常岁月。戏剧感仅仅显影在一个俯瞰的、超越的目击者的视域之间。诸如《一唱三叹》中的戏剧感并不显现在主人公琀妈风光多彩的"表演"生涯中，而刚好在她拒绝出演因而被漠视、遭遗忘的结局之中；而父亲（《祖父在父亲心中》）的剧目则在于他终其一生而"学多用少"，未获登场。同时，在叙事人的视域之间，琀妈的悲剧正在于与盈月老师的喜剧两相参照；而父亲所遭受的无血的虐杀的震撼，则在于祖父惨烈悲壮的、血染的悲剧衬底之上。方方善于渲染、长于映衬。如果说高人云（《行云流水》）的无血无泪的悲剧正是父亲悲剧的伸延，那么一如父亲，这出悲剧始终出演于其乐融融、温馨有致的家居场景里。幕启时的悲剧端倪（高人云病发街头）只是日子中寻常的一幕罢了。所谓"没有痛惜，只有难言的苦楚和忧伤"。而悲剧显现之时，方方却只有直白而不动声色的一句："便是这一年的秋天，高人云又病倒了。医生说，这回问题出在心脏。"

方方的人物总是在"宿命"的局促、荒诞中辗转，他们无法抵御降落在他们头上的厄运与"幸运"。历史的颠倒常常更像是命运的捉弄。如果他们是为了某一目标而出发，那么他们所到达的，却永远是始料不及或南辕北辙的终点；无论他们是献身于社会（《一唱三叹》《行云流水》《无处遁逃》），还是自弃于社会（《三人行·言午》），他们同样将为社会所遗弃或遗忘。所谓：

> 日复一日，人们都在将琀妈遗忘。
> 被逐渐遗忘的琀妈便穿着她常穿的紫衣坐在楼房走廊的尽

头……她知道她只能从这儿过渡到人生的彼岸了。她无奈地散发着她的阴郁和惆怅,亦把她的寂寞和凄清传达给每一个看见她的人。她很少说话,仿佛她这辈子的话业已说尽,或是她自觉对此一切已无话可说。①

他们中更多的是弱小的普通人,谈不上什么人生目标或理想抱负,但这并不能使他们豁免于历史与现实酷烈的阳光。在方方笔下,那是某种社会性的宿命,它并非无可挽回或救赎。方方的一唱三叹,在于她无法认可这种荒诞、残忍与冷漠。方方无法单纯地以历史来赦免个人,更不能审判个人以释然于历史。她的幽默与调侃只是她对自己遮挡历史的血迹与现实刺目的阳光的一道单薄的屏障。她不是斗士,不是审判者,她所有的只能是一唱三叹。

男人的故事

方方显然不是一个以"女性写作"为其主要特征的作家②。但她对人生、历史与现实的深刻体味,却又必然地使性别写作成为她作品中或可辨认的痕迹。事实上,在方方的作品序列中,男性角色占据了绝大部分舞台,其中为方方所熟悉亦钟爱的是那些父辈,那些或儒雅且迂阔、善良且无能的老式知识分子,诸如"父亲"、高人云。然而,与其说他们指称着方方的理想人格、携带着"革命以前"的优雅,不如说他们更像是历史的遗物,运交华盖,不合时宜。是他们无从解脱也

---

① 方方:《一唱三叹》,见《行云流水》,第174页。
② 方方以女性的性别命运而不是社会命运为题材的重要作品只有《随意表白》《何处是我家园》;论及性别的随笔有《男人看足球,女人看男人》《湘南访女书》等,均收入方方散文集《闲聊》。

不曾尝试解脱地背负着历史的债务,是他们万般无奈且百无一用地面对着因政治或金钱而变得分外酷烈、无情或是荒诞的现实。他们或者被缓慢地残忍地销蚀,终于碎裂,成为一片生命的废墟;或者在重创之下,成为畸胎,或一堆"粘在每个人眼睛上的垃圾"(《三人行·言午》)。对于方方的现实故事而言,将韩少功所言引申一步便是,胁迫他们的远不仅是"物质性的困窘",而且是物质性的困窘所携带的更为酷烈的精神与价值的失落。对于高人云说来,孩子的一语道破"八万块钱买下了你一辈子的劳动!"(《行云流水》)远比他必须经历的清贫的、捉襟见肘的日子更惊人,更恐怖。

除却类似的"父亲"形象,方方长于勾勒的,是某种野心勃勃、充满出人头地愿望的年轻男人,他们间或创造奇迹,成为成功者或人上人,诸如七哥(《风景》)或卢小波(《一波三折》)①;但那与其说是"穿过黑暗的隧道,前面是光明的颂歌"②,不如说是无尽的沉沦之后的沉渣泛起。这成功必然地以现实的"彻悟"、灵魂的堕落、极度赤裸的无耻为前导。他们或者一度踏上坦途,却忽而落入无处遁逃的绝境,诸如陆牺和严航,或者必须背负着为这"成功"所付出的巨大的代价,诸如肖白石(《随意表白》③)。

或许正是在这些男人的故事中,方方体现了她作为一位批判现实主义作家的意义。她的两代男性知识分子的故事,在某种意义上成了联结两个彼此断裂亦相衔的时代的文化桥梁。她写作也长于写作老一代知识分子所经历的那一特定时代的历史劫难。但那不是单纯且纯正的社会悲剧,更不是《绿化树》式男性的想象性的成人式。它常常更像是令人啼笑皆非的荒诞喜剧。如果你深刻地认同于其间的人物,那

---

① 方方:《一波三折》,见《无处遁逃》,第208—236页。
② 王安忆:《流水三十章》扉页照片题记,上海文艺出版社,1990年。
③ 方方:《随意表白》,见《无处遁逃》,第1—50页。

么你将体味到无尽的忧伤与悲悯；但如果你冷眼相向，那么它所呈现的便是难于言说的荒唐与滑稽。与此同时，作为一个敏锐的作家和一个清醒的现实主义者，方方比其同代人更早、更准确地发现了商业化大潮下的知识分子所必须经历的新的"劫难"。1991年，方方的《行云流水》已然直接而富于质感地呈现了这一辛酸而无助的现实。一如方方的"戏剧"式呈现，方方亦善于行云流水般地呈现实则不堪重负的现实悲剧。高人云的悲剧由是而呈现在一幕幕情趣盎然、亦真切、亦诙谐、亦酸楚的家居生活场景之中。然而，如果说高人云的悲剧在于沉重的历史债务，及拜金洪水中的不合时宜，如果说在高人云的故事中，严航成了裂谷的另一侧冷酷而直奔目标的新一代，那么《无处遁逃》将补足这一生活景观。严航间或可以以无情、自我中心而逃离历史的重负，他无法逃离的却是社会现实的必然挤压，以及社会激变中他赖以立足的生存基地的缓缓碎裂。

就方方而言，除却在现实的绝境中终于"脱胎换骨"的七哥和卢小波，除却"方方世界"之外的王小男、五哥、六哥之类，方方的男性角色与经典的男性角色大相径庭，其共同特征是敏感、无力与脆弱。尽管他们可能是或博学而善良，或野心勃勃、不择手段，或状似清高、潇洒，但他们同时呈现为某种人格的缺残，他们因脆弱至少是因内心的禁忌而易受伤害；他们不断地屈服于现实，屈服于现实的挤压或诱惑，却难于直面、承担甚或是吞咽这屈服的苦果。于是，他们成了这现实中与女人同样承重却易折的"段落"。如果他们熬过了劫数而未曾碎裂或夭折，那么他们将畸变为社会垃圾般的泼皮。仿佛只有毁灭：如果不是生命的毁灭，便是灵魂的毁灭——无耻地苟活与堕落。

如果说在方方作品中，"父亲"、高人云构成了"男人故事"中感人至深、令人忧伤心碎的一幕，因为他们确乎无从以"上一世纪"的从容、以自己的才华与道义对抗历史与现实的洗劫，那么言午、陆粞之父的苟活则更为惊心动魄。而在这历史与人的风景线之上，方方以女性的锐敏和细腻所勾勒的是类似于陆粞、肖白石、七哥一类的"在底层"或"往上爬"的男人故事。在方方所构造的社会景观中，阶级或曰阶层意识从不曾真正从人们的生活中消失；甚至在毁灭一切的时代，人们之间也从未有过真正的心灵或机会的平等。于是《风景》中二哥和杨朗绝望的爱情故事，便如同《桃花灿烂》一样，成了方方小说中的爱情绝唱。而一个在底层不断遭受着种种欲望、野心的诱惑、侵扰的男人那里，首先破碎的一定是爱情，而往上爬的唯一阶梯却又永远是女人。一个永远的、不断翻新的"俊友"的故事，甚至不是诱惑、不是表演爱情，而是赤裸裸的交易或曰卖身。有所顾忌、尚不能自弃于敏感与脆弱的，便只有毁灭（陆粞）；无法自甘，而想"用卖身的钱去买另一生"①的，便只有痛苦、继续叛卖，而后是堕落（肖白石）；只有彻底无耻，才能成就类似男人的"成功"与"事业"（七哥）。被牺牲的永远是女人，无论是作为被弃者，还是作为向上爬的台阶。在方方处，这显然不是所谓"男子汉喜剧"，更不是受挫的女性体验的流露；在方方那里，它更多的是某种社会的境况，某种令方方作呕却无奈的现实。

女人—TAXI—女人

一如现实，在方方作品中，女人绝少占据这些社会场面的前台。在方方的人与历史的风景线上，唯一一个在历史场景中出场的女人是玲妈。与其说她是以女性的身份出演，不如说她是以特定的母亲身份

---

① 香港畅销书女作家李碧华语，见中篇小说《青蛇》，原文为经历了许仙叛卖之后青蛇的激愤之语："没有男人肯卖掉一生，他总有野心用他卖身的钱去买另一生。"《青蛇》，人民文学出版社，1995年，第140页。

出演,她的剧目是在那一倡导无我、奉献的年代,出演母亲与母亲身份的超越;她永远在奉献、永远在牺牲,她因作为母亲并超越母亲角色而获得荣耀。而这沸沸扬扬的一幕,在终场处显现为剥夺:既是母亲权力对儿女自由选择命运可能的剥夺,又是社会对一位母亲的剥夺。当历史骤转轨迹,将母亲的神圣的供奉显影为无谓的荒唐时,珨妈便只能由一个历史场景中的耀目角色还原为一个女人,一个因不再为儿孙所环绕而卑微可怜的母亲。她因为不再超越母亲的角色而遭到历史舞台的放逐与遗忘。事实上,珨妈与盈月老师所出演的是两种经典的母亲角色。尽管珨妈的作为有着特定时代的印痕,但这种深明大义的母亲角色却依稀闪烁在无数的历史典籍与卷册之中,她们为了国家民族的利益相夫教子,而后送郎献子[①]。以一个德高望重的母亲为核心,前赴后继地为国家民族而献身的家族故事,始终是正史间可歌可泣的篇章。事实上,在这部作为"男人的历史"的"中国的历史"中[②],除了出演花木兰(化装为男人),珨妈的剧目,是女性角色进入历史的唯一范本。而盈月老师的角色虽极不光彩,但同样"源远流长"。那是工于心计与母兽本能的结合,她的唯一愿望和全部目的便是把孩子保有、聚拢在自己身旁。珨妈和盈月同样在自觉、不自觉地行使着中国母亲的权力,把自己的愿望凌驾或曰强加在孩子们的选择之上;所不同的是,珨妈的个人愿望有着一个崇高的、国家民族利益的认同前提。但除却作为一出社会剧目,珨妈的奉献终成了剥夺与遭受剥夺的剧目,而盈月则成就了一幅乐融融的世俗天伦图。方方的女性视点还在不期然之间,揭示了经典的精忠报国图落幕之后,一个女人在献出了她可能献出的一切之后,必然面对的孤独、落寞与遗忘。的确,

---

① 或许在众多的史传或话本、说唱故事中,《杨家将》中的佘太君是最为家喻户晓的一例。
② 参见方方《三人行·禾呈》,其中的主人公认为:"女人懂什么历史?女人有什么必要懂历史?中国的历史是男人的历史,女人在其中只是少有的几个丑角"。见《无处遁逃——方方中篇小说新作集》,第252页。

"她或许像一尊雕像,也或许像一个幽灵"。在正史所不曾到达的地方,每一尊女人雕像背后,必飘荡着一个女人的幽灵。

而方方对现代女性——准确地说是知识女性的形象,则着墨不多,但别具意味。事实上,除却《随意表白》与《何处是我家园》,方方的作品绝少涉及女性的内心世界;她只是寥寥几笔勾勒一个女人的侧影或一个女性场景的片断。但在这不多的几笔中,方方仍流露了一种屈辱、一种无奈,那是一个女人遭受伤害却无处也不屑于诉说的痛苦和伤口。所谓:

> 我不知道我自己能懂得多少。但是我最清楚不过的是,你[女人]不可对他们[男人]提出太苛刻的要求。你最好只是在不影响他们正常生活的前提下与他们和平相处,在无人知晓的状态下偷欢片刻,这样,你的爱情故事可以演出很多年很多年。在他寂寞之时你为之解除寂寞,在他不寂寞之时你离得远远。你像一辆出租车,挥之可去,召之可来;你又像一副工具,用之在手边,不用之在墙角。这样,他们便会十分满意你,深情地望着你,说你是个好人,说你深明大义,说你在他的心目中如何如何地紧要。然后带着满意的神情与你亲热亲热,为你解除一下对爱情的焦渴感。
>
> 只是,他们从来不问女人是否也正愿意这样。①

如果说在《随意表白》中这只是两个"不幸"落入了"第三者"困境中的女人的哀叹,那么,在《桃花灿烂》中,星子在波澜过后的一句结语,"不,他谁也不爱,他爱的只是他自己。不过,这也没什么不好",便成了更具有方方式的宽容与原宥的、关于男人的结语,尽管

---

① 引自方方:《随意表白》,见《无处遁逃——方方中篇小说新作集》,第45页。

这份彻悟仍伴随着深深的迷惘:"这究竟是些什么?有什么意义呢?"更多的时候,这份深刻的女性创楚在方方那里只是某种潜台词,某种一带而过的"闲笔",诸如《白驹》中,夏春秋冬那潇洒调侃的外表下,那"超然的笑意后依然藏着厚重的阴郁之气";诸如在此篇中她再次使用了的关于女人不是出租车的"修辞"。

方方唯一一个既呈现在历史之中,又显影于历史之外的女人的故事是《何处是我家园》。尽管方方在这一长篇的"序"中,自我调侃了一番,但甚至在小说的标题中已呈现了充分的女性"症候":在这部长篇中女人不是、从来不是某一"家园"的象征,而是一个从不曾拥有家园的流浪者;她没有机会与可能显现那种为男性所歌咏的大地母亲的丰饶、富足与坚忍,她不可能拥有为男性所怜爱、所渴慕的精致与脆弱。如果说故事的主角秋月曾是一个林黛玉式的"细茎上的淡金色花朵"①,那么,她所遭遇、所必须背负着的活下去的"命运",则使她终成为一丛匍匐于阴暗与肮脏中顽强、麻木生长的棘草。在这个方方式的从容、"落套"的历史故事中,方方自觉不自觉地颠覆着所有关于女性的二项对立式:良家妇女/娼妓、贞女/女巫、弱者/强者、浪漫爱情/出卖肉体、被侮辱与被损害的/冷酷而邪恶的叛卖者、姐妹情谊/同性间的出卖、倾轧。一如方方的"序"所言,这是一个"传奇",一个以谣曲的语调与节拍讲述的大起大落却没有奇迹与获救的女性传奇。主人公秋月从充满浪漫梦想、身世飘零的孤女,到"五四"式爱情故事的女主角,到遭遇人间惨祸——被强暴、轮奸、沦落街头,到成了卖笑的老鸨与卖身的妓女,到以大家闺秀的面目出而为人妻,最终成了洗衣妇秋婆;其间她所遭遇与必须面对的是男性欲望的觊觎,至为赤裸与直接的身体暴力,内在化的男性视点与对"贞女"的苛求,男性权力的践踏、蹂躏;以及为了解救自己"必须"踏着姐妹的尸骨

---

① 美国作家杰克·伦敦在《马丁·伊登》中形容女主人公的用语。

前行。一个遭受着社会与人生的不公与暴力的弱女子,同时是一个坚韧的、工于心计的、无情的叛卖者。如果说在叙境中,风儿出演了一个侠肝义胆的姐妹,一个红娘、晴雯式的角色,那么她则因秋月冷酷的叛卖而永远地消失在叙境的幽冥之中。在方方的故事中,与其说女人是家园的指称,不如说揭示了女人在男人的社会中永无家园的境况。"何处是我家园",或许可以引申为:男人方是这世界的主人、征服者,至少是原住民;而女人则更像是被逐者与游离民[①]。

从某种意义上说,方方更像是一位为"19世纪"的文化所造就的工业时代的行吟歌手。她挚爱,但不煽情;充满对社会的终极关注,却不自命为寓言家与说教者。或许方方的写作,将成为当代中国文学中批判现实主义写作的引人注目的一处标记。

---

① Diaspora,原义特指被驱赶、放逐而永远丧失了家国的犹太人,现用来指称主流社会之外的边缘人,加州大学伯克利分校的刘禾教授将其译为"游离民",珥湾分校的周蕾教授译为"家国之外"。

第十四章　池莉：烦恼人生的神圣

"新孩子"的此岸

显而易见，池莉和方方的名字与新写实主义相联系，成了80年代女性写作的最后一处标识。从某种意义上说，"新写实主义"，尤其是池莉的写作，于不期然之间，成了对80年代——理想主义的黄金时代的送别；《烦恼人生》的发表完成了一次由理想而为现实的、看似突兀实则从容的降落①。《你是一条河》②（1991）的结尾，母亲辣辣在1989年那一历史性的时刻，在女儿"冬儿饱含泪水的回忆中闭上了双眼"，似乎成了池莉一个有趣的、症候性的自我定位。不是理想主义的绝望陷落，而是此岸人生的清晰显影。所谓1987年池莉的"脱胎换骨"③，以《烦恼人生》《不谈爱情》《太阳出世》④这一中篇"三部曲"呈

---

① 从某种意义上说，这一"降落"过程自张辛欣、王安忆等作家80年代初的写作中已然出现，只是它始终是一股潜流，不断地为接受定势与主流话语所遮蔽。
② 池莉：《你是一条河》，见《预谋杀人——池莉小说近作集》，中国社会科学出版社，1993年，第57—129页。
③ 自发表于1987年的《烦恼人生》起，池莉相继发表了此后被视为"三部曲"的《太阳出世》《不谈爱情》，一改此前其作品纤细、诗意、苍白的叙事风格，为批评家段崇轩称之为池莉的"脱胎换骨"。参见段崇轩：《"屏蔽"后的重建——池莉中篇小说解析》，见《预谋杀人》，第357页。
④ 池莉中篇小说"三部曲"《烦恼人生》《不谈爱情》《太阳出世》，收入池莉小说选《太阳出世》，长江文艺出版社，1992年。

现出一个为 80 年代的社会文化语境内在渴求、呼唤已久的现实此岸。不再是苦海中的涉渡,不再是朝向黄金彼岸的畅想,而是一幅困窘而丰满、琐屑而真切的市井众生图。不是被击毁的海市蜃楼背后显现出的肮脏世相,而是撕碎的脆弱景片的裂隙间呈现出的现实人生。事实上,池莉 1987 年以后的作品及新写实主义,先于 80 年代理想主义热气球升腾中的最后碎裂而出现,成了对 80 年代终结处全社会的震惊与创伤体验的有效抚慰,有如一道文化的浮桥,连接起似乎为新的断裂所隔绝的八九十年代。

事实上,在 80 年代众多的女作家中,池莉与王安忆有着某种内在的相像。至少在她们的追忆与自述中,她们似乎都有着某种"为写作而写作"式的创作动机①。在她们的起始处,写作源自某种内心的与社会的孤独,它是一种想象性的代偿方式,出自某种深刻的匮乏所产生、繁衍出的对虚构的内在需求。从某种意义上说,她们都极为内在地在书写"成长的故事",并在写作中经历一个艰难的穿越心灵的困窘与匮乏的阴影线而渴求着成长与认可的过程。而且王安忆与池莉似乎都渴望通过写作来抚慰、消解作为社群的异己者与外来人的记忆;她们似乎都在顽强而无奈地试图借助写作来换取某种社会的接纳与承认。直到 1994 年,池莉在她的创作谈中写道:"《烦恼人生》好几次被人拒绝。最后它被《上海文学》发表了。看中它的编辑和签发它的主编成了我永远有好感的人。这没办法,我是个俗人。我觉得他们的意义不仅仅在于发表了我的一篇小说,更重要的是他们给了早年那个小女孩一个会意的眼神。"②

一如王安忆,池莉在自己的追忆中确认了自己与新中国历史的特

---

① 参见池莉创作谈《写作的意义》(载《文学评论》1994 年第 5 期,第 15—22 页);及王安忆的小说《我的来历》(载《上海文学》1985 年第 8 期)、《纪实与虚构——创造世界方法之一种》(人民文学出版社,1993 年)。

② 池莉:《写作的意义》,第 21 页。

定的血肉的联系,她因之而将自己称为一个"新孩子";她们作为因全新的历史机遇而出生的孩子,与更为久远的历史相隔绝,为另一个在久远历史中所形成的古老社群所排斥、拒绝,甚或放逐。她们因此而远为深刻而独特地体味着文化之根的悬浮、建立个人认同与归属的"想象的社群"的匮乏,因此她们都极为个人地产生了对虚构/写作的内在需求。用池莉本人的自述,那便是:

> 我是一个前所未有的崭新的孩子。不像人们那样生活在祖辈留下的房子里。我在公家分配的毫无家庭气息的床和办公桌之间长大。我没有祖荫,没有根基,跟随父母调到这里调到那里工作。……谁都没有真正注意我这个新孩子,无论在哪儿,无论和谁在一起我都被孤独的感觉纠缠着。我一说话回响总是另一种声音。很快我就变得不爱说话,即便说话也没有信心。我彻底失去了对说话这种表达方式的信任。剩下的我与外界的唯一通道就是写作。①

这似乎已内在地决定了池莉更为执着于现实人生或曰"真实"。对写作与真实的探究,对她说来,更像是一次不能自已的精神历险与挑战,同时更为固执地执着于对她事实上并不从属之的"庸常之辈"和"小市民"的热情、书写与认可。它不仅出自在想、写作、虚构中对"想象的社群"的获取,而且是被放逐者朝向放逐者的认同,是对某种新的、悬浮的、无根的文化、历史的弃置,和对一个悠远而朴素的历史的皈依。池莉以一个弱小而决绝的背弃者的身份,在不期然间记录了一个变迁的时代与变迁中的话语。因此,一如看似与王安忆的现实生活相去甚远的《流水三十章》,事实上最近似于王安忆的精神传记;与池莉

---

① 池莉:《写作的意义》。

的人生际遇或不相干的《一去永不回》①，则成了池莉文化身份的剪影。或许正是由于这种深刻的、对"想象的社群"的匮乏感，使得王安忆与池莉以不同的方式热衷于接受挑战并书写历史。池莉在一个不断发生着深刻变迁的历史中成长；作为一个"新孩子"，她不断地体味、咀嚼着孤独与放逐。从某种意义上说，她甚至不无自恋地固守着这份孤独；同时匮乏与孤独内在地构造为一种强烈的归属渴望，她因之以极为自觉的方式参与历史的重写与虚构。不期然之间，她加入了对她得以出生的历史的否定与颠覆。构造历史与书写历史的绵延，似乎成为她"个人"的文化需求。池莉因此在她的又一作品序列中，悄然地建构着她自己的"约克纳帕塔法"——她的沔水镇的故事。

池莉所经历的，是对在孤独中所形成的自恋及写作的白日梦痕迹的粉碎，是对叙事时尚、"女性写作"的话语界定及文学语言模式的挣脱与突破过程。从某种意义上说，池莉及新写实主义的作家们比他们的前辈及同代人更为贴近城市，贴近现代都市生活。如果说，王安忆在《悲恸之地》中，第一次呈现出一个几乎成为一处壁垒、一个冷漠的谋杀者的城市，那么，对池莉来说，无根的，被不断的扩张、重建与流动所构造着的都市，则似乎以某种内在的想象性，应和、抚慰着一个孤独的"新孩子"。如果说，现代都市始终是当代中国文化风景线中的一片朦胧雾障，那么它对池莉及新现实主义的作家们却别具一份魅力与秘密。事实上，在池莉开始自觉地营造她的沔水镇之前，其成熟期的作品深刻地萦回、迷恋于似新似旧、未死方生间的中国都市与市井生涯。或许可以说，池莉与八九十年代之交的新写实主义，意味着现代都市于当代中国文化风景线上的再度浮现。它无疑是现代性话语再度扩张之际的产物，同时在不期然间成了对其想象表述的反戈一击。

---

① 池莉：《一去永不回》，见《太阳出世》，第 190—244 页。

从某种意义上说，池莉正是在对 80 年代主流话语的建构及终结的意义上，成就了一个"一去永不回"的文化剪影。在一份为涩重的柔情所浸染的《烦恼人生》中，池莉第一个以对平凡人生中的"英雄主义"书写，改写了 80 年代文学序列中的对经典英雄的呼唤与虚构；《你是一条河》则在从城市普通市民的视点记述 60—80 年代的历史的同时，重述着母亲，消解着关于母亲的神话；而从《不谈爱情》到《绿水长流》①，池莉固执地解构着关于永恒的爱情的超越性神话。或许正是由于她得以出生的"想象的社群"的脆弱，及其在历史进程中"想象"特征的暴露，池莉自觉或不自觉地充当了理想主义话语的碎裂过程的参与者与见证人。然而，一如新写实主义事实上是官方说法中实证主义与实用主义的、迟到的文学呼应，池莉所出演的并非反叛的或边缘的角色。她仍是一个有所修订的"启蒙"话语的持有者；具体到池莉，她显然是一个知识/权力的膜拜者，同时是一个朴素的人道主义者②。池莉的《太阳出世》，在她对女人的生育经历、一个年轻的核心家庭与生育这一现实的遭遇之中，琐屑的"烦恼人生"的描述，几乎成就了一首赞美诗。不是婚姻而是生育与对孩子的抚养，成了一对年轻夫妻的文化成人式。事实上，在池莉的大部分作品中，沉重、艰辛、富于生活质感的描述，都缀着一个救赎性的"尾声"③，一线细微的希望曙色。那是灵魂的启蒙与重生——获救的契机

---

① 池莉中篇小说《绿水长流》，收入池莉小说选《绿水长流》，河北教育出版社，1995 年，第 1—66 页。
② 参见池莉的创作谈《"杀人"写作前后》："《预谋杀人》是一个复仇故事，但不仅仅是个复仇故事。正如《中篇小说选刊》所分析的那样，它表现了中国人文化素质低下的悲哀。王腊狗的悲剧有源于此，王劲哉的悲剧有源于此，丁宗望的命运也有源于此，直至今天，缺少文化的愚盲行径在中国大地上比比皆是，它将会导致什么呢？"及池莉创作谈《中国不需要矫情》："我可以做的只是用文学作品提示我们已进到了'人的时代'。"见《预谋杀人》，第 377、375 页。
③ 见之于池莉短篇小说《白云苍狗谣》（见《太阳出世》，第 286—324 页）、《你是一条河》、《太阳出世》。

来自于知识对"蒙昧"的战胜。那是一个直觉中的人道主义与"启蒙"话语的疆界。

起点：镜中女

事实上，池莉最初是作为一个极为"典型的女作家"（或者说是持有十分标准的"入场券"）而登上文坛的。她最初引起关注的作品是温婉、柔情而略带忧伤的《月儿好》，是诗意而明朗单纯的《有土地，就会有足迹》①。前者"写一个男人被他抛弃的女人感动，因为这个女人被抛弃之后依然没有失去对生活的信心和她的善良"；后者"写一群知青如何互相爱护地在一块儿生活，如何大公无私"②。一些"据说写得清新美好"也确乎清新美好的故事。它们更像是诗，更像是某种共同梦的再次书写。没有越轨的新意，没有僭越与冒犯，但讲述者新鲜的嘴唇给予它一份新的、尽管稚弱的光韵与动人。如池莉所言：

> 作为一个作家，我认为我诞生的时代不容乐观。我上有五千年的文学峰巅，正在进行的是如潮涌来的一阵又一阵的西方文学浪潮和拉美文学浪潮，从新中国成立之初到文化大革命之前这段历史时期淹没我们的是前苏联文学浪潮。我们要么读中国古典名著，要么读苏联，法国等外国文学名著。读书原本有益无害，但不知怎么搞的我们把自己读成了别人。
> 我明知道我是一个尴尬的新孩子，我有一双新眼睛，我可以

---

① 池莉：《月儿好》，见《预谋杀人》，第254—263页；《有土地，就会有足迹》，见《预谋杀人》，第130—202页，其在杂志上发表时的篇名是《勇者如斯》。

② 池莉：《写作的意义》，第19页。

写一种新生活，无奈已有的文学名著已经把对生活的认识通过各种途径输入到我们的意识之中。比如生与死，爱与恨，穷与富，好与坏，善良与邪恶，正义与非正义，高贵与低贱等等，这些人生中的重大问题都有现成的规范和答案。在很长的时间里，我一点也没有发觉我走在过去的别人的生活中。①

此间池莉的作品具有一种朦胧而传统的"女性视点"：她写女人、写爱情与爱情的超越，但她的女性大都纯白、圣洁，多少带一点殉道者式的美丽与尊严。与其说这是某种明确女性意识的呈现，不如说更像是对别一种主流的、女性的话语的分享。此时的池莉远离着都市，和她同时代众多的女作家一样，她书写着乡村、书写着小镇，因为这类女性形象的成立必须远离"现代"与都市的喧嚣，需要一个相对单纯的背景来衬托这些美好、独立但无疑富于传统美德的女人。她们似乎只能在一种放大了的母爱情境中，以一种自我牺牲的慷慨才能实现或曰呈现她们的价值与独立。如果较之此后池莉的李小兰（《太阳出世》）、吉玲（《不谈爱情》）或温泉（《一去永不回》）、辣辣（《你是一条河》），月好和秋伟宜更像是单薄美丽的镜中女——呈现在一面女性的自尊、自恋之镜中的女人。在一个羸弱、困窘的都市男人的视野中，月好（《月儿好》）像是一位圣女或者说是圣母，指称着一个失去了家乡、隔绝于"母体"的男人，在令人疲惫的漂泊和令人疲惫的婚姻之后，所渴求并匮乏的一切。而《有土地，就会有足迹》中的秋伟宜则是为完美、赤诚的爱与人生而献身的少女。她不苟且、不退缩，除了爱情和感情依傍的需求，她几乎是独立的完美者，一个天生的殉道者；爱情似乎是她唯一的"弱点"。尽管小说中的某些细节间或可能使秋伟宜的性格成为一个有趣的个案，但一种自恋式的盲目与赞美的叙事语调，使她

---

① 池莉：《写作的意义》，第18—19页。

仅仅作为一个人生的勇者与完美者而停留在镜中。所谓：

> 在她理想的生活中，没有忠诚的苦恋是达不到目的的，也没有什么感情比万一达不到结果的苦恋更坚贞和高尚的。
>
> 她认为做人要以高尚纯粹为准绳，也就不管自己的将来如何，生活怎样，也不征求任何人的意见就断然决定这么做，以痛苦来锤炼自己。
>
> 她苦苦地爱了一个人，可爱人的最后一滴眼泪粉碎了她的梦想，她就毫不犹豫把他还给了他自己。
>
> 她才二十岁，又聪明，却是一个多么固执而又坚强的姑娘，才二十岁呵，她就震动了周围人们的心。①

不论是否自觉，事实上，池莉不断在营造一面男性话语规范的镜子，以映照并确认女性的自我形象与主体位置。因此，月好的圣洁与不幸才再一次于寓言故事《青奴》②中浮现，秋伟宜的执拗与倔强才更为深刻而丰满地再现于柳真清（《凝眸》）③的传奇生涯之中。除却池莉此后将直面并挑战的主流写作规范的束缚之外，此间池莉优美、稚弱而单薄的写作方式同样受制于经典的女性写作规范及女性写作的文化现实。从《月儿好》开始，途经《少妇的沙滩》《雨中的太阳》④，池莉始终是一个极具"女性特色"的写作者。她写女人、写人们的情感经历、写虚幻且真实的女性的内心世界；但这一切始终是美好的、优雅的，充满了诗一般的纯净。它们是如此的优美脆弱，以致它们面对现实的时候几乎充满了白日梦般的耻感。不仅是

---

① 池莉：《有土地，就会有足迹》，见《预谋杀人》，第201—202页。
② 池莉：《青奴》，见《预谋杀人》，第264—280页。
③ 池莉：《凝眸》，见《预谋杀人》，第203—253页。
④ 池莉：《雨中的太阳》，见《绿水长流》，第297—308页。

池莉早期的创作,事实上,在新时期众多的女作家中,一种无所不在的、深切的自恋式写作,事实上成了某种当代女性文化的症候性呈现。从某种意义上说,当女性开始在现实与文化的意义上脱离、质疑或僭越传统的性别秩序,她便难以从传统及主流的话语及镜像序列中获取关于女性的自我确认,于是,一种性别价值及位置的悬置感,不断构造着女性的深刻的自疑、自恋式的表达;自恋镜像,成了一种孱弱而绝望的价值确认的替代。然而,这种女性的自恋故事往往结构在一个无私的他恋的情节之中;一个新女性的傲岸只能在某种经典的女性美德的实践中得以完满。这是一道罅隙,一份女人进退维谷的文化失语。《烦恼人生》之前池莉的写作,呈现了某种女性写作的陷阱:如果她并不心甘情愿地"化装成男人",或无法自信于已获得了性别的超越,那么她仍无法逃离同样主流的、或许更为源远流长的女性写作的范型,于是她必须面对一个文化的"女性"的角色,面对着萧红曾慨叹过的"低矮的天空":一个女性文化的、题材的、话语及情感的规范之笼。此时,池莉无疑是一个已不无成就的"女作家",但事实上,此时她尚无法将自己与新时期众多的"女作家"区分开来,尚无法表达她的"新眼睛"所发现并注视的"新"现实。

一如池莉所言,她此时所陷入的不仅是某种写作的窠臼,而且(或许更重要的)是某种意义——经典的二项对立式的樊篱。如果说,你在哪儿发现了二项对立,你便在哪儿进入了意识形态,那么,在善恶、美丑、爱恨、生死的鲜明对照与潜在对峙的意义结构中,池莉仍只能滞留在一个巨人之影般的"19世纪"当中,她的写作本身只能是对80年代主流话语的文化实践。其中女性的、尴尬且边缘的位置决定她无法逃离某种自尊、自恋的叙事模式与叙事语调。

"撕裂"与补白

　　从某种意义上说,支撑着 80 年代文学的"伟大的叙事",在其后期已然遭到新的文化尝试的冲击,并被日渐加强的现实与文化张力所围困;似非主流的实用主义与消费主义因素及话语的增殖,已内在而有力地呼唤着一种新的关于"真实"的表述。一种对"现实主义骑马归来"的热望悄然隐形于诸多对现代派、"伪现代派"及后现代主义的无尽饥渴与狂热命名之中。在理想主义热气球纷纷升腾之间,在诸多的英雄与反英雄、历史与反历史写作之中,一种相当意识形态化的"解构"热情始终在加剧着 80 年代文化的内在张力。事实上,犹如一次历史及其文化的诡计,为理想主义者始料不及的是,他们以文化英雄主义的激情所执掌的"解构"的利刃最终将成为一把双刃匕首。而作为一个经历并不独特但颇有反省精神的"新孩子"(且由于一段极为个人的特定经历[①]),池莉率先到达了这一文化及话语的临界地带。

　　一如每一个新的文化思潮及写作方式的面世,池莉及与她同代的、被名之为"新写实主义"的同伴们,是以对"真实"的质疑及迫近而步入前台的。而池莉则是在对自己"清新美好"的作品的否定中开始她的"脱胎换骨"的:

[①] 一场重病成了池莉创作转型的个人契机。她说:"过去我写了一些作品,因自视太高,在创作上产生了困惑。这时我拼命读书拼命写拼命思索还是冲不出原有的一套。一年秋天我患了肿瘤,住进了象征死亡的癌病房。创作中止了,心却明亮了。我开始与疾病抗争,我当过几年医生,亲手抢救过垂死的病人,却没有病人那样深刻地体验到生命的易碎和那无比强烈的求生力量。当我摆脱了病魔,准备重新握笔,却又遇到了一个大打击,我几乎弄得没有工作,没有饭吃,我又一次面临死亡的威胁。在我不幸的时候,我切身感到周围赤诚帮助我的普通人的无私、正直、善良和勇敢。在我疲于奔命瘫坐在轮船甲板上时,我对面就坐着'印家厚父子',我们只聊了几句无关紧要的话,可我却深深体味到了人生的苍凉。我的所见所闻所思,使我痛感这些年我们的生活伪饰太多,因此,我便想用新的思路表现这一切。"转引自半岛:《池莉评传》,见吕晴飞主编《中国当代青年女作家评传》,中国妇女出版社,1990 年,第 135—136 页。

只有生活是冷面无情的,它并没有因为我把它编成什么样子它就真的是那种样子。……生活把什么没有展示出来?爱情,忠诚,欺诈,陷害;天灾人祸,大悲大喜,柴米油盐,家长里短。我终于渐悟,我们今天的这生活不是文学名著中的那生活。我开始努力使用我崭新的眼睛,把贴在新生活上的旧标签逐一剥离。

撕裂是艰难而痛苦的。我首先撕裂自己。可严峻的问题在后头。你可以撕裂自己,然而谁承认你的撕裂? ①

作为一个具有了自己(尽管并不显赫)的位置的作家,池莉的"撕裂"之作《烦恼人生》的发表确乎遭到了阻力,但对这一"撕裂"的认可,并不像池莉所想象与描述的那般艰难。在经历了短暂遇阻与受挫之后,作品一经问世,立刻取得了巨大的成功与广泛的认可。采用了这一小说的《上海文学》以十分隆重的方式推出,并加了《编者的话》,称:"自《人到中年》问世以来,我们已很久没有读到这一类坚持从普通公民日复一日、月复一月、平凡且又显得琐碎的家庭生活、班组生活、社会生活去发现'问题'与'诗意'的现实主义力作了。"②在经过了一段为时不短的写作生涯之后,《烦恼人生》的发表不仅使池莉终于获得了全国范围内的知名度,而且她显然自此开始置身于中国大陆主流作家之列。如果说《烦恼人生》的巨大成功,是以写作为自己人生之必需的池莉的转折,那么,对她撕裂话语的景片所裸露出的"真实"的热切的认可,却无疑表明了它确乎应和着一种潜在的社会需求与话语匮乏。然而,与其说池莉所完成的是某种对理想主义话语的撕裂,不如说她所实现的仅仅是一次成功的补白。

在为池莉赢得了盛名的中篇三部曲《烦恼人生》《不谈爱情》《太阳出世》中,首先攫取了人们注意的是某种生活的质感,一种"毛茸

---

① 池莉:《写作的意义》,第 19 页。
② 《编者的话》,载《上海文学》1987 年第 8 期。

茸的质感";似乎是"生活自身"从撕裂的景片的裂隙喷涌而出。稍加细察便不难看出,三部作品有着一个共同的被叙对象,那便是现代都市人的婚姻场景。如果说,在此之前,女作家写作之中婚姻始终在天堂／地狱、灵(爱情)／肉(性爱)的意义超载与自我缠绕中,成为某种缺席的在场者;如果说,在此之前,婚姻是一种极难得到认可的现实,那么,在池莉的三部曲中,婚姻以既非圣洁、亦非劫难的面目,从诸多婚姻叙事的遮蔽中浮现出来。从某种意义上说,池莉对婚姻现实的揭示成了她对人生此岸的一次勾勒与认可。婚姻并非伊甸之门,也绝非地狱入口;它仅仅是更为深刻而复杂地连接着、充任着社会现实。作为一个补白者,池莉所瞩目并描述的婚姻现实,刚好是此前的主流叙事必然绕过或略去的琐屑细节。而这些琐屑、庸常、不登大雅之堂的细节,在池莉那里重组为一幅稔熟且陌生的人生图景;这是烦恼人生,充满了日常生活的困窘、辛酸与纠葛,但它不仅别无选择、不可逾越,而且其间亦不乏一点点温情、一点点快乐;生之意趣便在于烦恼人生的延续。没有也不该有一幅天国图景来参照这一现实的乏味与苦涩;没有也不该有一幅地狱的景观来歪曲或涂污此岸的生机。事实上,池莉所勾勒的婚姻图景是一幅社会图景,这不仅因为婚姻原本是一种社会行为,还在于池莉撕裂了80年代女性叙事中对婚姻之于个人意义的放大,将它还原为社会秩序及网络中的一环。所谓:

> 婚姻不是个人的,是大家的。你不可能独立自主,不可以粗心大意。你不渗透别人别人要渗透你。婚姻不是单纯性的意思,远远不是。妻子也不只是性的对象,而是过日子的伴侣。过日子你就要负起丈夫的职责,注意妻子的喜怒哀乐,关怀她,迁就她,接受周围所有人的注视。与她搀搀扶扶,磕磕绊绊走向人生的终点。①

---

① 池莉:《不谈爱情》,见《太阳出世》,第48—49页。

与其说池莉率先以现实主义的力度揭示了一种久遭遮蔽的现实，不如说她以自己新的作品序列为一种文化匿名且重要的现实正名。她补足且修订了一种人生景观与叙事模式。她凸现了普通人的日常生活，并为它的合理性与价值而论辩。与其说池莉作品撕裂了英雄主义与主流叙事的景片，摘去了现实生活的理想的光环，不如说她为庸常之辈、为"俗人"、为曾遭不屑一顾的寻常岁月辩护，并赋予它近乎神圣的尊严与价值。这价值并不存在于超越之中，而就在这现实生存自身。

　　如果说宗璞亦曾勾勒出一处在婚姻场景中浮现出的此岸，那么宗璞所凸现的是婚姻中的精神盟约，凸现的是人的真情挚爱如何构成一个遮风避雨的天顶。其间婚姻不是爱情的对立项，而是对爱情盟约的确认与加固。尽管在现实中它仍脆弱、不堪一击，但在心灵中它却是一座坚不可摧的城堡，足以抵御外部的灾难与疯狂。① 的确，在宗璞那里，婚姻亦具有它充分的秩序化的意义；但在她写作的以及她所写作的年代，正常的社会秩序、健全的人生，正是人们可望不可即的黄金彼岸；因此此岸的固守便是彼岸的到达，因此宗璞式的直面，便是"将背影留对社会"②。而不足十年之后，池莉写作的年代，情形已截然不同。自《烦恼人生》起，池莉的作品序列，更像是对张辛欣所开始的"降落"过程的完成。这是一处别无彼岸的现实此岸，其中婚姻不可能是孤岛或城堡，而刚好是社会秩序、社会链条中坚韧有效的一环。如果说在《米家山水》中，莲予放弃了出国访问的机会，是退出了无谓的人生角逐，以重返婚姻/家庭/个人生活的锁闭之中，那么，在《不谈爱情》中，庄建非则是为了赢得一次出国访问的机会，终于深刻痛切地意识到了婚姻的意义：它是你——一个男人自我形象的一部分，是秩序化的社会衡量你个人价值的重要标准，因此它在多

---

① 参见宗璞《三生石》《米家山水》等。
② 张抗抗：《为谁风露立中宵——宗璞小记》，见《你对命运说：不！——张抗抗随笔》，知识出版社，1994 年。

重意义上是极为现实与实用的,你必须为它付出心血与代价。庄建非因此而"长大成人",因此而成功地安度婚姻危机,获取了一份现实的完满。在宗璞那里,婚姻是一个个人的港湾;而在池莉这里,婚姻则是多重的社会契约;甚至可以说,婚姻便是现实、生活的代名词。确乎,在池莉所构造的婚姻、现实图景之中,诸多理想主义的关于爱情、婚姻的话语纷纷扬扬如同纸屑般飘落,而这正是池莉所谓"撕裂"的本意。事实上,在80年代诸多的女作家中,只有池莉对婚姻场景投注了如此多的关注与如此详尽的描述;也只有池莉对婚姻/现实赋予了如此庄重且深情的认可。这不是一般意义上的背负与认可;因为在池莉那里,这份烦恼人生、这段不尽如人意的婚姻不仅是你别无选择的现实,而且是你——一个普通人的全部拥有与财富。所谓:

> 印家厚头也不回,大步流星汇入了滚滚的人流之中。他背后不长眼睛,但却知道,那排破旧老朽的平房窗户前,有个烫了鸡窝般发式的女人,披了件衣服,没穿袜子,趿着鞋,憔悴的脸上雾一样灰暗。她在目送他们父子。这就是他的老婆。你遗憾老婆为什么不鲜亮一点儿呢?然而这世界上就只有她一个人在送你和等你回来。①

和彼时批评家所论及的关于"烦恼"的意义以及所谓"现代性焦虑"不同②,池莉书写烦恼人生的意义不在于展露烦恼,而在于为现实、为不甚完满的婚姻、为普通人的日常生活"复权正名"。池莉之为新写实主义的新意在于,她不拔高、不放大、不矫饰:她充分深入了解现实人生、日常生活及婚姻关系中的琐屑、辛酸与艰辛。《烦恼人生》中主人

---

① 池莉:《烦恼人生》,见《太阳出世》,第122页。
② 参见易中天:《池莉论——"烦恼"与池莉作品的风格和意义》,见池莉《预谋杀人》,第350页。

公印家厚疲惫地面对蛮横、絮叨的老婆,心中瞬间的杀机("手中的起子寒光一闪,一个念头稍纵即逝"),甚至比将"没有爱情的婚姻"描摹为地狱的作家们更为深且痛地写出了个中人的苦楚。但池莉对现实、此岸的认可,不是隐忍着无奈与痛楚,亦未显露出一种几近殉道者一般的忍受;事实上,池莉以一种平和、温馨,不无幽默、不无默契、赞许的叙事口吻在书写现实。在池莉的现实景观中,烦恼而琐屑的日常生活几乎具有了某种圣洁的意味——池莉以"太阳出世"命名了一对平凡的年轻夫妻所经历的一次平凡的生育。对于这对年轻夫妻来说,新婚的一年有余,是他们经历了辛酸、琐屑、艰辛、困窘的日子,但这却是一次"太阳出世"一般的更生。在此之前,几乎没有一个当代中国作家(包括女作家)如此细腻、逼真而情趣盎然地记述一个女人妊娠、生育、抚育孩子的全部不无苦楚、有泪有笑的过程,记述一对尚不成熟的年轻夫妻如何"个中甘苦两心知"地度过这一全新的寻常岁月。池莉将它呈现为一次学习与成长,他们在学会做父母的同时,学会做丈夫、做妻子,学会生活与人生。这部以武汉街头喜闹剧式的婚礼开始的故事,成为一个特定的、池莉的成长故事。一如《不谈爱情》是男主人公庄建非在一次夫妻口角衍变成的婚姻危机中认知了现实与妥协,因此而"长大成人"。

对于所谓八九十年代之交的中国大陆新写实主义,至少对于池莉说来,她显然再次奉行了"照生活本来的样子写生活"的信念;但较之传统的批判现实主义者,或较之谌容,她显然修订了或曰弃置了其中似不可少的社会批判立场与使命。如果说经典的批判现实主义者始终在他们毫不动情的现实描摹中隐含着一份变革社会的激愤,至少是一个灰色的微笑——"诸位先生,你们过的是丑恶的生活"①;那么,池莉在她的《烦恼人生》之后的作品序列中投入的却是一注热切的目

---

① 〔苏联〕高尔基:《安东·契诃夫》,见《文学写照》,巴金译,人民文学出版社,1985年,第112页。

光,一份由衷为之击节的赞叹之情。于是,和王安忆的成长故事不同,在池莉这里,"成长"具有一个简单明了的内涵:了解现实、认可现实、背负现实。池莉仍在书写拯救,但这拯救降临的唯一方式是自救;而自救的唯一可能是接受、认可现实。婚姻在池莉这里成了对现实的隐喻与代名词。现实/婚姻尽管远非完美且间或肮脏、龌龊,间或充满了小小的诡计与陷阱,但在池莉的世界中,它是重要而有价值的存在。不仅印家厚的"英雄主义"在于他以一个成熟男人的姿态背负着辛酸的现实,不仅庄建非在婚姻的妥协中成长,赵胜天、李小兰在"结婚一年间"成熟,甚至在池莉的不无惊世骇俗色彩的故事《一去永不回》中,温泉的反叛与僭越,也只是一步步地突破知识阶层教养的伪善面纱,深深洞悟了人们秘而不宣的现实的秘密。她一去永不回的"壮举",只是为了给自己一个"称心"的丈夫;她对秩序的僭越,只是借助秩序的名字,进入一个秩序化的现实,只是为了逃离自许上流社会的冰冷、虚幻的生活,投奔一份市民家庭的温暖、实在。这个"漂亮""厉害"的女人,为自己赢得的只是两个人"住在一间窄小的房子里。每天早上两人奔出去上班,晚上奔回家,李志祥的母亲为他们做晚饭"。同样,在《不谈爱情》中,不同凡响的女人梅莹的过人之处在于她不否认欲望、不拒绝"艳遇",但将自己家庭置于至高的位置;而《滴血晚霞》[①]中出演理想人格的"爷爷",其迷人则在于他不计较政治风云间的沉浮得失,而笃定于和自己所选择的女人厮守;另一个重要人物曾实在风云一时之后,回归了一份平常、本分的生活——其标志是他的"老婆"不再是大户人家漂亮的千金,而是一个"服饰素净简单,相貌平常的女人","像熨斗,处处熨帖人的心"。一个现代家庭模式:核心家庭,以神圣而坚韧的姿态凸现在池莉小说叙事的前景之中。

---

① 池莉:《滴血晚霞》,见《太阳出世》,第 245—285 页。

逃离爱情的真义

或许正是在这里，池莉及其新写实主义显露了其应运而生的真义，它再一次呈现为历史在无穷的解构力面前的建构与再生：池莉在她对现实/婚姻的写作过程中，再度书写与认可的远不仅是"普通人""日常生活"与"真实"，而是在新的个人意义上，重新书写并礼赞了秩序的荣光。在此，婚姻不仅是现实的代名词，而且（或许更重要的）成了秩序的代称。在80年代末特定的社会语境中，池莉及其评论者更乐于指认其中反叛性的含义；但从某种意义上说，之所以是新写实主义而不是先锋小说成为连接八九十年代文化断裂的浮桥，正在于其中秩序化的而非反秩序的内涵。并非偶然，池莉的"脱胎换骨"或曰新写实主义成为一个新的文学潮流刚好与1987年中国大陆商业化大潮的一浪相继到达，于是它再次充当了80年代文学之为"文化革命"先声及其实践者的角色。确乎，池莉及其新写实主义的写作实践着对理想主义话语、彼岸图景的撕裂，这无疑具有某种反叛昔日主流意识形态的意义；但人们所忽略的却是，此间新的社会现实，以及造就这一现实的、宏观政治经济学中的经济实用主义正同时、间或远为有力有效地撕裂着理想主义的未来图景。一个新的、此时尚为雏形的消费主义社会正将人们抛出其熟悉的轨道，将他们显露为孤独无助的个人，并让他们独自面对着艰辛而繁闹的社会、人生，他们不必继续遭受彼岸召唤的"折磨"，同时也不再获取来自于彼岸畅想的抚慰。此间与池莉的个人经历及写作观念的转变相合，她成为新写实主义的代表人物之一。她书写"普通人""小市民"，书写烦恼人生的神圣，书写婚姻对爱情、现实对理想的胜利；她凸现了大千社会中孤独无助的个人，辛酸艰难的人生，但不是作为悲剧，而是作为正剧中的英雄，他们不再"为注定要失败的事业战斗"，相反，他们在对这人生的认可之中获取了意义与价值,所谓"冷也好,热也好,活着就好"。

事实上,正是这篇名之为《冷也好热也好活着就好》①的小说,写出了一曲情趣盎然、无忧无虑的老都市谐谑曲。又一次的补白:一如此前绝少有人以类似的视点书写武汉市区的盛夏,街头竹床的丛林,亦绝少有人书写猫子、燕华一类的汉口都市青年,书写他们没有"故事"、没有"诗意"的恋爱时节。但"活着就好"的魅力在于一种平视,而绝非俯瞰的切入,在于对其中司空见惯的市民社群、寻常日子的认同与赞美;一如池莉曾为印家厚的"烦恼人生"赋予一份英雄主义的背负,她也为猫子式的角色、为日复一日的庸常生活赋予了一种豪迈:"活着就好。"这不是一声无奈的低叹,而是一个豪爽的宣告。就像吉玲的自我指认:"对,咱是地道的汉口小市民。"尽管在理性层面上,池莉始终坚持并不断重申一种启蒙立场,但事实上,自《烦恼人生》起,占据了池莉小说的中心视野的,便不再是作为"创造历史动力"与历史场景中经典英雄地位的"人民",亦不再是新文化运动中必须予以启蒙的"大众",而是"小市民",没有多少文化的、社会地位低下的庸常之辈。在池莉笔下,无须阐释或赋予光环,他们自有价值、自得其乐。从某种意义上说,在《不谈爱情》中,是吉玲和花楼街的价值及理想最终战胜了优雅伪善的上流社会;而《一去永不回》则是市民社会的呼唤轰毁了斯文的知识社群的樊篱。或许可以说,在不期然之间,池莉正以猫子、燕华、赵胜天、李小兰们为一个正在行进的历史中即位的"新神"、一个消费社会中的主体命名,为他们的人生及价值正名并论辩。

一如在池莉那里,婚姻成了现实及秩序的代名词,爱情——花前月下、海誓山盟、志同道合的爱情以及爱情故事成了对理想主义话语的象喻,成了池莉奋力撕裂的主要对象之一。用池莉本人的话说,这便是:

---

① 池莉:《冷也好热也好活着就好》,见《太阳出世》,第166—182页。

> 我一直以为爱情之说极不合理,它为人类生发出错误的导向。因这错误的导向,我眼看着我四周的婚姻在分崩离析,人们痛苦绝望。这情形令人愤愤不平……
>
> ……有一句话不知是谁说的,说爱情是文学创作中永恒的主题。我不这么看,我的文学创作将以拆穿虚幻的爱情为主题之一。
>
> 世界上没有什么东西是永恒的。爱情在万事万物中最不永恒,这是事实。①

池莉否定爱情的存在:"上天好像并没有安排爱情。它只安排了两情相悦。是我们贪图那两情相悦的极乐的一刻天长地久,我们编出了爱情之说。""爱情之说的不合理性给人类带来了很多麻烦和痛苦。最常见的就是为了寻求爱情而离婚。"②在池莉那里,爱情是一种话语的虚构,谎言的网罗;人生的智慧在于窥破这美丽的谎言,获得一种对并不完满的婚姻/现实的认可与坦荡。但尽管池莉以"两情相悦"取代了"爱情",以情窦初开时的无知茫然和情欲的驱动取代了精神的相谐、心灵的契合,但她仍承认有一种"东西"可以称之为"爱情",只是它与绝望、无望伴行:"有一种办法可以保持男女两情相悦的永远。那就是两人永不圆满,永不相聚,永远彼此牵不着手。即使人面相对也让心在天涯,在天涯永远痛苦地呼唤与思念。"③池莉本人便写了这样一个故事:《细腰》④,一个苦恋一生,终未圆满的故事。不错,如果说甚至从《少妇的沙滩》起,池莉就开始"拆穿虚幻的爱情",但至少在池莉的作品中,她并没有真正否定爱情的存在,她只是带着几分快意记述了爱情在现实面前的单薄、脆弱、不堪一击、"最不永恒"。不是

---

① 池莉:《绿水长流》跋"请让绿水长流",载《中篇小说选刊》1994年第1期,第28页。
② 池莉:《绿水长流》,第22页。
③ 同上。
④ 池莉:《细腰》,见《太阳出世》,第183—189页。

"不朽的爱情战胜死亡",而是它绝难战胜现实世界;在现实面前,爱情只能屡战屡败。于是,如果说"冷也好热也好活着就好",那么一个极为明智的办法便是逃离爱情的诱惑与网罗。这便意味着逃离了"麻烦和痛苦"。为此,也为了面对爱情所导致的"四周的婚姻在分崩离析",池莉因"愤愤不平"写作了中篇小说《绿水长流》。这是一个专为"撕裂"爱情神话而写作的小说,池莉因此而选择了庐山——一个被诸多悠远的爱情神话、现代爱情故事、现当代历史传奇所充满的地方;选择了"一男一女邂逅相遇"的"老掉牙"故事。一个经典的爱情故事,充满了种种动人的滥套:邂逅、一次次的巧合;只是在经典的爱情故事中,这将是一种缘分、一种宿命,一次感人至深的奇遇,但在池莉这里,它更像是一种命运的捉弄。在这个"庐山的爱情故事"之中,穿插着若干与爱情有关的小故事,其中每一个都是一次现实击溃了爱情的例证。它们成了庐山爱情故事的注脚与旁证。与其说这个一男一女邂逅于庐山的故事是对爱情叙事的滑稽模仿,不如说它更像是一幅逼真的类象;尽管叙事人以不断的"赤膊上阵"告知这个爱情故事是一次不值一文的虚构行为,但它仍不免爱情故事所独具的细腻感人。于是,如果说穿插其间的小故事在不断否定着爱情的存在,那么这个"庐山恋"并未成为对爱情叙事的解构。相反,它更像是一个寓言:一个如何在爱情到来时冷静、清醒地逃离爱情的寓言。在这个被无数爱情故事的滥套别致地连缀起的邂逅故事中,"一男一女",至少是"我"显然并非刀枪不入、无动于衷,但"我"始终保持着一份冷静(不如说是一份高度的警惕)以防自己坠入情网。"我"不断地逃遁,最后终于成功地逃离了这次奇遇,逃离了爱情。尽管"我没有回头。我强迫自己不要回头。我没有回头的余地了"[1]。用池莉自己的说法,这种成功的逃离便是"绿水长流"的"境界"。所谓:

---

[1] 池莉:《绿水长流》,第27页。

可我取用"绿水长流"却完全是另外一种意思:像清冽的流水一般自然和美好。绿水长流在本篇小说中指的是一种气氛,一种境界,一种精神状态,一种对待感情纠葛的方法。话到这里,我想我写这个小说的动机就已经十分明了了。①

"爱情"确乎是80年代文化的重要话语系列之一,它直接而超载地负荷着理想主义、人道主义和"启蒙"话语,负载着拯救与彼岸的图景;对婚姻——"没有爱情的婚姻"的攻击,构成了80年代"启蒙"文化的与非道德的道德话语之核。因此,池莉对爱情、爱情神话的解构与亵渎确乎构成了一次撕裂。然而,在有意无意间,当池莉断然否定爱情,倡导"绿水长流"般地逃离爱情之时,它同时否定和拒绝的,正是爱情及爱情话语中潜在而深刻的颠覆力。一如婚姻始终是社会及秩序的基石,爱情则是其间内在的、不可规避的威胁。② 于是,逃离爱情固然是逃离了"麻烦和痛苦",同时也是逃离反叛的诱惑:因为现实是不可战胜的,秩序是不可战胜的,最佳选择是妥协,是认可。如果说在80年代初、中期的女作家写作中,始终存在着一个婚姻与爱情间的二项对立,前者意味着现实的平庸龌龊,后者指称着理想的完美坚贞;前者是苦难与堕落的地狱,后者则是心灵的圣坛与天堂。那么,在池莉这里,这一二项对立仍然存在,只是发生了完全的倒置。爱情只不过是情欲——"两情相悦"的放大与包装,一个美丽而有害的谎言,一个不断地侵蚀着婚姻与现实的梦中诱惑。而婚姻是唯一的、绝对的、现实的;它在对现实的辛酸、匮乏、困窘与不尽如人意的背负中,焕发出一份人间的、此岸的神圣。一如池莉的"婚姻三部曲"写作于1987年前后别具意味,《绿水长流》写作

---

① 池莉:《绿水长流》跋"请让绿水长流",第28页。
② 参见〔法〕罗兰·巴特:《恋人絮语》,上海人民出版社,1988年。

于1993年——商业化大潮的二浪以空前的强度再次冲击中国大陆之时，便不足为奇了。此时，理想主义已不再占据着话语的主导位置，相反，一个实用主义与消费主义的话语已堂皇而粗暴地立于历史舞台中心。此间，池莉及其新写实主义写作的意义已不再或曰不仅是"撕裂"，其秩序化的与意识形态的意图已颇为鲜明地显露出来。"绿水长流"——逃离爱情被描述为"自然美好"似乎是其间意识形态合法化实践的重要一例。

女性主体的浮现

然而，一个有趣之处在于，某些女作家自觉的社会反抗立场却同时成就了某种国族认同，并因之而否定至少是遮蔽了女性体验的表达；而在池莉的"撕裂"与补白之中，在她对新秩序的书写与回归之中，却不期然地超越了其早期自恋、自辩、自我印证式的女性写作，使新女性的现实生存悄然地浮现于池莉摇曳生姿的日常生活画卷之中。

当池莉的笔触不再滞留于知识女性繁复细碎的悲剧心理历程，不再受制于所谓"女性写作"的对诗情、意象的营造之时，池莉笔下的女性角色——不论是市民社群、劳动妇女，还是历史画卷中的知识女性，都陡然呈现出一种成熟、独立而真实的力度。当她们不再作为叙事人的心象及观念性的傀儡，便在现实与历史的画卷中显现了一种全新的姿态。显而易见，自《烦恼人生》起，池莉的女性人物并不绝对占据叙境的前景及中心，而且一如池莉，也绝非既存的性别秩序的质疑者与挑战者，她们大都是秩序中人，对自己的性别角色有着某种"自然"而"本能"的把握；但作为一幅现世生活的画卷，尽管"男女平等"无疑只是"一朵逗人喜爱的彩云"，但一个妇女解放、"男女都一样"的时代毕竟在中国大陆妇女身上留下了深刻、间或不可逆转的印痕。此间除却《烦恼人生》《预谋杀人》①两部作品以男性人物为绝对主角外,在其他作品中,池莉并未刻意强调性别的叙事;但其间女性人物却丰满而细腻地显现出特定历史的印痕。有趣的一例是在《不谈爱情》这一以男性为主角的作品中,两个女性角色——吉玲和梅莹却呈现出一种绝非"弱者"这类称谓可以涵盖的特征。梅莹作为一个成功的职业女性,在叙境中呈现出某种精明干练、成熟且迷人的品格。作为主人公庄建非的人生指导者——"良师益友"式的角色,她显然强健、清醒,胜任而自如地执掌着生活的舵柄;而作为后者的情人,她无疑超越了道德主义说教的律条,不惧怕自己欲望的表达与满足,但并不给予它特殊的位置与特殊的意义。在不多的笔墨之间,梅莹呈现了现代社会中知识女性一种颇为成熟的女性主体位置的自觉。而吉玲似乎是一个更为有趣的角色。这是一个并未受过太多教育的市民阶层的女人,所谓"地道的汉口小市民"。她生活在相对传统的中国社群之中,她不甚崇高的人生理想同样属于传统的女性角色:"找个社会地位较高的丈夫,你恩我爱,生个儿子,两人一心一意过日子。"但这种传统的角色与理想同样经过了历史的修订,"她宁愿负起全部家务担子",但她同时要求丈夫的重视与尊重,要求"把她当回事"。作为一个传统且特殊的中国社群"花楼街的女孩",她深谙两性间的秩序与游戏规则,一如李小琴(王安忆《岗上的世纪》),她依照这一规则来实际操纵着这一游戏;但较之后者她毫无僭越之意。她以一次成功的扮演:"武汉大学的樱花树下",少女挎包中掉出的"一本弗洛伊德的《少女杜拉的故事》","手帕包的樱花花瓣,零分钱和一管'香海'香水",使偶遇的庄建非进入了她所创造的规定情境,以"朴实可爱"、温顺柔情赢得了她为自己选定的男人。她赢了这个游戏,而庄建非却以为自己是唯一的胜利者:"由此庄建非又得出一个认识:女

---

① 池莉:《预谋杀人》,见《预谋杀人》,第3—56页。

人最好不要太多的书本知识，不要太清醒太讲条理，朦胧柔和像一团云就可以了。他恍然大悟：难怪当今社会女强人女研究生之类的女人没人要，而漂亮温柔贤惠的女孩子却供不应求。庄建非沉迷在自己的理论里乐然陶然。吉玲从他的表现中得到了明确的答案：他要她是铁定的了。"但吉玲却不仅是"花楼街的女孩"，当她意识到她得到了庄建非，但后者"不拿她当回事"时，她不仅一如花楼街的女孩：吵骂并出走——回娘家，而且使她见多识广的母亲大惊失色的是，她准备提出离婚。"两人过不到一块儿就离，离了趁年轻再找可意的人。不管别人怎么议论，怎么劝解，吉玲自有她的主意。不把她当一回事的男人，即便是皇亲国戚，海外富翁她也不稀罕。"① 尊重之于吉玲高于她对现实利益的算计。于是，她再次赢了，她迫使庄建非和他的家庭重新看待自己和自己的家庭；她迫使庄建非从男性中心的幻觉中跌落，在正视现实——利益、女人的真实与丈夫的责任的同时，经历池莉式的成长。

确乎，一如某些论者所指出的，我们或可在猫子、赵胜天、庄建非、印家厚几个男性形象身上看到一道递进的轨迹②，但如果说池莉无疑怀抱着某种悲悯，那是朝向无奈的人生、重负中的现实，而不是出自对男子汉式微的慨叹。事实上，池莉是80年代女作家中为数不多的、不再"寻找男子汉"、不再怀着一种失落感来书写"男子汉喜剧"的。相反，除却《烦恼人生》，她赞美人生的改写，她赞美男人和女人一起经历现实的辛酸、琐屑与万般无奈而长大成人，她赞美一个优越的、自命不凡的男孩子，一个无忧无虑的街头顽主成长为一个理解了责任与义务的男人的时刻。从某种意义上说，这确

---

① 本段中的多处引文见池莉：《不谈爱情》，见《太阳出世》，第38、18、22、38页。
② 参见段崇轩：《"屏蔽"后的重建——池莉中篇小说解析》，见《预谋杀人》，第360—364页。

乎包含着一个与女性的行为方式、价值观念认同的过程。尽管这一过程对于叙境中的男人，确是一个无奈、悲哀，间或绝望的过程，但在池莉，这正是一个成长的时刻。不是女人击倒了男人，而是已经改写的性别现实击倒了男性中心的话语虚构。因此，池莉让猫子多几分细腻、狡黠，让燕华多几点任性豪迈。在池莉所呈现的富于"毛茸茸的质感"的生活中，不可能有超级男子汉支撑起人生的苍穹，而只有男人和女人共同应对的重浊、艰辛而生机无穷的现实。赵胜天、李小兰因此而在婚姻与生育中共同经历了一次"太阳出世"式的成熟与新生。在这一角度上，池莉的另一别具慧眼之处，是她在窥破了庄建非式的男人如何作为男性中心话语的笃信者而必须付出代价的同时，窥破了某种知识女性"寻找男子汉"的失落与痛苦，实际上同是分享、认同男权话语的结果。因此她以不无调侃的口吻让庄建非的妹妹建亚结束了《不谈爱情》的故事："她在日记中写道：哥哥没有爱情，他真可怜。而她自己年过三十，还没有找着合意的郎君，她认为当代中国没有男子汉，但当代中国也不容忍独身女人。她又写道：我也可怜。"[①]

极为有趣的是，作为某种自觉与不自觉的"再秩序化"的写作，池莉将婚姻与婚姻所携带的现实改写的力量书写为男人必须经历的成人式，而正是他们被迫从某种意义上认同于女性的行为与价值方式的过程，使他们学会了妥协、认可现实，将他们塑造为一个"公民"，一个"富于责任感与自豪感"的"公民"。于是，似乎女性、婚姻成为一种新的途径与方式，使人们建立起他们的社会身份与角色，在新的层面上建立起个人的国族认同。然而，一种不期然间的女性体验的呈现，却极为微妙而深刻地裂解着这一新的主流叙事的价值取向。这便是池莉"沔水镇故事"中的《你是一条河》与《凝眸》。

---

① 池莉：《不谈爱情》，见《太阳出世》，第50页。

池莉的沔水镇

从某种意义上说，对时代暗示的极度敏感和对民族寓言的内在渴望，是80年代中国女性写作的重要特征之一。《烦恼人生》的出现，在自觉与不自觉之间应和了社会生活的变革与起伏，它同时意味着池莉本人对经典"女性写作"界定的反抗，所谓：

> 本来，我的个人生活也是一种人的生活，也可以作为素材和题材，但我总想反抗自己，总想写个大世界，写最大多数人的生活，让一个民族一个国家的生死存亡从最大多数人们的命运中点点滴滴反映出来。①

其中有趣之处在于，《烦恼人生》的写作之于池莉，不仅在于对女性写作界定的撕裂，更重要的是对80年代文化中的诸多"伟大叙事"的撕裂；但在池莉的表述中，它却更像是另一种民族寓言与伟大叙事的营造。同样作为对时代暗示的敏锐捕捉，90年代初，池莉的写作视野由都市场景中永恒的"现在时态"转向了历史场景。80年代历史叙事的主潮在1989年的震惊中陷入失语困顿之时，池莉在她特定的视点与体验中，率先意识到一个即将奔突而出、席卷一切的现代化进程，或曰商业化大潮的二浪，将以湮没之势再度造就历史的断裂："有一天我在磁带商店看群众踊跃购买《红太阳》，听见青年们纷纷议论说：'还是历史歌曲过瘾。'一听这话，首先我顿感自己的苍老，感到时不我待，再不写历史，自己一晃也成历史了。"② 其次或许在池莉对时代暗示的接受与理解中，她已然直觉地感悟到即将到来的变更事实上是

---

① 池莉创作谈《两种反抗》，见《预谋杀人》，第372页。
② 池莉：《"杀人"写作前后》，见《预谋杀人》，第376—377页。

1987年的深入与延续。于是,池莉的"普通人""小市民"——消费主义社会中的主体,不仅要求占据现实叙事的前景,而且自己的历史要求从一个关于"人民/英雄"(属于池莉这类"新孩子")的历史叙事的遮蔽中凸现出来。池莉再一次给予它以"真实"的名义。所谓"人们渴望了解比较真实的历史。许多真实的历史英雄受到嘲笑,只是因为这些英雄被描写得十全十美。在当代,十全十美被普遍认为是虚假的。我想我可以重新写历史,至少让人们看了不再撇嘴嘲笑"①。因此,池莉以《预谋杀人》《你是一条河》开始了她的"沔水镇的故事"。这是"江汉平原上一个商业古镇"。事实上,在更早之前,这个生机勃勃的小镇已出现在池莉的早期作品《月儿好》之中。这以后,是土地革命时代的故事《凝眸》、传奇故事《青奴》。显而易见,池莉借助沔水镇开始营造她的"约克纳帕塔法",它再度成为一种寓言,一种别样的寓言,至少是产生于对寓言的饥渴:

> 沔水镇是我的一个载体。每当我对历史有所想法有所感悟时,沔水镇的那些历史人物便走入我的笔端。我写出这些人物故事来,他们虽是活动在江汉平原,却是中国人的缩影,全人类的缩影(也许我的笔力达不到这一步,但主观愿望挺宏伟的)。②

一个颇有意味的变化是,在80年代的历史叙事中,经典的场景是陕北高原的"黄天厚土";而90年代,在池莉的历史场景中,出现的是江汉平原上的一个"商业古镇",是透露于"凡人庸众"日常生活间的世纪激变的历史风云。似乎是又一次偶合:当90年代的历史叙事与长篇小说写作突起为一个新的热潮之时,"民初传奇"和小人物的家

---

① 池莉:《"杀人"写作前后》,见《预谋杀人》,第377页。
② 同上书,第376页。

族故事不期然间成了人们历史写作的热点。如果说，此间格非的《敌人》尚在80年代"杀子文化"、死灭寓言及哲理化主题中徘徊，而周梅森的故事则多少带了几分通俗历史传奇的意味，那么，到了1992—1993年，格非的《边缘》、余华的《活着》、叶兆言的《花煞》已具有颇为不同而丰富的意味及症候。但在格非、余华的笔下，小人物仍只是苟活于历史场景的边缘，不断遭受着历史之轮的挤压与拨弄；而在池莉的笔下，类似的庸常之辈却顽强而自在地生存。犹如"一条河"，在历史的堤岸、礁岩间或与之撞击、使之短暂地改道，但河水毕竟自顾长流而去。他们无疑以历史主体的身份出演于池莉的历史场景之中，但绝非"创造历史"的主体。尽管在池莉的主观意图中，他们应该是予以启蒙的庸众，但在她的叙述中，他们更像是以自己艰辛而顽强、痛楚却不自知的生活展现着生命原初的韧性与活力，嘲弄着文明及历史的孱弱善变。一个有趣的例子是池莉的家族仇杀故事《预谋杀人》。或者更为准确地说，这是一次对家族复仇故事的滑稽模仿。其中主人公王腊狗对丁宗望家族的深仇大恨，除了穷人对富人"天然"的敌意与嫉恨外，几乎是一种偏执、一种无稽之谈，但它却成了王腊狗生存的依凭与动力。一如格非的《相遇》与叶兆言的《花煞》，一个有趣的症候同样出现在《预谋杀人》之中。当90年代中国大陆文化思想界关于现代性、关于中国的资本主义的讨论尚徘徊在定义与历史断代的混乱之中的时候，部分作家的写作，已在他们的民初画卷中颇为直觉地勾勒出一幅渐趋清晰的历史脉络。同样，或许并非出自自觉意识，《预谋杀人》故事的前史，发生在清末民初。曾经发达的王家，因祖上敢于与日本三井洋行做生意而致富，进而因贩卖英国亚细亚洋行的洋油而腾达；而王家因祸败落之后，继起的丁家则因"在寒风凛冽的大街上拱肩缩背，举着英美烟草公司的试吸香烟，苦苦请求行人免费试吸"而成了镇上的首富。但一旦真正进入了王腊狗的复仇故事，故事中的一切却仍是在微妙错位的、中国文化的传统逻辑中展开。王腊狗一次次地借助历史的机遇以期杀死仇人,一次次地阴差阳错而失算。与其说故事中"启蒙"的寓意在于王腊狗的结论:丁宗望是凭借知识的力量逃脱了王腊狗的暗算,不如说在文本的叙事逻辑中,丁宗望之所以一次次地遭到王腊狗的暗算,是因为他始终颇为迂阔地固守着中国传统文化的信念与价值。

然而,在池莉的"沔水镇的故事"中,真正有趣的变化是女性再度呈现于历史场景的前台;某种或许并非清晰的女性意识比池莉自觉的"撕裂"愿望更为深刻有力地消解着主流叙事中的权力话语。事实上,正是《你是一条河》——一个母亲的故事开始了池莉自觉的"沔水镇故事"的写作。或许池莉的本意是通过《你是一条河》,以一位"真实"母亲的故事撕裂母爱神话,将自己的写作彻底地从"让实际生活是实际生活,文学是文学","一面劝阻某个母亲对儿子的毒打,一面写诗赞美母爱如何温柔"的分裂、虚假与困境中解脱出来。① 但作为一个由 60 年代到 80 年代终结处的家庭故事,它必然是一个大时代的小故事,所谓"写文化大革命在最普通老百姓中产生的影响"②;而一如池莉的其他故事,与其说她写的是《芙蓉镇》式的历史的暴力对普通人命运的悲剧性改写,不如说她写的是由母亲辣辣所呈现的生命与生活逻辑如何突破历史的阻隔与破坏顽强地伸延。在池莉的历史情境中,男人始终在与历史的不断合谋中遭到历史的叛卖,而女人则在对历史的拒绝与彻悟中固守着生命与生活的河流。不是历史对女人的放逐,而是女人对历史的反抗。故事的主部发生在"文化大革命"即将到来及其发生、发展的全过程之中,但它对于 30 岁突然守寡、必须将八个孩子拉扯成人的辣辣说来,那不是机遇,也不是灾难,只是她必须去应付的变故。在池莉那里,这是下层社会的现实,也是女人的现实:"尽管八

---

① 池莉:《两种反抗》,见《预谋杀人》,第 372 页。
② 同上。

个孩子中有三个的名字记载了历史某个重大时期,但除了饥饿,其他重要运动似乎与他们家总是隔膜着。一般都是在运动结束了好久,辣辣才道听途说一些震动人心的事件。"在辣辣的生活逻辑中,活下去是唯一的重要的因素;让八个孩子不要饿死,是她真实而具体的母爱,也是异常艰难的现实。这使她不可能如同任何一种话语虚构中的"母亲",不可能温柔细腻。她间或成为现实、历史暴力的直接呈现者,因为有关"母亲的""美好的"一切,如同小叔的情诗、女儿冬儿的礼貌一样,是一种无稽而荒唐的奢侈。或许在池莉的本意中,这只是在朴素的人道主义和现实主义的意义上揭示现实的丑陋与"真实",但不期然间,它展示了"母亲的神话"或关于母亲的话语本身便是一种男性社会的虚构与压抑性力量。它必须遮蔽或削弱女人主宰的力量及主宰的可能。有趣之处在于,在小说的叙境中,"文化大革命"的到来使家中两个或孱弱、或愚钝的男人获得了机遇与成人式,使他们狂热且成功地获得了投入历史的契机,终于一残一疯;而对于辣辣,她只是乍开始新鲜兴奋,而后则是:"该死的!这场热闹还有完没完?"①尽管池莉在理智上迷恋或认同于冬儿(净生),但在她的陈述中,辣辣的逻辑要远为真实而丰满,那是一种拒绝历史与权力构造的力量,也是历史与权力无从去构造、改写的力量,相反,倒是寄予着池莉"启蒙"命题的冬儿流露出一种无法遮掩的苍白和伪善。完满却缥缈地承担了池莉的启蒙或曰教化主题的,是青奴——一个无名的、来自远方的女人,美丽、神秘、完美,遭遇着一个女人的命运,却更像一个女神;而且在世俗眼中,带着一份花鬼狐妖般的魅惑与威胁。

而在并非自觉的女性写作的意义上,《凝眸》则远胜于"沔水镇故事"中的其他篇章。一个"土地革命"时代的故事,或曰这一故事的重写与补白。似乎我们已有过太多的这一时代故事中的女性,却鲜有女

---

① 本段《你是一条河》的引文出自池莉:《你是一条河》,见《预谋杀人》,第72、78页。

性视点中的这一时代与故事的叙述。一个在新文化运动中觉醒,在革命的低潮中徘徊,终于再度投身革命的知识女性的故事;两个女人和两个男人的故事,或者说是一个女人和两个男人的故事;"革命+恋爱";一个女性知识分子投身于工农革命的故事;千里、万里寻"青天"复仇的故事。似乎陈旧而稔熟,却在一个女人的视点中揭示出历史的写作者试图触及却又不断规避的"事实"。似乎这仍是一个或曰两个失败的女人的故事(柳真清和文涛),她们败于男人,败于历史,败于她们超越或进入历史的尝试之中。在一个暴力的、历史的偶然瞬间,柳真清以一个男性的姿态进入了男性的舞台和历史。她的直身的旗袍那略长的、"挽上一边""露出一道寸宽的白绸里子"的衣袖,几乎是池莉的一处神来之笔。它"有意无意之间当作了一种装饰,不想也就造就了这个拂袖而去的壮举"。当柳真清不期然间目击了杀戮的一幕,她在"没有眼泪没有哭声地抽泣"之后,朗声痛斥刽子手,"说完,不等对方有所反应啪地甩下袖边,竟像一个男人羞辱另一个男人那样拂袖而去"。① 而这一时刻,柳真清在进入了男人的历史的同时,被抛出了一个女人既定的生活轨道:她不再可能如同文涛一样成为一个雍容华贵的少奶奶,而成了一个大时代的女性。为了追随严壮父和爱情,柳真清投奔革命。然而她必须目击却无从参与的却是另一种不可理喻的暴力与杀戮。在这个惨烈故事的结尾,她不再"没有眼泪没有哭声地抽泣",她笑了。在他人看来,她似乎陷入了疯狂。但那不是疯狂,而是彻悟:不是对人生的彻悟中的弃置,而是对男人、对历史的彻悟与轻蔑,不是、不再是对正义、真理、国家、民族的苦恋与迷惘。因此它间或是一个女人胜利的故事。正义、历史或曰春秋大义,那是男人的、男权的游戏;如果说一个偶然的男性的姿态使她进入了男人的"正史",那么一个女人的自觉使她断然抽身而退。柳真清

---

① 本段《你是一条河》的引文出自池莉:《你是一条河》,见《预谋杀人》,第207、206 页。

在她对男人、真理、正义的追随中历险、奇遇与漂泊,并从中窥破了历史——男人的历史,并且最终拒绝了它:

> 柳真清终生未嫁,对男性一概冷淡。以至于连男女混杂的学校她都不愿任教。沔水镇人都背后议论说她是因为年轻时情场受伤所致。只有柳真清认为自己绝不是什么情场受伤,她认为严壮父不是为了她,啸秋也不是为了她,男人有他们自己醉心的东西,因此,这世界才从无宁日。将永无宁日。①

她终未能将啸秋送给她的小手枪丢入泼皮河中。但她的选择不仅宣告了一个女人对这男性历史的宣判,而且以一份断然而平和的拒绝宣告了这历史的无妄。

《凝眸》作为沔水镇的故事之一,无疑是对始自80年代中后期的"重写历史"之行为的加入;但如果说历史重写,或曰历史的补白,始终是男性的、主流的行为,那么池莉的《凝眸》则在不期然间以女性视点的切入消解了历史的秘密。重写,一如毫无意义的"平反",它只是荒诞历史的荒诞回声罢了。

一如新写实主义的出现不期然地应和了一个历史的转折,池莉顽强地成长,悄然地呈现了女性写作的轨迹。女性的足迹与女性视点中的历史,正渐次清晰地出现在世纪之交的视域中。

---

① 池莉:《凝眸》,见《预谋杀人》,第253页。

尾声或序幕　90年代女性写作一瞥

幻影与突围

如果说80年代的女性写作犹如涉渡之舟，女性知识分子与男性同道的文化努力共同背负着、推进着一场伟大的进军，一次由黑暗艰辛的此岸向黄金彼岸的涉渡，那么90年代的女性写作便如同一场幻影密布、歧路横生的镜城突围。

换言之，尽管80年代群星灿烂的女性写作，使女性的性别表述艰难地从单调的"女性风格"规定与书写行为自身的"花木兰境遇"中浮现，但女性性别的边缘身份与彼时知识分子群体的边缘身份的"天然"契合，使得其间潜在的女性话语不断为男性精英知识分子的话语所借重并遮没，而且在80年代一系列迅猛的中心突破中，女性写作与话语进而被有效地阐释、吸纳为主流叙事及话语的一部分。然而，80年代的女性写作毕竟以其丰富的创作实践，在自觉与不自觉之间延伸并开拓着女性文化传统，拓展了女性头顶上那方"狭窄的天空"。八九十年代之交，女性写作的突出之处，不仅在于80年代登场的女作家群的成熟与突破，而且（和整个当代中国文学与中国文化一样）在于60年代出生的一代人的精彩出演。当然，90年代女性所面临的文化情境要丰富复杂得多。一边是急剧推进的现代化、商业化进程，它不仅事实上不断恶化着女性的社会生存环境，而且使经商业包装而翻新的传统女性规范再度涌流；在另一边，男性写作不断丰富着某种阴险莫测、歇斯底里、欲壑难填的女性形象，使其作为一个新的文化停泊地，用以有效地移置自身所承受的创伤体验与社会性焦虑。与此同时，商业化进程所造成的主流社会及话语的裂解与多元化，在制造着挤压女性的社会力量的同时，也造成着新的裂隙、诱惑与可能。如果说此前女性写作的"花木兰式境遇"是化装为超越性别的"人"，不如说是为男人至少是准男人而写作的追求，在撞击男性文化与写作规范的同时，难免与女性成为文化、话语主体的机遇失之交臂，并在有意无意间放弃了女性经验的丰富庞杂及这些经验自身可能构成的对男权文化的颠覆与冲击，那么，90年代女性写作最引人注目的特征之一便是充分的性别意识与性别自觉。然而，一旦女性写作以明确的性别身份进入文化视野，那么，它立刻面临的不仅是男权文化的狙击与壁垒，而且更重要的是立刻面临久已围困着女性的文化镜城。

　　90年代女性文化乃至整个中国文化的遭遇，都犹如置身于一处镜的城池之中。无数面光洁、魅人的镜像，彼此折射、相互映照，形成了众多的幻象，它混淆了可能的方向与方位，颠倒了墙与门、出路与阻断，每一处呼唤，都可能是一份诱惑，每一种可能，都间或是一个陷阱。一如卡罗尔的小说《爱丽斯镜中奇遇》[①]，在这处镜城之中，对目标的逼近，间或成为一次远离；自觉的反抗常成就着不自觉的陷落。漫长的男权文化及历史中众多的女性规范，在此间犹如幢幢幻影，对某一规范与幻影的突围与奔逃，不期然间，或许成了对另一幻影或规范的遭遇与契合。

---

① 英国作家刘易斯·卡罗尔的作品。

镜城情境

事实上，进入90年代以来，女性写作愈加清晰地显现为一处文化的临界点，一个众声喧哗的文化共用空间。此间，精英与反精英、主流与边缘间多重镜像交互折射，构造着90年代文化镜城中一处重要的景观。如果说80年代的女性写作大都选取了某种精英主义的文化立场，那么，八九十年代之交的女性写作，已然将80年代式的精英文化呈现为一幅裂隙纵横的景片。从某种意义上说，张洁的《只有一个太阳》已在80年代终结之前，宣示了某种精英文化想象的破灭；而王安忆的《叔叔的故事》则不仅在性别写作的意义上，开始了对80年代"经典"文本的戏仿。类似于铁凝的《玫瑰门》、王安忆的《逐鹿中街》《岗上的世纪》等篇章，以女人故事的书写开始逾越主流的大叙事与启蒙话语的栅栏。如果依照某种概括，将"世俗化"作为八九十年代文化转型的重要内容之一，那么，方方、池莉正是始自1987年的"新写实"小说的重要作家。90年代的大幕正式开启处，是徐坤的《先锋》系列，恣肆纵横地调侃着某种"神圣"的"精英文化"图景；而张梅的《殊途同归》则以魔幻的形态，展现着那一激情与狂想的历史景观的消散。

然而，问题的复杂性在于，即使在80年代的文化进程之中，"精英文化"亦非某种铁板一块的整体；它始终是某种（非）意识形态意图、"中国式"的启蒙主义文化、现代主义文化实践、诸多边缘的（包括性别的）文化反抗与实验，及诸多文化企图的混合物。因此，反思80年代，不仅不意味着再次"以反思的名义拒绝反思"，而且不意味着简单地宣判所谓"精英文化"（更不该是严肃文化与高雅文化）的彻底终结。在此，且不论在整个当代文化史中，精英文化所出演的并将继续出演的、复杂、痛苦而时有尴尬的文化角色；进入90年代,尤其是1993年以降,毫无疑问,已不再是所谓"精英文化",而是名曰"大众文化"的消费主义文化占据了社会的主流与中心地位。有趣之处刚好在于,只要稍加考察,便不难发现,类似的中国大众文化正是为80年代初、中期的所谓"精英文化"所蕴涵,并且正是其中某种启蒙主义话语为其提供着充分的合法化论证。具体到文学这一半自律性的空间,具体到女性写作所面临的情境上来,如果说,80年代女性写作无保留地认同于"精英文化"曾使得彼时的男性文化有效地消解了其间的异己性因素,将其阐释为自己的表达,那么,90年代女性文化如若无条件地拒绝精英(准确地说是严肃或曰高雅)文化,则可能因此而丧失女性话语与女性写作的必要基点与可能的盟友(尽管后者并非一个令人鼓舞的事实)。在此并不存在着非此即彼的二项式选择。置身于90年代的文化情境之中,一个比所谓"精英文化"更为有力的镜像式询唤,是消费主义文化对女性、其性别身份及女性写作的盘剥、利用与改写。自80年代后期始,女性写作始终置身在精英与反精英、中心与边缘的张力状态之中。仅以王安忆的写作为例:在《叔叔的故事》近旁是《乌托邦诗篇》,在《纪实与虚构》之后是《长恨歌》。如果说,张欣的创作标识着中国本土的女性通俗小说的成熟,那么,有趣的是,在这些"白领丽人"的故事中,凸现的并非物质世界中的沉迷与滑翔,而是一份携带着切肤之痛的困窘与辛酸;不是"有情人终成眷属"式的白日梦与大团圆,而是对男性改写的拒绝与对姐妹情谊的固守。此间,张抗抗由《赤彤丹朱》向《情爱画廊》的"和谐"转换,则为90年代文化与女性写作留下了另一处意味深长的标识。

在90年代女性写作的视域之中,一处最为沸沸扬扬的景观,是被名之为"个人化写作"的领域。其中陈染、林白、海男、徐小斌的风格各异的写作成为获此命名的代表作家。从某种意义上说,并非这一女作家群落自身,而是围绕着对她们作品的论争、阐释与图书市场的种种举措,构成了90年代女性文化镜城的腹地风景。如果说80年代以降,女性与"个人"的合谋,始终是女性写作自觉或不自觉地采取的突围策略,那么,且不论自上一世纪之交始,"个人"便是中国文化与话语构造中的一处误区与泥沼;90年代,女性写作中的反抗主流社会的"个人"姿态,间或成了男权文化将女人逐离社会舞台、赶回"私人空间"的借口与证明。如果说,一次迥异于80年代的、女性自我与女性性别身份的自觉,使"我的自我/我的身体/我的怪物",开始成为女性写作自觉选取的主题之一,这也是继张洁、王安忆、铁凝的新时期写作之后,90年代的女性写作所继续的、直面男权社会的双重道德标准的冲击,那么,不尽同于80年代卫道士们的正面狙击与敌意唾骂,一次不期然的陷落,来自于男性文化对类似写作的阐释权的攫取。一个先在设定的男性的观看甚或是窥视的视域,将女性反抗的姿态与不轨之举钉死在一个暴露/取悦的位置之上。于是,僵死的、伪善的卫道嘴脸与热情、欢悦的误导之声,形成了又一处男性对立者间的合谋,一次针对女性文化突围的"铁壁合围"。或许可以说,90年代女性写作不仅在题材特征与风格层面上,而且在话语结构之中,开始走出"共同人类处境"的幻觉,以清晰的性别身份书写世界与人生。当然,这远不止意味着对女性生命经验与身体欲望的书写,而更重要的是意味着女性的视点、女性的历史视域与因女性经验而迥异的、对现代世界甚或现代化进程的记述与剖析。然而,在这一特定的镜城遭遇之中,女性对其性别身份的自觉与反省,同样碰撞到性别本质主义的镜像与高墙:"她们是她们。我们是我们。"[①] 类似叙述,则以"真理"或曰"常识"般的姿态,消解着女性叙述自身的异己性与解构力,实践着重新规范、界说"女性"的"历史使命"。

---

① 程志方:《她们文学丛书》序,见迟子建《白雪的墓地》,云南人民出版社,1995年。

奇遇种种

要勾勒一幅90年代女性文化的地形图,恐怕并不能在女性写作内部来完成。除却为商业化所助推的女性文化地位的急剧下降之外,女性的生存现实也在社会转型之中经历着或快或慢的恶化过程。首先是就业、下岗、再就业的领域的公然的性别歧视,将一种古老的陌生境遇加诸中国城市妇女(包括新一代知识女性)之上。其次是乡村打工妹大量涌入都市与工厂,构成了一幅始自80年代中期的重要社会景观;而与此同时,乡村的非农化过程,亦造就着"农村的女性化"图景。再次,是在为消费主义、拜金主义所改写的社会生存中,女性再度成为一种集卖主与"货物"于一身的特殊"商品"。从形形色色、屡禁不止的色情服务业,到在特区及开放口岸林立的"二奶楼",现代化的奇迹,伴随着对女性生存的巨大改写。如果说现代化已成了当代中国别无选择的唯一出路,如果说为实现现代化,当代中国必须付出巨大的代价,那么,这一代价的付出与背负已首先、不容选择地落在女性头上。

在类似日渐严峻的女性生存现实面前,以"历史代价论"的名义敦促"女人回家"的喧嚣,只能算是某种可有可无的帮闲[①];充斥在商品广告或大众传媒中的幸福的家庭主妇(或许还是郊区住宅中的主妇)与明艳招摇的女郎,也不过在"补充"提供着一些合法性的论证而已。然而,一如始终存在于女性生存中的悖论式情境,女性生存现实的改观,同时迫使女性正视自己的性别身份与文化地位。如果说,十数年前,当西蒙娜·波伏瓦的《第二性》或奥康纳的《女性的奥秘》等书在华翻译出版之时,她们所说的"永远的第二性"或"郊区住宅主妇的无名症",尚令中国女性不甚了了,甚至一头雾水,那么时至今

---

① 郑也夫:《代价论——一个社会学的新视角》,生活·读书·新知三联书店,1995年,第68—75页。

日,"进步"的步伐则将类似的现实抛掷在中国妇女面前。

在此,一个必须予以关注的历史事件,是1995年在北京举行的世界妇女大会。在此,姑且将其作为一次历史性的盛会及作为里程碑的显在意义存而不论;"世妇会"确乎在世纪之交的中国女性文化之中产生了深刻而繁复的作用和影响。具体到文学和女性写作,毋庸置疑,"世妇会"的召开提供了一个空前的历史契机,使新时期以来形成的女作家群落得以展示其颇为壮观的阵容和成就。如果说,1995年间,对女作家作品颇具规模的出版浪潮,尚属于传统文化机制中出版界对重大历史、现实事件的配合与呼应,那么,不同于"纪念毛泽东诞辰一百周年""纪念反法西斯战争胜利五十周年"及"庆祝香港回归"的出版行动,1995年女作家书系的出版及热销,成为对女性写作者性别身份所"潜藏"的商业价值的提示与印证。当然,这远非一种新的发现。事实上,始自七八十年代之交,正是通过种种渠道进入中国图书市场的港台女作家的"言情小说"与男性作家的"武侠小说"完成着对中国大众文化的"启蒙"与点化。继琼瑶、三毛之后,是亦舒、席娟的流行;在不无荒诞感的"梁凤仪冲击波"之畔,是静悄悄的李碧华书系的引入。在此之前,女性写作者性别身份自身的"商业潜质",已开始被某些敏捷者所悟到,不然就不会有构成小小涡旋的"雪米莉现象"①。

尽管1995年前后女作家作品的流行有着十分复杂的文化心理因素,并且无疑产生着极为深刻而广泛的影响,然而,它对于成型中的中国文化市场的启示,却仅仅是"女性"与商业的"天然"联系与男权文化的潜在消费需求。因此,作为一种由直觉到自觉的变化过程,文化市场开始以多种方式改写或曰诱导女性写作的方向。首先,一如90年代初对昔日禁忌、敬畏与意识形态的大规模"即时消费",文化

---

① 1993年,数名男人共同托名香港女作家雪米莉,策划、撰写、出版了"雪米莉"系列小说。

市场一度将女性写作的严肃文学作品的文学"纯正性"作为一种"非商业"卖点。当然,与此同时,大肆张扬的作家的性别身份,仍是商业炒作的必需要点。事实上,这正是文化转型期特有的"浮桥"式文化现象——"大众"的文化消费行为,以分享精英或曰高雅文化为先导与过渡。其次,便是以先在的观看、窥视视野,将女性的个人化写作定位在"暴露"甚至"准色情"的销售方式上。再次,是有效地包装并诱导着严肃的文学写作尤其是女性写作向商业行为——通俗、畅销的转型。在此,开风气之先者,是90年代初层出不穷的儒林怪谈之一——张艺谋订购五部长篇《武则天》,其中两位女作家——须兰和赵玫的《武则天》合集,便率先使用了一个极端有趣的"包装":暗蓝色的封面中心横贯了一个无头无腿、为白纱缠绕、因之若隐若现的丰满的女裸体照片,其腹部下方盘踞着一条拼贴上去的舞爪金龙,而封面上缘,则是两行广告词云:"张艺谋为巩俐度身定作拍巨片,两位女性隐逸作家孤注一掷纤手探秘";封底则是两扇朱门悄然半掩,和封面一样充满了色情的暗示与氛围。继而是《布老虎丛书》①开始以注册商标、创造自己的品牌形象的方式,有计划"包装"严肃作家,订购严肃作家所撰写的通俗作品。其广告词:"创造永恒,书写崇高,还大众一个梦想。突出正直、诚实、善良和爱等人类最基本的道德需求的理想主义主旋律",提供了转型期一个拼贴式的文化标本。而在这一引人注目的图书市场行为中,女作家铁凝的《无雨之城》、赵玫的《朗园》、张抗抗的《情爱画廊》与皮皮的《渴望激情》则构造了女性写作一处凸现而杂陈的繁复景观。如果说《无雨之城》的商业性仅仅表现为一个爱伦·坡《一封失窃的信》式的准悬疑小说框架,那么《朗园》则充分地显现了多集电视连续剧式的叙述模式;如果说,《渴望激

---

① 1994年,春风文艺出版社推出《布老虎丛书》,此丛书有着明确的市场定位,一开始便注册了"布老虎"作为品牌标识,并在《中华读书报》上刊登了半版篇幅的广告。而此丛书始终瞩目于女作家的作品。

情》尚在多角恋爱悲剧的故事中,尝试触摸当代社会与当代人的心灵,那么《情爱画廊》则作为《廊桥遗梦》式的中国操作,成功销售了一个多情的白日梦。事实上,上述"故事",只是急剧膨胀、扩张又空虚饥饿的图书市场与大众传媒、种种商业广告的都市图景所构成的围困、"诱捕"女性的文化镜城中的一个小小的角落。

但是,无论对于90年代的女性写作,还是对于90年代的中国文化说来,对每一个文化"事实"的陈述、对每一道文化风景线的勾勒,都必须在多重视野、多种坐标及参照系中进行。"进步"与"倒退"、反抗与臣服、逃脱与陷落,文化、文学的自身逻辑与市场行为及其逻辑,复杂交错地呈现在同一文化图景之中,呈现在冲突、并存与合谋之中。一种描述文化镜城的尝试,同时面临着迷失于其中的危险。在此,或许一个恰当而重要的例子,是90年代中国文坛及图书市场对40年代沦陷区女作家张爱玲、苏青的再"发现"(并因张爱玲在美国溘然辞世而达到高潮)。这无疑是八九十年代之交的文化热点之一。它首先是80年代"重写文学史"的直接成果之一:作为某种历史的钩沉与补白行为,张爱玲、苏青再度从文学史的"忘怀洞"中浮出,重新进入了当代中国的文化、文学视野。抛开此间的诸多意识形态意图不论,张爱玲、苏青的复现,标识着中国现代文学传统的另一脉络。与此同时,对张爱玲、苏青的热情与强调,呼应着伴随南国经济起飞而再次崛起的地域文化,意味着一个更为丰满的"海派文学"样式。其次,这无疑是一个与当代女性写作密切相关的现实。如果说在港台文学中张爱玲成了女性写作的"祖奶奶",那么,在当代中国女性写作中,张爱玲、苏青则成为女性文化的"寻母"之途上新的发现和可能。我们不仅可以在90年代女性的书写方式中发现这一影响的清晰印痕,而且对张爱玲、苏青的文学命名无疑给90年代女性写作中的某些"世俗化"倾向提供了"充分"的合法性论证。再次,一如40年代张爱玲、苏青是作为"通俗文学"(尽管事实远为复杂)成为图书市场的奇观之一,90年代张爱玲、苏青亦是作为一种图书市场有意制造的流行而引发热潮。而它之所以真的成了一种流行,则联系着90年代中国大众文化中的消费昔日禁忌、意识形态的文化时尚,构造并呼应着一次重新构造阶级与性别、转移商业化大潮中的焦虑与压抑的"想象的怀旧"。

因此,90年代女性写作的重要特征之一,便是在如此复杂的情形之中,以颇为成熟的方式与丰富的形态,顽强地从这处镜城、从落网处再度突围。它是一次逃逸,90年代初的现实文化困顿与失语成就了女作家们对主流叙事窠臼的脱出;一次遭遇,在英雄与丑角走马灯般变换的历史剧目褪色的地方,历史与现实中的女性、女性的历史与现实在浓墨重彩或云淡风清间渐次浮现;一次断裂,90年代的女作家群似乎并未直接承袭由张洁、王安忆、铁凝、池莉等人80年代写作所构成的主流脉络,从而展现了一个裂谷般的间隔;一次对接或复归,在须兰的"古典的阳光"①里,浮现出的无疑是一份张爱玲式的富丽与苍凉,在孟晖的笔记文式的"有堂听雨"中,尽管远为扑朔迷离、繁复凄艳,仍隐约着"闺阁文学"的风情,而张梅白描式的慵懒的笔调则带回了一个"旧时代的背影"。喧然一时的陈染、林白、海男的自白式写作,似乎是对庐隐、丁玲(《莎菲女士日记》)、苏青、潘柳黛式的女性自传写作的复苏与更生。徐坤的《先锋》《游行》及"足球"系列,无疑创生着又更新着当代文学中的"文人"与反讽式写作。而张辛欣渐趋圆熟的作品,则显然在港台女性流行小说家的笔法中添入了切肤之痛的都市女性体验与商品社会中的女性"宿命"及辛酸。在此之间,迟子建似乎在她的乡土"童话"世界退场之后,努力获取着一份平实,并于这平实中撕裂着男性的、关于女性的叙事模式与神话,并再次在现代世界的底景上开始了新的"童话"书写。

---

① 参见须兰:《古典的阳光》(创作谈),见《须兰小说选》,上海文艺出版社,1995年。

原画复现

　　作为对80年代女性写作的继续与伸延，90年代的女作家们有力地加入了对她们曾参与构造的伟大叙事的裂解，并尝试从这裂隙间显现始终被遮蔽的女性经验。新时期最重要的贯穿性作家之一王安忆推出了她的第一部成熟的长篇《纪实与虚构》。长篇的两条主脉：家族史与民族史、女性自传与作家心路，彼此交织，在造就了王安忆的同时也是新时期文学的又一个空前的伟大叙事的同时，王安忆终结了她自己也是80年代女性文学对超越性的信念之帆的力不胜任的追寻与飞升。在以《纪实与虚构》《伤心太平洋》等"母系与父系的神话"完成了"寻根"文化未完的工作的同时，王安忆以她的作品触及了90年代文化的核心命题：都市、想象的社群、个人、身份与历史的书写。继而，王安忆的新序列：《"文革"轶事》《香港的情与爱》，长篇《长恨歌》，则开始了女性写作的一次新的尝试或曰文化历险。如果说，《"文革"轶事》作为王安忆80年代名作《流逝》的反写，写大时代风云中的死水般的小角隅，写"革命"年代苟存的琐屑而细腻的性别游戏规则，那么，《香港的情与爱》《长恨歌》则成为王安忆的另一序列《逐鹿中街》《岗上的世纪》的变奏与伸延：仍是危险而精明的性别间的游戏，但王安忆再度变风，这类微妙而不无残忍的游戏被赋予了一种无限铺陈而华美的语言。在这类"赋"体文字的繁复细腻间，在这不断繁衍增殖的语言能指之间，女性、女性命运再次从另一个角度凸现出无奈与丰富——一份轻飘中的沉重，一次对男性文化中的盲点的显露。香港，这一"飞地"，作为一个文化与叙述的踏板，使王安忆的叙述由现实而历史，《长恨歌》由此而成了女性写作的一个新的精神历险的开始。

　　如果说，90年代初，历史写作成了女性写作的潜流之一，那么应引起特殊关注的,是两位将及而立之年的女作家须兰与孟晖。须兰的作品构造了一个回声碰撞、光影重叠的历史空间,我们或许可以将其称为"历史的内景",或一个"革命之前"的年代。在另一个层面上,如果我们说90年代的文学存在着一种女性与"个人"间的合谋,那么这一合谋不仅呈现在陈染、林白等女作家的准自传式写作之中——事实上,这与其说是90年代女作家写作的特征之一,不如说是90年代文学与文化的表征之一:在另外一些出生于60年代的男性作家,诸如韩东、毕飞宇那里,类似的"自传"性场景的复沓出现同样比比皆是。所不同的只是前者被某种男性观看或曰窥视欲望所指认,并经历了放大和扭曲,它同时改写了其中凸现女性经验的努力。事实上,在须兰的作品中,这一女性写作者与"个人"的合谋呈现了更为丰富或深入的形态。我们说须兰所呈现的是某种"历史的内景",不仅是指绣楼或内院式的传统女性空间的再现,尽管须兰的《红檀板》《闲情》《樱桃红》确乎将笔触深入了这些"帘幕低垂"的场所。须兰所长于写作的,是悲剧历史或曰灾变中的个人,但不是跌宕起伏的戏剧性场景,而是重创后的凄厉而微弱的回声,是在不愈的伤痛中徘徊的心灵景观。她以自己闪烁着古瓷般辉光的、极富质感的语言,勾勒这类灾变中恍惚而创痛的个人:男人或女人(我们无疑可以于其间分辨出80年代末新潮小说的影响)。《纪念乐师良宵》堪称须兰的力作之一,在少女良宵的视点中全景同时又是残片般地显现出南京大屠杀那幕惨绝人寰的浩劫,但不是、不仅是历史对个人的劫掠,而是历史的灾难场景的"个人化"呈现。这幕现代史中至为惨烈、悲壮而屈辱的一幕,这一不断被记忆,又不断被忘却的一幕,在一个16岁的恍惚少女的眼中,呈现为回声悠远、血痕犹在的震撼。

如果说在须兰那里更多的是对中国历史的感悟,那么在孟晖那里,便是对汉语、汉语文学的反思与自觉。这无疑是孟晖为数不多的优美篇章的重要特征,但它同时是在"为翻译而写作"的当代中国文学、文化的深刻危机之畔的另一潜流。在这种意义上，孟晖与男性诗人、作家万夏、李冯、李大卫等进行着同一共向努力。在孟晖精美如内绘瓶画、简约洒脱如笔记文的"有堂听雨"系列中，在孟晖宁和的鬼魂出没与似真似幻的心灵漫游中，一个显在的张力是，这些感发自《阅微草堂笔记》、脱化自《诗经》"汉上有女"、庄子的"蝴蝶梦"等的汉语文学写作，一方面明显地受到欧洲现、当代文学的影响，另一方面无疑隐含着某种对文明及女性命运的感悟（尽管孟晖曾明确地表示对"女权主义"的质疑）①。

　　一如美国女剧作家莉莲·海尔曼曾以《原画复现》作为她自传的名称——一幅油画间或会在年深日久之后剥落其油彩，于是，或许在大海的波涛中显露出一片青山，在浓密的树叶后面出现了一个孩子；90年代女性写作的重要特征之一，便是多个层面上的"原画复现"。它不仅指在种种经典叙事或伟大叙事的浓墨重彩剥落之后，色彩各异的个人化叙事的呈现，而且指自觉、不自觉之间的女作家对女性写作传统的承接与伸延。在《香港的情与爱》《长恨歌》中，在须兰迄今为止的作品序列之中，尤其是《红檀板》等作品中，我们不难辨识出张爱玲式女性写作的清晰印痕（尽管王安忆本人否定这种"联想"，须兰则将张爱玲的"沉香屑"式叙事宣称为自己之所爱②）。我们可以在其中发现张爱玲所开始的一种特定的、女性对繁华与毁灭的审视、对文明的质疑与彻悟。当然，王安忆以她的张扬、铺陈、绵绵不绝的文字，以她对性别游戏特有的敏感和活泼反讽的语调改写着张爱玲的苍凉莞尔；须兰则以她对劫难的着魔般的凝视，以她合谋、诉求于"个人"的写作方式成就着属于她们自己的篇章。

---

① 孟晖：《我的小说观》，朱伟：《孤洁的恍惚——孟晖小说浅读》，载《钟山》1994年第3期。
② 参见王安忆访谈，《中华读书报》1995年10月5日。须兰：《古典的阳光》《听来的故事》，见《须兰小说选》。

景片裂隙处

90年代女性写作所构成的"剥露",不仅在于对伟大叙事的裂解或对女性写作传统的复活,而且在于在宏观历史与时代叙事的景片裂隙处,女性写作显露出在历史与现实中不断为男性话语所遮蔽或始终为男性叙述所无视的女性生存与经验。此间王安忆、方方、徐坤的长篇《长恨歌》《何处是我家园》《女娲》,均以女主人公的一生展现了类似努力;须兰的《红檀板》则揭开了沉重的历史帷幕,再度展露老世界、老中国历史生存中的女人。一个有如曹七巧却比曹七巧更为复杂干练的女人,一个从挣扎于平凡的生存到必须进入中国式的家庭权力之争的女性,一个普通女人的生活戏剧性而平常地联系着大时代与民族命运。而海男的《观望》的确更接近于一首叙事诗,一首为艳丽而惨淡的感官印象所充满的民谣故事。它涉及了逃离与无可逃离。娇女因逃离婚姻场景而出现在古老的小镇,终于在猩红的婚床上告别了小镇和人间。其中"我"——观望者可以成功地逃离小镇,逃离"属于婚姻、生育、维系旧时代的记忆,属于那些瞑目后埋在山坡上的人"的小镇,但未必就真正逃离了"我"渴望而又恐惧逃离的"鲜红色的樊篱"——婚姻。"我"逃离了小镇,却未必逃离了娇女式的宿命。"我"的故事,或许仍是娇女故事的复沓与延宕。

在此值得关注的是自80年代起始终笔耕不辍的女作家蒋韵的历史写作,尤其是她的长篇《栎树的囚徒》。这无疑是一部家族小说,但和类似作品不同,蒋韵的作品并非偶然地呈现出一种特定的文化张力:展现在故事中的不是男性的世序,而是女性的故事,是这些更多的因联姻而并非因血缘或宗族、姓氏而连接在一起的女人承受着家族及历史的命运。90年代家族小说写作中归属与告离的主题,在《栎树的囚徒》中,因女性写作的视点而获得了奇异的凸现。

90年代,在对历史情境的女性书写之中,十分引人注目的,是迟子建的历史系列写作。其中《秧歌》《旧时代的磨房》等,都以对女性命运的叙述裂解着男性经典叙事的景片。《秧歌》中,在一如萧红的《生死场》般的沉重、艰辛的边地生活间度日的女萝与万人空巷、以图一睹芳颜的传奇女子小梳妆之间,迟子建构制了一种似乎寻常的交织与相遇。如同一个神话的坠落或一幅迷人景片的撕裂,小镇上唯一不能去观看小梳妆秧歌的女萝,因此而得以与小梳妆对坐——但那却是一个无从辨认的平常孤寂的老女人;她留给女萝一枚戒指,留给她一个奇迹,同时留给女萝一个秘密,一个女人间的秘密:"没有薄情的男人,有痴情的女子"——一个无助女人的平常而悲惨的故事。她长久地作为一个迷人梦想,填充着小镇人们苦涩艰难的生活,却无从为自己创造一个奇迹,给自己一份女人的幸福。而《旧时代的磨房》的开始和展开颇像一个80年代中后期的"妻妾成群"的故事,其间有四姨太视点中的妻妾间的明争暗斗,有"老爷"对磨房的怪癖与迷恋,有老屋中的种种怪诞;但结尾处,迟子建却以她特有的平实消解了类似原型叙事中的诸多怪影:古老的磨房中深埋的只是充裕的粮食,老爷的怪癖只是对并不遥远的饥荒的记忆;对粮食和女人的占有平抚着一个农业社会中的男人/主人并不安全自信的内心。而仍然年轻的四太太并未囚死在老屋之中,她带着类似故事中"必备"的呆傻儿弃屋而去,远走他乡。同为历史故事,林白的《回廊之椅》则一如稍前池莉的《凝眸》,两者都在关于大时代的、革命主流叙事的边角处凸现出不曾为人关注或叙述的女人。所不同的是,《凝眸》中池莉书写的是因一个男性的姿态而被卷入大时代旋涡的知识女性,但当她身心交瘁地返回家园时,已义无反顾地拒绝、否定了属于男性的历史。《回廊之椅》则记述一个始终试图规避历史与时代的神秘女人朱凉(事实上,这一形象是不断萦回在林白作品序列中的一个幽灵般的呼唤与魅惑),但她唯一可能逃入的,是同性间的回护之手，是作品中朦胧暧昧的女性之邦的想象。在《回廊之椅》中，出现了另一个女性作品中常见的恍惚孤寂的"我"；事实上，正是在朱凉这个幻影般的女性身上，林白寄予着自己同样绝望、无助、进退维谷的无名渴求。

话语的栅栏与越界

如果说，90年代的女性写作的特征是一种高于80年代的自觉性别意识，一种顽强地从幽冥与雾障中显现女性生存与女性体验的努力，那么，任何一个成熟的女作家在其写作生涯中都必然遭遇的，不仅是"未敢翻身已碰头"的男权压迫，而首先是语言的陷阱与话语的网罗。事实上，正是男性文化的语言、话语的规范，构造了女性所必然遭遇的镜城。于是，此间女性写作的趋向之一，便是自觉而有力的对经典的男性叙述与关于女性之话语的越界。早在80年代后期，王安忆、铁凝的写作已然开始了这一女性文化的有力突围；而90年代，铁凝的一个出色的短篇《遭遇礼拜八》则以一幕令人忍俊不禁的小喜剧延伸了这一有效的努力。其中女主人公朱小芬颇为主动且极为幸运地得以从乏味困顿的婚姻中解脱出来，但她必须面对的并非社会的冷眼，而是无所不在、叫人啼笑皆非的同情怜悯；因为人们如此天经地义地认定一个始为人母、已近中年的女人，如若离婚，便不可能不是弃妇，而"我们"必须以社会的正义、俯瞰的同情、无限的怜悯将她包裹起来。于是，快活的朱小芬度过了难熬的、似无尽头的一礼拜，直到人们看到了她眼中的"泪水"。如释重负的人们并不深究那泪水的出处，它终于再度证明了女人是天生的弱者，它再度完满了一个"秦香莲"的感人叙事，它再度让社会和人群在一个女人身上印证了他们的权力与安全。

在这一女性写作趋向中，于 90 年代异军突起的蒋子丹的作品序列成为极为有趣的一例。《桑烟为谁升起》无疑是 90 年代重要的女性作品之一。在她的人物萧芒身上，蒋子丹显然放置了她对现代女性生存及命运的质疑与迷惘。然而，不同于一些女作家写作难于逃离的自恋哀怨（也是自我回护与镜城间的文化"宿命"），蒋子丹的写作中有悲悯也有间离，有创楚也有反讽。在《桑烟为谁升起》的起始处，她便将小说暴露为一次虚构写作行为，而这写作基于她对女性命运的困窘与思考。于是，这是一次女性构造女性人物——书写性别自我的过程，也是女性的生存现实——人物寻找作者、寻找她们无言境遇的讲述者的过程。萧芒生命的两个阶段，或者说萧芒生命中的两个男人，与其说呈现了女性对于自己命运的两种可能的选择，不如说是现代女性也难于逃离的两种规范、两种男性话语中的原型阐释。萧芒的前期，作为一个贞女为男人所怜爱、敬重，但却因其"乏味"而难逃被弃；萧芒的后期，作为一个献身、热情的女子而拥抱恋人，却无奈于为男人所盘剥、利用并轻蔑无视。如果说，萧芒的故事在不期然间显现了男权文化纵横的裂隙与欲兼得"鱼和熊掌"的矛盾欲望，那么蒋子丹更为关注的是其间女性（也许更准确地说是知识女性或曰智慧女性）辗转挣扎、进退维谷的性别宿命。蒋子丹无法，确切地说，是不愿给出萧芒命运的终点与结局，于是，她以三个"开篇"结束了故事，让萧芒这一显然为她所钟爱的人物隐没在迷蒙而非死亡之中①。此间蒋子丹作品中相映成趣、异曲同工的是两部出色的短篇《左手》和《绝响》。如果说，前者以精妙的结构、炉火纯青的语言书写了人类行为的怪诞，人类心理的幽暗，文明的脆弱及都市生存的凶险，那么，后者则以准侦探小说的戏仿形式，围绕着女诗人黛眉之死，讲述了一个

---

① 在笔者与蒋子丹的访谈中，她曾谈及《桑烟为谁升起》的写作，谈到她不愿给萧芒以死亡的结局，宁肯牺牲了她构思中的三部作品的开篇。

妙趣横生的故事。其中或许隐含着一个古老的、"痴心女子负心汉"的凄婉的故事，或许隐含着一部"廊桥遗梦"式的丝丝缕缕的温情和绝望，但这显然并非蒋子丹之所欲。《绝响》所记述的，是一个女人关于自己生命的叙事，一个不惜以死来完满的爱情故事。她将自己的死亡设计为一部倒叙的戏剧，她留下了悬念，留下了足够的线索；在她的预期中，这幕催人泪下的爱情绝唱将在尾声、她的葬礼上，因那追悔无穷、肝肠寸断的男人的出现而达到高潮。然而，这个精心设计的剧目不仅因男主角或曰自杀案的"元凶"不曾出场而满盘皆输，而且因她所固执的女性"故事"的"陈旧""过时"而终由悲剧而为啼笑皆非的喜剧：没有人愿意相信当今的人们会为爱情而死，相反人们倒宁愿相信这是因两条黄花鱼而起的无聊怄气。如果说葬礼上文大肥手中的两条黄鱼足以构成一个令人捧腹的情景喜剧，那么无言的创楚与悲哀所呈现的，正是一个任情任性的女人，如何因固执于男权文化关于女人的叙事而枉付生命。从某种意义上说，蒋子丹所长于书写的是文明社会的危险四伏、生命的脆弱，是对男性欲望及文化的反讽及对宿命般"镶嵌"在这一文化与话语现实中的女性命运的勾勒。她的中篇《从此以后》则是另一部精妙而令人莞尔的佳作。

　　在此，必须予以关注的是池莉90年代的创作序列。姑且不深论她的意义繁复、参差不齐的"沔水镇故事"，自《烦恼人生》而脱胎换骨的池莉，无疑在其90年代的写作中，更深地切入了女性的现实、文化困境。或许可以说，池莉找到了一种属于她自己的方式，来处理、调侃并解构现代社会中两性的话语构造。其中一组形成有趣对照的作品是《绿水长流》和《心比身先老》（又名《让梦穿过你的心》）。《绿水长流》的叙事无疑建立在一种文本间性之上，我们或许可以将其视为一部戏仿之作，将其读解为"庐山故事——解构爱情神话"。自80年代中期王安忆的《锦绣谷之恋》到池莉的《不谈爱情》、到《绿水长流》，对爱情神话的消解无疑构成了对某种神圣叙事、男性话语的消解，但是，与其说《绿水长流》的贯穿性故事构成了对爱情故事的戏仿，不如说它只是一个不断被长鸣的"警钟"所中断并延宕的爱情故事，主人公与叙事人一起，不时地在经典的爱情叙事中痴迷。如果参照着池莉的另一部作品《心比身先老》，那么我们更不难看出《绿水长流》同时显露出的是一种现代化进程中女性的疲惫与恐惧；那与其说是对爱情自身的厌弃，不如说是对文明的性别游戏的厌弃。一个"心比身先老"的都市女性或许只能在遥远的异文化中获取一个童话，同时背弃它。

而池莉的另一中篇《云破处》，不仅毫无疑问地标识着池莉创作的一个新的高度，而且将成为90年代女性写作及90年代文学的一部重要作品。这是一个"杀夫"故事，充满悬疑、不无惊悚的情节与池莉从容、不动声色的语调间形成了叙述的张力；在这张力的驱动下，文明表象——一对模范夫妻、一个稍有缺憾但无疑"幸福"的家庭——崩塌，变为纷纷扬扬的一堆垃圾与碎片。文明而正常的"核心家庭"秩序竟是建立在谎言的流沙之上：体面、成功的男人原是一名少年投毒、杀人犯；贞节、模范的妻子原是一个淫荡、乱伦的女子；新婚之夜处女的铁证不过出自一个古老的"戏法"。谜底揭破处，是一个已淹没在历史暮霭中为城乡、阶级仇恨所驱使的罪行与灾难。如果说每个人都背负着历史，那么对于故事中的男人，他只须无视良知、道义一类文明社会脆弱的规定，便可以心安理得、坦坦荡荡；而对于女人则是万劫不复地陷入了灾难、劫掠，必须以撕裂她的全部身心为代价。于是，在故事结尾处出现了犯罪故事必需的"罪行转移"：女人没有付诸正义，而是接受了男人的行为方式与逻辑——在文明与谎言的保护下消灭了男人的肉体，并且不付代价地、体面地活下去。十分从容而平和地，池莉继续着她的"撕裂"，并且以她前所未有的力度和胆识，将90年代的女性写作带向新的视域。

穿越都市

从某种意义上说,自80年代始,女性写作的重要特征之一,便是对社会变迁的极度明敏与准确把握,而90年代中国社会最重要的变迁便是急剧推进的商业化与都市化的进程。徐坤堪为此中特例之一。从她的处女作开始,徐坤便以纵横恣肆、挥洒自如的姿态成为一个当代文化的批判者与调侃者。其作品序列中的一支无疑成了90年代的新儒林喜剧或当代中国的《小世界》,《先锋》和《鸟粪》间或成为"辞旧迎新"间的文化绝唱。继而,是《游行》《从此越来越明亮》(原名为《高潮体验》)等对女性境遇的尝试书写。作为一个在90年代脱颖而出的新一代女作家,迄今为止,徐坤似乎更擅长处理既存的文化与话语材料。与其说小说《游行》讲述了一个都市青年女性的故事,不如说她所涉猎的正是关于类似女性命运的话语材料,或曰三种关于女人与爱情的"古老"叙事:一个少女对她心目中伟大偶像的献身;幸福家庭之第三者的荒诞而辛酸的地位;由作为他人偶像而生的、不能自已的母爱与牺牲。其中徐坤不仅以她娴熟的戏仿,消解着支撑类似叙事的神圣的关乎人性与爱情的话语,而且辛辣地显现出类似经典叙事所遮蔽的男性的或孱弱、或伪善的内心世界。其间并未完全裸露出或许是一份《桑烟为谁升起》(蒋子丹)的悲悯:尽管作为一个当代都市的知识女性,尽管保持了足够的清醒与反讽,女主人公仍无从逃脱女性的社会"宿命"与陷阱。如果说徐坤作品有力而有效地构成对诸多伟大叙事的有效颠覆与消解,那么它在有力而有效地消解文化角色的性别规定的同时,以别一种方式凸现了女性的文化身份。不是"女王朔"或"女钱钟书",不是一个女人化装或出演一个男性的角色,而是女性的文化身份与视点赋予她特殊的"放肆"与酣畅:对经典文化或曰对精英文化的戏仿与调侃同时成了对男权文化、男性知识分子形象——80年代文化英雄的冒犯①。而更为娴熟而有趣的，是徐坤很快将她的恣肆调侃之笔转向了"足球"。这间或是一个极为明敏的指认与发现：短短几年间，已不再是80年代式的精英文化，而是洋洋自得的"大众"文化成了中国文化图景中的压抑性的主流之一；"足球"无疑是此间最为众声喧哗的一隅。如果说徐坤的《谁为你传球》纤毫毕现地暴露了"冲出亚洲、走向世界"的强国梦背后，足球俱乐部化所包容的拜金、消费与中国式的诸多丑剧，那么《狗日的足球》则在尽情地刻薄了男性足球文化的不无荒谬的表演性之后，骤然进入了当代狂欢节上女性所遭到的文化强暴与绝对失语的现实。在亦悲亦喜、亦庄亦谐之间，机敏而自觉的女性写作呈现了新的视野。

90年代的女性写作不仅直面现代都市，而且别具慧眼地开始在都市空间中凸现女性的文化经验与性别体验。铁凝的长篇小说《无雨之城》尝试在"布老虎"的商业包装及爱伦·坡的《一封失窃的信》的悬念框架下，书写并不以泪洗面或愤世嫉俗的当代都市女性的情感悲喜剧；迟子建的《晨钟响彻黄昏》则将现代都市呈现为一处悲恸之地，甚至是罪恶、杀戮之地。而铁凝90年代的重要作品之一《对面》却从一个别致的角度，显现了为孤独的人群所充塞的现代都市，一个为男性窥视者的行为和视点所结构的故事，不仅讲述出一个女人困窘而疲惫的都市生存，而且再度成为对男性心理的揭秘与嘲弄。

或许90年代女性写作的另一特征，在于女性的都市故事与魔幻或荒诞的合谋。不是、不仅是借重魔幻或荒诞的手法去书写都市与都市女性的性别经验，而且是敏锐地发现都市生存自身的荒诞经验。此间，张洁的《梦到好处成乌有》印证了女性写作的新拓展。在写作间歇了数年之后，张洁推出了这部迥异于前的中篇。抛开此间扑朔迷离的历史故事与时空跳跃不论，它无疑成为对想象力的挑战，并以想象

---

① 参见徐坤的"新体验小说"《从此越来越明亮》，载《北京文学》1996年第1期。

力来挑战消费主义现实中灰色而其乐融融的社会空间。如上所述，蒋子丹的作品无疑是此中的佼佼者；而方方的《行为艺术》与《埋伏》，亦是颇为有趣的例证。其间，方方再度显露了她的明敏、幽默、平实与悲悯。在罪行与爱情之间、在男人与女人之间、在神秘与神秘的破解之间，"行为艺术"成了一个有效的遁词，同时也是"合理"的解释。在当代都市生涯中，在"可以写入艺术史"的每一个日子里，古老世界识别是非、善恶、真伪的尺度已告失效，因此，在《埋伏》中，是荒诞成就着"英雄"的事迹，是错误与偶然校正着人的行为逻辑。

80年代，王安忆曾在《男人和女人 女人和城市》一文中，认定了女人与城市之间的盟约关系。在此且不论都市是否给女人提供了救赎与机遇（至少在多数女性作品的叙述中并非如此），但90年代的女性作品中，都市确乎给女人提供了一个恰当的文化舞台，使女作家们得以在其中展露女性的文化经验、性别创痛并再度反观自身。如果说80年代后期女性的文化位置与性别体验使她们率先窥破了性别与种族间"通用"的权力格局与游戏规则，那么，作为商业化大潮的首当其冲者——女人，她们不仅仍是中国社会现代化的主体与推进者，而且无可回避地成了商业化的对象；商品社会不仅愈加赤裸地暴露了其男权社会的本质，而且其价值观念体系的重建，必然再次以女人作为其必要的代价与牺牲；女性写作因之而成了对这一进程的记述及抗议性的参与。

如上所述，90年代女性写作的着眼点之一，是在与荒诞、魔幻的合谋中，书写这种对现代文明的质询。与其说它来自于理性的思考，不如说它更多地来自于女性身心交瘁的性别体验。或许90年代的女作家们更多书写着都市女性的深刻的疲惫感，但不同于张洁的《方舟》或张辛欣的《在同一地平线上》，80年代的类似书写，不仅仍在女性体验的书写中寄寓着对理想男性的梦想与"剪不断，理还乱"的诸种柔情，而且无疑将女性的希望救赎寄寓于现代化的进程。晚近的女性写作,不仅书写女性的创伤体验,而且在不期然间消解着关于女性于社会"进步"中彻底获救的"叙事"。类似作品中极为突出的一例是迟子建的《向着白夜旅行》。那是一个疲惫孤独、身心交瘁的都市女性的故事,她与前夫同赴极地分享白夜奇景的旅行,无疑是绝望地试图圆满一个昔日的爱情承诺与梦想,但她未曾经历、获得一次温情之旅,那只是昔日琐屑的磨难、无止息的叛卖的继续。她无法抵达自己所梦想的白夜,而仅仅经历了一个"与幽灵同在的夏日"。重归的男人只是一个幽灵,而且是一个未曾改邪归正的幽灵。这间或传递出90年代女性写作的某种信息:不再是"寻找男子汉",甚至不再是"男子汉的喜剧",而仅仅是与幽灵结伴、与绝望的想象同行。而徐小斌的《双鱼星座》不期然间涉及了急剧的商品化的社会中女性地位与遭遇的"复位",小说的副题索性是"一个女人和三个男人的古老故事"。无论是向情感奇遇索取慰藉、向异文化索取认同和救赎、在想象与梦幻中经历反叛与抗议,女主人公卜零都无从逃脱那个女人的"古老的"命运与故事,作为一个先尝禁果的性别,"天门"在"很早以前"已永远地对"她"关闭。

作为都市的穿行者与无"家"可归的放逐者,女性写作者已不再将其女性人物获救的希望寄予男人或"进步"。

都市与姐妹之邦

在90年代女性写作的风景线上,凸现出的是在都市底景之上对姐妹情谊的书写。此间张欣的写作引人注目。作为一个在风格和题材的意义上都充分"女性化"的作家,张欣的作品序列渐趋圆熟而迷人地构成了一种新的中国通俗小说的样式。在此,笔者所谓"通俗"并非一个经典文学等级意义上的分类法,而是联系着叙事模式、类型与畅销。从某种意义上说，张欣是新时期以来第一个成熟而成功的女性的通俗小说家。或许正是由于其小说样式与都市文化的"血亲"关系，张欣比其他（女）作家更为准确而明敏地触及并把握了都市、商业社会与女性的关系及变迁。是张欣，而非其他作家，在她的"白领丽人"的系列故事中，以细腻、痛楚而温存的笔调展现了现代化、商业化进程中人们所体味到的那份深刻而无言的创痛感与弥散着的辛酸。其中《爱又如何》的结尾，饭店前那出人意料的一幕，以一份钝痛感攫取了现代人的都市生存体验。丈夫摩托车后座上长发飞扬的少女，并不指称着背叛，相反，是一份渴望携手而无法相濡以沫的夫妻无力而无奈地试图减轻生存困窘的挣扎。非人化的大都市、金钱的诱惑与挤压比"性战"更为深刻而有力地侵蚀着女性的现实生存。于笔者看来，张欣小说更为感人至深的，是她在这幅流光溢彩而又荆棘丛生的都市景观中对姐妹情谊的书写。同样不断地在讲述爱情故事，但不同于一般意义上通俗小说的爱情描写：痴情的女主人公为爱情而献身，间或为阴谋所陷害，但终因多情、坚忍的男主人公与爱情而获救。张欣在女主人公低回与痴迷的爱情描写中始终保持着一份不无创楚感的、对男人、男性社会的清醒。在张欣的作品中，女人不乏来自男性的温情，但姐妹情谊是她们在日渐残酷的现实中唯一一片间或遮风避雨的天顶，唯一一份可以永远信赖、相濡以沫的依偎。姐妹之情可以超越爱情，亦可以超越你死我活、风云变幻的商战。在张欣那里，如果两难相交，那么女主人公将会牺牲爱情以保全姐妹间友谊——尽管她们经常面对的是无从分担的都市生存中的绝望。这是《首席》中那个穿越了男性的离间而彼此回护的故事；是《永远的徘徊》中的那则启示；是《冬至》中那次辛酸的团圆。

在这幅 90 年代女性的都市即景中，又一位广州的女作家张梅勾画的是别一幅图景，批评家邵建准确地将其称为"南都女性的浮世绘"①。张梅的作品有着浮世绘式的旖旎与单纯、迷乱与沉静、香艳与幽暗。如果说张欣在南国都市中捕捉到的是那份辛酸，那么，张梅所获取的则是别一样的繁复与细腻。张梅以她特有的慵懒而优雅的笔调书写迷人、充满诱惑与陷阱的现代都市，书写在都市中漫游且迷失的女性一族，创痛而漠然、自恋且自嘲。不期然间，张梅同样书写女性特有的结盟与别一样的原宥，但那与其说是一种盟约，不如说是一份无奈间的牵手。作为90年代女性写作的一支，张梅的小说序列，是另一幅原画复现：这是又一群在新的阶级构造与浮现中聚拢的"贵族女性"，她们甚至不是王安忆所谓的"三小姐"。在昔日特权阶层与今日的金元新贵的汇合、交换中，都市女性的生存有了"新的"——原画复现式的内涵。在社会的"进步"中，女性在获取她们毋庸置疑的性别角色的同时，遭遇着如此稔熟的陷落——一份倦怠、安详而无奈的陷落。如果说那部素朴而迷人的《纪录》构成了一段不经意书写的女性心路，《蝴蝶和蜜蜂的舞会》记述了女性在阶级重组中的沉浮图，那么，《女人·游戏·下午茶》则像是一个颇为精美的三联屏，显现出新的、性别的"规则"游戏。在张梅小说氤氲的氛围中，女性之镜同时成了当代中国的一幅"浮世绘"。

毋庸置疑，在90年代的文学与女性写作之中，陈染是令人瞩目的作家之一。经常被批评家们与林白并提的陈染，大多在"个人化""自传式写作"或"私小说"的意义上为人们所论及。姑且不全方位地讨论陈染写作的意义与特征②，显而易见的是，姐妹情谊始终是陈染小说中一个繁复而缠绕不去的主旋律。如果说在《无处告别》中，陈染尚在爱恨交织、既欲且怕的感情中书写女性情谊与男女之恋，那么在《破开》中，陈染已对姐妹情的书写显示出空前的果决与明朗。在大

---

① 邵建：《南都女性"浮世绘"》，见张梅《酒后的爱情观》，作家出版社，1995年。
② 参见戴锦华：《陈染：个人和女性的写作》，载《当代作家评论》1996年第3期。

都市的感情沙漠和钢筋水泥的丛林面前,姐妹情感成了唯一的屏障与庇护,成了唯一可能的"家园"、一处姐妹之邦,尽管同样在这大都市面前,那象征姐妹情谊的珠串再度散落。都市生存之中,女性渴望在同性情感中获救,但正是这都市在侵蚀着、间离着女性的可能的生存空间与文化空间。或许陈染晚近的创作展露了90年代女性写作的又一趋向:在《破开》中,陈染在姐妹之邦的意义上,重提对性别规定与性别秩序的超越;而在她的第一部长篇《私人生活》中,她在女性的拒绝姿态与自我放逐之后再度涉及了女性与社会间的定位——那在阳台(私人、个人空间)上长得过大的龟背竹是否该移到窗外的世界中去?女性写作是否应走出"私人生活"再度寻找它与社会现实的结合部?

经历了新时期女作家创作的繁荣,90年代女性写作在性别自觉与文学自觉的双重意义上进入、展现了更为成熟厚重的格局。然而,一如"女性"——关于女性的话语与女性的社会及个人生存始终是一片"雾中风景",女性的写作依然是一次再次的精神历险。但它无疑将继续。有突围、有陷落,但于陷落处再度突围的尝试间或构造着、托举出一处女性的文化空间。

1996年10月一稿
1997年2月二稿

初版后记

本书是我写作生涯中过程最为漫长的一部。

书中的相当部分，完成于1994年那个酷夏。在我的第一部四通文字处理机上，伴着"前空调时代"北京的夏日记忆。关于张洁、铁凝、张辛欣、戴厚英等人的章节，写得颇为酣畅，带着一份激情般的冲动。尽管在我的教学研究生涯中有着《浮出历史地表》（1989，与孟悦合作）等偶一为之的例外，这本书的计划，意味着在十二年的电影研究生涯之后，对"文学"的重返。不仅如此，此书开始动笔时，我刚刚结束或者说仍在试图结束一次极为深刻的知识危机。在1989年的不愈伤痛与1992年底的震惊撞击之后，除却深深的自疑、身份危机感，更重要的，是面对陡然陌生的现实，自己在知识上的无力与张皇。

曾在很多地方说起过，女性主义之于我，与其说是一种理论，不如说更多的是生命经验的一部分。女性主义的理论与世界各国女作家的书写，始终是伴随着我个人生命、危机时刻的依托与支撑——尽管作为一个"理论人"，女性主义远非我精神资源与知识谱系的全部。所以，当我尝试再一次的知识更新、再一次自我反省的过程中，我一边从同样支持着我学术生涯的后结构主义中寻找新的资源，尝试从伯明翰学派和文化研究的路径，再度思考、进入西方马克思主义理论，一边继在和老友孟悦合作的《浮出历史地表》之后，重回女作家研究，以期在我自己深感亲切之地，获得休养生息，并尝试自我更新。我暂时中断了自己真正的"专业"：中国电影、电影理论的研究，因为深切地感觉到 90 年代的中国电影，已经不再可能在"电影艺术"自身获得有效的阐释。1994 年的酷暑过去，我带着未完成的书稿（部分章节已陆续在有关文学期刊上发表，并得到了文学评论的同人们的鼓励），第一次踏上了被诸多神话与梦想所包围着的美洲大陆。因康奈尔大学耿德华教授（Prof. Ed. Gunn）的盛情邀请，我得以在倚瑟佳那田园如画的小城里继续此书的写作。张抗抗、王安忆、池莉等章节始写成于新英格兰绚烂的秋日和萧瑟的初冬中。但进而，我潜心写作的计划因接踵而来的演讲、会议、旅行和新知故友的聚会所打断，不期然间跃入了学者的"小世界"。美国的形形色色，美国学界始终在爆炸状中的理论演进和更迭，令我兴奋亦迷惘。1995 年初因新知杨美惠教授邀请到加州大学的时候，西部的热闹便更使我的写作难以为继。当应胡志德（Ted Huters）教授的邀请到洛杉矶分校时，文化游客的心态已使我"懒散"得不可救药，似乎重回到学生时代那份"读书享乐主义"的状态之中。此行的最大收获，是在我一度深刻迷恋、至今仍作为我主要思想资源的 20 世纪西方理论的原发地之一重读、重新体验这些理论，使我第一次认识到此前割断这些理论产生的历史与现实语境，将其绝对化甚至神圣化所包含的误区与危险。

1995 年 4 月初的一天，从洛杉矶一家巨型超市购物归来，在等候红灯终止洛杉矶大街上的车水马龙之时，突然被一份不明就里的空洞感所攫住，仿佛整个人变成一具空壳，身体内回声碰撞：我这是在哪儿？为什么？为什么？——遗忘了时间和空间，遗忘了自己与此刻，只剩下一股无名而巨大的悲怆感，转瞬即逝。将它告知老友孟悦时，她竟报以大笑："典型的 Cultural Shock 文化震惊——你想家了！"对，首度较长时间地客居异国，在异样的"他者""少数民族"的体验和浓重的思乡之情里，第一次用自己身心体会到了背后与体内的"中国"。

我开始以新的目光尝试审视自己的"中国经验"与中国身份。

那一年的秋天,我回了家。中国的确始终是"洞中方七日,世上已千年",一年光景,不仅好莱坞在四十余年之后开始有限地收复失地,形形色色的大众文化亦"全线登场"。在美国最为深切的感受之一:学院与社会的隔绝,学院知识分子社会/群体身份的丧失,使我骤然以全副身心投入了我在出国前便多少有些懵懂地开始的文化研究或直白地说是大众文化批判的研究和教学之中。我的专业:1905—1949年中国电影史的研究热情也占去了相当部分的时间和精力。此书的写作因此而被搁置。1996年,于美国俄亥俄州立大学任课时,再一次试图在哥伦布流萤漫天的夏夜中完成此书的努力也宣告破产。

当然,使此书在大部分章节已然完成的情况下仍难产的主要原因,是由于写作之初便抱有一份不切实际的野心:不仅是完成一部女性主义立场上的女作家研究,而且尝试借助女性的另类观点,来梳理我自己成长其间的80年代文化。这样做的结果,不仅是此间的种种切肤之痛,使我不时陷于自我缠绕的文化、语言困境之中;更重要的是,对80年代的反思和认识,在全书的写作过程中也经历着变迁和转移。因此这本书漫长的写作过程,包含着我自己一个变动中的心路历程。细心的读者不难发现章节与章节间的跳跃与断裂之处。真正难产的,是全书绪论的写作。中国社会的急剧变迁,文化研究的视野与实践,使我明确了阶级、性别、种族之为我的基本坐标的思考与文化实践的立足点;于是一个对自己、对此书已完成章节的惊醒是,一旦我明确选取了女性主义的立场,尤其是面对女性议题时,以性别作为最重要的基点与视野,常常在不期然间遮蔽了对阶级和种族命题的思考与表达。如何矫正这种"视觉误差",而又保持一份女性、女性主义的观察,如何思考现当代中国的历史语境与西来的理论资源(当然包括女性主义资源)之间的张力,如何估价社会主义的历史与实践对今天的文化、性别文化的意义,是太大而又难于真正拓清的命题。这已不仅仅关乎文学艺术，不仅关乎女性、女作家。必须向读者致歉的是，现在所交出的书稿，并不是这一思考的结论，而只是这一思考过程中的一个段落。也许提供一个真正的"答案"，原本不是我力所能及的。同时，尽管不断地做出修订和调整，此书的部分章节已在某种程度上滞后于我对同一问题的思考。但我已不可能将它们全部重新写过——那将是另外一本书，也许是另外的对象和方法。唯一坦然的是，我保持了最大的真诚和做出了最大的努力。

此书仍采取了女作家作品论的、颇为陈旧的形式。这不仅是为了与《浮出历史地表》保持某种形式上的连续，而且也出于我自己的一份特定的思考。从某种意义上说，由特定的理论立场与方法出发进行相对宏观的语境分析或微观的文本细读，是我个人的长项，但延续类似方法，不仅将构成学术的自我重复，而且更容易失陷于西方理论（在此更多是西方女性主义理论）的先在预设之中；尝试以宏观的观察而努力避免各式文化遮蔽，则又难于避免现象的罗列与论述的混乱。因此，我有意选取相对传统的作家作品论的方式，同时保持文本细读与意识形态症候阅读的方法，以期借此凸现80年代文化与女性写作的丰富、多元与多义，凸现我自己有限视野中的世界语境内的中国经验和女性生命经验的表达。这是不是一次成功的尝试，只能请读者给出评判。

1999年5月20日

2007年版后记

太久了，除了撰写序跋，不再记述自己的心情。旧著重刊，是作者的幸事。掩卷之时，也不无慨叹。

如初版后记所言，此书题名为"涉渡之舟"，原本是为了勾勒20世纪70—80年代——转折年代的社会文化与性别文化。但此书的写作也名副其实地是我个人学术生命中的涉渡之舟。此一叶小舟载我涉渡生命中最重要的一次转折：由北京电影学院而北大，由电影研究而文化研究，由20世纪80年代终结处的悲情而为面对全球化浪潮的从容，由学院的斜塔瞭望而再度尝试触摸、介入现实。此书负载着彼时仍年轻的我：年轻时节的热望，不自胜的标尺，越界的企图。面对着这部尚新的"旧著"，我似乎走得很远了，又似乎并未改变。也许值得一提的是，经由借重女性主义为批判的利器到对女性主义的检省与自省，我再度确信女性主义对今日和未来的世界所可能具有的资源性价值。但那不是某种既存的话语表述，更不是某种教条式的戒律，相反，是某种知行间的挑战，要求着持续的、智慧的即兴创作。年逾不惑，所幸的是，仍有一颗年轻的心灵。

或许该和读者说说再版的原委。这曾载我涉渡的小船，太久在河岸旁漂曳。除了我个人的拖沓和延宕，此书也是我个人的出版史上命运多舛的一部。经历了五年的断续写作之后，我终于在1999年交出了这平生第十部书稿。但接下来的却是又一个五年的、不无荒诞的延误。大约先是激变中的图书市场的压力,令人担忧本卷所隶属的丛书的商业品格,因而长时间地如泥牛入海;待我几经思忖,自想既无合同约束,不如抽回书稿之时,却得知已然付印。自2002年获知成书已然入库,竟又历经两年蹉跎,方始得知终于面世。及至我得到辗转流离的样书时,已是2004年中。一次"跨世纪"出版。

作为作者,最感沮丧的,或许还不是这本曰"涉渡之舟"的专书装帧着一只倾覆之舟的封面,而在于它几乎不曾进入我和我想象中的读者所熟悉的发行渠道。再一次,此书和它的"前任"《浮出历史地表》的初版一样,成了一则同人、学子们间或提起的"神话",一部需殷殷寻访、于灯火阑珊处偶得的"孤本"。常自叹这时运不济的"孩子",不知流落何方了。因此,一则为北大出版社诸君,尤其是秀芹的一番热诚,二则也想对自己、对读者、对自己投入的性别研究有个交待,故交与北大出版社再版。

一本交付出版的书籍,如同一只投向大海的漂流瓶,自此投向未知,同时寻觅、渴求着抵达和阅读。此书蒙秀芹玉成,得免淹没,便会再次饱含憧憬地期待这瓶中信的送达。

窗外是初夏的急雨。北京的槐花或是遍地洒落了吧。五月,一个开始或重新开始的最好时节。心,满载着欣悦。

2007年5月18日台北木栅